德狂勇煉
孝飲義食
錢美學色
逝愛游智

先賢與中國

伟大生命的千姿百态

壹

刘小川 著

作家出版社

对于创造性的历史人物，唯有创造性的思维方能与之对接

自序

我很小的时候就对古代人物感兴趣，觉得他们太有趣了，个个面目生动，故事十分精彩。数十年来，我读了几百本写人物的书，脑子里装满了各类先贤的生存细节，从春秋战国到现当代，这些巨人仿佛活在我身上，年复一年亲近我，启迪我，指点我。我上街或是吃饭，他们也会突然闪现在我的思绪中：某个细节从历史的深处跳出来，情景历历在目。生存细节，是的，正是细节带出人物的整体形象与风范，带出中国历史的波澜壮阔。有些人物的生存细节甚至改变了历史的走向，影响了民族的兴衰。

瞄准人物的细节，或曰抓住生命的片断，捕捉刹那间的生命电闪，逼近他们的喜怒哀乐，展示其不可复制的丰富性。——我能做到吗？我能向司马迁的《史记》看齐，寥寥几笔就让人物活灵活现吗？试试看吧。本书以文化、政治和军事先贤为主，也会涉及科技、宗教、经济领域的佼佼者，以及民间隐而未彰的的英雄好汉。

生命是要讲强度的，生存要讲密度。本书唯一的目标，是尽我之所能，调动历史学、现象学、人类学、心理学、文学等手段，提取历史长河中的庞然大物的生命精华。

海德格尔环环相扣的生存论阐释，也许能让我进入人物的血液，切入历史的脉动。当年我在四卷本《品中国文人》的后记中写道：“不进入中国历代文人海洋般的生存实事，思之弹跳就缺了一大基点。我的弹跳散落在四十篇文字当中，也许不无思的气息吧。”眼下这个书写民族先贤的系列，以二十来个承载历史文化比较集中的汉字作基点，尽可能拢集人物的方方面面，使之血肉丰满，立体呈现。第一部写五十个人物，七十多篇文章，平均每篇约五千字。有些源头性的人物如孔子、庄子等，篇幅多一些。

笔者多年来孜孜以求的，是纯正的汉语表达。牢记德国大师的叮嘱："少一些哲学，多一些思想的细心；少一些文学，多一些文字的保养。"

把活生生的华夏传统带到当下，前提是要辨认当下。不知今，焉知古？

民族的先贤们为什么活得精彩？盖因他们的生存极饱满，生命中的每一秒钟都充盈着张力，就像大树的年轮，一圈圈长得坚硬如铁。农耕文明几千年，中国人的本土性生存，乃是道德、风俗、审美的三位一体。生活之意蕴层笼罩着城市与乡村。工业文明两三百年，伟大的创造力伴随着难以测量的破坏力。就个体而言，由于分工太细，个体的体量缩小，生活趋于模式化和碎片化，"单向度的人"（马尔库塞）可能会愈演愈烈。如果价值虚无化，如果无聊加刺激的生存模式蔓延开来，那么，生命的意义就只剩下长度了。

而人与自然的关系日趋紧张，更令人担忧。危险在逼近，警钟已敲响。工业文明要懂得回望悠久的、质朴的、敬天畏地的农耕文明，否则，麻烦大了。

庄子的洞见直指现代生活的稀缺智慧："物物，而不物于物。"人要驾驭物质，而不是相反。兴奋度是衡量人类一切生存质量的首要指标，兴奋一辈子而少消耗，少伤物，其中有华夏民族之大智慧存焉。本书将对现代性展开剥茧抽丝的追问。

我们回到常识吧，并且发问：什么是深度生存？什么是人的多样化？什么是低沸点的、足以持续一万年的美好生活？

回思中国历代先贤，也是为了在回行中获得一段助跑，以跃入今天，朝着明天。

目录

卷一 炼

卷二 食

卷三 色

卷四 智

卷五 勇

卷六 义

卷七 学

卷八 游

卷九 狂

卷十 饮

卷十一 美

美

卷十二 爱

爱

卷十三 德

卷十四 孝

卷十五 钱

卷十六 逝

炼

炼字从**火**，一般指锤炼金属。俗话说，真金不怕火炼。

“咬定青山不放松……任尔东西南北风。”中国历代大贤，几乎都是千锤百炼而成。“天将降大任于是人也，必先苦其心志，饿其体肤……”由于个体生命历程和历史境域的不同，各类人物的**锤炼**、**修炼**呈现明显的差异。

本书将“炼”字列为卷首，含义不言自明。

卷一 炼

煉

孔子周游列国，状如丧家之犬

大约公元前496年，五十五岁的孔夫子离开鲁国，周游列国十多年，从胡子花白游到须眉尽白，舟车劳顿几万里。他想寻找一个理想国，推行他梦寐以求的周礼，重建秩序，结束天下纷争，回归尧舜之道。大视野清晰，大方向明确，后人概而言之：至圣先师洞悉了分久必合的历史潮流。也许农耕文明与汉语文化有此强大的凝聚力。

中华民族有个不变的方向，朝着大一统。

孔夫子率领一群各具本领的弟子，长途颠簸，从一个诸侯国到另一个诸侯国。有时吃得很好，有时饿得心慌。夫子块头大，又食不厌精，吃东西讲规矩，慢条斯理。颜回吃饭也慢，也许他的肠胃不大好。善于经商的子贡吃相优雅。膀大腰圆的子路一口半张饼，很快吃完了，溜到僻静处剔牙，模样惬意。《礼记》有规定，不可当众剔牙。

孔子先后在卫国待了三年多，卫灵公供他美宅美食美器，“俸米六石”，最终决定不再用他，用委婉的方式打发他。有一天，卫灵公盯着空中的大雁不吭声，孔子守在旁边说呀说呀，嘴唇翻累了，舌头麻木了，卫灵公仍在看大雁，鼻孔朝天，鼻息吹髯。于是，夫子知趣，次日卷铺盖，带了众弟子走人。

一些弟子沮丧，有牢骚，而老师出帝丘（今属河南）的城门，只一声轻叹。孔夫子这几十年，经历了太多的坎坷与磨难。据说这位儒家圣人生下地来奇丑，父亲差点不要他，大妈二妈以及九个姐姐、一个残废哥哥，难见好脸色。小时候他怪可怜的，脏活累活啥都干，“多能鄙事”，伙伴们还欺负他。长大了，不讲道理的子路不止一次揍他……

传道的车驾摇摇晃晃朝着远方，“野旷天低树，江清月近人”。中原大地，荆楚大地，齐鲁大地，圣人的马车一天天旧了，咿咿呀呀，日行百十里，夜宿鸡毛小店。“鸡声茅店月，人迹板桥霜。”体弱的弟子骑瘦马，孔武有力者步行，一个个对未来抱着憧憬。

一脸菜色的颜回体力跟不上，总是掉队，有一次他走丢了好几天，同学们急坏了，劳神费力把他从荒野中找回来。老师说：回啊，还以为你死了呢。

颜回躬身奉告：老师还健在，弟子不敢死。

师生间的这一简单对话，遂成两千五百年之经典。尊师重道由此生焉。

宋国是孔子祖先的封地，孔子对宋国很有感情。可是他不远千里跑到宋国一看，傻眼了。民不聊生，贵族和官员十分嚣张，奢靡之风大盛，“朱门酒肉臭，路有冻死骨”，宋国的大夫司马桓魋给自己造巨型石头棺材，造了三年未完工，石匠死掉几个，采石工和搬运工死伤不计其数。孔圣人气得胡须乱飘，诅咒司马桓魋：这种人死了，还不如早点烂掉得好！

圣人咒人死，死了还要早点烂掉，这是仅有的一次。

下人颠颠地传消息，司马桓魋暴跳如雷。孔子在宋国都城的一棵大树下向弟子讲礼仪，桓魋怒气冲冲赶来，挥舞短柄利器砍断大树，想把孔子砸死。殊不知，年逾六旬的孔子高度敏捷，闪开了。早年他是御、射的高手，干劳力的粗活一点不含糊，可能还打过架。不过，今人拍武侠片成瘾，恨不得把孔子拍成驾快车、弯弓射大雕的武林宗师。

孔子逃走了，一路上不疾不徐。桓魋带兵追杀，旷野尘土飞扬。弟子们非常焦急，催促老师：赶快逃吧，司马桓魋追上来可就没命啦。孔夫子捋须而笑，说：“天生德于予，桓魋其如予何？”——老天爷赋予我品德，桓魋能把我孔丘怎么样呢？

孔圣人的大无畏真是活灵活现，凶险的时刻不忘为人师表。

不久前他路过匡地，被匡人误认为是另一个长人阳虎，围困五天五夜，差点丢了性命。阳虎是鲁国首望之族季桓子的大管家，也是身长九尺，杀过不少匡人。孔子被匡人当作阳虎，弟子们莫名其妙地混战一场，坚守了五天，请人调解才得以脱身。

司马桓魋未能追上来，孔夫子跑掉了，到了安全的地方，暗暗松了一口气。

孔子率领的这支传道队伍，摆脱了凶神恶煞的司马桓魋，且行且歌向郑国，对郑国又抱有信心。可是不知道什么原因，队伍走散了。孔门弟子尊敬老师，却也自由自在各行其是。也许师生走散发生过若干次，也许圣人自驾游，兴来狂奔一通，把自己给弄丢了。他站在郑国都城的东门外东张西望，原本长长的脖子伸得更长，宽大的额头直冒虚汗，平日里“申申如也，夭夭如也”（舒坦惬意貌）的形象一扫光，失魂落魄，无精打采；又几个时辰不走开，仿佛立地要生根。巨腿长臂加上一颗硕大的脑袋，“立尽斜阳”。

夫子为啥不走开呢？他要等众弟子。等到半夜三更也要等。

郑国的人纷纷赶来看稀奇，好事者把孔夫子上上下下端详了，点评说：这个大脑袋长人怪得很，恐怕有九尺高……

子贡在城里匆匆寻找老师，大街小巷都找遍了，躲进角落里喘口气，摆正了衣冠，擦掉满脸的冷汗，寻思沿街再去找。有书生模样的郑人告诉子贡：东门外城墙下立着一个长人，额头像尧，脖子像皋陶，腰部以下比大禹短了三寸，一副狼狈不堪的形状，活像一条丧家犬。

郑国的书生连比带划，好像他亲眼见过尧舜禹似的。

子贡等不及听完，拔腿往东门跑。边跑边想：生得奇形怪状的长人，除了老师还有谁呀？老师咋又像一条丧家犬呢？难道九尺高的老师腿短吗？

陕西出土的汉代孔子、老子像，都有几分像外星人。

子贡在东门外找到老师，激动不已，扑上去呜咽，像孩子找到父亲；又支支吾吾讲了几句，孔子一听乐了，捋须笑道：郑国人说得对呀，我确实像一只丧家犬。

老师形如丧家的大犬，弟子们则如同流浪的小犬，从鲁国出发，奔向卫国、宋国、郑国、陈国、齐国、赵国、楚国……兜售仁义道德的学说，推广周礼三千，磨破嘴皮子，碰了无数的硬钉子软钉子。各诸侯国都忙于打仗或准备打仗，各利益集团忙着抱团或斗争，任凭孔子把遥远的尧舜和周公说到天上去，人家只关心眼皮子底下的实际问题。由此可见，现代糟糕的实用主义有它古代的源头。孔夫子咬定周公不放松，开端性地彰显了伟大的理想主义。百余年后的孟子豪迈宣称："虽千万人吾往矣。"

宋国的庄子、楚国的屈原也是理想主义的开端性人物。华夏几千年文明史，理想主义始终是一面大旗，实用主义的滥觞不足以长期占上风。

孔圣人形如丧家犬东奔西走，居陈国三年，夙兴夜寐，要让陈国大治，树立起一个仁义王国的典范。然而江南的吴国忽然与陈国打起来了。夫子只好再次仓皇出逃，一路上悲叹理想破灭：吴国和陈国讲好了互不侵犯的，殊不知毁约的速度比签约快十倍，唉，春秋无义战啊，一切用刀枪讲道理。

"真理在大炮的射程之内"，英国人用坚船利炮向清王朝"讲道理"。这几十年，美国人用航空母舰，用枯叶剂、贫铀弹、集束炸弹"讲道理"……

那春秋末年的孔夫子惊惶出陈国，松了一口气，依然向弟子们讲周礼。十余个弟子听讲，有两三个的精力不大集中了，宰我还打呵欠，掏鼻孔。子路叽叽咕咕，表情分明含了怒气。夫子佯装未见，继续宣扬了不起的尧舜之道。

子贡瞧着老师凹顶的大脑袋，忍不住抿嘴一笑。颜回端坐，子夏子张倾听。樊须挠痒痒。后来苏东坡拿樊须开玩笑："小人繁（樊）须也。"

夫子路过蒲地（河南长垣），遭不讲礼的蒲人扣留，粗绳子套牢了粗脖子，四肢捆得严实，那形状就不只是丧家犬了，比落水狗还惨。子路骁勇，却不敌蜂拥而来的蒲人，子贡和颜回不会打架。宰我逃之夭夭。幸好公良孺率领几十个勇卒赶来，与蒲人大战，蒲人怯阵而走，公良孺才给可怜的老师松了绑。逃跑的宰我又溜回来，惴惴不安归队。

老师摸着勒疼的长胳膊，啥也不说。颜回开了口："子曰：仁者不忧，勇者不惧。"

子贡补充："求仁而得仁。"子路闷声闷气。子路不惧打架，只怕跟错了老师……

孔子怀揣治国平天下的宏伟蓝图，走呀走呀，豪车变成破车，肥马骑成瘦马，浩荡的东风刮成萧瑟西风，"破帽遮颜过闹市，漏船载酒泛中流"（鲁迅）。

暮年的大贤依然锤炼着，大贤又去锤炼小贤……意志坚定：宁为丧家犬，不做豢养狗!

孔夫子奔七十岁的人了，想落叶归根，返回久违的鲁国。他从楚国前往蔡国，途中受到隐士长沮、桀溺的嘲笑。楚人唱凤歌讥讽他。又有扛锄头躬耕的老农，批评他的弟子四体不勤五谷不分。夫子站在田边默思良久，认为老农也是值得尊敬的隐士。

“子曰：吾不如老农，吾不如老圃（菜农）。”

然而圣人照样我行我素，瞄准形而上、形而中，拒绝了大多数形而下，远离早年熟悉的种种鄙事。君子一往无前，一条大道走到黑，充满了道路自信。

“朝闻道，夕死可矣。”

夫子偶尔也会发点牢骚：“道不行，乘桴浮于海!”

有一次，在陈、蔡两国的交界处，孔子被围困起来了。原来楚国的使臣要聘请孔子，陈国和蔡国不希望孔子辅佐楚君，于是合伙劫人质。而孔子在蔡国待了三年，不舍昼夜替蔡国谋划……为了国家利益，诸侯国抢人才不择手段，抢不了人才就困死人才。

孔夫子困于陈蔡，陈米糙米没得吃，菜也无盐也无，据说九天吃了三顿饭，人瘦了一大圈，形销骨立，大脑袋越发显得大而沉重，仿佛脖子撑不起。弟子们饿得东歪西倒，树皮草根扒光了，虫子鸟儿逃走了，半夜里无数的星星鬼眨眼。早晨，忽然来了一阵瓢泼大雨，露宿荒野的弟子们浑身湿透，狼狈惨了，一个个病倒呻吟。体弱的颜回连日感冒发烧，向来不愁美食的子贡吃草拉肚子，勇猛而憨直的子路啧有烦言，准备半夜敲门质问老师。“朽木不可雕也”的宰我索性装病，趁机闷头睡大觉。体能甚好的公良孺负责扒树皮，野地里冲进一头冲出一头……

《论语》：“（孔子）在陈绝粮，从者病，莫能兴。子路愠见，曰：‘君子亦有穷乎?’子曰：‘君子固穷，小人穷，斯滥矣。’”穷：没办法。

子路后来战死沙场，死前犹正衣冠，微笑着面对乱剑砍来，视死如归。

君子处逆境依然是君子，小人没办法就开始乱来，此理古今同。

饥肠辘辘诗书在，菜色不废精气神。孔子先生一如既往地盘腿坐地讲周礼，讲尧舜，讲《易》《传》和《诗经》，仿佛待在故乡曲阜的杏树下讲学。

“南山何其悲，鬼雨洒空草”，那些远远近近的坟茔呀，老树新树秋瑟瑟，枯枝败叶乱飞，黑云沉沉压千里。

孔子沐浴更衣，焚香弹古琴，琴声丝毫不乱。颜回、子贡、子夏、子张等人，从琴声中听到了老师内心深处的安详，不禁相视一笑。

长人孔丘闲步登小丘，引颈唱歌，歌声悠扬婉转，四面八方的鸟儿都飞来听……这画面是如此经典，后来逆境中的仰望者绵绵无尽：

左丘明双目失明，不舍《左传》《国语》；

屈原流放八百里洞庭湖，怒目作《天问》，狂笔写《离骚》；

司马迁受了“去势”（势：睾丸）的奇耻大辱，照样奋笔作《史记》；

诸葛丞相抚古琴于一座空城，娴静退敌十万兵；

嵇康弹《广陵散》于刑场，血溅焦尾琴弦。

王羲之的绝代书风经历了炼狱般的血与火；

陶渊明乱世采菊东篱下，悠然见南山；

李太白坚持个性自由：“安能摧眉折腰事权贵，使我不得开心颜！”

杜甫百折不挠坚硬到底：“穷年忧黎元，叹息肠内热。”

范仲淹针对官僚集团的腐朽堕落，发出呐喊：“先天下之忧而忧，后天下之乐而乐！”

苏东坡跃入生存的万顷波涛，亦呛水，亦悲号，伟岸的身躯坚如磐石，“心似已灰之木，身如不系之舟。问汝平生功业，黄州惠州儋州”。苏东坡命运的最低谷，反指艺术之高峰、生存之旷达、生命之欣欣然，足以垂范中国千万年也。

“天将降大任于是人也，必先苦其心志，劳其筋骨，饿其体肤……”孔子庄子孟子开了这个头，千锤百炼而为中国之大贤，后继者排起了很长的队伍。“屈平词赋悬日月，楚王台榭空山丘。”中国的历史脉络、精神坐标、文化谱系是这样，决不以赤裸裸的欲望引领民族。法国有先贤祠，安葬法兰西民族的各类先贤，文化先贤们赫然居首。

孟子：“上下交征（争）利，而国危矣。”民间有句老话：富不过三代。

“泰山崩于前而色不变”，生存不避艰辛而诗意栖居，乃是华夏族悠久的传统。道德、风俗与审美的三位一体，维系着中国人几千年的生活世界。这个传统丢不得。

孔夫子一大把年纪周游列国，雄心壮志如少年，外形一似丧家犬。饿得吃树皮，灌清水，幻想故乡曲阜蒸小猪的美味。一面饿着，一面弹琴，讲学，说故事。夫子几十年来忧着周天下，吃糠咽草算啥呢？仓皇奔逃算啥呢？

“子曰：君子忧道不忧贫。”

夫子年近七旬归故里，删《诗》，学《易》，定《春秋》，杏坛讲学，“有教无类”，“诲人不倦”，仍然要收学生送来的干肉和大雁。夫子首重仁义，并不轻视金钱，日常生活颇讲究。圣人的风度真是很令人向往啊。

“子曰：不义而富且贵，于我如浮云。”

孔圣人七十岁了，情与貌，越活越舒展，“子燕居，申申如也”。燕居：闲居。伟人的闲暇时光乃是能量之聚积，是蓬勃向上的生命的暂得休憩。手头的事情要赶紧做，要充分发挥词语的功能：语言的抽象规定着一切具象，语言蕴含了人类文明的全部密码。

圣人述而不作，弟子们忙着做笔记，日后整理为五万余字的《论语》。孔子不能应对春秋末年“礼崩乐坏”的局面，那就做后世的帝王师吧。

一切尽人事罢了，其他付与天命。

曲阜师生们的教学相长之余，享受着美食、美器、美服，倾听旷野天籁和丝竹音章。哦，那些年东跑西颠跟丧家犬似的，老师如同大犬，率领一群勇敢的小犬。断粮，生病，打架，逃跑，讲学，释疑，弹琴，忽遭围困，粗绳子勒进皮肉五花大绑……须眉尽白的老师闲话往事，杏坛上捋须自乐，弟子们大笑。

那高高的银杏树嫩黄叶儿飘，白果沉甸甸。

伟哉孔夫子。大哉丧家犬。

庄子失业编草鞋

庄子大约生于公元前369年，活了八十四岁，白发苍颜归于尘土。孔子晚年操劳，享年七十三岁。也许老子活得更长久，暮年骑牛出函谷关，留下五千字的《道德经》，然后飘飘然不知所终。传说老子活了一百岁。在庄子的视野中，老子是比孔子更博学、更智慧的一个人物。这三个人大大影响了中华民族，也都长寿。

庄周早年做宋国蒙地（河南商丘）的漆园小吏，当时漆器流行，漆树是摇钱树，漆园由官方派员管理。漆园吏这样的肥缺，怎么会落到庄周的头上呢？我猜想是因为他读书多又能说会道。“劳心者治人，劳力者治于人。”

上级认为庄周是个管理人才，管理就要讲纪律，而庄周不喜欢讲纪律。割漆的工人消极怠工他也懒得去管，只躺在吊床上晒太阳，伸脚丫，挠头皮。上级来检查工作，他虚与委蛇，编故事搪塞领导。城里的体面人他一概不深交，说是君子之交淡如水。换言之，漆园不是他的交际平台，不构成利益链条，他不把别人，更不把自己处理成“人脉资源”。蒙城的官吏们一致认为：庄周是个怪物。这个怪物最大的特征，是“不”多而“要”少。举例来说，漆器和玉器铜器是可以交换的，打通几个渠道，层层巴结领导，可是怪物庄周对这些摆在明处的好事置若罔闻，视而不见。

官员对官员说：庄周脑子有毛病。

庄周的辩友惠施常到漆园来，找他辩论各种各样的抽象问题。官吏偷听，奈何听不懂。太阳下山了，工人下班了，庄子与惠施还在激辩，点燃公家的蜡烛夜辩。

有一次，这位漆园吏想出了新问题，一拍脑门子，“载欣载奔”，直奔十里外的惠施家，把本职工作忘到爪哇国去。上级忍无可忍了，现场开会，宣布庄周是个傲吏，立即把他开除。漆园吏的肥缺，当天给了能讲纪律又善于巴结的

“吮痈舐痔者”。

庄周的脑子有点炸了。那些风中的漆树，头一回像摇钱树……

被开除的那一天正值春暖花开，哲学家心里郁闷，盯一只轻盈的蝴蝶盯半天，发现了自己的肉身沉重：说话的嘴巴原来要吃饭。失业了咋吃饭？全家人如何填饱肚子？

一路上他心里堵得慌。回头再看空中翩飞的蝴蝶，觉得有些异样。

回家时，庄周还在想蝴蝶的轻盈，发现自己的肉身不那么沉重了。

嘀，这是咋回事儿？“我”与“物”能互相转换么？心境能改变处境么？问题忽然来得比较多，何以如此？庄周做不成晒太阳拿俸禄的漆园吏了，失业丢饭碗，受刺激，脑子自然比平时转得更快。古代的大贤是不是都这样？逆境中方能修炼真身？舜帝爷爷年少时，他的父亲、弟弟、后妈，联合起来要谋杀他。孔夫子临盆奇丑，差点被老父叔梁纥扔进粪坑，几岁就做了放牛娃，小小年纪咬牙发奋……

庄周抬头想低头想，一头撞在自家的门框上。

差不多同一时期，古希腊的苏格拉底一天到晚地想，哪怕走路掉到井里去了，他还在想。

古希腊的柏拉图、亚里士多德和苏格拉底，奠定了西方文明的基础。

思想家回家了，耷拉着脑袋瓜。妻子田氏柳眉倒竖，宣称要绝食，儿女们不知所措。左邻右舍奔走相告传新闻……为了维持家里的生计，思想家学编草鞋，大半天练就编草鞋的技术，三天不眠，精于此道，能用谷草麦草野草编很多东西，包括草美人、草仲虺、草虫子、草戒指、草玩具。漆园的肥差丢掉了，庄周先生摇身一变成了编鞋匠，妻子先是埋怨他，继而躲在门后观察他，慢慢地笑脸表扬他，夸他熬夜干活，夸他双手双脚够灵巧，夸他终于懂得了生活，从此务实不务虚。

家里清静了，柴门后监工的那双眼睛不见了，庄子继续想那些抽象的问题，手上的活儿慢了下来。然而田氏大老远地跳将过来，数落他，他便加紧干活。夫妻以这种民间常见的方式配合默契。庄子善于雄辩，但从来不跟妻子吵架。

想问题，清静是必要的。青年毛泽东偏去闹市看深奥的书，中年萨特在巴黎的街头咖啡馆写七百页的《存在与虚无》，是锻炼闹中求静的功夫。

古往今来，那些不知静为何物的盲动者，哪里懂得何谓盲动……

庄子家住穷人扎堆的蒙城陋巷，穿草鞋的人多，穿布鞋的人少。以庄子的编织技术，草鞋应当供不应求。可是随着他脑子里的抽象物越来越多，产品的数量就下降，米缸子空了他才加班加点。逢了连日阴雨，穷人们惜鞋打赤脚，草鞋不好卖，庄子家里就断顿了。断顿也有办法，庄子打鸟钓鱼的本领不一般，他的桑木弹弓浸过三次桐油，光滑而漂亮。他在五十步之外穿叶射鸟，乡里小儿呼为神射，摸一摸他的神弓便惬意良久。

顺便提一句，小时候我的桑木弹弓也浸过两次桐油，光滑、轻便、顺手，隔三十步穿叶射鸟，十打九中。看来此风在民间，一刮数千年。孔子讲六艺，包括玩弹弓。

草鞋积压在草房，妻子挨家挨户去推销。庄子脚底抹油溜进山去，十天半月不回家，弹弓打来的肥鸟烤了自吃，夜里住山洞，睡树洞，盯着浩瀚的星空想老子，批孔子，想出了某些结果仰天长啸。后来，汉晋唐的隐士们纷纷以他为榜样，比如李白隐于长安的终南山，最爱居树洞。王羲之爬江西的三清山，号曰升山……

庄子临河垂钓，“斜风细雨不须归”。他善于独钓寒江雪，自编的斗笠蓑衣裹成了一个雪男人，白茫茫，思邈邈，情悄悄。海德格尔尝言：“一切思考都会伴随着情绪。”

庄子上山下河“想饱”了，老婆儿子的肚皮饿瘪了。

没办法，饿就饿吧。听老婆的数落吧。庄子练就了一种功夫：不想听的话他就听不见。陋巷的日子歪歪扭扭、吵吵嚷嚷地过着，庄子的思索持续上升，渐入佳境。编草鞋至少三十年，时有停顿，但从未中断，表明庄子看得见妻子脸上的菜色。

中国的文化先贤很难找到一个完全不顾家的人，而西方不难寻。

有一天，庄子家的土墙缺口闪过一匹白马，于是他想到时间的流逝，百年只在须臾间，犹如白驹过隙。又一天，庄子喝得半醉，靠着油漆斑驳的庭柱打盹儿，醉眼蒙眬，再次细看蝴蝶翩飞，看得自身无限轻盈，恍兮惚兮。他灵魂出窍，宛如一缕青烟，追蝴蝶去了。青烟与蝴蝶在三月的艳阳下互相缭绕，于是，一个崭新的念头仿佛凌空掷下，比柴米油盐更要紧：是庄生梦蝶还是蝶梦庄生呢？

人类的一个新境界诞生了：物我两忘。

蝴蝶的轻盈飞升卸掉生存之重，富有审美意象。审美不伤物，人与万物共舞。

庄子为这个奇妙的发现兴奋得手舞足蹈，破院子飞来了大群蝴蝶，碰他逗他惹他，飞入他浓密的黑发，祝贺他的灵光闪现。

陋巷的邻居们相顾曰：漆园吏疯了！编鞋匠完蛋了！

惠施闻讯赶来，一看庄子的奇形怪状，便知情形不妙：此人又悟道了。

惠施曰：庄周，你那扁脑袋又想出啥了？

庄周微微一笑：得意忘言。

陶潜诗云："此中有真意，欲辨已忘言。"

人活着，总会伴随着某种哲思。以西方哲学的标准来衡量，中国历史上并没有严格意义上的哲学，当年法国哲学家德里达来中国讲过这类话，《存在与时间》的译者陈嘉映教授加以推广。这个话题大，后面有机会再详谈。2004年德里达去世，法国总统赞美这位哲学巨人："不断地置疑人类文明的进程。"

庄子编草鞋想问题，无中生有，以虚无统摄实有，在"不"的领域纵横驰骋，奇思妙想迭出，凝固在至今常用的一系列语词中，超过了孔子孟子，笼罩着中国人的日常生活。中国人两千多年来简洁的自然观、生命观，庞大的审美体系，更多受惠于庄子而不是孔子。老子云：道法自然；天人合一。

庄子以曲径通幽的方式，创造性地延伸了这条康庄大道。

庄子说："物物，而不物于物。"此言深得老子思想的精髓，直指现代生活无处不在的异化。人要驾驭物质，而不是相反，被人造物掌控、摆布。我们这个千疮百孔的星球，这是最高意义上的普世价值。如果与之背道而驰，欺天攻地成常态，搞奢侈，破环境，毁生态，人类文明断断难以为继，像轮椅上的霍金先生所言，很可能持续不了两百年。

我个人从未直接读庄子。四十年来我断断续续间接读他，悟他，一似他的断想，楔子般打入事物，使物疏松。思想的核心要素乃是生发思想。

思想所到之处，生活扑面而来。

不要得鱼忘筌，不要急功近利，不要因小失大，不要画地为牢，不要作茧自缚，不要邯郸学步，不要做坎井之蛙，不要穷奢极欲，不要“吮痈舐痔”得豪车，不要“一微尘里斗精神”……概言之：不要物于物，不要伤害自然，不要异化太甚。要学庖丁解牛，同时把握事物的局部和整体，游刃有余。为政者要懂一点无用之用，无为而为。要做那只享受轻盈的、充满可能性的蝴蝶，从美丽中来，到美丽中去。以审美意象观照生活，创造生活，最大限度减少生存的板结与固化，解构李泽厚先生奉为圭臬的所谓实用理性。

现实之位移，生存的敞开或遮蔽，李教授知否？知否？

荷尔德林：“充满劳绩，但人诗意地栖居在大地上。”

庄子是孔子的对立面，也许类似反物质与物质。运动本身会构成它的反运动，二者的能量都是难以测量。世界各地的孔子学院当考虑这一辩证关系，不能让孔子独大。

请看毛泽东的神来之笔：“鲲鹏展翅九万里，翻动扶摇羊角。背负青天朝下看，都是人间城郭……”庄子飞得再高也是面朝人间的，逍遥，乃是人间城郭之上的逍遥。

人类一切有效的思考都关乎人的生存，抵达生活世界，维系生活之意蕴层。

庄子盘腿坐地搓绳子，双腿夹绳子，闭眼不差分毫，睁眼却观书，目光如电，“所学无所不窥”（司马迁）。编草鞋织草帽熟能生巧，麦草谷草变化无穷，犹如语言的镶合，犹如阴阳之互生，犹如元气的聚散。草鞋匠兼思想家看见了有形之物，更洞察了无形之气。他随口讲一句“至小无内”，就给现代物理学出了一道大难题。

“玄之又玄，众妙之门。”庄子和老子一样不能被穷尽。一种永在当下的思想会是什么样的思想呢？八年前我写下这个句子，献给马丁·海德格尔的三十周年祭。海氏的父亲是木匠，他自己也善于摆弄钉锤锯子，著名的托特瑙山上的小木屋，是大师亲手建造，那是一块冲向全世界的思想高地，早已进入人类文明的传承。

海氏洞察事物之幽微的“在手性”、“上手性”概念，就是在钉锤的起落间悟出的。

劳心之俊杰往往善于劳力。一切科学，源于前科学的日常领悟。

嵇康打铁，为何二十年打不够呢？诸葛亮为何躬耕南阳而抱膝长吟？苏东坡为何植树、酿酒、种药材、造房子、修水利一生不倦？维特根斯坦为什么要一夜间送掉天文数字般的遗产，甘愿做一名学校的穷园丁呢？《南华经》中，有触类旁通之答案。

关于庄子，先写到这儿吧。

末了，推荐陈鼓应先生的书：《庄子今注今译》。

陶渊明扔官帽，辗转乞讨

陶渊明是东晋大贤，古代真性情的总代表，几乎影响了后世所有的读书人。

陶渊明是晋初大将军陶侃的重孙，其父陶逸做过太守。乱世家道中落，他一生四次求官，“畴昔苦长饥，投耒去学仕”，最后一次做了八十多天的彭泽（今属江西）县令。他是庄子般逍遥的人，“性嗜酒，家贫不能常得。宅边有五柳树，因以为号焉”。

逍遥归逍遥，却要养家糊口。陶潜的妻子翟氏生了四个儿子，加上前妻生的长子陶俨。五个吃长饭的，刚吃过饭又想吃，总是嚷嚷肚子饿，半夜饥叫。幼子还在地上爬，嗷嗷待哺，长子、次子挑水劈柴煮饭，“穷人的孩子早当家”。老三不念书，大白天歪靠土墙睡觉，“宰予昼寝，朽木不可雕也”（《论语》）。这个老三，醒来就要吃梨吞枣……

五柳先生当县令，把官帽挂在官厅的青砖墙上，裹一个滤酒的葛布头巾，赤脚走田埂，格外关心农事，与臭汗淋漓的劳动者打成一片，像笔者熟悉的1970年代的干部们。

“平畴交远风，良苗亦怀新。”苏东坡对此二句崇拜得五体投地：“吾于诗人无所甚好，独好渊明之诗。”陶诗一百零九首，苏轼篇篇唱和……

五月里麦田刮着风，陶渊明的大脚板丈量着大大小小的村落，访贫问苦，吃糙米饭狼吞虎咽，喝农家的浊酒脸蛋儿通红。州官来找他，常苦于费周折，找到他又担心他身上的虱子跳过来。上级想吃下级的酒肉饭，听下级的奉承话，别处行，彭泽县可行不通。大官和小官议论陶渊明，没几句好话。

东晋百余年，官场风气大坏，老爷派头的官和孙子模样的官十有八九，陶渊明叹曰：“真风告逝，大伪斯兴。”

有一天，州刺史派来了一个邮督，专门督察陶县令，架子扯得大。人未到命令先至：陶渊明必须官衣官帽穿戴整齐，必须迎接到遥远的官道口，必须躬身引路，亦步亦趋（周礼之万一）碎步小跑，必须早陪午陪晚陪，必须说一箩筐的废话假话肉麻话……总之，“必须”就像一条拴狗的绳子抛过来，直把九江的七尺男儿捆绑起来，动弹不得。

陶渊明站在县衙外发了一会儿呆。县令的官帽来之不易啊。公田酿酒的粳稻眼看要成熟了。家里的五个儿子巴望父亲带回好吃的东西。

翟氏一日三眺望，折断门前柳。

陶渊明有“金刚怒目”（鲁迅）的一面，当了八十多天的县官，估计他已经“忍得水滴”（眉山俗语）了，形形色色的上级脸太难看，太他妈的难看，于是，他扔了官帽回家。个性本如此，没办法。毫无办法。扔就扔吧。

《归去来辞》：“归去来兮，田园将芜胡不归？既自心为形役，奚惆怅而独悲？悟已往之不谏，知来者之可追。实迷途其未远，觉今是而昨非。舟摇摇以轻飏，风飘飘而吹衣。问征夫以前路，恨晨光之熹微……”

天没亮就急于逃离官衙，“敛裳宵逝”，可见逃离官场的冲动非一朝一夕。

一路上“载欣载奔”。此间的陶渊明四十出头，奔官场已经奔了四次，一而再、再而三地发现自己禀性难移。中年他家境尚好，“僮仆欢迎，稚子候门……携幼入室，有酒盈樽……园日涉以成趣，门虽设而常关……悦亲戚之情话，乐琴书以消忧。农人告予以春及，将有事于西畴。或命巾车，或棹孤舟，既窈窕以寻壑，亦崎岖而经丘。木欣欣以向荣，泉涓涓而始流……”巾车：有帘子的轻便马车。

我是一直觉得陶渊明很有几分摩登相，“既窈窕以寻壑”这句子，王维李白写不出来。“登高赋新诗……有酒斟酌之。”诗人为什么如此兴奋？因为他找到了自由。自由与自然息息相通。自然：是她本来所是的那个样子。是河流的天然弯曲使河流成为河流，而不是一门心思把河流拉直，把水流变成数据处理的对象。

“少无适俗韵，性本爱丘山。误落尘网中，一去三十年。羁鸟恋旧林，池鱼思故渊。”

庄子巴望化为蝴蝶，陶潜羡慕欣欣向荣之木、涓涓流淌之泉、挣脱尘网之鸟、回游故渊之鱼。中国古代大贤，深深懂得植物“朦胧的欣悦”（海氏），绝不会轻易以技术手段去算计她，催逼她，贪婪索取她，因为“技术本身朝着更高的技术”（海氏），极易受贪欲之助推，落入恶性循环。尊崇自然，符合天道。

如今，纳入国家战略的生态文明，符合天道。

受制于西方资本–技术逻辑的人，命中注定不自由。（参见美国哲学家弗洛姆《逃避自由》《占有还是生存》，德国哲学家斯宾格勒《西方的没落》，德国法兰克福学派的诸多著述，以及莎士比亚描写犹太商人的剧作。）

“学而优则仕。”中国的文化先贤都要奔官场，外星人般的老子也不例外，做了国家图书馆的管理员。走向官场又背向官场，几乎是所有文化先贤的宿命。其间生风生雨生雷电，强对流催生强悍的生命个体，化入语言、音乐、书画、建筑、衣饰、美器……几千年笼罩数百亿人的生活方式。

朴素的欣悦，低消耗的快乐，轻松持续一万年，夭夭如也。

陶渊明扔官帽的符号化动作，后世仰望了一千六百多年。这是利益趋奔与个性自由永不停息的拉锯战。名缰利锁，退一步海阔天空。对中国的文化先贤而言，这叫以退为进，进入自然与审美。幅员辽阔的中华大地，陶渊明的辐射力怎么形容都不为过。房前屋后皆风景，一草一木亦关情。道德醇，风俗厚，人情暖，维系着短暂者（人）的生存，流连日常生活的点点滴滴，一杯酒一支歌一首诗，或是两三句亲朋问候，人就乐起来了，这样的人，何往而不乐？

中国的民间有一种“生活信仰”，绝不亚于这个星球上的任何宗教信仰。农耕文明七八千年，这种生活信仰贯穿了始终，温柔覆盖了南北城乡。林语堂《吾国吾民》一书，列举中国民间近乎无限的戏耍、节庆、风俗。

“野外罕人事，穷巷寡轮鞅。白日掩荆扉，虚室绝尘想。时复墟曲中，披草共来往。相见无杂言，但道桑麻长。”庄周陶潜居穷巷，一个编织草鞋，一个扛起锄头，哲思与佳作犹如喷泉，富可敌国也。身在万物之间，在操心操劳的过程中细腻感受万物的涌来，享受持久的微醺、沉醉、颠狂，永远感激造物主的赐予。

是的，艺术让人颠狂，“艺术是生命的兴奋剂”（尼采）。

陶渊明居住的柴桑县（江西九江）上京里，山环水抱，民风朴拙。远眺庐山的香庐峰，夜观星星大如斗，钓鱼弹鸟捉泥鳅，走乡串户话桑麻……中年晚年的陶潜乐得像个孩子，始终保持孩子般的生命新鲜感。至朴者，树立了千百年的好榜样。

缺了陶渊明，中国乡野田园的美感会大打折扣。诗人提纯了普通人的感受，丘山与村落符号化了。陶渊明是中国低碳生活的老祖宗。

“邻曲时时来，抗言谈在昔。奇文共欣赏，疑义相与析。”邻曲：乡邻的房子弯弯曲曲随意布局。也许是渊明造的美词。抗言：直言。上京里的老儒生，老军人，曾经混迹于官府的戴主簿、庞参军、刘遗民、丁柴桑……这些素心人常与陶渊明讨论诗歌艺术，争得耳红脖子粗，摔酒碗砸酒坛也不伤和气。

“漉我新熟酒，只鸡招近局。”近局：乡邻应声而来享受的饭局，不必为了一顿饭赴“远局”，尽管素心人赴远局也欣然。或许又是渊明的生造词。生活的意蕴是需要不断创造的，陶渊明是农耕文明的生活大师。他的身后排着长长的队伍……

感觉的丰富性乃是一切生活质量的前提。这句话，笔者不怕重复一万遍。

感觉的丰富性严格对应自然与人事的丰富性。比如我们这代人的小时候，天上都是脚板印，天天玩到黑摸门，屈指十余年，每一秒钟都晶莹剔透，就像早晨闪闪发光的露珠。何以如此？生活的燃点低，连一棵草都玩得起劲。成群结队的小孩儿小狗般活蹦乱跳。吃穿简单，居住温馨，一个家随意通向几十个家。浑身上下的体细胞和草木鱼虫裹成团，人与人、人与自然的深度交流，亲切相处，却有可能变成今日之天方夜谭。

笔者写这个，心里一股股地疼痛。

陶渊明的《归园田居》五首，《移居》二首，字字珠玑，古代读书人视同圣经，万两黄金买不来。李白杜甫苏东坡可以买来吗？莎士比亚荷尔德林可以买来吗？“清风朗月不用一钱买”，人类的顶级艺术，乃是巨大的生命冲动之产物，生命冲动咋买？“艺术是苦闷的象征”，苦闷咋买？

这若干年来的文化产业化，过度追求利润，催生无数的市场奴隶，歌坛、影视界、美术界均是重灾区，一拨又一拨的速成品消耗着民族的精气神。

“种豆南山下，草盛豆苗稀。晨兴理荒秽，带月荷锄归。”

“桑麻日已长，我土日已广。常恐霜霰至，零落成草莽。”霰：冻雨。

披星戴月的劳动者关心劳动成果，古今皆然。

而今之麻烦在于，勤勤恳恳的劳动者常常面临“草盛豆苗稀”，那些个形形色色的投机者倒是赚得盆满钵满。且不谈花样百端的坑蒙拐骗。

“方宅十余亩，草屋八九间。……暖暖远人村，依依墟里烟。狗吠深巷中，鸡鸣桑树颠。……久在樊笼里，复得返自然。”古人以此作画图无数。

陶渊明的佳作大都作于四十岁以后，官帽一扔，艺术井喷。

陶渊明大约四十五岁，上京里的园田居失火，八九间草屋化为灰烬，诗人移居南村。《移居》之一：“昔欲居南村，非为卜其宅。闻多素心人，乐与数晨夕。怀此颇有年，今日从兹役。弊庐何必广，取足蔽床席。”

素心人反衬杂心人——贪官奸商，类似流氓泼皮瘪三。素心人要住到一起，生活才有滋有味，学与问才相得益彰。钱锺书云：“大抵学问是在荒江野屋中，二三素心人商量培养之事，朝市之显学，必成俗学。”

南村的邻居也有杂心人，素心人绕道避开他，躲不开就点头过。素心人一词，应该是陶潜首创。弊庐何必广，精神的强大者住小房子欣欣然，精神的弱小者居豪宅戚戚然，古今例子太多。为何戚戚然？花花肠子算计太甚。

《移居》之二：“春秋多佳日，登高赋新诗。过门更相呼，有酒斟酌之。农务各自归，闲暇辄相思。相思则披衣，言笑无厌时。”

生活的景象一派祥和。人人举止朴拙，目光清澈，令人联想法国画家高更画的塔西提岛上的男女土著，只少了宗教神秘。陶诗如同田家语，明明白白而韵味悠长。当时有批评家指责他用“田家语”写诗，不够华丽，不见追随汉赋的语言之排场。而在唐宋文化大师们的虔诚眺望中，陶渊明成为陶渊明。

苏轼认为，陶诗高于李杜诗篇。

五柳先生醇酒般的寻常日子，能否持久？晋末军阀混战，百姓赋税极高，单靠种田难以养活一家人。渊明弃官后一度乞讨，“饥来驱我去，不知竟何之。行行至斯里，叩门拙言词”。何之：到哪里去。行行：走了又走。早年他有过乞讨的经历，心里百味杂陈。五十岁的金刚硬汉，那乞讨的手如何伸得出去？扔官帽的手转为躬耕手，再转乞讨的手，其间的酸楚可想而知。他走了又走，到陌生的村落去乞食，远离家人和南村的乡邻。这类事，男人通常是不会讲的，羞于启齿。做过县令的陶渊明把乞讨事写进了诗篇，一句“叩门拙言词”，大丈夫为五斗米折腰的情与貌，如在目前。

笔者再三逼近他的生存细节，欣悦与悲哀俱收。乞食的画面不请自来：大师敲开了陌生人家的门，吞吞吐吐说明来意，结结巴巴提及家里的窘困。讨来的食物他舍不得吃，回家分给几双小手。老大陶俨又把食物悄悄递给小弟陶佟，翟氏背过脸去抹泪……

“冻饿虽切，违己交病。”这个短语，道出耿介之士共同的心声。

陶渊明宁愿辗转乞讨，也不去找那些人五人六的官员。他在写给儿子们的信中说：“每以家弊，东西游走。”八个字，透露多少隐忍的辛酸。“性刚才拙，与物多忤。”

大师多傲骨，否则难成大师，逆境中撑不住，垮掉了。

信中又云：“汝辈稚小家贫，每役柴水之劳，何时可免？念之在心，若何可言！然汝等虽不同生，当思四海皆兄弟之义。”渊明的五个儿子在乱世存活下来，妻子翟氏得享天年，萧统夸她：“能安勤苦，与其同志。”

据国学泰斗袁行霈先生近年考证，陶渊明活了七十六岁。

陶渊明五十八岁作《桃花源记》，这是中国人千百年不变的精神家园。他的精神伟力牢牢扎根于日常生活，举止天真，和蔼可亲，就像我们的亲人。他说：“落地为兄弟，何必骨肉亲！”

生活之信仰，陶渊明承先启后。上京里和南村，先生有酒盈樽的日子居多，美感横呈，俯拾皆是。辗转乞讨的那双颤抖的手，破天荒写进传世诗篇。

“长吟掩柴门，聊为陇亩民。”古代最黑暗的时期，仍然有一些人过得赏心悦目。其中的佼佼者，就是江西九江的五柳先生。

当代德国的大学生中学生普遍熟悉荷尔德林，追慕那位“诗人中的诗人”。中国的学子如何呢？伟大的陶渊明，是否寂寞少知音？

李白："安能摧眉折腰事权贵，使我不得开心颜"

公元725年，二十四岁的李太白"仗剑出蜀，辞家远游"，雄赳赳气昂昂，跋山涉水向荆楚，思奔大长安。他的老家是绵州的青莲乡，离眉山不太远，今之高速火车个把钟头的路程。李白的父亲李客，从中亚碎叶（今吉尔吉斯斯坦，当时在中国境内）迁家到西蜀。家族富有。郭沫若先生认为李客是个富商。

李白出蜀前读书于匡山，游成都的青城道山，游峨眉仙山，游眉山的象耳山，留下"铁杵磨成绣花针"的故事。古木森森的象耳山高不足百尺，是眉山城的近郊。李白多半进过汉代已设了州治的眉山古城。

李白在一封求官信中自称："身不满七尺，而心雄万夫。"从他一贯自吹的性格推测，他的个头不会超过六尺半，与他所崇拜的、身高八尺的诸葛亮相比矮了不少。他昂首挺胸，有时忍不住要踮脚走路，像拿破仑或年轻的毕加索，像普京总统；李白佩龙泉剑，携孔子琴，头戴烟囱般的高帽，"何王公大臣之门，不可以弹长剑乎"？他十五岁学剑术，四十岁跑到山东的任城去，拜天下第一剑客裴旻将军为师。"托身白刃里，杀人红尘中。"又自夸十岁读先秦的诸子百家，不啻神童中的神童。

有正气垫底，李白的龙泉剑应该是专杀坏人。而古琴取名孔子琴，可见其近乎狂妄。

高兴的日子他自比孔夫子："君看我才能，何似鲁仲尼？"愤怒的时候他来个通不认："我本楚狂人，凤歌笑孔丘！"

中国历代文豪，李白的形象最近狂人。陈寅恪疑心他是胡人。

李白不缺钱，缺一顶像样的官帽。富商向官府靠拢，是秦汉以降绵延两千年的传统，庶几近于全民族的集体潜意识。官比钱大，避免了金钱的单纯发力，遏制了自私与贪婪的疯长，维系了百代大局——士农工商的价值排序。

如今商风的大起，主要是生产技术发达所致。需要防范的是：商业型人格独大。

李太白非常想做官，但不能从基层做起，像孔明那样一步登天又很困难。腰缠万贯的李太白为什么老想走仕途呢？看来那个集体潜意识作用于李客，李客传于李白。

那么多的钱，待在天府之国不是很惬意么？妻妾成群，儿女绕膝……可是李白练就了一身本事要干大事，“大济苍生”，“游说万乘”，他相信自己有皇家的血统，像杜甫和李贺。杜甫的母族与李姓王室或有瓜葛。

李白的第一桩婚姻不乏政治动机，娶已故丞相许圉师的孙女为妻，定居湖北的安陆，生下一个儿子就跑掉了。儿子取名伯禽，与周公姬旦的儿子同名。女儿叫平阳，也许他会联想汉唐的两位平阳公主。书童曰丹砂……总之，李白尽量让自己身边的人与物不同凡响。他在安陆一带先后待了十年，称：“酒隐安陆，蹉跎十年。”一封接一封的求职信写给裴长史、厉长史、韩荆州，诗云：“生不用封万户侯，但愿一识韩荆州。”荆州的官场传为笑谈。他在大街上拦厉长史（副州官）的车驾，差点挨鞭子，幸好他身手敏捷闪开了。年谱中没有拳打官员或剑指衙役的记载。

“朝叩富儿门，暮随肥马尘。”杜甫求官的辛酸经历，以另一种心态在李白的生活中反复上演。李白是天天碰钉子也要神气活现的，郁闷短暂，几乎瞬间反弹。这倒不是因为他脸皮厚，他是真郁闷，“举杯消愁愁更愁”，喷发而为一系列杰出的诗篇。李白式的短暂郁闷是个谜，相同的傻事他会干上十几遍，相似的大话恐怕要重复百遍。复杂的官场谁理他呢？没人理他。他的求职信被众多官僚扔进垃圾桶，可惜了一手狂草书法。

李白在安陆，名气不大，笑话不少。

“世人见我恒殊调，闻余大言皆冷笑。”李白说大话的样子想必很有趣。有一些场合，人们会认为他是个有学问的江湖骗子。

酒隐安陆，隐不出个名堂来，于是李白奔向长安，隐入了终南山，那儿离皇帝近，王公大臣的离宫别馆连成片。此间他三十来岁，已经有了某些名气，结识了若干高官。也许老丈人帮他搭建过交往平台。唐朝兴这个，处士须干谒。老丞相张说的儿子、驸马都尉张垍，让他去玉真公主的别馆晋见公主。张垍说，皇帝（玄宗）的妹妹玉真公主痴迷李白的诗作。李白一听脑子炸了，那可是金枝玉叶、修道多年的玉真公主啊。

烟雨茫茫终南山，李白狂奔西南麓，一口气奔出二十多里，山道泥泞湿滑，他跌个嘴啃泥，爬起来又奔。体能超级好，抓住悬崖峭壁的藤蔓，如同荡秋千。一路上念头追念头，快如闪电：公主喜欢我哪一首诗呢？她崇尚老子的《道德经》还是庄子的《南华经》？抑或她偏爱西汉淮南王的《淮南子》……

李太白疾如秋风，冲到别馆一看，傻了，别说玉真公主的丽影，连个鬼影都没有。偌大的园子乍看像一座废园（原本就是废园，李白不愿相信）。雕梁画栋飘着蛛丝，池塘边乱草疯长，野物逃窜，怪鸟惊飞……然而李白的心中已经装下了玉真公主，挥之不去了。公主的美丽是不用说的，公主的道行当与李白在伯仲之间。

匆匆忙忙的李太白走遍了别馆，双目直如手电筒，淋得像落汤鸡，脑袋瓜却像一台处理器，把废园的细节处理掉了：他相信不久前玉真公主的香车宝马到过这里。

想见公主的强烈意愿，赶走了李白良好的直觉。山风隐隐约约送来了脂粉味儿。

这个有胡人特征的男人决定等候。秋雨连绵无所谓，玉真公主很重要。一个金枝玉叶，胜过五十个牛逼哄哄的韩荆州。他收拾了一间正屋住下，寻思那绣房原是公主的卧室，雕床有余香。“美人在时花满堂，至今三载留余香。”李白闻美人余香的功夫很可能天下无匹，丽人的芬芳居然三年不散。现在，他追寻玉真公主的芳踪。

书童丹砂唠唠叨叨，抱怨厨房干不完的脏活累活。杂面馍吃光了，酒坛子喝空了，得去山下的小村，打浊酒买粗粮，再买几根蜡烛……夜深山寂寂，雨丝还在飘，李白换了一身道衣，琴案前焚香默坐片刻，冥想公主居终南山的日常举止，“思与公主化”。他弹奏伯牙的《高山流水》，暗想玉真公主是钟子期。

丹砂嘟嘟哝哝，裹衣纳头便睡。

没人知道李白在公主的别馆等了多久，也许十天半月。天刚刚放晴，转眼又刮来了一场山雨，淅淅沥沥。李白《玉真公主别馆苦雨赠卫尉张卿二首》，充满了吞吞吐吐的埋怨：他拿不稳，那个都尉张垍是不是在捉弄他。长安的贵族和官僚拿寒士取乐，乃是百年之常态。“厨灶无青烟，刀机生苔藓。”他不得不和丹砂一起生火做饭，打柴禾，揉杂面，呛灶烟。“弹剑谢公子，无鱼良可哀。”

战国时代四公子之一的孟尝君，门下三千客，贵客出有车食有鱼，而李白三十岁自困于深秋时节的终南山，进退失据，凄风苦雨，食物粗糙，顿顿喝寡酒，“沉沉忧恨催。清秋何以慰，白酒盈吾杯”。眉山人管这情形叫“狗舔油锅”——舔又烫，不舔又香。

张垍贵为驸马爷，李白曾经向他父亲张说呈献过诗赋，展露才华。李白有些怀疑张垍了，却不肯撤离别馆。白天他爬到高高的树上眺望，夜里徘徊于悬崖边，一声长啸，丹砂以为他要跳崖……睡里梦里的玉真公主啊，《长相思》：“美人如花隔云端。上有青冥之长天，下有渌水之波澜。天长路远魂飞苦，梦魂不到关山难。长相思，摧心肝。”

佳人难觅，佳作却是意外的收获。秋雨中苦苦等候，等出了长相思，“美人如花隔云端”。这首诗未必写玉真公主，终南山的宫观别墅一座接一座，香车美人如云。春秋多佳日，长安的名媛淑女鱼贯而来，其中当有十六七岁的杨玉环。

李白第一次奔长安，先后两次隐于距京城百余里的终南山。据安旗先生《李白年谱》，终南山的西南小山有玉真观残存的碑碣，上有楼观全图，“玉真观”三个字尚依稀可辨。

世事如烟，一飘千年。李白的这股“烟”，一万年飘不断……

学者们一般认为，玉真公主确实很欣赏李白的才华，李白四十二岁进宫做翰林学士，得益于玉真公主的美言和道士吴筠的推荐。李白做翰林待诏两年，当与公主见过面。他会铆足劲儿为公主写诗，可惜诗已不传。李白的作品，散佚十之八九。张垍是李白命运中的灾星，他捉弄李白的可能性很大。此人后来投靠叛贼安禄山，当上大燕国的丞相，安禄山败，张垍落了个身败名裂的下场。

李白隐于终南山期间，玉真公主的别馆早已废弃，张垍多半知道。他怂恿傻乎乎的李白去别馆等候公主，把李白苦等多日的事讲给别人听，笑掉大牙。

李白的傻劲儿确实少见，比如他的痴迷神仙，遍游名山，到处夸海口，满世界乱窜，扬州一年散金三十万，一觉醒来发现自己成了穷光蛋，于是凄然落笔："床前明月光，疑是地上霜。……"古今人杰有个共同的特征——一条路走到黑，"咬定青山不放松，任尔东西南北风"。李白待在公主别馆的傻样儿颇可爱，绵绵秋雨一如他的思绪，灼人的目光咬定青山。任凭山风呼啸，"我自岿然不动"。

公元731年前后，那一场终南山的秋雨，将李白异于常人的形象托起。

李白自言："三十成文章，历抵卿相。"他在长安敲那些权贵门，受尽嘲讽与捉弄，大半年的时光，多少负面情绪，归为一声长叹："大道如青天，我独不得出。羞逐长安社中儿，赤鸡白雉赌梨栗。……"自视为管仲、孔明的李白，跟长安的市井泼皮赌梨栗，在北门打起来了，一人独战数十人，被泼皮打得鼻青脸肿，险些丧命。"北门之厄"的故事后面再讲。年轻的杜甫到长安曾参与市井赌博，却道："有时英雄也如此。"

李白的修炼具有特殊性。他也不管什么修炼不修炼，只是求名，求官，求仙，求好诗，求美人。生命冲动一气呵成，能冲多远他也不知道。

冲刺过程中所有的阻力都叫修炼。

"安能摧眉折腰事权贵，使我不得开心颜。"李白四十岁以前辗转求官，再三靠近摧眉折腰的边缘，方有如此之浩叹。苏轼云："百年不易满，寸寸弯强弓。"李白敢于戏弄唐玄宗，敢于青睐杨玉环，痛斥显贵权臣，盖因其自由奔放的生命力所致。李白不复杂，复杂他就变成李林甫了。他一生三次奔长安，头一次冲得最厉害，落差也大，宛如高高的喷泉落珠溅玉，化为锦绣诗篇，《将进酒》《蜀道难》均为这一时期的作品。

任华说："李翰林平生傲岸其志不可测，数十年为客，未尝一日低颜色。"

人人都会有傲岸，人人的傲岸有不同。李太白多头并进的狂傲世所罕见，所以一代又一代的中国人仰望他，仰之弥高。皇权覆盖的民族缺少自由精神，于是，缺啥想啥。李白千年不变的可爱，盖因此焉。而皇权的崩溃总是伴随着巨大的血腥。魏晋时代有人的自觉，却源于汉室的衰微，群雄割据，"有枪就是草头王"。此系中国历史之悖论。

李清照：『谁怜流落江湖上，玉骨冰肌未肯枯』

李清照是山东济南人，十一世纪的八十年代，生长于大明湖畔，趵突泉边，大约十六岁，随父迁居到汴京。父亲李格非，系苏轼门下后四学士之一，官居礼部员外郎。李清照的童年和少女时代生活幸福，婚后养尊处优。在济南，她早慧，博览群书，能诗能琴能妖娆。体貌清瘦，个头高，很有骨感美人的韵致。倔强的性格像她父亲，晋唐宋文豪们又领引她的独立性，她却不用奔场屋（科举考试），走仕途，傲骨未经磨损。她嫁给宰相赵挺之的儿子赵明诚，琴瑟和谐，日子滋润，小两口展玩书画，寻觅金石珍品，发不尽思古之幽情。赵明诚是金石学家。“集古录一千卷”的欧阳修之后，宋代数他藏品最丰，具有出众的鉴赏眼光。

东京（汴梁）御街的阔绰园子，有着良好修养的美妇人我行我素，敢于顶撞正在变得邪恶的公公。宋代以孝治国，远较唐代为甚。赵挺之是朝廷拳打脚踢的好手，回家却不能“气貌威严”，李清照不吃他的那一套。赵府几个儿媳妇，李清照嗓门儿最高，但不会无理取闹。她写下的一些词，被京城的道学家们视为有伤风化的“艳词”。她喝绿蚁酒，踢气球，穿戴随意，有时还赌一把“关扑”——宋代流行的游戏。李清照天脚穿大鞋，每日园子里闲逛，犹如林黛玉和史湘云的合体。兴之所至她还放声歌一曲，三寸金莲的妯娌们一惊一乍。

李清照拉着丈夫逛十里御街，随口哼出《减字木兰花》：“卖花担上，买得一枝春欲放。……怕郎猜道，奴面不如花面好。云鬓斜簪，徒要教郎比并看。”宰相府的少妇斜插春花招摇过市，与夫君当街调笑，玉齿大开，这简直不成体统——道学家们恨声连连，集体上书宰相大人，强烈要求她遵循妇道。然而李清照对公公的提醒、训斥一笑置之。忍不住她还要反驳强势的老头，史载：她与赵挺之“时有龃龉”。

宋代节庆多，据伊水文《宋代市民生活》一书，汴京一年中的节日多达七十多个。街头巷尾的耍子层出不穷，春夏秋冬玩不停。汴京的御街极为宽阔，超过唐代长安的朱雀大街，近一百五十米，四十辆驷马高车可以并驰。京城酒楼三千家，勾栏瓦子随处可见，波翻浪涌的汴河上下昼夜热闹，纤夫的号子激荡河水。潘楼、状元楼、白矾楼、丰乐楼前的大广场，女子足球队短衣狂奔，红颜厮杀，观者成千上万，其中就有不戴假面的豪门名媛李清照。她在人群中挥舞酥臂呐喊，嗓子都喊哑了，俨然拉拉队的队长。

矜持的贵妇们坐了巾车远观，对高挑蹦跳的李清照侧目而视。

年轻的夫妻如胶似漆，女词人的缱绻情愫掩饰不住，“无奈诗魔昏晓侵，绕篱欹石自沉音”。晨起凭雕窗，她写下了一首《丑奴儿》，双颊赤红如同朝霞。小脚妯娌溜进她的书房偷看了，出门大呼小叫，直奔婆婆郭夫人的住处。偌大相府一百多口人，须臾传遍，传到大街上去了，好事者还书于大相国寺的墙壁。李清照居然把夫妻事写进了新词!

“晚来一阵风兼雨，洗尽炎光。理罢笙簧，却对菱花淡淡妆。绛绡缕薄冰肌莹，雪腻酥香。笑语檀郎：今夜纱厨枕簟凉。”

菱花指铜镜。檀郎：情郎，以檀香木喻可心郎，宋人常见。

一个长期“守活寡”的妯娌顿足道：《丑奴儿》真真丑死了，把床上发生的事情都写明白了，艳词，浪语！汴京传开去了，咱堂堂赵府哪里还有些儿颜面？皇帝陛下知道了咋得了？

皇帝是宋徽宗，中国的头号嬉皮皇帝。

然而骄傲的李清照更有《渔家傲》，上片云：“雪里已知春信至，寒梅点缀琼枝腻。香脸半开娇旖旎，当庭际，玉人浴出新妆洗。”情色语跃然纸上。理学盛行之时，李清照敢写这个。李清照玉人出浴，堪比华清池的杨玉环，只是杨丰腴，李清瘦。绰约多姿一焉；未生孩子一焉。李清照的早期词写得十分好，有两个原因：赵明诚磨勘三年宦游远方，她以浓情之身守空房，郁闷难解难排；她未能做母亲，得以专注浓愁轻愁，在郁闷的深处绽放词语之花。笔者曾两次写李清照，发现了这一点。如果她生下一堆儿女，爱得手忙脚乱，母性取代诗性，我们今天就读不到那些绝妙好词了。

幸好中国有个李清照，填补了文学史的高端空缺，婀娜之身不让须眉伟男。李清照以下，找个三流女诗人也难。她写《词论》，甚至毫不客气地批评苏子瞻、柳耆卿、欧阳修。她格外推崇婉约派宗师秦少游。

小词《如梦令》："昨夜雨疏风骤，浓睡不消残酒。试问卷帘人，却道海棠依旧。知否，知否？应是绿肥红瘦。"两情浓烈之际，思念丈夫的女人日日抱着孤枕眠，别是一种锤炼。古语讲伤心人别有怀抱，李清照把女人的伤心怀抱写到极致。

汉语表达之凝练，西方人若能欣赏，一定瞠目结舌。汉语笼罩下的华夏文明，人与自然，才能如此水乳交融，美感横呈。英国直到二十世纪才出了一个天才女作家伍尔芙。

"安排肠断到黄昏"，这辛酸语，却令人想起若干年来无数异地打工的夫妻，想起数不清的年纪轻轻离异独居的女人，想起大龄不敢嫁的数以千万计的女性……

赵明诚磨勘结束，李清照大欢颜，日日换新装，变发型，乌发斜插鲜花，唤做"花步摇"，美给丈夫瞧。伉俪风流不消细说。赵明诚贵为相门子和朝廷命官，却始终不考虑纳妾，置偏房生儿子，以免"不孝有三，无后为大"，这是为什么呢？赵明诚与汴京姹紫嫣红的官妓们也无染，下班就回家，这又为何？此二者，另文详叙。

宋徽宗玩天下玩腻了，突发奇想玩起了战火——嬉皮式生存牢牢控制了他的潜意识。看来现代的无厘头有它古代的苗头。浅表性生存，快餐式生存，嬉皮笑脸式生存，古代就有，只是不像今天有大规模复制的趋势。

宋、金联手，吃掉北辽，金兵扭头吃大宋，屠刀切下了北中国。李清照的命运被拦腰切成两半。1026年之"靖康南渡"时，陆游生，岳飞二十三岁，李清照近五十岁。

北人跟着尿裤子的宋高宗千里大逃亡，滚滚人流中有李清照和赵明诚。夫妻逃到建康（南京），过了两年，石头城发生兵变，李、赵又跟着高宗的銮驾奔向安徽池阳（贵池区）。不久，兵乱平息，高宗返回建康。赵明诚任湖州知州，疾赴建康，李清照暂居池阳，守着几大间屋子的珍贵文物。

《金石录后序》记载池阳江头的离别场景："六月十三日，始负担，舍舟坐岸上，葛衣岸巾，精神如虎，目光烂烂射人，望舟中告别。"

目光烂烂射人，是李清照刹那间留下的印象。兆头不好。丈夫的神色异于往常。李清照深夜徘徊池阳的官舍，忐忑不安。七夕，她填了一首《行香子》，其声近于哀号："星桥鹊驾，经年才见，想离情、别恨难穷。牵牛织女，莫是离中？甚霎儿晴，霎儿雨，霎儿风！"天有不测风云，人有不祥直觉。

至亲至爱者相隔千里，却能意念相通，据说现代物理学已经宣称要破解这个谜。

赵明诚病倒建康城，也许是中暑，引起了若干并发症。李清照踉跄赶去时，他已经奄奄一息。女诗人天都垮了。好端端的男人，忽然变成了一座坟。

未亡人李清照痛定思痛，词语和泪吐："小风疏雨萧萧地，又催下、千行泪。吹箫人去玉楼空，肠断与谁同倚？一枝折得，人间天上，没个人堪寄。"阴阳永相隔，彼此无消息……而方块字的间隔功能，乃是一切疼痛的缓释胶囊。苦难中的李清照抬起头来，写下《夏日绝句》："生当做人杰，死亦为鬼雄。至今思项羽，不肯过江东。"

寥寥二十个字，出离了愤怒，矛头直指宋高宗和一大群峨冠博带的逃跑主义者。赵明诚的死，与皇帝的闻风而逃有关。苦难接踵而至：十一月，金兵攻陷洪州（江西南昌），宋高宗撒腿再逃，李清照又一次卷入数十万逃难的人群，向南再向南。逃杭州、越州、明州、温州、台州，《金石录后序》："出陆（建德），又弃衣被。走黄岩，雇舟入海，奔行朝，时驻跸章安，从御舟海道之温，又之越。"驻跸：皇帝留住之地。之：前往。

几十年养尊处优的李清照，披头散发三千里，舟车逃了一百天。亡夫之痛未消，灾难忽又从天而降——数以万计的文物运出洪州后全部"蒸发"。押运文物的将军是赵明诚的妹夫，官居兵部侍郎。也许文物遭金兵洗劫一空。李清照痛不欲生，那可是数不清的国宝啊，亡夫一生的心血啊。单说徐熙、吴道子、杜甫、李公麟、苏东坡、宋徽宗、蔡襄、蔡京、米芾等的书画墨宝，件件价值连城啊！赵明诚和李清照曾在山东青州生活了十年，拮据窘迫的日子也未曾卖过一件。玩赏古物，精神性压倒一切。其时，仅米芾的一幅字，就抵得上开封城的一座豪宅，遑论苏东坡、黄庭坚、宋徽宗的书画珍品。

李清照遥跪赵明诚的亡灵，斑斑泣血。凭谁也扶不起……

而在波涛汹涌的大海上，李清照写下豪放杰作《渔家傲》，上片："天接云涛连晓雾，星河欲转千帆舞。仿佛梦魂归帝所，闻天语，殷勤问我归何处？"中年美妇美得相当从容了，何以如此？汉语经典给了她力量。庄子活在她的血液中，唤醒了她的文化本能："我报路长嗟日暮，学诗漫有惊人句。九万里风鹏正举，风休住，蓬舟吹取三山去。"

诗与思高端接轨，人与天地齐一。

清代学者黄了翁点评：《渔家傲》"浑成大雅，无一毫脂粉气，自是北宋风格"。黄了翁说对了一半，脂粉气没啥不好。李煜、李清照的早期词脂粉香浓，照样佳作连连。

海上风涛连天。数月来难以名状的揪心剧痛，却不能让李清照一头栽下海去。这耐人寻味。其间隐藏着中国文化的密码。人把自己放到宇宙当中，以万物的生死荣枯为参照，所有的痛苦都会慢慢平息。历代先贤，例子太多。前提却是永不停息的修炼。

今之伤心女人，不妨细想李清照。

南宋定都杭州，称临安。官僚集团不可遏止的腐败惯性在江南继续："西湖歌舞几时休……直把杭州作汴州。"一个名叫张汝舟的官员旧交来到杭州，向李清照百般示爱。垂暮的美妇人承受不住，自由的女人要享受身心自由。她坠入情网，冒着舆论的枪林弹雨改嫁了姓张的男人，岂料落入毒蜘蛛精心编织的蛛网——老江湖张汝舟骗财骗色，暗里吞掉李清照珍藏的古物，并且辱骂她，殴打她，恫吓她，绣床边、雕窗下、古树旁，一次次拳脚相加，"遂肆凌侵，日加殴击"（李清照《投翰林綦崇礼启》）。饶是李清照骨头硬，如何打得过张汝舟？昨夜软语温存，今日大打出手——这太惨了，呢喃变呻吟，雪肤见血痕。我们的诗人不哭。她没有一滴泪。

再婚仅一个多月，李清照毅然宣布离婚，把张汝舟告上了官府。杭州越州轰动了。离婚案一波三折，惊动了皇帝……张汝舟流放，李清照入狱。

宋代的婚姻法律严格遵循礼教，妻子状告丈夫，打赢了官司却要判刑两年。

李清照经人疏通，狱中只待了九天。她盛妆出狱，穿一款月白色长裙，在小弟李迒和几位女友的陪伴下，走过“珠帘翠幕、参差十万人家”的杭州城。她的衣饰、发型、步态、佩玉，连同她野性内敛的平静目光，成了杭州人津津乐道的话题。她的词集叫《漱玉词》，南人北人同声吟唱。她的婉约与豪放，她对各种情绪的细腻捕捉，并将复杂的情绪化入自然的无穷脉动，了无痕迹，使她登上了中国第一女诗人的宝座，永戴桂冠，未来也不可能受到挑战。《漱玉词》滋润女性的心灵，兼有驻颜美容之功效。

最艰难的日子她写下长调《声声慢》：“寻寻觅觅，冷冷清清，凄凄惨惨戚戚。……梧桐更兼细雨，到黄昏、点点滴滴。这次第，怎一个愁字了得!”

词语荡漾心之涟漪，词语掀起肌肤的波澜，词语也疗伤，慰藉灵魂。

萨特获诺贝尔文学奖的主要作品《词语》，说尽词语的宏大与微妙。

萨特为何拒绝诺贝尔文学奖？倒是值得今天的中国作家细思量。中国作家，焉能瞄准西方的标准写作？此系题外话。

李清照的苦难与国家的苦难同步，她深入自己也就深入了时代。她的生存格局大开大合，潮起潮平，归于一片光风霁月。五十岁以后她长住杭州，居小楼，日子精致，流连于美饰、美器、美酒、美词，“酒阑更喜团茶苦，梦断偏宜瑞脑香”。

她美过了六十岁，款款美向七十岁。多少往事涌逼，逃难，亡夫，失宝，再嫁，挨打，入狱……而词语收尽这一切：“谁怜流落江湖上？玉骨冰肌未肯枯。”

冰清玉洁这个词，形容李清照最为恰当。清丽而温润之光，照耀中国千年。

曹雪芹：『举家食粥酒常赊』

曹雪芹只活了四十来岁，这是炎黄子孙永远想不过的一件事情：那么伟大的作家，堪比万里长城的人物，生命为何如此短促？另外，他四十岁以前就写完了一百二十回本的《红楼梦》，这部百科全书式的作品，可谓空前绝后，年轻的曹雪芹为何懂得那么多？“披阅十载，增删五次。”可见他二十几岁开始动笔，“十年辛苦不寻常”。

古往今来，辛苦的人多如三十年前的满天星，为什么曹雪芹的辛苦不寻常？单讲他留给人间一部伟大作品是不够的，在浅阅读惊人泛滥的今天，我们应当知道，曹雪芹的旷世伟业究竟伟在何处。

曹雪芹是在富贵窝中生长的，和南唐后主李煜一样，“长于妇人之手”。曹公名霑，雪芹是他后来的自号，取自苏轼贬黄州的诗作：“泥芹有宿根，一寸嗟独在。雪芽何时动？春鸠行可脍。”霑，谐音站，曹雪芹小名占姐儿，是妇人们希望这曹家嫡传独苗不病不灾的意思。曹氏家族的男人们都在拼搏仕途，占姐儿在脂粉堆中快活自在。幼年童年他被装扮为女孩儿，每一个毛孔都浸润在女性优雅的世界中。从他的文字和行为看，却是雄性十足，雌性激素有限。这一点很重要。

后来他别号梦阮，对魏晋时代狂放不羁的阮籍颇向往。

俗话说，三岁看大七岁看老，曹公是典型。“女儿都是水做的”，而男人一概是须眉浊物，这是曹公的发现，两千年男尊女卑的礼教大潮中，这具有唯一性。换言之：他发现了富含历史能量的铀矿。发现源自性别分裂：这个喜欢脂粉的男孩儿并不自视为男孩儿，他以女孩儿的清爽目光打量世界之为世界，直到父亲的高压才迫使他的双眼投向男性世界，几乎自然而然看见了种种肮脏、龌龊与邪恶。

巨大的矛盾，无穷无尽的内心冲突，类似强对流天气，使曹雪芹在漫长的书写中成为曹雪芹。一管廉价毛笔，生风生雨生雷电。外在的因素是抄家，荣华富贵转眼成空，“蛛丝儿结满雕梁”。曹府被抄时，曹雪芹十六七岁。内外两股绵绵不断的大力合铸曹雪芹。没人知道他读过多少书，“杂学旁收，过目不忘”，更没人知道他何以能洞察十几个阶层的生活，连老妈子吵架、小丫头拌嘴也让我们看端详。《红楼梦》写了四百四十八个人，涉及社会生活的所有领域。主题明确：向男权社会和盘端出女性的价值，写出她们的美好、自尊与受压迫，被毁灭。“悲剧是把有价值的东西毁灭给人看。”（鲁迅）曹雪芹的笔下，“千红一哭，万艳同悲”，投井上吊抹脖子的红颜女子比比皆是。林黛玉追求自由恋爱是悲剧性的，“一年三百六十日，风刀霜剑严相逼”。她在薛宝钗出阁成婚的那一天，抱恨而亡，焚诗稿断前情，“一弯冷月葬诗魂”。

记得我念初一读完《红楼梦》，真是五内翻腾，半天回不过神来。一部好书，对人的影响力不可估量。这部皇皇大著几乎不可能被穷尽。一百多年来，研究“红学”的队伍中，国学大师、文学巨匠如云，显赫的名字可以列出一长串。

毛泽东说：《红楼梦》要读五遍。

古代写小说是不入流的，“小说者流，盖出于稗官野史，街谈巷议”。但小说的元素在人类的洞穴时代已见端倪，形象思维渊远而流长。《诗经》《史记》不乏场景描绘和心理刻画。司马迁也善于虚构细节。小说有民间的沃土，千百年强劲生长，例如书场文化在全国各地的发达。小说的不入流，盖因官方不屑一顾，尽管官员们私下读得很起劲。曹雪芹写小说的风险在于：遭人白眼；不能养家糊口。他二十岁左右成家，没过多久妻子去世，续弦曰芳卿，家住北京的西山村落，芳卿生一子，小名叫方儿。也许她又生过女儿。家里当有其他人，比如芳卿的亲人。一家好几口，单靠曹雪芹这根顶梁柱。

曹雪芹一度做过宫廷画师，卖过亲手扎的风筝，摆过泥人摊，制作漆器、石器、玉器是一把好手，干木匠活很是利索——这个多才多艺的男人挣钱养家并不难。他可以教私塾，开药方，撰写对联，代人写书信，乃至算命卜卦，求僧问道，操办婚丧事，做八旗子弟的陪读、陪玩或是豪门清客，总之，他谋生的手段非常多。曹氏家族垮掉了，还残存着一些社会关系，如果他加以利用，拿毛笔的手也用作敲门手，生活会过得滋润，子孙满堂，皆大欢喜。曹雪芹是曹家唯一的嫡子。

可是他居然写起了小说。

每天守着破窗写呀，写呀。早年生活的记忆太稠，印象太深，感慨太多。表达的欲望渐渐成了最大的生命冲动，灵感的火焰越烧越旺。《红楼梦》初名《情僧录》《风月宝鉴》，一部中篇小说的规模，像一支勘探宝藏的小分队。宝藏显露了更多的宝藏，恰似宝山越挖越高，书稿由作家的红颜知己脂砚斋命名，曰《石头记》。

曹雪芹在书写中成为曹雪芹，换言之，他的精神伟力在方块字搭建的殿堂中茁壮成长。“语言是存在的家。”语言的抽象功能，乃是人之为人的决定性标志。美好的女性受压迫，群芳散尽，越是自尊自主自强，她们越是悲凉无助，男权社会霸气横流浊浪滔天……曹雪芹一头扎进去，重现了时光，重构了时光。重构意味着超越。

深谙此道的普鲁斯特说：“唯一真实的乐园是我们已经失去的乐园。”

普鲁斯特患有哮喘病，畏寒，长期关在屋子里，写下法国人顶礼膜拜的巨著《追忆逝水年华》。雪芹先生身体好，在二百多年前的北京城能八方游走，去他想去的任何地方，可是他却坐在陈旧的书桌前，日复一日挥舞着红肿的冻疮手。以他的性格猜想，他写字的速度比较快，书风或近草书。金陵十二钗，金陵十二副钗……风情各异的女子联翩而至，她们的音容笑貌宛如目前。“琉璃世界白雪红梅，脂粉香娃割腥啖膻”“意绵绵静日玉生香”……需要指出的是，《红楼梦》绝不是一场富贵旧梦。

伟大的小说写在旧皇历的背面，一本又一本。先生哪有余钱买稿纸。笔砚普通。旧皇历上的宫殿渐渐金碧辉煌。回忆，回思，过去的时光黑洞般吸牢作家的目光。几百人的喜怒哀乐奔来笔端。贾、史、王、薛四大家族的荣与衰，荣国府，宁国府，数不清的生活场景恍若梦境。

脂砚斋重评《石头记》："作者本意，专写末世。"

曹雪芹是一位批判现实主义的作家。

雪芹先生身不由己了，吃与穿退居次要。艺术不可思议的魔力吸附他。表达就是生命本身。泉水要涌出来，这是没有办法的事情。地热涌出的温泉呈喷射状，抵达了沸点。沸点却能表达冰点，《红楼梦》冷热交融，阴阳互生，耸峙为中华民族之精神奇观。

曹雪芹洞察了华夏女儿两千年的辛酸史，红学家们历数的十几种专史（馔肴史、服饰史、器皿史、节庆史、婚丧史、优伶史之类）要放在其次。这是惊心动魄的，洞见本身闪烁着真理之光，"天风海雨逼人"（苏轼）。

凭借司马迁曹雪芹苏东坡等文化先贤，我们得以理解德国大师海德格尔的著名论断：艺术把真理设入自身。

"穷且益坚，不坠青云之志。"

曹雪芹年复一年在破纸上过日子，一己之身体验着芸芸众生，其乐无穷。伟大作家的一天，可比寻常人的一百天。生命首先是要由强度来衡量的。回行之思自动谋求着表达。血液分分秒秒在燃烧。尼采津津乐道的美神与酒神，每日造访我们的小说家。他昼夜徘徊庭院，令人联想罗丹雕刻的昂首苍穹的巴尔扎克，联想三十年前为电视剧《红楼梦》作曲的王立平先生。王立平是懂得曹雪芹的。一曲《葬花吟》，堪称绝响。

1980年代，中国的作曲家们尚能在质朴的状态中创作。其后，指向灵魂、深入肌肤的好歌渐少，21世纪初叶，几乎寥若晨星。文艺界有铜臭味，假风格混淆视听……好在我们已有足够的理由期待，这个局面能在不久的将来得到扭转。

好作家能够深入感觉的内部，重新定位现实生活。什么叫现实？这绝不是自明的东西，它需要强力追问。人过了一天，并不意味着拥有这一天。追忆，反思，领悟，是无穷无尽的，错综复杂的，九十岁回忆孩提时代，还会有新发现、新感觉，知识、阅历、身体、心境都在起变化。比如躺在床上想事儿，与起床后想同一件事会有差异，为什么？意志力变了，情绪也变了。除了全能的上帝和佛祖，没有人能够完全拥有自己的过去，拥有一半也难。所以，记忆是人类永恒的黑洞。——三年前笔者思及了这一层。

西哲尝言：一切回忆都有批判的意味。这话是说，回行之思直指当下与未来。“回行之思”是海德格尔的常用词。

十年，三千六百天，曹雪芹守着破窗写呀写呀，他究竟图个啥？事实上，他的写作生涯远不止十年。这里，艺术冲动直接是生命冲动。吾爱吾家，但更爱真理。或者说，艺术—真理的召唤与指引让曹雪芹神魂颠倒，亿万体细胞全部充盈了。作家的每一刻都兴奋着，喜怒哀乐大循环。破窗变了雕窗，雕窗又结满蜘蛛网。灵感照亮了荣宁二府的每一个角落。不难想象曹雪芹伏案写作时的那双眼睛，那颤抖的手，那喧嚣与禅静交袭的灵魂……兴奋，乃是包括动物在内的生命饱满度的唯一指标，而艺术创造是抵达恒久兴奋的最佳渠道。艺术不伤人，也几乎不消耗能源。艺术提供了激活感觉的无限的可能性。我们重温尼采：“艺术是生命的兴奋剂。”

我们的天才作家越写越穷了，偶尔卖掉几幅字画，换来散碎银子。曹雪芹没有名气，卖字画要碰运气。遭人白眼的事情时有发生，他当即还以白眼，“白眼向人斜”。脂砚斋形容为“眉立”。阮步兵的狂傲，苏东坡的坚忍与旷达，三十来岁的曹雪芹兼而有之。

敦诚、敦敏两兄弟是先生的挚友，尽管他们不富裕，却时常接济柴米。北京西山小村的酒肆，常常挂着曹雪芹的酒账，敦氏兄弟不知为他付过多少次。后来又有张宜泉，几十里路也要拐过来，看看小酒肆有没有曹雪芹的账单。这些人都是《红楼梦》的幕后英雄，历史会永远记住他们。1980年的《红楼梦学刊》，有一幅“雪芹归村图”，先生傲雪而立，旷野一片白茫茫。那幅设色水墨画，笔者至今记忆犹新。

有一天，远道而来的敦敏访曹雪芹不遇，题诗于酒肆的白壁：“野浦冻云深，柴扉晚烟薄。山村不见人，夕阳寒欲落。”又一天，敦诚带了积攒的二十两银子来，曹雪芹远游未归，他把银子交给了芳卿，在曹家的柴门外伫望，直到寒阳落山。

才华横溢、慧眼独具的脂砚斋更是曹雪芹家的常客，她与芳卿情同姐妹。据考证，芳卿能写诗，能画画。曹雪芹的书房叫悼红轩，是脂砚斋起的名。

二百五十年前的北京，冬天真冷，真漫长。城里城外多见厚厚的冻土层，夏日不能解冻。敦氏兄弟留下来的诗作多写冬季，只因冬天的曹雪芹最难过。棉衣棉被，烤火的木炭柴禾都是问题。吃得太简单，热量远远不够，而写作消耗脑力，比体力劳动的消耗更多。于是作家大量饮劣酒，御寒也充饥。年关过后，越发青黄不接，家里总是面临断顿的危险，米面缸子经不住几舀。芳卿含泪辛酸持家，把吃干饭改为吃稀饭，偶尔才有几个杂面窝窝头。丈夫总是把窝窝头留给方儿，说是在酒家喝过酒了。其实他饿着。饿更冷。大观园里的姐妹们锦衣玉食，燕窝熊掌乃寻常，而生活中的曹雪芹，冬春时常食不果腹。他写呀，从早到晚不停地写。柴门外的雪花不停地飘。那双红肿的冻疮手，从十一月要持续到四月，“冻疮发时痒难禁，两手相搓未敢停”。先生手中的廉价毛笔掉到地上，躬身捡起来，羊毫已结冰，插入口中含化开，十根指头像冰棍。肚子咕咕叫，他摇摇明知空荡荡的酒葫芦，进厨房灌几口冷水，抹嘴喘大气。他望望另一间柴房里正在逗方儿的妻子芳卿……“贫贱夫妻百事哀”。

敦诚为我们留下了一首极珍贵的《七律》：“满径蓬蒿老不华，举家食粥酒常赊。衡门僻巷愁今雨，废馆颓楼梦旧家。司业青钱留客醉，步兵白眼向人斜。何人肯与猪肝食？日望西山餐暮霞。”举家，看来是指一家多口。举家食粥的辛酸，直叫人潸然泪下。曹氏家族颓败，北京、南京的大宅子蒙尘已久，曹雪芹去凭吊，去追忆，徘徊废园与旧馆，思绪万端。他自幼爱吃炒猪肝，如今困顿已久，谁买给他吃呢？林黛玉薛宝钗史湘云，持蟹下酒喜先尝，而作家喝着村酿寡酒，欲尝一片猪肝而不得，只能呆望西山餐暮霞。

中国最杰出的小说家，是在这种困境中写作，一写十年。脂砚斋含泪点评：“字字看来皆是血，十年辛苦不寻常。”《红楼梦》从初稿到定稿，写了五次。

孔子、孟子、庄子、墨子、左丘明、孙膑、屈原、贾谊、商鞅、张骞、司马迁、建安诸子、华佗、竹林七贤、王羲之、陶潜、惠能、玄奘、王维、李白、杜甫、韩愈、李贺、李煜、王安石、苏轼、辛弃疾、李清照、李时珍……中国的文化先贤多为失意者，中国的精神价值多为失意者、困顿者、坚忍不拔者所创造，历代王公贵族与高官巨贾，罕见杰出者。笔者出此语，是经过慎重考虑的。这个现象值得学者教授们专著探讨。苏东坡做朝廷大臣的年月写不出传世杰作。白居易、欧阳修晚年蓄妓成瘾。日子舒适了，大脑趋于迷糊，心思纠缠人事，精气神向下，朝着单纯的肉身化。

此间有中华文明的特殊性，尚待仔细考查。英国哲学家罗素写《闲散颂》，试图证明西方的精神价值主要是由有闲的富裕阶层所创造。中国显然不是这样。历代豪族富商，骄奢淫逸是常态，是主流。民间有“富不过三代”的说法。家道中落，方有英才出世。

物欲横流，精神委顿，这是放之四海而皆准的铁律。是的，铁律。东方西方，概莫能外。物欲汹汹之辈，必定无休止地算计自然、进攻天地。

人的废掉，与大地不可逆转的荒漠化相比，终究是一件小事。

大地，乃是维系子孙万代幸福生活的唯一的大地。

伟大的曹雪芹冻饿交困，死于1764年的除夕夜。方儿患病夭折于先，曹家断了唯一的子嗣。鞭炮声中，漫天鹅毛雪，灵床上的作家寿衣单薄，只怕黄泉路上他依旧寒冷，十指冻如冰，硬如铁。敦氏兄弟凄然写挽诗：“四十萧然太瘦生，晓风昨日拂铭旌。……”

据红学家考证，曹雪芹圆脸，微胖。早年的山珍海味如同萝卜小菜，打下身体厚实的底子，然而四十岁瘦成了一把骨头。我们的曹雪芹瘦成了一把骨头……

逝去的时光是曹雪芹的黑洞，他却黑洞般吸引着炎黄子孙，除非中国人回望汉语经典的能力持续下降。《红楼梦》是未完稿，比之断臂维纳斯有过之而无不及。根据脂评，尚有“五件事未完”。她写道：“书未成，芹为泪尽而逝，余尝哭芹，泪也待尽。”

她整理芹的遗稿，“发现五件事未完，不禁放声大哭”。

让我们在除夕夜想想曹雪芹吧，想想他那只握笔的冻疮手。

鲁迅先生的八块银元

鲁迅先生的童年幸福，《社戏》《从百草园到三味书屋》等篇什有生动的写照。绍兴是水乡，乌篷船摇来摇去，穿过一座座精致的小桥，荡起鉴湖的碧波。这地方古名越州、山阴、越国，数千年人杰地灵。谢安、谢灵运、王羲之、陆游、周恩来……鲁迅纪念馆的杨春女士告诉我，绍兴的文物数量在全国的地级市中名列前茅，文保单位密集分布，地上地下古物丰富。河南的洛阳、陕西的咸阳也如是。

鲁迅本名周树人，两个弟弟，周作人和周建人。母亲鲁瑞，先生的笔名取自母亲的姓。家里的保姆曰长妈妈，很亲切的称谓。长妈妈不识字，知道的乡俗民风很多很多，比如人死了，要说人老了；不可从晾衣服的竿子下走过，那是要生病遭灾的；吃稀饭要搅，走滑路要跑……诸如此类。祖母、母亲、长妈妈温柔呵护着小鲁迅的生长。绍兴的乡下有个安桥村，村里有鲁迅的外婆家。他时常跟着母亲和长妈妈去，乌篷船摇啊摇，摇到有闰土哥的安桥，执钢叉的闰土哥月下追野物，矫健的身影跃过草垛，蹚过鱼虾成群的小溪。安桥村的小伙伴比野地的野物还多。

外婆老远看见了蹦蹦跳跳的乖孙子，笑眯了双眼，花白头发迎着田野上的熏风飘。

江南鱼米之乡，富庶而安详。生活之意蕴层温柔地覆盖着。

农耕文明的美丽画卷，持续一亿年不难。

历代大文豪，多有早年丧父的经历，家道中落，催生了一颗颗敏感的心。又因为妇人们的呵护，比较仁慈，文豪而兼高官者，大抵正气充足，找不到一个邪恶之辈。笔者在写《品中国文人》的过程中，捕捉了这一历史现象，再次求证于方家。

鲁迅十三岁，家里出了大事。在北京做官的祖父犯了科场案，锒铛入狱。家里的银子送出去疏通关节，以免老爷子秋后问斩。那一个套一个的关节却是无底洞。银子哗哗往外流，全家人每日惶恐不安。祖父栽了，父亲病了，小鲁迅又开始奔药铺，跑当铺，瘦小的身子朝着高高的柜台，收下稀奇古怪的药方，抵触当铺老板嘲弄的眼神。患水肿病的父亲终于不起，先生后来写道："父亲的死，使我想了很多事情。"

鲁迅的旧学功底扎实，家学开列的书单出自祖父的手。家学渊源，源自中国千百年的"耕读传家"，今日已难以为继。一切都快餐化了。文化的断裂与生活的断层同构，希望以后会好起来……鲁迅先生启蒙早，既有先天的灵性，又有后天的勤奋。汉语艺术"润物细无声"，层层包裹敏感的心，蓄势待发，伺机破土。

阳光少年遭遇了阴暗而漫长的日子，倔强的性格再三反弹。先生初名寿樟，字豫山，百草园嬉戏的小伙伴就叫他雨伞，三味书屋的学生也叫。下雨天一片雨伞，叫绰号的人更多，向空中抛雨伞，一张张小脸笑得歪瓜裂枣。豫山同学怒目而视，不大管用，他跟人打架，头发一根根立起来。

周豫山辍学了，自尊心受到同学的刺激，因而自尊更甚，不去三味书屋旁听。脾气也大了，弟弟周作人贪玩风筝，他一脚把风筝踩烂，后来歉疚了许多年。凡此种种，不一而足，倔强的性格渐渐成形，意绪曲折反复，赢得了内心纵深。

古今中外的人杰，早年的内心纵深是个重要指标，也许是首要指标。意志力遭遇了障碍才得以强化，感觉的触角因刺激而伸向四面八方——叔本华有一本书：《论世界作为意志之表象》。而电脑前成长的一代，数以千万计的嗜网成瘾者，惰性滋生，自卑与自傲纠集，意志力的提升和感觉的细化双双打了折扣，生命质量堪忧。

叶圣陶说："在同时代人中间，鲁迅先生的确比别人敏感，有许多事，别人才有一丁点儿朦胧的感觉，他已经想到了，并且想得比别人远。"

天才儿童，阳光少年，碰上了生存落差，鲁迅就开始成为鲁迅，恰似曹雪芹失掉荣华富贵之后开始成为曹雪芹。单纯无碍的阳光性格罕见杰出者。破败人家的子弟则通常有两极：要么破罐子破摔沦为泼皮流氓，要么强化意志勇于奋起。

鲁迅先生的十三岁，是个转折点。三味书屋的学业一度中断，母亲隐忍的种种悲哀掩饰不住。生存的落差显现为无穷的生活细节，敏感的灵魂逐一接纳。有时候，抗拒那些颓败的生活细节，反而接纳更多。

中国的文化先贤，生存落差是常态。

鲁迅十八岁离开绍兴去南京，念实用型学校，当时是被人瞧不上的。母亲只能给他八块银元，沉甸甸揣进衣兜。四十岁的母亲头发已花白，家境困顿五年，母亲操碎了一颗心。鲁迅先生上路，默默记下了母亲的面容和叮嘱。先生的坚忍，覆之以母性的仁慈。此二者，向来是杰出人物不可或缺的特征。“无情未必真豪杰。”

鲁瑞1943年谢世，享年八十六岁。《鲁迅书信集》中，写给母亲的信占去许多篇幅，叩问金安，恭敬之至，体贴日常生活，无微不至。母亲的长寿，首先是因为鲁迅先生的细心照料。先生至孝，却反感统治者别有用心大肆推广的《二十四孝图》……

鲁迅在南京念的是官费学校，待了四年，先念水师学堂，后转矿业学堂。爬桅杆，下矿井，鲁迅和其他学子一样吃苦耐劳，尽管他并不喜欢这两种职业：当水兵或是探矿师。脑子里转的事情多，思考型的青年面色沉静，二十丈的矿井深处也会凝神思索。周树人同学的各科成绩优秀。“上午声光化电，下午子曰诗云”，学校奇特的课程设置倒是利于文理双修。南京的冬天冷，零下十几度。八块银元他省着用，舍不得多买一件冬衣。冬去冬又来，总是同一件旧棉袄，破了自己补。棉絮板结了，且不管它。父亲卧病的眼神，母亲飘在风中的几缕白头发，两个念书的弟弟，长妈妈，安桥头的外婆……家里的一切搁在心中。鲁迅先生后来很欣赏中唐的李贺，李贺诗云：“已生须已养，荷担出门去。”大丈夫要有担当。这也是中国男人千百年的特色。

为了家，远离家。想想若干年来数以十亿计的农民工吧。

鲁迅先生猛吃辣椒御寒，伤了胃，埋下了病根。银元似乎永远花不完，绝不写信向家里要钱。刻苦学习，八块银元将来要变成八百块、八千块，甚至更多。鲁迅受钱的压迫持续到东渡日本留学的七年，从十三岁算起，前后约十六年。先生的日记中有不少日常开支的明细账，钱的古字叫泉。然而先生的生命冲动始终弥漫着精神性。这有悖于缺啥想啥的常理。如果“泉”字在生活中放大，膨胀，占位，周树人就不会成为仙台的鲁迅。这个绍兴的知识青年，自我超越的能力是惊人的，后来，他又把矛头对准中国的知识阶层，戳穿五花八门的“精神胜利法”，描画“丧家的、资本家的乏走狗”……

鲁迅先生从来不小视钱，与戏台上羞羞答答不言利的书生迥异。从先秦到汉晋唐宋的文化先贤们，大抵能够直接面对金钱，然而，钱在生活中的大面积占位是不可思议的，连宋代的改革家王安石都不认可。反传统的鲁迅归属于这个传统，文化基因一目了然。鲁迅的反封建，乃是平衡封建权力运行的极端化。此一层极端重要。

瘦削的青年在南京捂紧银元狂吃辣椒，目注严复翻译的《天演论》，思考物竞天择的进化论，面对柔弱的大众，胃火与热血一同燃烧。他在街上走，总是步履匆匆，拖在脑后的黑辫子要翘起来。反封建的大脑却要拖着一根封建“尾巴”，荒诞的感觉日趋强烈。清朝入关有规定：留头不留发，留发不留头。金圣叹拒绝剃头，被清兵砍了头。

救国。这理念渐渐成形，压倒了出人头地的求学初衷，或者说，二者合而为一。列强欺凌的世纪之交，中国的有志青年都想救国，实业救国、教育救国、黄金白铁救国、坚船利炮救国、匕首刺杀救国……鲁迅作为优秀的官费生，派到了日本东京的弘文会馆，上课不断移前席，总是听得聚精会神。他带头剪辫子，符号性的坚硬短发初亮相，全校哗然。他率先自由恋爱，尽管恋爱以失败告终。鲁迅的挚友许寿裳曾经撰文，说“寄意寒星荃不察”里的那位荃，实指某个女性，也许是个日本姑娘。求偶受阻，精神高扬，升华而为“我以我血荐轩辕”的爱国情操。

弗洛伊德有个判断：艺术是欲望的升华。

鲁迅偏爱厨川白村的艺术论：《苦闷的象征》。

精神、身体、物质生活的三重苦闷，锤炼着周树人君。他去了仙台学医，师从博学而和蔼的藤野先生。医学救国也是郭沫若的选择，同时不乏将来的生计考虑。鲁迅痛恨庸医，后来挖苦医死他父亲的中医，对中医有偏见。他选择西医，正是由于他亲身经历的中医，可见亲身经历也会导致盲点，鲁迅这样的视野广大者未能免。

仙台待了一年半。周树人君的住所距仙台医学专科学校不远，邻近一所监狱。破屋破窗，破床破蚊帐，开头几天他夜夜打蚊子，用煤油灯的火苗烧蚊子；早晨起床，又拍得满手的蚊子血——都是周树人君的血。食物粗糙，难得打一回牙祭。深夜才回到破屋，躺入一大群蚊子在蚊帐之外的愤怒喧嚣，回忆藤野先生亲切的面容。

“扶桑正是秋光好，枫叶如丹照嫩寒。”

1931年的鲁迅先生，回忆世纪之初在日本的留学生涯，调子是明朗的。

众所周知的是，在仙台的鲁迅受到日本人鄙视“支那人”的强刺激，决定弃医从文。一个支那学生，居然在骨学、神经学、血管学、解剖学、细菌学的课程上都取得好成绩，这可能吗？日本学生纷纷怀疑周树人考试作弊，有人写信质问他，要他忏悔。而电影屏幕上的中国人，个个膀大腰圆，一片神情麻木，赶着去看同胞被砍头，争相伸长鸭子般的颈项，挖鼻孔，挤眼睛，互相传递兴奋的表情……鲁迅心都紧了。民族的救亡，首先要救灵魂。行尸走肉满街窜，“病死多少是不必以为不幸的”。

1906年鲁迅回东京，师从章太炎先生。吃穿住简陋，精气神十足。“赴会馆，跑书店，往集会，听演讲”，在精通了日语之后，又如饥似渴学俄语、德语，狂读西方人文经典。他办起了杂志，挑灯熬夜写文章。

精神界之斗士，全副武装初上阵。真金置入烈火。

鲁迅先生的绍兴五年、南京四年、日本七年，从国内的困顿到国外的艰辛，却长成现代中国丰碑式的人物，这个现象要反复掂量。这表明了，人的精神潜能之无限。鲁迅的分分秒秒饱满，大异寻常之辈。八块银元的精神附加值无限高。母亲苍凉的目光赋予他起点。长达十六年的物质拮据，反而催生蓬勃向上、坚硬如钢的生命体，这说明什么呢？说明物质生活的重要性被大大夸张了。总有人在夸张。主要是西方人，强推资本逻辑、单纯瞄准利润的那些人。曾几何时，符号消费（概念消费）甚嚣尘上，一款坤包几十万元，一个女人恨不得拥有一千条品牌裙子……金钱的恶性占位让精神的轨迹变得虚无缥缈，让生活的完整性，生活之意蕴层受到严重威胁。而远比人的贫乏，“生命的阴暗麇集”更可怕的，乃是大地的荒漠化。荒漠化一旦实现，连“可怕”都无从谈起。

鲁迅吃得少想得多，住陋室拍蚊子，不改其志，活得异常充实。按一般逻辑，长达十六年的物质窘境，他应该反弹为追求骄奢淫逸，至少谋求衣食无忧。事实上恰恰相反。

看来，所谓的物质窘迫是要打上问号的。

回溯到感觉的内部才能够判断日常生活。分秒昂扬，何谈窘迫？物欲汹汹，遮蔽太多。那些一味追求现实的人，终于追到自己的眼皮子底下，追到牌桌上去，现实收缩为牌桌酒桌，生命中只剩下几场牌几瓶酒……笔者曾经探究"现实的位移"，即是此意。

颜回的"一瓢饮，一箪食，不改其乐"，真是令人神往啊。孔子最爱颜回，爱的理由充足。各国的孔子学院，应当把这一点设为重要课题。其中有华夏文明的核心价值：富贵不能淫，贫贱不能易。人杰之为人杰，先贤之为先贤，不因别了，只因他们比普通人释放了更多的精神潜能，生存少一些板结。鲁迅关注尼采讲的超人，而超人反指末人。

人的全面发展，今日是个难题。

鲁迅先生的八块银元早用光了，但是母亲期待的眼神始终挥之不去。铜板一个个花出去，买书，买辣椒，买馒头……困顿的感觉一掠而过，迅速转化为精神弹射器，超越了沮丧，消灭了自怜。生存的向度决定了意识的向度。八块银元符号化了，却是朝着生存的敞开，朝着本源意义上的自强不息。"心事浩茫连广宇"，与钱多钱少关系不大。毋宁说，活得越朴素，反而有利于感觉的丰富性。鲁迅深知这一层。

为何深知？盖因文化的"固有之血脉"。

鲁迅的奋斗目标是成为个体。唯有坚实的个体方能洞察一盘散沙的民族，唯有觉醒的个体才能看见昏睡的庸众。他把中国诊断为"沙聚之邦"，热切希望沙聚之邦"转为人国"。封建权力运行的极端化，把人处理成群体。西方资本主义则把人钉死在单一的消费图景上，把人的可能性掏空，先把人变成吃光一切的蝗虫，然后掏空这个星球。思想家鲁迅两面作战。政治家孙中山则瞄准西方的贫富悬殊，在《三民主义与中国前途》中非常精当地指出："文明有善果，也有恶果。欧美各国，善果被富人享尽，贫民反食恶果，总由少数人把持文明幸福，故成此不平等的世界。"

二十世纪初，年轻的鲁迅在东京发出追问："事若尽于物质矣，而物质果足尽人生之本也耶？"这追问，比孙中山的发现更进了一步，返回了庄子："物物，而不物于物。”

鲁迅亮出了他的战斗口号：任个人，排众数；掊物质，张灵明。

十二个字，先生奋斗了一生。

沙聚之邦如何转为人国呢？鲁迅《文化偏至论》给出答案：“明哲之士，必洞达世界之大势，权衡较量，去其偏颇。……外之既不后于世界之思潮，内之仍弗失固有之血脉，取今复古，别立新宗。人生意义，致之深邃，则国人之自觉至，个性张，沙聚之邦，由是转为人国。”著名的拿来主义发端于此。

又如何指认物欲的泛滥？鲁迅写道：“林林众生，物欲来蔽，社会憔悴，进步以停，于是一切诈伪罪恶……乘之而萌，使灵性之光，愈益就于黯淡。”

鲁迅是在旧学的功底中眺望新文化。华夏族几千年的文明，向来对物欲高度警惕。神性、诗意、风俗、道德，融合而焕发灵性之光，平衡着物欲巨大的内驱力，不叫它占位，严防它恶性占位。

有趣的是，专注于精神价值的鲁迅先生，后来大把大把地挣钱，薪水、版税数额大，他半开玩笑对朋友说：“母亲给我的八块银元，翻了许多倍，很划算。”

他在厦门、广州当教授，在北京买房子，又迁到上海一住十年，居室明亮，食不厌精，坐小汽车看电影。有钱就花钱，一切自然得像花开水流，云飘云停，没有一丝暴发户的痕迹。或者说，距离形形色色的暴发户十万八千里。

先生的吃穿住行，止于向好。每天抽四十支左右的劣质香烟，好烟是为朋友们备下的。书桌前没有沙发，因为身子舒适，大脑就趋于迷糊。保持体力劳动的习惯，例如砸煤、包书，累得一身臭汗。夜里吃点饼干，常常一个人喝闷酒，守着伟大的思想家宿命般的孤独。战士的姿态始终不变，依然分秒必争，“要赶紧做”。

鲁迅先生为重建民族之魂耗尽了心血。先生的葬礼，是民国时期最为隆重的民间葬礼。先生的遗体上覆盖着三个大字：民族魂。

鲁迅二十几岁就锤炼为鲁迅，多少人仰之弥高。

毛泽东：『自信人生二百年，会当水击三千里』

1918年，二十五岁的毛泽东在北京大学图书馆当助理管理员的时候，月薪八块银元，多用来买书，吃穿简单。八块银元不算少。北大教授杨昌济替毛泽东介绍的这份工作，图书馆的主任是李大钊，校长是蔡元培。《西行漫记》中，记载了毛泽东在延安对斯诺的谈话："李大钊给了我图书助理员的工作，工资不低，每月八块钱。我的职位低微，大家都不理我。我的工作中有一项是登记来图书馆读报的人的姓名，可是对他们大多数人来说，我这个人是不存在的。在那些来阅读的人当中，我认出了一些有名的新文化运动头面人物的名字，如傅斯年、罗家伦等等。我对他们极有兴趣。我打算去和他们攀谈政治和文化问题，可是他们都是大忙人，没有时间听一个图书馆助理员说南方话。但是我并不灰心。我参加了哲学会和新闻学会，为的是能够在北大旁听。"

此间的毛泽东，时常向李大钊请教。又邀请蔡元培、孟陶和、胡适之分别在北大文科大楼谈话，主要谈论学术和人生问题。

毛泽东的求知欲和阅读量是惊人的，此前在长沙的几年也如此，并且旋风般参加各种社会活动，主编《湘江评论》，写文章抨击时弊。大脑的高速运转有强健的身体作支撑。笔者拜读多卷《毛泽东年谱》，每每掩卷而叹。自少年时代起，毛泽东珍惜着每一天的分分秒秒。

"文明其精神，野蛮其体魄"，青年毛泽东高度赞同的这句话，盛传至今。

毛泽东的家境比较富裕，小名石三伢子，九岁起读私塾，先读《三字经》，后读《幼学琼林》《论语》《孟子》《中庸》《大学》。毛泽东记忆力强，悟性高，能够口诵心解。他白天也参加一些田间劳动，夜里帮父亲记账。十岁那一年逃过学，跑出家门躲了三天。十三岁开始读《精忠传》《水浒传》《三国演义》等，并练习书法。毛泽东的早年书法有扎实的楷书功底。十八岁他到长沙，考入省中学学堂。这是1911年，毛泽东在同学当中率先剪掉了辫子。辛亥革命爆发，清朝王朝即将垮掉。10月底，毛泽东投笔从戎，当了驻长沙起义新军的一名列兵，严格接受一系列的军事训练，摸爬滚打不落人后。每月的饷银大都用来买书报，贪读不厌。次年他退出军队，继续求学，在专业的选择上举棋不定，先后报考过警察学堂、肥皂制造学校、法政学堂等，均不满意，最后以第一名的成绩考入湖南高等中学校。他读孟德斯鸠的《法意》，读卢梭的《民约论》，读赫胥黎《天演论》和亚当·斯密的《原富》。他头一次发现了一张世界地图，引起极大的兴趣，反复细看。

十九岁的毛泽东看世界地图，他心里想些什么呢?

1913年，二十岁的毛泽东考入湖南第四师范，一年后，这所学校并入湖南省立第一师范学校。校园生活紧张而活泼。高大英俊的毛润之活跃在运动场，待在教室和图书馆又安安静静。学生领袖脱颖而出。一师的校长张干，滥收学生的十元杂费，毛泽东发起了驱逐张干的学潮，迫使其辞职。

1950年，毛泽东在与徐特立、谢觉哉等人的谈话中说："张干这个人，很有能力，很会讲话，三十几岁就当第一师范校长，不简单。原来我不高兴他，我估计他一定要向上爬的，他要爬上去是容易的，结果他没有往上爬。新中国成立前他吃粉笔灰，新中国成立后还吃粉笔灰，难能可贵。"毛泽东把张干请到中南海做客，设宴款待，并恭请张干坐了首席。1950年和1963年，张干两次收到毛泽东主席的亲笔信……

1915年的9月，毛泽东以"二十八画生"之名向长沙各校发征友启事，希望结交能刻苦学习、意志坚定、随时准备为国捐躯的青年，并以此名作演讲，写文章。六年后的7月1日，二十八岁的毛泽东出席在上海举行的中共一大，十二位代表的平均年龄二十八岁。又过了二十八年，毛泽东作为人民共和国的开国领袖进入北京。

毛泽东的一生的确有一些神秘数字和现象。据2014年出版的《指点江山·毛泽东诗词故事》记载，清代乾隆年间的举人戴炯，在《中湘韶山毛氏二修族谱》中有个惊人预见："湘之西有韶山，山峻以复，泉洁以长，茂林修竹，云气往来，中可烟火百家，田畴沃壤。……夫山水秀绝，必生奇才。韶山虽不在中州往来之地，赋客骚人所不到，必将有秉山川之秀，追踪古先生其人者，为国之华，为邦之望，使人与地俱传。"

人杰地灵，于此为甚。戴炯的预言，或有天意存焉。

1917年，毛泽东在《新青年》发表《体育之研究》，提出学生当以德、智、体三育并重，批评学校课程繁多又不重视体育："吾国学制，课程密如牛毛，虽成年之人，顽强之身，犹莫能举，况未成年者乎？况弱者乎？"

笔者小的时候，书包是很薄的，上学放学的路上总是玩儿着走。中小学生的体育锻炼非常普遍。球类运动，田径运动，人人踊跃争当好手。男孩儿下河游泳，个个是浪里白条。民间游泳的花样十几种。八九岁的小学生扑腾大岷江，破浪千余米，寻常得很。

而当下的孩子们书包之沉重，令人揪心，笔者在公交车上问过一个念初一的学生，他的书包重达二十七斤，并说班上还有三十多斤重的。可怕！年年减负，年年重负，非要学那么多所谓的知识吗？起早贪黑学来的东西，大部分却注定要忘掉。人生最最宝贵的童年少年，被密如牛毛的课程霸占了。在莫名的力量催逼之下，稚嫩的生命被算计，被切割，儿童活蹦乱跳的本真状态受到几股大力的挤压：1、待在水泥笼子里；2、走在机动车之间——出家门、校门就失掉安全感；3、远离自然的丰富；4、容易落入毒瘾般的网瘾；5、书包年年重如山，背也难不背更难……

二十四岁的毛泽东在《体育之研究》中指出，生而强者，如果"滥用其强，不戒于种种嗜欲，以渐戕贼其身"，终会由强转为弱；而弱者，如果"深戒嗜欲"，"勤自锻炼"，久而久之也会变为强者。这与后来的"星星之火，可以燎原"的论断是一致的，发展而为一系列杰出的政治和军事思想。后者极而言之：你打你的原子弹，我打我的手榴弹。

先哲有云：物极必反，否极泰来。

毛泽东知行合一，说到就要做到。而在做的过程中往往会领悟更多，知与行良性互动。毛泽东读了那么多书，却深知“尽信书，不如无书”，远离了本本主义。实践，认识，再实践，再认识，以至于无穷。

1917年夏，毛泽东和同学萧子升漫游长沙、宁乡、安化、益阳、沅江五县，历时一个月，行程九百余里，不带一个铜板，沿途写对联送人以解决食宿，所到之处，受到农民的欢迎。他们饱览自然风光，了解当地的风土人情和社会各阶层。次年春，毛泽东复与蔡和森沿洞庭湖东岸及南岸，经湘阴、岳阳、平江、浏阳几个县，游历半个多月，了解社会情况，读“无字书”，详谈组建后来影响很大的新民学会。

古人推崇读万卷书、行万里路的游历方式，从春秋战国就开始了。步步丈量大好河山，寸寸贴近山水肌肤，活得天宽地阔，人对春夏秋冬、草木鱼虫、奇风异俗的感受，细腻而丰富。十里不同俗，隔山不同音。意外的东西纷至沓来。太阳每天都是新的。车行，舟行，马行，步行，速度之慢与感受之细成正比。现在坐飞机坐动车方便了，速度上升数十倍，感受的差异性却在下降，支撑感觉的亿万体细胞撑不圆满。现代人难以摆脱的无聊，盖由于感觉层面的贫乏。目的性太强，兴奋点推高，功利心太甚，势必封杀感觉的原生态，将能够生长百草千树的沃土，变成植物单一的盐碱地。大学校园，青春面孔大面积的暮气沉沉。要重返朝气蓬勃的质朴状态，真是举步维艰。

感觉丰富了，人才会持续兴奋。生命的饱满度大于生命的长度。生命既有饱满度又有长度，当然更好，比如老子、庄子、孔子和毛泽东。

青年毛泽东在长沙日复一日锤炼着，他相信“身心可以并完”，这与孟子讲的“吾善养吾浩然之气”完全相通。毛泽东的成长是本土性的，他守护着中华文明的核心价值，剔除文明进程中有害的东西。在湖南第一师范，他的历史观、道德观、教育观、体育观、妇女观逐步成形。哲学提供了广阔的视野，修身抵达了很高的境界。时代风云际会，人生步步紧凑，“一万年太久，只争朝夕”。毛泽东起于青少年时期的巨大的生命张力，确实令人叹为观止，质朴的、生机勃勃的状态始终如一。1917年的9月16日，他与同学张昆弟游览湘潭昭山，夜宿昭山寺，在交谈中讲了一段话：“西人物质文明极盛，遂为衣食住三者所拘，徒供肉欲之发达耳。若人生仅此衣食住三者已足，则人生太无价值。”这与世纪之初鲁迅在东京讲的“掊物质，张灵明”如出一辙。毛泽东对张昆弟说：“人之心力与体力合行一事，事未有难成者。”

张昆弟对毛泽东的“心力说”极为钦佩。

湖南一师开展德、智、体优秀学生的“人物互选”活动，考察六个项目：敦品（敦廉耻，尚节气，慎交游，屏外诱），自治（守秩序，重礼节，慎言笑），胆识（冒险进取，警备非常），文学（长于国文辞章），才具（应变有方，办事精细），言语（长于演讲，论辩应对），毛泽东在全校得票第一，其中胆识一项的得票为他所独有。

胆与识是有内在联系的，有胆才有识。敢于为天下先，才会有先天下之智。懦弱之辈不可能洞察时代的脉动。

“自信人生二百年，会当水击三千里。”几十年以后，七十三岁高龄的毛泽东还畅游了武汉长江，拍浪数十里。

1920年冬，毛泽东在《新民学会会务报告》中说：“‘如何使个人及全人类的生活向上’，乃是一个迫待讨论的问题。”生活向上，力争身心并完。严防物欲拖着肉身下沉。

《毛泽东年谱》记载：“毛泽东在湖南一师期间，十分重视体育锻炼，依季节的变化，进行冷水浴、日光浴、风浴、雨浴、游泳、爬山、露宿、长途步行和体操、拳术等各种体育活动。认为这些方法，既锻炼身体，也锻炼意志。他曾在日记本上写道：与天奋斗，其乐无穷！与地奋斗，其乐无穷！与人奋斗，其乐无穷！”

身心并重，有字书和无字书并读，小我与大我并进，古之大贤亦如是。

1925年秋，三十二岁的毛泽东写下雄视百代的豪放长调《沁园春·长沙》：“独立寒秋，湘江北去，橘子洲头。看万山红遍，层林尽染；漫江碧透，百舸争流。鹰击长空，鱼翔浅底，万类霜天竞自由。怅寥廓，问苍茫大地，谁主沉浮？携来百侣曾游，忆往昔峥嵘岁月稠。恰同学少年，风华正茂；书生意气，挥斥方遒。指点江山，激扬文字，粪土当年万户侯。曾记否，到中流击水，浪遏飞舟？”

“峥嵘岁月稠”，恰是毛泽东一生写照。

今日中国的青年学子们，都能背诵这首词才好。

1958年，毛泽东曾在文物出版社刊印的《毛主席诗词十九首》书眉上作批注："击水：游泳。那时初学，盛夏水涨，几死者数。一群人终于坚持，直到隆冬，犹在江中。当时有一篇诗，都忘记了，只记得两句：自信人生二百年，会当水击三千里。"

食

民以食为天。华夏民族的食物精细化足以上溯到几千年前，食材何止万种，烹调技术无限多。中国人味蕾之发达称冠全球，未来也不可能受挑战。

古今优秀人物中，不乏饮食文化的推动者，享受美食又创造美食。他们另一个共同的特征是主张节俭，严防奢靡，呵护大地的**生长力**。

卷二 食

食

孔子：“食不厌精，脍不厌细”

中国人的衣住行，受西方影响大，衣和行受益较多，而互相分隔的居住方式利弊参半：保障了私密空间，妨碍了交往空间——邻居这个词，大抵已经死掉，老死不相往来的格局，恐怕未来数十年难以改观——但愿不要更糟糕。好在最为重要的食，受欧美诸国影响最小。这使本土性的生活方式尚能持久。笔者的一些移居国外的朋友，抱怨那些汉堡包三明治之类，日复一日吃得吐清口水。他们回国的第一件大事就是要吃个痛快，地沟油、催长素、转基因也顾不得了。到四川来吃地道的川菜，回锅肉、鱼香肉丝、宫保鸡丁、东坡鱼、东坡肘子、东坡扣肉……文雅的吃相也顾不得了，筷子夹不停，吃得日长三斤，说是回美国、加拿大、澳大利亚，再吐清口水减肥。

农耕文明七八千年，把中国人的吃的艺术发挥到极致。八大菜系，各因地域、风俗的差异而缓慢形成，食材何止万种，烹饪的方法无穷无尽。饕餮是神话传说中的贪吃之兽，好吃嘴（眉山土话）苏东坡自号“老饕”，一生半中国，吃遍了大江南北。

厨师一词，古已有之，尊称的意味明显，与百工区别开来。

“食不厌精，脍不厌细。”《论语》中讲孔圣人饮食习惯的这句话，影响甚巨，为千百年的食物精细化推波助澜。中国人味蕾之发达，肯定是全球之最。一个西洋人，哪能分辨五花八门的肉丝、肉片、肉丸子。如同汉字之状物，写意，象形，传神，妙到毫厘，同样独步世界。语言的分化与食物的细化显然具有同构关系。

这种同构关系尚待深入考察，本文聊备一说。

“语言是存在的家。”华夏民族首先栖身于汉语，汉语巨大的凝聚力始终维系着大一统的总方向，百折不回。其次便是吃。有此二者，中国人将永远是骄傲的中国人。

孔夫子开源甚大，《论语》的一些话，常见注家们相反的解释，镶入不同的生活传承。“食不厌精，脍不厌细”也属于此类。有儒者认为，这句话恰恰表明孔子的日常饮食不讲精细。李泽厚教授的《论语今读》两说皆备，不过，译成白话文，他倾向于前者：“饮食不嫌精，鱼肉不嫌切得细。”接下来还有李泽的一大段话：“饭菜馊了，不吃。鱼肉腐烂了，不吃。变了颜色，不吃。发臭，不吃。杀牲不对路，不吃。没有合适的调料，不吃。肉虽然多，不超过饭菜。酒虽然不限量，但不喝醉。过夜的酒，街上卖的肉，不吃。不离开吃姜，但不多吃。参加公家的祭祀，祭肉不留到第二天。……吃饭时不交谈，睡觉时不讲话。……座席摆得不正，不坐。”

所谓周礼三千，于日常生活有各类详细规定。孔子在礼崩乐坏的战国时代想要重建秩序，梦见周公，“克己复礼”，不避繁琐。也许含有极端针对极端的意思，纠偏之后，再来纠正自身的偏颇。

孔子在鲁国做过几年官，大多数时候以教学为业，收取学生的十条干肉，也收大雁和野鸡。年逾半百之后，有十四年的光景，他带着弟子们周游列国，颠簸于道路，有时被尊为上宾，有时活像一只丧家犬。吃粗食也讲究礼数，饿肚子照样气定神闲，琴音丝毫不乱——儒家创始人的风度倾倒后人。曲阜的孔家有大银杏，孔子设杏坛讲学，弟子三千，贤士七十二。每年收到的“束脩”吃不完。秋冬之交，银杏树嫩黄叶儿飞飘，白果照眼。白果是上等食材，炖母鸡味道鲜美。

四川有句俗语：白果炖母鸡，吃得笑嘻嘻。

孔子打猎，钓鱼，射鸟，“钓而不纲，弋不射宿”，不用渔网捕鱼，不射归巢鸟。家里常有的肉食当有多种，搁在橱柜里发臭了，于是要倒掉，不会送给穷家弟子。“己所不欲，勿施于人。”孔子是出了名的长人，肠胃较大。由于大脑不停地运转，吃肉也多。鲁国的另一个长人阳虎送孔子一头蒸小猪，看来阳虎知道孔子偏爱蒸熟的乳猪。半肥瘦的猪肉补脑，据说这也是毛泽东爱吃红烧肉的原因。苏东坡在湖北黄州发明的“东坡肉”“东坡肘子”，肥而不腻，极爽口，如今是北京“眉州东坡酒楼”的两道招牌菜。中国的各类先贤，尤其是文化先贤，对脑细胞的活跃度要求高，估计肉食者多，肉食量偏大。这与眼下餐桌上丰盛的“饲料肉”是两码事。

孔子给饮食定下繁琐的规矩，把生霉的食物倒掉，前提是吃物丰富。倒掉的食物用以喂猪，喂鸡鸭鹅，腐肉变新肉，良性循环。弟子们代劳，老师不用亲自动手。弟子问以农事，老师就说：“吾不如老农，吾不如老圃。”躬耕的隐士们嘲笑孔夫子四体不勤、五谷不分，夫子不生气，站在田边含笑赞许。“六十而耳顺。”

老师食不厌精，弟子们自然追随，这些弟子到各诸侯国去做官，又加以发扬光大，吃东西慢条斯理。颜回穷，偶尔吃一回肉，也要把肉切细，把调味酱弄得可口，把食器摆正。实在馋慌了，这位讷于言而敏于行的弟子拿着弹弓去射鸟，蓬起野火烤来吃，吃相文雅，不疾不徐，唇齿余香三日不散。善于经商的子贡有钱，吃得讲究，他招待同窗们，大家不说话，但闻筷子碰食器和牙齿咀嚼的声音。子路皱着眉头吞美味，因为他老想开口谈感想，却要遵守“食不言寝不语”的师训。宰予瞌睡多，吃着吃着睡着了……

收获白果的时节，白果炖母鸡的香味儿飘到了原野上。圣人喝点酒，一般止于微醺，于是三千弟子均无酗酒者。后世的儒者尊崇先师孔子，饮酒限量，个性张扬的艺术家们大抵例外。李泽厚说中国的酒徒少，并无西方人推崇的酒神精神，颇有见地。中国的民间饮者众，酿酒的高手遍布城镇与乡村，确实酒鬼有限。儒家所提倡的谦谦君子的温文尔雅，罩着大局。诗人、艺术家往往反其道而行之，剧饮，豪饮，狂饮，这股力量在一定程度上平衡了士大夫的中规中矩，注入宝贵的男儿血性，大丈夫野性。

烤、蒸、炒、煎、烩、焖、炖、烧、煮、炸……自夏商周三代以降，各类烹调法早已分得很细，培养着中国人的精致味蕾。虽然远古的情形难以考证，但可以展开合理想象。而孔子那个年代，美食及相应的青铜食器已广泛流行。

孔子修订的《礼记》有云：凡宴席礼仪，带骨的熟肉放左边，切好的块肉置右边；饭食要放在客人左面，汤置于右；肉丝、烤肉靠外放，酱醋靠里放；姜葱搁于酱醋旁，酒浆等饮料放右边……主人带头并招呼客人吃块状肉，然后逐一吃掉各种肉。主人未放筷子，客人不能以酒漱口……不要将骨头扔给狗吃，不要专吃一种肉……卤肉可以用牙齿咬断，干肉则须撕开。吃烤肉不要大块大块地往嘴里塞……

后来水泊梁山的英雄好汉们大块吃肉，是专与官府的饮食习惯作对。

几千年前的华夏族孜孜以求美食，今之西洋人依然瞠乎其后。

舌尖上的中国美则美矣，爽则爽矣，这些年来却造成惊人的舌尖上的浪费。中华民族勤俭节约的传统，大量的食客早已忘得精光，倒掉的食物足以堆成一座珠穆朗玛峰。近年来官员的奢靡之风收敛，官风焕然一新。民间随处可见的浪费却有衍成恶俗的趋势，名目繁多的乡村宴饮，餐桌上的肉盘子不堆几层不罢休。家家户户拼上了，借钱也要大吃大喝。城市的奢靡带动乡村，一支支专业的烹调队伍游说八方，怂恿农民搞排场。

一斤肉通常由五斤粮食转化而成，舌尖的奢侈，年复一年消耗着大地的生长力。化肥的连续性追加使用，农药、农膜、除草剂、抗生素、催长素、膨大素、谷物干燥剂，乃至安眠药（喂鱼）、避孕药（养鳝鱼）……

“化工农业”一词应时而生，令人一见心惊肉跳。

一切都将要指向大地最后的承受力了吗？但愿我们是杞人忧天。三年前，中科院的老院士在央视二频道喟叹：长江流域的水产资源只有五十年代初的千分之一。

苏东坡曾言：“良农惜地力。”

毛泽东主席教导我们：“贪污和浪费是极大的犯罪。”

我们这代人的青少年时期，以及我们熟悉的父辈祖辈，勤俭节约是不须夸耀的美德，流布于空气中。现在“节约”二字，几羞于启齿。与之相呼应的一系列传统美德，像西部冰川一样不断退缩（有中科院2014年提供的数据）。物的贪欲如同诡异的气温年年上升，浪费花样层出不穷。古代的浪费是极少数人的专利，现代的奢侈却是万千人众的追求。

消耗大地的狂潮若不加以遏止，那后果恐怕谁也不愿意看到。

“舌尖上的中国”这一类注重追求收视率的电视节目，负面效应真是不小。

吃，吃，吃……吃货一词，多地流行，互联网盛传。某些汹汹吃货们，不以为耻，反以为荣。

蝗虫飞呀飞，飞来就落定，落定一切都吃光，然后转移新地方。

很多疾病都是吃出来的。坊间有一句可供参考的流行语：吃得好，死得早。

如果孔夫子看见时下的婚宴、丧宴、寿宴、红蛋宴、谢师宴、坝坝宴、动土宴、乔迁宴、升迁宴、接风宴、祭祖宴、农村添新物的“火炮子宴”（极端者，买一把扫帚也要放鞭炮摆酒席）……那堆积如山的八大盘加十大碗，那倒掉的食物再起一座大山，孔子他老人家将作何感想？文质彬彬的中庸圣人定会出离愤怒，瞪眼欲裂，作狮子吼。

魏武帝曹操：『食不过一肉，衣不用锦绣』

曹操字孟德，小名阿瞒，生于东汉末年的官宦人家，自幼锦衣玉食，心里却有浓重的阴影——他祖父曹腾，是个人所不齿的大太监。曹操的小时候，常被人骂为“阉人遗丑”。父亲曹嵩长年在外地做官，曹阿瞒受父亲的拘束少，于是胆大妄为，呼朋引类，飞鹰走狗，类似汉高祖刘邦的早年光景。少年曹操结交世家子弟，如袁绍、袁术等，同时领导一群乡里泼皮，谯城（安徽亳州）二杆子——滑如泥鳅的二杆子们并不好弄。曹操驾驭泼皮恶棍二杆子，为日后驾驭文武百官打下了某些基础。而这个基础，学者们未能加以深思，虽然一千七百多年来，评论曹操的人数不清。

精英曹操与泼皮阿瞒是同一个人。这个人读过很多书，具有兵法、诗赋、音乐、书法、围棋等多方面的良好素养，却又伙同袁绍夜劫漂亮新娘，“抽刃劫新妇”，大闹乡村婚礼，扛了新娘子夜奔，好色面孔初亮相；据说他十岁扑入谯水，奋战大鳄鱼；十五岁，刺杀恶迹斑斑的太监张让，像他后来刺杀董卓的预演……曹操是九张脸的曹操，正邪参半的曹操，立志要叱咤风云的曹操，不怕辜负天下人的曹操。这个“姿貌短小”的男人嗜书如命，古琴出众，志存高远，气吞万里如虎，同时偷鸡摸狗，打架寻衅，游荡百里。曹操自身的混乱，与即将来临的汉末混乱高度合拍。唯有这种合拍，方能朝着治世的方向做出有效的努力。所谓乱世枭雄，当具备洞察乱世、参与乱象乃至制造乱象的本事。

如果曹操不混乱，人格不分裂，就很难旋入历史舞台的中心。

汉末皇室衰微，皇权悬空导致英雄豪杰起四方，各类人物个性疯长。魏晋风度催生了标志性的建安七子、竹林七贤，学者们至今还津津乐道，以后相当长的时期内乐于回首。然而个性的伸张多因乱世，这里有华夏文明的特殊性。

秦末、汉末、魏末、晋末、隋末、唐末、北宋末……均现“人的自觉”，成千上万的士子个性张扬了，豪雄并起了，却是天下生灵涂炭。

从民族的大局考虑，中央集权是有效的。从这个角度看曹操，曹操一统天下的雄心值得称道。曹操晚年说："设使国中无有孤，不知当有几人称帝，几人称王。"

今之学者教授，应当具备历史大视野，不必纠缠于个性解放、普世价值之类。个人的自由是小自由。自由过度了，丑态百出，危害甚广。尤其是在无根性生存大量复制的当下。近现代的西方大哲、大作家、艺术巨匠，大多数是批判西方的。

批判，乃是否定性的批判。

谯城的二杆子都是吃货，屁颠屁颠跟随他们的阿瞒哥，"捉手请交"，"争拜马蹄"，吃香的喝辣的，追逐俏村姑，仿效"劫新妇"。曹操率领这些人闹够了，想闭门读书、沐浴弹琴了，撵那些吃货撵得鸡飞狗跳。第二天，吃货们嬉皮笑脸地又来，苍蝇蚊子臭虫般趋奔腥味儿。曹操奈何不得，只好吩咐下人杀鸡或宰鹅。但有个规矩，一次只捕杀一种家禽或家畜。这规矩，二杆子们嘻嘻哈哈又传开去，说是阿瞒哥定下的。

展望"治世之能臣"的青年曹阿瞒，跟二杆子绝交是不可能的，他自己就是痞子头。精英气不避痞子气，并且吸纳痞子气，曹操开了先河。养气也包括养邪气，把亚圣孟子"养浩然之气"的训诫撇到一边去。此间显现了曹操式的生存直觉。海德格尔尝言："善是恶的善。"反之亦然。学富五车不足以霸占曹操，霸占是说故纸堆弄出个冬烘学究来；琴、棋、书、猎的倾情投入也不能霸占他；二杆子吃货更不能左右他的生存向度。

在自卑与超越的复杂的过程中，曹操慢慢成长为曹操。

曹氏家族有的是钱。曹操的父亲曹嵩，买大官花过一亿钱。

阿瞒哥喜欢喝酒，"何以解忧？唯有杜康"。

他好学，好酒，好色，熬到二十多岁终于结婚了，娶妻丁氏，无子。复娶刘氏，生子曹昂。再纳卞氏为妾，生子曹丕、曹植，一个文学家"生"了两个文学家。后来妻妾的队伍日益壮大，十三个老婆忙着为他生儿子，生女儿的老婆无计，这还不包括他在民间的偷香猎艳。他穿梭于各房，将御女术和统治艺术结合起来，后者发端于当年做痞子头的不乏美好的时光。他会怀念那些鸡鸣狗盗的家伙，而为了政治名声，为了凸显九张脸中的某一张脸，他又必须远离他们……

领导泼皮队伍，驾驭老婆队伍，曹孟德游刃有余。何以如此？盖因他行事的风格大刀阔斧，且能把握分寸。历代人杰鲜有例外。曹操三十岁做了济南国的国相，济南所属十县，他一口气撤掉了八个县令，因为这些县令上通朝廷的太监，下连地方豪强，长期鱼肉百姓，生活奢靡无度，“奢侈日甚，民坐贫穷”。他又大刀阔斧禁淫祀。济南国是西汉城阳王刘章的封地，刘章死后三百余年，祭祀他的庙宇竟有六百多座，每年的祭祀活动要耗费大量的祭肉，各级官员“烹杀讴歌”，坐拥牛羊肉山，数月吃不完。商人从中捞钱，小民因之而赋税沉重。曹国相一声令下，六百座庙宇消失了，庶民欣欣然奔走相告，分祭肉捧回家。撤县令，拆祭庙，薄赋税，分祭肉……前后不过半年时间，曹操触动了大面积的官商利益，摸了几十只老虎屁股，名播长安洛阳。

由于担心报复，眼观六路的曹操称病回老家，做了一名隐士，《让县自明本志令》自叙曰：“于谯东五十里筑精舍，欲秋夏读书，冬春狩猎。”

历朝历代，一旦出现大面积的官商勾结，利益固化，必然导致民怨沸腾。

志在天下的曹操必须向利益集团发动进攻。隐居谯城的远郊，是为了赢得更大的名声，伺机重出江湖。隐士，“岩穴之士”，隐入山林越深，“显”的空间越大。三国时代的高人们玩这一手颇厉害，诸葛亮、庞士元堪称典范。伏龙凤雏，名垂宇宙。

这个话题后文详谈。

曹操自幼意志力强，少年任侠放荡，十处敲锣他九处在。弱冠之年（二十岁）不治产业，“故世人未之奇也”——没人拿他当回事。加上贵族交游圈中挥之不去的自卑心理，他特别渴望别人拿他当回事。二十岁“举孝廉”踏上仕途后，从议郎（学者的官职）、县令到济南国相，他专干轰动性的大事。干完了大事做隐士，“以泥水自蔽”，出则纵马打猎，弯弓射狐兔，入则醇酒妇人，优哉游哉。

曹嵩敢花一亿钱买下太尉一职，导致朝野舆论总攻击，可见曹操的胆量有遗传基因。他的直觉强于乃父，胆量上升为胆识。乡野莽汉有胆量，形成胆识却不易。曹孟德有文化。多方面的文化修养倒是强化他的野性，划出了理性的边界。这个人很牛的，小时候霸气十足，大起来求贤若渴，于是他像一块吸引力超强的大磁铁。

隐居谯东精舍的日子，曹操已是妻妾成群。她们姿貌各异，身心需求不同，既考验他的体魄，又检验他在二杆子中间悟出的平衡术。曹孟德触类旁通，优游于各房，恩威并施，一般不发脾气，偶尔大发脾气。后庭花姹紫嫣红，她们争奇斗艳，却大抵相安无事，纵有吵吵嚷嚷，不会传到户外去。

有能力打天下、治天下的曹操，此间治理妇人们，可谓得心应手。

丁氏爱吃鸡，刘氏喜鹅肉，卞氏每饭吃三种以上的肉，包括熊掌，杜夫人偏爱炙烤的野味，曹操本人常吃火性大的鹿茸鹿血。众口难调，如何是好？

曹操有办法，妻妾们聚餐时，他吩咐先上羹汤喝个半饱，然后再上肉食与美酒，由每饭三肉减为二肉。后来又减为一肉，节庆日增一肉，在魏国都城许昌的贵族妇人中间流行开来，俨然新生活运动，节日宴饮叫作“啖二肉”。有些女吃货盼二肉、想二肉口水直流，却并不敢悄悄弄三肉，坏了曹丞相定下的规矩。吃货一词，通常是个中性词。

卞氏可以例外，一饭三肉改为日食三肉，因为她生下了三个不同凡响的儿子……

谯东吃饭肉少菜多，羹汤鲜美，酒歌飞扬。曹操痛饮杜康酒，月夜舞于庭，演唱自己的第一篇佳作《对酒》：“对酒歌，太平时，吏不呼门。王者贤且明，宰相股肱皆忠良。咸礼让，民无所争讼。三年耕有九年储，仓谷满盈。斑白不负载。……爵公侯伯子男，咸爱其民，……犯礼法，轻重随其刑。路无拾遗之私。囹圄空虚，冬节不断。人耄耋，皆得以寿终。恩德广及草木昆虫。”冬节不断，指冬至后不判死刑。汉代刑律如此。

青年曹操显然是个政治理想主义者。仓谷满盈，路不拾遗，官民同乐，老少皆欢。

曹操的诗歌，女眷们孩儿们能听懂。他喜欢的汉乐府民歌，古诗几十首，妻妾们争诵。“孔雀东南飞，五里一徘徊……”曹操抚弄古琴，杜夫人弹琵琶，丁氏、刘氏兴来翩翩起舞。年幼的孩子们嬉戏于回廊庭树，冲进一头冲出一头。

食案旁说故事，言笑自若。曹操肚子里的故事跟他浓密的胡须一样多。妇孺们听得津津有味，几十双筷子停在空中。孟德幽默时，“一桌喷饭”。小孩儿拿筷子迭敲杯盘。

吃东西的精神附加值高，我们的小时候有深刻的体验、美好的记忆。端着饭碗走东家窜西家，伙起吃，豆瓣和饭也香喷喷，遑论猪油盐巴炒饭。个个吃得包嘴儿包嘴儿（眉山土话，类似狼吞虎咽）。想肉盼肉说肉，遥思过年才有的九大碗，腊肉香肠枕头粑醪糟蛋……于是才有严格意义上的大快朵颐。活在期待中的人面目生动，俗话叫作有盼头。平日里挑食的孩子也不少，譬如我自己，一直不吃肥肉，一丁点儿都不行。家里六口人，父母的工资合起来只有七十多元，尚需供养永寿镇上的老家婆（姥姥）。市场上的鱼虾和黄鳝价格便宜，也不用肉票。四川人通常不吃泥鳅……

吃的精神附加值非常、非常的重要，以免人们沦为饭桶。法国人在家里吃大餐，往往吃上七八个钟头，席间热烈谈论各种各样的话题，艺术、哲学、政治，俨然话下酒。

德意志民族至今保持休耕的传统。俄罗斯、美国都是农业出口大国。而英国，几十年来的食物浪费惊人，尽管这个星球上有数以十亿计的人吃不饱……

中国的古代严防浪费型的吃货疯长，酒池肉林、酒囊饭袋、饭桶、行尸走肉一类的形容词流传了千百年。老子《道德经》云："五音乱耳，五色盲目，五味浊口。"

毋庸讳言，今日之酒囊饭袋真多。

平心而论，一顿家常饭专心吃一肉，至多二三肉，荤素搭配，更能享受肉的美味。四肉五肉，乃至七肉八肉，肉的味道就互相抵消了，味蕾陷入一片混乱。且不谈饲料肉激素肉的问题，为什么八肉九肉十几肉衍成若干年来一些城市和乡村之恶俗？

曹丞相"饭不过一肉，衣不用锦绣"，他的一床被子要用十年，缀满补丁舍不得扔。"衣轻"（穿丝织品）而已，不用锦绣。女眷们向他看齐，铜雀台偶有锦绣，主要是为了表演歌舞。《三国志·魏书》："太祖御军三十年，手不释卷，登高必赋。"懂得精神价值，肉身也能飞升。文臣武将们长期追随他，质朴之风吹遍了中原。力大如牛的猛将典韦，每饭只一肉，尽管他能吃掉一条肥猪腿。蜀国、吴国，质朴者同样引领时尚。诸葛亮"淡泊以明志，宁静以致远"，意思是说，非淡泊不足以明志，非宁静不足以致远。而今天的某些食客会闷头闷脑问：致远干啥？跑到天涯海角去，还不是为了海吃一通？

古代中国士农工商的价值排序，今日学者不妨深思。现代商业的大起来，有技术高度发达之背景，但是，断断不可独大。工业文明、商业文明，要懂得回望敬畏天地的、崇尚节俭的、至少持续了八千年的农耕文明。否则，麻烦大了。

怀素和尚吃鱼吞肉

狂草书法大师怀素，盛唐时代的湖南永州零陵县人氏，少时家贫，出家做了小沙弥。他在家里断断续续吃过几种肉，对肉食几近于崇拜。进城东的书堂寺天天素食，青菜芋头，芋头青菜，吃得直吐清口水，想肉想断肠。怀素和尚个头小，与魏晋名士刘伶有一比，体轻，食量大，“收支平衡”。他五六岁出家，十年“肉压抑”，时有反弹。家在二三里地外，他半夜跳窗跑回去，急匆匆寻找有腥儿的东西塞进嘴巴，吞得上气不接下气。吞完了，和尚哼着山歌返回山门，被埋伏多时的师兄师弟捉个正着，押送方丈惩罚，抄五十卷《金刚经》《断酒肉文》或挑一百担水，砍几百棵白菜。

怀素的楷书亦见功力，当与抄经有关。

怀素《自叙帖》云：“经禅之暇，颇好墨翰。”由于他“屡教不改”，隔三岔五要溜出去偷腥，常常罚抄经卷。书堂寺藏书不少，其中包括汉代碑帖、二王父子真迹。怀素学王羲之的庄严气象，学王献之的潇洒风流，渐渐觉得不过瘾。一股莫名的力量在体内奔突，催他变书风。《自叙帖》是怀素名帖之一，后人竞相题跋。

十年馋肉，这力量太大，意识里装不下，外溢到白日梦中。

怀素盯寺院的麻雀盯半天，直接把麻雀盯成一块烤肉。斑鸠、野鸡、沉甸甸的肉画眉，简直叫他头晕目眩，垂涎三尺，心怦怦跳焉。1990年代，笔者在眉山多悦乡见过一妇女，面对满桌的肉食，她紧张而又局促，面孔紫胀，双目如射又低眉，拿筷子的手不停地颤抖……怀素和尚的馋肉，恐怕有过之而无不及。怀素这法名，应该是方丈给他起的，叫他怀想素食，不要馋肉。他也再三下决心约束自己，却始终控制不住对肉的无限向往。怀素和尚要怀肉。他走一趟零陵县城的市井俗家，怀中揣了熟狗腿潜回书堂寺，藏入柴房，夜里抄经时，闪入柴门啃几口，兴奋得低吼。岂料师兄净远窥探已久，又把他告了。老方丈气极，指着怀素说：老衲叫你怀素，你、你、你……偏偏怀肉！

怀肉二字，不胫而走。零陵书堂寺大大小小的和尚，把怀素唤做怀肉。

怀素本姓钱，漫长的空门时光却是兜里无钱，嘴馋眼馋。他砍白菜端详白菜虫，掰竹笋细看拇指大的笋子虫，乃至拨弄屁蛋虫、退退虫、金壳壳虫……虫子是可以吃掉的。吃的方法有多种。鱼虾、鸟蛋、地老鼠、嫩麻雀，他偷吃两回挨罚一回，屡罚屡吃劲头高。藏肉的地方穷尽了想象力，比如瓦片下会有一条干鱼，墙洞中有竿荷叶子层层包裹的熏斑鸠。书法日益精进，佛经越抄越多，永州、潭州（长沙）的信徒们远道而来求一卷佛经，书堂寺香火旺盛。怀素犯禁怀肉，却没有被赶走，这恐怕是主要原因。方丈又必须惩罚他，以免他影响宝刹的庄严，信众的虔诚，“一粒耗子屎坏了一锅汤”。

怀素的个头长到一米五左右，再难往上长了，但脑袋瓜非常好使。怀素先是青睐刘伶，后来瞄准了李太白，逢人便说英雄豪杰的个头可以矮小，李白是雄证。暗示李白的身高只五尺许。他抄写李白的诗歌，视李白为知己，托长沙和尚搜集李白的狂草书法。李白草书的风格乃是“横风疾雨”，与宋代王安石相似。

怀素年复一年以小楷抄佛经，抄够了，于是越过行书直接奔向了草书，并且是狂草，横风吹柳条，疾雨打芭蕉。半夜三更他想肉想得尖叫，向壁狂舞羊毫笔，一个字大如斗，三个字写满墙，写完了又以石灰抹掉，异日再来涂抹。月光下他独舞静静的寺院，蹦跳台阶，倒挂屋梁，不可思议的艺术冲动反复撩拨他瘦小的身躯。体轻能量足，他越蹦越高，为后来在京城长安万人围观的书法表演打下了基础。

怀素十九岁，做出了一个重大决定：告别书堂寺，回家种芭蕉。大约是公元744年。

怀素和尚太想吃肉喝酒了，多年的肉压抑、酒压抑、狂草书法的压抑，三种压抑合力催他还家，但不还俗，依旧是穿袈裟持锡杖的光头和尚。他不种地，却为何种芭蕉呢？哥哥疑惑不解，怀素安慰说：且放心吧，肉会有的，哥哥你、你的老婆也会有的。

兄弟二人种了一万株芭蕉，搭了一个棚子，号曰“绿天庵”，劳作之余跷着腿儿乘凉。全城的人纷纷赶来看稀奇，不知道怀素和尚要干啥。芭蕉可不是经济作物。问他时，他笑而不答，摆出一副隐士的样子。他砍下芭蕉叶，小小身子躺在阔叶之下，细微的鼾声应和鸟鸣蜂唱。可是他忽然破叶而出，拔地而起，向空绝叫三两声，然后抄起大笔，在晒得半干的芭蕉叶上写起字来。零陵人释然了：原来和尚种芭蕉是为了干这个。

书堂寺练就的功夫，抓嫩麻雀学来的灵巧劲，使这光头和尚嗷嗷嗷不绝于耳。不仅是做广告，他似乎天生像猴子，从一棵树跃向另一棵树。凑近阔叶俯身狂书，跳开几步端详，短叫，长啸，挠耳朵。兴来一挥百叶尽，纷如晴空泼雷雨。

识得书法妙处的乡贤评价说：怀素的草书不减张长史。

张长史指张旭，张旭的草书与李白的诗、山东裴旻的剑术，时称天下三绝。

过境永州的官员绕道来零陵，观看怀素上人写芭蕉。唐宋士大夫文化修养甚好。怀素的名声和芭蕉林一块儿传出去了，求字的人渐多，南来北往的商贾们也乐于附庸风雅。怀素越发人来疯，远走浏阳、衡阳、长沙，短身材操着如椽大笔，与夏云奇峰共舞，舞到日落黄昏、满天星辰，醉墨欲铺天河。

古代艺术家身在自然的万千形态中，并无向自然学习的概念，没有对象化思维，没有主观客观的二元对立。辨析这一点非常重要。犹如我们的童年，每一个体细胞都与草木鱼虫裹成团，却未闻环境生态这一类字眼，从来只说一棵草，不说热爱大自然。人是大自然当中的一员，没有自然这个概念。

“醉来把笔猛如虎，粉壁素屏不问主”，怀素见不得人家户的屏风、粉壁、树皮、院墙，拿笔便题字，有时赚来一顿酒饭，有时被人家斥骂撵走。后来他漫游江南访问陆羽，茶圣写下《僧怀素传》，云：“时酒酣兴发，遇寺壁，里墙、衣裳、器皿，糜不书之。”

唐代书壁成风，中唐的白居易从长安到江西，凡三四千里，沿途看见自己的许多诗篇由民间好手书于各处，包括桅杆与风帆。一般不发酒疯的北宋苏轼，书写黄州陌生村户的板壁、院墙，几番挨骂，差点挨打，自云：“涴壁常挨骂。”

中国的艺术家，倒有几分酒神精神。

话说怀素于芭蕉林中写满意了，叫道：把肉来，把酒来！

退笔如山，“笔冢”又是个赚眼球的东西。

他专吃好鱼，鲥鱼、鮰鱼、河豚，称长江三绝。求字的官绅开始排队，送美酒送银子。动笔前他摸摸自家秃头，有别于张旭以长头发搅大墨缸——当代的书画家们蓄长发，可能源自草圣张旭的散发狂。怀素有表演的天赋，尖叫，腾挪，钻阔叶呼呼睡，破叶子哗哗出，乌云滚滚的雷雨天长啸绿天庵，鬼火闪烁的漆黑夜醉卧冢笔间。狂僧、怪僧、奇僧、酒肉和尚，这些夸张的符号有利于传播名声。北宋文坛领袖欧阳修很是看不惯，斥为追奇逐怪，“为书而书”，“弃百事而以书法为事业……怀素之徒以是”。苏轼写诗骂曰：“颠张醉素两秃翁，追逐世好称书工。何尝梦见王与钟，妄自粉饰欺盲聋……”王，指王羲之，钟指钟繇。苏轼在另一些场合又表扬怀素：“其人傥荡，不工书而能工如此。”

怀素写字，性情是个引领，“意在笔先”。苏轼称其不工书，可见他未必为书法而书法。十九岁他不复敲木鱼，告别了晨钟暮鼓，回家种下万棵芭蕉，干起了专业书法家的行当。此事当有掂量。全国的寺庙那么多，工书的和尚寺寺不缺，唯有长沙的怀素走上了这条充满未知的路。凭借良好的直觉行事，有六七分把握就开干。十年馋肉，半夜偷腥，何不敞开肚子大吃一通，索性做个酒肉和尚？书堂寺的抄经和尚，又打下了名声的基础。这位狂草书法家，与吃肉关系大。

怀素二十三岁，把李太白吸引到零陵的芭蕉林来了。

这一年的李白五十九岁，在流放夜郎的途中遇大赦，狂喜而返，“千里江陵一日还”。李白在长沙听说了零陵有个怀素上人，书法了得，行事古怪，于是专程造访。永州太守卢象是李白的朋友，安排了舟车，派人先去零陵通报。时在夏季，大风刮得老树折腰，诗仙走进了一望无际的芭蕉林，东走西瞧，看了有名的绿天庵，看了插满大小废笔的笔冢，横竖不见传说中的怀素和尚。

李白朗声道：和尚作甚古怪？

唯有风吹芭蕉叶，射入林子的阳光也弯曲。却听隐隐有鼾声。李白巡视周遭，仍觉纳闷，不知鼾声从何而来。地上横七竖八摆着巨大的芭蕉叶。似乎有人窃笑。李白瞎转半个时辰，不耐烦了，抽身欲走，忽见一个半裸光头短汉破叶腾空，尖叫两声，轻轻落下地来，双手合十道：翰林学士驾到，贫僧怀素失礼！

那和尚话音未落，忽从几个方向涌来了人群，不下二百人，携酒肉者众，儿童蹦跳追随，猫儿狗儿兴奋。阅人无数的李太白有些傻眼了。怀素悄悄踮脚与他比身高，兀是矮了几寸。众哗然。怀素平素的吹牛不攻自破。不过，他开始亮出真本事，操了大笔，在一片芭蕉叶前跳来跳去，狂草七绝《赠汪伦》："李白乘舟将欲行，忽闻岸上踏歌声……"

下笔但闻刷刷刷，看客们一阵哇哇哇。李太白目如射电，将怀素草书的每个笔触瞧仔细了。末了，叹曰：藏真（怀素法号藏真）上人名不虚传！

接下来吃酒啖肉，怀素三两口吃掉一条大鱼，咬碎鱼刺和酒吞；又撕下了半只烤鹅，吃得满嘴流油。众惊骇。李白笑曰：右军（王羲之）一生爱鹅，若知你这般吃鹅，定不肯于冥冥中点拨你。怀素答曰：右军是右军，怀素是怀素。他爱鹅，我爱吃鹅，亦是一种因缘。怀素一向有点傲视王右军，时人评论："怀素似不许右军得名太过。"

怀素与李白比酒量，各饮百杯美酒"醉洞庭"，观者皆色变。饮者谈笑自若。卢象太守笑呵呵亲自把盏。日头落下了，万千芭蕉叶子醉舞东风，煞是壮观。怀素屡跑厕所，李白运内力，将酒液逼成了雨点般的汗滴。双方再饮五十杯，堪堪比成平手。但李白已年近六旬，二十多岁的怀素甘拜下风。

诗仙参观挂满条幅横幅的绿天庵，一步一叹，醉写长诗《草书歌行》："少年上人号怀素，草书天下独称步。墨池飞出北溟鱼，笔锋杀尽山中兔。……起来向壁不停手，一行数字大如斗。……湖南七郡凡几家，家家屏障书题遍。……"

李白的这首诗传到中原、江南，怀素名声大噪。

年轻的怀素向李白看齐，宣称漫游十万里。大丈夫志在天下，好男儿奔向长安。家乡虽好，荆楚更好，中国好得不得了。踏遍山山水水，于是回望家乡更像家乡。八百里青草湖（洞庭湖），怀素戏水的身子比一朵浪花还小。

"极目楚天舒"，"波撼岳阳城"。

行僧怀素的一支笔写来好酒好肉。他在长安拜访颜真卿，下江南与陆羽畅游，远走岭南数千里，兴冲冲去找著名书法家徐广州，却碰了官场大钉子，顿顿喝粥，瘦得前胸贴背后，秋风古道踉跄而返……狂草书法的跌宕起伏、裹风挟电，与生存的波澜壮阔向来是同构的。苦闷、焦虑不可或缺，然后才有向上的、强悍的生命运动。

写《茶经》的陆羽是个奇人，大怀素四岁，《陆文学传》云：陆羽"结庐于苕溪之滨，闭关对书，不杂非类。名僧高士，谈宴永日"。

这位鼎鼎大名的茶圣一旦出游，必是盛况空前，“凡所致之邦，必千骑效劳玉浆”。陆羽的故事以后再讲。陆羽写过《怀素传》，记下了怀素的生平事迹。

怀素的草书宝典《食鱼帖》写于长安：“老僧在长沙吃鱼，及来长安城中多食肉，又为常流所笑……”和尚吃肉，自是可笑，何况他不是一般的吃肉。“怀素”之所怀，唯一苦笋耳，其余皆“怀肉”——僧袍中的肉与笔总是不分离。人瘦，字瘦，肉要肥。常吃苦笋有利于打通肠胃。年年长足于道路，肌骨强健雄赳赳。狂草大字又是个体力活，包括必不可少的腾挪尖叫，消耗热量与热情。他在长安独出心裁的书法表演，万人空巷。

“忽然绝叫三五声，满壁纵横千万字。”

怀素上人两大特点，一是吃，二是狂。本文单讲他的吃。另外，他是个名播南北的酒仙，曾经“一日九醉”。写字俨如飞沙走石，忽然倒地鼾声大作……所有这些元素都不乏赚名头的考虑。固然类似杂耍，却登上了大雅之堂。唐代三百年，士子们的眉目轩昂，举止潇洒，例子真是数不过来。怀素草书的源头性冲动之一是为了吃肉。他几十年吞下一座肉山，却始终伴随灵魂的飞升，并未沦为吃货。

大师晚年，也写小字了，《小草千字文》臻于化境，明朝书家董其昌评价：“通会之际，人书俱老。”骄傲的怀素针对王羲之和王献之说：“二王父子真草，虽尽善尽美，却未能收尽狂草一路。贫僧闯出新天地！”

好吃嘴苏东坡：『啖美河豚，值那一死』

中国古代先贤，苏东坡吃的故事最多，今人写下的专著好几种。依我看有三个原因，苏轼在西蜀眉山长大，置身川菜发源的中心地带；宋代有了印刷术，信息量大增；苏轼做官四十年，一生“半中国”，舟车长驶几十万里，利于他遍尝美食，创造美食，推广美食。除开民间隐藏的饕餮之徒，苏东坡的吃，最具千年不散之色香味。

成都平原千里沃野，俗称川西坝子，所谓天府之国，主要指这一片。海拔四百多米，雨量充沛，气候宜人。浩瀚的岷江四季奔腾，千帆竞渡。眉山在成都之南百余里，今有王影聪先生首倡的城市口号：“东坡老家，快乐眉山。”为何称快乐眉山？首先是因为吃物丰富，手工烹调的花样无限多。靠近岷江的城市中心，更有三千亩“东坡岛”湿地公园，全国罕见。另，三苏父子的三个公园之外，近年又添二百亩“苏母公园”，纪念苏东坡的母亲程夫人。旧城的百余亩古祠堂、古园林，则因宋代的苏家“五亩园”而起。

程夫人出自眉山的首望之家，自幼锦衣玉食。她嫁给不算富有却善于花销的苏洵，生下一堆儿女，成活了三个。女儿苏八娘嫁入程家，十九岁受婆婆虐待而死。苏、程两家，因之而断绝往来。这使程夫人长期隐忍着疼痛。她顶着邻里的闲言碎语，在眉山城西纱縠行开了一家布庄，赚来银子供两个儿子念书、丈夫出蜀远游。苏轼的乳娘任采莲、苏辙的乳娘杨金蝉是她的好帮手。三个女人点点滴滴的辛劳支撑着三苏父子。念书和赴京考举人，花费银子如流水。我时常想到她们的生活细节，特别是识大体、隐忍持家的程夫人，心里总是感动。程夫人只活了四十八岁，她目睹了丈夫的“游荡不学”，长时间“耿耿不乐”。程夫人的生前，却并不知道两个儿子出类拔萃。有些学者认为程夫人是中国古代四大贤母之一，她的事迹比孟母、岳母更多，透出日常生活的坚忍与温馨，强化了苏氏家族的书卷气和道德氛围。

眉山市建苏母公园，真是善莫大焉。

苏轼为官的仁慈，受母亲的影响大。他的好吃，也跟妈妈的亲手做菜有关，后来到黄州，他常常念叨“春鸠烩芹菜”、“茄香肉丸子”、烤乳猪和脆皮鱼。蜀中的美味佳肴应有尽有，单是一道看似寻常的鱼香肉丝，做工也极讲究，大厨们不敢轻易夸口。国内有“川菜王”之称的眉山王家渡人氏王刚先生，对我讲鱼香肉丝的诸般妙处，讲得我垂涎三尺。回锅肉、盐煎肉、酱肉丝、凉拌鸡、宫保鸡丁、卤肥肠、粉蒸肥肠、青烧母鸡、清烧江团、红烧黄鳝……恐怕三百种数不完。孔夫子没到过四川，如果他去了，一定会说：蜀人才叫食不厌精哩，丘也惭愧，丘也惭愧啊！

四川的小吃更是冠绝天下，蒸的、煎的、煮的、油炸的，笔者小时候崇拜包子油条，痴迷三角粑、肉疙瘩、白糖酥卷……每次吃包子，总要蹦几蹦，唱一曲《沙家浜》或《智取威虎山》。好东西就是不能经常吃，切不可误入某些歧途，要遵循味蕾的规律，要保持舌头的敏感。眉山有句老话：少好吃，意思是少才好吃。直到1980年代，川西坝子的各类小吃选材严，做工细，包装简单，我们吃爽了、吃惨了、吃舒服了，犹如中小学耍惨了、耍安逸了，天天耍到黑摸门，而学习成绩照样好，德智体美劳……

苏东坡的童年不是十分顽皮，偶尔疯一回，“狂走从人觅梨栗”，七八月弄潮大岷江。吃东西他也不大放纵，但是，非常享受。妈妈的菜、乳娘的菜，后来王弗夫人、王闰之夫人做的菜肴，弥漫着一辈子受用的亲爱之情。所谓吃的精神附加值，情感记忆是重中之重。我写此文临近春节了，想起当年妈妈亲手包的汤圆，大年初一的早晨，那白酥酥的甜汤圆、肉汤圆，不禁热泪盈眶（多少年多少次了！）。

谨以此篇献给妈妈的在天之灵。

苏子瞻二十岁赴京应考，又两度走水路回眉山丁忧，加起来，居家乡二十五六年。川西坝子培养了他的精致味蕾。他天性豪迈，而豪迈的雏形是由着性子来。偷吃邻家树上的鲜果，桑木弹弓打鸟，临江悠然钓鱼，骑牛卧读圣贤书。他是性格决定命运的典型。苏序、苏洵、苏轼祖孙三人的豪爽性格非常相似，如果他们同时走在眉山的石板街上，恐怕身姿无二致，包括具有磁性的眼神和爽朗的笑声。

苏东坡一生三多：多欲，多慈，多思。后二者平衡了前者。苏子由比较内敛，官场上大抵进退有术，深藏不露，做官做到副宰相（参知政事）。

从苏轼的诗文看，他爱吃鸡、鱼、猪肉，说不清他更爱哪一种。书法有“墨猪”之说，肥而有骨。他的体质当属湿热型，酒量小，年轻时“饮少辄醉”，中年以后往往“把盏为乐”——酒宴上玩玩酒杯而已。这有点蜀人讲的狗舔油锅的意思，舔又烫，不舔又香。公鸡易生风热，古代鸡又不是饲料鸡，叫年鸡，非月鸡（一个月长大的所谓鸡）。宋哲宗上台后，六十岁的苏东坡贬到岭南去，不顾举家困顿，远近募捐加自掏腰包，为惠州人造了东江上的两座浮桥，叫作东新桥、西新桥。惠州的汉人、客家人欢呼雀跃，“三日饮不散，杀尽西村鸡”。他吃鸡肉吃到痔疮大出血，犹称鸡肉好香好香，再贬海南亦如此。苏辙写信，屡屡劝他少吃鸡，他哪里肯听。当初在湖北黄州，鸡肉吃多了，四十多岁的男人卧病几十天，外面传他因病西去，害得远方的朋友们号啕大哭，要来黄州奔丧。宋神宗和王安石也吃不下饭。苏轼老吃鸡，事情闹大了。

在惠州，他狂吃火性大的荔枝，“日啖荔枝三百颗，不辞长作岭南人”。杨玉环大吃荔枝没事，坡翁不行。他的多欲，升华而为艺术，佳作有如八月里的钱塘江潮。

苏子瞻视富贵如浮云，平生不卖一幅字画，即使是在黄州举家艰辛、开垦东坡的日子。所谓君子固穷，苏轼轻描淡写。在这个“贫贱不能易”的大前提之下，他放纵口舌之欲。《初到黄州》：“自笑平生为口忙，老来事业转荒唐。长江绕郭知鱼美，好竹连山觉笋香。”有趣的是，他发明美食，均在遭贬倒霉之时。黄州霉透顶，发明了东坡肉、东坡鱼，命名了“元修菜”……汴京城做高官七八年，他的腰围吃大了，山珍海味像萝卜青菜。人也不兴奋，自言“三年光景六篇诗”，而且篇篇庸常。此间，他下朝的习惯性动作是自摸肚子。王朝云说：先生一肚子不合时宜！苏大学士听了，捋须哈哈笑，说：“唯有朝云能识我。”苏翰林、苏龙图（龙图阁学士）、苏三品，官阶连连上升，而生命冲动流于一般化。后来他慨然写道：“问汝平生功业？黄州惠州儋州。”

苏轼贬黄州四年半，一变而为苏东坡。“上可陪玉皇大帝，下可陪卑田院乞儿。”中国古代，能出此语者，恐怕只有苏东坡。元气淋漓，艺术井喷。此翁广泛接地气，接成了地仙，映照天马行空、鲲鹏展翅的天仙李白。黄州人称苏东坡为“坡仙”。

且看坡仙露宿桥头的形象：“照野弥弥浅浪，横空隐隐层霄。障泥未解玉骢娇，我欲醉眠芳草。可惜一溪风月，莫教踏碎琼瑶。解鞍欹枕绿杨桥，杜宇一声春晓。”障泥：马背两侧垂腹之物，遮挡尘泥。

苏轼贬三州，加起来十年整。有趣的、值得玩味的生活细节多如牛毛。

元丰八年（1085），由于宋神宗的去世，追慕宋仁宗的高太后摄政，四十九岁的苏轼复起于黄州，“量移汝州”。量移是平级调动，调到离汴京比较近的地方。苏轼游庐山，写下著名的《题西林壁》；复去金陵的蒋山拜会退休的王安石，抛开各自的政治主张，连日交谈甚洽。王介甫送走苏子瞻，山风中喃喃自语：“不知更几百年，方有如此人物。”

茫茫大士苏东坡，从高邮、泗州玩儿到常州，足迹三千里，举止一派天真，像个大男孩儿。“谁似东坡老？白首忘机。”白首忘却机心，哪像现在的一些年轻人，黑发浓机心重。东坡词云：“门前流水尚能西，休将白发唱黄鸡。”他买田宜兴，打算终老于湖山，“来往一虚舟，聊随物外游”。又写《橘颂》，是为宋代行书之宝典，真迹今犹存焉。

且说苏轼卜居常州，常州的士绅奔走相告。时在三月，“竹外桃花三两枝，春江水暖鸭先知”，却有个土豪曹通判对苏轼不服气，宣称：苏轼一罪臣耳，何足道哉！这曹通判很担心苏轼抢了他的风头，以一个外来人，轻松夺得民间领袖之宝座。曹通判设一局，请苏轼去他家吃饭，备下了两种菜，一曰美河豚，二曰蠢猪肉。如果苏东坡不敢吃美河豚，那就献上肥嘟嘟的蠢猪肉，让“东坡肉”“东坡肘子”的发明者贴上蠢猪肉的标签，并且，还要留下一幅“墨猪”书法，供宾客玩赏戏谑。

河豚的内脏有剧毒，弄不好要吃死人。

这一天，曹通判的家里高朋满座，土豪云集。清烧河豚摆上了大餐桌，好吃嘴苏东坡坐了主宾席，左看右看，迟迟不下箸。这东西他听说过，没吃过。中毒咋办呢？河豚的烹调极考究，万一曹通判暗中做了手脚呢？即使药不死，当众药翻了，也是常州的头号新闻，堂堂苏东坡大折颜面，江南江北要传遍……苏子瞻一再皱眉头，曹通判脸都笑烂了，以试探的口吻说：要不撤下美河豚，端来子瞻兄情有独钟的蠢猪肉？

苏轼不答，紧盯青花盘中的河豚，脑门子冒虚汗。曹通判一挥手：蠢猪肉把来！

苏轼说：且慢。

他夹了一块河豚，再看，再闻，仍是决心难下的样子。屏风后面的一群曹家人挤眉弄眼。曹通判笑道：子瞻还是不敢吃。苏轼说：不敢死。座中有土豪高叫：人言东坡豪士，却来常州拉稀！

曹通判趁机打趣：黄州吃干，常州拉稀。

一桌子的人笑得前合后仰。然而在哄笑声中，苏豪士开始吃河豚了，吃了一坨又一坨，那腮帮子鼓得，那嘴角的汁水流得。以曹通判为首的常州士绅以及土豪们，那眼珠子凸得。屏风两边的曹家人，那口水吞得……

曹通判探了胖头问：我家河豚，味道如何？

众人忙问：苏密州，苏湖州，苏徐州（苏轼曾担任三个州的太守），别只顾着吃啊，常州的美河豚端的美不美？大学士大文豪，金口玉言呐！

苏轼不答，不笑，不停筷子。长脸丰腮（有眉山三苏祠元代临摹的东坡画像为证），坚齿大开，直把青花盘中的河豚吃光了，才徐徐道："值那一死。"

此言一出，常州人雀跃争传，又从北宋传到南宋，从中国传到外国。语出苏轼晚年的自传体笔记《东坡志林》。看来，苏轼颇能卖关子，玩玩曹通判和众土豪。其实他有备而来。他是美食家兼药物学家，了解河豚的精血毒性。河豚产于江海交汇处，年年清明节前，河豚未入海时，肉丰而味美，兼具江团鱼的鲜嫩和豚肉的嚼头，只要烹制得法，是可以放心享用的。即使中了毒，也有民间的解毒法，比如喝下自己的几口"中尿"（掐头去尾）。江南市井有俗语：厕所旁边吃河豚。另外，苏轼备下了芦根汤，专解河豚毒，可保万无一失。汉代的名医张仲景有过相关记载。

苏东坡讲河豚讲得头头是道，满座的贤达与土豪听得津津有味。曹通判醉颜红，连称：曹某伏也，伏也（伏通服，宋人常用），这常州贤达的头把交椅，非东坡先生莫属！

苏东坡赋诗云："粉红石首仍无骨，雪白河豚不药人。"

石首指鲍鱼。石首若无骨，美河豚大补。常州人从此放心吃河豚，春暖花开相告曰：值那一死，值那一死。嘿嘿嘿，值那一死！

苏东坡与美艳的王朝云吃“长江三绝”的故事，又让常州人讲了近千年。

此事容后再表。

王安石『吃政治』

王安石字介甫，是北宋的一位奇人，其声势浩大的“熙宁变法”，改变了历史的走向。宋人笔记称：“介甫，牛形人也，故敢为天下先。”而司马光绰号司马牛，在治国的理念上一直与王安石作对、顶牛，后来做宰相，“尽废新法”，让赋闲金陵的王安石郁闷之极。苏东坡既反对王安石，又抵制走了另一极端的司马光，俨然英勇的斗牛士。北宋政坛，两头牛和一个斗牛士之间的故事，写下了最为惊心动魄的篇章。

本文单讲王安石的吃。

“介甫不饮酒，包公不能强。”王安石面黑，包公黑脸，两个倔男人又是黑对黑。包公年长，且名满天下，却劝不下王安石的一杯酒。司马光当晚写日记：“知介甫之不屈矣！”其实，别说包拯，只怕仁宗皇帝也劝不下王介甫一杯酒。这事发生在元祐年间，王安石三十多岁，做着京城的高官，主管三司度支（财政支出）。宋代的京官与地方官区别大，待遇、社会地位不可同日而语，地方官调往汴京，同僚贺曰“改官”。

介甫不饮酒，不与官妓盘桓，拒绝御赐的好房子，藐视上流社会的社交圈。此外他比较脏，几个月不换衣裳，很少洗浴，鞋子破破烂烂，束着老农民的腰带溜达御街、朱雀大拱桥；官袍总有异味儿，还会蹦出几只虱子来——这名士派的生活习性，王安石保持到晚年。熙宁年间他做了百官之首，年轻的神宗皇帝对他言听计从，满朝文武仰视他，他那些令人咋舌的日常习性倒是有增无减。苏洵写《辩奸论》，认为王安石心藏大奸。

老处士苏洵脾气大，说话说过头了。这篇文章载入《古文观止》。

“囚首丧面，而谈诗书”，介甫为何这样呢？朝廷的首辅大臣为何带着虱子上朝？中国历代宰相，王安石古怪第一。以笔者观之，有三个原因导致他的古怪，一是小时候随父亲宦游千万里，风餐露宿，蓬头污面，饱一顿饿两顿，穿戴像个小叫花子，熟悉了虱子臭虫跳蚤。二是技术层面的政治智慧。三是天性倔，“拗相公”的绰号流传至今。

“扪虱而谈”是魏晋士人的风度。唐宋士大夫，追随者众。北宋的政坛又有长达一百多年的宽松局面。王安石身上的虱子传为趣谈。

《资治通鉴》的作者司马光说：介甫大才，只是名士风度有点过。

王安石的孩提时代，牵着父亲的衣襟舟行江南，远足西蜀。过八百里秦川，登秦岭栈道，入剑门关，惊叹剑门关七二峰，峰峰向北。连月跌跌撞撞，吃尽了苦头。也许父亲有意锻炼他。橦梓道上他跌个嘴啃泥，父亲盘坐石头看他，逗他，挖苦他，永远不会伸手拉他。蜀道艰难，忽风忽雨忽雷电，小男孩儿颤巍巍走过荒山野岭，时闻鬼哭狼嚎。黄昏投宿寺庙或山野人家，胡乱塞饱肚子，次日睡得正香，复被严厉的父亲拽了上路，半睡半醒一拖十几里。清代人辑的三大本《宋人轶事汇编》，讲王安石甚多。

有时候方圆百里荒无人烟，父子二人吃完了干粮爬树摘野果，惹得树猴集体抗议。饿肚子，想吃物，哪管虱子跳臭虫咬。偶尔捉住一只野兔，射杀一只野鸡，生了野火烤来吃，大快朵颐，哇哇乱叫。王安石对父亲说：等我将来做了大官，我要吃遍汴京城的好东西！我天天去逛大相国寺！

后来他紫袍加身，题诗于大相国寺：“三十年前故地，父兄持我东西……”

开封府的大相国寺又是贸易场所，可容万人买卖。鲁智深倒拔杨柳，就在那个地方。汴京开放集市，每月八次。坊市相连，不像唐朝坊与市相隔。唐朝一定品秩的官员还不许去市场。官尊而商贱，宋代稍好一些……

王安石像怀素一样多年肉压抑，一旦放开了肚子，吃相有点难看。他可顾不了那么多，埋头猛吃，又埋头弓腰蹿着走路，埋首于书卷不辨晨昏。王介甫有两个“王三不”，一曰不畏天命，不管人言，不守祖宗法度；二曰不洗澡，不饮酒，不进社交圈。

欧阳修则戏称“介甫三埋头”，埋头吃，埋头走，埋头狂读诸子百家。

仁宗皇帝后期，朝廷度支判官兼牛形人王安石正当壮年，食量大如牛。每天思考国家大事，给皇帝写万言书，石沉大海。仁宗在位四十多年，对国家的未来深谋远虑，决不会轻易变更祖宗法度。王安石的心思，宋仁宗洞若观火。

一年年过去了，王安石的变法主张落不到实处。上朝懋着，下朝吃肉。夜里掌灯读书，几案上总有一盘手抓肉，羊肉或牛肉。脑力消耗极大，需要肉食的补充。

黄庭坚说："王介甫终日目不停转。"王安石的这副模样活像阴谋家，不过，他谋国不谋家，他为官的一切出发点都是好的，希望赵宋王朝国运长久。

精力充沛的王安石，每天读书到寅时（后半夜），徘徊杂树纷披的庭院，仰望星空想问题，嚼着牛羊肉或肉干。"一日二肉"，十年不废。由于拒绝官场的宴饮和深夜独处，他养成了自己吃肉的习惯。据说三斤牛肉，他一顿吃个精光。他对猪肉的兴趣有限，尝戏谑苏轼：子瞻爱猪肉，前世恐为猪友。苏轼笑曰：介甫疼虱子，前生当是虱子王！

宋仁宗在宫中设宴款待臣子，王安石"忝陪末座"。韩琦、富弼、范镇、欧阳修、包文正等一群重臣谈笑风生，王安石沉默寡言，只一味吃着鹿肉熊掌，咀嚼有声，腮帮子鼓起。黑面包公侧目而视。范镇摇头。

左相韩琦忍不住发话：介甫啖肉吧嗒嘴不太好吧，天颜在上，焉能放肆？

王安石不理睬，继续大嚼。仁宗皇帝好奇地瞧着他。患近视眼的欧阳修以目视之，示意他尊重韩琦宰相。司马光坐在他旁边，暗暗拉他的袍袖。他吞下一块鹿肉，喉结凸出，又顺手抹嘴巴，油手顺便挠挠肩膀和腹部。

皇帝一笑置之。韩琦的脸色就很有些难看了。

当初韩琦做扬州太守，王安石是他的下属。二人不和，官吏皆知。王安石当面顶撞上司，弄得韩琦下不来台。早晨衙门点卯，王安石经常迟到。有一天他冲到衙门，歪戴官帽斜穿官衣，嘴里还塞着半块冷馒头，气喘吁吁地吞咽，喉结触目。同僚纷纷窃笑。堂上高坐的韩太守冷冷地说：年轻人，我劝你趁精气旺多读几本书。

介甫顿时脸红筋胀，却一声不吭。同僚们又笑。韩琦的言下之意，是王安石把精力用到妓女们身上去了。扬州历来繁华，官妓私妓甚多。其实王安石夜里读书用功，天麻麻亮才上床打个盹儿，顷刻惊起，抓个大馒头，以百米冲刺的速度冲向太守府……韩琦错怪他，他也不解释，只在日记中写下九个字："韩琦貌美，余一无可道。"

北宋的老贵族韩琦生得相貌堂堂。王介甫面黑，自以为不漂亮，所以对貌美的男人有些瞧不上。扬州是他初入仕途的"磨勘"期（磨炼，勘察，一般三年），上司的评语直接影响前程。王安石却对韩琦漠然视之，可见其执拗性情和异乎寻常的自信。

此间的韩宰相在宫中，当着仁宗皇帝和朝廷大臣的面，仍然拿末座的“区区王安石”没办法。他那著名的美髯乱飘，漂亮的面孔由红转青，由青转灰……宫娥们歌舞侑酒，“唇不包齿”的欧阳修情不自禁哼小曲。范镇击节，包公赞赏。司马光面无表情。

王安石睡着了，鼾声应和了树梢的蝉鸣。

宴罢，皇帝复赏臣子们去后花园钓鱼。时在仲秋，御池残荷立翠鸟，小风送爽金桂飘香。蜀人范镇是个性情中人，钓了鱼乐得打哈哈。司马光与欧阳修笑谈历史。欧阳修是《新唐书》《新五代史》的作者，也是文坛领袖。包公神情恬淡，垂钓闲适，跟那个坐镇开封府的铁面府尹判若两人。韩琦玉树临风，抛钓丝的动作随意而漂亮。老臣富弼待在皇帝的身边，说一些庆历年间的往事。“天下无事近百年”，这是王安石在写给皇帝的长信中讲的一句话。君臣和谐，朝野大抵无事。

御池的拐弯处，王安石坐于虬曲的柳树下，一卷经书在手，鱼竿闲置斜阳。他观书入神了，满脑子尧舜禹汤，似乎看不见近在咫尺的本朝皇帝。看书要吃东西，手边却只有搁在玉盘中的几十颗球状鱼饵。他用细长的手指抓了鱼饵塞进口中，咬碎，咂舌，模样惬意了。侍钓的宫女太监有些茫然，不知如何是好。王大人的指头蘸了口水翻古书，“目射纸上”，继续伸手拿球状鱼饵，一颗接一颗地吃。耸耸“牛背”，蹭蹭古柳树，市井的形容词，这叫磨皮擦痒，多半是栖身官袍的虱子们活跃了。

仁宗皇帝“视之良久”，搞不懂这个王安石。介甫吃下一半了，看样子要把鱼饵吃光。皇帝扭头再瞧他。欧阳修想扇他耳光。韩丞相拿白眼射他。牛形人照吃不误。

王安石皇宫垂钓吃鱼饵，是北宋政坛的经典故事之一，意味深长。北宋百余年，没人这么干。介甫什么意思呢？难怪苏老泉写《辨奸论》，想要戳穿他。这个牛形人是一头怪牛、犟牛、猛牛，又是一头懂得谋略、深藏不露的“智牛”，年纪轻轻就有了一整套自我推销的方案，有板有眼，滴水不漏。并且学问大，律己严，判狱、理财卓尔不群。宋仁宗老看他，原因在此。司马光对他崇拜得五体投地，目为圣人复出。王安石当政，推出一系列疾风暴雨般的新法后，司马光才大吃一惊，宣布与他绝交……此系后话。

王安石吃鱼饵吸引仁宗的注意力。他学姜太公稳坐钓鱼台。皇帝只是好奇，仅此而已，赐予王安石的东西，多牛羊肉。介甫奉旨吃肉，京师传为笑谈，包括他随身携带的虱子，露出鞋子的脚趾头，老农民的旧腰带，大庭广众下反手挠痒痒的动作。包括他拒豪宅，拒美女，拒社交，拒顶头上司……王安石的吃穿住行，显然带了政治符号的意味。

苏东坡吃味道。王安石“吃政治”。仁宗皇帝的态度在他的意料中。他等待，反正他有的是时间。而老皇帝已经日薄西山了。

不久的将来，一代奇人王安石要大展宏图。

色

康有为说：“**色之感目**，有电相吸摄，故好之最甚。”好之最甚，冲力最强，却又受到社会道德的广泛约束，于是迸发而为千姿百态，大大强于动物的求偶过程。羞涩乃是人的特征。禁忌生诱惑。本我与超我之间有着永不停息的拉锯战。孔夫子强调思无邪，将好德与好色相提并论，有其深意在焉。

弗洛伊德：“**艺术是欲望的升华**。”

卷三 色

色

孔子见南子

孔子五十五岁，离开鲁国去卫国，见卫灵公的夫人南子，闹出一段故事来。

南子长得漂亮，但是名声不好，善窈窕，“美而淫”，并且恬不知耻。历朝历代，卷入政治的漂亮女人大都名声不好。孔子入宫见南子，隔着珠帘听她行大礼，蜂腰弯曲，佩环声动。孔子与南子谈些什么不得而知。孔夫子周游列国，在卫国先待了十个月，一度跟随南子和卫灵公的车驾招摇过市。于是，有人不高兴了。不高兴的人名叫子路。

孔子门下七十二贤，子路以勇猛著称，说话很直率，年少时爱打架，不止一次打过大他九岁的孔子。子路认为老师见南子是一件不光彩的事，有失风范。孔子一听急了，指天发誓：“予所否者，天厌之，天厌之！”意思说假如我和南子做了不该做的事，老天爷雷劈我。接下来，孔子又说了一句著名的话：“吾未见好德如好色者矣。”言下之意，夫子本人好德胜于好色。康有为注云：“食色，性也；德行，非性。”

性指人的自然属性。康注又云：“色之感目，有电相吸摄，故好之最甚。”

五十多岁的孔子为何对子路发毒誓呢？小故事蕴含大问题。一部《论语》，这类故事仅见，后世的儒家学者吵吵嚷嚷两千余年。南子是很多人眼中的红颜祸水，她以国君夫人之尊，与权臣私通有年，乱了政坛规矩，坏了社会风气。孔子是杏坛讲学的一代宗师，天下公认的道德楷模，为什么要去见“红颜祸水”呢？他还跟在南子的后面招摇过市，神色奇怪，像是吃了迷魂药，引发市民夹道而观。孔子近两米的个头，他冲着南子的婀娜背影，招摇起来是何形状？子路追随孔子的时间最长，除了保护老师，就是质疑老师。这一次的质疑颇厉害，代表了一部分弟子的意见，于是，老师急了。

孔子十九岁娶宋国的女子为妻，生一子叫孔鲤。据说孔子的这位夫人后来跑掉了，大约忍受不了丈夫的那一套繁文缛节，食不言寝不语，割（肉）不正不食，席不正不坐……规矩一大堆。孔子“克己复礼”，脑子里装满大道理，忽略日常生活的原生态与丰富性，就他的宏大志向而言，这可以理解。但女人们对他敬而远之也在情理中。

我多年拜读孔圣人，发现他的言论一旦涉及女性，批评多，赞赏少。

孔子除了梦见周公，是否还梦见生活中的漂亮女性呢？鲁国的女人，诸侯国的女人，体貌风姿各异。他删定的《诗经》，第一篇“关关雎鸠，在河之洲，窈窕淑女，君子好逑”，生动描写民间爱情。他又说：“诗三百，一言以蔽之，思无邪。”这句话给《诗经》定了调，后世引用亿万次。“不学诗，无以言。”将《诗经》抬到了无以复加的高度。思，包含了男女之思，只要思无邪，孔夫子就肯定，可见未经删削的诗经，当存不少“思有邪”。

孔夫子和自己的夫人食不言寝不语，却跑到卫国见南子，讲了一堆好听话，并且叩拜行大礼。南子扭扭水蛇腰，翘翘兰花指，隔帘美目闪闪烁烁，“巧笑倩兮”，孔子心如止水是不可能的，心里微波荡漾，皮肤或许发麻。

孔子面对妖艳的南子是否思有邪呢？食色，性也。亚圣孟子加以发挥：“饮食男女，人之大欲存焉。”孔子先后奔卫国若干次，见南子有几次？众人都说南子不轨，淫乱祸国，她一笑置之，还堂而皇之讲给别人听，包括某些风流细节，红唇皓齿闪烁其词。卫国的朝野一片愤怒：是可忍，孰不可忍？拥美无数的卫灵公始终装聋子，任凭夫人红杏出墙，开端性地把南子用作政治斗争的棋子。

开端性是说，南子因孔子的密室拜见而名声大噪。历代的权力斗兽场，大抵会找个漂亮女人背黑锅，承担骂名。比如汉代的赵飞燕、唐朝的杨玉环。

孔子对弟子发毒誓，却不曾讲过南子的坏话。换言之，他对艳冶放纵的南子并未留下直接的坏印象。也许他会梦见南子，这叫缺啥想啥。渐近耳顺之年的孔夫子管得了意识，管不了自己的潜意识。据《史记》，孔丘是父母野合而生的，临盆奇丑，头顶中间凹下，故名丘。这一层他真不好讲，心里有阴影，长期不能消。妻子吃饭睡觉得憋着，情话不能吐，家语不能讲，柴米油盐不能唠叨……她受不了，终于跑掉了。

春秋战国时代的女性相对自由，《诗经》、汉乐府民歌中的女子，举止清新，尚有自主的空间，低眉顺眼者少，自甘卑贱者少。她们受不了丈夫的时候要逃跑。

孔子长年奔波在外，为了干大事而远离声色，却蛮有经验地说："唯女子与小人难养矣，近之则不孙，远之则怨。"古往今来的学者曲为之解，为孔子辩护，费力不讨好。李泽厚先生认为孔子看女性看得比较准：近她，她骄矜，远她，她抱怨。

孔子对女性的矛盾心态是明摆着的，他对她们，横竖有些吃不透。他具体接触的女性，青睐他的寥寥无几，白眼他的占了多数。南子尊敬他，青睐他，叩拜他，南子又生得那么漂亮，"转动照人"，于是他就紧跟她的车驾，迷瞪瞪过闹市，接受卫国人的礼赞与斥骂。这个故事，民国的林语堂拿去发挥，写了独幕话剧《子见南子》，嘲讽孔夫子，引发一段公案，蒋介石派人彻查，教育部长对演出话剧的曲阜师范学生态度严厉。而鲁迅先生写文章力挺林语堂，调侃压制学生的孔门后裔。

孔子是全民族的伟大孔子，又是日常生活中的孔子，二者有时候殊难调和。他对女性的认识有盲点，后人出于皇权的需要放大他的盲点，搞男尊女卑，夫为妻纲，男女授受不亲，乃至存天理、灭人欲，害莫大焉。孔子是源头性的人物，光明如日月，毛病也多，不必替他隐讳。尊孔疑孔驳斥孔，都有必要。自诩为仲尼式大贤的李白说："我本楚狂人，凤歌笑孔丘。"李贺李商隐，对孔夫子多有不敬。

鲁迅先生有宏文：《在现代中国的孔夫子》。礼教害中国女性两千年，流毒甚广。

我外婆缠过小脚，眉山的永寿小镇过马路，她老人家总是颤颤巍巍。苏东坡那个年代，一些地方弃女婴、溺杀女婴衍成恶俗，例如山东的密州、湖北的鄂州。苏轼不喜欢二程理学，半生心血作《论语说》，这位文化大师兼生活大师当有质疑孔子，可惜今已不存。曹雪芹的《红楼梦》，破天荒以寓言式的风格书写美好女性的毁灭，“千红一哭，万艳同悲”。曹公蔑视形形色色的须眉浊物，为女性呐喊，惊破了多少封建耳朵。

到新中国，女性才彻底翻了身，“妇女能顶半边天”。男女平等可不是说故事。

当权钱价值观流布市井之时，女性的自主再次成了问题。而女性的自主一旦丢失，必呈光怪陆离，悲剧、闹剧、荒诞剧层出不穷。

孔夫子有性苦闷，而南子艳名太盛。性苦闷会衍生很多不易察觉的东西，性的放纵亦然，性放纵更糟糕，害人害己更甚。孔子见南子，耐人寻味。历史长河中有无数的人拿这个故事做文章，观点对立者唇枪舌剑，恨不得挥老拳打一架。

西学东渐百余年，在现代学人的视野中，孔子轻视女性导致百代之恶果，已成定论。圣人有缺失，伟人有毛病，不掩其光芒。古希腊的柏拉图、苏格拉底是西方哲学的源头性大师，此二人也瞧不起女性。近代德国的大哲学家尼采蔑视女性更露骨，声称：“你要到女人那里去吗？别忘了你手中的鞭子。”英国的伯兰特·罗素因此而大为恼火。

孔子每日三省自身，却看不见自己的性苦闷，摸不到黑暗中盘根错节的潜意识。梦里频频现身的艳冶南子被周公边缘化了。周公占位，南子无踪。不过，孔夫子强调思无邪，把好德、好色放到一起打量，表明他意识到色力之永恒，走进了好德与好色的强对流张力区，并且已经有所思，只是思到中途而已。人类的一切禁忌都会生出诱惑来。社会规范与个体欲望，本我与超我之间，展开的是一场永不停息的拉锯战。

西哲云：“我知道我不知道。”孔子一味朝着大视野，把身体处理成盲区，《论语·乡党》专讲孔子的日常生活，无一字提及男欢女爱。汉儒宋儒又发扬孔子的人性遮蔽，切断思无邪，设男女之大防，试图掌控天下人的身体。清朝入关后的三百年，于此更是推为常态。欲望的收缩预设了欲望的膨胀。中国历史，这是主线条之一。

儒学的创始人再拜风流成性的卫灵公夫人，在今天，庶几是个隐喻：双方能量互补，又相互抵消；道德不可固化，欲望不能嚣张。

曹孟德猎艳的劲头与发动战争的动机

曹操“姿貌短小”，袁绍、袁术等世家子弟高大英俊，一群少年伙起玩耍，斗鸡走狗，有时候忽然打架。曹操吃了胳膊短的亏，总结经验教训，专攻袁氏兄弟的下三路，将牛高马大的袁绍奋力拱翻，扑倒，然后退开几步叉腰大笑。他到处吹嘘，十岁下谯水搏击蛟龙（鳄鱼），谯城的贵族子弟和市井泼皮全都听得一惊一乍。

顽皮的男孩儿一般性迟熟，曹操并不例外。犹如我们念小学初中，关注异性者寥寥，天天忙着玩儿，太忙了，“天上都是脚板印”（四川六七十年代的流行语），根本没工夫感受女生，即使是同桌眉目姣好的她。“班花”“校花”一类的词，1970年代大抵是没有的。对异性的憧憬有个漫长的朦胧期，这对人类来说，极端重要。缓慢生长的性意识方为人之特征，与直奔主题的动物区别开来。而眼下互联网见缝插针的、赤裸裸的色情画面，正在大规模威胁着这种隐秘而美好的异性憧憬。十来岁甚至几岁的小孩儿盯上了“手机光屁股”，那是什么怪异感受？还有比男人女人颤动的光屁股更不堪的——这是投向少年儿童的精神原子弹，核污染难以估量。电子产品制造五花八门的循环刺激，抢眼球，争点击量，原本受制于西方式的资本逻辑……

且说曹阿瞒很有一股痞子劲。英俊少年袁绍，携美少女招摇于市，众目睽睽之下“拥美入室”，曹操忽然羡慕得紧，狠劲勃发，眼珠子都要蹦出去了。他搭讪谯城之东的漂亮女郎，送人家稀罕东西，奈何人家不理睬。他转而讨好乡下的俏村姑，一面念《诗经》：“萌之痴痴，抱布贸丝。匪来贸丝，来即我盟”，贼眼瞟向羞答答的桃花面。然而娇憨的村姑并不懂“萌之痴痴”，她逃之夭夭了，笋条条的丽影闪入青青杂树林……袁绍对曹操说：阿瞒，你长得歪瓜裂枣，连村野女子见了你都要吓跑，哈哈哈！

事实上，曹孟德的五官不难看，只是有点黑。他有个特别难听的外号“阉人遗丑”，于是怀疑自己近于丑八怪。谯城的玩伴当中，谁英俊他就小瞧谁。袁本初（袁绍字本初）“面如冠玉”，举止潇洒，风流倜傥，类似后来北朝的独孤信，“侧帽风前花满路”，陌生女郎见了要尖叫。曹操鄙夷说：牛屎马屎堆堆大。袁本初胆小如鼠，鼠辈耳！

曹孟德十七岁忽然好色了，恐怕是受了袁绍携美招摇的刺激。二人自幼较劲，这回本初占了上风。孟德溜达谯城的郊野，踏春花，嗅艳阳，远眺青山绿水，风是郁闷风。有一户人家击鼓吹笙，正在迎娶新娘。贺喜的人说，新娘子美得跟天仙似的。曹孟德一听，愣在了当场。心生一计，拔腿就跑，直奔袁绍家的府第，如此这般讲了一通。

袁绍一拍方正脑壳：好呀，好呀，咱俩今晚就干！

夜幕降临了，但见月光下一高一矮的两条人影，伏茅草，爬斜坡，蹚溪水，窜向那户正举行婚礼的人家。宾客如云。袁绍怯场了，想打退堂鼓。

曹操笑曰：本初果然鼠辈，一只退退虫。嘿嘿，退退虫！

袁绍一咬牙：我是退退虫么？你是屁蛋虫。干！

弯弯月儿下，野地黑乎乎。曹操和袁绍“潜入主人园中”，突然齐声高叫：有窃贼，有窃贼！参加婚礼的数百个宾客一涌而出，“魏武（曹操）乃入，抽刃劫新妇”（引自《三国志》）。那曹操扛了一百多斤重的俏新妇，狂奔野茫茫，新妇晕过去了。曹操的力气大，由此可见，尽管他自称十岁搏鳄鱼有夸张。那袁绍跟在曹操的屁股后头跑得跌跌撞撞，失脚栽入土坑，刹那间大声呻吟，横竖爬不起来了。袁绍“惊叫唤”（蜀中语）：我的骨头断了，腰杆折了，哎哟哟疼死我也。曹操唤他起来，他在坑中爬来爬去，一声惨叫：全身的骨头折了呀，如何起得来？阿瞒你救救我，那些人捉了我，定要大卸八块！

曹操急中生智——疯玩的少年更能急中生智，良好的直觉、灵动的身心带来瞬间决断。原野上火把乱舞，捉劫妇贼的人群东奔西寻。

扛着新娘的曹孟德高叫：窃贼在此！

深坑中的袁绍突然抓住藤蔓一跃而起。曹操的激将法，一激成功。

曹操伙同袁绍夜劫新妇，后文如何，那可怜的新妇被劫往何处，史料不载。

曹操从此名声大噪，袁绍灰不溜秋，一度羞于见人，自信力下降。谯城的浪荡青年说：阿瞒哥真厉害，智勇双全哩，本初一坨臭牛屎！牛屎堆堆大，小小秤砣压千斤。

后来的官渡之战，曹操以两万人击败袁绍的十几万人马……

曹操二十多岁成家了，“于谯东五十里筑精舍……欲以泥水自蔽，绝宾客往来之望”。隐居谯东大约一年半，然后出去做官。若干年间他妻妾成群，丁氏、卞氏、刘氏、杜夫人……先后为他生下了许多儿女。他不知足，偷香猎艳的勾当时有重演。

汉末皇室衰微，天下大乱，英雄奸雄起四方，曹操于陈留散家财，拉起了一支数千人的队伍，东征西讨，镇压黄巾起义军，又招降纳叛，势力渐大。建安元年（196），曹操战宛城，打张绣。宛城属于荆州，是个战略要地。曹操率领精兵强将打进城去，一马当先跑没影了。众将寻他千百度，却原来，他忙着寻找一个艳名远播的女人，这女人是张绣的婶母，据说艳冠荆州，目光温婉，举止十分典雅。

极不浪与极浪，似乎有某种同构关系。曹操一头扎进了温柔乡，与张绣的婶母百般缠绵，天天昏天黑地，战争的杀气让位给了脂粉气。

门外，大将典韦持戟守着，谁也不许打搅主公的好事。

岂料那张绣鬼得很，网罗城中的残余部卒，袭击曹操，攻他个措手不及。典韦战死，曹操的长子曹昂亦战死，那漂亮女人不知去向。曹操猎艳，这一回吃亏吃大了，带着箭伤逃回老巢许昌。次年，再度发兵打张绣，打了个平手。

建安四年（199），曹操与袁绍对峙于官渡。张绣、贾诩来投，“孟德大喜”，拉着张绣的手不肯放，仿佛几十年的老友重逢。曹操和张绣结成了儿女亲家，共同对付袁绍，只字不提死于张绣之手的猛将与长子，也不问张绣的美艳婶母。

曹操的目的性极强，为了宏大的战略目标，一张脸上合乎时宜地长出了九张脸。时代怎么乱，他就怎么乱。这是理解曹操之为曹操的一把钥匙。刘邦、赵匡胤、朱元璋与曹操多有相似之处，不按常规出牌，意志力远胜一般人。

曹操不混乱，则很难洞察乱世的规律，很难旋入历史舞台的中心。以乱制乱是他克敌制胜的法宝之一。时代弄潮儿，必须对潮水的起伏、水下的暗流了如指掌。

曹孟德与时代乱，复与女人乱，盖因这位“乞丐携养”的“阉人遗丑”，自卑心理渊远而流长，深入了潜意识，生根要发芽。猎艳的劲头一直高涨。庞大的老婆队伍中缺一位绝代佳人，这与“盖世英雄曹操”不大匹配。宛城他和张绣的婶母卿卿我我如胶似漆，到头来损爱子折爱将，闹个大悲剧大笑话……曹孟德连日狂饮杜康酒，憋着异乎寻常的色劲头。据说他发动官渡之战的动机之一是为了夺甄氏——三国时代最具艳名的女人，却是袁绍的儿媳妇、袁熙的妻子。甄氏貌若天仙，或可称中国版的海伦。

古代的征战，夺美人也是常态——江山美人是连在一块儿的。宋太宗赵光义为了抢花蕊夫人，半夜挥斧子将宋太祖赵匡胤砍死。

曹操大战官渡（河北与河南之间的军事要地，位于许昌之南二百里），年近半百了。袁绍大败，吐血而亡。曹操到袁绍的坟前哭祭亡灵，安慰袁绍的妻子；掉头纵马去了邺城，兴冲冲寻找大美人。不料他的儿子曹丕捷足先登，把生米煮成熟饭，迅速将甄氏据为己有，“涉其庭，登其堂，游其阁，寝其房”。

马背上的曹丞相傻了眼，这可是万万没想到的。步入袁府，他魂不守舍的样子，左右愕然。官渡打了两年多，极惨烈，毕竟袁绍的军队数量十倍于曹兵。曹操拼死拼活拿下了河北，失掉了梦寐以求的甄氏。这不仅是美色问题，更关涉面子问题——他从小在乎别人的评价，自卑感深不可测。

甄氏前来拜见，欲言又止。曹丞相一时说不出话来。未能到手的大美人更显得风姿绰约，风中裙裾轻飘，标致的面容羞涩可掬，乌发有匆忙整理的痕迹。曹操一言不发，五内翻腾，直欲当庭长啸。那曹丕垂手站在一旁，“难掩得色”。

曹操胡乱讲了几句话，自己都听不清。然后转身走人，鼻孔喷闷气。旁边的史官记下了，曹操叹曰：“今日破贼，正为奴。”

甄氏嫁给了曹丕。后来曹丕称帝，甄氏做了皇妃，以仁孝敦厚著称。她对曹丕始终不冷不热。当年曹丕冲进袁府霸占她，强暴她的身子，这耻辱，她铭记在心。“冷美人”冷若冰霜，曹丕奈何她不得。曹丕将曹操生前的爱妾一概收入他的后宫，其扭曲心态，犹胜乃父。才高八斗、风流蕴藉的曹子建（曹植字子建）进入甄氏的内心，占据了她的爱的心房。她把用了许多年的旧玉枕悄悄送给曹植。曹植名篇《洛神赋》，闪烁着这位旷代佳丽的影子。

甄氏三十几岁被曹丕赐死，原因不详。

曹操抢美夺艳的劲头高，关羽看上的一位女子也被他夺去，弄得云长“心不自安”。这个细节见于台湾出版的《曹操传》。他费尽心思要收罗关羽，却惦记关羽钟情的女子。此事表明，目标明确的曹丞相也会犯糊涂。如同董卓为一侍女与盖世名将吕布闹翻，拿长戟掷向吕布。“小不忍则乱大谋”，好在曹操犯了糊涂能及时醒悟，大谋未乱。

江东二乔，大乔嫁孙策，小乔归周瑜，曹操以号称百万之众征东吴，当与二乔无关，不过，《三国演义》中的诸葛亮以曹操觊觎小乔来刺激周瑜，足证曹操的色心色胆天下皆知。赤壁之战，数十万曹军一败涂地，而打败曹操的两个年轻人英俊潇洒至极，周瑜“雄姿英发，羽扇纶巾，谈笑间，樯橹灰飞烟灭”；诸葛孔明“身长八尺，面如冠玉，……飘飘然有神仙之概”。曹操逃回许昌，半年闷闷不乐，卧病一个多月。打败他的男人偏偏长得有模有样，举手投足跟美神一般。孔明轻挥鹅毛扇，大破曹军如卷席……

曹阿瞒久违的自卑感又来了。头剧疼，辗转病榻苦呻吟。疑心太重，看谁都像刺客，把请来的名医华佗给杀了。

曹操一生好色，几乎不写情诗。曹丕要写。曹子建的情诗多传世之作。《美女篇》：“美女妖且闲，采桑歧路间。柔条纷冉冉，落叶何翩翩。攘袖见素手，皓腕约金环。头上金爵钗，腰佩翠琅玕。明珠交玉体，珊瑚间木难。罗衣何飘摇，轻裾随风还。顾盼遗光彩，长啸气若兰。……”

魏晋时代的采桑女子也长啸。所谓“人的自觉”，女子受其惠。

曹操逐鹿中原，平定了北方，“烈士暮年，壮心不已”。汉高祖刘邦有绝色的戚夫人，西楚霸王项羽有虞姬，汉武帝刘彻有倾城倾国的李夫人，而曹操选择的十三个老婆当中，并无一位国色天香。张绣的婶母像个女特务。甄氏，他迟了半步。大乔小乔的绝代容颜，他连见都没见过……惭愧啊，“何以解忧？唯有杜康。”郁闷啊，“对酒当歌，人生几何”？他时常听曹子建的配乐唱诗，不听曹丕屡献的得意诗篇《胡秋行》，也许对曹丕抢先一步夺甄氏耿耿于怀。立曹丕为王储，则显示了他的雄才大略。

不可否认的是，曹孟德争霸天下，猎大艳、拥巨美的劲头起了助推的作用。

光棍儿诗人兼基层小官白居易与《长恨歌》

白居易字乐天，三十五岁当上周至县的县尉，类似县公安局的局长。这一年他还打着光棍儿。古代的男子二十几岁未娶就羞于见人了。白居易的好朋友元稹又是个登徒子，绯闻不断，一度跑到成都与大他十几岁的薛涛闹姐弟恋，西川、东川闹得沸沸扬扬。《西厢记》里爬墙幽会崔莺莺的张生，原型就是元稹。“待月西厢下，迎风户半开。拂墙花影动，疑是玉人来。”中唐的诗坛，元白并称，元在前白在后。白居易听元稹讲一桩桩艳遇，心里暗暗的不是滋味。他追求长安的官家女儿杨氏，没有结果。他缺钱，脸皮子薄，爱惜《赋得原上草》得来的名声，一般不去京城的章台妓馆。苏州人顾况曾经调侃他的名字：“长安米贵，居不易。”

考中进士的白居易到京畿周至县做县尉，对上级不卑不亢，对草民细民比较体恤。《观刈麦》一诗，透露出他的底层情怀，后来当了京城大官，仍写火药味很浓的《秦中吟》《新乐府》系列诗篇，矛头直指各类“权豪”，对骑在百姓头上作威作福的官僚集团毫不留情。这是白居易的可爱处。他确实心忧社稷，牵挂苍生，尽管他的沉痛不如杜甫，悲天悯人不如苏东坡。《琵琶行》写得非常好。《长恨歌》也出色，但是，这首盛传千余年的爱情长诗也有不少问题。

唐宪宗元和元年（806）年底，白居易、陈鸿、王质夫三个人逛周至县城外的仙游寺，品茶饮酒，听山风，观瑞雪，步松针，说起五十几年前的唐明皇杨贵妃，慨然而叹。王质夫对白居易说：“夫希代之事，非遇出世之才润色之，则与世消没。乐天深于诗，多于情者也，试为歌之，如何？”白居易答应了。他才高，多情，情爱之躯又长期闲置。于是回官舍写起来了。灵感烧烫了双颊。白天上班走神，夜里情思奔涌，细致入微地想象杨玉环的情与貌。“回眸一笑百媚生，六宫粉黛无颜色。”

杨玉环二十三岁入宫，到三十七八岁，犹能让七十多岁的唐玄宗专宠，后宫三千，“粉色如土”，这究竟是什么缘故呢？白居易要用他的诗笔歌颂老皇帝的深情。主题先已设定，然后大胆抒情：“春寒赐浴华清池，温泉水滑洗凝脂。侍儿扶起娇无力，始是新承恩泽时。……”华清池的泉水艳波荡漾，水滑喻凝脂。“芙蓉如面柳如眉，对此如何不泪垂？”白居易行文至此，潸然泪下，自己感动了自己。半夜三更他披衣出门，布满天幕的寒星闪烁着杨玉环美丽的眼睛。“七月七日长生殿，夜半无人私语时。在天愿作比翼鸟，在地愿为连理枝。天长地久有时尽，此恨绵绵无尽期！”

杰作问世了。“始作俑者”王质夫激动得大呼小叫，抄写长诗数十遍。陈鸿作传奇《长恨歌传》。李、杨之恋成定局。清代洪昇的《长生殿》，把这动人的爱情故事搬上戏台推向民间，几百年长演不衰。白居易想象的东西变成了历史真实。

历史的真实果真如此么？我们来细看。杨玉环是蜀人，十岁跟随养父杨玄琰出川，十七岁嫁给李隆基的儿子、寿王李瑁，做了六年的王妃后，她被玄宗弄到宫中做女道士，障人耳目。《长恨歌》说：“杨家有女初长成，养在深闺人未识。天生丽质难自弃，一朝选在君王侧。”诗人把寿王李瑁拿掉了。杨玉环和年轻的寿王长达六年的婚姻生活，被白居易一笔勾销，又堂而皇之撒谎，“养在深闺人未识”。稍晚的李商隐作《龙池》，写寿王失掉杨玉环的无限痛苦，足以证明杨玉环和寿王的夫妻恩爱。

皇权遮天蔽日，尤其是玄宗的晚年，荒淫无度，纵容奸相李林甫、杨国忠二十多年，祸国殃民。一场“安史之乱”，唐朝的五千万人口锐减至一千多万，华夏民族衰落二百年，至北宋才有转机。白居易对玄宗祸国的大事视而不见。寿王妃杨玉环的痛苦他也不管，一门心思站在皇帝的立场上抒情，大抒特抒，以其非凡的艺术感染力蒙读者，蒙了千余年，制造了巨大的历史盲点。

鲁迅先生曾经打算写一部杨玉环的长篇小说，估计要推翻白居易杜撰的爱情神话。

杨贵妃侍君王十多年，也许有过两情相悦的时光。其间因忤逆皇帝，两次被赶出宫去。她的丰腴之身未能生孩子，是皇帝不让她生么？三十多岁了，她还经常跳难度很高的霓裳羽衣舞，“长得君王带笑看”。唐玄宗完全不顾她的感受，命令她笼络安禄山，收大她十几岁的安禄山为干儿子，行洗儿礼，场面颇不堪。玄宗倒觉得好玩儿。

杂胡安禄山的体重三百三十多斤，“面带猪相，心头明亮”。老昏君则越来越像个糟老头，十五年不出长安城，开元年间的励精图治荡然无存。恶欲膨胀，为老不尊，“不要脸加勇敢”，干扒灰的龌龊事，置亲生儿子炼狱般的痛苦于不顾。他叫杨妃去巴结安禄山，跟一头大肥猪调情，哪管杨妃的厌恶、恶心。昏君兼糟老头的气息，不那么好闻的。正人君子养正气，昏君奸臣纳邪气。李隆基又屡与梅妃、胡姬等厮混，大量吞服那些摄取精血的药丸子，助情花、燃情果之类。他淘虚了，生病了，老迈之躯散发着腐朽的气味儿，病榻上挺尸似的。杨玉环小他三十几岁，“善文辞，通音律”，性格单纯，“举止娴雅，转照动人”；舞蹈如梦如幻，“昭阳殿中第一人”（杜甫）。而艺术引领人的自由天性，使人的自觉成为可能。舞蹈激情，野性难驯，兼之这位蜀中成长的女子喜欢火性大的食物——雄鸡、荔枝、鹿茸。酒量奇大，不输给酒仙李太白。更兼她曾经多年浸润于年轻男子李瑁的清新气息，她会缺啥想啥。她会向往年轻，追忆年轻。她会渴望风流俊迈。她会再三忤逆不可一世的、“天颜嗔怒”的君王。做不做皇后，她不在乎。所谓贵妃醉酒（也是梅兰芳的名作），我怀疑她另有苦衷。她嗜酒，是因为长期的寂寞、无助、孤独，她是清醒的女人，知道自己无非是个宫中的超级玩物，龙床上的尤物。李白倒是理解她：“解释春风无限恨，沉香亭畔倚阑干。”

杨贵妃倚栏杆，拍栏杆，醉栏杆。咫尺宫墙抹掉了她的远方，宫墙的后面没有世界。这里，不妨联想里尔克的诗篇《豹》。杨玉环何以吸引唐玄宗？或者说，老皇帝为何年复一年揪住她不放？一个重要的原因，就是她野性难驯，而不是双方的所谓爱情。唐玄宗的枯藤手不断纠缠她玉一般的肌肤。日子再过下去，一味纵欲的昏庸皇帝越发老掉牙了，拄杖走秋风，天天吐黑痰，张口废气多，她还得承欢侍宴、辗转侍寝么？表面上备享荣华的杨贵妃，却哪有未来可言，她膝下连个儿女都没有。

法国哲学家萨特对人有个界定：人是人的未来。弗洛伊德反向强调：人是人的过去。杨玉环的过去是青春寿王，未来是龙袍糟老头，她两头受堵。

由于《长恨歌》的主题的先行设定，白居易坚决要把杨妃与君王搞成生死绝恋，从阳世爱到阴间，爱到地老天荒。这太过分了，杨玉环泉下有知，断断不会认同。再让她朝朝暮暮伺候糟老头，她会乐意吗？谁希望她非常、非常的乐意？三十五岁的白居易。

天宝十四年，安史之乱爆发。三十八岁的杨玉环被高力士奉旨缢死于马嵬坡。她只求礼佛而已，没有去乞求唐玄宗。她知道，乞求也没用。她太知道了。老皇帝的面子要紧，不会为了她的性命去恳求哗变的六军将士。她要死了，皇帝不作为。那几滴眼泪算是送她上路。临终前她从容礼佛，没有一点生离死别的味道。史料毫无记载。

李商隐《马嵬》质问道："如何四纪为君王，不及卢家有莫愁？"一纪为十二年，唐玄宗在位四十五年，约为四纪。洛阳女儿莫愁，天生丽质，嫁入普通的卢家备受呵护，幸福了一辈子。《马嵬》二首，指斥唐玄宗身为君王，却不能、也没有保护自己的妃子。为什么不保护呢？性命攸关的事情，要追问到底。李商隐把至尊的皇帝与鸡马牛等畜类并列入诗，愤怒之情溢于言表，受到《玉溪生诗醇》的笺注者王汝弼先生的赞扬。

李商隐对皇帝的态度，与白居易很不同。价值观有明显的差异。二人私交不错。白居易去世前，指定李商隐为他写墓志铭。

三十五岁的基层小官兼光棍儿诗人白居易，思想感情囿于体制，写下《长恨歌》，在很大程度上虚构了一桩爱情神话，衍生了无数的文化事件，影响力殊难估量。更让人诧异的，是一千多年来民众对虚构的默认，对谎言的宽容。看来，历史隐匿的东西太多，杨玉环只是冰山一角。《长恨歌》传到长安洛阳，白居易名声大震。他当上了翰林学士，终于娶杨氏为妻，名、利、色三丰收。不知道他在周至县埋头写长诗的时候，是否暗藏利益驱动。

白香山（白居易号香山居士）活了七十六岁，官至太子太傅，从二品。四十年享艳福，后期蓄妓成瘾，人所诟病。中唐异常复杂的官场，他能保持士大夫的良知与远见，冒着风险写大量的政治讽刺诗，指向利益固化、阴险百端的官僚阶层。做地方长官，他为小民谋福祉。治理杭州卓有成效。他调离苏州时，万民哭送，刘禹锡写诗形容："苏州十万户，尽作婴儿啼。"

白居易对异性美的渴望，类似北宋的欧阳修，二人的性情也接近，易生情，泪腺发达。十年情懋，导致白居易情感大喷发，写下一系列表达男欢女爱的诗篇。《长恨歌》堪称古代爱情长诗之最，情力更兼色力，可谓五彩缤纷，作为艺术品欣赏是好的，作为历史真实，另当别论。

从整体的创作来看，唐朝最佳的情爱诗人当属李商隐。

李商隐：『全家罗袜起秋尘』

“昨夜星辰昨夜风，画堂西畔桂堂东。身无彩凤双飞翼，心有灵犀一点通。”李商隐字义山，号玉溪生，其若干《无题》诗多写爱情、艳情，盛传至今。《夜雨寄北》一首，想念远方守望他的妻子王氏，情深而言简，汇入秋季漫天飘洒的巴山夜雨，二十八个字，字字珠玑，直叫人一吟三叹。“君问归期未有期，巴山夜雨涨秋池。……”

李商隐的艳情诗、爱情诗为什么写得如此出色？本文尝试作一解。

唐宪宗元和七年（812），李商隐生于河南荥阳。五岁识字读书，启蒙比较早。他从三岁起，就跟随宦游的父亲辗转于江南，“浙水东西，漂泊半纪”。半纪为六年。十岁突然丧父，家道中落，陷入一片惶恐。小男孩儿天都垮了。紧张而迷惘的目光日趋内敛，日益催生敏感的神经，触须乱抛。人生识字忧患始，家道中落郁闷多。郁闷会形成不易察觉的内心褶皱，将在未来漫长的时光中缓缓打开。当代法国哲学家德勒兹讲，人生就是十几个褶皱打开的过程。而大多数褶皱形成于童年期。直到生命终结，没有人能把所有的内心褶皱完全打开。大哲大贤也做不到。这反而使人生的意义成为可能。

人的生存，永远不可能被量化。弗洛伊德的精神分析学，非常重视人在五岁以前的身心状态，研究口唇期和肛门期。中国的民间，有三岁看大、七岁看老的说法。

李商隐的小时候，从河南到江南，舟车千万里，漂泊浙水东西，极目中原的苍茫大地与吴越佳山水。做六品官的父亲在镇江的死，后果很严重。母亲的连日号啕撞击着李商隐稚嫩的心。镇江待不下去了，母亲拖着一群儿女“扶棺返乡”，沿途凄凉，草木惊心。李商隐从十岁起就开始了困顿生涯，后来追忆：“四海无可归之地，九族无可倚之亲……人生穷困，闻见所无。”迁徙、读书、丧父、穷困，这个范式般的四重奏回荡于李商隐的早年生活。这些元素是如何起交互作用的，对后世学人永远是个谜。李商隐的内敛、多思、敏感、倔强，由此而发端。换言之，他失掉好家境，赢得自己宝贵的内心纵深。古代一切优秀艺术家的童年少年，都有此纵深，纵深又因人而异。凡为严格意义上的艺术家，没有一个是当下常见的浅表性生存、快餐式生存、嬉皮笑脸式生存。

六年多的江浙生活，吴风越俗浸润，吴侬软语悦耳，吴姬越女初照眼，这对于李商隐来说，可能有异于中原一般小孩儿的情爱启蒙。

少年李商隐埋头苦读，他是长子，将来要承担起家里的重担。情爱启蒙埋入了皮下。老家荥阳有一位堂叔父，念过京城太学（最高学府），学识渊博，享有孝子兼处士（未仕的读书人）的巨大声誉。他拒绝了聘他做高级幕僚的一方大员，方圆百里引起轰动。为何拒绝？因为他要照顾患病的母亲。“亲侍汤药二十年”，以教书为业。堂叔父成了李商隐的偶像，渐渐填补了父亲在他心目中的崇高位置。

大约十六岁，李商隐在“处士叔”的带领下，远游东都洛阳，进入文章巨公的超级沙龙。他惴惴不安地拿出自己的习作，巨公们传看，都感到惊讶。有个白胡子老头竟然对李商隐说：老夫今生是写不过你了，但愿来世投胎，做你儿子吧！

这老头是白居易，朝廷重臣兼文坛领袖，誉满天下。此言一出，长安洛阳疯传。

杜甫盛赞李白，韩愈专程拜访昌谷县的少年李贺，白居易高看十六七岁的李商隐，名满天下的欧阳修对二十来岁的苏轼几近崇拜，这在时下，听上去像神话传说，像藏着某种阴谋……

有了名气的李商隐进入退隐丞相令狐楚的府第侍读，类似家庭教师，待遇不错。侍读也陪玩，陪猎，野地里的活动半径大，令狐公子们趋美奔艳，布衣教师只能在一旁观看，不时垂下寒士谦卑的眼睑。“情种子”破不了土，开不了花。名媛淑女香车宝马，近在眼前又远在天边。她们踏青扑蝶荡秋千，她们笑口大开鼻息浓……一介寒士抱惭做着白日梦，想入非非而已，夜里拥抱着枕头，看月亮思嫦娥。

令狐府三年，情蔽一千天。

豪门的丫鬟也生得整齐，其中有个锦瑟姑娘，对眉清目秀的李商隐有好感。二人于大庭广众悄传情，目光相接一刹那，咚咚咚地心跳。花园里擦肩而过时，面红耳赤的，走出老远才驻足，半回头几秒钟，然后，各自去了。春花谢了，心花还在开。

入夏，李商隐情蔽如故，“情放”很艰难。月宫里满是寂寞嫦娥的影子，“嫦娥应悔偷灵药，碧海青天夜夜心”。刘贡父作《中山诗话》，记载了令狐家的侍婢锦瑟。李商隐和锦瑟姑娘互相暗恋大半年，偶有情话，吞吞吐吐。情细胞无限活跃，爱意的表达却类似罗兰·巴特的《恋人絮语》，曲折而幽暗，单纯又复杂。两性之间的意识向来是人类意识最为活跃的区域，脸红、心跳、战栗、痴迷、颠狂，乃至几十年的同窗暗恋，白发萧萧羞于启齿，单相思要带进坟墓去，做鬼也相思。

“问世间情为何物？直教人生死相许。”问之所问，永无终结，却端出了恒久不变的爱之情态。这是人的特征。眼下这个特征正在淡去，希望不要土崩瓦解。曾经有个电影《山楂树之恋》，冒牌的质朴爱情扭曲了1970年代，唯一关心的只是票房。

李商隐与锦瑟姑娘终于冲出自己幽会了，秋夜残荷池塘边，呆望天上水中的月亮，吐字如呓语，目光共月色迷离。双双呆若木鸡，靠近十分艰难。引力表现为斥力。手指绕过树枝，在黑暗中扭扭捏捏探索着，像是身体派出的小股先头部队。指尖一碰，闪电般缩回，宛若火力侦察。沉默。忽然间玉齿闪烁，讲出来的都是梦话。情丝语丝俱飘忽。李商隐的身子无端抖上了，炽热的恋情抵达了冰点。鲁迅命名，这叫“火的冰”。锦瑟姑娘低眉弄裙带，纤纤玉指微翘。李商隐一瞥之下，闭目喘息，“义山直欲长啸荷塘”。那微翘的指头映入了灵魂，烧烫每一个毛孔。哦，时间真饱满……两双燃情手终于互相缠绕了，吹气如秋兰，断断续续吐出了一点心事。爱意袒露了，欣悦穿透了全身数以亿计的体细胞。后来李商隐反复追忆，觉得在令狐府的池塘边待了大半夜。事实上没那么久，心理时间改写了物理时间。

令狐府查夜的老婆子在池塘的另一端尖叫，惊走了锦瑟姑娘。她身份卑贱，不敢造次。李商隐伫望那婀娜丽影的仓促消失，迷迷瞪瞪回他的房间，从头细品味，再三停留于某些销魂的细节，比如目光与手指的紧紧缠绕。

一夜无眠。抱枕呢喃。

情初放。情又蔽回去了，双方蓄积着更大的能量。李商隐挑灯夜读书，准备赴长安应考。十年寒窗苦啊。这可是头等大事。考不上哪有红袖夜添香？他已经有了一些名声的铺垫，又靠着令狐楚大人，“倚豪门”，很有希望金榜题名。唐代的科举考试，此二者是有用的。士子们的漫游风气与此有关。

二十岁的李商隐偕同令狐公子打马去长安，锦瑟躲在下人房里目送他。

令狐公子考上了，李商隐名落孙山。“长安有男儿，二十心已朽。”令狐绹做了京官青袍耀眼，李商隐白衣走人。打马回洛阳，伤心八百里。愧对荥阳的家人，愧对母亲巴望他出息的眼睛。为了挣钱养家，他继续做令狐楚的家庭教师兼幕僚。然而，锦瑟姑娘嫁人了，卑贱者身不由己，她只托人留给李商隐一幅旧绢帕，上书“锦瑟”二字。诗人看呆了。连日心灰意懒，“春心莫共花争发，一寸相思一寸灰”。几十年以后，七律《锦瑟》横空出世：“锦瑟无端五十弦，一弦一柱思华年。庄生晓梦迷蝴蝶，望帝春心托杜鹃。沧海月明珠有泪，蓝田日暖玉生烟。此情可待成追忆，只是当时已惘然。”

陆游追忆唐琬的《钗头凤》，也是写于暮年。

令狐楚复出，做了太原尹（地方长官），李商隐继续他的游幕生涯，走洛阳，居太原，阅山东。“将军樽旁，一人衣白。”这位令狐前辈诗瘾甚大，诗文集一百三十余卷，中晚唐第一。年轻的李商隐在令狐府学到不少东西，包括实用性才干。唐宋六百年，读书人通常有三条出路，一是考进士，二是做地方大员的幕僚，三是教书收学费。李商隐加倍用功不舍昼夜，二十一岁再赴长安竞争场屋，再度落榜。这对雄心勃勃的才子来说是很要命的。二十四岁，他第三次拼搏长安，归于一声悲叹。仕途之难，难于上青天。

李商隐隐入王屋山脉中的玉阳山，自号玉溪生，借隐扬名。这是汉晋唐的士子们玩了千余年的老把戏，像李太白，玩得异常投入，闹了许多笑话。连绵起伏的玉阳山多设宫观，常有达官贵人的车驾，类似长安城外八十余里的终南山。李唐皇室的义昌公主是个女道士，她的道观就在玉阳山。跟随公主的一位颇具艳姿的宋道姑，和英俊修长的玉溪生好上了，双双一见钟情。

按唐律，女人不可二嫁，比宋代严厉多了，于是道姑多起来。单身的公主，每年遣出宫的宫女，大户小户人家的寡妇们，纷纷披上了镶边绘图的新式道衣。男子趋之若鹜，争拜三清宫，暗拜石榴裙。礼教的重压之下，两情相悦挡不住，暗流涌动艳波。李商隐和宋道姑暗里约会于白云夫的道观，情喷二十天。义昌公主发现了，醋罐子大摔。也许这位上了年纪的公主对李商隐有想法。骄傲的玉溪生嗤之以鼻。义昌公主气极，棒打鸳鸯散，拽了宋道姑返回长安。可怜的宋道姑，她一步一回头……

锦瑟姑娘之后，这是李商隐炽热的恋爱第二次中断。燃情的日子刚开头，忽遇瓢泼大雨。懋、恨、惆怅，往日的情景涌逼。“相见时难别亦难，东风无力百花残。春蚕到死丝方尽，蜡炬成灰泪始干。……”没有爱的巨大疼痛，哪有如此力透纸背的诗语？

李商隐在玉阳山隐不出个名堂来，出山了。在洛阳，他的堂兄李让山居家高吟他的《燕台诗》，隔墙却有耳，听醉了。“醉诗”的人叫柳枝，大约是个小家碧玉。她推门惊问：“谁有此？谁为是？”——谁写的诗？写诗的人是谁？李让山一笑答曰：“此吾里中少年叔耳！”唐代的青年男子称叔，女子称大娘。

好个柳枝姑娘，“手断长带，结让山为赠，乞诗……”由李让山引见，李商隐与柳枝当面相约，三天之后，于洛阳情侣们常去的溅裙水正式见面。柳枝说：“后三日，当去溅裙水上，梵香以待，与子俱过。”唐代的民间女子追男儿，此为一例。上述引文，出自李商隐自己的笔记。可是三天后他爽约了，表面上的原因是朋友们搞他的恶作剧，拿掉他的衣物，使他出不了门，却可能另有隐情。洛阳的一个大佬早就看中了柳枝，柳枝匆忙约李义山，原因或在此。冬天，诗人已在长安。“雪中，让山至，且曰：‘柳枝为东诸侯取去矣！’”东都洛阳的那个大佬已将柳枝拿去，据为己有。

年轻的李商隐两大意志：求仕，求美。求仕三落榜，求美三颓唐。

“一寸相思一寸灰。”

屈指二十年，情懋李义山。这与白居易的生存情态有相似之处。吴越的情爱启蒙，玉阳、洛阳谋求邂逅，强有力的优良种子破土艰难，开花受摧残。应该有先天的遗传基因，色的领域，一中有万。李商隐和白居易的个体差异很明显，他的性格接近李贺。令狐楚的幕府中他待了七八年，近距离阅美无数，却跟他毫不相干。他被养尊处优的佳丽们处理成盲点。于是，“地火”奔突，孕育着一系列不朽的诗篇。

理解李商隐，此为紧要处。舍此似无二途。

厨川白村：“艺术是苦闷的产物。”弗洛伊德：“艺术是欲望的升华。”

二十六七岁的李商隐滞留长安求功名，结识了一户李姓的官宦人家，可能短期侍读，陪那些公子哥儿和妙龄少女。又是咫尺天涯的群芳诸艳，莺声燕语不绝于耳。大才子耷拉脑袋垂下睫毛是常态了。白衣之辈，谁会青睐？还得陪着她们秋游长安的曲水。诗人黯淡落笔：“家近红蕖曲水边，全家罗袜起秋尘。莫将越客千丝网，网得西施别赠人。”

“全家罗袜起秋尘”，我读了那么多的唐诗，这类句子仅见。秋尘，芳尘，艳尘，太有趣了。杜甫“暮随肥马尘”，李商隐颠颠的追秋尘。莫非芳踪所到之处，溅起的尘土也是芬芳四溢？这可“色”到家了。诗人的真实感受就是这样，秋尘胜春花，尘光映霞光。

英国人蔼理士的大著《性心理学》，由国学大师潘光旦先生翻译，注释中历数中国古代形形色色的恋物癖，未及李义山的“恋尘癖”。

如果我们的诗人恋爱顺利了，哪有那些传向千年的锦绣诗篇？艳情、爱情，剪不断理还乱……“刘郎已恨蓬山远，更隔蓬山一万重。”

诗语顿挫如杜甫，写情诗，并不咿咿呀呀抒情兮兮。爱到末路才会无病呻吟，变态成常态，像若干年来那些病毒般扩散的流行歌曲。李商隐关注国事，目注苍生，痛恨奸佞，热爱亲朋，眷恋山山水水，奇男子的儿女情怀也打上了这些烙印。生存是个整体。情诗有情爱之外的别样元素。日后在官场，他针对贪官庸官发出了异乎寻常的怒吼。

李商隐二十七岁第四次试于礼部，终于榜上有名，看上去前程似锦。娶一方大员王茂元的小女儿为妻，王氏美而贤。夫妻点点滴滴的恩爱入了骨髓，故事曲折而生动。

李商隐为王氏写下了伟大的爱的诗篇：《夜雨寄北》。

苏东坡：『佳人相见一千年』

苏轼十九岁娶眉州青神县的王弗，过了十一年，王弗玉殒香消于汴京。《江城子·十年生死两茫茫》是悼念王弗的。苏轼三十岁，回眉山丁父忧，期满，继娶王弗的堂妹王闰之。王弗知书，王闰之识字，先后两位夫人的文化修养有明显的区别。王闰之更熟悉柴米油盐，这也很重要。后来苏轼遭遇“乌台诗案”，以湖州太守之尊锒铛入狱，举家惊怖。闰之夫人一把火烧了苏轼的许多文稿、墨宝，并且叉腰立船头，跺脚骂曰：“是好著书，著书何所用？而怖我如此！”——写书有啥用呢？把我吓得要死！

而在漫长的时光中，王闰之作为妻子和母亲的形象，总的说来是好的。湖州船上的烧书事件，也是情有可原——强行登船搜查的官兵把她吓蒙了。

王朝云是苏轼的侍妾，钱塘人氏，初不姓王，她的名和字是苏轼起的，起于何时无考。“玉人家在凤凰山。”宋代杭州的府衙在凤凰山下。这位杭州小姑娘以歌伎兼丫鬟的身份入苏家，琴棋书画皆通，又读书，礼佛，向善，五六年间出落得玉润珠圆，融入了大文豪的家庭氛围。苏轼纳妾，当在徐州太守任上，时年约四十三岁，王朝云十六岁，有他的编年词作《三部乐》为证。宋代的官员纳妾成风尚，胜过唐朝。苏轼比较节制，史料称：“苏轼性不昵妇人。”苏轼做朝廷大臣的年月也讲过这类话，自称“声色独完人”，家里不蓄歌妓，缺唱歌用的拍板。这个中国历史长河中屈指可数的庞然大物，一生的生命喷发点太多，不会囿于佳丽姿色，与柳永、晏殊、张先、欧阳修等人不可并论。

苏轼出乌台的监狱，千里贬黄州，长达四年半，命运的低谷反指艺术的高峰，前后《赤壁赋》《念奴娇·大江东去》《江城子·莫听穿林打叶声》等一大批佳作问世，被称为天下第三行书的《寒食帖》也作于黄州。其时，王朝云是绽放于伟人身旁的一朵鲜花。苏轼字子瞻，王朝云字子霞，完全是情侣的称谓。苏轼昵称她“蓝小袖”，看来她喜欢穿蓝色的短袖衣裳。全家开垦东坡麦田，五月里，子瞻先生割麦子刷刷刷，子霞提着竹篮子来“饷田”，蓝小袖飘在一阵阵的江风中，俏足踏过青青田坎。先生饿了，吃饭狼吞虎咽。先生饮酒醉矣，随口吟：“谁来伴我田间饮？醉倒唯有支头砖。”子霞坐田坎，轻抚躺在青草上小憩的子瞻，玉指插入亲爱者浓密的黑发……建议今之油画家以此作图，油画的视觉冲击力更强。

“遥想公瑾当年，小乔初嫁了，雄姿英发……”莫非小乔不嫁，周郎英姿不发？古今学者，未曾追问过这个颇有意思的问题。豪放词的巅峰之作，忽然提到小乔，什么原因呢？很可能，苏东坡正处于和王朝云的热恋期，狂恋期。公瑾有小乔，子瞻有子霞，否则，以苏东坡雄视百代的性格，不太可能写小乔。真相是否如此？唯有天知道。

黄州有一座栖霞楼，子瞻携子霞常去登临，远眺大江两岸的风物。后来朝云染瘴疠，三十四岁死于惠州，坡翁步步哀号：“此会我虽健，狂风卷朝霞！”崇佛的子霞葬于惠州西湖之栖霞寺。此系巧合还是天意？王朝云下葬后的第五天，墓前出现了五个巨大的脚印，俨如佛迹，苏轼亲眼所见，并作《荐朝云疏》，记下了这件事。苏东坡本人也有不少神秘现象，他在镇江金山寺还见过不明飞行物，载入《飞碟研究》杂志。

苏东坡在黄州艺术井喷，有两三个重要因素，佳丽王朝云是其中之一。闰之夫人做饭，下田，医牛，把好酒藏起来，以备好客的丈夫不时之需。日常的温馨美则美矣，却不足以激发天然气井喷般的艺术激情。谁的贡献大？王朝云。佳人日夕在身边，苏东坡更容易抵达兴奋状态。古今中外的艺术家例子太多，大哲如罗素、海德格尔不免。

民国林语堂的《苏东坡传》未能思及这一层。林语堂先生长于国学而短于哲思。

唐宋士大夫讳言家中事，宋代似乎好一些。西方的诗人们有了爱情马上要歌唱，中国古代的诗人更多把诗笔转向歌舞妓，全宋词一万首，俯拾皆是。苏东坡写王朝云的诗词多达十几篇，此于唐宋文豪，相当罕见。从杭州、济南、徐州，写到黄州、扬州、常州，越写越多；贬惠州近三年，写朝云的佳作直如东江的潮水。请看子瞻为子霞祝寿：“万户千村为子寿，直到沧海起扬尘。”子：你。

王朝云显然是苏东坡艺术创作的幕后英雄之一。有些事，苏轼自己不好讲，我们来替他讲。他在朝云的墓志铭中写道："侍先生二十三年，忠敬若一。"坡翁贬岭南，王朝云与他共患难，毫无怨言。她的一生，"敏而好义"，向学向善向美。

时隔九百多年，我们向她致敬。

苏轼贬黄州的第三年，王朝云生一子，取名苏遁，眉眼酷似东坡，抓周单抓纸和笔。"摇头却梨栗，似识非分耻。"顶级文化大师，或有生理性的文化和道德基因。此间的朝云疼爱儿子，胜过爱东坡，每天抱着她的遁儿亲不够唤不停，转悠麦田、雪堂、南堂、临皋亭——所有这些遗迹地，今之湖北黄冈市均有纪念物。王朝云母乳充足，遁儿吃不完，苏东坡掩了门悄悄吃，吮乳头，依稀有婴儿相，仿佛时光倒流几十年。他小时候吃母乳，又有健硕的乳娘任采莲，吃奶的时间可能比较长。受母性的长期浸润有利于仁慈之心。中国的文化先贤多有恋母情结，尽管套用弗洛伊德的概念未必妥当。

苏东坡四十九岁复起于黄州，夏天去金陵拜会王安石后，船行江中向芜湖，大热。七月二十八日，未满周岁的苏遁病死，朝云大恸，恨不得追随遁儿向阴间遁去。苏轼写五言长诗云："吾年四十九，羁旅失幼子。幼子真吾儿，眉角生已似。……归来怀抱空，老泪如泻水。我泪犹可拭，日远当日忘。母哭不可闻，欲与汝俱亡！故衣尚盈架，涨乳已流床。感此欲忘生，一卧终日僵。……"

二十二岁失掉爱子的王朝云，其状之惨，谁也不忍心去详细描述。

子瞻细心照料她，喂羹汤，诵《心经》……他下决心永远告别官场，买田于常州的宜兴。等朝云的身子慢慢将息起来以后，再生孩子，重拾母爱。苏轼屡向朝廷上表致仕（退休），也是为朝云考虑。泗州、扬州、常州……舟车转了一大圈，朝云的脸上渐渐有了笑容。她天性活泼，歌喉舞姿俱称一流，高挑婀娜的身子与伟岸挺拔的苏轼颇般配。

上海王水照教授考证过苏轼的身高，当在一米七五左右。苏辙更高一些。

子瞻与子霞努力再生孩子，扬州、常州吃得挺好，满面红光。去高邮县的那几天，秦观陪着恩师，杀鸡宰鹅煮咸蛋，高邮的咸蛋很有名的。苏轼原本是个短髯红脸的汉子，面孔"极渥且丹"，喝点酒红得像夕阳。朝云的俏脸是一朵开不败的红牡丹，十余年后，她依然是"素面翻嫌粉涴，洗妆不褪唇红"。平时她不化妆，天然的肤色让皇宫赐予的脂粉盒显得多余，粉盒长期不用，专与尘埃亲近。她素面已是“长春花”（坡翁赞语）。子瞻子霞的两张红润脸，出双入对，携手扬州著名的平山堂（欧阳修所建），并辔常州绿野，画船流连扬子江。闰之夫人也不大吃醋，苏轼写诗表扬过她。

朝云一直未能受孕，不知道怎么回事。莫非殇子之痛太甚，影响了她的生育？这又是一次沉重的打击。王弗夫人生苏迈，王闰之生苏迨、苏过，王朝云唯一的孩子苏遁升了天堂。她半夜流泪，背向她亲爱的子瞻；逢年过节不复歌喉婉转，弹琵琶隐隐有凄凉之声。琵琶是她的绝活，十二岁“琵琶绝艺”，她名动杭州城。

儿子是古代女人的立身之本，是代代相传的集体潜意识。朝云之伤，弄不好就会伤及五内。这个节骨眼上，东坡爱她疼她照顾她，无微不至。仁慈的官员、体贴的丈夫、杰出的诗人、严谨的学者、伟大的父亲、至孝的儿子，此六者的合而为一，在西方历史上大约是找不到的。难怪世纪之交，法国的《世界报》评选苏东坡为“千年英雄”。

子霞何幸也，子瞻朝朝暮暮在她身边，日常生活的细节，他般般考虑周到，“意在朝云之先”。互联网上，时有南北的女性发宏愿：来生愿嫁苏东坡！歌曲由女声独唱：《我爱苏东坡》，曲调优美动人……王子霞在苏子瞻的精心呵护下渡过了难关，迈过了平生第二大坎，“俏动足”又开始奔跑绿野了，逗草弄花扑蝶了。任妈（任采莲）曾用眉山话形容她回头俏、偏头俏、埋头俏、仰面俏。春天来了，她最喜唱：“花褪残红青杏小，燕子飞时，绿水人家绕。枝上柳绵吹又少，天涯何处无芳草……”中秋节，她琵琶弹唱：“明月几时有，把酒问青天，不知天上宫阙，今夕是何年……”连不谙词歌的闰之夫人都听入迷了，脱口道：子霞，你唱得条声夭夭的，好听惨了！

苏轼逃官如小儿逃学，几次逃不掉，终于重新戴上了乌纱帽，半年内从七品升三品。高太后重用他，那就干吧，“以身许国”原本是他一生中最为强烈的意志。辛勤的工作之余是快乐的生活，萨特尝言：“严谨的工作之外，生活应当是一连串的赏心乐事。”苏东坡最倒霉的时候也能欣欣然，并且，毫不做作。如今蟒袍加身，大名垂宇宙，朝野共仰，年纪才五十出头，享受生活的能力无人可比。我称他“生活大师”，全国苏轼研究学会会长张志烈教授曾表赞许。

王朝云青春玉颜，品貌才艺享誉美女如云的汴京。黄庭坚称道，秦少游填词歌颂，司马光私下语人：子瞻好福气，老夫今世唯羡慕耳。后人于惠州西湖之六如亭书写对联，以苏轼的口吻说："唯有朝云能识我。"她知他爱他崇敬他，他疼她护她环绕她……双子星互相旋转，爱意染得天河醉。这一年的端午节快到了，开封城外好风光，子瞻携子霞畅游三日，名词《浣溪沙·端午》问世："轻汗微微透碧纨，明朝端午浴芳兰，流香涨腻满晴川。彩线轻缠红玉臂，小符斜挂绿云鬟，佳人相见一千年！"

碧纨：碧丝衣。端午节也叫女儿节，宋代风俗，出嫁的女儿新衣新鞋回娘家，途中或脱鞋赤足，嬉戏奔跑，入溪水浴香兰。她们的头上斜挂着驱邪的小符，玉臂缠了象征吉祥的红丝线，郊野花花绿绿的一大片，迤逦向远方。

朝云自幼离开了钱塘的父母，无娘家可回。这内心情感的细微处，苏东坡看得见。

什么叫体贴？看得见才叫体贴。什么叫呵护？看得细才叫呵护。苏子瞻向王子霞发出了爱的宣言："佳人相见一千年！"翻遍唐诗宋词，类似的句子几乎没有。

由于古代现代的遮蔽，艺术作品后面的"红颜贡献率"被大大收缩了。尤其是唐宋，官妓们竞争才色很激烈，六百年不衰。官妓一般不卖身。礼教是朝廷的意识形态，道德覆盖广袤的民间。官员比例小，影响面大，士农工商的价值排序罩着大局。士大夫活得面目亢奋，但大抵有个底线，道德像空气一样无处不在，平衡了欲望之舞。

本文回思苏东坡向王朝云发出的爱情宣言，凭借史料，思及他和她细腻的生存情态。当然会有想象，《史记》也不乏想象和猜测。朝云"侍先生二十三年"，她的故事还多，红颜生动，细节感人。苏东坡著名长调《三部乐》，自喻西方（印度）的维摩诘大菩萨，把她比作菩萨身边的散花天女："美人如月，乍见掩暮云，更增妍绝……"

漫天落下的花瓣，冉冉飞升的女神。

岭南惠州她溘然仙逝，凋谢了绝美之花，"高情已逐晓云空，不与梨花同梦"。

智

道家的智慧主要着眼于人与自然的关系，儒家智慧注重人际关系，此二者，乃是历史进程中的核心价值。智慧是多方面、多层次的，因受阻而形成更大的冲击力，更多的显现方式。动物的智慧并不超出它的身体，而人类相对发达的大脑干涉身体过头，强力意志太甚，于是往往“聪明反被聪明误”。

古代杰出人物的**智与不智**的故事，同样惊心动魄，本卷一并纳入眼帘。

卷四 智

智

张子房的道家之智

楚人老子五千字的《道德经》，在全球的发行量仅次于《圣经》。西方大哲关注他的程度，远在孔子之上。作为人类智慧的巅峰人物之一，老子本人的事迹可不多。东周王室衰落，连国家图书馆的书籍也散落在民间。老子骑牛出函谷关，应关吏之请留下了五千字，然后飘然不知所踪。传说他活了一百多岁。仙界他是太上老君。唐宋以降，中华大地上布满了祭拜他的道观。老子对无、虚、静的思考，指点着历史进程中的有、实、动。儒道释相异相生，产生的张力不可穷尽。而在人与自然的关系日趋紧张的二十一世纪，老子的智慧作为消费主义、技术主义的反向运动，作为人性贪婪最有效的解毒剂，可望形成虚无总揽实有、无为平衡有为的滚滚大潮。道法自然、天人合一，乃是这个星球至高无上的普世价值。社会规律、资本逻辑、技术创造，必须服从自然的至高法则。

自然一词，深藏着华夏祖先的智慧：是她本来所是的那个样子。是河流的天然弯曲使河流成为河流。如果把自然视为“存货”（海德格尔），那就麻烦大了。如果打着欲望的旗帜，向自然无休止地索取，欺天攻地成常态，那后果是不用多说的。

大地的命运将是所有人的命运。

二十几年前我写过关于刘邦的故事，对张良非常感兴趣。这个人物像老子和庄子一般想不透。姜子牙兴周八百年，张子房开汉四百年，实在是高不可攀的高人。想不透，自然也写不透，但尝试着靠近他的愿望始终未变。本篇拟从二三细节的角度，再次打量张良。

张子房是韩国的世族子弟，司马迁见过他的画像，“余以为其人计魁梧奇伟，至见画图，状貌如妇人好女”——原以为他魁梧，其实他貌如好女。这倒是符合道家的柔克刚，弱胜强。张良年轻时脾气也大，带了一名刺客，于河南的博浪沙刺杀灭掉六国的秦始皇，扔一百二十斤重的大锤，却砸了秦始皇的副驾。秦兵大搜索，子房仓皇逃走。这事儿传得天下皆知。于是有黄石公在下邳的桥上三次扔鞋、张良奔桥下三次拾鞋的故事。

黄石公说："履我!"张良乖乖地把鞋子穿在老人家的脚上，穿了三次。故事的结局，是懂得忍耐的张良获得了一部姜太公兵法。

秦末汉初，儒术未能独大，诸子百家的学说尚处于争鸣的阶段。"战略级"的脑袋生长迅速。张良究竟读了多少书，今已无考，也许类似后来高卧隆中的诸葛亮，"观其大略"而已。重要的是悟，严防死读书——汉语典籍浩如烟海，有无数的岔道通向故纸堆死胡同。张良有亡国之恨，有复仇之志，他需要克服的是他自己。黄老之学以无形制有形，正好克服他的血气之勇，内化他的强烈意志，犹如坚硬的固体转化成了液体。

五行中的水，是一种最具可能性的物质形态。

张良散家财起义，人马不多，和刘邦的四千人走到一块儿了，两个男人都具有水的特征，灵动不拘，充满变化的可能性。二人的外形差异大，刘邦颇男子汉。毛泽东推崇刘邦，说："老粗出人物。"行事大刀阔斧的刘邦识字不多，是个老粗，也不大喜欢读书人，却能吸引当时三个最优秀的人物：张良、萧何、韩信，其中的缘故值得研究。细瘦如楚地女子的张良庶几可称"老细"，老细指点老粗，老粗言听计从。可见刘邦的老粗也是表面现象，不是本质性的东西。粗中有细，粗与细的搭配妙到毫厘。刘邦的脏话粗话张口就来，逮谁都骂，唯独没骂过张良。他知道张良的分量。

张良的举止飘飘然，单薄的身子经不住大风刮，行军南郑的途中被刮下了山坡。刘邦大笑，张良慢慢爬起来，白净的手指拂去尘土。刘邦嗓门大，张良语音低，萧何讲话慢条斯理的，韩信沉默如同一棵树——他在项羽的帐下做过执戟郎。刘邦和萧何是江苏沛县中阳里的同乡，彼此知根知底。萧何月夜追韩信，为汉王刘邦追回了一个横扫千军的统帅。韩信带兵，多多益善。韩信是张良从彭城带过来的。楚强汉弱，张良就挖楚国的墙角，把人才挖走。韩信自知才高，奔项羽不受重用，投刘邦也冷落了一段时间。他跑掉了，萧何把他追回来。

初，刘邦攻下秦都咸阳，一头扎进了温柔乡，大享艳福，但张良劝他还军灞上，约法三章，赢得关中的民心。刘邦很听话的。项羽自封西楚霸王，一把火烧了三百里阿房宫，鸿门宴上又不听从范增的计谋，放走刘邦。项羽太强大了，区区刘邦不值一提。刘邦带着人马远走汉中做了汉王，据巴蜀之富饶，养精蓄锐，韬光养晦。

关中的百姓怕楚军，思汉军。项羽这个人，攻城要屠城，一次坑杀秦军降卒二十万。

七十多岁的范增看刘邦看得很准，知道刘邦早晚有一天要从汉中打回关中，与项羽争天下。于是重点设防，并将楚军的主力留在关内。这样一来，刘邦“还定三秦”（关中）的战略受阻，他五十多岁了，从一介布衣做到汉王也知足了。然而张良献计：烧绝秦岭上的栈道，以麻痹楚军，伺机东还，一举拿下关中。当时的关中也称天府之国，“金城千里”。刘邦一听有道理，说：烧就烧吧。

张良烧栈道三百里。那残存的古栈道我去过两次，依山岩凿孔而建，厚厚的木板上能走车马辎重。山高林密，野物乱窜。隐隐有气场，汉初的风流人物闲步白云端……

看上去瘦弱的张良带了彪悍随从出南郑，走一路烧一路，火光映红了山谷，豺狼虎豹远走。项羽放心了，刘邦也放心了。栈道一烧，汉军不能东还，楚军难以西进。刘邦至少可以坐稳汉王的位置。此系张良献计的底线收益，刘邦听得进去。

齐王田荣造反，项羽率领大军远征。汉军还定三秦的最佳时机到了。大将军韩信出奇兵，老弱兵丁明修栈道，主力部队暗度陈仓，神兵从天降，三秦（项羽封的三个诸侯王，将关中一分为三）遂定。陈仓的那条小道是张良访问猎户得知的，是军中的最高机密。烧栈道又修栈道，不独为楚军所笑，亦为汉军将领抱怨，战功赫赫的樊哙大骂张良韩信。骂得越凶，张良越是捋须而笑。一代高人谋划着长远，连樊哙暴跳如雷的细节都考虑到了。目光锁定大局，然后思绪飘忽如秋雨，让强大的对手捉摸不定。

所谓虚能致实，盖指“汉初三杰”之首的张子房矣。

汉四年（前202年），楚汉相争到了最后阶段，以韩信为首的六十万汉军十面埋伏，围十万楚军于垓下（今在安徽境内）。双方连月恶战，死伤惨重。项羽的八千子弟兵骁勇异常，个个如狼似虎，极大地鼓舞了楚军士气。汉军闻而色变。刘邦急了，常胜将军韩信也无计可施。那张良一袭道袍，登上山顶夜吹箫，声声皆楚曲，大批汉军歌而和之，将项羽的子弟兵吹散大半。战事胶着百余日，楚兵疲惫，缺吃少穿，突围又突不出去，思乡之情像突然袭来的传染病。张良横洞箫于高坡，长袍飘在皎洁的月光下，飘在呜咽的山风中，状若神仙或鬼魅，悠长的箫声如泣如诉。汉军将士们低沉的歌声掠过人仰马翻尸骨横陈的沙场，汇于楚军的中军帐。

司马迁写道：“夜闻汉军四面皆楚歌，项王乃大惊曰：‘汉皆已得楚乎？是何楚人之多也！’”张良轻松一招，四两拨千斤，击败“力拔山兮气盖世”的项羽。

西楚霸王自刎于乌江，年三十一岁。

貌如妇人好女的张子房，楚歌一曲，轻取霸王。柔克刚到了极致。

刘邦得天下，为定都的事犯愁。刘敬劝他定都长安，而汉王帐下的文臣武将多是山东（陕西华山之东）人，想定都洛阳。刘敬势单力薄，叹息连日。真理往往在少数人一边，却拗不过大多数。刘邦举棋不定。这时候，张良出面讲话了，三言两语讲透定都长安的几个好处，建都洛阳的几个坏处，一锤定音，定下汉朝的四百年基业。群臣仍有不满意的，叽叽喳喳像麻雀叫。张良语音细，手势简单明了，他说话时，刘邦的长身子前倾，两只肥厚的大耳朵竖得高高。谁敢打岔，刘邦就骂娘。

天下既定，论功行赏，裂土封侯，刘邦让张良自择齐地三万户。齐地的富庶犹胜关中。武将们闹砸锅了，他们出生入死血战沙场，有些将军浑身是伤，到头来不及衣冠整齐、毫发无损、只管摇动三寸不烂之舌的张子房。岂止不及，还差得远呢，汉高祖封的万户侯没几个。樊哙、彭越、周勃、英布、曹参……这些大块头的元勋很有意见，闹了一阵子，把目光转向韩信。韩信不表态。他钦佩子房先生，却对千里外的齐国有不便启齿的想法——韩信这个人，打天下私心重。多半跟他早年的寒碜流浪有关，乞食漂母，忍辱去钻市井泼皮的裤裆，从军后又长朝不受重用。积郁形成的褶皱，打开的过程中要变形。自卑与超越，稍不留神就超过了头。

武将大闹。子房默然。汉高祖发话了，说："运筹策帷幄中，决胜千里外，子房功也。吾不如子房。"刘邦这话讲得有水平，和张良萧何陈平等人相处的时间长了，也能善文辞，抓住要害。论萧何的功居第一，他又讲了一段妙语，说武将是功狗，萧何是功人，猎狗怎能与猎人争功呢？众将哗然：原来他们不过是一条条猎狗……

刘邦熟悉各个层面的社会生活，性子野，悟性高，讲话一针见血。

等众将的喧闹声渐弱，张子房对刘邦说："陛下用臣计，臣愿封留足矣，不敢当三万户。"于是，封张良为留侯，食邑一万户。留：今江苏沛县东南。

知足常乐，退一步海阔天空，张良的这一退其实也是进，进入庄子式的齐物与逍遥。齐地三万户，留的一万户，对并无野心的张良来说，实在看不出有什么区别。群臣争功，他不争，这才是最大的区别。道家的虚静之智，毕竟高人一筹。韩信、英布、彭越，后来皆因不智，下场不好。战神一般的韩信被吕后杀掉了。连丞相萧何也犯了功高震主的毛病，经幕僚指点，主动干坏事进监狱，才避免了灾祸临头。

萧何居然干坏事！刘邦听汇报，龙颜大悦……

汉六年（前200年）的分封事闹了很长时间，"上（高祖）已封大功臣二十余人，其余日夜争功不决"。有一天，高祖出洛阳的南宫，看见那些文臣武将聚于沙堆七嘴八舌，随口问：他们说啥呢？张子房答：他们谋反。高祖惊问：天下安定了，为何谋反？子房答：不少人犯过错误，担心受诛，所以要谋反。高祖忧虑道：如何是好啊？先生替我拿主意。子房反问：陛下自起义以来，最恨谁？刘邦切齿道：雍齿，那狗东西经常侮辱我，"我欲杀之，为其功多，故不忍"（引自《史记》）。

子房正色对曰：那陛下就封雍齿为什方侯吧。刘邦一愣，旋即笑了，"于是上乃置酒，封雍齿为什方侯……群臣皆喜曰：雍齿尚为侯，我属无患矣"！

张子房轻描淡写，分封事皆大欢喜。

所谓大道至简，别人看见复杂，张良看见简单。

张良既是局内人又是局外人，妙就妙在这里。他似乎有分身法，一般人却哪里做得到。另外，史学大家司马迁的落笔，既像拍电报，又像写小说。

苏轼《留侯论》曰："观夫高祖之所以胜，项籍（羽）之所以败者，在能忍与不能忍之间而已矣。项籍唯不能忍，是以百战百胜而轻用其锋。高祖忍之，养其全锋而待其弊，此子房教之矣。……太史公疑子房以为魁梧奇伟，而其状貌乃如妇人女子，不称其志气。呜呼，此其所以为子房欤！"张子房的内柔外刚，司马迁不大理解，苏轼理解。苏轼写此文才二十几岁。他觉得，张子房貌若好女才正常，魁伟刚猛如项羽，则不正常。

什么叫志气呢？柔弱之人的志气倒是胜过了力能扛鼎。

张良的身体不大好，这也使他看上去更像一个柔弱女子。从洛阳到长安后，他杜门谢客，养生一年多，辟谷，专吃植物的液体，弹琴、读书、郊游，这么好使的脑袋只用来欣赏自然美景，找他问政的人总是找不到他。先生着道袍，登木屐，采草药，访高士，"只在云深不知处"。先生要从历史的舞台上彻底消失，不写书，不传兵法，不收弟子。他基本上做到了。后来刘邦专宠戚姬，想换掉太子，吕后十万火急，几番问计于张良，张良推不过，才为吕后指点了一步妙棋，引出商山四皓辅佐太子，阻止了刘邦的任性。

张子房在上朝的时候对刘邦讲过一段话，总结自己："家世相韩，及韩灭，不爱万金之资，为韩报仇强秦，天下振动。今以三寸舌为帝者师，封万户，位列侯，此布衣之极，于良足矣。愿弃人间事，欲从赤松子游耳。"赤松子：传说中的神仙。张良的儿子字不疑。后千余年，苏东坡的犹子（侄子）叫苏不疑。东晋王羲之的妻子郗璇，字子房。郗子房追慕仙子般的张子房，艳冠石头城，美到八十多岁，犹与人笑谈皮肤的弹性……

道家的智慧是优游于万事万物之间，逍遥复逍遥。鲲鹏飞得很高，俯向人间大地。一切智慧都是"切于人事"。所谓虚无缥缈，盖因常人执于事物，囿于眼皮子底下，目光难抵高人之境界耳。张子房洞察人性之幽微，看刘邦很透彻，伴君数十年，如师如友。他也不去劝告韩信萧何英布在政治斗争的漩涡中当如何如何。各安天命吧。

张良私欲少，这与秦末汉初人头攒动的竞争局面是不合拍的，而没有这种万人争雄的局面，刘邦也不可能打败项羽，缔造汉代江山。私欲的旺盛乃是常态，少欲是异态。张良先生有足够的能力生活在别处。

汉初人杰如云，张良高蹈于所有的人杰之上，所以他才会说：欲从赤松子游耳。

“松下问童子，言师采药去。只在此山中，云深不知处。”

张子房的智慧再往上走，便是神仙。

汉高祖刘邦的瞬间之悟

汉高祖刘邦“起于细微”（司马迁语），初名刘季，原是沛县中阳里的一名浪荡少年，与汉末的曹操一样“不治产业”。勤于农事的父亲经常骂他。后来他老骂别人，大约受了老爹的影响。他呼朋引类斗鸡走狗，村子里东一头西一头，活动半径大，思维的半径日益扩展。生得相貌不凡，“隆准而龙颜，美须髯，左股有七十二黑子”。他驾驭了一群混混儿泼皮二杆子，整天玩得不亦乐乎。食汉禄的司马迁罕见地用了“无赖”一词。

中阳里的寡妇门前，总有刘邦晃来晃去的身影。由于秦朝连年打仗，由于修万里长城，男人的数量大减，各地寡妇剧增。刘邦软泡硬磨很有一手，王媪、武负（妇）、袁姣……正史野史记下了这些女人的名字。中阳里痞子头，猎艳的高手，不起眼的小吏，混吃混喝的嬉皮青年，居然娶大户人家的女儿吕雉为妻。

是何缘故？有个细节。

吕雉的父亲吕公因避仇，寄居沛城的县令家，“沛中豪杰吏闻令有重客，皆往贺”。沛县管人事的官吏萧何，站在大门前代收贺礼。刘邦时为泗水亭长。秦制，县以下设乡，乡下每十里设一亭，以地名作亭名，置亭长一人。萧何带了拖腔重复一句话：贺礼不足千钱者，坐堂下，坐堂下……秦汉时代的人倒是不羞于说钱。刘季在朱门外的人群中，眼珠子迅速打转。萧何瞥他一眼，抿嘴笑笑，复念：贺礼不足千钱者……刘季跨前一步，朗声道：贺万钱！司马迁在叙述这个故事的时候，插入五个字：“实不持一钱。”

刘亭长大摇大摆而入，“吕公大惊，起，迎之门”。吕公善于相面，盯住刘季的面孔看了又看，刘季说啥他都相信，入迷了。钱不钱无关紧要。萧何在旁边说起了风凉话：“刘季固多大言，少成事。”这位后来的汉丞相看谁都不走眼，只错看了刘邦。

忠厚守成的人不易识别滑头的能耐，二者的生存轨迹南辕北辙。

刘邦吃喝高兴了，豪宴上照常跷脚打腿，笑骂众宾客，谁在沛县有头有脸有架子，他就骂谁。脏话很难听，颇具创造性，仿佛他不是区区亭长，而是堂堂沛县令。他展示左股的七二个黑痣，摸摸不同凡响的鼻子和胡子，举止“豁如”，非同寻常的大气。吕公抵近瞧他，围着他的高大身躯打转，越来越感到他的面孔隐隐有龙颜。于是，一拍大腿决定了，当众宣布，把小女儿吕雉嫁给刘亭长，“愿奉箕帚”。

这个轰动性事件，汉代人津津乐道四百年。晋唐宋余波不息。

十余年后，刘邦在河南的芒砀山中，手提三尺剑斩蛇起义，“乱世英雄起四方，有枪就是草头王”。从东游西荡、骗吃骗喝到大言不惭迎娶豪门女，再到拉队伍攻强秦，刘邦的秉性得以伸展，痞子精神得以发挥，骂人治人吸引人的本事渐渐大起来。

循规蹈矩的少年儿童难成大器，已是古今共识。小时候的活蹦乱跳，乃至鸡鸣狗盗，有利于身心灵动，培养瞬间的直觉。身体知道很多事情，身体知道的事情有时候比大脑还多。大脑对身体的干预要拿捏分寸。直觉这种东西，现代心理学是捕捉不到的。

刘邦既能夸海口，又有实干精神，他把对立的东西统一起来，悟出了朴素的辩证法。

南征北战的峥嵘岁月中，多亏了紧要关头的几次瞬间之悟，使刘邦终于战胜了几乎战无不胜的强大对手，立于不败之地。

五十岁的刘邦打进秦都咸阳，老毛病犯了，醇酒妇人云里雾里。秦宫佳丽多。猛将樊哙想把刘邦拉出温柔乡，挨了一顿臭骂，闷头闷脑去找张良。张良入秦宫谏曰：沛公欲一时之酒与色否？刘邦一拍脑门子，醒悟了。秦宫的珠宝美女原封不动。又还军霸上，约法三章，严明纪律，对秦人秋毫无犯。秦中的吏民奔走相告。“秦人大喜，争持牛羊酒食献飨军士。沛公又让不受……人又益喜，唯恐沛公不为秦王。”

布衣刘邦不爱财，打仗得来的金银财宝散与属下，类似《水浒传》描绘的山东及时雨宋江。后来陈平用离间计，一次就带金四万斤，搞乱了楚军，气死了范增。贵族出身的项羽倒是抠门儿，出手不大方，韩信、英布等一批猛士，从楚营投了汉营。

韩信率领的大军所向披靡，攻下了齐地七十座城池，派信使见刘邦，想做假齐王，刘邦一听火冒三丈，开口要骂娘，张良赶紧在桌子底子踢他一脚，他醒悟了，改口说：他妈的，要封就封真王，封什么假王！

俗话说，卤水点豆腐，一物降一物。大丈夫气派的刘邦到了张良跟前，嗓门马上就低了。事实已经证明了张子房的大智慧，事实还将继续证明。刘邦不管三七二十一，凡是张良讲的，一概听从。如同听萧何讲后勤，听韩信讲征战，他的耳朵就长时间竖起，平时东张西望的眼睛一眨不眨，凝神倾听。痞子相荡然无存。

汉军由弱转强了，由战略防御转入战略反攻，项羽害怕，在广武山（河南荥阳东北）这个地方与刘邦达成了协议，“中分天下，割鸿沟而西者为汉，鸿沟而东者为楚”。刘邦很知足了，要遵守和议，率军西归。不可一世的霸王屈尊求和，刘邦心里真是说不出的受用，昼夜唱歌，梦里头笑醒。这个节骨眼上，他目寸短一寸，背离了事物的法则和他自己的秉性，傻乎乎，要向宣称守约的项羽看齐。

张良进谏，说：什么协议不协议的，打过去！

“宜将剩勇追穷寇，不可沽名学霸王。”

项羽神勇而不智，鸿门宴放虎归山，又中了陈平的离间计，怀疑七十多岁的范增受贿，范增气走了，他也负气不去追……到头来一败涂地。王公贵族往往把面子看得重，布衣则不然，提炼了痞子精神的布衣刘邦更善于及时醒悟，听张良一言，大军东进攻楚军。严格说来，至圣先师孔夫子也有一点痞子精神，刚与匡人签约，转过身就毁约，弟子们大惑：道德君子不是要讲诚信吗？后世儒者阐释为“权”：权宜。原则性和灵活性，孔夫子都要。当然，这种解释也给投机分子留下了空间。

刘邦为什么能醒悟呢？因为他的目光只差一寸，如果差多了，他就醒不过来。就会去听其他人的意见，把张良的高见撇在一边。痞子刘季与汉高祖刘邦并非两个人，打天下的过程中，痞子气转化为正气、浩气，赢得了民心，顺应了历史潮流。他讨厌儒生的酸不溜秋，把竹简书当柴烧，但张良看书，足智多谋的美男子陈平看书，他就不敢轻视。

有一年，高阳（古乡名，今之河南杞县境内）的儒生郦食其求见，他让两个女人替他洗脚揉脚，爽得哎哟哟，对郦食其正眼不瞧。郦食其昂首站在洗脚盆前讲了两句话，他就赶紧穿鞋，待以贵宾之礼。郦食其献计，解决他了正在发愁的粮草补给。

广武山楚汉两军对峙，刘邦历数了项羽的十条罪状，“项王大怒”，楚军发射弩机，隔数百米射中刘邦的胸部，血流如注。“汉王伤胸，乃扪足曰：虏中吾指！”左右迅速传话，以稳定军心：楚军的利箭只射中了汉王的脚趾头！

其实伤得不轻，刘邦回营帐倒下了，七尺男儿哼哼唧唧。那弩机射的箭远比一般的弓箭厉害，如果距离稍近，胸部就穿透了。汉军的将领们忙着安慰，伺汤药，张良却强拉刘邦出帐劳军，走遍了数十里营寨，“以安士卒”。刘邦累到半夜，箭伤加重了，移成皋，养伤数月，毫无怨言。状貌如妇人好女的张子房可没有一点妇人之仁。而病榻上的刘邦一拉就起来，忍着剧痛去劳军，表明他意识到安慰士卒的重要性，关键时刻很听话。

几个生存细节足够了。——这是刘邦生命中灿烂的瞬间，足以摆平强大对手的瞬间。张良踢他，拉他，叫他撕毁协议，不许他卧床呻吟，他立刻就懂得了。响鼓不用重锤，说的就是刘邦。张良作为第一谋臣，作为帝王师，可谓得心应手。

君臣合作，垂范后世。

《史记·高祖本纪》：“高祖曰：夫运筹策帷帐之中，决胜千里之外，吾不如子房。镇国家，抚百姓，给馈饷，不绝粮道，吾不如萧何。连百万之军，战必胜，攻必取，吾不如韩信。此三者，皆人杰矣，吾能用之，此吾所以取天下也。项羽有一范增而不能用，此其所以为我擒也。”司马迁使用的语言，几乎就是白话文。

刘邦有自知之明，有知人之智，人杰用人杰，共谋开汉的大业。大业既成，上下欢欣。洛阳的宫殿里为年近九十岁的刘老太公祝寿，刘邦的嬉皮劲儿上来了，笑问乃父：当年您总骂我不治产业，夸哥哥能干。现如今您看看，是我刘季的产业大呢，还是吾兄刘仲的产业大？“群臣……大笑为乐。”汉高祖蛮有幽默感。

汉十一年（前195年），六十岁的刘邦回到沛县中阳里，大宴父老乡亲，酒酣起舞，高唱《大风歌》：“大风起兮云飞扬，威加海内兮归故乡。安得猛士兮守四方！”

军事天才韩信：少一智，灭三族

淮阴即今之江苏淮安，韩信生于斯长于斯，家贫，却能读书习武，看来是个破落人家的子弟。他穷得叮当响了，吃了上顿愁下顿，依然佩剑游走于街巷，神情肃然，俨如春秋战国的游侠。演员张丰毅好像扮演过韩信，神形比较接近。韩信差不多是个流浪汉了，以手按剑的身姿冬夏不改，雄赳赳走在自己对古之高士、猛士的想象中，对街头的行人视若无睹。淮阴的泼皮们认为这个人的脑子有问题，当街拦他，逗他，模仿他，故意支脚绊倒他，拿肩膀撞歪他，然后一齐大笑，脸挨脸笑得歪瓜裂枣。

韩信不生气，我行我素。泼皮们得寸进尺，有一天不让他走，其中一个痞子头挑衅说：吓，利剑要喝血！我这脖子横竖有点痒，砍我脖子你敢不敢呀？侠士剑客要动真格的，砍我吧，刺我吧。不然，就从我的胯下钻过去！嘻，看你韩信今天是砍还是钻……

全城的二流子闻讯奔来，团团围住韩信，打口哨的，扔果皮的，闹嚷嚷不亦乐乎。痞子头脏兮兮的胯裆大开，又将颈项伸得像鸭脖子。二流子们即兴唱起顺口溜：砍呀砍，钻呀钻，砍脖子大英雄，钻胯裆王八蛋！王八蛋，嘿呀嘿哟哟，王、八、蛋！

潮水般的哄笑声中，那痞子头的癞皮颈项格外醒目。手起剑落，身首异处……韩信摇了摇头，闭目吸一口气。忽然伏地钻过了胯裆，弹尘，拂袖，扬长而去。

韩信穷，又折了侠士的名头，淮阴的日子越发艰难了。不事农桑与商贾，坚决活在自己对古代猛士的想象中。半夜读兵书，闻鸡舞长剑。肚子每天咕咕叫，辗转乞食，遭人白眼。当街钻胯裆付出了沉重的代价。男儿膝下有黄金，跪天跪地跪父母，韩信却等于跪了淮阴泼皮，几乎五体投地，爬过臭气熏人的胯裆。

好在他爬行的速度比较快，否则，那痞子头的两条腿会夹住他的脑袋不放。

韩信常去淮水上钓鱼填肚子，运气好吃大鱼，运气不好喝西北风。一个漂洗衣物的妇人可怜他，常常给他东西吃。《史记·淮阴侯列传》的一些现代注释，称“漂母”为老母，恐不确。很多年以后，韩信功成归故里，漂母尚健在。当年的漂母应该比较年轻。

青年韩信对淮水畔的漂母感激涕零。

天冷了，鱼不好钓了，韩信转而寄食于亭长家，继续读书练剑，几个月吃白食不干活，赖着不走。亭长的老婆恶言恶语将他赶走……屈辱的生涯笼罩着韩信的精神世界，逼成强力意志，落入典型的自卑与超越的模式，伏下了日后的反弹过当——褶皱的最后一次打开将是悲剧性的。

韩信去从军，追随项羽，做了一名执戟郎，天天持长戟肃立于将军的帐外，跟木头人没啥两样。他给项羽写了几封信，惊人的真知灼见，比如讲张良火烧栈道是个阴谋，奈何霸王的脑袋小，与其庞大的身貌太不成比例，类似远古的霸王龙。

韩信跳槽，转投刘邦，千里迢迢进南郑，复被汉王轻视。一群下级军官作奸犯科，韩信也卷进去了。事发，杀了十三个人，轮到斩韩信时，他高叫：汉王不是想要夺取天下吗，“安能杀壮士”？监斩的夏侯婴奇之，松绑，与之一席谈，“大说（悦）之”，马上报告了汉王刘邦。刘邦当天找韩信谈话，仍然看不出这个钻过胯裆的男人有什么特异处，胯下受辱之辈，何以自称壮士？刘邦在这件事上可能有先入为主的偏见。

韩信升治粟都尉，管理军中的粮草，应该说不错了。汉丞相萧何和他交谈过几次，“大奇之”。萧何待人温和，不像刘邦动不动要骂人，见客要洗脚。韩信这才打开了话匣子，滔滔不绝。那时候军心并不稳，栈道一烧，沛公还定三秦的战略目标不啻空中楼阁。几十个军官逃跑了，包括有名的战将。

入夜，韩信骑马溜了。

萧何闻报大惊，快马加鞭，抄小路狂奔月夜，把韩信给追了回来。刘邦亦大奇，与韩信接席长谈，才发现此人果然了得。司马迁记载的韩信谈话不足百字，却堪比诸葛亮的《隆中对》。其中，韩信评价项羽：平时对属下仁爱有加，部下有病痛，他哭哭啼啼，可是一旦涉及分封事就婆婆妈妈，官印拿在手里都磨坏了，他还舍不得出手，“忍不能予”。韩信总结项羽，只用了八个字：匹夫之勇，妇人之仁。

汉王听这一席话，大喜，要设坛拜韩信为大将军。

张良止之曰：不急。

军中先放出消息，要拜大将军云云，于是周勃、灌婴、樊哙等许多战功显赫者都抱着希望。汉王宣布之日，所有的战将全傻了，今人叫作“大跌眼镜”。胯下小儿，逃跑都尉，居然、居然……然而韩信治军的高明，却不下于战国时代的孙膑。半年，众将皆伏（服）。老弱修栈道，奇兵出陈仓，一举定三秦。韩信又亲率大军攻齐，连下七十余座城池，未尝一败，封齐王。又攻下赵国五十余座城。又杀了项羽手下的头号猛将龙且。垓下一战，韩信指挥六十万汉军围困十万楚军，以绝对的优势兵力绞杀项羽。

项羽势大之时，曾经派人游说韩信，韩信一笑置之。他早就把项羽看透了。

天下定，汉高祖改封韩信为楚王。齐王是韩信自己要求封的，改封楚王也不错，楚地广袤千里，自古富庶。可是韩信不高兴。刘邦让张子房自择齐地三万户，子房不受，只愿做个留侯。这件事未能触动韩信。攻无不克、战无不胜的韩大将军，看来兵书读得多，老庄读得少，也不去请教张良先生。他带了怨气赴封地，视美女无颜色，食佳肴缺滋味。金碧辉煌的楚王宫里，他还想着长安的未央宫，“求意志的意志”常态化了。次年就谋反，被告发。陈平设计，高祖刘邦“伪游云梦泽，会诸侯于陈，擒楚王信”。

抓起来了。昔日楚王今日囚。

齐人蒯通几番摇唇鼓舌，煽动了他的反意，却被提上囚车，押解洛阳。刘邦问他究竟能带多少兵马，他回答：“臣多多益善。”他还进一步认为，高祖至多能带十万兵。高祖笑问：你带兵多多益善，怎么为我所擒？韩信说：臣不过将兵而已，陛下善于将将……

刘邦开国之初分封的若干诸侯王，韩信第一个谋反，开了一个很坏的头。但刘邦念他打天下功高，非但没有治他的死罪，反而改封为淮阴侯。这算仁至义尽了。淮阴是韩信的故乡，他日衣锦荣归，车驾浩浩荡荡。

当年做楚王、都下坯时，他曾派人找来淮水上的漂母，赏千金，报答她的施舍。又找来那个市井痞子头，问这问那。痞子头吓得尿裤子，叩头如捣蒜。楚王韩信哈哈一笑，环顾众将领，表扬痞子头：此壮士也！如果没有胯下之辱，我也不懂得那个忍字。

淮阴侯韩信的这个忍，却是典型的小忍。此间他待在汉都长安，发不完的牢骚。常常称病不上朝。满朝文武谁不上朝啊？韩信搞特殊，摆架子。刘邦暂时不让他到封地去，当有改造他的臭毛病的意思。蒯通的妖言回响在他的脑子里。司马迁写这个齐国人蒯通，用墨颇不少。韩信并不缺少报恩、忠君的念头，然而辩士蒯通引古说今大论滔滔，把单纯的军事脑袋搅糊涂了。韩信没事干，每日闲溜达，总去老部下的住处，听一番奉承话，喝几杯美酒，心里便舒坦，第二天却是牢骚更甚，“怏怏不乐”，落入了恶性循环的心理模式、情绪模式。张良、萧何、陈平这些人的府第，韩信是不去的，因为去了要当学生，摆不了开国元勋的架子。汉初三杰，韩信只是老三。汉高祖刘邦多次强调这一点。也许淮阴侯脾气上来，对子房先生都不服气：齐国城池七十多座，赵国城池五十余座，龙且，项羽……靠三寸不烂之舌能拿下吗？要靠实力，靠实力，实力非虚力！

虚无、虚静的力量，不独古代的韩信不懂，今天不懂的人更多。

樊哙原是屠狗匠，自追随刘邦以来，一直对攻无不取的韩信敬若神明，言必称大王，自称臣下。樊哙的低姿态是发自内心的，韩信高傲的姿态同样发自肌肤。韩信常去找樊哙，大抵是找感觉，听恭维，讲那些年沙场征战的故事：某一战如何如何。阔嘴猛牙的樊哙诚惶诚恐，毕恭毕敬，“哙跪拜送迎，言称臣，曰：‘大王乃肯临臣！’信出门，笑曰：‘生乃与哙等为伍！’”生：一辈子。

淮阴侯的思想问题越来越严重了，思维逼仄，视野开阔不了。沙场征战霸占了他，蒯通妖言迷惑了他。刘邦的宽大为怀，张良的道家风度，近在咫尺又远在天边。他竟然再一次谋反，与巨鹿太守陈豨密谋于长安，想来个里应外合，推倒汉室江山。结果，复被告发——告密者是韩信的家臣。其时高祖率军亲征陈豨，吕后用萧何计，把韩信骗到宫中五花大绑。“吕后使武士缚信，斩之长乐钟室……夷信三族。”夷：灭。

丞相萧何有恩于韩信，萧何的话韩信不会怀疑。于是受诛，父、母、妻三族，估计不下数百人，旦夕之间死于韩信愚蠢的念头。吕后下手极快。以仁厚著称的萧何做何感想，史料无记载。刘邦班师回长安，“且喜且怜之”。

若由汉高祖来处置韩信，多半不会杀他。司马迁叹曰：“假令韩信学道谦让，不伐己功，不矜其能……于汉家勋可以比周、召、太公之徒，后世血食矣!”伐：夸耀。血食：杀牲取血，享受祭品。

如果淮阴侯韩信有一点道家智慧，退一步真能海阔天空，功勋可比周公、召公、姜太公。三族代代荣华富贵，子孙绳绳，而不是男女老幼血淋淋的人头满地滚。

可惜了。

秦末汉初，争强斗胜之风大盛，武将们几乎都刮进了“战斗风”。天下定而风不息。汉高祖刘邦封的若干个异姓王几乎都谋反，俱遭灭族之灾。可见单一的意志是危险的。老子孔子庄子能看见单一，而严格意义上的智者总是寥寥无几。老子拒绝介入具体的历史进程，盖因历史有着巨大的、不可测量的偶然性。

连宇宙的生成与毁灭都是这样，何况区区人类乎?

赵匡胤的战略性决断

刘邦开汉四百年，宋太祖赵匡胤建立的大宋王朝三百年。其间大约相隔一千年，一些历史性智慧成形了。赵匡胤是洛阳人，据说初生之时有一道金光入室，环绕如龙；又传说他躺过的龙爪树荫下寸草不生。生得彪悍，性豪爽，喜读书，善枪棒，少年时代就走南闯北，广交社会上的各类人物。有个兄弟叫赵光义，即后来的宋太宗。兄弟二人深夜对饮时发生的一桩事，“烛光斧影”，太祖暴亡，乃是宋史最大的悬案。

五代十国五十多年的割据，至北宋重归一统。赵匡胤原是后周皇帝柴荣手下的禁军将领。后周的都城是开封，开封城外四十里有个陈桥驿，普普通通的驿站。周世宗柴荣崩，幼主立，是为恭帝。赵匡胤与禁军中的铁哥们发动陈桥兵变，废掉恭帝。这帮禁军的铁哥们，人称“义社十兄弟”。宋代官史称：赵匡胤一觉醒来，发现自己黄袍已加身，大惊——其实兄弟们串通好了，把他搬上龙椅。赵匡胤控制的军队进入开封城，兵不血刃，“市不易肆”，市民照常买卖。军事政变不死人，历代不多见。

赵匡胤定国号为宋。他曾经在宋州（河南商丘）担任归德军节度使，羽翼渐丰，于是念念不忘这个宋字。

赵宋立国之后，宋军又有若干年的南征西讨，血染山河，南北遂定。笃信佛祖的南唐后主李煜抱恨而降。蜀主孟昶骄奢淫逸，连溺器都是金子做的，四十万蜀兵不战而溃。艳名远播的花蕊夫人愤然写诗：“四十万人齐解甲，更无一个是男儿!”蜀破，花蕊夫人为赵匡胤所获。宋太祖江山美人双占，然而螳螂捕蝉黄雀在后……

宋军大将曹彬、王全斌在攻城略地的过程中用尽了手段，后者更以残暴著称。打荆楚时，王全斌下令削过千余俘虏的鼻子，命其血肉模糊打前阵，敌军大骇，兵败如山倒。这一招，王全斌学曹操。官渡之战，曹操打袁绍打急眼了，胜负毫发之间，兽性大发。

孟子尝言，人的本性，“其异于禽兽者几希”？

打天下，既需要仁义之师，也需要虎狼之师。仁义得民心，虎狼所向披靡。二者的效用难分高下，结合起来就能打胜仗。赵匡胤以武力结束了五代纷争的乱局，思考一个比战争更为棘手的问题：如何治国？靠武人行吗？

答案是否定的。

自唐玄宗天宝十四年安史之乱以来，中央集权削弱，藩镇割据，大搞独立王国，朝廷内斗不休，五代又群雄并起，二百年未得治世（司马光讲过这类话）。宋太祖赵匡胤怎么办？他手下的兄弟们早已养成虎狼之性，弄不好就坐大一方，不听招呼，甚至串通一气扯起叛旗——赵匡胤本人就是干这个起家的。

“五代瓜分豆剖，武人称雄。”（李清照）开国元勋易犯骄傲自大的毛病，汉初的韩信是典型，封了楚王犹不知足，谋反被擒，刘邦再封他淮阴侯，他又反，把横扫千军的军事脑袋反成弱智。盛唐的三镇节度使安禄山荣华造极，他享用的奇珍异宝连唐玄宗都没有，还是要谋反，二十万大军杀奔长安抢龙椅。安禄山、史思明都没有好下场，包括他们的儿孙。“权力海洛因”吸走了多少人。安禄山的儿子安庆绪也要做皇帝，派李猪儿暗杀了安禄山……

权力挟裹人。权力的欲望根植于每个生命体。山里的和尚也要争袈裟，抢馒头。

武人的生存路数，几乎决定了他的一武到底，他很难不骄矜。骄矜的后面是骄横。韩信大将军闲居长安，总是摆出一副瞧不起人的样子，羞与身经百战的樊哙为伍，细想非常可笑。韩信还不是一般的武人，他有文化，是杰出的军事战略家。

宋太祖赵匡胤深知这一层：功勋卓著的将军们难治。他和曹操一样读了很多书，行军打仗手不释卷，因之而目光长远。刘邦不大读书，却对学富五车的张良和陈平言听计从。宋太祖身边有个开国丞相赵普，史称赵普学识非凡，智慧出众，“半部《论语》治天下”。赵普进谏，常常直取要害，说话不好听。但是赵匡胤必须耐着性子听。事后证明，赵普差不多每次都是对的。丞相带了好头，官员就来仿效。

有一天，赵匡胤在后花园用弹弓弹鸟，正弹得起劲，一官员来汇报工作，惊飞了树上鸟。太祖怒，问他所奏何事，官员回答了，却是一件小事。太祖愈怒，曰：芝麻蒜皮也来烦朕！官员说：事再小，也比圣上弹鸟事大。赵匡胤大怒，将玉斧掷那官员的面门，打掉了几颗牙齿。可怜的官员找了牙齿摊在手，吐掉满口的血，凛然而立，再奏：臣下还是认为，刚才所奏之事，重于陛下打鸟。

赵普听说了这件事，气冲冲赶进宫去，狠狠批评了皇帝，“帝悟”。那位失掉门牙的官员升官受赏。

从杀气中走向龙椅的赵匡胤能反观自身，能推己及人，又总结了汉晋唐武人坐大的历史教训，看问题很清晰了。战功赫赫的将军差不多个个任性，有些人已经开始乱来，骄奢淫逸，凌侮文臣，鱼肉百姓，他必须解决这个国家生死攸关的大问题。

怎么解决？他昼思夜想，踏雪访赵普，关起门来谈半天，定下了一个重大举措。

赵匡胤的这一举措不单惠及宋代，在历史长河中也有着巨大的符号意义。

史料称：“杯酒释兵权。”

宋太祖威加海内，一代英主的地位大致稳固了，一日，他召集武将们宴饮，畅谈军旅生涯，讲那些永远讲不完的战斗故事，强化珍贵的战争记忆。这些将领都是太祖的老部下，包括义社兄弟、禁军（中央军）首领，血雨腥风走过来的。

酒酣耳热之际，太祖发话了，佯称自己并无御天下的才德，建议另推一人坐龙椅。毫无心理准备的将军们一个个大惊失色，不知如何是好，齐刷刷跪下。赵匡胤玩的这一手，意在强化忠君的氛围，虽是玩小智，却由大智出。有时候细节会决定成败。氛围这种东西，对所有的人都有影响，也许顶级的智者如老子庄子可以例外。

武人大抵粗猛，思维相对要窄。恐龙、狮虎的智商，比不得猴子和大猩猩。

赵匡胤一手制造的那个历史瞬间，值得再三玩味。有一些老部下泣不成声，朝龙椅叩头，发誓一辈子对太祖皇帝忠心耿耿。

有了上述精心设计的场景，赵匡胤宣布了重大决定：让将军们解甲归田，或是出任地方大员，总之，交出手中的兵权。爱将们傻眼了，面面相觑。这就叫"飞鸟尽，良弓藏"么？接下来是不是要"狐兔死，走狗烹"呢？紧张，惶恐，互相猜疑。却有人率先表态，坚决拥护皇上的决定——这是事先安排好的第二招。其他人谁不表态呢？但口服心不服的将军并不少。让他们即日交出兵权，离开心爱的军队，离开出生入死的兄弟们，等于割他们身上的肉啊，等于拿锥子穿他们的心！

龙椅上端坐的宋太祖玩沉默，一言不发，表情不怒自威。一百年后的名臣富弼有名言："人君好恶，不可令人窥测。能窥测，则奸人得以附会其意。"

人君，必须显得莫测高深。

汴京宫殿里的气氛紧张得要命，沉默要爆炸，流泪、流汗、流鼻涕，战将们个个六神无主。太祖暗忖火候到了，慢吞吞打开了金口，讲了一番话，大意说人生短暂，拼杀了几十年的将军们何不享受生活，置田产，造华屋，蓄美女，儿孙绕膝，其乐融融。

猛将张守信一拍脑袋：皇上讲得对呀，是应该及时行乐！于是，附和者众，硕大而坚硬的脑袋拍成了一片，包括杀人如麻的王全斌。

殿外偷听的丞相赵普捋须笑了。

且听大殿高坐的宋太祖赵匡胤又说，皇室的公主们愿与开国元勋的儿子联姻，永结上下之好……将军们受此恩宠，伏地三呼万岁。君臣联姻的目的，是巩固上层建筑，也埋下了形成利益集团的隐患。北宋的开国元勋们于半个时辰内，受惊复受宠，刚猛无敌的硬脑袋让太祖三拨两弄，都转过弯来了。脾气再大、功劳再高的人也得服从形势。

两年以后，一切风平浪静，将军们爱上了声色犬马，赵匡胤与赵普的密谈才解密——

宋建隆二年（961），太祖问丞相：唐末以来，皇帝换了十姓，兵戈不息，原因何在？

赵普答曰：方镇太重，君弱臣强而已。只要削其权，制其钱谷，收其精兵，天下自然安定。

史家们称，这是赵普为强化中央集权制定的三大纲领，寥寥几句，道出治国的真谛。皇帝与丞相完全合拍，三大纲领得以实施，一系列细化的措施、法令相继出台。文武大臣、地方大员的权力受到各种形式的限制，皇帝也不能为所欲为。例如仁宗朝，四个中书省的给事中，可以联名驳回圣旨。

宋太祖赵匡胤重文抑武的战略性决断，维系了国家的长治久安。两宋三百年，农工商繁荣，人口大增。士大夫空前踊跃，尤其是北宋，名臣如云。宋太祖立下家法：不可杀士大夫。广开言路为立国之本。太宗、真宗、仁宗、英宗、听政的高太后，谨遵这一家法。自秦汉以降，如此对待士大夫的君王是绝无仅有的。宋太祖的不肖子孙如宋哲宗、宋徽宗辈，也不敢违背家法，只敢对他们看不顺眼的言事者动用酷刑，削鼻断舌斩手足，流放了一大批贤臣。北宋一百六十多年的江山毁于宋徽宗。

抑武的副作用是军队的战斗力下降。而承平日久，生活世界丰富，形成巨大的生活之惯性，军力自会消磨。安禄山反叛时，“中原百年不识刀兵”。北宋如果没有那个“矜小智”的嬉皮皇帝宋徽宗，也不会败于巴掌大的金国，失掉辽阔的北方，变成南宋。

削藩，收兵权，制钱谷，鼓励士大夫大胆言事，赵匡胤的治国之智超越了汉唐。真宗朝和长达四十二年的仁宗朝乃是鼎盛期。太监声音小，外戚不干政，边将坐不大。太后皇后们大抵没有私心。一连串的名臣星罗棋布，犹如恒星闪耀于历史的天空：寇准、范仲淹、包拯、富弼、韩琦、范镇、欧阳修、张方平、王安石……以及年轻的苏轼、曾巩等人。而唐玄宗在位四十五年，前期励精图治，后期祸国殃民。李林甫这种口蜜腹剑的败类之尤，居然在唐玄宗手下做了十九年的丞相。

赵匡胤立国后一直想迁都长安，因为开封平旷，乃四战之地。赵光义坚辞反对。做兄长的也就罢了，其实，他隐隐约约有个不安：赵光义在汴京有了势力集团。考虑迁都，也是为了拆散这个集团。可惜手足之情遮蔽了他的政治洞察力。

有个宫中的细节是有些蹊跷的，在后花园，一名宠妃摘花献给皇上，赵光义在侧，突然拔剑，砍掉了妃子摘花的那只玉手，血流了一地，众人惊惶不已。太祖愕然。不动声色的赵光义谏曰：陛下英明，当远离声色。

这个赵光义却是不可思议的色中饿鬼，劫妇摧花无数，强暴李后主的妻子女英。他暗中勾搭太祖宠幸的花蕊夫人，欲将花蕊夫人据为己有。太祖怒，吼他几句又罢了。

赵光义当众砍断妃子的手，什么意思呢？赵匡胤也不去深想。危险在向他逼近，他浑无知觉，尽管历史上有过太多杀兄弑父夺龙椅的事件。赵光义砍断宠妃的手，诱奸花蕊夫人，反对迁都长安，此三者，使其明里暗里的党羽们更猖狂。篡位的阴谋紧锣密鼓。终于在一个大雪纷飞的深夜，赵氏兄弟二人对饮于深宫，烛光摇曳，帷幔间，玉斧光暗射。远处观望的太监宫女，忽听一声撕肝裂肺的惨叫。

是夜，宋太祖驾崩，年仅五十岁。赵光义黄袍加身，是为宋太宗。“烛光斧影”的故事，在宋代只能悄悄讲，流布于市井和乡村。此事容后细表。

赵匡胤杯酒释兵权，成功抑制了武人称雄，防范了边将骄横，限制了汉唐以来开拓疆域的皇家意志。北宋没有大的内乱。一百多万军队自保江山绰绰有余。立国百年时，血气方刚的宋神宗上台，三朝老臣富弼警告他：“愿陛下二十年口不言兵，干戈一起，所关祸福不细！”苏轼上书止战，言辞更激烈：“好兵者必亡！”宋神宗下令进攻西夏（今属甘肃、陕西），先后损兵六十万。这个意志力太强的年轻人闻战报，当庭大哭，染疾不起，只活了三十八岁。宋徽宗更愚蠢，联金攻辽，结果被金人吞掉北方的大好河山。

赵宋开国皇帝的智慧维系了一百六十多年。

其龙头蛇尾，渐渐的式微，似乎也是历史发展的规律。

勇

勇是血气之勇，勇生智，智生勇，形成历史循环。所谓大智大勇、智勇双全，恰好显现了二者之间的基础性联系。严格意义上的勇士都有智慧和仁慈的支撑，他们的庙堂英姿和民间故事可歌可泣。勇与智一旦剥离，勇与慈一旦相背，大大小小的悲剧就会上演。莽勇、匹夫之勇，古往今来密如栉。

卷五 勇

勇

西楚霸王项羽：『力拔山兮气盖世』

智与勇有时相背，有时相连。血气之勇往往生智慧，因为后者并不是静态的东西。亢奋乃至偏执的激情状态亦能催生大智慧。西哲如尼采、福柯几近癫狂，他们对人类处境的思考直如狂风暴雨，证明了真理的偏执形态。这里产生了一个问题：什么叫偏执？由此进而追问：何谓人类理性？近现代的西方大哲对所谓人类理性多有质疑。

在我的印象中，项羽的血气之勇冠绝古代，他指挥的楚军力克强秦，摆平诸侯，横扫八方，历七十余战，差一点就战无不胜。勇生智。智生勇。没有出神入化的战争智慧，哪有如此的盖世神勇？项羽和罗贯中笔下的吕布、关羽不可并论，后二者只是赫赫战将，用刘邦的话来说是功狗。项羽打仗悟出了"万人敌"，智勇双全，却跟韩信一样少一智，功败垂成，身首异处于乌江。这也难怪，秦末汉初风云激荡，更高的智慧悄然登场，至柔克至刚，举手投足之间，置酒笑谈之际，化盖世神勇于无形。

唉，老天爷既生羽，何生信？既生信，又何生良？

本文尝试用几千字的篇幅为项羽画像。瞄准三五个生存细节，一窥霸王全豹。

《史记·项羽本纪》："项籍者，下相人也，字羽。初起时，年二十四。其季父项梁……项氏世世为楚将，封于项，故称项氏。"下相：今江苏宿迁西南。季父：叔父。秦灭六国数十年后，六国世家子弟的复仇复国之志未减，"楚虽三户，亡秦必楚"。

《史记·项羽本纪》："项籍少时，学书不成，去学剑，又不成。项梁怒之。籍曰：'书，足以记名姓而已。剑，一人敌，不足学。学万人敌。'于是项梁乃教籍兵法，籍大喜，略知其意，又不肯竟学。"项羽的轻视书本一如刘邦。后人云：刘项原来不读书。他们倒不是文盲。项羽读兵书也不大用功，略知其意而已。我估计他天生异禀，一目十行，摄其精髓。诸葛亮读书“观其大略”，心领神会足矣。

毛泽东讲过：一上战场，所有的兵法都忘光了；又有军事名言：“在战争中学习战争。”

项羽身长八尺余，“力能扛鼎，才气过人”。很难想象这样的男人会抠字眼死读书。血气太足，天生神勇。据说双眼有四个瞳子，曰重瞳。项羽一旦怒吼，胆子大的后生也吓得屁滚尿流。他的手上似乎总是提着敌军将领的首级。罗贯中形容赵子龙：“万军中取上将首级，如探囊取物。”笔者小时候看连环画，对常山赵子龙钦佩万分。

顺便提一句，当时发行量甚巨的连环画，画汉代是汉代的味道，画三国是三国的气息，画解放军打仗，能让读者闻到硝烟味，而解放战争的硝烟味，又不同于志愿军抗美援朝……可惜这种优秀的连环画艺术，被千篇一律的卡通画取代了。

秦始皇游吴中的会稽，车驾浩荡几十里，秦卒个个凶悍，长戟如森林，项羽在观望的人群中轻蔑地说：“彼可取而代也。”项梁大惊，“掩其口，曰：‘毋妄言，族矣!’”

族：灭族。古代汉语的名词常作动词用，以省字，书于简帛。王力先生的四卷本《古代汉语》，说尽汉语之妙。

刘邦做泗水亭长，去咸阳出差，也见过秦始皇出游，叹赏曰：“大丈夫当如此也!”

项梁以八千精兵起义于会稽，项羽为先锋，渡江而西，再渡淮水，收英布、蒲将军等，得六七万人。项羽转战千里攻襄城，“襄城坚守不下。已拔，皆坑之”。坑：活埋。坑杀的不仅是襄城的守卒，也包括十五岁以上的男丁。项羽屠城坑卒自此始。

所谓神勇，暴戾是其中的一大元素。秦将白起曾经一次坑杀赵军四十万，创历史之最。乱世杀气盛，兽性高涨。士卒攻城艰难，常常连月血拼，拿下了城池死伤无数，于是烧杀抢掠淫妇女，抵达其兽性之畅。此其一也。其二，震慑下一座城池的守军和百姓。

项羽的军队所向披靡，短短两三年，荡平大部分诸侯。恶战秦将章邯，大胜，活埋降卒二十万于新安（河南渑池）之南。项羽坑降卒的理由简单：免除俘虏造反。他这一坑，坑坏了他在关中的名声。上将军宋义形容他：“猛如虎，很如羊，贪如狼。”很：倔强执拗。项羽杀掉宋义，逼楚怀王封他为上将军。后来又阴杀楚怀王。古人讲的王道与霸道，项羽单单取霸道，不识王道为何物。他宣称识字只是为了记住姓名；尊范增为亚父，又疑其不忠，对他有二心。项羽重瞳欲裂吓坏了多少人，看人才，却比刘邦差得太远。张良火烧栈道，韩信曾写下千字长信提醒项羽：其中必有诈。项羽哪里肯信，韩信彻底失望了，弃楚奔汉，去了南郑（陕西汉中）。

刘邦先一步攻入咸阳，“财物无所取，妇女无所幸”，还军霸上（今白鹿原），约法三章。这些举动引起范增的高度重视。但项羽不重视——不重视是因为他眼睛小，看不远。此间项羽拥兵四十万，刘邦仅十万。项灭刘，机会千载难逢。范增抓住机会设下鸿门宴，使项庄舞剑，意在沛公。项羽谈笑风生，他对沛公刘邦的态度是杀亦可，不杀亦可。杀鸡焉用牛刀？项羽就是一把牛刀。他的注意力集中在闯入宴会的樊哙身上——猛人通常会留意猛人，类似斗鸡专找斗鸡。

樊哙带剑硬闯鸿门宴，几近凶神恶煞，“瞋目视项王，头发上指，目眦尽裂。项王按剑而跽曰：‘客何为者？’张良曰：‘沛公之参乘樊哙者也。’”眦：眼眶。参乘：侍卫。跽：直身而跪。先秦和汉代的人席地而坐，按剑而跽，是一种警惕的姿势。接下来，樊哙喝下斗酒，瞪圆了恶目，生吃了一条猪前腿，展示自己的战斗“肌肉”，向霸王雄起。

刘邦借口“如厕”（上厕所），溜之大吉。

范增仰天叹曰：“唉，竖子不足与谋！”竖子，犹言小子。

该杀的人项羽不杀，不该杀的，他大杀特杀。韩信用八个字概括他：妇人之仁，匹夫之勇。西楚霸王所恃者，唯武力耳。雄兵四十万，天下谁与他争锋？他厌恶秦都咸阳，一把火烧了三百里阿房宫，“楚人一炬，可怜焦土”。他不考虑一位谋士定都于关中的意见，东归彭城（江苏徐州），“曰：富贵不归故乡，如衣绣夜行，谁知之者”？那个谋士讥笑项羽沐猴而冠，项羽大怒，烹杀谋士，扔进了沸腾的油锅。可怜的楚军谋士，姓名也未能留下……

号令各路诸侯的西楚霸王要衣锦昼行，显摆给天下人看。这贵族子弟倒把面子看得要紧。布衣刘邦没有这毛病，谋士娄敬进言，张良再点他几句，他马上就决定都于长安，赐姓娄敬曰刘敬。项羽东归时二十七八岁，就大局意识而言，这个武人之雄，确实过于年轻了。盖世之神勇，很难远见卓识。一杆枪、一匹乌骓宝马纵横天下，年复一年杀得昏天黑地，血染战袍，血光冲天，要让他的脑袋兼具不同凡响之智，难于上青天。

“纵横天下三十年”的关云长也是少一智，丢了战略要地荆州，丢了项上人头。

汉元年，韩信出奇兵还定三秦。四十万楚军大都在齐地作战。汉二年春，刘邦会诸侯兵来攻楚都，胜，入彭城，洋洋得意，“收其货宝美人，日置酒高会”，大摆庆功宴，锣鼓喧天。四月，项羽的三万精兵千里奔袭彭城，刘邦尚在美人堆中哼哼唧唧。楚军势如破竹，“日中，大破汉军。汉军皆走，相随入谷、泗水。杀汉卒十余万人”，刘邦会集的五十六万人马被打得望风而逃。楚军以虎狼之势追击，“汉军却，为楚军所挤，多杀，汉卒十余万皆入睢水，睢水为之不流。（楚军）围汉王三匝”。刘邦这回死定了，哪知项羽回救彭城如此神速。三万人打败五十六万，创战争史上的奇迹，堪比东晋谢安的淝水之战。刘邦大哭：张良、韩信在吾帐下，岂能一败涂地！

其时，战神韩信正向齐国进军，张子房大约在韩信军中。刘邦哭爹喊娘没用了，当初入咸阳，急于享受醇酒妇人，张良棒喝他。此番入彭城，他又是醇酒妇人，左抱右拥享受惨了，却于睡梦中惊起，仓皇逃出了温柔乡，连滚带爬于黑乎乎的荒野地，伏地哭曰：温柔乡泡死我也，泡死我也！

项羽的神勇，把五十六万汉军变成了乌合之众。三万楚兵凌晨发起攻击，喊杀声四起，俨如天兵天将。火光中，巨人般的霸王一马当先，左冲右突，如入无人之境。刘邦的军心瞬间崩溃——闻霸王亲率大军掩至，几十万人马魂飞魄散，兵败如山倒，狂逃的途中又自相践踏，死无数。著名的彭城之战，此为关键处。汉军根本不知道楚军有多少人马，仓皇中以为山东的楚军悉至，铺天盖地。项羽的长途奔袭大收奇功。

可是太惨了，泗水、睢水，漂浮着二十多万具汉卒肿胀的尸体，夏天的太阳连日暴晒，尸臭五十余里。汉王泡温柔乡，导致汉军遭到毁灭性打击，尸骨相挤泡血水……

日近黄昏，楚军三层围困残余的汉军，势若铁桶，刘邦在劫难逃。全身披挂的项羽立于高丘哈哈大笑，声震辽阔的原野。根据司马迁的描述，霸王的身高当在一米八五以上，体重或近三百斤，全身肌肉如铁，呼吸皆杀气，一跺脚地动山摇……帐中的刘邦即将呜呼哀哉。四月的鲜花到处盛开，可怜的汉王，看见的全是血色。没有任何援军，唯有死路一条，落到霸王手里哪会有好下场？扔进沸腾的大鼎，烹成浓肉汤，项羽先品尝……然而老天爷来救汉高祖了，“大风从西北而起，折木发屋，扬沙石……楚军大乱，坏散，而汉王乃得数十骑遁去”。天意，或许是有的吧。大风送来了汉朝的四百年江山。刘邦登基后归故里，高唱《大风歌》，显然对大风情有独钟：“大风起兮云飞扬，威加海内兮守四方。……”

次年，美男子谋士陈平诈降楚，带去四万斤黄金分赠楚将，阴（暗中）使人散布说：范增暗通汉王。项羽犯嘀咕了，左想右想拿不准——指挥战争的脑袋好使，看破诡计却难。项羽用人疑心重，脑袋不好使，又不读书。范增七十几岁了，一向无二心，也不贪财，项羽忽然怀疑他，削去他的一部分权力。范增大怒，曰：“天下事大定也，君王自为之！”

头号谋士一气之下走掉了，途中背疮发，死道路。这事表明，范增是个倔老头，火气上来了，智商也下降。估计他辅佐项羽六七年，生不完的气，终于气死，横尸荒野……

广武山楚汉两军对峙，项羽对鸿沟对面的刘邦说：“天下匈匈数岁者，徒以吾两人耳，愿与汉王挑战决雌雄，毋徒苦天下之民父子为也！”匈匈：汹汹，形容动荡不安。刘邦什么态度呢？“汉王笑谢曰：‘吾宁斗智，不能斗力。’”一个笑字，传神之极。司马迁的文学性描写随处可见。另外，司马迁用字造句就像拍电报，简洁，一字抵十字。

西楚霸王真是脑袋小，不思考，状如六千万年前的霸王龙。单挑，怎么可能呢？一千个刘邦也打不过项羽。刘邦讲斗智，明欺项羽智商低。汉军中响起了一阵哄笑。项羽怒，要烹杀人质——刘邦的父亲刘老太公。刘邦大声说：你我曾在楚怀王的麾下结拜为兄弟，我父即你父，你想烹杀我父亲，好呀，分我一杯羹如何？

项羽愕然。关键时刻，刘邦的痞子精神发挥了作用。具有骑士风度的项羽只好作罢。刘老太公后来寿至九十岁……

垓下大战，韩信指挥六十万汉军十面埋伏，一度纵马与霸王单挑，斗了几个回合，不敌，拨马便走。项羽恨透了这个钻人胯裆的淮阴小儿，乌骓马一跃几丈，眼看要生擒韩信，樊哙却来接战，攻势相当凌厉，项羽一时竟胜他不得。汉军黑压压掩杀过来。楚军退。张良的一支洞箫又吹散了项羽的八千子弟兵。

夜里休战，项羽不能寐，反复唱一首歌：“力拔山兮气盖世，势不利兮骓不逝。骓不逝兮若奈何，虞兮虞兮奈若何。”宝马与美人都不愿意离开他。虞姬跟随霸王五六年了，爱意入了骨髓。项羽虽然神勇，却懂得佳丽的内心，这与《水浒传》轻视妇女的梁山英雄迥异。项羽杀人如麻，却又爱得仔细……

霸王在突围的途中迷路了，一老农恨其残暴，指引他走错方向。追兵至，项羽和他的壮士们反身再战，杀退汉军。霸王顾左右曰：“吾起兵至今八岁矣，身七十余战，所当者破，所击者服，未尝败北，遂霸有天下。然今卒困于此，此天之亡我，非战之罪也。”

追兵再至，霸王掉转马头再战。最后只剩下二十八骑，冲入汉军的阵营，一而再，再而三，削掉无数的汉军脑袋，犹有二十六骑——可见项羽的部将个个骁勇。猛士的身边全是猛士，宛如霸王龙率领一群猛龙，谋士一个都没有。

勇与智，呈现为对立面。

项羽退至乌江，不肯过江东，对艄公叹曰：“天之亡我，我何渡为！且籍与江东子弟八千人渡江而西，今无一人还，纵江东父兄怜而王我，我何面目见之？”他把乌骓马送给了艄公。汉军数千追杀到乌江，项羽徒步迎战，“所杀汉军数百人”。司马迁的记载如此，这可不是小说家言。加上前面的战斗，一人杀死千余汉军将卒。霸王之霸气，战国时代二百年，恐怕也找不出第二个。春风杨柳乌江畔，霸王挥剑自刎，八年来头一次倒在自己的血泊中，年三十一岁。汉军五人分其尸，皆得封侯。争抢的过程中死伤数十人。

汉王刘邦厚葬项羽，“泣之而去”。汉王流的是政治眼泪。这也是曹操的拿手戏。

太史公司马迁对项羽，先赞而后责：“羽……自矜功伐，奋其私智而不师古，谓霸王之业，欲以力征经营天下，五年卒亡其国，身死东城，尚不觉悟而不自责，过矣。乃引‘天亡我，非用兵之罪也’，岂不谬哉!”

血气之勇，项羽可谓造极也。军事之智，韩信独步当时。这两个英雄豪杰的命运有相似处，而视野，远远说不上开阔。单纯的争强、争勇、争利、争权，很容易一根筋，落入生存的遮蔽。即使项羽过乌江东山再起，那结局也好不到哪里去。性格决定了，视野决定了。以武力经营天下，五年就亡国。

今人反思项羽，不妨针对单纯的血气之勇带来的弊端。

嵇康的勇

嵇康是曹操的孙女婿，魏晋时代的竹林七贤之首，天下士子的偶像。魏晋所谓“人的自觉”，嵇康是代表人物。然而司马昭之心，路人皆知，什么心呢？司马家族取代曹魏帝国的野心。曹操挟天子以令诸侯，曹丕废汉称帝，开国功臣司马懿的儿子司马昭就不能篡魏么？——这是司马集团的想法，看似有些道理，其实不然。

曹操以战争机器终结了利益无限纠缠的汉末王朝，其子孙做皇帝，朝着治世的方向作出有效的努力，宇内大抵澄清，重生产，重教育，移风易俗，兆民受其惠。司马昭的篡魏野心是要重启乱局，与曹操的篡汉不可并论。两晋是历史上少见的黑暗期。加上同样黑暗的南北朝，长达数百年。野心勃勃的司马昭肇其先，打开了恶之门。

嵇康官居中散大夫，人称嵇中散。以官职作称呼是古之常态，例如人们把王羲之呼为王右军。今日余波未息，如张局、李队之类。嵇康生得“龙章凤质”，体格标准，相貌英俊，喝醉酒摇摇晃晃的时候，朋友们形容他有如“玉山将倾”。他上山采药，山民以为神仙下凡。男子的所谓玉树临风，嵇中散最称典型。平日里他言语不多，俨然一座沉默的玉山，这玉山，却是一座岩浆奔突的火山。

大权在握的司马昭，动用各种手段打压曹氏集团，架空曹睿，为他儿子司马炎称帝扫清障碍。他冷眼打量那些倨傲的读书人，同时备下了胡萝卜和大棒。士的阶层崛起于东汉，以言论造势，势力颇不小，对皇权有制约，抗衡太监、武将的日益嚣张。有名的“党锢之祸”，是皇权对士大夫的一次大规模围剿。

司马昭人在洛阳，盯着二三百里外的山阳（河南修武县西北），山阳有个嵇康，嵇康家有一座竹林，竹林里有一群博学而倨傲的士人，专与司马集团唱对台戏。全国的士子又仰望竹林七贤，对七贤的一举一动高度关注。单是首都洛阳的太学生就有数千人之众。当初曹操重教育，五百户以上的小邑都有官办学校。

嵇康写书又打铁，劳心兼劳力。向秀鼓风，刘伶饮酒，阮籍穿一条裤衩，躺在树杈上看书，王戎"恒视"夏天的太阳，阮咸吹笛子赶着几只乳猪，山涛闲溜达，远眺太行山……地理学家郦道元对嵇康家的这片竹林有过记载。李白写诗云："懒摇白羽扇，裸体青林中。脱巾挂石壁，露顶洒松风。"古代画工，以竹林七贤的风采作图无数。

竹林精神，是秦汉以降最大的自由符号之一。一部《世说新语》，讲七贤的事迹甚多。

嵇康打铁二十年，竹林的聚会也持续了二十年，从三贤、五贤发展到七贤。嵇康重视养生，吃五石散，标准的体形不亚于罗丹的大卫雕塑，却并无裸体的记载。裸体最厉害的是刘伶，家里迎客一丝不挂，把客人吓跑，他又在秋风中裸奔大街。阮籍偶尔裸一回。他侄子阮咸搞赤条条的日光浴，弄得村里人远远地绕道走……身体发肤受之父母，裸体首先是不孝，其次才涉及男女作风的问题。司马昭宣称以孝治国，实则暗通"忠"，他不便言忠，因为他时刻准备篡魏，是个权倾朝野的乱臣贼子。竹林诸贤在孝的领域跟他作对，比如阮籍的父亲去世，嵇康带了酒肉去奔丧，灵堂前大吃大喝，有违孝道，山阳、洛阳、许昌，传得沸沸扬扬，太学生奔丧公然仿效。号称第一酒鬼的刘伶为母守灵，"饮酒二斗，吐血三升"……这些贤士的怪异举动都是冲着司马昭的。

竹林七贤，分别来自山东、安徽、河南。

嵇中散长期打铁，养家糊口，拒绝司马氏给的高官厚禄，坚决站在曹氏家族一边，捍卫社稷的稳定。事实上他成了天下读书人的领袖。他的作品、言论和行为艺术，传播的速度比七八月的风还快。

夏季的一天，司马昭的心腹钟会到竹林来了，带了几个官二代兼富二代，"乘肥衣轻"，骑肥马，穿绫罗，与嵇康家的寒碜破旧形成反差，显然是炫富。嵇康光着膀子打铁，淬火，古铜色的皮肤非常健美。钟会是书法大师钟繇的儿子，有战功，能著述，可谓文武双全，《三国演义》写钟会的篇幅不少。钟会更大的本领是趋炎附势。他是受了司马昭的指派，来竹林侦察动静，干间谍的勾当。嵇康没理他。竹林里单闻打铁淬火的声音。空气在烈日下颤动。钟会的乘肥衣轻，是要让嵇康瞧一瞧，啥叫荣华富贵。这个贵公子衣裾轻飘，绕着挥舞铁锤的嵇康慢慢转了几圈，一言不发。

魏晋风度，沉默是其中一种。沉默有着丰富的内容。有些高士，沉默之后一声长啸……

沉默的嵇康只用大铁锤的起落来表达，钟会撑不住了，转身走了十余步，余光瞟向身后。嵇康徐徐道："何所闻而来？何所见而去？"钟会说："闻所闻而来，见所见而去。"这简短的对话，历史上颇有名，听上去像高僧参禅。双方都是明白人，恰似武功高手，亮一招便知端底。曹魏有恩于钟氏家族，而钟会背主求荣投向了司马昭。他侦察嵇康的态度，如果嵇康夸一句他的肥马，或多看几眼他的华服，他就会进一步诱之以利，把这个天下第一名士拉向司马昭，用作司马集团的舆论工具。可是没戏。几匹肥马一溜烟出了竹林，驰向洛阳，向大将军司马昭汇报。

钟会说：嵇康是一条卧龙，他日必定兴风作浪！

司马昭微微一笑：哦，哦，知道了。

我们来看竹林七贤的二号人物山涛。山涛字巨源，七贤中他的年龄最大，做官做到吏部侍郎，又接着往上爬，举荐嵇康接替他的位置。司马昭对竹林分而治之，瓦解这一辐射全国的、具有政治影响力的超级文化沙龙。山涛做高官，王戎做官且爱财，嵇康也不反对。当时的形势复杂而又微妙，司马氏集团与曹氏集团暗中斗得厉害，表面上合作愉快。然而山涛举荐嵇康做吏部侍郎就莫名其妙了，竹林诸贤，多少年来贵在相知，弹琴，清议，写诗，啸声相和——有时候两个人赶大老远地见了面，盯着对方不说话，一声长啸，然后各自掉头走人。清啸与浊啸，宛如古琴音透出的正气和邪气。阮咸解乐，号称"神解"。嵇康更是划时代的音乐大师，《蔡嵇九弄》是隋朝取士的考题之一。

钟会拉拢嵇康不成，山涛又接着来这一手么？嵇中散婉言谢绝。山巨源再劝。刘伶忍不住了，骂山涛是小人。阮籍斜睨山涛，抵近山涛的鼻子屡翻白眼。然而嵇康把怒气压下去了，竹林的团结很重要，不然可上了司马昭的当。山涛不知是何居心，几乎强迫嵇康去洛阳当大官，嵇康忍无可忍，爆发了。《与山巨源绝交书》是古人绝交的经典，又是力透纸背的美文。嵇康说："偶与足下相知耳。"一句话，把二十年的友谊定了调。"足下傍通，多可而少怪。吾直性狭中，多所不堪。”山巨源圆通，处世的原则是两可：这也可那也可。两可的背后是并不两可的利益取向——古今之善于两可、多可而少怪（质疑）者，大多数是势利之徒，其余则因天性懦弱，墙头草，丛林小动物，唯求自保耳。

这些年，生活中的两可者何其多矣。

关于“两可”的现象学阐释，参见陈嘉映编写的《存在与时间读本》。

嵇康写道：“吾昔读书，得并介之人，或谓无之。今乃信其有真耳。”并介之人就是“达人”，四方通达，八面玲珑，有本事打通名利场与学术界，酷似眼下众多的大学教授们，“精致的自私自利”（钱理群语）已成气候。

绝交书的末尾趋于激烈：“足下无事冤之，令（我）转于沟壑也。一旦迫之，必发狂疾！”信件传出去了，官员、士子紧张传阅。山涛被逐出竹林，士林（知识界）中一落千丈。但没有资料表明，山巨源向司马昭提供过竹林的情报。立场不同，于是绝交不可免。告密者另有其人，把绝交书中鄙薄孔丘、周公的言论加以摘录，呈送司马昭。

告密的家伙又是钟会。司马昭听汇报看屠刀——他手里有的是屠刀——却不动声色，让竹林狂士继续表演。钟会猜不透，闷头闷脑想了好几天。

竹林七贤变六贤了，尽管外围的贤士狂士与日俱增。向子期百般惆怅，后来写下鲁迅先生特别欣赏的《思旧赋》，刚开头，忽然收尾了……嵇康更沉默，打铁声音高。他上山采药，碰上大隐士孙登，孙登几十年只与动植物交流，据说从不对人讲话，舌头远比皇帝的嘴巴金贵，却破例点评嵇康：你呀，你呀，才高而性烈！

大隐士说完后升山入云霞。嵇康跃上巨石，以啸声相送。

史称：“嵇中散刚肠恶疾，遇事便发。”外表温和的嵇康，小事也随和，能理解别人的处境，大事寸步不让。内心比钢铁还要硬。

吕安是嵇康的至交之一，没事就往竹林跑，灌园，打铁，切磋学术，把美艳的老婆徐氏扔在家里。吕安不重视老婆的美貌，他哥哥吕巽就来重视了，献殷勤，送礼物兼送秋波，撩拨徐氏的寂寞身子。终于双双对饮，喝酒喝成了交杯酒，卸衣解带释放风流。

东窗事发，吕安大怒。嵇康出面调解，他跟两兄弟都是好朋友。他对吕巽说：美艳妇人多的是，你何必惦记徐氏？你向吕安赔个不是，不要兄弟阋于墙，好吗？吕巽唯唯。

嵇康转过身安慰吕安：你哥哥一时糊涂，没事了，没事了。以后多陪陪徐氏，不要老往竹林跑。

吕安也唯唯。哥哥干了坏事，却终究是哥哥，吕安宽恕了吕巽。吕安多年与嵇康、阮籍交游，为人比较厚道。那吕巽跟钟会走得近，近墨者黑，他尝到徐氏艳冶的甜头，不想缩手。恶人先告状，吕巽杜撰故事，反诬吕安对父母不孝，钟会又暗里搭把手。

吕安下狱。嵇康愤怒。他早就看透了钟会司马昭之流，看山涛却走了眼，看吕巽又走眼。对朋友，嵇康缺少审视的习惯，宁愿看得模糊一些。大事讲原则，小事不妨圆通。

嵇康又写绝交信了，三言两语抖出桃色事件的真相，画出吕巽的丑恶嘴脸，末了写道："无心复与足下交也。古人绝交不出五言。从此别矣，临书恨恨！"临书恨恨，可见其情绪状态。绝交书送出去，却收到官府的逮捕令，嵇康蒙了。

司马昭认为动用屠刀的时机到了，命令钟会罗织罪名：嵇康当年有过谋反的意图。读书人的领袖一夜间成了阶下囚，全国震惊。洛阳的三千太学生集体上书，要和嵇康一起坐牢。各地士子上书的，赴洛阳请愿的，官员、豪族求情的，舆论沸腾。

司马昭觉得好玩：秀才们想造反？靠刀枪起家的曹氏皇族都被他打趴下了，区区士子想干啥？嵇康的案子闹凶了，反而增加屠刀的震慑力。不闹可能不杀，大闹，杀无赦。钟会终于读懂了主子，连日大激动，逢人便说司马昭手段了得……

嵇康还有一条活路：投靠司马集团。

考验勇气的时候到了。嵇康表个态，性命可保——"为狗爬出的洞敞开着……"一天又一天过去了，狱中没动静。史料记载，嵇康夜里照睡不误，并且睡得香，鼾声均匀，毫无悸动或尖叫。狱卒议论：这个嵇中散一根筋呀，他只写绝交书，不写检讨书。

嵇康的儿子嵇绍才十岁，他不为儿子考虑么？做太守的哥哥嵇喜到狱中去劝他，他摇头。变节是不可思议的。他不可能变成乱臣贼子的帮凶。国家乱局一开，百年不可收拾。勇气以毫不经意的方式流布了四肢百骸，从容赴死得以显现。嵇康能睡能吃，写《忧愤诗》，精心布置身后事，保护小儿子嵇绍的性命。

赴刑场的那一天他破例穿得很漂亮，中散大夫的官袍反射正午的阳光，他要尽显龙章凤质。这个伟岸男人，二十年来活得非常认真，养生，节欲，劳动，面如美玉，曾经和吕安相约要活到一百岁。七尺八寸的美男子，即将身首异处，滚烫的血从颈腔喷出。刑场的四周不下万人，嵇康要完成他最后的生命之舞，将行为艺术推向极致：用鲜血之喷射，画出司马昭的狼子野心。

《晋书》云："康顾视日影，索琴弹之，曰：'《广陵散》于今绝矣！'"嵇康的琴音丝毫不乱。三千太学生泪飞如雨。午时三刻，刽子手锋利的屠刀挥向了高贵的头颅。

《晋书》："天下之士，莫不痛之。"这部官史却又散布谎言："帝寻悟而悔焉。"——晋文帝（谥号）司马昭不久便醒悟并后悔了。谎言是有用的。司马昭杀了嵇康，还要利用这一代名士的影响力。

吕安也被杀掉了，与嵇康做伴踏上了黄泉路。徐氏终身守寡，艳姿自持，视吕巽为畜粪。次年，镇西大将军钟会于蜀中谋反，想搞独立王国，亦被杀，乱刀剁成肉泥。钟会活了四十岁，和嵇康一样。

司马迁说："人固有一死，或重于泰山，或轻于鸿毛。"嵇康拒绝附逆，他的死比泰山还重。司马昭野心得逞，邪恶的力量稳操胜券。曹魏政权只持续了五十余年。然而司马家族杀气太盛，"八王之乱"（参见《晋阳秋》）乱了十六年，司马见司马举刀便杀。到东晋，司马氏终于杀成了小姓……

竹林的聚会散了，向子期去凭吊，抚摸用得光滑的大铁锤的手柄，黯然神伤。阮步兵在行军的途中忽然停下来，面朝山阳放声大哭……何谓竹？"未曾出土先有节。"竹林诸贤，自由精神的符号留了下来，流布一千七百余年。人被权力所规定，人的反抗永不停息。历代讲魏晋风度的书多得要用火车拉。嵇康死了。嵇康不死。

而需要追问的是：为什么古代人的自觉、个性的伸张多与乱世相关？

韩愈的勇

韩愈字退之，号昌黎，中唐河南府河阳（今孟州市）人，生于公元768年。他是古代杰出的文学家和教育家，当今的课文选他的作品不少。《原道》《进学解》《师说》《送孟东野序》《送李愿归盘谷序》，以及相当感人的《祭十二郎文》等等，受到古今学子们的普遍推崇。韩愈的人品也受人尊重。他是一条博学而正直的血性汉子。

韩愈的家族世代为官，祖上不乏高官，不过他本人的降临人世，却遭遇家道中落和家庭悲剧，出生一个多月，母亲去世；三岁，父亲归西。大他三十岁的大哥韩会原本做着朝官，因得罪奸相元载，贬向了岭南韶州（广东韶关）。十岁的韩愈跟着兄嫂远离中原，辗转数千里到韶州，未久，韩会死于贬所。顿时举家跌入惶恐。

中唐的政治格局是中央集权削弱，皇室黯弱，藩镇嚣张。据司马光说，天下有五十个州不听朝廷的号令。唐德宗即位后，更是中原大乱，几个藩镇节度使自立为王，发兵攻长安，赶走了皇帝……家难国难给韩愈的童年少年蒙上了浓重的阴影。对乱臣贼子的深恶痛绝，使他的精神脉络格外靠近春秋末年的孔子、孟子。儒家思想深入他的内心，有着坚实的现实基础。朝纲大乱思大治。礼崩乐坏、生灵涂炭，让士子和士大夫们对重建秩序满怀期待。

韩愈十几岁，随长嫂郑氏避乱于江南的宣州。若干年的颠沛流离，催生一颗坚硬的心。郑氏对他的关怀无微不至，不是两三年，而是十多年，在他的坚硬中注入温柔的仁慈。此二者，应该是韩愈人格的底色。另外，笔者发现，历代文豪多有早年丧父的经历，多受母性的怜爱，其后做官多仁慈，显然有内在的联系。王羲之幼年，父亲王旷神秘失踪，他受母亲、姨母和长兄长嫂的养育照顾，感慨地说："兄嫂鞠育，有慈无威。"例外者如苏东坡，其童年时光难见父亲的身影，知书识礼的母亲程夫人塑造他，慈眉善目的乳母任采莲影响他。

又如李煜，“长于妇人之手”，虔诚礼佛，内心充满仁厚。

韩愈视郑氏如生母。后来郑氏去世，韩愈为她守丧一年。任采莲去世，苏轼为她写墓志铭。而士大夫为家仆写墓志，唐宋不多见。

笔者试图致力于先贤们的童年探索，感到难度大。人物的年谱涉及童年期，一般三两跳就跳过去了，再严谨的学者也常苦于年谱做不细。宋代印刷术发达了，但宋人笔记千百种，涉及早岁光景的，仍嫌太少。正史的记载更是寥寥数语。

没法子。凭借蛛丝马迹展开某些推测和想象，势在难免。

韩愈十年寒窗苦，未能做得人上人。求仕乃是韩氏家族的百年意志、家族的集体潜意识。韩愈称：“吾年十八九，壮志起胸中。”踌躇满志奔向长安，七八年间连奔三次，榜上无名。干谒，敲权贵的门，和李白杜甫岑参一样敲不开。干谒的风气唐代最盛，士子们似乎并不以为有辱斯文。韩愈二十五岁终于考上进士了，礼部放榜有名字，大喜，“春风得意马蹄疾，一日看尽长安花”。孟郊《登科后》中的这两句，写他自己金榜题名的无限喜悦，也适合小他十几岁的好友韩愈。然而，韩进士再试于吏部，再次品尝了名落孙山的苦果。二考，三考，四考，吏部放榜无名字。

礼部进士多，吏部官位少，通常十选其一。

具有雄心壮志的韩退之怒火中烧，接二连三给宰相们写信，“四举于礼部乃一得，三选于吏部卒无成”。他登门求见，被拒于宰相府的朱门外。不难想象他怒冲冲游走于高墙下的模样，掉头回客栈再写，挑灯奋笔疾书。他在信中甚至说，古之贤相连盗贼都能用，自己总比盗贼强吧！韩愈年轻时的莽勇，由此可见。

吏部走不通，于是剑走偏锋。韩愈转而做了地方大员的幕僚，这也是唐代士子的一种入仕途径，叫作游幕。有些人游幕游到老，官阶始终上不去，备尝酸辛。另一些人渐渐出人头地，韩愈属于后者。当然，游幕的日子颇难意气风发，不乏曲意奉承和隐忍的苦涩。陪酒，陪猎，陪博塞（赌博游戏），说违心的话，写上司爱看的文字。李白上书韩荆州、李长史，杜甫献三大赋，均属此类。大贤横空出世，但出的过程中常有摧眉折腰的伤心体验。身高近两米的孔夫子也懂得折腰。孟子庄子不折腰，嵇康不折腰，诸葛亮不折腰，苏东坡中进士早，也不折腰——这些人毕竟数量有限。历史进程中，杰出人物并不总是活得挺胸昂首，为了挺胸昂首，往往先要折腰。

韩愈陪猎，陪出一身丛林中的骑射本事。陪赌博受到张籍的批评，于是惭愧，洗手不干了。赌博也是需要勇气的，所谓豪赌，一场赌下来或赢千金，或输得债台高筑。日常小赌则是混光阴，把生命装进一间又一间的牌屋——关于这个，笔者不想多说。

韩愈干幕僚干得不错，先后从事于董晋、张建封等大员的幕府。违心的事也时有发生。坐镇徐州的节度使张建封酷爱打猎，韩愈写文章，描绘张“盘马弯弓”的矫健身姿。张的下属捉住一只白兔，韩愈赶紧附会，宣称是个吉兆。张作为一方军队主帅，忙于打球，乐于和一个名叫关盼盼的官妓儿女情长，为她建一座燕子楼。这些事，韩愈也得赔笑脸，打前站，对领导及其身边的亲信亦步亦趋。三十多岁的男人，逆境中雄起的汉子，二十年追慕孔孟风范的勇者，终于在一再压低的嗓音中浑身不自在，辞职了。未找退路而先递辞呈，他还写信责备张建封沉迷于击球。倔强秉性可见一斑。

落职归老家，心情转郁闷，作《从仕》：“居闲食不足，从仕力难任。两事皆害性，一生恒苦心。黄昏归私室，惆怅起叹音。……”不过，他五年的幕僚生涯收入丰厚，在写给友人的信中说：“方甚贫，衣食于人”，游幕后，“日月有所入，比之前时丰约百倍”。

韩愈和他的妻子卢氏，生了两个儿子和五个女儿。

韩昌黎三十五岁担任长安国子监博士，写下一系列传世文章，文名日上，有了一批弟子，传道解惑自此始，致力于改变文风和诗风，苏轼赞曰：“文起八代之衰。”《原道》一文，流露出他对儒学的推崇，对佛教的排斥。次年他调任监察御史，职责是监察百官。他大胆言事，两次直接给皇帝写信，“极论宫市”扰民害民（参见白居易诗《宫市》），“论天旱人饥”，建议免去灾区百姓的赋税。他道明了真相，结果像白居易一样得罪了权豪。两封信递上去，一纸贬书落下来，把韩愈贬向七千里外的阳山县（今属广东）。于是拖家带口赴贬所，沿途写诗多达百余首，专程凭吊湘水之滨的屈原祠。

屈原是中国开端性的诗人，开端性地被流放。屈原的祠堂一代代受人凭吊，盖因他身后排列着一支长长的勇士队伍，其中就有韩愈。在穷荒之地阳山，他为庶民谋福祉，“政有惠于民，及公去，百姓多以公之姓以名其子”。后人把阳山改为韩邑，把阳山境内的湟河改称韩水，又有望韩桥、望韩门、尊韩堂等。这位仁慈的官员，令人联想他早年受郑氏和乳母养育的光景，勇士常有一颗悲悯之心，二者的基础性联系尚待探索。

大约一年后，唐顺宗登基，大赦天下。韩愈量移郴州。量移是平级调动，调往离京城更近的地方。一路上访古怀幽思故乡，诗酒流连洞庭湖。同年，顺宗因身体不好退位，宪宗上台，改元永贞，另起一批官员，贬黜了“二王八司马”，其中包括刘禹锡和柳宗元。远在郴州的韩愈未受朝廷大换班的影响，迁江陵府任参军半年，复调回京城，再度担任国子监博士，官阶正五品上。韩愈时年三十九岁。四十岁，又去东都洛阳的国子监出任博士。这三年的时间他在文学和教育领域大有建树，惠及后世。

元和八年（813），四十六岁的韩愈调任比部郎中，以郎中的身份任史馆修撰，撰写本朝史。这对他的勇气是个考验。从春秋到汉唐，史官们的命运多不好。说本朝的不是，要冒杀头的危险。几个月过去了，这位文章巨公迟迟不动笔，受到多方质疑、嘲讽。他在一封回信中说：“为史者，不有人祸，则有天刑。”而在早期的《争臣论》中他慷慨陈词：“君子居其位，则思死其官。”到了利害攸关之时，勇气减一半。这对于大多数人来说是可以理解的。柳宗元的来信却刺痛了韩愈，称他身居史官不敢动笔，不如辞职算了。

韩愈终于开始写《顺宗实用》，“忠良奸佞，莫不备书。”尤其抨击当朝的小人，证明了他作为一名史官的勇气。

韩愈五十二岁作《谏迎佛骨表》，一片忠勇之心，几乎招来杀身之祸。此间他是刑部侍郎，官位很高了。一大家子待在京城享受荣华富贵也好多年了。可是儒家的学说进入了血液，孟子：“富贵不能淫，威武不能屈。”做史官提升上来的勇气又进了一步。二十几年的官场生涯，倒没有让他的胆量越来越小，而是相反，忠心耿耿为国家。

白居易写《秦中吟》《新乐府》系列诗篇，矛头直指各类权豪，也是身居高位时。士大夫的良知、智慧、勇气，唐代例子已多，宋代更多。

陕西凤翔的法门寺，相传有释迦牟尼的一块指骨。唐宪宗兴师动众，迎佛骨于宫禁中，供奉三日再送还。于是朝堂与民间总动员，事佛礼佛争先恐后。韩愈坐不住了，当年写《原道》就主张毁掉寺庙，放逐僧尼，并且把佛祖视为“夷狄之人”。现在他振振有词上书唐宪宗，愤怒指斥佛教徒：“口不言先王之言，身不服先王之服，不知君臣之义、父子之情。”他甚至说，释迦牟尼若是尚存于人世间的话，应该来朝拜大唐；何况“身死已久，枯朽之骨”，岂可迎入皇宫？韩愈建议：“付之有司，投诸水火，永绝根本，断天下之疑，绝后代之惑。”韩愈把话说绝了，真是勇气可嘉。他历数三代贤君，都是未信佛而长寿，而东汉明帝以后那些信奉佛陀的帝王，“事佛求佛，乃更得祸；由此观之，佛不足事亦可知矣”！

唐宪宗崇佛无可非议，只是搞过分了，韩退之的思考也有盲点。唐代，儒释道尚在磨合的过程中，互相碰撞，相异而相生。到宋代，这三大板块的碰撞趋于稳固。道家研究虚无，佛教强调善恶的因果，显现为更高形态的价值体系。儒家切于人事。单纯的儒学视野显然不足以应对世界。人的活着，需要更高的指向，否则，现实就会产生位移，动态性地收缩于功利主义，实用主义——眼皮子底下的纠缠没完没了。

唐朝三百年，没有大哲出现。这是一个问题。笔者现在仅限于抛出问题。

中唐的韩愈并不知道他的不知道，他对自己确切知道的事情勇敢地加以发挥。至尊的帝王想要变成神仙，韩愈冒犯了他的核心关切。宪宗怒曰：“愈言我奉佛太过，犹可容；至谓东汉奉佛以后，天子咸夭促，言何乖刺耶？愈人臣，狂妄乃尔，固不可赦！”

王公贵族讲情，韩愈才免一死，贬为岭南的潮州刺史。

东汉以后的天子奉佛太过而夭折，也许恰好透露了一点佛的本意。众生平等，帝王不可因崇佛而害天下苍生。吊诡的是，韩愈遭贬，宪宗皇帝也在不久之后暴病身亡。

韩愈被贬，时在正月，凛冽的寒风卷来九重之内的寒意，满目苍凉，一腔愁绪。一人遭罪也就罢了，全家人跟他踉跄受苦，十二岁的女儿韩挐死在他的贬谪路上。付出的代价太沉重了。韩愈名篇《左迁至蓝关示侄孙湘》：“一封朝奏九重天，夕贬潮阳路八千。欲为圣明除弊事，肯将衰朽惜残年。云横秦岭家何在？雪拥蓝关马不前。知汝远来应有意，好收吾骨瘴江边。”八千里悲号号，七十天阴惨惨，痛苦在消耗着自身的能量。

三月抵达贬所，春花漫山遍野。勇士渐渐恢复了元气。儒者担当天下的情怀宛如原上草，野火烧不尽，春风吹又生。韩愈在潮州待了八个多月，兴利除弊，自掏腰包兴办学堂，为当地人做了许多好事，受到吏民的广泛爱戴。他登过的山，潮州人呼为韩山，他种下的一棵橡树，百姓亲切地呼为韩树。宋代以后，民间祭祀他的祠堂绵绵不绝。

有趣的是，韩刺史在潮州和几个和尚交上了朋友，又五次率领群僚祭拜山水，祈祷风调雨顺；写《祭鳄文》，宣布食人鳄鱼的罪状，命其在七天之内回归大海，否则“强弓毒矢”以杀之。据史料，潮州的鳄鱼果然不伤人了。

也许，贬潮州后的韩愈对天命，对神灵，有了几分敬畏。

韩愈暮年，官至吏部侍郎，人称韩吏部。

陆游斗杀猛虎

陆游是绍兴人。绍兴也是鲁迅的故乡，徐锡麟的故乡，鉴湖女侠秋瑾的故乡。鲁迅先生的骨头硬，头发也硬。秋瑾的目光和她手中的短刀一样锋利……水乡绍兴烟柳画桥，柔波无处不荡漾，吴歌越调沁入肌肤，却不乏以坚硬著称的男人和女人。

陆游生于1125年，这一年的十月，金兵进攻北宋。七天后，陆游降生于淮水的一条船上。次年，金兵攻陷汴京，北宋亡，朝廷仓皇南迁。陆游诗云："我生学步逢丧乱，家在中原厌奔窜。淮边夜闻贼马嘶，跳去不待鸡号旦。……"陆游的父亲陆宰官居京西路转运副使，母唐氏，系宰相唐介的孙女。唐氏酷爱秦少游的诗词，给儿子取名游，字务观。此间，岳飞二十二岁，李清照四十多岁，辛弃疾尚未出生。

陆游活了八十五岁，学剑四十年，写诗近两万首。一生崇拜陶渊明和苏东坡，又自号"小李白"。这三个人既是文豪又是猛士，陶诗："刑天舞干戚，猛志固常在。"苏词："老夫聊发少年狂，左牵黄，右擎苍。"黄指山东细狗，猎犬中之尤猛者。李白少年习武，中年跑到山东去，向天下第一剑客裴旻学剑，箭法也了得，自云："一射两虎穿"——一支箭射穿了两只虎，当有几分夸张。李白不夸张就不是李白。

魏、晋、唐、宋的士人，文武双修的血性汉子不少。诗人们仗剑远游，野性千里，庶几折射了民族的精气神。元朝的汉人备受打压。清朝又是外族统治，持续高压，大兴文字狱，文人学者纷纷躲进了象牙塔。到民国，貌若好女的文弱书生占据了戏曲舞台。

南宋士子，由于国仇家恨，练武格外有劲。

南宋朝廷的文武百官，分为主战派与主和派，前者曰"恢复"，后者叫

“和戎”。陆游的父亲是主战派，家里来的客人，多是慷慨激昂。陆游记云：“绍兴初，某甫成童，亲见当时士大夫相与言及国事，或裂眦嚼齿，或流涕痛哭……会秦丞相桧用事，变恢复为和戎……仁人志士，抱憾入地者不可胜数哉。”秦桧瘦高，绰号秦长脚，被金兵抓去，几年后莫名其妙跑回来了，并且携带几房家眷、许多金银财宝。宋高宗不追查秦桧的奸细嫌疑，反让他在三个月之内做了丞相——这背后的玄机，历史学者只能猜测。秦桧执政，喊出“南人归南，北人归北”的口号，投降派占了上风。签订“绍兴和约”，承认北方的大片领土归金国所有。宋高宗还必须跪迎金主的使者。宋徽宗、宋钦宗，以及高宗的母亲都在金人手上，后者沦为性奴隶，为金主完颜氏生了儿子……

“靖康耻，犹未雪。臣子恨，何时灭?”靖康是宋钦宗登基后的年号。

陆游的童年写满激愤，这对他漫长的一生有着巨大的影响。韩世忠、宗泽、岳飞、牛皋、杨再兴这些名字如雷贯耳，书、琴、剑，每日不离手。绍兴的家里聘请了武术教头。陆游对剑和长戈特别上手。陆家是绍兴的大户，一百多口人，习武的少年成群结队，寒暑不废。一个五官精致的小表妹老是跟在陆游身后，她的名字叫唐琬，是陆游的舅舅的女儿。后来有个凄美的故事，发生在绍兴城里的沈园……

绍兴十年（1140），岳家军长驱直入，打到了开封近郊朱仙镇，破了金兀术的核心战法“铁浮图”“拐子马”，对开封实行了战略包围。待几路援军一到，收复汴京如探囊取物。然而宋高宗连下十二道金牌召回岳家军，又召回韩世忠的韩家军。事态如此诡异，为什么？因为高宗并不希望收复北方：徽、钦二帝回来了，他的龙椅也坐不成。更不能让岳飞、韩世忠坐大。秦长脚不断向高宗鼓吹这两点，昏君点头如鸡啄米。岳飞回临安（杭州），兵权被拿掉了。次年竟下狱，被毒酒赐死，岳云、张宪等骁将被斩首于市。朝廷给岳飞定的罪名叫作莫须有（也许有）。《宋史·岳飞传》：“秦桧以飞不死，已必及祸，故力谋杀之。”秦桧有金国的背景。高宗与秦桧各打各的算盘。在朝野的一片抗议声中，昏君奸相合谋，又各怀鬼胎。二人密谋时，高宗的皇袍下暗藏匕首，以防不测。

宋朝军队最杰出的进攻型元帅岳飞，死于一杯毒酒。消息传到绍兴，仁人志士痛哭。陆游惊呆了，半天讲不出一句话，拔剑冲到野地，四顾茫然。这一年他十七岁。从此，含恨练武愈甚。八十岁写诗云：“老夫垂八十，岩电尚烂烂。孤灯观细字，坚坐常夜半。”岩电指眼睛。又说：“目光焰焰夜穿帐。”李太白的眼睛也是有些射人的。小李白陆游目能穿帐。俗话说：练武先练眼。八十岁双目灿灿，犹能长时间看小字，与练武、强化生存意志是有关系的。眼睛是心灵的窗户，心力大，目如刀。

陆游二十一岁考中礼部的进士，再试于吏部，榜上无名。秦长脚做他的手脚，安插孙子秦埙。陆游恨不得潜入丞相府，飞身取秦桧首级。恨不得，总是恨不得。

爱不模糊，恨也清晰。古人大抵如此。

陆游三十四岁踏上仕途，三十九岁入张浚幕府，做军事参谋。此间他已经读了大量兵书，包括民间传抄的岳飞兵法。既学一人敌，更学万人敌。丞相兼枢密使（军事首脑）张浚，是主战派的首领。其时秦桧已死掉，高宗学徽宗撂挑子享受余年，宋孝宗在位——这是一个自强与自卑混杂的君主，原是赵宋皇室卑微的一员，其祖父只做过基层小官：县丞。宋孝宗的背后有个太上皇，这使他振兴社稷的强力意志变得弯曲。

正当陆游一身戎装跟随张浚踏上北伐的战舰时，朝廷忽然飘来一纸诏书，撤销了张浚的职务。恢复派沮丧，和戎派鼓舞。为什么？酒池肉林中的太上皇用鼻腔下令支持和戎，孝宗唯唯。八月，张大帅卸甲还乡，秋风落叶几百里，悲愤再悲愤，染疾不起，死道路。又是一位抗金名将抱恨而亡。过了二十二年，陆游怒气未消，《书愤》：“早岁那知世事艰，中原北望气如山。楼船夜雪瓜洲渡，铁马秋风大散关。……”陆游的一大特点是凡事较真，放在古代也是典型的深度生存，遑论放在今天。唐琬死了六十年他还在怀念，北宋亡国八十多年，他的生命即将终结时，依然念念不忘，《示儿》云：“王师北定中原日，家祭无忘告乃翁。”

人活着，无非就是操心这个世界，小到柴米油盐，大到国家的命运。爱与恨，至死不能休……

张浚落职，陆游调走。然而这事没完，两年后陆游在南昌通判任上遭弹劾，弹劾的理由是：陆游“结交台谏，鼓唱是非，力说张浚用兵”。台谏指言官。主战的鹰派居然有罪?！宋孝宗的龙椅背后，赫然伸出另一只苍老的皇权手……

陆游从南昌打马回绍兴，一待五年多。朝廷又想起他，命他去蜀中做官，“一官万里”，沿途每天写诗，江山风俗看无穷。次年，调往川陕交界处的南郑（汉中），入王炎的幕府，做高级军事参谋。四川宣抚使王炎节制诸路人马，陈兵几十万于大散关一带，精心布置西线战役，只等皇帝下令，大举进攻长安。

陆游雄心再起，一似当年在东线的淮水上，紧随张浚左右。然而，陈兵一年多，西线无战事。王炎十万火急的请战书送到朝廷，不见任何动静。见鬼了。箭在弦上不得发。元帅、将军、参谋，急得像热锅上的蚂蚁。陆游后来回忆："我曾从戎清渭侧，散关嵯峨下临贼。铁衣上马蹴坚冰，有时三日不火食。……"三日不火食，指急行军只能吃干粮。宋军虎视已久，金兵非常紧张，长安城外挖了三道护城河。然而宋孝宗下旨含糊其辞，龙椅的背后又有猫腻。大军消耗着粮食，眼睁睁看着宝贵的战机一逝再逝。陆游叹曰："良时恐作他年恨，大散关头又一年。"

南宋失掉两次进军的好时机：绍兴十年，岳家军进逼汴京；绍兴三十二年，宋、金隔淮水对峙，完颜雍谋杀完颜亮，金兵乱，仓皇北撤。现在是乾道八年（1172），王炎部署的西线战役，莫非又要泡汤？据《宋史·陆游传》，王炎的战略意图由陆游出，陆游屡向王炎"陈进取之策，以为经略中原，必自长安始，取长安，必自陇右始"。

1172年大雪纷飞的冬天，战士陆游满腔怒火，黑夜里双目如狼眼，憋着浑身劲，发泄向何处？大散关有一只食人的猛虎，猎户们谈虎色变。樵夫、行者、猎人，被那大虫掠去做了美味，"道边新食人，膏血染草棘"。

陆游在南郑、在大散关的军营中待了近两年，英武的身影伴随着主帅王炎，足迹踏遍周遭数百里，诗集中留下许多地名。进山狩猎是常事。马背上读兵书，遥想李太白苏东坡的戎装英姿。李白五十七岁曾入永王的幕府，踏上讨逆的楼船，宣称："南风一扫胡尘静。"苏轼做地方大员，通常军政两摄，也喜欢纵马打猎，"千骑卷平冈"。兵学是苏家的家学之一。陆游写诗写不过李白，体魄和打猎的手段在李白之上。此间他四十七岁了，日食斗米，一顿饭能吃掉三斤牛肉，喝下五斤美酒。"上马击狂胡，下马草军书。"可惜只有零零星星的战事，前线的一些小摩擦。大军不能大战，陆游醉吟岳飞："壮志饥餐胡虏肉，笑谈渴饮匈奴血！待重头、收拾旧山河……"然而陈兵几十万，几百天，旧山河也收拾不了。那就带兵进山去，收拾那只食人无数的猛虎吧。

丛林深处去寻找它，伏于道旁丘后等它来，风中嗅它的气味，地上察看它留下的爪子印……跟随陆游左右的三十名秦卒不惧金兵，却怕老虎。黄土高原的汉子，能打硬仗的关中士卒，勇气输给了水乡绍兴的诗人。这件打虎事，陆游写得仔细：

"我时在幕府，来往无晨暮。夜宿沔阳驿，朝饭长木铺。雪中痛饮百榼空，蹴踏山林伐狐兔。眈眈北山虎，食人不知数。孤儿寡妇仇不报，日落风生行旅惧。我闻投袂起，大呼闻百步，奋戈直前虎人立，吼裂苍崖血如注！从骑三十皆秦人，面青气夺空相顾……”

直前：中途没有半点犹豫。陆游大喊着朝猛虎冲过去，也豁出去了。自幼练武，艺高人胆大，且有锋利的长戈在手，满腔的怒火正愁找不到发泄的对象——几个因素叠加，导致瞬间勇气的大爆发。那猛虎作人立，前爪抓他，奋力扑他，咆哮声压过了他的吼声，奈何长戈运神力，刺破了它的要害处，血喷如注，染红了雪白的林地——这个惊心动魄的灿烂瞬间，向后世推出了陆放翁的壮士形象。武松打虎出自小说家言，陆游徒步杀虎却不是虚构，他在几首诗中反复提及。

彪悍的秦卒一个个吓傻了，面青气夺，你看我我看他，不敢相信这是真的。虎血流了一地，虎死如泥……山民们闻讯而来，孤儿寡妇携壶浆，拜谢陆游大英雄。军队沸腾了，那一顿虎肉吃得！王炎亲自把盏为陆游斟酒，营妓们红巾侑酒舞翩跹。

可是乐极生悲，陆游望北落泪。英雄只能驱虎豹，不能收拾旧山河。

王炎被朝廷调走了，大军后撤，幕府星散。南宋第三次北伐的良机化为泡影。宋高宗退位后居然又活了二十多年，对孝宗皇帝指手画脚，用鼻腔发指令。一切都在他让位时的构想之中，专打小算盘，精致的自私发挥到极点，要的只是奢靡：“山外青山楼外楼，西湖歌舞几时休？暖风熏得游人醉，直把杭州作汴州。”

陆游沉痛落笔：“岐山渭水不出兵，却携琴剑锦官城。”他悲凉的心情格外靠近了岳武穆。奉旨再去四川做官，细雨骑驴入剑门，怅望剑门关七十二峰，峰峰向北思长安。

我两次饮茶于剑门关，皆逢绵绵秋雨，细想诗人骑驴负剑的情状。

陆游此番入川，始自号放翁。打虎英雄，放浪形骸于蜀中的佳山水，成都、眉州、嘉州。著名的《金错刀行》问世：“黄金错刀白玉装，夜穿窗扉出光芒。丈夫五十功未立，提刀独立顾八荒。……呜呼，楚虽三户能亡秦，岂有堂堂中国空无人！”

诗人长戈奋击。诗人提刀独立。

义

义利之辩，从孔夫子那个年代一直辩到今天。利是人的本源性冲动，义是价值规范。一个人待在星球上，义的空间缺乏支撑。人要相处，义字凸显。中国古代重义轻利，也是因为汲取了太多争利斗狠导致天下大乱的历史教训。现代生活的义利并重是好的，需要防范的是利字放大，私心膨胀，恶欲嚣张。

卷六 义

義

李广、李敢、李陵与司马迁的生命冲动

先说飞将军李广。

陇西（甘肃）人李广是三朝老臣了，打匈奴身经七十余战，横扫北方的茫茫大漠，长驱几千里，匈奴人听到他的名字就想逃跑。可是李广六十多岁封不了侯。他平时少言寡语，不懂得讨好长安的皇亲国戚。一生廉洁，“二千石（官名）四十余年，家无余财”（引自《史记》），得了赏赐全部分给麾下，对士卒亲如手足，“讷于言而敏于行”。大漠深处，水是宝贵的，好不容易发现了水源，士卒总是先饮水。军中粮草不继了，士卒不能吃饱肚子，李广不尝食物。《史记·李将军传》：“士卒不饮水，广不近水；士卒不尽食，广不尝食。”大军中的每一个士兵都吃上了，李将军才动筷子。沙场拼杀他一马当先，一杆长枪神出鬼没，强弓神箭无虚发。项羽再世也不过如此。

何谓盖世神勇？想想李广就知道了。

顺便说几句题外话：小时候我一头扎进那许多连环画，飞将军李广、小李广花荣、豹子头林冲、常山赵子龙、岳飞岳云杨七郎杨六郎……岂止金戈铁马呼啸入梦来，他们几乎随时出现在我居住的眉山下西街。中小学生习武成风盖因此焉。每日晨光初露时，树林里已经打得噼里啪啦。男生很少有不打架的，雄性表演充分，生怕被人耻笑。但打架永远点到为止，断断不会打进医院。打不赢了捡石头，稚嫩的胳臂舞石头，舞了又舞，怒目圆睁，活像李逵或鲁智深，却是回回砸到地上。打架打出义气来，打出敏捷来，打出朋友来。出手重了受谴责，挨父母揍一顿，又生出耻感来。

几十年了，长安举行的封侯仪式与飞将军无关。阿猫阿狗都封侯，浑身伤痕的沙场老将原官不动。将士们肺都气炸了，李广默然。朝廷的许多官员私下为李广叫屈，李广不作声。匈奴人又在耀武扬威了，老将军二话不说披挂出征，所过城池，吏民洒泪相送。成千上万的人为他祈祷：杀胡虏平安归来。然而飞将军挥剑自杀了，血喷大漠中军帐。为什么？大将军卫青谋划不周，让匈奴单于跑掉了，却把贻误战机的罪名扣到李广头上。士可杀不可辱，飞将军的宝剑挥向了自己粗壮的脖子，三军痛哭，全国震惊，“百姓识与不识，皆泣下”。那个汉武帝却忙着迎接卫青，设宴洗尘哈哈大笑，左抱“一笑倾人城”的李夫人，右拥娘们儿般的面首韩嫣。卫青是皇后卫子夫的弟弟，汉武帝的小舅子，陷害李广不是头一回了，终于陷害致死，班师回长安，他不掩得色。

可惜了，令胡儿闻风丧胆四十多年的飞将军！

有一条西北汉子，躲在堆满竹简的小屋里偷偷哭泣……

虎父无犬子，李广的小儿子名叫李敢，极骁勇，长期追随霍去病征战。虎父含冤自刎，李敢咽不下这口恶气，找个机会，把卫青打得鼻青脸肿。卫青倒显得大度，抹掉血泡子，还冲着毛发倒竖的李敢笑了一笑。然而在皇家的上林苑狩猎，卫青的外甥霍去病箭头一转射死李敢，众人惊骇，汉武帝的瞬间反应是大手一挥，轻描淡写说：李敢是撞在鹿角上撞死的。那位西北汉子亲眼看见了这一幕，丛林中闭目战栗，良久乃已。回家仍然回不过神来，泣血的心叩问苍天，握笔的手颤抖着伸向竹简汗青。卫青那厮，暗中安排霍去病射杀李敢？抑或霍去病自为之？皇帝为何公然站在杀人者一边？

李敢死了，又轮到李广的孙子李陵了。有个大有名气的“贰师将军”李广利，是李夫人的哥哥，生得眉清目秀，脚嫩手滑多媚气，与汉武帝刘彻同床共枕有年，兄妹双侍寝，有时候还翩然来了李夫人的另一个哥哥、宫廷乐师李延年。刘彻要让这个面首封侯，怎么办呢？沙场上去立功。怎么立功呢？到大宛国去抢马。又怎么抢马？李广利擦掉脸上的脂粉，金盔金甲金错刀，浩浩荡荡出征了，几万人到大宛国的贰师城抢马，被几千大宛兵打得落花流水，逃到敦煌，喘气骂娘。汉武帝再给他六万人，下令调动酒泉等地的十八万人马随时驰援。这一回，贰师将军抢到了六十多匹大宛马，损兵折将五万人。汉武帝高兴了，为他大肆庆功，封为海西侯，食邑八千户。朝野哗然，却是悄悄的。皇帝的耳目众多，酷吏们更是凶神恶煞，张汤、义纵，杀人如麻……

李广利损兵五万封了海西侯，而李广四十年血战，击溃了数以百万计的匈奴人，未能封侯，大漠深处一剑抹喉。李陵感到耻辱，深深的耻辱。汉军再度远征，李广利带主力攻击匈奴右贤王，李陵率一支五千人的偏师牵制匈奴大单于，这是皇帝的意思，要确保贰师将军打胜仗。李陵的五千骑落入八万匈奴人的包围，血战十天，让敌人抛下一万多具尸体。李陵跃马挥枪的身影酷似他的祖父，胡儿相顾曰：飞将军又来也！李陵弹尽粮绝了，匈奴人潮水般涌来，这位将门虎孙不得已做了俘虏。那李广利呢，又是几万大军被一万胡兵打得丢盔弃甲，逃回长安谎报军情，讲右贤王的骑兵如何强大，他又如何勇敢，斩将夺路，杀出了重围，而李陵居然投了大单于。

汉武帝大怒，下令把李陵的母族、妻族抓起来。

文武百官不敢吱声。李广功高，李敢英勇，李陵即使投降匈奴，也可以将功折罪啊。朝堂一片死寂。那位西北汉子立于朝臣的末端，身子抖上了，有一股力量在推他。他从孩提时代就崇拜飞将军了，又近距离目睹霍去病射杀李敢。他想不通。他是读书破万卷、行路十万里的血性汉子，无论如何想不通。多少年了，一腔心血付诸文字，一大堆问号逼于方寸间，去不掉，化不开。李广利什么东西？汉武帝还嘉奖他，唤他去御座前，亲昵地摸摸他的小白脸。群臣争相献媚，称李广利真能打呀，破了匈奴右贤王，抢回皇上特喜欢的大宛马。优伶演戏，司马相如一类的文人献赋，讨得龙颜转嗔为喜。更有人骂李陵投敌，骂李敢竟敢拳打卫青大将军，骂李广在前线自杀动摇军心……污言秽语泼向了李家三代人。那位西北汉子持笏的双手抖得很厉害了，双唇紧闭，面色紫涨。要出事。双腿不听使唤了，要出班——跨两步站出去，表示“微臣”有话要讲。

西北汉子名叫司马迁，字子长，这一年四十七岁，官居太史令，秩比六百石，在峨冠博带的朝臣中微不足道。他躲在家里写一部史学大书，却从来不向皇帝汇报。皇帝也不感兴趣，皇帝对《玉女心经》感兴趣，《武帝故事》有云："武帝宁可三日无肉，不可一日无妇女。"司马迁赞赏刺客、游侠、农民起义，他写的循吏（好官）都是其他朝代的人，写的酷吏全是武帝朝的人，他破天荒把一帮佞幸的男宠写进正史，特别提到本朝的韩嫣、李延年，以男色获宠，"与上起卧"（上指皇上），全家人鸡犬升天横行霸道。

司马迁以民间的价值观挑战皇权，蔑视不可一世的汉武帝，《史记·武帝本纪》直接写汉武帝的，只有六十多个字。

一部《史记》，"史家之绝唱，无韵之离骚"（鲁迅）。

司马迁四十岁以后才结婚，此间有个女儿，巴望生一个传香火的男孩儿。他正在写大书，将华夏的历史上溯三千年，为炎黄子孙的身份认同奠定坚实的基础，这伟大的工程，非万里长城所能比，却只由他一个人来承担，并且有一点干地下工作的味道。另外，尽管他非常崇拜李广，却与李陵并无私交。他犯不着为李陵辩解，在朝堂上违拗"多欲少慈"的汉武帝，更不能斥责贰师将军李广利——众人巴结李广利都来不及呢，你司马迁何苦惹皇上、犯众怒？"不"的理由，一条条摆得充足。可问题是……是西北汉子四十七年的血肉之躯，血生情，情难禁。有时候身体自作主张，沸腾的血液自作主张，生命冲动显现为刹那间的言语冲动，要冲破脑袋对嘴巴的掌控。司马迁写的先秦诸子，孟子最讲义了："生，亦我所欲也；义，亦我所欲也。二者不可得兼，舍生而取义者也。"

血性汉子的两条腿似乎自动迈出去了，汉武帝面无表情，头号酷吏张汤，冷眼瞧他。他的嘴巴张开了，一些鲠在喉头的话终于吐了出来，大意说：李陵将军以一支五千人的偏师血战胡兵八万，杀敌万余，连最后的一支箭都射完了，做俘虏只是迫不得已……

汉武帝不高兴了，张汤恶目，群臣侧目。司马迁讲到这儿，闭嘴还来得及。可是血液啊，血液啊，血液是地火，是奔腾的岩浆，是流布全身的义字当头——司马迁以史鉴人，以文化人，首先化了他自己。没办法。冲天一怒，只为人间道义。

只见司马迁话锋一转直指李广利，嘲弄这贰师将军以五万汉军的性命换来六十匹大宛马，打右贤王，明明吃了大败仗还自吹自擂，人要脸树要皮，李广利没脸没皮，是个啥东西？居然封海西侯，飞将军纵横天下四十余年未封侯，区区李广利，仗着皇妃李夫人，搔首弄姿，媚惑君王！

司马迁越说越来气，只差说出面首二字。朝堂大哗。李广利的小白脸一时乌青，“小鲜肉”变了小乌肉，纤纤颠手指着司马迁：你你你你你……此刻，张汤有点兴奋了，这个小官太史令一直对他漠然而视。办司马迁的案子他比较过瘾，且能讨好国色天香的李夫人。张汤这厮面呈微笑，已然想好了一个罪名，只等皇帝发话。

这一天，汉武帝对司马迁讲了什么话，《史记》只字不提。太史公省略的，是愤怒。当天，司马迁下狱，罪名叫“沮贰师”（沮同诅）。李广生前不愿意面对的刀笔吏，司马迁去面对了。后来的《报任安书》，写狱中的情形，字字都是血……

李陵事件尚在发酵。朝廷派一个叫公孙敖的人去大漠打探，公孙敖在匈奴军营的附近晃了一下，赶回长安报告：李陵正在帮助匈奴人训练战法。龙颜大怒。李陵灭门。张汤办案迅速，义纵把斩首于市的细节做足：二三百口死刑犯，先用小刀在脸上刺字，然后逐一削掉鼻子，然后齐斩斩砍下手指头和脚指头，然后行刑队高举棱木棒把鲜血淋漓的犯人活活打死，然后砍头挂于城头或旗杆上，然后将尸身剁成肉酱，然后熬成人肉汤，先呈张汤……义纵创过一天之内斩首四百多人的纪录。《史记》写酷吏，意味深长地加上一句：“上以为能。”汉武帝认为酷吏很能干。

然而事情弄错了，替匈奴训练军队的人叫李绪。那个公孙敖邀功心切，没听清楚掉头就跑，导致长安的惨剧发生。李氏灭门的消息传到塞外，李陵哭天抢地，将李绪一刀砍死，从此铁了心为匈奴人做事，娶了大单于的女儿为妻……

狱中的司马迁有了新罪：“诬罔罪”，欺君罔上，当斩。张汤罗织的罪名，义纵的手下磨刀霍霍——酷吏抓人、折磨人、砍人头挂人头有瘾的。汉武帝却不知道为什么事情高兴了，大赦天下。司马迁死罪得免，活罪难逃——去势。男人的睾丸曰势。针对女人的这一刑法曰闭阴。钢铁男儿司马迁，惶惶不可终日，孟子曰：“不孝有三，无后为大。”除非他拿出五十万钱的赎金，否则就要被推进蚕室（去势者畏寒，刑狱生火取暖，谓之蚕室）。司马迁的家人奔走借钱，昔日的朋友大都明哲保身，躲开了。五十万钱成了天文数字。司马迁披头散发，哭天天不灵，踉踉跄跄入蚕室。面对刽子手亮出的尖刀，逼近的尖刀，一代伟人喊出震撼百代的奇耻大辱。为《史记》，他选择了活下去。

司马迁五十八岁以后从各类记载中消失了，为我们拨开历史迷雾的人，消失在历史的深处。但愿他高寿。过了三十多年，藏诸名山的、五十二万言的《史记》始亮相，耸起汉代文学、古代史学的最高峰。

《史记》的战斗性从何而来？从司马迁的残躯而来。他出狱后的文字像钻石般坚硬而漂亮。钻石的成形，乃是几股大力长期挤压的结果。想想鲁迅先生的文字。司马迁的身体被阉割，却保持了精气神的独立与完整。与他同时代的司马相如写下了许多拍马辞赋，大抵过得滋润，财色利三丰收，精神却被皇权阉割。两个复姓司马的男人，身后都排着长长的队伍，生命冲动朝着相反的方向。而从屈原到鲁迅的大文豪们，都是血性汉子，李清照的血性亦不让须眉。

华夏族文化的价值谱系是清晰的，“铁肩担道义，妙手著文章”。试问：古往今来的重利轻义之辈，如何写得出传世佳作？

李白二十四岁辞乡远游，仗剑出蜀，带了一大笔钱和一个叫丹砂的书童。二十七岁娶湖北安陆的许氏，可能是倒插门，许氏的祖父做过宰相。丹砂与许氏的侍女碧桃成了亲，像戏曲故事，具体细节无考。李白的一生充满了戏剧性。而人类最出色的戏剧家也不可能想象出一个类似李白的生命体，莎士比亚也做不到。

历史本身，比一切虚构的作品更好看。

李白自称："酒隐安陆，蹉跎十年。"他以安陆为中心满世界窜，诗、剑、琴、酒，连同形形色色的朋友，生机勃勃又青春怪异。酒隐一词当是他的发明，一如王维的"吏隐"。李白的剑叫龙泉剑，古琴叫孔子琴，儿子取名伯禽，和周公的儿子一样，可见其自命不凡。他是四川绵州的神童，十岁读诸子百家，十五岁学剑术，少年足迹踏上青城道山、峨眉仙山、眉州象耳山。我小时候听父辈讲李白在象耳山遇到老婆婆的故事：只要功夫深，铁杵磨成绣花针。

李白"长不满七尺，而心雄万夫"，永远雄赳赳气昂昂，浑身棱角分明，很难把自己磨成绣花针。四十二岁以前，他像一片叶子飘在各地。四川、湖南、湖北、陕西、安徽、浙江、江西……寸寸贴近山水肌肤，步步丈量大好河山——这句子，我是要重复的。无限贴近万物，跟草木鱼虫裹成团，才会有感觉的丰富性。感觉的丰富性乃是一切生活质量的前提。今之许多青少年，受制于几股力量（学业、就业、电子产品、居住方式）的牵扯与挤压，生存难以敞开，感觉的层面正动态性地趋于萧条：年纪轻轻就无聊、没劲，寻找刺激更无聊，并且，不约而同积聚无聊之能量……所有这些东西的背后，都有那只看不见的手，有西方人大肆鼓吹的对象化思维。李太白杜子美苏东坡曹雪芹，他们生命中的每一秒钟都充盈着张力，实实在在地爱生活，爱自然，操心世界，一步一个脚印，这样的人活上几百年，也不会落入无聊加刺激的恶性循环。

如此饱满的生命体，现代人恐怕已经很难去想象了。陈嘉映教授在《希腊精神》一书的序言中说："和古希腊人相比，现代西方人一望而知跟残废差不多。"

从感觉出发，会破除很多宏大叙事的谎言。

李太白想要走仕途，"大济苍生"。这个意志力是贯穿一生的，直到暮年他还仗剑出庐山，登上永王李璘的战船，"过江誓流水，志在清中原"。他要参与荡平逆胡安禄山的伟大斗争，却不知李璘有野心，想要争皇位，他登上的战船原来是一艘贼船，很快就被抓起来了，五花大绑，投进江西浔阳的监狱。狱中他写信，依然大言不惭。早年他就这样："世人见我恒殊调，闻余大言皆冷笑。"浔阳狱中死到临头的李白还是李白，信中称："岂可使此人名垂宇宙而枯槁当年？"李太白比堂吉诃德还要堂吉诃德，笔者初读这一句，大笑不止。名将郭子仪上书求情，救他一命。

唐代商人的儿子不能走科举一途，李白又想做大官，怎么办？通过婚姻关系，通过当隐士、写好诗、海量饮酒、干轰动性的大事来达到目的，是他齐头并进的几个举措。儒家的进取和道家的飘逸，李白兼而有之。富家子弟向官场靠拢，当是父亲李客传给他的意识或潜意识。古人大抵如此，士农工商的价值排序维系了两千年，唐宋尤甚。

写诗，饮酒，舞剑，弹琴，漫游，炼丹，寻仙，李白的生命冲动呈喷发状，七彩斑斓。总目标是做官，做了大官造福苍生，但异常复杂的官场又让他不耐烦——中年李白忽然荣登翰林院，"戏君王若僚友，视侪列如草芥"（苏轼语），表明他不谙官场术，不屑于朝廷规矩。把握李白之为李白，此系紧要处。生命的喷射点多，淡化了他的权力向往。天生傲岸，艺术又强化他的傲岸。任华说："（李白）数十年为客，未尝一日低颜色。"李太白总是客居他乡，以天下为家，道路为家，或许真有游牧民族的特征。

李白求官不复杂。他单纯。从官场的角度看他，常常显得滑稽可笑。

有一个蜀中的朋友叫吴指南，李白与之游于荆楚。八百里洞庭湖天宽水阔，"衔远山，吞长江，浩浩汤汤"。战国末期的屈子叹曰："袅袅兮秋风，洞庭波兮木叶下。"李白大发思古之幽情："屈平辞赋悬日月，楚王台榭空山丘。"这是唐玄宗开元十三年（725），李白二十五岁，出长江三峡未久，"渡远荆门外，来从楚国游。……仍怜故乡水，万里送行舟"。在江陵遇上道士司马承祯，作《大鹏遇希有鸟赋》，自视为大鹏，翅膀激荡洞庭水，扶摇直上九万里。这位司马承祯是道教大师，武则天、唐睿宗和唐玄宗都对他礼数有加，此间鹤发童颜，道袍的后面追随者众。李白把大师比作稀有鸟，与他自己等量齐观。李白的自负，从童年就开始了，有一首诗写萤火虫："雨打灯难灭，风吹色更明。若飞天上去，定作月边星。"他是太白金星的人间化身。登峨眉山他用刀剑辟路，作狮子吼，连山里的野兽都怕他。眼下的峨眉山万年寺有一种"李白弹琴蛙"，据说太白弹琴，青蛙都不叫了。"峨眉山月半轮秋，影入平羌江水流。"

能与李白游于蜀中的吴指南，应该不是泛泛之辈。古人极重交游，孔子说："君子交之以义，小人交之以利，利尽交绝。"孔子又云："益友三：友谅，友直，友多闻。"李白高视阔步，后来小他十一岁的杜甫巴巴地跟他游，崇拜他，模仿他炼丹寻仙，一度失掉自我，却为了赢得新我——"见贤思齐，此之谓也"，这句话也是孔夫子讲的。

吴指南的相关资料只见于李白《上安州裴长史书》，能猜度的有两点：1、他本人不乏过人处；2、与李白交情不浅。二人大约相逢于洞庭湖畔，他乡遇故知。丹砂背着孔子琴和大堆银子。画船携妓也是可能的，剑客诗人携妓游乃是晋唐之常态。当时物价便宜，斗米十钱，而李白怀揣好几十万钱，折米数千石。全国各州县的治安也好，"行者虽万里不持寸兵"（兵指兵器）。李太白气冲牛斗，纵身扑入大湖，把自己不算伟岸的身躯变成一朵浪花。时在炎夏，有时候风疾浪高。吴指南忽然死了，死因不详。

李白悲痛欲绝，且惶恐不安，这可能是他第一次近距离遭遇死亡，物伤其类，不知所措。吴指南临死前当有托于李白。李白痛哭，烈日下伏尸不起。围观的行人也抹泪。《上安州裴长史书》记之甚详："指南死于洞庭之上，白禫服恸哭，若丧天伦。炎月伏尸，泣尽而继之以血。行路闻者，悉皆伤心。猛虎前临，坚守不动。遂权殡于湖侧，便之金陵……"禫服：素服。恸：大哭。权：暂且。之：去。李白不惧猛虎庶几可信，青城山、峨眉山、眉州的象耳山皆有虎豹出没。中年他在山东射虎。

朋友死了，李白泣血。接下来的几年间他没有忘记吴指南。在安陆娶宰相的孙女后结识了一些官员，写求官信，一封又一封。游黄鹤楼，兴奋异常却不敢下笔，"眼前有景道不得，崔颢题诗在上头"。他和孟浩然一见如故，送别依依不舍："故人西辞黄鹤楼，烟花三月下扬州。……"李白也下扬州了，一年散金三十余万，等于散尽了好米三千石，干啥用呢？"有落魄公子，悉皆济之，此则是白之轻财好施也。"干了好事要说在明处，也是唐人习气，与读书人的干谒之风有关。其实扬州繁华地，薄情为时尚。那些所谓的落魄公子，恐怕多是骗财骗吃之辈，联合起来坑蒙拐骗，叫财大气粗的李白做了冤大头。李白卧病扬州城，狐朋狗友一个不来；钱也花光了，移往低级客栈，情绪低落，写下思念家乡的小诗："床前明月光，疑是地上霜。……"

李白在外面游不动了，只好回游向安陆。安陆的家既是他补给的港湾，又像个客栈，一块弹向远方的跳板。李白后来在山东任城的家也复如是。永远朝着遥远的异乡出发，脑子里装满未必切合实际的天下。大鹏焉能窝在燕雀的巢穴中？青年李白最讲义气了，"三杯吐然诺，五岳倒为轻"，许下的一句诺言比五岳还要重。当初在四川某地打抱不平，"杀人红尘里"，真正的任侠之士专杀坏人，同时要怀念好人。

李白过洞庭湖，想起亡友吴指南了，下决心去营葬，把土堆中亡友的尸骨挖出来，囊中羞涩，借贷也要干。时在深秋，洞庭波兮木叶下。《上安州裴长史书》："数年来观，（吴指南）筋骨尚在。白雪泣持刃，躬身洗削，裹骨徒步，负之而趋，寝兴携持，无辍身手。遂丐贷营葬于鄂城之东。故乡路遥，魂魄无主，礼以迁窆，式昭明情，此则是白存交重义也！"雪泣：擦掉眼泪。寝兴：泛指夜与昼。窆：音贬，下棺材也。

李白迁葬五年前死去的吴指南，那情形有点吓人。裹骨徒步也就罢了，还昼夜携持筋肉，未免夸张。但古人的重义气是普遍现象，李白也不是故作义举。今天的某些人，一味活在利益的链条中，复杂万端，算计型思维发达，回思古代隔了崇山峻岭，汲取营养谈何容易。甚至回忆三四十年前质朴的日常生活，也被汽车水泥等有形之物所遮蔽，被众多知识分子强势的言论导向搅浑，抹掉精气神的轨迹。这些年一说精神，往往招人哂笑。精神值几个钱？这令人有理由担忧：中国人辨认无形之物的能力恢复艰难。

李白上书安州的裴长史，希望裴长史举荐他为官。这封求职信，一向被视为李白生平事迹的宝贵史料，有夸张，但不掩其事实基础。且看这位天马行空的诗人接着往下写："又昔与逸人东严子隐于岷山之阳，白巢居数年，不迹城市。养奇禽千计，呼皆就掌取食，了无惊猜。广汉太守闻而异之，诣庐亲睹……"巢居：隐居。李白重义气，一千多只就掌取食的鸟儿都是证据。于是广汉太守举荐他和东严子参加科举考试，未能考中。信中再举例："又前礼部尚书苏公出为益州长史，白于路中投刺，待白以布衣之礼。因谓群僚曰：'此子天才英丽，下笔不休……'四海明识，具知此谈。前此郡督马公，朝野豪彦，一见礼，许为奇才，因谓长史李京之曰：'诸人之文，犹山无烟霞，春无草树。李白之文，清雄奔放，名章俊语，络绎间起，光明洞彻，句句动人。'"此郡：安州。益州：成都。刺：类似名片。最早的名片，是把文字刺于竹片，故称刺。

李白这么表扬自己，可谓前无古人后无来者。幸好他是李白，否则就是自恋狂了。义士、豪士、有善心的隐士，文章奇才、天才，句句动人，能用的词语他全都用上了。李白诗写忧愁："白发三千丈。"写不足百尺的庐山瀑布："飞流直下三千尺。"写他梦寐以求的长安："狂风吹我心，直挂咸阳树。"写饮酒："三百六十日，日日醉如泥。"……可见李白的书信与诗歌风格相似。狂得可爱，不狂哪有李太白？日后进皇宫他狂得更厉害，当然也更可爱。此间上书有个背景，不少人在裴长史的面前诋毁他。像他这种异类中的异类，狂人中的狂人，不受庸常之辈的围攻才是怪事一桩。

洪迈《容斋笔记》说："神龙困于蚁穴，可胜叹哉！"

裴长史的反应是毫无反应。安陆官场的苍蝇蚂蚁弹冠相庆。李白一气之下奔长安，到天子脚下的终南山做隐士去了。

苏东坡出狱第三天，冲风冒雪归葬文同

文同字与可，四川盐亭县人，《宋史》曰：“同方口秀眉，以学名世，操韵高洁，自号笑笑先生。”文与可画墨竹，北宋称第一，成竹在胸一词，因他而起；学问高，性情好，笑口常开，人也生得英俊。做过几个州的太守，其中包括富冠江南的扬州。文同的政声极佳，《宋史》：“同……居家不问资产，所至必恤民事。民有不便，如己纳入阱中，必为出之而后已。”百姓的日子艰难，文太守寝食难安，犹如落入了陷阱，必掏银子，解小民的燃眉之急。苏轼做太守亦如是，民生有欠缺，“如芒刺在背”。

文与可做官主要是在仁宗朝。宋仁宗在位四十二年，布施仁政于天下，虽有某种保守倾向，却见大智存焉。保守二字，看来要重新掂量，保存祖先的智慧，并加以细心守护。有所为，有所不为。“不”的领域，能够发挥的空间很大，比如不扰民、不生事、不兴大狱、不搞“休克式”变法，更不妄动刀兵。宋神宗上台，政治这台车来个一百八十度的大转弯，要这个要那个：要征利，要生事，要废除祖宗法度，要扩充武备大动刀兵。苏轼对这个强推国家意志的年轻人非常不客气，警告说：“今日之政，小用则小败，大用则大败！”又引用晋人诗句形容天子面临的危险：“盲人骑瞎马，半夜临深池。”

求意志的意志催生了多少盲动家。二十世纪影响力最巨的德国哲学家海德格尔说：“人类至今仍然是行动太多而思考太少。”近现代以来的西方大哲们，对西方的疯狂扩张高度警惕，严阵以待，尤其针对美国式的实用主义、技术主义、消费主义，此三者，前所未有地威胁着这个星球——人类赖以生存的家园。所谓的美国文化，一言以蔽之：就是感官文化、刺激文化、消耗型文化。这可不是华夏文明的以文化人，倒是以物化人，以异化化人。美国的大学教授们几乎不看所谓的好莱坞大片。当年汪晖先生主编的《读书》杂志，北大的刘东教授写文章，拨开了弥漫在影片《泰坦尼克号》之上的煽情迷雾。爱情至上不过是假象，是华丽蒙人的烟幕弹，一切爱情必须服从票房……

文同颇不善于盲动，他画竹子，一定要揣摩半天才下笔。房前屋后都有竹子，一年四季细心观察，风竹、雨竹、雪竹、雾竹……四川乡村的民居至今不变，前树而后竹。眉山青神县的竹编工艺品销往全世界。苏东坡写于杭州寂照寺的名言："宁可食无言，不可居无竹"，追忆眉山故园的千竿竹。清代的郑板桥画竹，首先受惠于文同，其次受惠于苏东坡。

一般认为，苏东坡是中国写意画的开创者，而苏轼的代表作墨竹系列，师承于文同。

文与可见不得别人受穷，一见总要掏银子。太守俸禄多，总往外掏也不行。文家又人丁兴旺，于是年复一年的手头拮据。他也不管，"居家不问资产"。苏东坡长期高官厚禄，收入巨万，常常接济朋友，"随手辄尽"；致信友人曰："仆平生不好蓄此物（钱）。"贬谪时又称："若问我贫天所赋，不因贬谪始囊空。"宋代的士大夫精神，于此可见一斑。从中央到地方，重义而轻利者比比皆是。政治、文化、经济空前发达的赵宋王朝，"看不见"的士大夫精神却是实打实的，不是编故事：王安石视美宅美眷如浮云；范镇散财；张方平济困；包拯疾恶如仇；黄庭坚拒绝嗟来之食；秦观爱戴倒霉透顶的老师；司马光在洛阳卖马，吩咐下人："告那买家，马有肺病。"……

苏东坡的治国理念，首先看重的是道德与风俗，国家太平了，宇内清静了，民间自会追求富裕，安居乐业。历代皆然。生活的完整性大于财富追求，生活之意蕴层高于物质利益，严格节制欲望之嚣张——宋人智慧，关键在此。今日欧盟的一些国家，初现此端倪，一味的财富追求，愚蠢而又危险。孟子："上下交征（争）利，其国危矣！"

文同太守缺钱不搞钱，济穷自掏腰包，终其一生，不卖一幅字画。他是活在历史的大氛围中，义字当头，而不是利字当头。苏东坡黄庭坚也不卖字画。书画市场形成于宋代，但沦为名利场的苗头也露出来了，文坛领袖欧阳修很敏感，严厉批评那些为书法而书法的人，"弃人间百事而专攻一书事，本末倒置矣……书法不可以为怪"！

为艺术而艺术者，在物欲太盛的年代，难免为风格而风格，为市场而市场，技巧压倒学养，此风一开，艺术沦为技术。假风格一哄而起，甚嚣尘上，例如眼下产量奇高的影视剧和流行歌曲。书画界的冒牌货更多，冒牌手段五花八门，充满怪异的想象力，制造的文化泡沫遮天蔽日，“真风告逝，大伪斯兴”（陶潜），挤泡沫的过程漫长而又复杂。

笔者旧话重提：古今优秀的艺术品都是非功利的，是生命冲动谋求着自由表达。

文与可大苏子瞻二十多岁，二人定交于陕西凤翔。苏轼去杭州做通判，文同写诗叮嘱：“北客若来休问事，西湖虽好莫题诗。”其时熙宁变法正如火如荼，苏轼又口不择言，“制科习气”难改。在汴京，宋神宗曾经单独召见他，要他“为朕深思治乱”。

西湖那么好，大诗人哪有不题诗的？苏轼巡视杭州各县，走乡串户，进山入海，发现盐法、青苗法使当地人受穷，盐的专卖，竟使制盐的灶户吃不上盐……于是写诗写信，痛加讽刺，下笔不留情。文同的劝诫，止不住他忧民生之多艰。一个叫沈括的人暗中收集他的诗作，携去汴梁，伏下日后的祸端。沈括博学多才，是《梦溪笔谈》的作者，人品有问题。王安石对他印象不好，对神宗说：“沈括壬人，不宜大用。”壬人：小人。

苏轼由密州太守迁徐州太守，美政有口皆碑，工作之余试丹青，画竹石图、断山图，随意而为之，自言：“诗不求工字不奇，天真烂漫是吾师。”字不奇：书法不去追奇逐怪。不刻意求工，反而会收到好的效果。又云：“平生好诗也好画。”画画、写字，画出性情来，写出修养来。他点评文同的墨竹：“其身与竹化，无穷出清新。”

画石与石化，画山与山化，达到了物我相融，是谓化境。黄宾虹先生画黄山，去黄山七八次，盘桓数月之久，只为体验造化的神奇，自然的万千变化。老先生久久凝望黄山的摩天巨石，身与巨石化也。这与宋、元、明山水画家的精神乃是一脉相承。可惜这种严格意义上的外师造化之功正趋于式微。另外，书画家的学养极为重要，且看苏轼谈文同：“文与可有四绝：诗一，楚辞二，草书三，画四。与可尝云：‘世无知我者，唯子瞻一见识吾妙处。’”苏轼对“宋四家”之一的米芾有类似的评价。

古人近人的凡事较真，盖源自深度之生存，一如树的年轮，缓慢生长坚硬如钢。而文学艺术的速成品，严格对应浅表性生存。浅表性生存把一切高度削平，把人的喜怒哀乐处理成过眼云烟。这是西方后现代的短命狂欢：要么耗掉自身的病毒能量，要么毁掉作为人类家园的地球——然地球是毁不掉的，人类无非自作自受。

文同说："吾墨竹一派，尽在苏徐州也！"苏轼则言："吾墨竹，得文与可法。"二人见面的次数并不多，书信往还切磋画法。宋代邮递的速度快，千里之遥，通常十日可到。

文同的一些轶事让苏轼乐不可支，比如有个崔公度，巴结王安石很有一套，"踞厕"碰上了也蹲厕所的文太守，趁机讨好。文同闭目托腮，只管屙他的，崔公度的奉承话便与厕所的气味儿混为一气，似乎直接从口中吐出来，这事载入《宋史》。

文同中年以后的画作炉火纯青了，求画的人踏破门槛，互相脚踩脚，各拿上等的绢帛，哎哟哟汗涔涔地往里边挤。苏轼写道："四方之人，持缣素而请者，足相蹑其门。"缣素：细绢。文同的夫人、儿媳、女儿，连同七姑八姨，自然是喜欢细绢的，无奈一家之主见此物就烦，仿佛绢帛是墨竹的死对头——竹是好东西，绢是坏东西。那些远道而来的、有背景有身份的求画者，哪里甘心空手回去，挖空心思要挤进文家的门。有一天，正在作画的文同扔笔冲出去，怒指他们手中的缣素，夺了弃之于地，骂曰："吾将以为袜材！"拿细绢做袜子，每日踏在脚底下。求画者瞠目结舌，一哄而散。

此系宋代画坛的一大掌故，士林皆知。

大画家为何不卖字画呢？李清照和赵明诚玩赏金石书画三十年，宁愿不吃肉，不戴金银首饰，也不卖一件藏品。两宋三百年，"不"的故事多。我听说吴冠中先生下楼理发只花五块钱，晚年不卖画。我又见过表演艺术家孙道临、王文娟简朴的寓所，老一辈的艺术家绝大多数不做广告、不做企业形象代言人，其间的故事却属于这年头的隐形叙事（媒体讳莫如深）。他们延续了自古以来的"不"的精神，赖有他们的存在，才有大量的精品传世，才让形形色色的文化泡沫显现为泡沫。否则，泡沫倒有可变成"精品"，假风格挤走真风格。我估计，很有一些文化泡沫，正在变成许多青年眼中的文化精品。

陈寅恪说："华夏族文化历数千年之演进，而造极于赵宋之世。"宋代是中国文化的最高峰。如果文同们苏轼们脑子里塞满细绢，如果欧阳修司马光动不动就下笔万言，哪里还有书画杰作、史学大著？现代人不可只见光速之快，而忘掉了宇宙演进之慢。

一切优秀的东西都是慢的产物。宋代有一种“千工床”，须费一千个工才能造就。

文同晚年居陈州，时常想着知徐州的苏子瞻，每有佳作送人，则曰：“勿使他人书字，须待苏子瞻来，令做诗其侧。”诗配画，宋代以前是没有的，文同开了先河。苏轼不时收到文同寄来的作品，玩之再三，邀人同赏。河南的陈州距徐州五百里，苏徐州很想抽身去一趟，奈何公务太忙。文与可的信件也不提身体状况。

突然有一天，苏轼接到陈州传来的噩耗：文与可仙逝。

苏轼在徐州抗洪受到皇帝的嘉奖，又大旱祈雨得雨，亲自设计黄楼，写下绝妙小词《浣溪沙》五首，与王朝云初动情，缱绻于竹竹幽深的逍遥堂……美政美词美人美食，人生正大得意，忽闻朋友死，顿时哭成泪人——这个细节在古代不稀奇，在今天看不寻常，因为：深度之生存者正在日益减少。谁在乎谁的死呢？谁还为谁几十年伤心？民间尚多，这是肯定的，然而，也属于这年头的隐形叙事——为朋友的死大哭，连自己都羞于启齿的。笔者本不愿意涉及这一话题，但是，对一个作家而言，再沉重的话题也不该回避。若干年来的耳闻目睹，太多了，在一些人的眼中，钱字无限放大，把情感挤变形，压成灰。人是利益链条中的人，长期恩怨纠缠，旷日无聊攻心，为亲朋忧伤的能力是大大下降了。自己都活得不耐烦，哪管别人的生与死？

爱是一种能力，悲亦是一种能力。很有一些地方（例如成都）却早已流行“丧麻将”，亲朋尸骨未寒，麻将声已回荡于逝者的灵前，扯皮，喧闹，点钱。

更有办丧事大跳脱衣舞的……恶俗常态化了。

谁在乎谁的死？谁为谁几十年伤心呢？可以断言的是，浅表性生存、快餐式生存、嬉皮笑脸式生存一旦大面积流行开来，死亡这件事，势必变成表面上的大事。

实际情形如何，各人心头自知。

苏轼《祭文与可文》：“呜呼哀哉，余尚忍言之。气噎悒而填胸，泪疾下而淋衣。……夜不眠而坐喟，梦相从而惊觉，满茵席之濡泪。……”接连几天，苏轼吃不下饭，人瘦了一圈，亡友文同的生前音容，点点滴滴涌逼，堵得胸口疼，“不思量，自难忘”。

文同家穷，只得停棺于陈州的寺庙。苏轼迁湖州太守，时在宋神宗元丰二年（1079）。

苏轼新官上任，湖州忙得不可开交，劳形之事未毕，亡友的面影又上心头，一日若干次，不以人的意志为转移。文同并非苏轼的至交，只是众多好友之一，而苏轼已沉痛如此。七月下旬的一天，苏轼在官厅后院晾晒文同的书画，忽听马蹄声急，一帮捕快凶目而来。几年前沈括的告密发酵了，李定等人于京师上蹿下跳。苏轼被抓走，投入汴京的乌台黑狱。百日炼狱反复折磨，性豪放的苏轼，连死的心都有……

出狱的那一天偏遇除夕，开封城的鞭炮声响成一片，鹅毛大雪纷纷扬扬。苏轼与长子苏迈，在台卒的监督下踏上贬谪路，心境之苍凉可知。可是他央求了台卒，改道去陈州找苏辙，凑银子归葬文同，让文同的家人扶棺回四川的盐亭县。这念头，他早就有了。

开封距陈州二百多里，阴风整天怒号，雪野茫茫寒彻骨。罪臣哪有马骑，连一匹驴子都没有，徒步踏雪泥，过冰河，翻冰丘，夜宿荒漠小店，灯下垂头思念亡友。

鲁迅先生编瞿秋白的遗稿时正值上海的酷暑，每天挥汗如雨，梳理、校对，一遍又一遍，叹息说：“编亡友的遗文，真如同捏着一团火，要替他流布的。”戴望舒千里寻找萧红的海边墓地，写下《萧红墓口占》……

苏轼得意时，闻讯文同的死，大恸，“泪疾下而淋衣”；苏轼遭遇了一生中最倒霉的日子，却还惦记着亡友未入土的棺材，冲风冒雪奔陈州，为亡友张罗后事，硬着罪臣的头皮辗转敲门，借了许多钱，凑足了灵柩归葬四川的路费：人工费、车马费、食宿费；同时悉心安慰亡友的数十口家眷，一起泪洒灵堂，追忆文同的生前功业和日常生活的细节。这是什么精神？义薄云天可不是说故事。

苏轼在陈州待了十天，诸事办妥帖了，安顿了亡灵，也慰藉了自己不安的灵魂，然后掉头，再一次冲风冒雪，奔向千里之遥的黄州。罪臣赴贬所有期限。

苏东坡对这件事只偶尔提及，并不做宣传。而我们在今天，要替他大声讲出来。但愿物欲的惊人泛滥有收敛之日，但愿金钱对情感的压抑不要太长久！

卓契顺、巢谷与苏东坡

卓契顺是苏州定惠院守钦长老门下的小和尚，平时傻乎乎乐呵呵的，生一张圆脸，一笑一朵花。扫地种菜，打水劈柴，撞晨钟敲暮鼓，卓契顺很勤快，干一行爱一行。大和尚中和尚小和尚，他都合得来。眉山有句老话：吃得亏，打得堆（朋友多）。常州人钱世雄是苏东坡的至交，也是守钦长老的朋友。一日，到定惠院喝茶，说起苏轼长子苏迈的一桩烦恼：欲送家书到惠州去，却苦于脱不开身。不用说，苏迈想要送往惠州的这封家书颇重要，须托付给可靠的人。守钦长老听了，一声叹息而已。茶室续水的卓契顺说：我去送吧。守钦长老摇摇头，转问天真的小和尚：你知道惠州有多远么？

卓契顺答：惠州又不是在天上，走，总能走到的。

轻描淡写的一句话，然后揣了苏迈的家书上路。“君子讷于言而敏于行”，苏州和尚卓契顺并不知道孔圣人的这句话，也没见过苏轼，平时仰慕而已。几千里路送一封家书，他干。苏州乃鱼米之乡，惠州是蛮荒之地，翻山越岭不说，还有可能遭遇野兽、盗贼、毒虫子，染上吓人的岭南瘴疠，那可是要死人的。

好个卓契顺，走啊走啊，鼓足干劲，争取日行百里。沿途托钵化缘，饱一顿又饿一顿。前不巴村后不巴店的时候就吃野果，饮溪水，睡树洞，躺荒草。手中没地图，和尚走了不少弯路。广东话又听不懂，他讲的苏州话别人同样听不懂。中国八大语系，南方占了七大，细分恐怕有千百种，山水阻隔的地域特征决定了方言特征。

卓契顺将至英州地界病倒了，在一户姓罗的山民家躺了半个月，稍稍见好又上路。见寺庙辄喜，因为进山门可以饱餐一顿，美美地睡僧房，夜里还在啃馒头。天下和尚本是一家嘛。小和尚的行为感动了许许多多的和尚，友谊产生了，可是要分别，并且是永别……卓契顺走啊走啊，回想帮助过他的山民、农民、和尚、士兵，心里升起了一股甜甜的又酸酸的滋味，眼中蓄了泪，说不清是欢喜还是忧伤。剪径的强盗截住他，搜身一无所有，乐了，倒送他两双草鞋。翻越分割岭南与岭北的大庾五岭好累呀，小和尚急着赶路送家书，夜里在岭上打个盹儿，赶着月亮再起身……

屈指一算，离开苏州的定惠院已经三个多月了。

小和尚走啊走啊走啊，终于走到惠州城了，一打听，竟然人人皆知苏东坡。过合江，走进坡翁暂时安顿于合江楼的家，看见传说中的子瞻帽和红润脸了，舒一口长气，双手合十，道一声阿弥陀佛，那惬意，那满足，那心底升起的欣慰，就不用多说了。可是小和尚看上去像个小叫花子，几个月人都走变形了，浑身破烂，伤痕累累，唯有苏迈的那封信包裹得好好的。苏家二十余口都哭了，“敏而好义”的王朝云哭成了一个泪人。坡翁倒视为寻常，笑问卓契顺：你这么远地来惠州，想要点什么？

小和尚笑了笑，回答：我有所求，就去汴京城了。

这一问一答，遂成九百年之经典。

小和尚在惠州住了十来天又要登长路了，苏轼手书《归去来辞》长卷送给他。笑呵呵傻乎乎的卓契顺，挥挥手过江去也。一切平淡得像花开水流，云飘云停。《归去来辞》长卷的真迹，今犹存焉。五柳先生喜欢素心人，苏东坡送此长卷，“此中有真意，欲辨已忘言”。坡翁贬惠州两年零七个月，道士吴复古专程去看他，后来又于广州追赶他，暴病，死于中途。吴复古的儿子吴芘仲，从潮州去惠州探望父执，携物甚丰。陈季常打点行囊要从湖北动身，苏轼不要他来，写信批评老朋友：“彼此须髯如戟，莫作女儿态也。”苏门后四学士之一的曹辅，不避官身之嫌，到惠州，陪老师兼罪臣苏轼住了一些日子，伺候起居。虔州处士王原，一叶扁舟浮江而来，陪着坡翁，居嘉祐寺七十天……

中国人啊，不妨记住这些名字，记住苏州小和尚卓契顺。

巢谷字元修，眉山人氏，生年不详，大苏轼十来岁。巢谷是浪迹天涯的人，一身本事，劳心的，劳力的，几乎什么都懂。教过书，治过病，做过将军府的幕僚，干农活不含糊，兼做木匠、瓦匠、砖匠、漆匠、补锅匠，“天干不误手艺人”。巢谷走过的地方，也许不亚于足迹“半中国”的苏东坡。想家乡了，他就回眉山待个一年半载，然后只身再出发，水路或陆路出川。官身不自由，巢谷很自由，过着闲云野鹤般的日子。苏轼贬黄州的第二年，巢谷飘然而至，破行囊携来两样宝贝，一是蒌菜籽，二是圣散子。苏轼种下了蒌菜，命名为“元修菜”。这圣散子，巢元修搞得十分神秘，原来是祖传的秘方，再三叮嘱苏轼不可示人。苏轼颇知医与药，有《苏沈良方》一书传世。不过，中医传统有个陋习：郎中们把药方子捂得紧，不肯轻易传给别人。所谓秘方，即是此意。苏轼当面答应了巢谷，背过身却把圣散子药方抄给了黄州名医庞安常。这叫存大义，舍去承诺的小义。后来苏轼知杭州，遭遇疫病大流行，用圣散子治疫，挽救了成千上万的人，一服药只收一文钱，“千钱活千命”，专门建了“安乐坊”——此系中国第一座慈善医院。

巢谷在黄州帮着苏家开垦东坡，筑雪堂，盖南堂，学做有名的黄州小吃“为甚酥”，开坛教育穷家子弟，也写诗饮酒翻跟斗，月夜泛舟于赤壁之下，笑谈当年的周郎孔明曹孟德。秦少游、陈季常、马梦得、古耕道……七八条汉子追随着苏东坡。陈季常居二百里外的歧亭，徒步来黄州七次，苏轼回访三次。秦观来得更遥远。米芾千里拜东坡，解决了书法总是囿于“集古字”的大问题。马梦得则有“首谋东坡”（麦田）之功。一群大江之畔的素心人吃穿简单，天天开颜，与当地人打成一片，劳动，剧谈，饮茶，醉酒，钓鱼，读书，探险。东坡先生发明了“东坡肉”，巢君元修喜先尝……

元丰八年（1085），苏东坡于黄州复起，量移汝州，接下来入汴京，青云直上，翰林大学士兼侍读，紫袍加身（三品官的朝服）。苏子由更是官拜参知政事（副宰相），兄弟二人“内翰外相”，荣华造极也，门前车马年年多。然而巢谷不见了，陈季常也不来汴京。苏翰林想念他们，真想啊，却找不到他们。苏轼官运亨通之时，巢谷是从来不现身的。苏轼以朝廷重臣的身份去杭州做太守，钤辖两浙七个州的兵马，位高而权重。当圣散子药方活人无数时，苏杭州倍思巢元修，托人打听，仍不知元修兄仙踪何处。

也许巢谷正在眉山的桂香街、纱縠行、王家古渡逍遥呢。

苏轼的《远景楼记》，开篇就说：“吾乡之俗，有近古者三……”唐宋士大夫都没有进步的观念，倒是认为古代好，当今不够好，要学习，要回望，尤其要回思尧舜时代。王安石治国，对宋神宗直接讲三代（尧舜禹）智慧，连唐太宗的贞观之治都不放在眼里。

中国民间的古道热肠多，眉山巢谷是一个。

坡翁五十九岁贬到了岭南惠州，约三年后，再贬海南儋州。据说东坡携幼子苏过渡琼州海峡，风浪三日；船上放了一具棺木，生还中原的希望渺茫。唐宋贬去岭海的官员，活着北归的寥寥无几。成千上万的中土人士，为苏轼祈祷平安。杭州的苏堤上更建有苏东坡的生祠，百姓“饮食必祝”——饮水吃饭，祝福他们的“老市长”逢凶化吉，遇难呈祥……这时候的巢谷七十三岁了，须眉尽白，觉得自己筋骨犹健。他开始作准备，天不亮就练习太极拳，下岷江游泳，拍浪二十里到今之永寿镇。日食斗米。老人择期再出川，拿舟过三峡。花钱买马，马累病了换驴子，换轻舟，偶尔坐坐肩舆（轿子）。从眉山到海南有万里之遥，巢谷先生可不管。他听说了苏州卓契顺三千里送家书的故事，幽默地说：儋州也不在天上嘛。

风餐露宿也好，冷水充饥也罢，“老夫七十犹豪纵”，天宽地阔做美梦。巢谷过荆楚，向广东再向海南，途中也有新知旧友的热情款待，送些盘缠，当有值钱的细软，托他转给老东坡，度过岭海外艰难的岁月。他的包袱里还有类似圣散子的药方和一些药物，专治瘴疠，担心儋耳无药。一路上宝贝得不得了，抱着睡，几番梦中惊起，以为盗贼偷了去。荒野赶路，忽来瓢泼大雨，老人躬了身捂紧包袱，拄杖泥行十余里，跌倒爬起来，嘴啃泥，不管它。眉山人是有股子韧劲儿的，苏东坡带了好头，百折不挠。

巢谷的老迈之躯终是有些撑不住了，卧病咳嗽，烈日下踉跄而走，爬山山欺人，过河风波恶。野兽、怪虫子、蛇蝎，可怕的花斑吸血大蚊子……可叹巢元修啊，不在气候温润的眉山颐养天年，偏要往蛮荒之地奔，倔呀，义呀，傻呀。一把老骨头，如何经得住千沟万坎的折腾？事实上，巢谷不愧是巢谷，几十年浪迹天涯的行者，经验丰富的背包客，自保有术，护身有宝刀。他走呀走呀，眉州青神县的硬头篁拐杖，歪歪扭扭到了梅州，见过苏子由，歇一阵子再奔路程，奔向他放心不下的苏子瞻。近了，近了，好几千里都走过来了，区区几百里不在话下。他搭了一辆牛车，进入新州（广东新兴）境内，架了一条老瘦腿儿哼歌谣，七寸长的白胡子飘向碧空。继而眯眼小憩，晃晃悠悠的，下意识摸摸那包袱，软软的还在。夜宿路边小店高兴了，喝下几盅浑村酿，睡得有些沉了。

一觉醒来，摸身边摸了一个空。巢元修惊出浑身冷汗，问那店家，店家摇头支支吾吾。于是老人老腿夺门冲出去了，摸黑追窃贼，漆黑的小路上气喘吁吁。

天边泛起了鱼肚白，两条老腿还在追。这村那村地问，连比带划，又气又急……

累瘫了。气炸了。田边颓然倒下了。升上树梢的太阳照着稀疏的头发。这个巢谷啊，这个巢谷啊……不辞万里寻东坡，死道路。

苏子瞻、苏子由闻噩耗，隔海同声大哭。

新州乡下的好心人挖个土坑，把巢谷埋了。苏东坡写信给广州的官员孙叔静，恳请他帮助巢谷的儿子巢蒙来岭南料理后事。巢蒙从眉州到新州的往返路费、迎丧的花销，均由东坡筹集，请同乡杨济甫转交。信中说："元修有子蒙在里中，某已使人呼蒙来迎丧，颇助其路费。……旅殡无人照管，或毁坏暴露，愿公悯其不幸。……死罪，死罪！"

时在宋徽宗元符二年（1099）。巢谷的儿子巢蒙素服（孝服）启程了，眉山父老相约，送至东门外的王家渡，泪洒漫天秋雨。那古渡口的几棵大榕树，今日尚在水边，尽管它们老得不能再老了，空心了，风雨中飘摇，却不肯死掉。老榕树见过巢谷。

学

“吾尝终日而思矣，**不如须臾之所学也**。”这句千古名言却有可能遮蔽思的重要性。学习再学习，思考再思考，二者的齐头并进才是最佳状态，生存永远指向更高。古今大贤的学习源自爱，源自对自然与人事的深广兴趣和牵挂。而学习的一味讲实用，必然会导致吹糠见米式的功利性、动态性短视。

“**语言是存在的家**。”中外经典图书的文化含金量百倍于影像作品。

卷七 学

學

子曰：『学而时习之，不亦说乎』

读书人，是有能力影响千百年的人。权力、财富之类，经不起漫长时光的消磨。李贺诗：“鱼沫吹秦桥。”秦桥那么坚固，鱼沫吹它垮掉。老子的《道德经》五千言，远胜兆亿座摩天楼。老子的智慧，迄今为止无人超越，如同古希腊的亚里士多德，耸峙西方智慧的最高峰，以致海德格尔这样的二十世纪大哲，总是怀疑自己的哲学与亚氏相比不过是小打小闹，蹦蹦跳跳而已。在我们无力逼近的想象中，学究天人的老子几乎是外星人。《论语》也就几万言，穿过了两千五百多年，轻松抵达今天，并且，越过今天。

西周学在官，东周学在野——官方图书馆的藏书随着西周王朝的衰败，散落在民间，催生了诸子百家。各诸侯国的乡校应运而生，学问知识普及了，穷人家的孩子也能念书。孔子孟子庄子墨子荀子鬼谷子……他们都是穷孩子或没落贵族子弟，终身学而不厌。他们究竟读了多少书呢？答案是没有的，但后人景仰华夏族的伟大先贤，忍不住要去猜想。据《左传》，孔子、墨子读过一百二十多个诸侯国的《春秋》（编年史），这还不包括其他的读物。孔子删《诗》，删掉大半，只留下三百首；编著《春秋》，修订《礼》《乐》《易》，取其精华……这表明春秋末年的古典文献已经太多了，必须弃其糟粕。

老子告诫我们：“五音乱耳，五色盲目，五味浊口。”

前些年，乱七八糟的所谓音乐乱耳甚也，犹如餐桌上堆几层的饲料肉、激素肉、抗生素肉，连同反季节的大棚菜、催膨胀的怪水果。年年新拍的影视剧成千上万，出版图书几十万种……造成这局面的，大抵绕不开两个字：利润。而网络百色杂呈的声光画面，把人的感觉不分青红皂白胡乱切割，使之动态性地趋于碎片化。

如果海量的、良莠混杂的信息让事物的能量互相抵消，让瘾头对人的吸附成常态，让质朴生活的意义悬空，让传统中国与当代社会的核心价值虚无化，那么，势必朝着“人被连根拔起”、“生命的阴暗麇集”——若如是，生命的意思就不大了。

孔夫子早年是个穷孩子，父亲叔梁纥，或许属于贵族的最末一级：士。鲁国大夫、三大世族之一的季孙氏，根本不把以武士自居的叔梁纥当回事。季孙氏的管家阳虎，摆一年一度的“飨士宴”，少年孔丘穿上士的礼服，迈着士的步子，面孔浮现士的笑容，巴巴地去吃飨士宴，却吃了一回闭门羹，怏怏回柴门，托腮生闷气。

叔梁纥去世早，孔丘也弄不清自己究竟算不算一个士。士，又分上士、中士、下士。孔丘徘徊于下士的边缘，再说他是偏房生的，是叔梁纥与颜氏野合的产物，一辈子羞于启齿，司马迁写《史记》，倒不为他隐讳。叔梁纥的正房有九个女儿，二房生的儿子是个残废，孔丘是偏房生的，多半受过大妈二妈和姐姐们的闲气，挨过骂，甚或挨过揍，导致他对女性产生严重的偏见——两千年的男尊女卑始于孔丘。

《论语》：“子曰：吾少也贱，多能鄙事。”

啥叫鄙事呢？除了打仗之外的劳力之事都叫鄙事。孔丘管理仓库，兼做搬运工，干苦力活；做“乘田”小吏，领导一拨羊倌牛倌，自己也是个卑贱的放牛娃。为了跻身士的阶层，他学御车，学射箭，学算术，学音乐，学复杂的祭礼，每件事都十分投入。贫寒的家境、含糊的身份、偏房生的以及不明不白的“出处”，铸就典型的自卑与超越的心理模式——此一层，也许古今学者们罕有论及。孔子艰苦奋斗，却从容不迫，这大约就是天才的特征吧。他的小时候，并非某些宋儒眼中一味地一本正经，而是劳力劳心多头并进，直觉好，悟性高，幽默感无处不在。村里村外他也顽皮淘气，钓鱼打鸟还打架。“六艺”之一的射，包括了耍弹弓，“弋不射宿”，不打归巢鸟罢了。

这与我们1970年代玩弹弓相似，不射燕子、翠鸟、丁丁雀儿（小鸟），不瞄准羽毛太美的“红嘴绿观音”。顺便提一句，笔者从五岁到初中，玩过七种不同材质的自制弹弓，至今熟悉数十种鸟的叫声，对川西坝子的无边旷野有着复合型“统觉”，敏感到毫厘，亲切入骨髓——从来只说一棵草，不说热爱大自然。自然永远在手边，人与草木鱼虫裹成了一团，胜过眼下令人羡慕的德国小学生。我的课外书，有一半是躺在柚子树的树杈上看完的，柚子花香直接飘到了今天，近半个世纪浓度不减……

孔圣人“十五志于学”，三十岁就集学问之大成了。有些书要精读，有些则一目十行，另一些破竹简直接用作柴火。两千五百多年前的阅读，已需要眼光，今天需要什么？需要火眼金睛，需要沙里淘金的功夫，否则，就会被海量的出版物弄得头晕眼花。

青年孔子文质彬彬了，野性内敛了，偶尔也会打一架。例如小他九岁的子路仗着力大如牛，动不动就欺负他，用一双拳头对付他渊博的学问。他一再忍让，终于出手反击，闪电般的三两招，将子路放翻在地，又亲手扶起这个莽勇而厚道的汉子，以德服人。后来，子路做了孔子的学生兼保镖，保护老师非常勇敢。那年头，很多人是不讲理的，用拳头讲话，类似今之美国人弱肉强食的丛林法则。

德国头号哲学家哈贝马斯近年指出：“美国让世界失掉了安全感。”

我们应当掂量，德国当代大师的这句话分量有多重。哈贝马斯曾是海德格尔的学生。

孔夫子杏坛开讲，收弟子有教无类，率先打破了贵族垄断。又教与学相长，学生向老师提各种各样的问题。孔门弟子三千，简直跟秋天的白果一样多了，却是若干年间的景象。开始弟子少，鲁国大夫孟孙氏佩服孔子的学问，把两个儿子送来读书；齐景公过境鲁国，点名要见孔丘，询问治国之道，于是孔子的学生渐渐多起来，连遥远的秦国人也来听。学生孜孜不倦地学，老师诲人不倦地教，书本知识与生活知识并重，课堂教学和野外体验兼而有之，严肃、生动、活泼。孔夫子操琴，击缶，唱歌，领舞，驾车，射鸟，辨识花草鱼禽，还带了弟子们去河边垂钓，“钓而不纲”，不撒网。

仁的学说，从点滴做起。

“子曰：君子忧道不忧贫。”

先秦的诸子百家，大都是百科全书式的人物，既是通才又是专才。这对后世学人产生了巨大影响，很难想象司马迁、杜子美、司马光、苏东坡等人读了多少书。曹雪芹享年才四十来岁，读透了书本与社会两部大书，洞察了各阶层的日常生活，放在今天是不可能的。为何不可能？尚需追问。百科全书式的人物，具备产生大智慧的基础，而古今大智慧都具有价值理性的特征。现代西方之所谓价值多元，其实是假象。人与人、人与自然的深度交流让位给利益取向。美国式的实用主义乃是典型的工具理性。工具理性的背后，潜伏着日趋张狂的非理性。追求自由的作家王小波追到了美国，一待八年，最后说：“这个奇怪的国家，永远是一千度的经商热。”王小波冷冷一笑掉头回国了。中国传统文化，显然化入了这位自由作家的血液，所以才会对没完没了的经商热感到厌恶，嗤之以鼻。享誉全球的哲学家马尔库塞写《单向度的人》，解剖的标本首先是美国人。

李泽厚教授概括古代中国人的所谓“实用理性”，依我看是有问题的。后文再谈。

孔子三十几岁到周王朝的都城洛阳去，拜见老子，手托一只大雁作见面礼。孔子见老子，是中国历史上的一件大事，引发无穷猜想。二人谈些什么，史料只寥寥几笔。孔子在国家图书馆埋头读文献，抬头问老子，不觉时光飞逝，学问又大大长进了。老子送别孔子，说：有钱的人临别送财物，有德的人临别送言辞……

老子对孔子的临别赠言，参见《史记·孔子世家》。海氏有名言：“语言是存在的家，犹如云是天上的云。”人之为人，首先是因为语言，语言的抽象规定着一切具象，广义的语言保存着人类的全部智慧。孔夫子从洛阳回曲阜，对弟子们感慨地说：鸟飞、鱼游、兽走，可是鸟被弹弓射下来，鱼被钓起，兽被捉杀，真有大学问大本事的是天上的龙啊，老子先生就是我亲眼看见的一条龙！

老子不仅是一条龙，而且是绝无仅有的一条龙。孔子的晚年，自视为麒麟。庄子则是鲲鹏。老子和庄子高高在上，却是朝着人间万象：“背负青天往下看，都是人间城郭。”城郭的一个庞然大物叫孔子，衍生了两千多年的统治术。老子既处于文明的进程之中，又置身事外，以局外人的清醒指点中华文明的进程。孔子对学生提到鸟、鱼，兽，盖有深意存焉，一味纠缠于现实而不知抽身，往往被现实困扰，甚至被杀掉。后世的士大夫懂得了这一点，能进能退，进知庙堂之高，国事之大；退亦知江湖之远，野地之逍遥。这是中国文化独有的进退体系。相反的例子亦多，变成了遭捕杀的鱼或鸟。

孔子见了老子之后，杏坛的学生数量大增。

“子曰：三人行，必有我师焉。择其善者而从之，其不善者而改之。”夫子又不耻下问，见贤思齐。这气度，这境界，确实古今稀有。孔子是博采众长的大师，总是把别人的长处看得仔细。这对一般人而言，真是谈何容易。人在成长的过程中要赢得自信，通常需要高估自己，看轻他人，这个心理模式起于幼年，强化于少年，固化于青年。自我肯定形成源源不断的内驱力，动植物大约也如是。而孔子留给人的印象，是反其道而行之，早年就能虚怀若谷、从善如流。何以如此？我估计是始于童年的压抑与反弹，苦学书本知识，苦学谋生的手段，异乎寻常地分秒必争，自卑与超越的完成大大提前了。

自身强大了，然后才能见贤思齐。古今人杰都具有这特征。否则见贤就嘀嘀咕咕，麻雀般地叽叽喳喳，急于挪开视线，甚或加以打压、诋毁，群起而攻之。“木秀于林，风必摧之。”森林中的小动物善于自保，练就各式花招，极端者如枯叶蝶变色龙，它们受“遗传指令”的驱使，凑拢了开会，历数大虫巨兽的种种不是……总之，人的见贤思齐并非生活中的常态。一个民族蓬勃向上时，学习他人的长处、克服自身的不足相对普遍。若是世风日下，利欲熏心，他人的缺点就无限放大了，自己的毛病就处理成盲点。

孔圣人气貌温粹，文质彬彬，乃是野性内敛、强力意志内化的一种表征。历朝历代的腐儒哪里懂得这个，一味地文质彬彬，手无缚鸡之力，终于演变成戏台上千篇一律的文弱书生。“质胜文则野，文胜质则史（史：虚浮）。”君子取中庸态度，文与质兼收。

“子燕居，申申如也，夭夭如也。”平日里的闲居，孔夫子非常地放松、舒展，令人心向往之。这种生存情态，乃是不断向上的生命的暂得休憩，唯其暂得，方呈惬意，享受着身心的宁静，犹如农民干了一天的农活，美美地吃一顿喝几盅，一觉拉抻睡到天明。

笔者至今想念中学下乡支农割麦子，累了渴了，捧起竹缸子，咕咕咕喝社员挑到田边的老鹰茶，那才叫爽啊，那才叫痛饮啊……现代人闲的能力每况愈下，问题很严重。庸常之辈的所谓闲居，闲闲闲闲闲，闲得不打牌就打瞌睡，不网游就梦游。更有甚者，积聚无聊之能量，闲得丑态百出，状如怪虫子八方乱舞，恶搞英雄，诋毁先贤，抹黑烈士，嘲笑劳动人民。那可不是夭夭如也，是妖妖如也。

学习学习再学习，然后知学无止境也。"知之者不如好之者，好之者不如乐之者。"孔夫子的举一反三，触类旁通，打通了学科的分界，融会了劳力与劳心。劳力的妙处在于：紧张的念头松弛之际，倒有奇思妙想忽然冒出来。鲁迅时常砸煤，维特根斯坦喜欢做园丁，莱布尼茨酷爱修钟表，爱因斯坦弹钢琴是好手，海德格尔干木匠活、滑高山雪更是传为欧洲学界之美谈……中外的思想巨匠们、科学泰斗们，深谙动与静的辩证法。

不知静的动是盲动，不知动的静，是昏昏欲睡的前奏。

学海无涯苦作舟，我们的至圣先师却是乐作舟。这倒不是先苦后乐，而是苦与乐如影随形、水乳交融了。俨然一杯苦咖啡，越喝越有味道。海氏屡屡引用荷尔德林："思想最深刻者，热爱生机盎然。"老子孔子庄子苏子，都是这样的人，巨大的诗意栖居之惯性力，足以维系几百年而生机勃勃，对生活的热情、对未知领域的探索至死方休。

人的活着，无非这样了。

"学而时习之，不亦说乎？有朋自远方来，不亦乐乎？……"说：通"悦"。《论语》开篇就讲这个，可见其重中之重。新书是新朋友，老书是老朋友。"温故而知新"，有些书有些人，是要一辈子去拜读的。"仰之弥高，钻之弥坚"，宝山越挖越高，宝藏的后面还有更多的宝藏。古今中外有定评的经典著作，乃是人类取之不尽的铀矿。

悟得大师两三家，胜做网虫一亿年。

陆游：『为善不辞心力，为学只争朝夕』

本篇引用的这两句，是赵朴初先生赞美雷锋的，用于陆游也比较贴切。陆游为官三十多年，先后居绍兴五十年，一生崇拜陶潜、杜甫和苏东坡；中年又被孝宗皇帝称为“小李白”，骨子里的狂野收不住，蜀中自号放翁。他凭一己之力杀过食人猛虎，杀虎故事的传播力度，却远不如虚构的景阳冈武松。杀虎陆游、打虎武松，二者都响亮起来才好。

陆游的艺术才华不及陶、李、杜、苏，这也难怪，他崇拜的四个人都是中国文化的巅峰人物。他的心劲之大，身体爆发力之强，倒是古今不多见。谁杀过猛虎呢？汉代的飞将军李广射过石虎。战士不能杀敌，陆游愤怒写诗：“逆胡未灭心未平，孤剑床头铿有声！”爱祖国、爱唐琬，恨胡虏、恨奸臣，六十年如一日。笔者称他为深度生存之典范。这种生存范式在今天的意义要比古代大，原因已不用多说。

陆游的父亲陆宰，1126年携家南渡时，带了一万多卷书，带到绍兴乡下的大宅。陆家藏书之丰，闻于士林。北方沦陷了，大批士子、士大夫南迁，南方的文化照样强劲，名家辈出。私人藏书很普遍，北宋家学的良好风气得以延续。陆游在蜀中做过几年官，骑驴拜谒苏轼故里，惊奇眉山的孙氏书楼藏书数万卷。两宋三百年，眉山出的进士多达八百八十六名，高居全国第一，可见其读书风气。唐宋八大家，眉山占了三席。陆放翁徘徊眉山城西的三苏古祠堂，叹曰：“孕奇蓄秀当此地，郁然千载诗书城！”

浙江绍兴的陆家百余口，书香弥漫于每个角落。陆游读书，练武，操琴，打猎，下围棋，游兰亭怀想书圣。目注含苞欲放的表妹唐琬，唐琬“和羞走”，“低眉回首，却把青梅嗅”……李清照的《漱玉集》早已是少女们的枕边书、窗前书、秋千书。由于印刷术的流行，从先秦到北宋的典籍遍布书肆。城市与乡村，一年四季读书声。唐朝，李白杜甫白居易的诗集“家家有之”，宋代则以苏东坡的作品引领学子，“士大夫不能诵坡诗，自觉气索”，宋孝宗甚至精读了苏东坡全集。

今日之国人，读书风气大减，真是愧对中华民族的文化先贤。很难想象一个阅读状况糟糕的民族会是优秀的民族。这不可能！好书的文化含金量百倍于影像作品，遑论那些刻意制造刺激的电子产品。现在国家高度重视全民阅读，期待长远吧。

《宋史》：陆游“年十二，能诗文”。陆游晚年自述：“吾年十三四时……偶见藤床上有渊明集，因取读之，欣然会心。日且暮，家人呼食，读诗方乐。至夜，卒不就食。今思之，如数日前事也。”十三岁的小陆游醉心于陶诗，读得不想吃饭。陶诗的风格“似枯实腴”（苏轼），枯淡而又丰腴，境界奇高，标榜百代，欣然会心颇不易。固然是因为陆游的天资好，但也表明：宋代少年儿童的阅读能力远远高于当下。

文字敞开世界，电脑收缩世界。

生活的虚拟化乃是生命的虚无化，这是铁律。

陆游二十几岁，礼部省试高中第一名，后来殿试，被丞相秦桧做了手脚，于是回家再用功。此间他已结婚，妻子王氏生了一个儿子，又生一个儿子，全家乐得眉开眼笑。陆游躺在藤床上看书，斜倚草坡看书，独坐幽篁看书，与二三子相约，弯弯河边看书，剧谈，遐思，畅饮绍兴黄酒。陆游像李太白、王安石一样“目射纸上”。练武先练眼，陆游的视力保持到八十多岁，犹能观细字（小字）到夜半，我估计与他练武四十余年有关。阅读八十年，对日常生活，对天地万物的热情始终不减。

好书把思绪弹向高空，好书激发的精神潜能无穷无尽，中外太多的例子早已证明。只可惜眼下的许多人，日趋活在眼皮子底下，一切讲实用，讲吹糠见米……

浙江上饶的茶山有个神秘的大诗人，名叫曾几，轻易不见人的。陆游半夜上山去学诗，"忆在茶山听说诗，亲从夜半得玄机"。什么样的玄机呢？须眉尽白的曾几是江西诗派仅存的元老，这诗派的创始人是江西修水的黄庭坚。曾几、范成大、杨万里、陆游、姜白石，这一群南宋诗人琢磨着诗歌形式，研究杜甫诗的格律与炼字，"语不惊人死不休"。不过，艺术这种东西充满了意外，陆游学杜诗十几年，倒学成了小李白。他骨子里的狂放不羁更接近李白。

陆游三十四岁始做官，辗转多地，途中且歌且吟，生得一表人才，往往单骑千里，"侧帽风前花满路"。在临安（杭州）他结识了周必大，"荧荧青灯，瘦影相对。……西湖吊古，并辔共戴。赋诗属文，颇极奇怪。淡交如水，久而不坏。……"极奇怪：探奇搜怪臻于极致。这首四言诗表明，四十岁左右的陆游依然清瘦。君子交之以义，淡如水而长期不坏；小人交之以利，利尽交绝——这是孔圣人的意思。重利者通常见面熟，那些所谓的交情来得快去得快，除非利益长期勾连。唐宋六百年，对利字高度警惕。儒家道家的学说首先拿利字开刀，坚决抑制私欲嚣张。

1166年，四十岁的陆游于南昌通判任上遭弹劾，弹劾的理由是："结交台谏，鼓唱是非，力说张浚用兵。"陆游是个战士，习武，学万人敌，"穷山读兵书"，一直是坚定的主战派。他主张建都金陵，让皇帝与百官直接面对江北的金兵，重振北伐的意志。宋孝宗支持张浚北伐，却遭到太上皇宋高宗的阻挠。两年前张浚落职气死了，现在，陆游的官帽丢了，从南昌打马回浙东的绍兴，匹马孤剑，踏雪留痕。驿馆外盛开着一株梅花，诗人与梅花默默相吊，黄昏凄风兼苦雨。《咏梅》词："驿外断桥边，寂寞开无主。已是黄昏独自愁，更著风和雨。无意苦争春，一任群芳妒。零落成泥碾作尘，只有香如故。"

沦陷的北方，泉下的唐琬，乃是陆游的两大疼痛，死了也要怀念。官身不存，精气神在。寂寞、孤独、无助，负面情绪交袭，冷风冻雨扑面。忧国，忧金兵铁蹄下的北方同胞，没办法不忧。痛苦绽放了词语之花。

绍兴家园的好日子还在，环境绝佳，民风朴拙。古代士人的所谓退隐丘山、掉臂林泉、“泥水自蔽”（曹操），是因为有宽广的退路，陶渊明式的桃花源无处不在。读书人生活情趣多，素心人又容易碰上素心人，避开名利场的那些花花肠子。现代社会不同了，素心人必须长年累月与杂心人相处，弄不好，自己也杂起来、乱起来。

陆游率领全家造房子，邻里相约来相帮，挥汗洒笑，石匠、木匠、改匠、漆匠、篾匠……湖边的新宅子落成了，“吾庐烟树间，正占湖一曲”。

诗人漫游山阴的古村落，欣然命笔，名篇《游西山村》：“莫笑农家腊酒浑，丰年留客足鸡豚。山重水复疑无路，柳暗花明又一村。箫鼓追随春社近，衣冠简朴古风存。从今若许闲乘月，拄杖无时夜叩门。”

陆游的儿子也写诗了，做父亲的说：“汝果要学诗，功夫在诗外。”

要操心这个世界，要爱，要恨，要牵挂，要懂得植物朦胧的欣悦：“平畴交远风，良苗亦怀新。”陆游写诗近两万首，小李白超过了大李白，后来他重头细读，着实感到惭愧，一口气删掉了一万八千多首，只剩下千余首。这种严谨的学风、精益求精的精神，二十世纪的七八十年代还是常态，后来就渐渐不行了，人心浮躁旷日持久，容不得几条冷板凳。自私自利有精致的包装，学者教授们，太多的人竞相趋利，校园变成名利场。

陆游懂医药，背着药箱转悠诸村，有时走得远，药囊搭在驴背上。诗人、战士、琴手、书家、菜农、药农、州官、高级军事参谋、写《南唐史》的历史学家，此间又是游方的郎中、瞧病的大夫。陆大夫治病不收钱，吃顿浊酒而已。几十里外的病人他也去瞧。半夜有人来请，陆大夫二话不说披衣出门。天寒地冻也去，雷雨如注也去。家里有三件郎中的宝物：伞、靴、罩子灯。中年的陆游居绍兴五年，然后又踏上漫漫仕途，官至四品。六十五岁再还乡，长居绍兴二十年。回乡之初操旧业，种菜种药著大书。乡邻喜滋滋奔走相告：陆大夫又回来啦！陆大夫不走啦！

陆游爽朗一笑：“活人岂吾能？要有此意存。”医德在，自会努力学医术。他又栽桑，养蚕，种药材，种胡麻，做酱，酿酒，下厨烹小鲜……年复一年乐此不疲。

“小园烟草接邻家，桑柘阴阴一径斜。卧读陶诗未终卷，又乘微雨去锄瓜。”

这是古代中国的经典画卷，农耕文明之美，不避艰辛的诗意栖居，持续亿万年何难？而人类拥有超强的技术不过几十年，地球家园已糟蹋成今天这个样子。七十年前，英国哲学家伯兰特·罗素发出警告："人类要警惕两种权能，人对人的权能和人对自然的权能。"1960年代，疯狂的美军血洗越南，罗素组建审判美军罪行的国际法庭，法国文学和哲学大师、有"人类良心"之称的萨特出任执行庭长……

回头说咱们的陆游吧，"为善不辞心力"，骑驴行医的半径越来越大了，哪有退休的四品高官？乡亲们只叫他陆大夫、陆郎中、陆神医。救活人的意愿，化作日常行为，家里的宝贝伞、靴、灯，不知用坏了多少，花费银子不计。房子破旧了，日用拮据了，在绍兴做官的辛弃疾看不下去，想资助他，他摇头。老房子老院子才像个家，墙缝里也冒出记忆来，破窗子修旧如旧……将军词人辛稼轩是贵客，但村里有病人，陆游只好失陪。老人腿健，牵驴上驴须臾间。"气吞万里如虎"的辛弃疾也看得有点呆了。

陆游先生八十岁了，驴背上写诗："驴肩每带药囊行，村巷欢欣夹道迎。共说向来曾活我，生儿多以陆为名。"救活了多少人他记不清了，不记这些。但昔日的患者铭记在心，生儿女取名字，多含陆字。儿童拍手曰：陆陆陆，陆游的陆，陆大夫的陆……绍兴乡下十里八村的，陆字一大片。学诗、学医、学武，蔚然成风。孩子们在大树的浓荫下诵读《千字文》《三字经》。

眼下各地的医生，多学学陆游吧，不要把患者及其亲属搞成"资源"。

陆放翁八十几岁每天看书，这与"坚持"毫无关系。对未知世界的巨大热情、永远好奇，学到死，可惜今天已近天方夜谭。博大精深的人物正在退出历史舞台。二十多年前老师们常说："书到用时方恨少"，这已经显露了阅读的实用主义苗头。眼下更甚，官与商，长年不读书的，恐怕人数不少。而中国历来是官风影响民风，商风且不论。

陆游的书斋叫"老学庵"，暮年写《老学庵笔记》。到处都是书，搬家类似孔夫子。有朋友描述他的"书巢"："陆务观作书巢以自处，饮食起居，疾痌呻吟，未尝不与书俱。每至欲起，书环围左右，如积槁枝，至不得行。时引客观之，客不能入；既入不能出，相与大笑，遂名曰书巢。"

当年我工作的眉山印刷厂，有一位守厂门的张师傅，手不释卷，他看的书也非闲书；到九十多岁，老人家每天登高楼看书两三个钟头，下楼谈古说今，兴味盎然。

鲁迅：『浪费别人的时间，无异于谋财害命』

鲁迅先生的旧学功底非常扎实，四书五经、楚辞汉赋、唐诗宋词、传奇小说，以及绘图本的《山海经》……他是在旧学中眺望着新文化，反思中国的几千年。鲁迅的文字像钻石一样坚硬而漂亮，那是各种力长期挤压的结晶。依我看，迄今为止，没有一个中国作家的文字能与鲁迅媲美，往后就更难了。农耕文明与工业文明大碰撞的炽热地带，方能产生鲁迅式的思想家。没有强劲的哲思，哪有入木三分的作品？

鲁迅先生十八岁离开绍兴，去了南京的水师学堂，复转矿业学校，“上午声光化电，下午子曰诗云”，课程的安排颇奇特，却利于文理双修。课堂外的学习，爬桅杆七八米，下矿井二十丈；对“鬼一般工作着”的矿工印象深刻。南京的冬天冷，鲁迅吃辣椒御寒伤了胃，手头有点钱便去买书，翻书的指头冻得通红。他作为成绩优异的官费生到日本留学七年，狂读中外经典，一度师从国学大师章太炎，听太炎先生讲《说文解字》。他精通几门外国语。在仙台学医，学神经学、细胞学、骨学、解剖学、血管学等科目，都取得了好成绩，以致日本学生怀疑这个“支那人”考试作弊，写了一封公开信，第一句就说：你忏悔吧。

周树人君在仙台做出决断：弃医从文。契诃夫、郭沫若有过类似的经历。

鲁迅二十几岁就成为鲁迅，我一直对此感到惊讶。犹如诸葛亮二十五岁就成为诸葛亮。萨弗兰斯基写道：“二十七岁的海德格尔发现了，他就是海德格尔。”大师们的生存密度、生命饱满度，是我们这些人颇难想象的。据说孔子三十岁，博学仅次于老子。年轻的诸葛孔明躬耕于南阳，兼具儒家、法家、道家、兵家、墨家、农家的智慧。

鲁迅在日本写的《文化偏至论》，发现了真理常有的偏执形态：须以极端反制极端。他把当时的中国诊断为“沙聚之邦”，封建皇权一刮风，顷刻间，人的沙漠大面积改变形状。先生希望沙聚之邦“转为人国”。怎么转？医学不能进入灵魂。那么多麻木的人，“昏天黑地在社会上混”的人，“病死多少是不必以为不幸的”。他发现了个体的人，个体是沙粒的异数，大风刮不掉自主生命的朝向，“任个人，排众数”。与此相应的另一个宣言是：“掊物质，张灵明。”这与庄子的主张完全一致。时至今日，鲁迅先生的洞察远未过时。精神价值的轨迹变得渺难寻，软实力的提升困难重重。更大的麻烦在于：作为人类家园的唯一星球，承受着消费主义技术主义带来的、越来越不可承受的压力。

沙粒却是诡异的沙粒，物欲汹汹之辈、数典忘祖之徒，一味地崇尚西方，反而宣称自己是具备独立性的个体。

鲁迅先生的读书，提倡“随便翻翻”。旧学新学坚实的功底，既有发散的趋势，也有固化的可能。海氏把思想之路比作林中路，荆棘丛生，岔道纵横。思想的探险者，中国较之西方要少，也许老子孔子的思考力道太足。现代中国又迎来了伟大的马克思。李泽厚《论语今读》尝言：儒学第四期，希望能融会马克思与海德格尔。

鲁迅的随便翻翻，旨在使挤在一处的大堆学问疏松，保持直觉的能力。主干分明了，结实了，然后枝繁叶茂。诸葛亮、陶渊明、苏东坡都善于随便翻翻，曹雪芹杂学旁收。随便来自不随便，轻松的文字有苦涩作支撑。犹如坚硬来自柔软，仇恨源于深爱。三十年代的一些文学青年油腔滑调，让鲁迅先生很生气。

许广平说：“先生什么书都看的。”

先生对地质学、生物学感兴趣。对中医有偏见，因为绍兴的庸医医死了他的父亲。他讽刺梅兰芳，笔者的一些戏曲界朋友倒有同感。鸳鸯蝴蝶派的书，先生也看。批评故弄玄虚的武侠小说。有一本《林黛玉日记》，鲁迅翻了翻说：看它一页，不舒服小半天。

随便翻翻，伴随着随手一扔，随手撕掉……张承志有一篇散文：《撕名片的方法》。

1927年，鲁迅在广州中山大学做教授，月薪三百大洋。他是中山大学唯一的正教授。去银行领薪水，银行职员歪着油光脑袋看他，怀疑这个穿戴土气、不坐汽车或黄包车、手里也缺一根文明棍的男人会是大教授，打电话到中大核实。鲁迅倚了柜台，抽劣质香烟，静静等候。三百大洋当然是到手了，下月再去，头发油光的银行职员老远就堆了笑。

生活中的鲁迅，待人很温和。各地的青年写信给他，他每信必复，复信多达三千五百多封。青年寄给他的稿子，字迹潦草的也会认真看，尽管忍不住要抱怨几句。后来在上海坐汽车看电影，小汽车装不下的时候，他总让别人先走，自己倚着苏州河的栏杆抽烟，像个乡下老头；家里请客，拿珍贵的手稿不当回事，叫客人用来擦油腻。夜里写作吃点饼干；轮番亲吻许广平和年幼的周海婴……鲁迅的书信集，尤其是《两地书》，文风平和，不提爱字而处处有爱，透出伟人性格中的另一面。

疾风暴雨，风和日丽，都是我们的鲁迅先生。

他在广州名气很大了，于是社会名流排着队请他吃饭，名片请柬如雪片，包括政界要人戴季陶、孔祥熙。这样的一个交往平台，利益链条，鲁迅先生看不见。本质性的直观，看见的是时间宝贵，人生太短暂。他在寓所的门上留下四个浓墨字：概不赴宴。

浓墨字纸留存下来就好了，今天可以办展览，四个字足矣，提醒那些整天忙于赶饭局的作家艺术家。鲁迅的书法，笔势内敛，绵中带骨，是无意为之的佳作。

我记得几年前有个德国汉学家说：中国的作家到处吃饭。

萨特讲过：那种莫名其妙的饭局，不是人吃东西，倒是东西吃人。

鲁迅从广州移居上海的大陆新村九号，居室明亮而整洁。一直到1936年去世，鲁迅未曾逛过一座公园。分秒珍惜，“要赶紧做”。写作，演讲，翻译法捷耶夫的《毁灭》、果戈理的《死魂灵》，介绍珂勒惠支，发起中国的木刻画运动，挥汗编校亡友瞿秋白的《海上述林》，关注上海人的日常生活，写《上海的少女》《上海的儿童》《我们怎样做父亲》《三月的租界》……1931年9月25日，上海文化界祝贺他的五十寿辰，他转眼就忘了，工作，工作，工作……每天抽四十支廉价的“品海”牌香烟，上等的“黑猫”牌则留待朋友们抽。上海的许多人喝着咖啡，鲁迅先生工作着。先生熟悉了上海街头的半夜、后半夜，乃至天明。有轨电车的声音夹杂了先生的咳嗽。

先生是多么爱，爱这世界上一切值得珍爱的事与物。而先生横眉执笔的那张像，叫人看不够。那份冷峻，世间罕有。面部轮廓如刀刻。火的冰。

萧红写道："鲁迅先生在椅子上躺一躺，翻翻闲书，就是休息了。"

早在1912年，鲁迅从日本回国不久，由于许寿裳和蔡元培的推荐，做了教育部第二科的科长，继而升佥事，是个高级干部了，月薪丰厚，权力亦大。找他的人多起来，到教育部的办公室，到他的一条胡同里的住处，献不完的殷勤，磨不够的嘴皮子。如果他借此编织关系网，捧读书卷的手变成敲门手，作家变成敲门家，那么，多半前程远大，官运亨通，妻妾或成群。他才三十出头。但是他拒绝，拒绝了形形色色的社交，冷眼应对那一张又一张套近乎的热面孔。有些访客东一句西一句地搭讪，鲁迅木然以对，也不赶他们走，自看古书、古碑帖、古佛经。知趣的人走掉了，不知趣的还在磨，废话连篇，表情活泛，伴以奇怪的手势，几个钟头赖着不走。

人的纠缠别人，算计别人，花样多得很，一似美国华尔街数以千计的金融衍生品。

鲁迅感慨："浪费别人的时间，无异于谋财害命。"

他在北京想必是受够了无聊者的纠缠，才会出此语。长达六年的时间，他宁愿苦闷，也要守着思想家宿命般的孤独。思想在北京的小胡同里高速运转，虽然思想者也夹着公文包上班下班。人五人六的社交场合，于鲁迅先生如浮云。

唯有坚实的个体才能敏感一盘散沙式的群体。中国，面团人太多，你好我好大家好，作揖打拱没个完：今天天气……哈哈哈。

封建权力运行的极端化，消灭个体，把人处理成充满惰性的群体。

1918年，白话文短篇小说《狂人日记》问世。这是漫长的封建礼教史上的第一声惊雷，也是中国现代文学的第一块奠基石。

六年积聚的能量来了个大爆炸：《药》《祝福》《孔乙己》《阿Q正传》……

鲁迅在上海十年，看不见时下热炒的十里洋场。各种面目的留洋博士、假洋鬼子，他早就领教过了。版税收入甚丰，日常生活简朴。书桌前只摆硬椅子，把身子弄舒适了，大脑要迷糊。质朴者丰富，奢华者单调。古今中外的优秀人物，包括一些商界精英，都有忽视物质生活的倾向，对精神的轨迹保持敏感。笔者曾言：苏东坡能看见生活，这句话是说：能看见生活的人并不多。德国哲学家胡塞尔首创“生活世界现象学”，乃是针对技术与资本造成的单一的生活模式。靠几个瘾头打发一生的人，命中注定要漩入无聊、刺激、再无聊的怪圈。海德格尔再三强调：人类不可失掉与简单事物打交道的能力。

失掉这种能力，贪欲步步推高，后果不堪设想。

鲁迅先生工作着，脑海潮起潮落。冷峻的思想家，单纯得像个大孩子。丁玲描述过鲁迅待人的羞涩，大智若愚，大巧若拙。萧红写于1939年的《纪念鲁迅先生》一文，开笔就说：“鲁迅先生的笑声是明朗的，是从心里的欢喜。若有人说了什么可笑的话，鲁迅先生笑得连烟卷都拿不住了。”

上海大陆新村九号，鲁迅先生温暖的家，来访的益友一拨又一拨。“损友”几乎绝迹了。先生送走客人，回头坐在书窗前，铺开纸笔，点一支劣质烟，香烟袅袅如思绪。萧红写道：“鲁迅先生知道自己的健康不成了，工作的时间没几年了。死了是不要紧的，只要留给人类更多。鲁迅先生就是这样……不久，书桌上的德文字典和日文字典又摆起来了。”拿什么做比方呢？普鲁米修斯偷火给人间以光明。

伟人不休息。伟人的犟脾气，真叫热爱着他的人毫无办法。病中的宋庆龄写信，恳请他去苏联治病，他不去。甚至不听须藤医生的劝告，不喝牛奶。许广平对萧红说：“周先生人强，喜欢吃硬的、油炸的，就是吃饭也喜欢吃硬饭。”又说：“鲁迅先生的头发，真当得怒发冲冠的那个冲字。”

先生须髯如戟，硬到骨头里去了。

“鲁迅的骨头是最硬的。”

1939年的萧红不忍心写鲁迅先生的死，她这样写：“鲁迅先生以为自己好了，别人也以为鲁迅先生好了。准备冬天庆祝鲁迅先生工作三十年。又过了三个月。1936年10月17日，鲁迅先生病又发了，又是气喘。17日，一夜未眠。18日，终日喘着。19日，夜的下半夜，人衰弱到了极点。天将发白时，鲁迅先生就像他平日一样，工作完了，他休息了。”萧红的这篇《纪念鲁迅先生》，三万字一气呵成，她是一口气叫了一百多次鲁迅先生，让人丝毫不觉得重复。她向我们标示了：什么叫情力。这是感人至深的怀念文字。而戴望舒的《萧红墓畔口占》，仅四句，也是现代诗悼亡之杰作："走六小时寂寞的长途，到你头边放一束红山茶……"能怀念别人的人，亦会被人怀念。

鲁迅的葬礼，是二十世纪中国最为隆重的葬礼之一。

浅表性生存大量复制的当下，想念亲朋、怀念逝者的能力尚存多少呢？

少年毛泽东读书时的一个念头

毛泽东一生不离书，直到1976年下半年，老人家生命垂危了，还在读书，包括读英国学者李约瑟的《中国科学技术史》。年轻时他读康德，读达尔文，读泡尔生，读孟德斯鸠，读亚当·斯密，读卡尔·马克思……也读拿破仑、林肯等人的传记。红军长征和延安时期，他在马背上、在窑洞里看书，尤其爱读《鲁迅全集》。解放战争三年，他以文房四宝击败了蒋介石的八百万军队。二十世纪五六十年代，他用大量的精力研读马列，研读《政治经济学》以及四千万字的《二十四史》。日理万机，手不释卷，人到哪儿书到哪儿。他对哲学、逻辑学和自然科学有着浓厚的兴趣，古典诗词文赋则是他的枕边书。为了丰富少年儿童的精神生活，毛泽东认真翻阅了一千多本连环画……

一个大国领袖，又身处风云激荡的时代，如果没有大量的、卓有成效的阅读形成历史性的穿透力，哪能赢得全球性的战略眼光？毛泽东的脑海有如宽广的太平洋。

“大海啊，永远在重新开始。”（瓦雷里）

毛泽东小时候读四书五经，但是不喜欢。他喜欢看《精忠传》《隋唐》《水浒传》和《三国演义》。学校念经书是要背诵的，七八岁的儿童念得摇头晃脑，恍兮惚兮。儿童念错了，或是说悄悄话、做小动作，或是念着孔子孟子睡着了，老师可怕的戒尺就挥了过来。《西行漫记》一书，记载了1936年毛泽东与斯诺在延安的谈话，毛泽东说：“我八岁那年开始在本地的一个小学堂读书，一直读到十三岁。早晚我到地里干活，白天我读孔夫子的《论语》和《四书》。我的国文教员是主张严厉对待学生的，他的态度粗暴严厉，常常打学生。因为这个缘故，我十岁的时候曾经逃过学。但我又不敢回家，怕挨打，便朝县城的学校走去，以为县城就在一个山谷里。乱跑了三天之后，终于被我家里的人找到了。我这才知道只是来回兜了几个圈子，走了那么久，离家才八里路。”

十岁的毛泽东离家出走的这三天，想些什么呢？对老师的怨恨和对父亲的恐惧？而类似怨恨与恐惧的体验，大多数中小学的男生都有过。毛泽东在山谷里转悠，气呼呼奔走，吃啥呢？想念慈爱的母亲，他是否哭鼻子？天黑了，人也跑累了，绰号十三伢子的毛润之睡在什么地方？山风一吹，他会陡然惊醒，天上的星星眨着鬼一般的眼睛，荆棘、小树、沟壑、山包包，看上去全都变了形。韶山冲是一个有野兽出没的地方，毛泽东的父亲毛顺生外出时，曾经遇上一只老虎，倒是老虎怯生逃走了。

这三天的具体情形只有零星的记载。可以想象的是，广袤的野地给毛泽东稚嫩的身心注入了新的勇气。后来他在长沙追求“身心并完”，贪读不厌，“文明其精神，野蛮其体魄”。暴雨如注的夏日他冲上岳麓山，天寒地冻的冬季他下湘江游泳，“自信人生二百年，会当水击三千里”。后来他上井冈山发动秋收起义。后来他写下《七律·长征》：“红军不怕远征难，万水千山只等闲。五岭逶迤腾细浪，乌蒙磅礴走泥丸。……”

毛泽东看小说、故事如饥似渴，课堂上躲着老师看，夜深人静，在床上用被子捂着油灯看，干农活时在田边、山坡、墓碑旁看。美国作家特里尔的《毛泽东传》，记载了一些有趣的细节。这部传记的中译本发行量巨大。毛泽东嗜书如命，老师的粗暴和父亲的严厉都不能阻止他读小说。不过，学了六年的四书五经，他也能口诵心解，记忆力、理解力不同寻常。晚年他强调：从孔夫子到孙中山的遗产要继承。他的两个女儿李敏、李讷，则令人联想孔子的名言：“君子讷于言而敏于行。”深谙辩证法的毛泽东以特殊的方式对待传统文化，他的教育思想始终把德育放在首要的位置。

《三国演义》《西游记》这类书，影响中国人几百年。即便是不识字的人，也会津津有味讲那些精彩故事。官府屡禁不止，地火长期运行，每一个村落都会口口相传。它们是华夏族精神图腾的组成部分。只要汉语不死，这些书就会一直活下去，辐射力难以估量。在延安，毛泽东对斯诺说：“我很小的时候，尽管老师严加防范，还是读了《精忠传》《水浒传》《隋唐》《三国》和《西游记》。这位老先生讨厌这些禁书，认为它们是坏书。我常常在学堂里读这些书。……大多数同学也都是这样做的。许多故事，我们几乎背得出，而且反复讨论了许多次。关于这些故事，我们比村里的老人知道得还要多些。……我认为这些书大概对我影响很大，因为是在容易接受的年龄里读的。”

影响是方方面面的，并且不易察觉。例如民族英雄岳飞，会在无数幼小的心灵中播下抗击外族侵略的种子。而至少近代以来的民族英雄，毛泽东的名字要排在第一位，是他领导的党和军队结束了中华民族的百年耻辱。再如《三国演义》，对毛泽东的军事指挥艺术是有帮助的。在延安写《论持久战》之前，毛泽东并未读过《孙子兵法》。他有句名言：一上战场，所有的兵法都忘光了。

《论持久战》所展示的哲学视野、政治视野和军事视野，具有划时代的意义，一本小册子，超越了堆积如山的军事专著。

“在战争中学习战争。”这个短语所蕴含的能量生发了灵活机动的战略战术。红军、八路军、解放军、抗美援朝志愿军，这是一支空前的、战无不胜的人民军队。它无坚不摧的力量来自于本土性，最大限度地调动了人的战斗意志。

毛泽东超凡的直觉能力当起于早年。儿童及少年期，对人的一生关系重大。九岁以前他是在外婆家度过的，一定听过了许多故事。可惜这一段漫长的时光记载太少。

毛泽东十四五岁在家务农，夜里帮父亲打算盘。父子之间的关系依然紧张。父亲指点的生活道路，毛泽东拒绝认同。父亲想让他到七十里外的湘潭县城当米店学徒，然后做生意，并且试图包办他的婚姻，让他娶一个大他六岁的女子。他的志向却是走出韶山冲，继续求学，婚姻也要自主，一定要自主。父子的冲突表现在诸多的日常细节中。老师的粗暴和父亲的专横造就他的叛逆精神。而类似的紧张场景，大多数家庭都有过。正在孕育的辛亥革命即将推翻清王朝。这一时期的毛泽东反抗着不讲理的父亲。大闹天宫的孙悟空和梁山好汉们激动着无数少年的心。

少年毛泽东看各种各样的书，《毛泽东年谱》：“虽然辍学，仍继续读书，读当时能找到的一切书籍，常常读到深夜。”1936年毛泽东对斯诺回忆说：“我继续读中国旧小说和故事。有一天我忽然想到，这些小说有一件事情很特别，就是里面没有种田的农民。所有的人物都是武将、文官、书生，从来没有一个农民做主人公。对于这件事，我郁闷了两年之久，后来我就分析小说的内容。我发现它们歌颂的人物全是武将、人民的统治者，而这些人是不必种田的，因为土地归他们所有和控制。”

这一“忽然想到”，意义就无限大了，新中国的诞生也可以追溯到毛泽东的这个念头，几十亿人的生活轨迹因之而变化。农民长期受压迫，毛泽东为此郁闷了两年之久。郁闷意味着太多的事情、太多的社会现象他想不通。想不通，于是要接着想。思想的种子埋下了。他和母亲一起把家里的谷子悄悄送给穷人——这可能是思想的种子开出的第一朵行动的小花。若干年以后，他写下“粪土当年万户侯”这样的句子，写下《湖南农民运动考察报告》，写下“星星之火，可以燎原”。毛泽东“农村包围城市”的战略思想，释放了千百年沉积下来的历史能量，“唤起工农千百万”，决定了中国的命运。

少年毛泽东读书时的“忽然想到”，偶然中包含了必然。读那些旧小说、听那些老故事的人何止亿万，类似的念头或许有过，却一闪即灭，没有人像毛泽东那样，为农民的问题郁闷了两年之久，后来又展开分析。念头一个接一个，呼呼生风，环环相扣，于是生发了强有力的思想。思想又生发新的思想。

“哪里有压迫，哪里就有反抗。”

这个简洁的判断是如此杰出，让时光的流逝、地域的差异变得毫无意义。

毛泽东十七岁走出了韶山冲，带着强烈的求知欲和他所独具的思想的萌芽。他在长沙的一所中学带头剪辫子。考入湖南第一师范之前，他有半年的光景每天去省立图书馆，中午吃几个馒头，总是最后一个离开阅览室。湖南一师的五年半，他做的读书笔记多达百万字。他选择喧闹的街区或市场看书，强化心力。他以各种方式“野蛮其身体”。他提倡读无字书，远足千里不带一文钱，沿途访问农民，靠一手漂亮的书法写对联换作盘缠……“忆往昔峥嵘岁月稠”，毛泽东生命中的每一秒钟都充盈着张力。

单说个体生命的丰富性，二十世纪的中国，没有任何人能与毛泽东相提并论。

晚年的毛泽东对人文科学、自然科学的阅读广泛而深入，龚育之等人的《毛泽东的读书生活》一书有详细记载。谢静宜的《毛泽东身边工作琐忆》披露了毛泽东读书的很多细节。哲学思考启发了科学洞见，龚育之先生讲了一件颇有意思的事情，1977年，在美国夏威夷召开的第七届粒子物理学讨论会上，诺贝尔物理学奖获得者格拉肖说了一段话："洋葱还有更深的一层吗？夸克和轻子是否都有共同的更基本的组成部分呢？许多中国物理学家一直是维护这种观念的。我提议把构成物质的所有这些假设的组成部分命名为'毛粒子'，以纪念已故的毛泽东主席，因为他一贯主张自然界有更深的统一。"

游

古人漫游，今人旅游，前者有足够的情绪与思绪饱满度，后者把速度和半径扩大了数十倍。不必计较古今之优劣，倒是应当提倡缺啥想啥。中国山水纵横，世界无奇不有，要紧的是培养一双审美之眼，一颗不停地向深度挺进的好奇之心。什么是环境？什么叫远方？孩提时代的丰富体验提醒我们：环境是从身体内部生长出来的环境。极而言之：五湖四海，小于一方春水池塘。

卷八 游

庄子的逍遥游

庄子的漫游加神游，大约举世无双。历史长河中几乎没人像庄子这么善变，总是能够生活在别处。“君子不器”，庄周先生为最。他是固化、异化的天敌。孔夫子固然博大精深，有时候却也忍不住要固化，梦见周公太甚，让大堆周礼缚住了手脚，“父母在，不远游”、“父死，(儿子)三年不改父之道”、“君君、臣臣、父父、子子”之类，对后世产生了不良影响，衍生了汉儒的三纲五常，宋儒的存天理灭人欲。孔子对女性有严重的偏见，对死亡的思考也成问题。此系本文的题外话，容后再谈。

在孔孟之道统摄社会之前，中国的个体还比较多。秦汉以降，群体渐成趋势，魏晋所谓人的自觉或曰人的多元远不能代表大多数。唐宋亦然。元明清且不论。中国式的集体主义看来是天命，是悠久的汉语和农耕文明的双重产物。

庄子的意义在于使固化的事物疏松。他构成了追求秩序的孔孟之道的反向运动。他自称老子的学生，经常梦见老子，猜想老子。一如孔夫子梦见周公。

《庄子》三十三篇，嘲笑挖苦孔夫子是一大主题。

在全球化背景下，注重集体的中国人想要修炼成个体，不妨多悟庄子。

庄子有个寓言，说一个人很不喜欢自己的影子，于是拼命地跑，要甩掉影子，摆脱影子的纠缠。可是他跑得越快，影子跟他越紧。他转弯，影子又跟他转弯。他跑呀跑呀，累得不行了，停下来喘口气，那影子也做出一副喘气的样子，分明是嘲笑他的无能。他怒而再跑，拼命往前冲，终于把自己累死在太阳下。其实路边就有树荫，这个疯跑的人到树荫下去歇息，影子不就消失了么？庄子讲的这个荒诞故事，颇似卡夫卡的小说。

荒诞对应世事。卡夫卡是西方现代小说之父，他的主题只有一个：工业文明带来的人的异化。他揭示了四重分裂：人与自然、人与他人、人与社会、人与自我的分裂。

人类自称万物之灵，也没有别的物种来反驳，人类（主要是西方人）自近代以来就一直自说自话，在这个星球上趾高气扬，为所欲为。西方式的“求意志的意志”常态化了，加速度消耗资源，大规模污染大地大河大气，掏空文化赋予人的潜能，把全面发展的人定位成消费者，钉死在技术主义消费主义的图景上。这种一根筋的狂奔，就像庄子笔下那个疯跑的人，一心要摆脱低碳的生活，冲向高消耗。

“世界之为意志之表象”，疯跑者走火入魔，早就看不见树荫了。而西方诸国受资本逻辑的蛊惑，对灵性的轨迹、生活的多元、诗意的栖居弃之如敝屣。百年狂奔的西方人究竟要奔向何处呢？二十世纪中叶的海德格尔说：这叫绝望狂奔。

认真读过《道德经》的海氏，想必也会青睐庄子。

日常生活中的官员或商人，一根筋的屡见不鲜：奔仕途争官帽，累得精疲力竭了，活得人格分裂了，他还永向前，抢官帽像疯子一般张牙舞爪，丢官帽就跟掉了魂似的，退休落权杖，转眼他就病歪歪；许多商人的眼睛只知反射金银的光，失掉世界的五色斑斓，商战之余，除了烧钱赌钱无事可干，“穷得只剩钱”。

庄子讲的那个神经质的“疯跑跑”，对自己的脚印也是万分厌恶，决心以飞速的奔跑摆脱它，岂知他逃得越快，地上的脚印越多。

庄子总结疯跑跑：“不知处阴以息影，处静以息迹，愚亦甚矣！”

严格说来，包括庄子在内的任何人都会有遮蔽。社会各色人等，各有各的遮蔽，生存的敞开只是相对而言。但是，境界的差异巨大。庄子式的智者与古今各类“疯跑跑”的差距，远远超过亿万富翁与街头乞儿，可惜迄今为止，人类未能作出有效的努力，庶几像标示商品价格一样，标示出精神境界的差异。换言之，人类只不过是进化中的人类，目前看来是智愚参半，要让老子庄子墨子的智慧普世化，去掉西方式的主客体分离、对象化思维一手遮天的愚蠢，恐怕还得花上数百年，而这个千疮万孔的星球可能已经等不起了。

庄子的内心无限丰富，生平不复杂。他是宋国蒙邑人，大约在城乡结合部做着漆园吏的营生，收入不菲，三十岁左右忽然失掉肥缺，回家编草鞋养家糊口，跟穷人打堆，自己也成了穷人，有时候吃了上顿愁下顿。钓鱼打鸟，担水劈柴。草鞋草帽草席草垫子……他是出色的手艺人，编得很精巧，但不收编织徒弟，不扩大经营规模，不理会妻子的唠叨，强于希腊的苏格拉底。

劳力以不妨碍脑力为界限。干活太累了，思维不敏感。

庄子干活走神，神游八荒，尺方的墙内万物纷呈。这是游的极致。

楚威王的使者携重金来陋巷聘请他，他不去。为何不去？去了就不能逍遥，被某种固定的社会角色所霸占。陋巷深处自有丰富的生活世界，百工杂处，菜农果农云集，提篮小贩们奔走吆喝，生得奇形怪状的残疾人各具谋生的高招。庄子的寓言故事中，畸人占的比例大，畸人远比身体健全的人优秀，并且充满了幽默感，“卑贱者最聪明”。

底层民众，素心人多。庄子就是底层的一员，不同的是，他的思维高蹈于所有阶层之上，宏观微观并进，游于万事万物之间，哲思泉涌。他滑如泥鳅，从每一只试图捉住他的手指间滑出去。他飘忽不定。明天吃啥他不知道，明天会想啥他更不知道——连一根折成两半的小木棍也能悟出永恒的科学真理：“一尺之棰，日取其半，永无穷竭。”

这是物理学实验室所不能证明的，理论物理称作基本粒子。

现代常用的成语故事，出自《庄子》一书的最多，超过《论语》《孟子》。

某一天，破墙头飞来了一只蝴蝶，庄子盯上了，目光随它美丽的翅膀飞呀飞，停在叶脉上，翩翩掠过池塘。庄子盯蝴蝶盯了又盯，神思追过去了，灵魂出窍了，无限地融入到对象当中去，恨不得化作蝴蝶的轻盈，惊奇它的可能性，而不会想到制作蝴蝶标本。

海氏名言：“很可能，在自然背向技术的另一面，恰好潜藏着自然的本质。”

笔者小时候有过类似的体验，盯着另一张脸使劲想：怪了，我离他如此之近，为什么我不能变成他呢？为此我闷头闷脑想了很久，使劲盯了好几张脸，包括大人的脸、小狗小猫的脸，费尽心思也盯不出一个所以然。不过，小学三年级的体验，至今印象鲜明。今天总算明白了，我盯上了一个无，试图从中盯出有来。

一个人想要变成另外一个人，或者变成一棵树一只鸟……也许大多数童真未泯的孩子有此体验。柏格森说：远古生物在获得视觉之前，一定有一种看的冲动。

中国的传统文化有着无穷无尽的审美冲动，源头主要在庄子。欣赏一朵花，欣赏而已，不会搞一个实验室去研究它。赞美一条弯弯拐拐的河流，但无意把它拉直、为我所用。这导致科学技术不够发达，却创造了极其丰富的生活世界。中国式的无中生有与西方不同。道德、风俗、审美，三位一体，覆盖了日常生活，融入了方方面面。谨慎使用技术，防范商人的强力意志大面积调动贪欲。孔子和老庄从不同的方向规定了人之为人，从出生到死亡，从个体到群体，形成了一套完整的体系，生也蓬勃，死也隆重。

二十世纪二十年代罗素来中国曾感慨：如果没有西方列强的入侵，中国人会过得很宁静。林语堂《吾国与吾民》列举中国民间几十种充满想象力的玩法，他长居美国批判美国。这使我想起我们的孩提时代，正处于工业文明与农耕文明的接点上，人造物有限，初尝工业产品的甜头，电灯电影收音机自行车水果糖……生活的局面尚能自主，动手的能力强，“鬼点子”层出不穷。儿童的日常游戏与生命兴奋度，十倍于今天可怜的的孩子们，天上都是脚板印，天天玩到黑摸门，燃点低，兴趣广，永远要不够，每一个身体细胞都与自然裹成团，每一秒钟都像是悬挂树叶的晶莹剔透的露珠。哦，屈指十余年，三分之一的时间都交给户外玩耍，而消耗的物质与今天的小孩儿相比，几乎可以忽略不计。

笔者曾写过《放学路上的九种玩法》，那只是童年疯玩的九牛一毛。

庄子式的逍遥，游于物，活得天宽地阔，我们的孩提时代是知道的——身体知道的事情比大脑更多。这才是严格意义上的身心自由。西方的对象化思维、算计型思维，正在破坏我们的自由，收缩我们丰富的、极具本土性的生活世界。

自近代以来的西方大哲、大师，几乎都是批判西方的，断然否定西方式的疯狂扩张。

想想伟大的马克思和《资本论》，想想斯宾格勒《西方的没落》，想想卡夫卡和卓别林，想想爱因斯坦在广岛原子弹爆炸后的那张照片，想想罗素针对人类的两种权能过度发出的警告，想想胡塞尔首创的、针对科技单一模式的生活世界现象学，想想著名的德国法兰克福学派，想想至今健正在的哈贝马斯、乔姆斯基、米兰·昆德拉……

庄子可能是没落贵族，家里有大量藏书。他涉猎的书籍广泛，“无所不窥”。居家神游，离家漫游，活动的地域大约涉及今之河南、山东、河北、湖南、湖北。古代中国民风淳厚，十里不同俗，隔山不同音。靠着编草鞋的手艺他八方游走，游说过几个诸侯国的君主。六十岁以后长居他的小城陋巷，不再远足了。享年八十四岁，留下一部十万字的《庄子》，现存七万字，书中讲了近两百个寓言故事。

哲学家的生平，一般说来不重要。海德格尔在课堂上讲尼采，严格限于尼采的思想。严格限于是说：真正的大师有足够的能力瞄准思想。

庄子是一个没有年龄的人，一辈子拥有绵延起伏、密度有异的心理时间，而不是水平线单向度、均匀流动的物理时间；庄子能回流，“门前流水尚能西”。其生存也没有朝向，似乎同时朝着四面八方。除了老聃之外，中国几千年没人像他如此灵动，如此游刃有余。庖丁解牛，庄子便是庖丁，把握了事物的整体与局部。庄子重如山，又轻得像一根灯草。庄子疾如风，又能站成一根木桩。庄子的身影忽而深渊，忽而云端……他留下的生命谜团，乃是中国人的永久性谜团。庄子式的神秘拢集了天地万物的神秘。

万物不能被技术穷尽。庄子意味着永恒生发。

庄子的出神之思也会对应权力，既然权力无处不在，春秋战国尤甚。《道德经》：“圣人不死，大盗不止。”礼崩乐坏催生了孔圣人。战乱频仍让思想家的脑袋高速运转。即便是尧的时代，许由洗耳的故事也到处流传。《庄子·让王》讲了一个善卷，舜帝把天下让给善卷，善卷以庄周的口吻说：“余立于宇宙之中，冬衣皮毛，夏衣葛絺，春耕种，形足以劳动；秋收敛，身足以休食。日出而作，日入而息，逍遥于天地之间，而心意自得，吾何以天下为哉！”舜帝的天下如何比得了庄子的宇宙？天下苍生的福祉固然极重要，但以审美的目光洞察自然、以逍遥的姿态游于万物更重要，这是从源头上解决人世间的祸福循环。人欲汹汹，恰似病毒的肆虐，审美观照是一服解毒剂。

庄子从来不消极。庄子非常积极。文明进程中的负能量有多大，庄子的意义就有多大，无穷生发盖指此焉。道高一尺，魔高一丈。二者数千年角力，彼此相反而相成。魔鬼的力量，恶之花的永恒，庄子有足够的掂量。老实讲，古今研究庄子的书，大都无力思及这一层。北宋的黄庭坚曾对此发出感叹。闻一多先生喜欢谈论庄子，仅得皮毛。

对于创造性的人物，必然以创造性的思维，方能与之对接。

庄子骄傲地说：“帝王之功，圣人之余事。”圣人的正事乃是悟道，文治武功，不过余力为之而已。“道法自然”，道的显形乃是相当漫长的、循序渐进的过程。道因异化、因对立面的强大而趋于显形，此曰倒逼。当初的“道可道，非常道”，现在已经易于言说了。西哲的言说要多一些，包括众多的自然科学家。

你以什么样的方式对待自然，自然就以相同的方式回敬你，而选项之一是消灭你。

老子和庄子的符号意义不在孔子之下。

庄子观鱼，乐游鱼之所乐。庄子登山弹大鸟，忽然停弓，化身为一飞冲天的鲲鹏。庄子闲坐陋室，冥思时光之飞逝，瞥见白驹过隙。庄子命名的蛮、触两个小国，位于蜗牛角上，长期恶斗不息，伏尸数万，“一微尘里斗精神”。庄子庄严宣布：道在瓦片下，道在屎尿中……孔子梦周公，庄生梦蝴蝶，前者追慕周礼三千，后者要将人生的樊笼彻底打破。大大小小的樊笼多得数不清，形形色色的生存之遮蔽，连圣人老子也辨别不完。

庄子式的神游漫游，深入事物的千姿百态，将低沸点的、朴素的欣悦发挥到极致。这与佛祖释迦牟尼的拈花微笑殊途同归。近代以来的人则类似“疯跑跑”，但愿是以远离庄子的方式接近庄子，触底反弹。东、西方文明的大碰撞正在发生，未来几十年或可见分晓。测不准的是备受人类折腾的星球，她的承受底线在何处；同样测不准的，是自然反弹的规模、速度、方式。

据2015年5月8日《参考消息》：全球二氧化碳浓度达到一百多万年来的最高值。

另据央视新闻：2015年，全球气温再创新高。

低沸点的欣悦完全可行，中华文明已经证明了数千年。在漫长的历史进程中，贪婪只是极少数人的专利。欲望从来没有大面积疯长，节俭的美德从来没有弱化。眼下并不罕见的物欲嚣张之辈，必定对大自然虎视眈眈——这个且不谈，着眼于未来吧。

兴奋点迅速推高，强刺激恶性循环，制造了暮气沉沉的人，自我放纵的人，人格分裂的人，百无聊赖的人，炫富斗阔的人，不打牌就打瞌睡、不上网就上床闷卧的人，鬼头鬼脑的人，居心叵测的人，疯狂扫货的人，煽动浪费的人，沉迷投机的人，算计亲朋的人，聚集起来共同释放无聊之能量的人……所有这些人，都在庄子的视线之内。

如果一个人的目光能穿过一万年，那么，这个人就叫庄子。

庄子是各种动物和无数小虫子的好朋友，尽管他观鱼吃鱼，爱鸟射鸟。我估计庄子也会吃虫子，吃甲壳虫或毛毛虫，必要的时候尝尝屎尿。齐物，齐生死，超然物外，一切顺乎自然。“天地无情，以万物为刍狗。”庄子以老子的口吻到处提倡无情，帮新寡的妇人扇干亡夫的坟，让寡妇尽快改嫁。无情有何妙处？无情方能游于万事万物，不沾，不滞，不执。天地之道在于四季循环，生死交替，老天爷不会为鲜花的枯萎伤心。

“天若有情天亦老”，天不老，人要向天学道。情和欲总相连，情烈欲盛，难免执着于某一国，某一事，某一理念，于是要发动战争。庄子思想的土壤之一是战乱，他倒是不提倡战争，这一点，也许西方的哲学家思得更远。

庄子逍遥游的秘诀是免于执，这与佛说不谋而合。佛陀的方丈内，自有大千世界。

无论居家还是远游，庄周都能抵达游的本质和最佳状态。这就无所不游其极了。庄子逍遥，击中了古今绝大多数人的不逍遥，所以他合该流芳千古，矗立于东方文明的核心。“乘物以游心”，讲得多好。“得至美而游乎至乐”，可惜庄子享受的至美至乐，我们这些人享受不到。庄子能看见无，而拥有这般慧眼的人寥若晨星。

随着技术从各个方向对自然界大举进攻，庄子命中注定与现代文明越裹越紧，有朝一日来个中心开花，爆出两点普世智慧：一是审美主导生活，少伤物；二是拾起与简单事物打交道的能力。二者热聚变，摧毁那个把生命的欣悦与能源消耗直接挂钩的公式。

末了，引用鲁迅："我们挂孔夫子的招牌，却都是庄子的私淑弟子。"

杜甫的另一面：齐鲁燕赵，裘马轻狂

孔子丧家犬式的传道周游，庄子至美至乐的逍遥游，埋下汉唐宋士子游荡的基因。读万卷书，行万里路。李白可能游得最厉害，“三山五岳不辞远，一生好作名山游”。泰山、庐山、天山、天姥山、敬亭山、太行山、王屋山、峨眉山、青城山、象耳山、终南山、华山、终年积雪的太白山……似乎只差喜马拉雅山。

杜甫的漫游也复可观，一生不下几十万里。他喜欢马，活得像一匹老马。

杜甫字子美，河南巩县人，小李白十一岁，生长于唐玄宗开元年间。杜审言是他的祖父，所以他说：“诗是吾家事。”他的母亲去世早，姑母养育他，当疫病同时袭击了两个小孩儿的时候，姑母更多地照顾他，她自己的孩子却不幸夭折了。这件事，在杜甫稚嫩的心中注入了仁慈。姑母去世，他为姑母守孝。天宝十四年（755）安史之乱起，他拖着一家子颠沛流离到成都。仁慈广大而苦难无边。莲座上的观音菩萨手托净瓶，微笑着救苦救难，而杜甫只能皱着眉头写诗，把天下苍生的苦难收于笔端。

中国历代诗人，杜甫看穷人最仔细。他的心和维克多·雨果的心是相通的。

杜甫的早年生活幸福，衣食无忧，从兄表弟一大群，高高矮矮的，常常疯进一头疯出一头。七岁写诗，九岁练书法。父亲宦游在外，他追忆生母，依恋姑母，温情缭绕于方寸间，也调皮、贪玩。晚年回忆说：“忆昔十五心尚孩，健如黄犊走复来。庭前八月梨枣熟，一日上树能千回。”眼下的许多小孩儿，一日上网能千回，失掉广袤的野地、活蹦乱跳的户外生活，失掉主动性和创造性，生存模式化，意绪平约化，他年回首孩提时代，记忆中将是一片空白：电子产品制造的画面与讯息互相抵消。这种抵消是设计好的，唯一留存下来的是经营者的利润。在这个过程中，海量的稚嫩生命被算计，被掏空，无限丰富的世界收缩成几个乌贼般的瘾头。

上帝拿走了儿童的乐园，又给了他一台电脑。

作为工具的互联网另当别论。

杜甫二十岁开始漫游，从中原的腹地游到江南去，游杭州、越州、金陵……一游游了四年。不求仕，诗也写得少。漫游没有目的，异域风物扑面而来，思绪像风一样自由。如果杜甫立志早，一心要做官，要写好诗，那么，意志势必封杀感觉的原生态。

这些年若干门类的艺术，由于标新立异的心思太甚，导致感觉的世界一片萧条。慌。很多人都急于求异，结果却是趋同，低水平的循环积为一潭……

杜甫游回老家巩县了，向亲朋欣然讲述江南风光，足足讲了九天。家里待了大半年，他又游出去了，像一条思念大海的鱼。他登上泰山，好诗来找他了，《望岳》："岱宗夫如何？齐鲁青未了。造化钟神秀，阴阳割昏晓。……"

优秀作品大都是意外的产物。诗仙李太白也不敢夸口：明天喝它十斤酒，写它两首好诗。杜甫漫游五年，得了平生第一首好诗。他写诗严谨，要对得起名噪一时的祖父杜审言，"语不惊人死不休"。

杜甫从齐鲁游到燕赵去了，"放荡齐赵间，裘马颇轻狂"。江南四年，齐鲁燕赵又是四年，妩媚与粗犷奔来眼底，短暂者（人）除了惊奇还是惊奇。寸寸贴近山水肌肤，步步叩访民风民俗，远行者充满了惊讶惊喜，悠长的旅途每天都铺着意外，这是现代的旅游者所不能想象的——大环境已不复存在。古代中国山水阻隔，每个地方都有老子所崇尚的小国寡民式的生活场景。

山高皇帝远，不愁桃花源。唐帝国日趋浓重的阴影，尚未进入杜子美的视线。放荡、轻狂，裘衣、宝马，这组词汇烘托了一个意气风发的杜甫。

年少轻狂之类，倒不用计较。青春意味着试错。几年后杜甫去长安，参与过市井之徒的赌博，不无惭愧地说：“有时英雄也如此。”

年轻的托尔斯泰干了蠢事又后悔，于是写下《复活》。

晚年的杜甫欣然回望：“忆昔开元全盛日，小邑犹藏万家室。稻米流脂粟米白，公私仓廪俱丰实。九州道路无豺虎，远行不劳吉日出。齐纨鲁缟车班班，男耕女桑不相失。”

这首诗，乃是唐帝国繁荣的佐证，衣食足，治安好，乡村农户都有完整的家。北宋也如是，我写苏轼，曾诧异他一生走了数百个地方，居荒村野店，过荒山野岭，未见途中遭遇盗贼的记载。开元近三十年，加上天宝的头几年，集中显现了盛唐之盛。而北宋的持续兴旺超过了一百年。宋仁宗、唐玄宗，在位都是四十多年，智慧不可同日而语。

概言之：宋仁宗懂得无为，唐玄宗后期欲壑难填，终于把帝国填进去了。

杜甫二十九岁结婚生子，妻子杨氏系大家闺秀，“香雾云鬟湿，清辉玉臂寒”。冬暖夏凉的土室（窑洞）中他幸福了三年，于天宝二年（734）再度出游。他游到了东都洛阳，忽然感觉不适，“二年客东都，所历厌机巧”。洛阳是唐代的第二大城市，武则天曾建都于此。城市人口密集，欲望难免沸腾。似乎每个人都暗藏了机心。而杜甫接触的主要是官场中人。他三十多岁了，成家后的一大志向是立业，要走仕途。唐代的科举考生，名人或官员的推荐是个重要砝码。洛阳普通市民，未必多机巧之辈。杜甫浪迹山水习惯了，劈头碰上傲慢的达官贵人、钻营的无耻之徒，不禁心生厌倦。山水的明亮与城市的阴暗形成反差。后来的“长安十年”，杜甫的感觉更糟糕，落第、落魄、摆地摊卖药度日，“朝扣富儿门，暮随肥马尘。残杯与冷炙，处处潜悲辛”。

城市接纳成功者，排斥失败者。唐代人口逾百万的城市，只有长安、洛阳。杜甫拼搏仕途，先后挣扎于两京。他必须拼搏，像大多数士子一样。作为官宦人家的子弟，他不可能选择经商或行医。杜氏家族祖上的荣光，深入了他的潜意识。

客居东都的日子是一连串的灰色。然而，有一个人现身洛阳，照亮了杜甫，点燃了杜甫。这个人是李白。李白从何而来？从唐玄宗、杨贵妃的骊山宫殿来，身披宫锦袍，人称李翰林，怀揣老皇帝赐予的大堆金子，过境洛阳城，高视阔步，目光一扫如电抹。想巴结李白的权豪多得很，名刺如雪片，李白却一眼看中名不见经传的杜二甫（杜甫排行老二），这比较奇怪。中原大地人海茫茫，两个历史巨星偏偏要相遇，并且，结伴游起来了。也许杜甫展示了他的《望岳》，谦卑地提起祖父杜审言。此间的李白对权贵已经不感兴趣了，视线掠过金銮殿，朝着山里的神仙。除了神仙，有才华的诗人也不错。

李白迷神仙，杜甫迷李白。二人一同炼丹，一同渡过咆哮的黄河，登上山西的王屋山拜访道教天师华盖君，听说华盖君死了，不禁抱头痛哭。李白炼丹炼成了非洲人，吞服“九转丹”（据说这种仙丹令人迅速得道）又狂拉肚子，转服杜甫熬的止泻药。

不久，高适加入进来，三个诗人一块儿漫游。后来高适的官做得很大，“为有唐以来诗人之达者”，写边塞诗，与岑参齐名。

古代谁跟谁游，可不是一件小事情。《论语》：“益友三：友直，友谅，友多闻。”李白至少具备直爽与多闻，又名满天下，玩弄过大权臣高力士、杨国忠。杜甫迷瞪瞪跟李白游了几个月，自我丢失了，写诗的语气俨然另一个李白：“白刃仇不义，黄金倾有无。杀人红尘里，报答在斯须。”

优秀人物都会经历丢失自我的过程，向更优秀的人物看齐。三十二岁的杜甫跟四十三岁的李白游，连饮酒啖肉擦嘴的动作都像李白。李白狂，杜甫就狂。李白朝山谷长啸，杜甫亦作狮子吼。李白显摆御赐的飞龙马、宫锦袍、珊瑚鞭，拍拍杜甫瘦削的肩膀说：杜二甫，我这宫锦袍上有贵妃娘娘留下的芳泽，美人三年留余香啊。

高适吟诵李白为杨玉环写的佳作：“云想衣裳花想容，春风拂槛露花浓。……”杜甫叹曰：日后去长安，定当一睹玉颜！几年后他写下《丽人行》。长安沦陷，又写《哀江头》，痛悼缢死于马嵬坡的杨妃：“少陵野老吞声哭，……明眸皓齿今何在？血污游魂归不得。”

三条汉子纵马畅游，“醉酒梁园夜，行歌泗水春”。疾奔宋州，狂走东鲁，仗剑腰弓的杜甫俯身冲在前头，长马靴，宽腰带，裘皮衣裳映日光，手执李翰林的珊瑚白玉鞭，旷野里扔皮帽，大呼小叫，清瘦的面孔迎着秋天的太阳，血脉贲张。

豪士杜甫，侠客杜甫，酒徒杜甫，风流俊迈的杜甫，目射精光的杜甫，大言不惭的杜甫……总之，杜二甫成功地变成另外一个男人了，旧我生新我。他不由自主地吸纳李白的仙气侠气酒气豪气，一度染上李白说大话的毛病。酒量大增，否则哪有日后的《饮中八仙歌》？酒徒才是酒徒的知己。

杜甫五十九岁的生命中，有三十几年过得挺好，余下的光景时好时坏。青年时代“裘马轻狂”，一些学者要么加以诟病，要么一笔带过，其实没这个必要。没有好日子，哪来坏日子？犹如冷色来自暖色，黑暗来自光明。如果杜甫生下来就遭遇兵荒马乱，那么他会觉得世界本来就是这个样子。辨认杜甫，这一点是关键。生存的巨大落差造就了中国标志性的苦难诗人。《北征》《三吏三别》《自京赴奉先咏怀五百字》……

在山东单县一块叫孟诸的湿地，三个豪壮男人纵马打猎。野地一望无尽，大泽、杂树林、隆起的小丘、铺到天边的秋草，对应着人的洞穴时代的野性。“天高云淡，望断南飞雁”，忽而大风起，灰云铺千里。李白一度师从天下头号剑客裴旻，自称剑术第二，曾经“十步杀一人”，射箭也是少见的好手，拉强弓如满月，森林中“一射两虎穿”，时常提起汉代的飞将军李广，仿佛李广是他光荣的祖先。

李白射虎当有夸大事实的可能，但是此间的杜甫深信不疑。榜样的力量是无穷的。小磁石要靠近大磁石。至于李白曾在蜀中杀人，当然是杀坏人。

身材魁伟的高适言语不多，望着远方沉默。

狐狸、野兔、刺猬、獾子、豺狗……叫不出名字的灰色大鸟翼展数尺，怪叫着掠过马首。杜甫肩头的大漠苍鹰早已腾空，长喙利爪相搏，怪鸟不恋战，冲天而去。

孟诸秋猎半个多月，猎物甚丰。李白持剑追赶一只中箭的狼，狼反扑，差点咬住李白的脖子，幸亏高适补一箭。野狼身中两箭，还是逃走了。渐渐四合的暮色中，受伤的孤狼嗥叫，李白长啸……夜里升火烤狐兔，炙野猪，猎手们吃得满嘴流油，痛饮宫廷美酒剑南烧春，醉了倒地而睡。李白响亮的鼾声能让豹子绕道走。次日凌晨，杜甫醒来了，月儿弯弯在天，兽骨横呈于地，不禁叹曰：“清霜大泽冻，禽兽有余哀。”

杜子美多年打猎，又怜悯那些奔腾撒欢的野物。李太白哪管这个，说：“鹰豪鲁草白，狐兔多肥鲜。”《李太白全集》涉及山林狩猎的诗篇颇不少。李白有马背上的游牧民族的特征。杜甫深广的怜悯来自遥远的童年。

古代的士子学六艺，旷野骑射是常态，保留了野性基因。这使个体生命更显丰满。

二十多年前我背着一杆老式气枪，闲步踏过芬芳田野，在眉山远郊的山林里转悠，脚踩厚厚的落叶，斜穿高矮错落的坟茔，真可谓步步迷醉。更早的时候用弹弓射鸟，那反复浸过桐油的桑木弹弓，轻巧而坚实，光滑而称手，有效射程三十米，弹鸟无计，但从来不弹小鸟。打半天打累了，林中空地盘腿而坐，背靠古楠树，吃着炒花生，翻开海明威描绘他在非洲打狮子的小说，或是屠格涅夫的《猎人笔记》，契诃夫的《草原》，那份恬静，那种植入皮下的亲切感，连同穿林风和太阳斜射的光束，连同弥漫在空气中的甜滋滋的野地气味，寂静的野花纷披，蜂唱蝶舞携同远处的拖拉机……真是百年如昨。

是啊，百年如昨。人活着，总要有一些东西在记忆中坚如磐石，庶几让人于弥留之际、回光返照之时，脑际闪过的美妙之物多一些。

而眼下我是在水泥房子里，写茫茫大泽中、熊熊篝火旁的李白杜甫，追忆二三十年前质朴的欣悦、幸福的丛林游走，归于一声长长的叹息。所幸尚能回思民族的先贤，回望质朴的年代。再过若干年，当人造物与互联网进一步覆盖这个可怜的星球，也许连想象都会失去凭据。也许先贤将不再是先贤了，变形的目光恐怕要把他们逐一拉变形。李白杜甫李贺是谁呢？苏东坡辛弃疾曹雪芹又是谁？

胡塞尔：“对象之所是，取决于投向对象的眼睛。”

杜子美揖别李太白，单骑走齐州（济南），拜访年逾七旬的北海太守李邕，忘年交游起来了，黑发与白发互相学习。杜甫题诗历下亭：“海右此亭古，济南名士多。”李邕书法的名气在张旭和颜真卿之上，性豪放，交游广阔，挥金如土。这位盛唐人物吸引了杜甫。杜甫再度丢失自我，把旧我隐藏起来，大明湖畔练书法，趵突泉边浮白挥毫。

杜甫的书风“硬瘦”，诗风“沉郁顿挫”，一似他坚硬的外形与内心。

不久，杜甫将去繁华长安，结识更多的盛唐人物，生存朝着更高、更强、更饱满。

从几岁到三十几岁，杜甫一步步走得坚实。“读书万卷常暗涌”，涌于辽阔的中原大地，涌于彪悍粗犷的齐鲁燕赵。裘马轻狂，诗剑日夜招呼着远方，拢集着远方。浩然之气初养成，又即将面临长安官场的反复折困。中国历史的庞然大物在锤炼中。

漫游、交游、宦游，这些字眼在古代的意味显然强于现代，天地保持神秘，万物缓缓展开。万物的强度对应生命的饱满度。一方水土养一方人，人与千百年的风俗同在。到处都有真正的他乡、真正的异域。道路的有限畅通维系了生活意蕴的无限生成。而现代的城与乡、建筑与人，皆趋于千篇一律，令人目光疲惫。这使生命的新鲜感大打折扣。

天宝四年的秋天，李白与杜甫再次相逢于山东，谈笑盘桓月余，纵马兖州访道士。杜甫面对偶像般的李白，语气变了：“秋来相顾尚飘蓬，未就丹砂愧葛洪。痛饮狂歌空度日，飞扬跋扈为谁雄？”李白淡淡一笑，他知道，踌躇满志的杜甫和他当年奔长安相似。他回赠一首《鲁郡东石门赠杜二甫》，其中说：“飞蓬各自远，且尽手中杯。”

未来的诗圣与眼下的诗仙相揖别，从此天各一方，再也没有相逢。

李贺的昌谷

河南昌谷是中唐李贺的故乡，今属宜阳县。在古代，那是一片蓬蓬勃勃的野地，乱花照眼，“团红当路啼”，杂树间一座座坟茔触目，连昌河交汇洛河，女几山矗立着杜兰香女神的神庙。生与死近在咫尺，梦想和现实纠缠不清，人、神、鬼朝夕相处。我一度想去昌谷看看，踌躇再三，终于未去，怕失望，还是保持阅读的印象比较好。

古人云：“李白仙才，李贺鬼才。”

李贺在唐代诗人中很特别，他对死亡的亲近是独一无二的，他把鬼域写得生机盎然，将病态美推向极致。死亡向来是西方诗人的主题，西哲云：不知死，焉知生？弗洛伊德将人类的破坏性冲动与死亡本能联系起来。海氏《存在与时间》的死亡研究，让欧美学界折服至今。中国的孔夫子说：“不知生，焉知死？”可见春秋时期的哲人们曾经对死亡感兴趣，展开过若干追问，而随着孔子符号的放大，这一视野渐渐缩小。除了屈原和庄子，古代似乎只有一个李长吉，天生亲近死亡。现代则有鲁迅先生。

宋代学者尝言，李贺诗如同仓颉造字，“能使夜鬼哭”。

中国历史几千年，精神的探险者可不多，眼下更是少之又少。

读李贺，会有收获。

李贺年少多病，病身识字又早，这导致双重的敏感。史料形容李贺的外表：“细瘦、庞鼻、通眉、长爪，能疾书苦吟。”他家境尚好，父亲在外地做着九品官。家中有南园、北园，栽了许多竹子，供他题诗于竹竿上。他每天骑驴出门转悠，驴蹄后跟着忠诚的巴童。晨出暮归，沐浴朝晖夕阳，落入晨雾暮霭。饿了，吃一顿乡村野店的小酒，主仆二人言语不多。李贺有个据说是祖传的破锦囊，一直背着，吃酒也不肯解下来。途中得了诗，反手塞进去。细胳膊长长的，手指也长，指甲弯曲。他自称李唐王室的子孙。李白杜甫也这么说。三个人或有挂角亲。

朝晖满天出门去，归家驮个巨大的夕阳。微雨不废，下雪不改，乌云滚滚抬腿就走。有时候忽遇飞沙走石的妖风，李贺薄薄的身子吹得东歪西倒，离地而飘，像一片秋叶，落下地来很享受。他在暴雨中尖叫奔跑。球状闪电撞击老槐树，玩似的。野水暴涨。

“四月是残忍的季节，记忆中长满了丁香花。”

昌谷的无边野地让李贺痴迷。年复一年漫游，从一个古村落到另一个古村落。乱草野花步步迷，荒冢枯树向黄昏。少年诗人倍感惬意，背靠残留的墓碑、洞开的墓穴一坐半天，顺手摘几颗鲜红的“雷果果儿”塞进嘴里。巴童烧虫子吃。毛驴吃鲜草，嚼嫩叶，皮毛油光水滑。“昌谷五月稻，细青满平水。遥峦相压叠，颓绿愁堕地。……”细青指秧苗，遥峦指远山。躬耕的农民离土地太近，失掉某些审美间距。农夫关心农事，土地是生长庄稼的土地。诗人之思，拢集着日月星辰，招呼牛鬼蛇神。

野地究竟有多野，李贺是知道的。他是长年累月飘浮在地平线尽头的孤魂野鬼。“秋坟鬼唱鲍家诗，恨血千年土中碧。”九岁写诗，写到十七岁，带上他的宝贝破锦囊，去一百五十里外的东京洛阳，谒见文坛泰斗韩愈，长揖不拜，口音很奇怪。

名篇一挥而就，《雁门太守行》：“黑云压城城欲摧，甲光向日金鳞开。……”

韩愈读得浑身冒汗。涉世未深的昌谷少年，写下惊心动魄的征战诗篇，不亚于高适、岑参最好的边塞诗。诗人是漫游大地的神秘者，是先知，是自然永不背叛的温柔情人。

海氏：“我们要倾听诗人的言说。”

汉语编织的迷宫犹如昌谷的野地迷宫，李贺又随身携带少年病体的怪异感受。“鬼灯如漆点松花。”他喜欢齐、梁、陈的宫体艳诗，写《苏小小墓》《贝宫夫人》《帝子歌》，沉迷于女人们的一切装饰，从金钗玉佩到兰脸脉脉，到脚上的袜子、鞋带子。艳冶直指死亡。美好之物越美好，越是指向腐朽衰败。有个西方诗人写他年轻漂亮的妻子每天拼命擦粉，神经质地抵抗十年后才会出现的皱纹。萨特的朋友尼赞，二十岁健如牛，却对死亡忧心忡忡，总是匆匆走过蓬皮杜广场，横穿香榭丽舍大街，眉头紧锁，如赴死地。尼赞疯狂享受他能抓到手的任何东西。超现实主义诗人布勒东，把死亡通知书贴满了自家的墙壁。西哲名言："人一生下地，就足以老到去死。"海德格尔命名：先行到死。

李贺所关注的，大抵是文学史上的所谓三流诗人，李、杜、白在他的视野之外。这好比法国的高更喜欢的画家，都是三流画家。

一湾水、一座坟、一朵花、一抹幽光、一场偏东雨……皆是诗人捕捉的风物。"南山何其悲，鬼雨洒空草。"满天星星眨着鬼眼睛。"香风下高广，鞍马正华耀。"古人没有环境或风景这类切割生命的概念，天地人神巫，浑然一体。现代人若是从风景的角度读李贺，哪里还有李贺。唯有生命体验方能通向生命体验。小体验也能向大体验抓个一爪半鳞。现代式的观光旅游，是人与自然剥离的产物、对象化思维的产物，旅游者被旅游业精确算计和设定。步步丈量祖国山河的张承志，讥讽那些走马观花的人是"宾馆动物"。眼下不妨加一句：照相过客。一群群地照完了，闹哄哄拍屁股走人，宣称已经拥有了某地某景，发微信去显摆，或可叫作"占有式旅游"。

动不动就照相源于不自信，把心灵自动开合的窗户交给镜头。人的异化，此为一例。眼睛不再是心灵的窗户，眼珠子像两个机械滑动的玻璃球。

李贺那双诗眼，胜过一亿镜头。

昌谷的般般风物，几千个日日夜夜，次第奔来眼底，丰富得难以言说。驴蹄悠悠，方圆百十里而已，有时候差不多原地打转，"我有迷魂招不得"。

原野的面积是不存在的，半径周长也是不存在的，一花一世界，一俗亦中国。

杂学旁收的李贺，一头扎进汉语艺术的迷宫。为将来的生计，他也学孔子孟子，却是庄子的私淑弟子、屈子的异代知音。五千里楚国的鬼神巫，李长吉向往久矣。《山鬼》《九歌》《九章》《湘夫人》……

长吉二字，表明李贺幼年身子就弱，父母希望他长久吉祥。

少年病体的敏感，笔者缺少体验。我记忆中的1970年代，眉山尚有几段悠长的古城墙。城墙内外，田地野地湿地坟地自留地。单说那风吧，草风、树风、水风、熏风、云风、麦田风、坟头风、穿林风、洼地起旋风、"平畴交远风”、高广下大风、土墙之间劲道十足的窄窄风……人在风中啊，不沉醉也难。那可是拒绝分类的沉醉，个体生命要加以珍藏的沉醉。有一天傍晚大雷雨，风把老树折断，炸雷滚过低空，闪电划破头顶上的乱云，我们几个少年从岷江边步行十五六里回家，一路上嘻嘻哈哈——反正浑身湿透了。暴雨中窒息的感觉真是有些爽啊。平日里野惯了，瓢泼大雨，稀松平常；大毒日头晒脱几层皮，稀松平常；“打体育”伤筋动骨，稀松平常；尖利的植物刺破皮肤，蜂子虫子蜇伤手足脸，稀松平常……哪有什么小鲜肉。女生也拒绝温室里生长的花朵。

高尔基：“让暴风雨来得更猛烈些吧!”

嗬，难怪编草鞋极目八荒的庄周那么乐。

徜徉那些真正的湿地，逗留艳阳下荆棘铺天的沙地，心里总是如歌如酒，好几个钟头不想走。想爬，想打滚，手倒立又头蹭沙，嘴啃草……我也不知道是怎么一回事。小学中学屡试不爽，痴迷于春夏秋冬。也许野地诱发了人类洞穴时代的野性基因。是的，诱发了远古基因。由此可见，男孩儿如果不能满足哪怕是一点点的野性基因，那就注定不幸福。活着要学撵山狗，焉能变成圈养鸡？现成在手的东西即使堆积如山，能堆出什么呢？动物园里吃得蛮好享用空调的动物们，比它们野性十足的丛林同类幸福吗？

飞奔的撵山狗，腾空的撵山狗，目射如狼的撵山狗，能抵达物种遗传赋予它的巅峰兴奋。是的，巅峰兴奋。

丛林野性何止百万年，人类文明不过几千年。

昌谷野地的李贺，连昌河畔、女几山下的李贺，孤独的兴奋没完没了。庄子的弟子千千万万，李贺最出色，尽管他不用读 《庄子》。“斫取青光写楚辞，腻香春粉黑离离。”南园北园的竹子大都刮去了青皮，李贺浓墨疾书，“方其下笔风雨快，笔势未到气已吞”(苏轼)。竹粉墨汁泛着腻香，春阳笼罩的李贺懒洋洋，或斜倚懒版，或蜷缩胡床。他想啥呢？“若有人兮山之阿，被薜荔兮戴女萝。既含睇兮又宜笑，子慕余兮善窈窕。”雾状的屈原弥漫了十七八岁的李贺，春天里的秋天：“袅袅兮秋风，洞庭波兮木叶下。”

母亲蹲菜园子喂鸡。小弟温习着经史。巴童打柴，打完了倚墙打瞌睡。

肥驴子又牵出门了，母亲郑氏叹一口气，也不说啥，说够了。

山水之间神庙处处，龙女（贝宫夫人）的神庙、杜兰香的神庙、湘妃潇妃的神庙，也许还有其他女神，几百年肌肤圆润，芳姿绰约，亲昵着春心萌动的少男少女。文庙武庙、土地庙龙王庙、佛寺以及道观，不能霸占辽阔的原野。皇权染指尚有限。宋代以后，性感女神的神庙在民间消失了，礼教大获全胜。而西方的缪斯、维纳斯女神从未退场。

李贺《洛姝真珠》："真珠小娘下清廓，洛苑香风飞绰绰。寒鬓斜簪玉燕光，高楼唱月敲悬珰。"悬珰：佩饰。《湖中曲》写少女："长眉越沙采兰若，桂叶水荭春漠漠。横船醉眠白昼闲，渡口梅风歌扇薄……"长眉弯曲的少女越过沙滩采兰若，她的形象多么清幽。贝宫夫人也是长眉："长眉凝绿几千年，清凉堪老镜中鸾。秋肌稍觉玉衣寒，空光贴妥水如天。"墓中的苏小小也来凑热闹，她生前是钱塘名妓，情烈身子弱，十七岁玉殒香消。艳骨犹起舞，青冢飘浮着红花绿叶。

神女鬼女少女，她们联翩而来，李贺真有些应接不暇。诗人羞怯，垂下了眼睑。

昌谷的四季花木交替，李贺却没有春夏秋冬，四季早已化为千差万别的感觉。没有一朵现成的花，唯有色香的持续浮动——小孩儿和诗人的体验惊人地相似，都具有原初性、混成态。阳光气味浓。阳光在远方颤动，时光于近处呼啸。原野总是浑成，恍兮惚兮，也不用去辨别，更不会愚蠢地加以分类。感觉的原发地带蓬蓬勃勃，意绪何止千百种。中国式审美的奥妙在此。优游于万物之间，李贺是个典型。原野的交响曲妙不可言，"吹万不同"，永远听不够。

诗人乃是梦游人，分不清梦境与实境。细瘦的诗人李长吉走在昌谷，也是走在自己飘浮的魂魄中，走在病体的怪异感受中，走在汉语艺术拒绝测控的能量中。

目的性是散在的，浑身疯长的诗性恰好需要这种散在。求仕的意志正在成形，出门却抛到脑后。破锦囊从来不装四书五经。李贺写诗，倒是鄙夷孔子。历朝历代强大的个体，大都有质疑孔子的倾向，逃逸那黑洞般的权力，活向自由。庄子以嘲笑孔子为乐，又安排老子教训孔子。李白："我本楚狂人，凤歌笑孔丘。"苏轼："我居庙堂上，不改麋鹿姿。"人性的自由与社会秩序之间形成强对流，张力周而复始，生风生雨生雷电。

细瘦李贺盘腿坐在高高的女儿山上，冥想风流婀娜的杜兰香女神。躺在连昌河的柔波间他接着想，婉转沉水，追逐嬉戏美人鱼。男欢女爱冲力强，最容易突破礼教的防线，打倒笑不露齿，推翻夫为妻纲，摧毁授受不亲。恋爱使人性站立。

李贺十来岁就迷恋杜兰香了，一年年靠近她的芳泽，呼吸她的腻香："团鬓分珠巢，秾眉笼小唇。弄蝶和轻妍，风光怯腰身。"杜兰香漫步云端、凌波水上的仪态真是美极了："走天呵白鹿，游水鞭锦鳞。"

神鬼勃勃，解构礼教。自然之审美亦然，两性之相悦亦然。

此三者，或可把握鬼才李贺。

不能把握的是野地的无限延伸，感觉的无限细分。早晨、正午、黄昏、月夜或是伸手不见五指的月黑夜，包裹着入了魔境的诗人。"无奈诗魔昏晓侵，绕篱欹石自沉音。"词语和野地互相撩拨、挑逗、激荡，细胞的燃烧哧哧作响，两颊赤红，肉身承受不住。

李贺享年二十七岁，游荡昌谷野地几乎占去一半的时光。"我有迷魂招不得"，迷魂系于草，系于鸟，系于不羁的风，系于繁星万千向人蜂拥。哈代小说《荒原》中昼夜游荡的男男女女，神秘的面孔永远神秘，浮着动人的微笑。艾略特的长诗《荒原》弥漫着神性，给现代西方文明划定边界。而二十一世纪新自由主义资本-技术逻辑的入侵旷日持久，欲望单刀直入，划破大地，洞穿心灵，收缩生存的地平线，抹掉生活的差异性。

《昌谷读书示巴童》："虫响灯光薄，宵寒药气浓。"破锦囊中天高地阔："大野生素空，天地旷肃杀。露光泣残蕙，虫响连夜发。"

李贺描绘秋风：幽姿任契阔。五个字，令人联想衰杨、败柳、枯苇、飘蓬……

李贺结婚了，艳冶新娘混同了杜兰香女神。可惜学者们考证不出新娘的名字。妻子的娇躯是李贺恣意漫游的另一片原野，从脚指头到乌云发全是好风景，乳峰宛若女儿山峰。《后园凿井歌》："井上辘轳床上转。水声繁，弦声浅。"辘轳转到床上来了，玉体婉转；水声繁喻性事，弦声浅指时光短暂，类似那个西方诗人笔下的神经质女人。

“城头日，长向城头住。”希望美妙永恒。

李贺的时间意识直接来自他的死亡意识。《苦昼短》：“飞光飞光，劝尔一杯酒。吾不识青天高，黄地厚，唯见月寒日暖，来煎人寿。食熊则肥，食蛙则瘦。……”这类句子只有李贺才写得出来，李白看了会嫉妒，孔夫子看了会摇头。

再看李贺写时间：“海沙变成石，鱼沫吹秦桥。”秦桥的坚固天下无双，鱼沫吹它垮掉。地老天荒的爱情不过是几个瞬间，权当一日是千年。“情若何？荀奉倩。”荀奉倩是深情丈夫的代名词。李贺怪异之至，倒是不缺家庭意识，爱妻子，疼弟弟，牵挂老父母。后来弟弟被迫去江西打工，李贺揪心不已，写下动人的《勉爱行》。

再看他描绘娇妻的《美人梳头歌》：“西施晓梦绡帐寒，香鬟堕髻半沉檀。辘轳咿呀转鸣玉，惊起芙蓉睡新足。……一编香丝云撒地，王钗落处无声腻。纤手却盘老鸦色，翠滑宝钗簪不得。春风烂漫恼娇慵，十八鬟多无气力。……”视觉、听觉通向了触觉，是谓通感。李贺诗密度大，阅读当仔细。纤纤玉手伸向老鸦色，又是青春红颜招呼死亡意象。

人生百年，每一秒钟都在死去。谁能忧心忡忡注视每一刻？李贺也做不到。

李贺出柴门旷日不归，瘦男肥驴移动在天边。回家蜷缩在角落里，长爪奋拉于破锦囊，喘着气，夹杂了咳嗽，笑容虚弱。这是灵感燃烧之后的通身倦怠，连抬手的力气都没有。白发苍苍的母亲惊叫着说：“是儿要呕心乃已耳！”

愧疚的少年垂下头来。

抬眼时，门外暮色四合，模糊了他的无边昌谷。

李贺揖别韩愈：『长安有男儿，二十心已朽』

韩愈访问李贺的具体时间无考，应该在李贺十七八岁左右。大人物的豪华车驾，碾过一百五十里泥巴路，驰入昌谷小城，引起轰动。途中遇疾雨，走了两三天，宿野店喝浑酒，睡谷草板床，夜听鼠叫蚊子唱。那一年，四十出头的韩愈做着洛阳国子监博士，文名如日中天，科场一言九鼎，到处锦衣玉食。文学大师专程叩访乡野的无名之辈，这种事古代多，而在时下听上去像外星奇谈。真风告逝久也。

李长吉的激动可想而知，来者可是一代文宗韩昌黎啊，韩愈的名望与白香山在伯仲之间。李贺作《高轩过》：有云："……入门下马气如虹。……庞眉书客感秋蓬，谁知死草生华风。我今垂翅附冥鸿，他日不羞蛇作龙。"《说文注》："轩，大夫所乘车矣。"

韩愈下马气如虹，李贺死草生华风。陪韩愈来昌谷的还有皇甫湜，名气也不小。二人"连骑造门"，以示尊重。巴童杀鸡扑鹅。李贺的母亲和妻子含笑忙碌。李贺剧饮剧谈，长爪舞东风，庞眉飞扬。布衣锦袍相接，寒士高官畅叙。韩大师醉走昌谷的原野，骑驴转了几大圈，古锦囊中无诗篇。大约在李贺面前拿不出手。韩愈的文学成就主要是散文，"文起八代之衰"。

李贺二十岁，奔长安求功名，"他日不羞蛇作龙"。

从洛阳到长安八百余里，青石路细沙路，起伏而弯曲，越水过丘，每隔五里有一根"里柱"。这是唐朝最好的、可能也是最长的一条官道。皇帝时常带着庞大的食粮集团来洛阳。洛阳四通八达，货物远比长安丰富。里柱、寺壁、屏风、船帆、树皮、石头，写满了知名或不知名的诗人的句子。歪诗总被人迅速抹掉。文化的传播方式恰到好处，歪瓜裂枣传不开，哪有媒体胡乱起哄。

昌谷肥驴一日百里，"春风得意马蹄疾"。亢奋的诗人面孔紫胀，"鼻息干虹霓”，“少年心事当拿云”。不相识的行路人他也要谈几句，遇上士子，必谈韩愈。住客栈饮它几盅，羊毫书它几笔，忽停杯掷笔，又大笑而起。半夜里抚古琴弹箜篌，“梅花三弄”、“高山流水”……野地人家有知音。

李贺的音乐天赋极高。次日大雾弥天，驴蹄照样轻快，很懂得主人欢畅的心。

然而在长安出了意外。李贺自视甚高，不屑于其他的考生。在考场附近的客店他独往独来，人又生得奇怪。他已经有些名气了，且授知于韩愈，于是一些学子想巴结他，凑近搭讪，他懒得答话，转身走人。有个崇拜者抄写了他的诗歌，希望叩访他，他嗤之以鼻。崇拜者当众失了面子，恨声连连，把他的诗歌揉碎，弃之于地；这还不解恨，又狠狠扔进厕所，佳句散入粪坑。李贺抡起青筋拳头要打架……

时为京官的韩愈劝他忍着点儿，他哪里肯听。

诗人合群就不是诗人了。作家善于社交，下笔歪瓜裂枣。艺术家热衷关系网，艺术沦为幌子，甚或坑蒙拐骗。希望冒牌的艺术家，不要沦为骗子的近义词才好。

李贺在河南府试考得不错，却受阻于朝廷礼部的考试。秀才们联合起来把他告了，探知他的父亲名叫李晋肃，晋与进是谐音，犯了讳，不能考进士。唐朝的避讳制度五花八门，李贺被指犯了“家讳”，考进士就是不孝。长安闹开了，韩愈作《讳辩》，愤怒地指出：“父名晋肃，子不得考进士；若父名仁，子不得为人乎？”

韩愈等人奔走呼号未能奏效。李贺十年奋斗，无望于仕途。不特此也，寒窗苦读的弟弟也失掉了考进士的资格。家用日艰，母悲妻啼……十二月河南府试，李贺高中秀才，拥鼻高吟众人传抄：“依稀和气排严冬，已就长日辞长夜。”眼下在长安他跌入冰窟，一张瘦脸愁云惨雾，十条长爪垂如冰棍。杜门谢客，一度谁也不见。元稹慕名而来，被他吼退三丈，风流才子且走且抱怨：好你个李长吉，我叫白居易先生来找你，看你的门开也不开。

白居易没来。韩昌黎来了，仍吃他闭门羹。

他在门内揖别韩愈：“长安有男儿，二十心已朽。”

“我当二十不得意，一心愁谢如枯兰。”

绝望盛开了词语之花，一万年开不败。词语兼具疗伤的功能，词语是内心疼痛的缓释胶囊。方块字暗藏杀机，富含着生机……李贺待在长安崇义里的小灰屋，遥思他的昌谷。时任国子监教授的韩愈又来了，拉着他的手问长问短。

长安是李贺的伤心城市，那么，走吧，记忆中挂满了团红颓绿，矗立着女几山峰。

韩愈设家宴为他送行，京城的许多朋友赶来揖别。诗人大醉，随手一挥名篇出矣，《致酒行》疯传二百里大长安：“零落栖迟一杯酒，主人奉觞客长寿。主父西游困不归，家人折断门前柳。吾闻马周昔作新丰客，天荒地老无人识。空将笺上两行书，直犯龙颜请恩泽。我有迷魂招不得，雄鸡一声天下白。少年心事当拿云，谁念幽寒坐呜呃。”呜呃：消沉气短貌。

关于这首诗，可参见徐传武《李贺诗集译注》，或是名家注释的唐诗选本。网络古典诗词的解读流于平均化，希望能改进。

李贺律诗少，像李白一样不受格律的束缚。

人向何处去？西风深处是吾家。——李贺看旷野永远亲切。从长安归昌谷恰好一千里。瘦马瘦男人，秋水秋波横，枯草连天。圆圆的头颅垂进西风，瘦削的背影镶入夕阳。沉重的男人，庶几享受着沉重。习惯了。有死亡意绪垫底，一切愁、恨、悲、颓、凄、凉，李长吉照单全收。负面情绪活跃，诗歌需要它们。化蝶的庄周卸掉了生存之重，逍遥复逍遥。而李贺滞留于愁山恨海，“飞红万点愁如海”。

忧愤伤了身子，伤就伤吧。

天大地大诗心大，《开愁歌》：“秋风吹地百草干，华容碧野生晚寒。我当二十不得意，一心愁谢如枯兰。衣如飞鹑马如狗，临歧击剑生铜吼。旗亭下马解秋衣，请贳宜阳一壶酒。壶中唤天云不开，白昼万里闲凄迷。……”贳酒：

典当秋衣换酒。壶中唤天云不开，犹言科场失败，生存展不开。纵有韩昌黎的帮助也不行。

生存的展开与否，是海德格尔哲学的核心概念。卡夫卡一生失败成为卡夫卡。

归宜阳昌谷的李贺毫无办法，举目万里凄迷，却收意外之功：诗笔随手一划，寿同天地。失败者步步成大功。《京城》："驱马出门意，牢落长安心。两事谁向道？自作秋风吟。"牢落：沉寂苦闷。两事指功名。去年来长安驴蹄轻快，今秋归昌谷马首低垂。日行二三十里，岔道信马由缰，不问古村落。再三咀嚼着痛苦，反复品尝着绝望。从孟秋走到暮秋，李贺差不多走了两个月，愧对家人哪。日夜用功的弟弟、折柳望夫的娇妻、母亲、姐姐、巴童……归途中的李贺情绪饱满，尽管都是负面情绪。他是痛苦的老朋友了，他是忧伤与惆怅的难兄难弟。情绪的浓度决定了野地的力度。杜甫："感时花溅泪，恨别鸟惊心。"而以现代式的平均化的心境看原野，看崇山峻岭，所有的意绪蜻蜓点水，过眼云烟。人有内心纵深，山山水水才有纵深。比如我们疯狂嬉戏的当年，哪有风景二字？人在野地中，野地在无限的感觉中。人的内心纵深与大地之广袤野作一团，互相深入，互相持久深入。生存当如是也，即使活上三百年五百年，亦能回首早岁光景如昨天。

笔者不避重复：感觉的丰富性乃是一切生活质量的前提，古今皆然。

李贺回家了，母亲杀鸡为他补身子。弟弟听他一番讲述之后，咬咬牙出门去，有泪只偷潸，从此收起圣贤书，帮老母种菜喂猪，手头的笔换成肩上的锄头扁担。做哥哥的，看了心酸。妻子当众是笑兰，背后是泣兰。诗人吞吃她掉不尽的泪珠。

"雪下桂花稀，啼鸟被弹归。"

李贺这只啼鸟，被长安权贵的弹弓打回来了。啼鸟与泣兰相对，"镜中双泪姿"。

整个冬季，李贺软语温存，抚慰着妻子。春天去了女几山，向杜兰香女神叩拜求子。七天后夫妻携手下山，闲坐野水旁，说起了苏小小。妻子优美而灵动的双足插入绿波，却说她自己会早夭，李贺笑道：那我寻你的艳骨去，青冢风流，新坟老坟一千年……

唐宪宗元和六年（811），李贺再走长安，担任太常寺卑微的奉礼郎，从九品小官。韩愈替他张罗的。两次赴京两千里，驴蹄轻快，却并不发为歌诗，莫非天降奇才，只要他吟咏颓唐？中唐的政治生态日坏，各利益集团盘根错节恶斗不休，帝国的衰败已成定局，或可叫它“颓唐”。小官李贺在大堆的祭器、祭礼间憋着，叹曰：“臣妾意态间，唯欲承箕帚。”小老婆似的被呼来喝去，“憔悴如刍狗”。刍狗：草和狗，喻卑贱者。

唐朝的官员脸，不那么好看的，包括号称盛世的开元、天宝年间。李白杜甫，吃亏太多。李贺仰人鼻息八百多天，憋出诗篇六十余首。

“扫断马蹄痕，衙回自闭门。”

崇义里的小屋满是药气、酒气、鬼气，他撑着。有韩愈的提携，他的官阶也许会慢慢上调。一切只为昌谷的家。半夜一灯如豆，将诗人徘徊的影子投到斑驳墙上。墙上的影子、斑点、图案，把思绪弹向高空。长安高官如云，文章巨公穿梭，而精神的伟力，却由一个居住在崇义里的毫不起眼的病男来喷发。每有新作，韩大师必读。

名篇《梦天》：“老兔寒蟾泣天色，云楼半开壁斜白。玉轮轧露湿团光，鸾珮相逢桂香陌。黄尘清水三山下，更变千年如走马。遥望齐州九点烟，一泓海水杯中泻。”齐州，犹言九州。三山指蓬莱、方丈、瀛洲三座神山。

齐州九点烟，海水杯中泻，这是什么样的想象力？

《李凭箜篌引》：“吴丝蜀桐张高秋，空山凝云颓不流。江娥啼竹素女愁，李凭中国弹空篌。昆山玉碎凤凰叫，芙蓉泣露香兰笑。……”中国指中原。素女：伤感多愁的霜神。李贺的诗，比宫廷的头号乐工李凭的弹奏表现力更强。一句“张高秋”，李凭琴声的巨大张力已先声夺人。湘娥、素女、芙蓉、香兰、女娲、神妪，倾听箜篌的多为天女与花神。凤凰叫，老鱼跳，瘦蛟舞……唐诗写乐声，此诗无敌。

元和八年（813），李长吉病归昌谷，揖别韩昌黎，永别长安城，再次踏上通往洛阳的那条官道。“发轫东门外，天地皆浩浩。青树骊山头，花风满秦道。……细绿及团红，当路杂啼笑。……”时在三月，野花到处乱开，举目凄迷。

总是他一个人，总是漫漫古道。

“香风下高广，鞍马正华耀。独乘鸡栖车，自觉少风调”，寒士敏感那些豪华马车，鸡栖车太寒酸了。穷人敏感富人，丑女敏感花容月貌，病弱的人敏感体魄强健，自古而然。李贺失掉了前程。他是长子，背负着昌谷老宅的一家子，祖上的荣光也来压迫他。弟弟的沉默，弟弟垂下的头，弟弟偷洒的泪……诗人预先想象弟弟远走异地打工：“小雁过炉峰，影落楚水下。”又称弟弟为“江干幼客”。

瘦马拉着鸡栖车咿咿呀呀，未来被堵住了。男人最怕这个，他才二十来岁。一通浓眉之上，头发白了一半，“长歌破衣襟，短歌断白发”，诗笔如刀。

娇柔百端的妻子又将如何？“冷红泣露娇啼色”，没法往下想了，堵。

春天的原野刮着无尽的秋风。西方诗人唱道：“不羁的秋风哟，你吹，你吹……”

失掉未来的李贺唯有死路一条，所以，鬼来了，男鬼女鬼、瘦鬼肥鬼、树鬼山鬼、织布鬼、思乡鬼、战场的饿鬼。“低迷黄昏径，袅袅青栎道。月午树无影，一山唯白晓。漆炬迎新人，幽圹萤扰扰。”树无影，山白晓，都是死亡意象。漆炬、萤光，皆喻鬼火飘移，旧鬼来迎新鬼。幽圹：坟墓。

死路也是李贺的生路，生存的展开唯有诗境。李贺的病，说到底是情病，敏感病，“存在的疾病”。以世界之大，只有词语才是他的栖身之所。鬼域一派生机勃勃。

“女巫浇酒云满空，玉炉炭火香冬冬。海神山鬼来座中，纸钱窸窣鸣旋风。……呼星召鬼歆杯盘，山魅食时人森寒。……”炭火香冬冬，乃是通感的典型表达。歆：神鬼享受祭品。那些沙场饿鬼可就惨了：“左魂右魄啼肌瘦。”

李贺在归途中经过一个叫沙苑（今属陕西大荔）的地方，方圆百余里荒无人烟，像是噩梦的美妙延伸。唐初，这里曾置沙苑监，牧民为朝廷牧养牛羊。唐高祖李渊建了一座行宫——兴德宫。唐太宗李世民多次驻跸于此，豪华车盖迤逦，铜铁剑戟森森，美女纵酒武人夜歌。可是不到两百年，这座兴德宫已是面目全非，雕梁画栋蛛网纵横，断壁、颓墙、老树、枯井，荒草中的几只狐兔，蹿上斑驳兀立的雕塑。

诗人着迷了，踩着瓦砾，徘徊百丈废宫，踏入疯长的野草。昔日羊欢马叫，眼下沙风低回。春水春树呈现了肃杀景象。时间在这里显形：唐宫如秦桥，小风吹它倒掉。白日见鬼："百年老鸮成木魅，笑声碧火巢中起。"鸮：猫头鹰。木魅：树精。"野水泛长澜……无人柳自春……"野水、柳树，都有自足之势，不劳人的目光去唤醒它们。

李贺喜欢这鬼地方，打心眼里喜欢。荒凉美、颓唐美、残缺美、病态美，美得叫人眼花缭乱，美得肌肤隐隐作痛。诗人贪婪地呼吸着，荆棘丛中毫无目的寻找着。没有任何概念化的东西，理性灰飞烟灭。古人讲过：李长吉"妙在荒唐无理"。

理性的权威是现代性的盲点之一。

瓦砾间拾起一根银簪，枯井旁发现了半截短剑和残缺的铜镜……荒原的上空，时光跳着舞，阳光白刺眼。"南风吹山作平地，帝遣天吴移海水。"沧海桑田的意象，出自这位中唐的短暂者（人）。"天上几回葬神仙，漏声相将无断绝。"相将：连续。

哈哈，神仙也要死。时间的利齿咬死神仙……

李贺坐了下来，倚靠斑驳的颓墙，极目荒原，倾听着寂静，双腿没入半人高的野草。这是他生命中的最佳位置，不期而遇的位置。一个人很热闹，浮媚、老红、细绿、烟紫、嫩白、瘦青、肥黄……跳跃的色彩逼人眼目，拨动心弦。历史聚于当下。许多小虫子在地上爬，占领了一根尺许长的白骨。汉武帝的骨头？唐太宗的骨头？

李贺咧嘴笑了笑，思绪随风荡开了，破锦囊耷拉在鸡栖车上。兴德宫、大明宫，连同汉代的七宫八殿，碧瓦红墙今何在？

李贺微闭目，似乎睡了一觉。耳边响起了某种节奏。那些小虫子还在爬，触须乱抛。伸向荒草深处的两条瘦长腿，看上去很有些异样了。青苔，青苔和青苔。呼吸有点快了，两颊开始泛红。但是老有经验的年轻诗人不着急。玩玩，玩玩这幸福的时刻吧。

上帝温柔地注视着细瘦的诗人。

舒服，爽啊，高峰体验在即。瘦诗人歪了头，举目迷离。白日梦拉开了序幕。词语上路了，词语像弯来拐去的回风，穿颓墙，掠衰草，转古道。词语袅袅上青云，词语缓缓下高广。长爪间呼呼有气流，通眉下的黑眼睛熠熠生光。他还是不着急，细长手指捏了一根草，放进嘴里慢嚼。紧张而又懒洋洋的时刻，天地人神聚到了一个点上。

直觉告诉他，这回的来势比较猛。偌大的沙苑燃起来了，小火烧成大火，烧向天边。

云端的车轮声隆隆而来。百代杰作《金铜仙人辞汉歌》问世，李贺自序："魏明帝青龙元年八月，诏宫官牵车西取汉孝武捧露盘仙人，欲立致前殿。宫官既拆盘，仙人临载，乃潸然泪下。唐诸王孙李长吉遂作《金铜仙人辞汉歌》。"

全诗如下："茂陵刘郎秋风客，夜闻马嘶晓无迹。画栏桂树悬秋香，三十六宫土花碧。魏官牵车指千里，东关酸风射眸子。空将汉月出宫门，忆君清泪如铅水。衰兰送客咸阳道，天若有情天亦老！携盘独出月荒凉，渭城已远波声小。"

茂陵：汉武帝陵。秋风客：秋风里的匆匆过客，指汉武帝刘彻。土花：青苔。清泪如铅水，言泪之沉重。渭城即咸阳。刘彻生前多么霸道，死后一堆滞骨，"刘彻茂陵多滞骨"，三十六宫长满暗碧的土花，鬼火飘忽。注李贺诗的清代学者王琦表示不满："以古之帝王而渺之曰刘郎，又曰秋风客，亦是长吉欠理处。"王琦的言下之意，要把汉武帝写成春风客才好。天本无情天不老，李长吉多情，病体更兼滚烫的诗心，对事物高度敏感。酸风射眸子，恰是多情者易受伤的最佳写照。

温庭筠："自古多情损少年。"苏东坡："多情应笑我，早生华发。"

人是血肉之躯，血生情，情难禁。人要想问题，思也禁不得。沙苑所在的荒原，昌谷所在的野地，两大块烧成了熊熊的一片，野火吞千里。据说写完这首诗以后，李贺白发已萧萧。"天若有情天亦老"，这句子，李白杜甫不能道。毛泽东深有感触，直接写进他的诗篇《七律·人民解放军占领南京》："天若有情天亦老，人间正道是沧桑。"

多谢韩愈一片心，多谢长安洛阳之古道，中唐李长吉几度往返，乐陶陶，喜滋滋，阴惨惨，悲号号。一代鬼才，情绪之饱满，思绪之诡异，立境之雄奇，千余年间一焉。唐太宗武则天李隆基的御驾走过多少次？区区皇家排场，哗啦啦散入呼啸而来的秋风，摧枯拉朽的秋风。艺术是生存之镜。艺术让生存饱满。且看荷尔德林、里尔克、叶芝、卡夫卡、策兰、兰波……艺术的强度直接是生命的强度。

华夏文明不死，长吉诗篇长在。

《病归昌谷》："少健无所就，入门愧家老。"活着就是牵挂着。"辞家三载今如此，索米王门一事无。"现实层面的李贺，真是一把又一把辛酸泪。美丽的妻子先他而去了，艳骨寂寞半年多。弟弟毅然走江西。家，空了。李贺第三次远离他的昌谷，投韩愈的侄子、潞州（山西长治）官员张彻，两年后张彻调走。他靠山山崩，倚水水流，拖着纤弱病体去了八百里洞庭湖。凭吊了屈子，归昌谷，漫漫归途中一路咳嗽着。

回家卧床不起，一口口吐红血，应了母亲当年的惊呼：是儿要呕心乃已耳！

李长吉的嘴角挂了红笑，寻他的娇妻去了。"花枝草蔓眼中开，小白长红越女腮。……"诗人携了妻子的纤纤玉手，同登上帝为他造的白玉楼，细瘦身玉树临风。

唐诸王孙李长吉，口吐病态美，一声声空前绝后。

今日之中国学子，读他几首才好。

柳永：『今宵酒醒何处？杨柳岸晓风残月』

唐诗宋词的能量犹如铀矿，不能被穷尽。这是一个谜。包括音乐、书画、建筑、器皿在内的古典艺术保持着她的神秘，拒绝一切形式的消费主义。如果未来的某一天人们不再欣赏她，那就意味着：人被艺术抛弃了。如同伤害自然的人将被自然抛弃。西方消费主义的狂奔，必须加以遏止。

2015年6月6日央视新闻，联合国秘书长潘基文呼吁：人类消耗自然资源的速度，远远超过地球可持续提供资源的速度，改变目前的消费模式刻不容缓。

刻不容缓！

中国的传统文化以审美的姿态对待自然，以质朴的姿态对待生活，拓宽精气神的境域，限制物欲的过度，这是她彪炳于这个星球的首要价值。笔者十几年来说得够多了，但是，还要说下去，"战斗正未有穷期"。

宋代商品繁荣，市民社会兴起，单是汴京的酒楼就有三千多家，汴河两岸万家灯火，御街的早市、马行桥的夜市，人如织，车如龙，《清明上河图》可见一斑，士农工商的价值排序却始终如一。士大夫精神罩着朝野大局。商业型人格不能越界膨胀，不能左右道德与风俗，更不能渗透民众的心理。

柳永的《八声甘州》，开篇先声夺人："对潇潇暮雨洒江天，一番洗清秋。渐霜风凄紧，关河冷落，残照当楼。"画面感太舒服了，苏东坡点评："不减唐人高处。"

柳永字耆卿，中年做过余杭县令、屯田员外郎，人称柳屯田；又因家族的排行，称柳七，诨名柳三变。他一生都在路上，水路、陆路，最后死于道路，妓女们凑钱安葬他，年年相约去他的坟头凭吊，纤细而卑贱的脂粉群落哭作一团，时称"吊柳会"，从北宋延续到南宋。他是福建武夷山人，葬于江苏镇江。生卒年不详，可能活了七十多岁。

柳永是表现“羁旅情愁”最出色的作家之一。权威的宋词选本选他的作品，一般仅次于苏东坡和辛弃疾。在我的阅读印象中，柳永一直在转身，从一个城市到另一个城市，从小舟到画船，从瘦马破车到雕鞍高轩。人清瘦，寡言词，长期混迹于烟花巷，倒是没有多少油嘴滑舌。精英文化垫了底，家族意识垫了底。柳永的父亲柳宜在南唐李后主手下做过大官，南唐灭，转仕于赵宋。柳永的早年生活大约有过好光景，他却不想提起。

“永日无言，却下层楼。”

柳永有时候整天无言。情绪饱满的人通常话少，中外皆然。德国的里尔克常常几天不说话，举止安详，周围的人受到他的感染。福柯在巴黎与朋友们一起喝咖啡，从午后沉默到黄昏……沉默中的表达能力，古代近代常见，生存碎片化的当代人遥不可及。好莱坞电影，美国人总是叽叽喳喳，美式英语早已趋于油腔滑调（国家固化之表征），废话追废话滚动喉头。当初的西部牛仔片可不是这样。早期的好莱坞懂得沉默的艺术。

柳永沉默久，转身快，走得远，离愁别绪多。“念去去千里烟波，暮霭沉沉楚天阔。”

何以如此？我们来看个究竟。

柳永寒窗奋斗，礼部放榜无名：“黄金榜上，偶失龙头望。明代暂遗贤，如何向？”汴京盛传的这首《鹤冲天》，使柳永栽了大跟头。词中还宣称：“才子词人，自是白衣卿相。……风流事，平生畅！青春都一饷，忍把浮名，换了浅斟低唱。”

白衣，犹言布衣，官员衣青、绿、紫。三年一次的礼部考试，柳永两度落榜，于是发牢骚。牢骚发得太好，表达了落第士子普遍的心声，于是，传到皇宫里去了。宋仁宗龙颜震怒，大笔一挥：“且去浅斟低唱，何要浮名！”

柳永第三次进京考进士，把自己考闭门了。

宋真宗（赵宋第三个皇帝）《劝学歌》：“书中自有黄金屋，书中自有颜如玉。”柳耆卿要鹤冲天，起早贪黑连冲九年，到头来落个鸟坠地，“垂翅客”（李贺语）的苦闷可想而知。他是数万名考生中的头号倒霉蛋，浪迹青楼的坏名声又朝野皆知，还传到江南，传到他的家乡武夷山。

吃亏吃大了，回家没面子，滞留汴京缺银子，怎么办？客栈里他闷头闷脑想了几天，店家催银子跟催命似的，忽然灵光一闪：不是皇帝叫我柳永填词么？那好哇，我索性做个白衣卿相，哼，乌纱帽，不稀罕。奉旨填词柳三变！

柳永的生活道路被宋仁宗的一句话改变了。“奉旨填词”则是一张极好的名片。章台妓馆欢迎他，瓦子勾栏追捧他。一个艺名叫虫虫的苏州妓女唱他的《鹤冲天》，唱红了开封洛阳。银子哗哗到手，她分给柳永不少。行走烟花巷也能解决生计问题，这使不到三十岁的柳永有了新发现。当然啦，奉旨填词，他天下无双。

柳永怀揣无形的超级名刺，走到哪儿吃到哪儿。汴京最有名的三座楼：潘楼、状元楼、白矾楼，不乏他潇洒的转身、落拓的做派、含蓄的表情。妓女们巴不得与他合作，师师、贝贝、安安、笑笑、忧忧……她们没有自己的名字，她们有名字也要忘掉。父母是谁，家在何方，她们从不提。伤心的东西不去碰，她们整日价笑呀舞呀乐呀，受了狎客欺凌，角落里悄悄把眼泪抹掉。

章台姐妹死了，草席一裹，荒郊野外挖个坑，悄无声息埋掉。

官妓、营妓、私妓、浪妓、骑妓，宋代的妓女是个庞大的群体。妓通伎，官妓一般不卖身，但具体情形复杂多变。妓女和良家女子各走各的道，后者占了绝大多数。妓女或准妓女远远不能引领时尚。宋代女性的服饰多达九十多款，没有一款出自烟花巷。

随便提一句，这些年娱乐圈的穿戴日趋暴露，“女星”的半截屁股都登台亮相了，影响实在恶劣。大街上的短裤短裙越来越短，包括一些小学的女生。女人们的当街蹲下、弯腰俱不堪，贴肉的布料俨然内裤。内裤上街了……

而暴露本身会从它自身脱落。弗洛伊德：“禁忌生魅力。”

罗兰·巴特：“人体最具色情之处，难道不是衣饰微敞的地方吗?”

服装行业，那些居心叵测的设计该收场了。

柳永之为柳永，一生两个关键处：一、皇帝叫他填词；二、收拾行囊走人。几十年的足迹，涉及今之福建、河南、浙江、江苏、湖北、山东、陕西、四川。柳永在一个地方待不长，红颜知己也拴不住他，“执手相看泪眼，竟无语凝噎”。他非要走，为什么呢？我估计主要还是生计问题。靠着一些曲子词，久居某个城市不大可能，青楼狎客们的胃口说变就变。换个地方，旧词变新词，新鲜的城市又能催生新词，形成生计的良性循环。另外，柳永连年长足于道路，心思总是冲着远方，敏感异地风物，路途中的生活五味俱全。他喜欢这样，活得海阔天空。漫游者才知道漫游的妙处。

妓女们小范围流动，柳耆卿大面积迁徙。

北宋三百二十州，一千五百多个县。中原和江南交通发达。官员在全国调动，士子们远游是常态。和尚、道士、游医、行商、侠客绵绵不断。唐宋诗人为何出色？漫游、宦游是极重要的因素。风俗、风物、风情，构成严格意义上的他乡情调。意想不到的东西纷至沓来，维系着生命的新鲜感——非常重要的新鲜感。

小时候我去眉山河东的永寿镇，走二十余里沙路，过三道河，喝大榕树下的竹缸子老鹰茶，听粗绳子勒篙杆的奇怪的嘎嘎声，闻桑树，嗅麦苗，嚼油菜花，吃红红的雷果果儿，看飞鸟，捉游鱼，骑黄牛，追猫狗，射斑鸠，斜躺青草坡架了二郎腿，艳阳天做起了白日梦……感觉饱满撑欲破。感觉的丰富性使生活成为生活。

进入感觉的内部，回溯记忆的幽深，解构物欲的宏大叙事，人在天地间。人在汽车里，汽车原是好东西，汽车太多了，汽车将变成坏东西。犹如化肥农药除草剂抗生素用得太多了，好东西将变成坏东西。书包太沉重，一驮十几年，书包变成坏东西……

各种坏东西，名字叫“太多”。

北宋的柳永在路上，行囊简单，舟行车行马行步行，体细胞充盈，苦亦乐，乐更乐。内心的点点滴滴不足为外人道矣。杭州半年，苏州七个月，润州、越州、扬州……《望海潮》把杭州写活了，“钱塘自古繁华，……参差十万人家。……有三秋桂子，十里荷花。羌管弄晴，菱歌泛夜，嬉嬉钓叟莲娃。……”，惹得后来的金国之主挥兵南下。

《夜半乐》写会稽的佳山水俏女子：“冻云黯淡天气，扁舟一叶，乘兴离江渚。渡万壑千岩，越溪深处。怒涛渐息，樵风乍起，更闻商旅相呼。……望中酒旆闪闪，一簇烟村，数行霜树。残日下，渔人鸣榔归去。”真真画图难足矣，冻云、樵风、烟村、残日，诗人还有酒喝。接着来了她们：“岸边两两三三，浣纱游女，避行客、含羞笑相语。”

官妓私妓红袖招，民间的女儿含羞避行客。士大夫的家庭教养，精英文化的强势传承，使柳永能欣赏清新、清爽、清秀、清丽。而山水乡野之朴拙，向来有化解欲望的功能。

繁华都市待久了，歌台舞榭不辨晨昏，一天天拖着肉身下沉，精神委顿，与之相应的孟浪语流向笔端："师师生得艳冶，香香于我情多。安安那更久比和，四个打成一个。幸自仓皇未款，新词写处多磨。几回扯了又重挪，奸字中间著我。"

三个烟花女加一个柳三变，打情骂俏，做拆字游戏。新词写了又扯，浪语村言说了还说，像时下的某些饭局……宋人笔记："不知书者犹好柳词。"李清照严厉批评柳词："词语尘下"——李清照是说：词语应使精神上扬。

柳词俗多雅少，他毕竟要吃饭。雅词却非同小可，自成婉约派大宗师。秦观、晏几道、吴文英、姜白石等宋词大手笔要学他，皇后公主要传阅。苏东坡不无醋意地调侃他的门生秦少游："不意别后，君学柳七填词。"写下豪放词《江城子·密州出猎》后，苏轼致信友人："虽无柳七风味，亦自成一家，呵呵!"

宋人笔记："凡有井水处，皆能歌柳词。"

汴京城一年半载的灯红酒绿，柳永挣钱少了，待腻了，下船或上马，让灵魂去飘荡。精气随之上扬，词语不复尘下。旷代杰作《雨霖铃》："寒蝉凄切，对长亭晚，骤雨初歇，都门帐饮无绪，留恋处，兰舟催发……"

柳永一生四次入京拼搏场屋，四十七岁终于登第。除此之外，可能还去过一两次。盘桓多久没人知道。东京的官妓们琴棋书画竞争激烈，属意于柳永者当有之，她面如花，她泪如雨，她一声声唤他七哥，三变哥哥，奈何留他不住。

"多情自古伤离别，更那堪冷落清秋节。今宵酒醒何处？杨柳岸晓风残月。……"

为情绪赋形，真是写到家了。再微妙的情绪亦能捉到手，帐饮通宵，执手相看。千里烟波尽在方寸间，肌肤哗哗起波澜。走了，走了，"纵有千种风情，更与何人说"？那就不说吧。不说。兰舟催发。

柳永佳作的背后，有着显而易见的"红颜贡献"，此一层，文学史避而不谈。从《诗经》《楚辞》到唐诗宋词，到《红楼梦》，青春红颜贡献多矣，多矣。文学史处理成盲点，不好，盲点要发酵。欲望的紧缩与放纵都不是好事情，后者更糟糕。

仕途上的柳永做了小官又做小官，乌纱帽颠沛流离，远至陕西偏僻的华州。他想改官（改为京官），进京找宰相晏殊，拿共同的爱好套一回近乎。

晏问："贤俊作曲子词否？"柳答："只如相公，亦作曲子词。"晏冷笑："本人虽作曲子，却不曾道'针线闲拈伴伊坐'。"

"柳遂退。"

从此，他再也不敲权贵门。志趣不改："衣带渐宽终不悔，为伊消得人憔悴。"

柳永做县官有政声："抚民清静，安于无事，百姓爱之。"他不扰民。地方豪强凌虐妇女、官妓，他主持公道很迅速。

柳永改京官受阻，拜访晏殊讨个没趣，长居京师钱粮无算。没办法，道路为家吧。微官更是如飘蓬，往往一官几千里。人过五十岁了，人过六十岁了，时断时续的仕宦生涯，永无休止的驿站客栈。活到老，漫游到老，飘零到老。孤独的兴奋不足为外人道。

春夏秋冬呼啸，原野，原野，原野。喜怒哀乐交袭，词笔，词笔，词笔。姹紫嫣红涌逼，玉颜，玉颜，玉颜。

宋词最长调《戚氏》的巅峰之作问世，一百一十二个字，晶莹剔透如钻石，前二片："晚秋天，一霎微雨洒庭轩。槛菊萧疏，井梧零乱，惹残烟。凄然，望江关，飞云黯淡夕阳间。当时宋玉悲感，向此临水与登山。……孤馆，度日如年。风霜渐变，悄悄至更阑。长天净，绛河清浅，皓月婵娟。思绵绵。夜永对景，那堪屈指暗想从前。未名未禄，绮陌红楼，往往经岁迁延。"柳永的名篇多写暮秋。热闹之后的沉寂，春天之后的秋天。情绪的反差形成词语的强对流——依愚见，古典诗词之杰作，奥妙在此。

《戚氏》第三片："帝里风光好，当年少日，暮宴朝欢。况有狂朋怪侣，遇当歌对酒竞留连。别来迅景如梭，旧游似梦，烟水程何限。念利名，憔悴长萦绊。追往事，空惨愁颜。漏箭移，稍觉轻寒。渐呜咽，画角数声残。对闲窗畔，停灯向晓，抱影无眠。"

这么长的一首词，几乎不需要注释。流浪诗人的一生都在里边了。停灯向晓，抱影无眠。这形象，这情态，直叫人欲说还休。"永日无言，却下层楼。"柳永先生就是这样，转身也无语，远行只悄悄。迎着阳光也迎着雨雪风霜。

“想佳人妆楼颙望，误几回、天涯识归舟。”柳永活在仕途与绮陌之间。前者有对士大夫的家族式向往，后者不舍佳人，不舍卑贱而纤弱的烟花女。二者不可兼得，哪一边他都放不下，于是，张力生焉。

何谓汉语艺术对中国人的生存情态的经典捕捉？这便是了。再三吟诵的感觉，自由自在的联想，乃是阅读的不二法门。知识性的赏析当靠后，简洁为佳。经典诗词有如空谷佳人，自足、矜持，拒绝那些纠缠她的唠唠叨叨婆婆妈妈。

宋词大家唐圭璋先生赏析这首《戚氏》，“味道”一般。遑论其他。

柳永一把老骨头还在路上。诗人原本是流浪的同义语。浪萍难驻，浪迹天涯，春花秋月尝个饱。自己的感受自己知道。他致仕当有退休金，虽然微薄却能糊口，长住一地并非难事。可是，直觉说不。不。那么走吧，出发吧，柳三变收拾行囊的动作五十年不变，肩头一搭，完了。道路的魅惑、野地的召唤总是没完没了。伤春春在，悲秋秋好。“夏云多奇峰”，“野水泛长澜”，地平线的无限延伸妙不可言呐。孤馆孤灯孤眠，孤独的兴奋永远永远。老迈的病躯也要拖着走，跌倒泥泞，爬起来再走。渐渐地，我们的流浪诗人走不动了，忽然，死神来了，辗转南北东西的两条铁腿日益冰凉、浮肿，一蹬去矣，终于僵硬……长居眉山乡下的丈人曰：沟死沟埋，路死插牌！

柳永可能死于镇江境内。妓女们从四面八方赶来了，凑银子安葬这个唯一属于她们的词人。她们一声声叫着七哥、三变哥、耆卿老爹、屯田大官人……哭完了又打闹，吃东西，争头饰，滚青草，扑蝴蝶，咿呀比划讲故事。并且要保持青楼的职业习惯：欢笑。

墓中的柳永瞅着她们。一年又一年。

狂

狂是人类的基础性情态之一，哪里有高压，哪里就有狂放。犹如天气闷热久了，天空要生雷电雨。狂的生存情态五花八门，对应世事的曲折诡异。轻狂、佯狂、疏狂、骄狂、憋狂、癫狂……历代人杰的狂者姿态乃是亢奋的生命之舞；士大夫内心的狂野，在历史长河中掀起的浪涛万年不息。

卷九 狂

阮步兵的白眼

魏晋竹林七贤之一的阮籍颇好玩，看谁不顺眼他就翻白眼。阮籍一度从军，做过步兵校尉，人称阮步兵。他父亲阮瑀是建安七子之一，受到曹操父子的赏识。曹丕死后，曹叡立，三十六岁崩，曹芳继位。司马氏废曹芳，立曹髦。数十年间，司马氏坐大了，司马昭要篡魏，找个理由杀了曹髦，立曹奂，为他儿子司马炎将来做皇帝打下基础。

篡魏不好，天下又将乱起来。年轻的阮籍看司马昭非常不顺眼，青眼一个没有，白眼翻得厉害，司马昭还得赔笑脸，热脸一次次去贴阮步兵的冷屁股。为什么？阮籍名气太大，竹林七贤中他排名第二，嵇阮并称。这个超级文化团体兼政治沙龙，对天下士子有着不可估算的影响力。鲁迅先生有雄文：《魏晋风度及文章与药及酒之关系》。

山阳城里的竹林也是嵇康的家，占地不足百亩，位于今之河南修武县西北，《水经注》的作者郦道元专程去考察过，刘义庆《世说新语》记载七贤的故事多，李太白写诗赞美。竹林诸贤，名播一千七百多年，学者们写的书要堆成山。自由符号、人的自觉、生活多元、名士派抗衡当权派之类，揭示很深刻。然而中国历史，士人们的兴奋往往伴随着乱世，汉末尤甚。汉室式微了，天下群雄斗杀几十年，“白骨盈于野，千里无鸡鸣”（曹操）。魏晋南北朝也是杀气腾腾。此一层当细察。

安定团结，压倒一切。

公元三世纪中叶，军政两摄的司马昭要乱来，竹林诸贤反对他。反对的方式各有不同。嵇康打铁于竹林中，写《养生论》，采药，弹琴，扪虱，吃五石散，石发散步；二十年沉默如死火山，平日里像一座玉山。城府深的山涛一饮五斗，刘伶喝下了五斗酒还要喝，大白天裸奔村庄，光屁股耀眼夺目。向秀是博学多思的小弟弟，他在竹林里帮着铁匠嵇康鼓风，垂头或抬眼，想深奥的玄学问题："玄之又玄，众妙之门"（老子），向秀注《庄子》，在魏晋的几十种注本中称第一。王戎凝视正午的烈日，寻思"商品经济"，家中有好李，他"恒钻其核"，生怕邻居把李子核拿去做种子。阮籍的侄子阮咸，感悟音乐号称"神解"，却跟一群黑毛猪抢大瓮里的酒喝，人猪俱醉，洛阳舆论大哗。阮咸赊酒账全城第一，盖因阮囊羞涩……

阮步兵干啥呢？他坐泥地倚柴门，或是凭了破雕窗，练习翻白眼，随时准备派上用场。据说能翻到让黑眼珠子完全消失。这可有点吓人。然而阮籍的青眼也是大有名气，隔壁的美妇人当垆卖酒，他天天拉了刘伶去喝，对美妇青眼有加，醉了，睡在她的蜂腰旁边，把四肢摆得十分舒展，带着亲切的笑容入梦去，鼾声比较好听。那美妇自卖酒，自婀娜，举步生香风。可是她的丈夫不放心，很观察了阮籍一阵子，心里的一块石头落下地来。阮步兵就像《诗经》，思无邪，"好色而不淫"。

步兵若是几天不来饮酒酣睡，美妇人就会问：这步兵到哪儿去了？

名士欣赏美妇，又以实际行动不叫她丈夫吃醋，她自是受用的。街市传为美谈，酒店生意更好。而阮籍这般"任诞"，名头更响亮。这件事落得个皆大欢喜。美妇人的丈夫逢人就夸：阮步兵是真君子哩，真真君子……把阮步兵抬得越高，他的保险系数越大。

有个陌生的漂亮女郎死了，阮籍跌跌撞撞去奔丧，抚棺大哭一场。这是不符合礼教的。陌生女郎的亲友们，丈二和尚摸不着头脑。阮籍这么干，专门针对拿孔子做幌子的司马昭。他写艳诗挂在自家的树枝上："念我平居时，郁然思妖姬。"妖姬在古代泛指美貌的女子，不含贬义。

阮籍和嵇康头一回见面，青眼对上了青眼，于是“契若金兰”。不久，山涛加入进来，三个名士气味相投，他们灵敏的嗅觉胜过了狗鼻子。竹林七贤始于三贤。

山涛能与鼎鼎大名的嵇阮游，自鸣得意，回家乐呵呵的样子，他夫人韩氏半信半疑，要亲自检验一番。有一天，韩氏隔了墙壁听阮籍与嵇康谈话，不觉听神了，从日落黄昏听到东边泛起鱼肚白，然后对山涛说：你的才气远不及他们，只不过你凭借气度和他们交往罢了。山涛捋须笑曰：“伊辈亦常以我为度胜。”度胜：度量胜人一筹。

后来嵇康与山涛绝交，从容上刑场，却把唯一的儿子嵇绍托付给山涛……

魏晋士人谈玄，谈几天几夜不睡觉。能倾听名士谈玄的妇人颇不少，《世说新语·贤媛》专写妇女们如何了不起。而《宋人轶事汇编》三大本，记宋人六百，不录李清照。可见魏晋“人的自觉”也惠及了女性。另外，谈玄的风气北宋犹存，苏东坡与陈季常“谈空谈玄不知眠”。谈老庄与佛陀，对无、静、空兴味盎然，深入虚无之境，开出实有之花，有能力驰骋于“不”的领域。可惜这种风气被实用主义冲淡了，思之大道变成小道。

阮步兵青眼紧翻，同时备下了厉害的白眼。青眼白眼能在半秒钟之内转换。阮籍的嫂嫂回娘家，他与嫂嫂道别，引起街头巷尾的闲言碎语：叔嫂之间“授受不亲”，是不能这么道别的。阮籍与嫂嫂站在街边说话，青眼有如清风，转看那些嚼舌根的人，白眼刹那间翻出来，吓人一跳，疾走相顾曰：好个步兵白眼，白煞煞地可怖，白日见鬼矣！

又一日，“嵇、阮、山、刘在竹林酣饮，王戎后往。步兵曰：‘俗物已复来败人意’，王笑曰：‘卿辈意亦可复败邪？’”

晋人的许多书面语明白如话，唐宋大抵继承下来，明、清众多学人，就搞得佶屈聱牙了。

王戎贪财，吝啬，家资巨万，嫁女儿却不肯置办嫁妆，女儿向他借了几万钱，他就没个好脸色；女儿赶紧还钱，他高兴了。侄子结婚，他只送一件单衣，过几天还把单衣要了回去。王戎中年官至三公之一的司徒，肥美园田遍天下，府中的金银珠宝堆成山，只增不减，拿走一点都不行。王戎回家玩珠宝，看田契账册看得心花怒放，“每与夫人烛下散筹算计”。筹：算计用的筹码。中国古代的头号守财奴，看来非王戎莫属。

阮籍讨厌王戎非一朝一夕了，二人除了打嘴仗，还拿眼睛去战斗，互相靠拢，四目盯紧了，鼻息相闻了，“绕竹而盯”，步兵的白眼却吓不退王戎。王戎的双眼有特异功能，能长时间直视正午的烈日，眼睛瞪得大，“目如岩电”。王戎是竹林中的异己分子，嵇康心知肚明，但无意开除王戎。后来山涛像个混进竹林的间谍，想策反嵇康，劝其背弃曹氏，投靠司马氏，做吏部的高官，嵇康一忍再忍，才写下著名的《与山巨源绝交书》，同时把自己送上了洛阳的断头台。晋唐画工，一般只画竹林五贤，去掉了山涛、王戎。

魏晋士人尚清议、清谈，一两句话就点评一个人物。所以对话简约，往往直取人物的要害处。阮步兵称王戎俗物，犹言王戎不是个东西，“复来败人意”——又来败坏竹林诸贤的高尚趣味，鄙薄王戎不留余地，并且当着嵇、刘二贤的面。刘伶也不喜欢王戎，因为守财奴王戎从来不买酒。山涛是个中间派，逍遥派。手握大铁锤的竹林之首嵇叔夜沉默着，对王戎表示宽容。于是，王戎笑吟吟反问阮步兵：高尚的趣味是可以败坏的吗？

不知阮籍如何作答。王戎也不是吃素的，学富五车，否则他进不了竹林。

一部《世说新语》，意在言外的段落比比皆是，作者刘义庆，卒年仅二十四岁。书中记载的各类天才少年甚多。可见魏晋士族的兴起，对思考事物、对语言的妙用有相当的推动。唐人显然不及，尽管出了几个诗歌天才。

诸葛亮具备“三分天下”的战略性眼光时，也不过二十多岁。这究竟是什么缘故呢？秦末大乱，催生了刘邦、项羽、张良、韩信……汉末皇权松动，三国战乱频仍，又生长了一大批具有超级智慧的人物。我猜想，主要还是先秦文化的惯性力所致。汉武帝独尊儒术，远未尊得彻底。反弹的力量是巨大的，汉武帝再活五十年也掌控不了。先秦诸子的远见卓识穿透历史。道、儒、法、墨、农、兵……的交相碰撞，生飓风生雷电，形成了足以产生大智慧的炽热地带。

以此追问唐朝，唐朝的文化繁荣要打折扣。唐朝三百年，大哲阙如，是何缘故？北宋士大夫乐于回思三代（尧舜禹），并不把唐朝当回事，宋人是希望在和平的年代获得源头性的思之力。比如苏轼评价当时人物，首先看他是否好古。苏轼应眉州太守黎稀声之请，写下名篇《远景楼记》，开笔就说：“吾乡之俗，有近古者三……”

阮步兵单是翻白眼也不太管用，他另有一招：长啸。“步兵啸闻数百步”，几百米外清晰可闻。一见如故者，“以啸声相和”，他们也不用讲话，啸完了各自扭头走人。清啸与浊啸一听便知。山上的隐士们都善于长啸的，远听像虎啸，近听如猿鸣。世之高士，山中之大隐，心里激荡着人间哀乐与时代风云，所以要长啸。这种身心的功夫一直传到南宋，李清照也“善啸”。岳飞“仰天长啸，壮怀激烈”……

步兵发怒，啸如吼。山巨源渐渐在山阳的竹林待不住，屡往洛阳跑，讨好司马昭。阮籍吼他，白眼直如鬼眼，“鬼火冒”，一朵朵地冲。山涛并不生气，笑呵呵的，但也不作过多的解释。此曰“雅量”，《世说新语》专辟一卷说雅量。山涛若干年后官至司徒，两次手握朝廷的人事大权，提拔的官员都是好官。嵇康断然与山涛绝交，又让山涛照管年幼的儿子嵇绍，正是看准了山涛的雅量。而嵇康若无雅量，也看不见山涛的雅量。

魏晋士人之尚通脱，崇气度，少遮蔽，并不因事废人或因人废事，由此可见一斑。

王戎就另当别论了，这个富甲洛阳的巨贪兼超级吝啬鬼，唯一的优点是爱妻子，“卿卿我我”，讲的就是王戎。换个词却叫狼狈为奸。此人长寿，“祸害活千年”。年轻时他混进竹林赚得名头响，有利于日后的仕进。他是算计型人格的古代代表，精确到毫厘。而这种人于近现代的西方社会大量繁殖，此不赘言。

阮步兵见王戎，永远是翻白眼。王戎要么以眼还眼，鼻头抵近鼻头，不示弱，要么微笑着反唇相讥。身负武功的阮步兵想打架，王戎便走开。步兵步步紧逼，王戎回头一笑，说：有本事你打司马昭去呀，打镇西将军钟会呀，打勾引兄弟媳妇的吕巽呀。

阮步兵白眼欲裂，大啸竹林……

司马昭的高招，是对竹林七贤采取分化政策，备下了橄榄枝和屠刀。他派钟会进竹林策反嵇中散，未能如愿，便加倍对阮籍好，让阮籍做秩比二千石的步兵校尉，做山东的东平（诸侯国）相。然而阮籍到处讲，当校尉的好处唯有饮酒，军营的美酒喝不完。

司马昭说：步兵喝酒好呀，把洛阳的好酒运到军营去。

阮籍升任东平国相，竟然拆掉了官府的围墙，让庶民参与政事。在士、庶截然分割的年代，士族视庶族为杂类，不通婚姻。阮籍这么干是公然挑战霸权秩序，干了半个月就被调回去了。他驾长车狂奔野地，“见歧路，泣之而还”。为何大哭？心里缺一条康庄大道。阮籍长期夹在曹氏集团与司马氏集团之间，活得憋屈。嵇康打铁一派坦然。

司马昭继续对阮籍好，把阮籍的缺点讲成优点。朝廷设宴，为这个失意的官员接风洗尘。阮籍冲着酒肉去了，“箕踞”，坐姿怪异而倨傲，旁若无人。

某一天，阮步兵在宴席上大吃大喝，看肉看酒皆用青眼。对司马昭照例正眼不瞧，连白眼都懒得给他。一个名叫何曾的大臣跳出来，指斥阮籍正居母丧，不得饮酒吃肉。阮步兵佯作没听见。群臣群起而攻之。司马昭拿孝字做文章很多年了，实则暗通“忠”，要百官效忠于司马氏。竹林诸贤偏偏在孝的领域拆他的戏台，破他的谎言，戳穿他屡试不爽的老把戏……阮步兵照吃照饮，咂咂嘴巴，吱溜吱溜，又放屁咚咚响，表示只有放屁才能对应群僚的污言秽语。兵来将挡，水来土屯……

觥筹交错间，紧张气氛白热化了。性子急的钟会眼巴巴望着他的主子。

司马昭一笑，轻描淡写说：步兵居丧饮酒，也符合古礼。

满座皆惊。期期艾艾的邓艾急了：这这这这这……司马昭解释：《礼记·曲礼上》有规定，某些情况下，居丧可以吃酒肉，“居丧之礼，有疾则饮酒食肉”。

胃口蛮好的阮籍有病么？何曾、钟会很有些怀疑。司马昭矛头一转痛批何曾：阮籍居丧哀伤，身体亏损，精神委顿到这个样子了！你何曾不为他分忧，还当众加以诋毁，你这家伙啥意思？你读过孔圣人修订的《礼记》吗？

何曾唯唯而退。《世说新语》这一节收笔云：“籍饮啖不辍，神色自若。”剧饮而神色自若，哪有一丝精神委顿？此处明讥司马昭的霸道与权谋术，状阮步兵之从容。

司马昭是敢于杀掉皇帝的人，他在宴席上绕着弯子为阮籍开脱，“曲为之解”，阮籍并不称谢。换了其他大臣，早都伏地谢恩了。

司马家族智商奇高，从司马懿、司马师到司马昭。这个家族既能抓军队，又重视笔杆子。司马昭分化竹林很有耐心。嵇康不买他的账，他就在阮籍身上用心思。陈留（开封）的阮氏原是一个庞大的家族，英才辈出。司马昭决定让儿子司马炎娶阮籍的女儿，两家联姻，“天下归心”。司马炎是要君临天下的，黄袍登基是早晚的事儿。阮籍只消点个头，女儿便是未来的皇后。消息一夜间传开了，前来祝贺的达官显贵踏破了阮家门槛。步兵怎么办？装糊涂装不下去了，他必须亮出自己的底牌。投靠司马昭，意味着背叛有大恩于他父亲的曹魏皇室，意味着不孝，意味着与竹林精神决裂，意味着留下身后的骂名。而公开拒绝司马昭，则面临杀身之祸、灭族之灾。

阮籍深夜徘徊，绕庭树达旦。阮氏族人个个紧张。一向放纵的阮咸不敢敲门……

次日，阮步兵大醉，满口的胡话。媒人花枝招展地上门了，他青眼白眼俱翻，像后来的川剧变脸；又把媒婆当成卖酒的美貌邻妇，涎着脸向她讨酒喝，横竖要睡在她的细腰边。俏媒婆“和羞走”，水蛇腰扭扭捏捏地去了。

过几天她奉命再来，看见那披头散发的阮酒鬼饮于厩，饮于槽，饮于厕，侄子阮咸抱着酒坛子跟他团团转。鸡鸭鹅全都醉醺醺，“鸡鸣桑树颠”，醉猪满地跑，见人便咬……

司马昭听下属汇报，摇了摇头。

钟会趁机进言：阮籍太狂，杀无赦！

司马昭不置可否。

“步兵大醉六十日”，连上门提亲的女人也开始胡言乱语，把黑鸭子说成乌鸡。司马昭哭笑不得。这桩轰动一时的联姻事件，终于不了了之。司马昭还得自找台阶下，对群臣说：步兵虽狂，但狂得有些道理。他醉成那样，我又能把他怎么样呢？

一般人醉几天就受不了，无异于大病一场。“病酒”一词，魏晋始流行。阮步兵大醉六十天，那身体有多棒？他骨子里是个谨慎的人，佯狂真狂参半，道德底线是不能与乱臣贼子沆瀣一气。竹林七贤，有五贤做到了这一点。嵇中散“刚肠恶疾”，被司马昭杀掉了。阮步兵长年累月走钢丝，刀尖上跳舞得以自保，并保全了阮氏族人。老谋深算的司马昭用“至慎”来评价他。

“步兵白眼向人斜”（敦诚），这个历史符号永远新鲜，人格不丢，个性不泯，立场不变。赖有此“三不”，才有源源不断的历史正能量，才有闪耀于天幕的文化恒星。

哪里有封建权力的嚣张，哪里就有魏晋风度。

李太白之最狂

李白应该是古代中国最大的自由符号，可考的事迹亦多。而先秦人物是没法做年谱的。受礼教掌控的中国人缺啥想啥，向往李白式的自由，天马行空，独往独来。然而，自由是在不自由中显现的。意志碰上阻力，方显强力意志。

对李白这种天才人物，远距离崇拜可矣，近距离接触有些麻烦。他是奔向自己的目标不管不顾的，有时候甚至没心没肺。个体生命的能量太足，所过之处，伤人难免。李白像个滚动不休的火球，光焰夺目，烧焦草木。西方的大艺术家，可能一半是冷血怪物，毕加索堪称冷血的现代领军人物，二十世纪二十年代末经济大萧条，他大嚼肉食，对饥饿的、眼巴巴望着他的孙女不屑一顾；又对情人们一贯冷漠……这个西班牙艺术家却画下了和平鸽，为人类留下数以万计的艺术品。

杜甫《不见》："世人皆欲杀，吾意独怜才。"

李白自言："世人见我恒殊调，闻余大言皆冷笑。"

李白的说话行事，旁人常常受不了。连在位几十年的唐玄宗都受不了。

本文仔细瞧瞧李太白的狂。

"五岁诵六甲，十岁观百家。"这是李白《上安州裴长史书》中的自况。十岁打通或通读了先秦诸子百家，显然言过其实。鲁迅《门外文谈》，讲中国人要过汉字、汉语的这一关有多难。李白儿时有奇思倒是可信，有一首描写萤火虫的小诗："雨打灯难灭，风吹色更明。若飞天上去，定作月边星。"他是太白金星，似乎要与老子化身的太上老君争地位，比光芒。十五岁他干了两件事，一是拜名师习武，二是写下《明堂赋》《大猎赋》《拟恨赋》，俨然司马相如再世，官、财、色三丰收。

李白自命不凡，但极用功。不知道他的商人父亲用什么样的方式激励他。

好读书，大约不求甚解。五岁经历了举家大迁徙，从今之吉尔吉斯斯坦迁到四川绵阳。十五六岁起，李白几度漫游蜀中的名山大山，刀剑开路直上峨眉巅。峨眉山万佛顶海拔3099米，徒步登顶难之又难，何况在唐代，丛林野兽奔走。

少年李白同时在几条路上冲刺，“结发未识事，所交尽豪雄。……托身白刃里，杀人红尘中。”剑气、酒气、仙气、文气、豪气、傻气，六种气集于李白的一身。居绵州的青莲乡，李白“恒望天”，太阳升起又落下，星星布满神奇，月亮像一块白玉盘，又像大烧饼，有时“天狗吃月”。李白的目光一射三十万公里。

二十四岁，他“辞亲远游，仗剑出蜀”，书童丹砂背着大堆金银跟随他。丹砂见山就害怕，因为他的主人见山就要爬……“山从人面起，云傍马头生。”

人来疯，酒来疯，诗来疯，山来疯，神来疯，“五岳寻仙不辞远”，李太白干啥去？寻找神仙。浙江天姥山的三十六峰，每座峰都留下了他的足迹。神仙没找到，转而梦中寻：“仙之人兮列如麻”，“云之君兮纷纷而来下”。他苦炼仙丹炼成了丹来疯，喝醉酒，大呼丹来、丹来……丹砂愁眉苦脸来了，这可怜的书童天天运矿石，扇炼丹的炉子，扇成了非洲脸。诗仙醉如泥，口吐白沫与佳句：“吾将营丹砂，永与世人别!”

李白生命中的每个阶段都有惊世之语。享年六十三岁，而生命的强度至少十倍于此，说他活了一千年不为过。华夏文明赋予了个体丰富性的潜能，天地人神，张力周而复始。李白几为生命张力之同义语，一辈子活得天宽地阔，而“现实通道”（海氏）日趋逼仄的当下，人们，尤其青少年，要学着回望民族的先贤才好。

李白三十岁，一度隐于长安远郊的终南山；四十岁还在江南窜，“大道如青天，我独不得出”。他想当官，作为商人的儿子却不能直接参加科举考试。三十岁以前，他在湖北安陆娶已故宰相的孙女许氏，上书裴长史、安长史、韩荆州，渴望这些官员举荐他。唐人入仕，官员或名流举荐是科举之外的另一条途径。李白的奔官场，有“大济苍生”的崇高理想，也有提高家族社会地位的世俗盘算，商人再有钱，地位也不高，排在百工之后。官与商不大通婚。城市的布局，坊、市相阻隔。按唐制，五品以上的官员还不能去市场。

李白的求职信把自己描绘成奇才，并且充满了仁慈和侠义，语句高亢，掷地有声，读来颇有趣。唐朝士子干谒成风，但这么大言夸自己的，恐怕少见。李白处处是李白。任华说他：“平生傲岸其志不可测，数十年为客，未尝一日低颜色。”客，指客居他乡。

李白求官的意志受阻，诗句如喷：“狂风吹我心，西挂咸阳树。”咸阳代指长安。他自视有安邦济世之才、游说万乘之志，但事实上如何，我们不得而知。他身佩龙泉长剑，戴着高高的帽子去见地方长官，“高冠佩雄剑，长揖韩荆州”，官厅里滔滔不绝讲自己，仿佛明天就要走马上任。然而有爱贤之名的韩荆州并未举荐他，他的诗句倒是传为官场笑谈：“生不用封万户侯，但愿一识韩荆州。”

上书不成，那就隐吧，隐于终南山，“终南捷径”却总是别人的捷径，与李白无关。凄风苦雨坚守废园，等玉真公主（唐玄宗的妹妹），满脑子公主的玉颜，却是柴米油盐艰难。终南山到处是离宫别馆，豪车高轩出入，“美人如花隔云端”，李白单衣裹秋风，冻得嘴青脸青。“长风入短袂，内手如怀冰。”他傻等公主半个月，望眼欲穿。其实张丞相的儿子张垍捉弄他，长安笑话他的傻乎乎、瓜兮兮，拿他讲段子编故事，佐酒取乐。

安陆、长安俱憋屈，李白吼出了千古名句：“安能摧眉折腰事权贵，使我不得开心颜！”

这句子，却来自摧眉折腰的伤心体验。他睡树洞，攀高枝，立悬崖，半夜三更长啸，月光下跳胡人的劲舞，练剑术比雄鸡还起得早，抢猴子的野果子吃，到头来还是没人请他出山。隐来隐去隐不出个“显”来，天才李白如何是好？

在长安的北门，他跟一群市井泼皮打起来了，双拳难敌十几双手，被泼皮群殴，打得鼻青脸肿，又几番冲不出重围。幸好有人赶来救他，否则他可能重伤不治。救他的人未能留名史册，打架的具体原因也不清楚。这次“北门之厄”，使剑客李白很惭愧，他年专程走山东，向大唐第一剑客裴旻将军学剑……

“酒隐安陆，蹉跎十年”，李白这么总结自己。

山隐、酒隐、吏隐、市隐、朝隐，隐士们的名堂真多。李白的古琴叫孔子琴，生儿取名伯禽，跟周公的儿子同名，生女曰平阳，令人联想有名的平阳公主……总之，古今自命不凡之最，最是这位可爱的李太白，“虽长不满七尺，而心雄万夫”！他也有谦虚的时候，登黄鹤楼观洞庭湖，心中浪千尺，笔下无好诗，硬着头皮在粉壁上留下了两行狂草字：“眼前有景道不得，崔颢题诗在上头。”估计他的打油句子写在下头。

李白渡黄河过长江，上高山下平原，心里装着长安，生命力多点喷射。把握李白，这是关键。李白想干的任何事情都非常投入，一竿子插到底，几条路走到黑。所谓艺术，无非是一竿子插到底，然后深度决定广度。李白是真想做神仙的，所以看山山才神奇。写月亮，造词之多全球称冠。月球上的一座环形山以李白的名字命名。

近现代的西方“诸神远遁”（海氏），世界“去魅”，单调而贫乏，目力长远的哲人们希望“返魅”，修复受损严重的生活之意蕴层。着眼于未来吧。物欲汹汹，至多再来个几十年。或自寻死路，或触底反弹。有朝一日，生活的完整性将是压倒一切的智慧。

“相看两不厌，只有敬亭山”，李白的浑身静穆直追陶渊明。写《清平调》《长干女儿行》，又把杨妃写得灵动而丰满，把长干女儿的羞颜写得般般入画。雄奇、婉约、旷达、清新、豪放、诡异、怪诞……“长风万里送秋雁，对此可以酣高楼。”伟大的艺术家，能够在人生情态之深处转动自如，“生活在别处”，旧我时时孕育着新我。一般人是做不到的。活到深处，转向太难。

且看狂放李白笔下的空灵：“平林漠漠烟如织，寒山一带伤心碧。暝色入高楼，有人楼上愁。”古朴之至也，唐宋元明的画工们，以此作图无数。

李白寻道士，梦神仙，思美人，想长安，“长安不见使人愁”。四十二岁（742年）那一年，诗仙忽然时来运转，转身便是平步青云。原来，唐玄宗近年来一直惦记他的大名，三次下旨，要各地官吏搜寻李太白的仙踪。国家很大，李白在啥地方？他游了吴越，率领全家隐于安徽的南陵县，日子正犯愁，“潦倒新停浊酒杯”。一日，喜从天降。宣州太守率领几十个僚属，敲锣打鼓造（拜访）

柴门，亲口传圣谕，请大贤出山。李白高兴昏了，“仰天大笑出门去，我辈岂是蓬蒿人”！不过，他有一点小遗憾：“游说万乘苦不早”，十年前就踏进金銮殿，向皇帝进良言，那该有多好！

李白安顿了家小，飞马飞舟奔长安。这只“稀有鸟”终于一飞冲天。

从南陵到长安两千里之遥，驿站客栈，晨晖暮霭……途中的李太白会闪过哪些念头呢？我翻遍了《李白全集》，难寻蛛丝马迹。“人生得意须尽欢”，酒杯是不离手的。马背上豪饮豪歌，客栈里颠三倒四。逢人便说唐明皇杨贵妃，说大明宫、骊山的温泉宫……

人的一辈子，高峰体验是有限的，几年来一次就不错了，而李白的高峰体验常有，所有的苦闷都预设了强劲反弹。长时间的郁闷痛苦是杜甫需要对付的问题，而李白今日愁云惨雾，明天就哈哈大笑了。顶级的生命体是个谜团。李白的眼睛似乎永远亮得像电灯泡，“视物如射”。他受伤之时，像百兽之王伏于丛林深处，独自舔伤口……

这是天宝元年，年届花甲的唐玄宗正等着他，宫中“降辇（下车）步迎”，示以莫大的恩宠。至尊天子居然用双脚走路！并且发明了专用词。“以七宝床赐食，御手调羹以饭之。”御手调羹同样是权力符号，调三下还是调五下皆有讲究。估计李白一口喝光羹汤，喝光了抹抹嘴巴，道声：好汤！高力士、杨国忠嗤之以鼻，讥为乡巴佬。二十几岁的杨玉环启齿一笑。玄宗赐予李白天龙马、白玉珊瑚鞭。李白笑盈盈伏地谢恩，平身之后又大言不断，当庭朗诵自己的得意诗篇，丞相李林甫侧目——这个李林甫识字不多诡计多。唐玄宗纵容他十九年，他又长期纵容安禄山……

现在李太白的身份是供奉翰林，职责是“润色鸿业”，歌颂皇恩浩荡。他一口气写了八首《宫中行乐词》，玄宗额手称庆，复赐李翰林宫锦袍。

飞龙马、珊瑚鞭、宫锦袍，三件宝贝让李太白身价百倍，不难想象他在长安的朱雀大街扬鞭驰骋的模样。高官的门槛一律在他脚下变矮了，李太白的高视阔步才叫高视阔步哩。可是十年前在长安，谁理他？王公贵族奚落耍弄他，地痞流氓乱拳揍他，如今大不同啦，“捉手请交”的上流人士密如栉，“当时笑我微贱者，却来请谒为交欢”。

写过“二月春风似剪刀”的三品大员贺知章，在紫极宫请李白喝酒，“玉盘珍羞值万钱”，银子哗哗地往外倒，钱花光了，解下金龟佩饰买剑南烧春，一万年传为佳话。安旗《李白年谱》：“贺既奇其姿，复赏其文，谓其诗‘可以泣鬼神’，并呼白为‘谪仙人’。”

李白原本是天上犯了错误的神仙，贬到凡间写诗。“白也诗无敌，飘然思不群。”这是杜甫讲的，“敏捷诗千首，飘零酒一杯”。诗圣最知诗仙，又是千古佳话。

唐朝的翰林院设在宫禁内，李白喝醉了，披着宫锦袍到处跑，不该去的地方他偏要去，不该看的人或事他一味要看。谁敢拦他？大宦官高力士也让他几分。宫中美酒多，“日日醉如泥”，熟知艺术家秉性的李隆基懒得管他。有学者称，约两年后，唐玄宗叫李白卷铺盖，是担心李白看到的宫禁秘事过多，年谱云：“玄宗虑其乘醉出入禁中，恐其泄露宫闱秘事。”李白看见的秘事就不再是秘事了，他会八方去嚷嚷。

李翰林歌功颂德，写了一些马屁诗。他是唐朝的司马相如，少年的梦想落到了实处。然而自古真情出佳作，马屁诗传不开，传入昏君佞臣的耳朵罢了。李翰林进良言，老皇帝听不进去。《驾去温泉宫后赠杨山人》：“待吾尽节报明主，然后相携卧白云。”天宝初年的唐玄宗，正处于明君与昏君的拐点上。玄宗沉迷于昭阳殿、温泉宫，十几年不出长安了，内政委托李林甫，边事交给安禄山。李白进言的余地几乎不存在了。不说白不说，说了也白说。李白的性格哪有不说的？于是高力士、张垍等政坛大佬都容不下他。

李白不会来事儿，以为写完几首马屁诗就能当大官，表明他不谙拍马术，不懂得钻营献媚。翰林院这种地方，百年累积下来的拍马术多得很，只要李白肯钻研，三五日便能上手，吹捧皇帝，讨好嫔妃、王公、丞相、大太监、大将军，荣华富贵唾手可得。李白扎了一竿子，扎得不深。事实上他根本扎不深。骊山的温泉宫泡长汤，扎猛子他倒是扎得深，舒展的四肢搅得水花四溅。华清宫有专供近臣们泡的“长汤”，数十年间，没人敢在长汤扎猛子，李白开了先例，几乎赤条条，腾空入水的身姿美极了……

李白在宫中“浪迹纵酒”，在长安城举着大号酒葫芦招摇过市。当初的泼皮们目瞪口呆，眼下的众豪杰争随左右。太跩了。市民争睹诗仙的风采，嗬，那宫锦袍，那白玉鞭，那孔子琴。草圣张旭、太子宾客贺知章、左相李适之……八个酒仙饮于高楼，长安万民共仰，传轶事，说风流，讲怪诞。杜甫《饮中八仙歌》："李白斗酒诗百篇，长安市上酒家眠。天子呼来不上船，自称臣是酒中仙。"

唐朝宋朝的庶民百姓，崇拜追捧的大抵是一流人物。张旭醉书寺壁；公孙大娘剑舞街头；司马光入汴京城，要发生交通拥堵，市民上树上房瞻仰君实的风采，折断树枝踩烂瓦，惹发民事纠纷；苏东坡发明的"子瞻帽"流行大街小巷……优伶或"球星"远不能引领时尚，更不能左右青少年的价值取向。士大夫的精神追求，波及广袤的民间。

李白拒绝唐玄宗，太牛了，在朝廷官员的眼中太狂了。学者勉强解释：李白进言无果，于是以烂醉的姿态拒绝糊涂的皇帝，等于当头棒喝，要让玄宗清醒。其时，表面繁荣的唐帝国危机四伏，李林甫那帮人正联手"打造"头号昏君……

李白对朝廷乱象有某些洞察，这是可以肯定的，有史料的支撑。上述醉拒玄宗的动机尚属推论。依我看，满脑子装着神仙的李白，骨子里老子天下第一。艺术与美酒，又强化他的意识和潜意识。李白的狂，狂到了皮下，渗入了血液。苏轼赞美他："戏万乘若僚友，视侪列如草芥。"万乘指君王，侪列指同僚。

戏弄君王，尤其是戏弄唐玄宗这类不可一世的君王，历史上恐怕是没有的。李白是异类中的异类，狂者中之最狂。所以一代代的中国人乐于讲述他的故事，传播他的狂傲，至少在精神上卸掉礼教的枷锁。

吾国吾民不缺生活智慧，独缺酒神精神。汉民族的节庆日甚多，少了狂欢节。

李白称颂唐玄宗言不由衷，诗笔转向杨玉环，三首《清平调》全是佳作。这真是邪门儿了。不用说，写皇帝他也是用了心的，然而传世的好诗横竖出不来。可见艺术这种东西，跟意志不搭调，感–觉才是它生长的沃土。

李白入皇宫，首尾三个年头，"白常侍帝"，见过杨妃许多次。史称杨玉环"善文辞"，她对李白的诗歌很欣赏。她是激情四射的超级舞蹈家，而艺术引领人的自由天性。唐玄宗大她三十几岁，昏君浊气多，拄杖秋风里，越来越像个糟老头。她会向往年轻，憧憬自由奔放的生活。李太白、杨玉环，二人之间形成某种磁力场是完全可以想象的。当然，杨妃是在潜意识的层面微波流动。而李白，大约会痴想杨妃入浴，梦绕国色天香……

"云想衣裳花想容，春风拂槛露华浓。若非群玉山头见，会向瑶台月下逢。”杨玉环真真满心喜欢，云彩羡慕她的衣裳，花朵渴望她的容貌，这才是头一首呢……她编舞，领舞，“笑领歌辞，意甚厚”，意甚厚三个字，说尽杨妃意态。李太白醉墨狂书《清平调》二首，杨妃殷勤捧砚，“捧砚杨妃劳玉指”。

日趋昏庸的老皇帝在哪儿呢？他正在龙椅上老掉牙，合该被艺术家处理成盲点。第三首才提到他：“名花倾城两相欢，长得君王带笑看。……”

邓丽君唱《清平调》颇具古典韵味，天堂上的李白要表扬她，杨玉环侧耳听。

“影子内相”高力士权倾朝野，有些高官听到他的名字就吓得打战。李林甫、杨国忠是一对冤家，争相讨好高公公。外国使臣、后宫嫔妃们送奇珍异宝不计其数。如果李白把高力士当作敲门砖，曲意奉承几句，这个老太监想必乐于接受，替李白美言。可是李翰林早就看他不顺眼了，朝堂上醉写诏书，伸长了刚劲腿，命他脱靴。满朝文武大惊，玄宗倒觉得好玩，不干涉。“力士素贵，耻之”，那李太白不依不饶，又有武功，金銮殿上俨然金鸡独立，靴子头冲着高力士的圆鼻头。可怜的高公公汗涔涔惨兮兮，脱了一只靴，又脱一只靴。李白是否装怪，抬高腿或是摆弄脚板，不得而知。这事《唐书》有载。

李太白这么狂，这么弄，不卷铺盖才怪。他也厌倦了所谓翰林院。天宝二年（743）春，他上书，辞职不干了，唐玄宗趁机打发他，“赐金还山”；又评价李白“非廊庙器”。李阳冰记云：“正丑同列，害能成谤……帝用疏之。”

李白骑走了飞龙马，带走了宫锦袍，勃勃英姿背向金碧辉煌的皇城，找神仙去了。

若干年以后，李白潦倒于安徽宣城，对一个官场失意的当地人说：“君看我才能，何似鲁仲尼？……大圣犹不遇，小儒安足悲。”李白潦倒久也，几乎饥寒交迫，尚以至圣先师孔子自居，自称大圣，安慰小圣。嗬，李大圣直如孙大圣，千难万阻不言败。

怀素狂，张旭颠

古代的狂草书法家，怀素张旭齐名，人称“颠张狂素”。狂草不易学，非有巨大的生命冲动不可。李白的书风近于狂草，但留下来的真迹太少。怀素法号藏真，是湖南永州（零陵）的酒肉和尚，有一年，从夜郎（贵州）白帝城流放归来的李白飘然访零陵，为他写下了一首《草书歌行》，又飘然而去。怀素目送诗仙，忽然觉得长沙郡太小了，于是拿舟下洞庭，骑驴奔岭南，风帆飘吴越，鸡车过中原，宝马向长安。李白的诗无异于广告词，何况是李白手迹。唐人的广告意识强，前提却是要有真本事，蒙人是不行的。

怀素体轻，个头跟不足一米五的刘伶相仿佛。食肉量大，又酷爱吃富含纤维的竹笋，所以一直长不胖。怀素《食笋帖》是书法宝典之一。他的目标是超过书圣王羲之，宋人云：“怀素似不许右军得名太过。”长安还有个张旭，名气特别大，写字颇有怪异的举动，时称颠张。永州的高人，奔长安高人而去，尽管怀素戏水的身子比一朵浪花还小。他看远山，看乱云，看枯草惊鸟，看屋檐水留在墙柱上的痕迹，右手不停地挥动，一挥千余里。左手持锡杖，“一钵即生涯”。僧袍裹秋风，舞春风，御雪风，招熏风。借宿于寺庙他专吃笋子，叩问豪宅痛撕大肉，院墙、巨石、古树、衣裳、器皿，他纵笔书写一通，然后持了锡杖再上路。一管毛笔吃不完喝不够。狂僧狂草，千余年只一个怀素。

中国历史上，怀素具有唯一性。

怀素上人进长安了，小身材昂然过大街。有个名叫张谓的湖南人在京城做吏部侍郎，怀素去找他，气味相投，一拍即合。史称张侍郎“嗜酒，简谈，乐意湖山”。和尚干谒不走弯路，看来是经过慎重考虑的，在广州他吃过亏，广州姓徐的书法太守冷淡他。张谓宣扬怀素，于是长安的朱门贵胄高规格接待楚狂僧。怀素“一日九醉”，醉于大雁塔，醉于灞桥、曲江、朱雀门，醉于终南山张侍郎的别墅。

任华《怀素上人草书歌》："狂僧前日动京华，朝骑王公大人马，暮宿王公大人家……"

一部《全唐诗》，描写怀素书法的多达十几首。

唐太宗酷爱书法，把王羲之《兰亭集序》带入昭陵，做鬼也要欣赏。李唐王朝形成了推崇书家的传统。欧阳询、虞世南、褚遂良、李邕、颜真卿等人的书风天下皆知。唐玄宗也善书，"字肥"，于是官员写肥字的不少，比如那位徐广州。书法既是科举考试之必修，又是一种有效的养生运动，上述五位大书家皆长寿，欧阳询享年八十四岁，李邕被杖杀时也七十多岁了，张旭字伯英，官至金吾长史，人称张长史，大约活了七十六岁。

怀素和尚扬名于长安洛阳，与张旭有关系。狂草书法，张旭是奠基人。长安人欣赏张旭狂草已有二十年了，否则怀素的书法可能被视为乱写一通。

一千五百多年来，负盛名的狂草书家只有三个，张旭、怀素、毛泽东，可见狂草书法的难度。而楷书、行书、行草，历代的书法大师层出不穷。

"张颠颠后二十年，谓言草圣无人传。零陵沙门继其后，新书大字大如斗。兴来走笔如旋风，醉后耳热心更凶。……"怀素心凶，于是目凶，"忽然绝叫三五声，满壁纵横千万字。……连城之璧不可量，五百年知草圣当！"怀素可谓书法的表演艺术家，猴子般跳来跳去，操大笔写大字，写到得意处尖叫不已，与张旭的"长发甩墨缸"异曲同工。

唐朝有各种各样的街头表演，书法是其中之一。吴道子曾经在兴善寺画佛像，观者如海潮。怀素选择兴善寺表演，寺中的百尺墙壁粉刷得雪白，单为他留着。午后的太阳照着浮屠，宝刹庄严，大殿内佛祖微笑。成千上万的观众等待着传奇人物的出现，有人说怀素的草书盖过张旭，有人马上反驳，捍卫张长史。更有人希望张旭现身于寺庙，当场挥毫，两位书法狂人比个高低。其时张旭垂垂老矣，深居简出，抱病煎药，并不知道有个叫怀素的年轻和尚要挑战他草圣的地位。

太阳偏西了，传说中的怀素迟迟不来。长安观众耐心等。百年一遇的高人哪会轻易出现呢？“怀素身长五尺四”，据说一蹦七尺高，小小人儿专写斗大的字，横着来竖着挥，其间要歇场，解下腰间的酒葫芦痛饮一番，顺便吞几块半斤重的熟牛肉。

书法是一桩费精气的体力活，难怪怀素精瘦。

和尚的故事早已传遍了长安，和尚却不来兴善寺，莫非消息有误？莫非和尚大醉未醒？长安的市民翘首以盼，吊起的胃口悬在空中。怀素二字越发地放大了，轶闻趣事被添油加醋，传得神乎其神。其实怀素就在附近的酒楼上，把酒欣赏他的“粉丝”们。在长沙、衡阳、浏阳……他玩过类似的把戏。

“然而盖叫天终于出现了”（鲁迅），表演者吊观众的胃口，古今一焉。韩干在长安画马万人空巷。吴道子画门板佛像，市民卸下的门板堵塞交通，三百多年后，苏轼于凤翔花十万钱买下吴道子的“门板画”，献给他父亲……

密集的人群中忽闻惊呼：和尚来也！

在十余条锦衣汉子的簇拥下，光头怀素现身了，其疾如风，仿佛飘到了寺壁前。崇拜者们献酒赠肉，奈何难近怀素的小身躯，几个龙腰虎背的保镖护得严了。寺壁一丈外拉起了长长的粗绳子，官府的兵丁按剑肃立。和尚自吃酒，旁若无人。万千人众连一声咳嗽也无，“铿然一叶”，风也悄悄。鸟不飞，云不动，人人如木鸡。但见怀素和尚操了二尺长的鼠须笔，左手将那酒葫芦抛向空中，表演正式开始，写李太白《将进酒》：“君不见黄河之水天上来……”诗狂字狂人亦狂。欢呼声一浪高过一浪，连张旭的“铁杆粉丝”也承认，楚狂僧重现了“颠张”的绝世风采。那和尚踮了脚写，蹦跳着写，薄薄的身子飞起来写，口中叽里咕噜，观众哇啦哇啦。和尚写下半个“欢”字，停了，背向寺壁呼酒来，仰面咕咕咕如喝井水，似乎烂醉，却忽然来个疾转，飞身一丈点几笔，将笔画繁多的欢字写圆满，准确无误，笔意丝毫不断。欢声雷动。人潮涌动。可是狂草书法的表演才演到一半。

怀素上人直挺挺倒也，众粉丝大吃一惊。和尚莫非得了暴病（脑溢血之类）？长安模仿张旭的书法狂人，有过猝死街头的先例。有人伸手去探和尚鼻息，忽听鼻息雷鸣，吓一大跳。怀素的鼾声传到了大街上。半个时辰过去了，兴善寺的观众有增无减。

青砖地上的和尚伸个懒腰，口诵诸葛孔明诗："大梦谁先觉？平生我自知。草堂春睡足，窗外日迟迟。"有大娘（年轻女郎）掩口笑道：和尚说梦话哟，佛寺哪有草堂呀？

醉和尚像个杂技演员般旋转而起，纤细身子扭得如同大麻花。歪歪扭扭走了几步，倏然间大叫，扑向写了一半的白黑寺壁。"岑夫子，丹丘生，将进酒，杯莫停……"波涛汹涌的观众潮水般朗诵诗仙的杰作，欢呼楚狂僧的墨宝。

可惜古人不用石头造房子，千年的古宅几乎没有。否则，今日到处可见唐宋墨迹。李泽厚先生对此也存疑问。西方人的建筑多用石材。

如果杜甫在长安兴善寺观怀素，该写《饮中九仙歌》了。

文之化人，艺术的感染人，唐宋六百年登峰造极也。文化泡沫吹不起，一吹便破。伪艺术很难找到传播的空间。眼下的某些媒体，为一点发行量点击量便胡乱吹捧，"红包批评家"八方游走收红包……不谈这个，且看我们的古时候。

怀素在长安洛阳表演书法，有画工张氏，画下一幅《醉僧图》，藏真题诗曰："人人送酒不曾沽，终日松间挂一壶。草圣欲成狂便发，真堪画入醉僧图。"沽：买。这幅画现存于台湾故宫博物院，有苏轼题跋："此怀素诗也，仆好临之。人间当有数百本也。"

李白的崇拜者任华，也成了怀素的追慕者，作《怀素上人草书歌》，有云："吾尝好奇，古来草圣无不知。岂不知右军与献之，虽有壮丽之骨，恨无狂逸之姿。中间张长史，独放荡而不羁，……张老颠，殊不颠于怀素。怀素颠，乃是颠！人谓尔从江南来，我谓尔从天上来。负颠狂之墨妙，有墨狂之逸才。……谁不造素屏？谁不涂粉壁？……"事实上，怀素居长安数年，遍寻二王墨迹，得一法帖如获至宝，《酒狂帖》记云："酒狂昨日过杨少府家，见逸少《阮步兵帖》，甚发书兴也。"王羲之字逸少。《酒狂帖》又说："睹二王真迹及二张草书而学之。"二张指张芝、张旭。

酒狂的热闹形象在外面，回住处，每日临池几个时辰，退笔如冢复如山。

台上几分钟，台下十年功。

"自言转腕无所拘，大笑羲之用阵图。"《用阵图》是书圣的代表作之一。

酒狂醉马走洛阳，专程拜访一代宗师颜真卿。八百里路不带一文钱，兴来舞几笔，酒坛子肉铺子留下怀素真迹，便有酒肉伺候。怀素此去洛阳还有个盘算：请大师点评他的狂草书法。也许跟草圣张旭难分高下，甚至压过张旭。

颜真卿做过平原（山东平原县）郡太守，人称颜平原。天宝十四年“安史之乱”爆发，二十万叛军分路进攻，所向披靡，只三十三天，洛阳沦陷。河北二十四郡望风而降。唯独颜真卿“首唱大义”，七千勇士誓死抗击逆胡安禄山，并传檄诸郡，共筑长城。这是一位顶天立地的英雄好汉，一位正直的官员，杰出的书法家。他的侄子少年英勇，死于叛军之手，颜氏一门有三十余人横死刀下。

颜真卿著名的《祭侄文稿》，乃是血泪迸发的书法作品。

一切艺术的运行均取决于生命冲动。

书法是“余事”，古代的职业书家寥寥无几。

怀素赴洛阳拜见年逾七旬的颜真卿，一睹《祭侄文稿》，纳头便拜。绝世珍品啊，一笔一画诉说着撕肝裂肺的故事。怀素陪大师住了几天，畅谈书法与当时人物。说到张旭，颜真卿喃喃道：颠张狂素，你二人要并传后世……

杜甫《饮中八仙歌》：“张旭三杯草圣传，脱帽露顶王公前，挥毫落纸如云烟。”张旭与贺知章共饮，两个酒仙狂呼奔走，“见人家厅馆好墙壁及屏风，忽忘机兴发，落笔数行……”

“知章骑马似乘船，眼花落井水底眠。”太子宾客贺知章官居三品，国家领导人了，举止天真像个大孩子，窜街走巷，醉醺醺骑马，如船行波浪间，老眼一花，掉井里去了，索性睡它一觉再浮上来……汉民族的老百姓活得比较节制，艺术家们很有几分颠狂。宋代的米芾称“米颠”，为求一幅古代好字，米芾以死相逼跳进了滚滚长江，蔡京的儿子蔡攸赶紧喊道：墨宝给你，给你！博士为甚寻死觅活呀！

官员颜真卿曾经两次请长假，向张旭学书法。颜真卿的行书，狂势内蓄。

张旭“甩墨缸”，从盛唐传到今天。也是酒酣奔走里巷，男女老少争随其后，比看戏、看马球、看打架还热闹，纷然相顾曰：看那颠张头写字啰。看看看看看……装怪的街头小儿滑稽模仿铜锣声：端端端端端……前呼后拥跟过节似的。

开元末，张旭在洛阳天宫寺的书法表演，创下万人争睹的纪录，惊动唐明皇与太真道姑（杨玉环）。那张旭于寺中扔了官帽，长长的散发浸入墨缸，正反搅几搅，搅成了一支笔，复将脑袋提起来，将饱蘸浓墨的头发挥向雪白的寺壁，忽而飘如柳，忽而硬似铁。一浸再浸墨流满面，亢奋中并不知道舌头去舔了几舔。观众大笑，颠张倒是茫然。头写字，发书壁，“心与发相应”，意未至而发先甩，点、撇、捺、横、竖，妙到毫厘。

洛阳天宫寺留下的这幅狂草书法，毁于安禄山之乱。

中唐的韩愈在《送高闲上人宁序》中这样写：“往时张旭善草书，不治他技。喜怒窘穷，忧悲愉佚，怨恨思慕，酣醉无聊，不平，有动于心，必于草书焉发之。观于物，见山水崖谷，鸟兽虫鱼，草木之花实，日月列星，风雨水火，雷霆霹雳，歌舞战斗，天地事物之变，可喜可愕，一寓于书。故旭之书，变化犹鬼神，不可端倪。”

讲得真好，书法切于人事与自然。韩愈先生的这段话，可作书家们之座右铭。

草圣张旭甩墨缸，兴酣一声大喝，将墨缸一脚踢翻……

怀素听颜大师讲张旭的书法故事，大半天不眨眼，宅院外黄河滔滔，“心潮逐浪高”。揖别大师后，僧袍西风卷向了长沙、零陵，大师的点评在耳边回荡：“怀素，僧中之英！”

怀素中年第二次去长安，酒肉不离口，《食鱼帖》云：“老僧在长沙食鱼，及来长安城中，多食肉，又为常流所笑。”狂草书法是需要大能量的，怀素又爱写大字，类似“小脚爱大鞋”。荆楚、江南、山东、中原、西北传他的名字，讲他的故事。

“谁不造素屏？谁不涂粉壁？粉壁摇晴光，素屏凝晓霜。待君挥洒兮不可弥忘。骏马迎来坐堂中，金盆盛酒竹叶香。十杯五杯不解意，百杯已后始颠狂！一颠一狂多意气，大叫一声起攘臂。挥毫倏忽千万字，有时一字两字长丈二。……”

约百年后，李商隐的外甥韩渥，在乡野颓屋发现了一件怀素墨迹，喟叹曰：“何处一屏风？分明怀素踪。”

多少狂草字，千年散秋风。

晏几道：『醉拍春衫惜旧香，天将离恨恼疏狂』

晏几道是宋词婉约派代表作家之一，字叔原，生于公元1030年。七十多岁“貌有孺子之色”，颜值依然高，性情像个大男孩儿。黄庭坚称他一辈子有“四痴”，他屡说自己狂，清狂、疏狂、痴狂、骄狂。疏狂：疏懒闲散、背向世界之狂。

阮步兵颠狂，刘伶佯狂，怀素痴狂，辛弃疾“憨狂”……

本文看看晏几道的疏狂，兼说其痴。

宰相晏殊是他的父亲，“一曲新词酒一杯，去年天气旧亭台。……”相府中的歌舞妓连年穿梭，她们标致的面容明亮而又黯淡，去年来了，今年走了，“无可奈何花落去，似曾相识燕归来”。晏殊的好词，惆怅是主调，士大夫精致的情绪弥漫于青灯黄卷。

晏丞相何以惆怅？多情的她们总是留不住。晏殊的夫人王氏，系开国元勋王超的女儿，是个典型的河东狮吼，尽管她有八个儿子需要照顾。蜀人云：卤水点豆腐，一物降一物。北宋士大夫蓄家妓是家常便饭，这位名门贵妇也认了，却时刻睁大眼睛，捕捉官人的一举一动、家妓的一颦一笑。王氏的每一天都活得仔细，也累。官人一旦动心，她迅速作狮吼，叉腰顿足像个泼妇。歌舞妓若敢“眼色暗相勾”，当天就得流落街头……

贵妇人干这事上瘾了。粗腰年年斗细腰。

豪门大族向来不乏斗争，不是东风压了东风，就是东风压了西风。

晏几道是幼子，长于妇人之纤手，丫鬟、家妓又层层包围着——她们的娇音与步态，欢笑或哭泣，弥漫了四周。女孩子的清爽，连同她们的遭遇，点点滴滴渗入叔原公子的肌肤，左右他的视线，牵扯他的心。价值观的孕育是在不知不觉中进行的。三岁看大。

不过，这里边情形复杂，精神分析学的大师们分成了几派，二十世纪争论不休。

有迹可循的，是生存情态的类比。曹雪芹认同了清爽女儿的世界，自然而然地蔑视男权社会。依我看，曹公的女性视角起于幼年。他乳名占姐儿，占谐音站，含有独苗苗不夭折的意思。忽然有一天，父亲要把他逐出脂粉队伍，加入男人们拼搏仕途的大兵团。不消几年，他把官场的浊气闻了一个够。浊气是如何显现的？赖有女儿清爽气的垫底。更兼荣华富贵转眼成空，群芳诸艳凋零，死的死走的走，曹雪芹悲金悼玉方有《红楼梦》。

柔情似水的曹雪芹有生猛傲世的一面，晏几道亦然。清代的纳兰公子一腔深情，柔软即是坚硬。南唐仁慈的君主李煜，用一系列的艺术杰作，并以他奇形怪状的惨死证明了：刀枪与毒药杀不死文化，毁不掉记忆中的三千里地山河。

李重光、李商隐、晏叔原、曹雪芹、纳兰容若，五个男人具有可比性。

晏几道文武双修而“仕宦连蹇，陆沉下位”，场屋考试总是不称意，一生只做过几次小官。他大约不是很在意。做宰相的父亲去世了，家里争遗产闹得凶，七个嫂嫂瞪眼高叫，怂恿七个丈夫，几十个子女，朱门内外还排着八姑九姨。晏几道闭门观书，妻子追着他闹。不得已，他溜出后门躲清静去了。家里大吵三天才发现，晏相公的遗产与众人的期望值相差太远。后来盗墓贼进了晏殊墓，只看见“瓦器数十”。晏殊并不是一个贪官。

晏几道的婚姻原是父母包办，他不乐意，妻子同样不喜欢——妻子凭啥要喜欢呢？争一点遗产也是人之常情。民国时期的鲁迅逃婚，胡适逃婚，郭沫若逃婚，北宋的晏几道岂敢？包办婚姻通常索然无味。丈夫的情趣爱好，妻子漠不关心。也许她像婆婆一样出自豪门，也许她天性骄傲，不肯过低眉顺眼的日子。叔原每日坐拥书城，搬家老是搬书，“妻厌之”。估计问题的关键，是他不求仕途进步，不肯去敲那些权贵门。京城的高官，一半是他父亲的故旧。如果他去敲门，定会敲出名利来。

他不屑。为何不屑？

盖因读书多了，读书的自主性又强，大大偏离了科举考试的轨道。相门子有这条件。史料称，晏几道“玩思百家，持论甚高”，玩思百家，而不是专攻四书五经。一个“玩”字，透露了阅读的非功利性。持论甚高，表明他在京城有个精英文化的圈子，“奇文共欣赏，疑义相与析”。

黄庭坚也是个倔性子，做官受到王安石的称赞，却拒绝趋附这位铁腕宰相。晏几道的另一好友郑侠，原是王安石的得意门生，因不满熙宁变法，甘愿做个开封安上门的门吏。王安石委以重任，郑侠一拒再拒，尽管郑的一大家子生活清贫。这个郑侠，悄悄干了一件惊天大事，他画了一幅《流民图》，极状涌入汴京的流民之悲惨，直指青苗、助役诸法“骚动天下”。他越职调动驿马驰送深宫，宋神宗、皇太后看《流民图》落泪了，神宗叹息说：“不意新法害民如此！”

郑侠此举，直接导致王安石第二次罢相，伤心退居金陵，打发孤独的余年。

北宋士大夫，内蓄狂野的比比皆是。晏几道与黄庭坚、郑侠气味相投，终身为友。

古人讲慎交，“君子交之以义”。而现代的麻烦在于：利字放大了，人被放进了错综复杂的利益链条中，义利并重都很难。如果人人都被视为别人的“资源”，那么，紧随其后的就只有算计，亲情友情爱情，一概算进去了：举目一望，全是自私自利的“计算机”。如果多元的、质朴的交往空间垮掉，生活还有什么意思？

全面发展的“那个人”，眼下不多见了。

晏几道居家以书为伴，出门不是奔沈家，就是去陈家。他不是一个好丈夫，自打结婚以来就不是。婚姻就这样了。沈陈二家的四位歌女，容貌歌舞俱佳，叔原去听歌观舞，吃着酒，打着拍子，哼着曲子词。《小山词》自序云：“始时，沈十二廉叔、陈十君龙家有莲、鸿、苹、云，品清讴娱客，……吾三人持酒听之。”渐渐于裙钗中混得熟了，彼此厮抬厮敬，叔原并不是贵公子，她们也不是卑贱侍儿。他的欣赏和他的牵挂，触碰了她们敏感的神经。男女平等，至少感觉的层面是这样。

日复一日，年复一年，“春花秋月何时了？往事知多少？小楼昨夜又东风……”

晏几道追慕南唐李后主，生存情态颇有相似处。怀念、追忆、惆怅。名篇《临江仙》：“梦后楼台高锁，酒醒帘幕低垂。去年春恨却来时，落花人独立，微雨燕双飞。记得小苹初见，两重心字罗衣。琵琶弦上说相思，当时明月在，曾照彩云归。”明月、彩云，俱是歌女的艺名。人独立，燕双飞，惆怅的后面堆着更多惆怅，“落红万点愁如海。”

叔原几次写小莲：“记得春楼当日事，写向红窗夜月前，凭谁寄小莲？”“浑似阿莲双枕畔，画屏中。”晏叔原的情感模式是向后的，他不断朝着消逝的时光转过身去。百年疼痛忆芳尘。陈沈二家的四个歌女流转市井，可能卖笑于青楼，命运多辛酸。“已而君龙疾废卧家，康叔下世……遂与两家歌儿酒使流转于人间。”

当初晏府中的侍儿舞姬，何尝不是这样？叔原的青年、中年、暮年，与早年的体验一脉相承。歌女们一个个都走了，不知到哪里去了。一朵记忆中的鲜花反而更像鲜花，她拢集了娇艳与飘零，将时光浓缩到一个点上，诉诸词曲。

“醉别西楼醒不记，春梦秋云，聚散真容易。”汴京西楼的歌女、长安西楼的舞女、归德（河南商丘）的采莲女，以及阿奴、谢娘、小蛮、小杏……诗人追忆一朵花，同时绽放了几朵花，姹紫嫣红，交错而纷呈。情绪浓烈而持久，亿万细胞活跃。

名篇《木兰花》：“东风又作无情计，艳粉娇红吹满地。碧楼帘影不遮愁，还似去年今日意。谁知错管春残事，到处登临曾费泪。此时金盏直须深，看尽落花能几醉。”

晏几道恰似大观园中的贾宝玉，“爱博而心劳”（鲁迅）。“错管春残事”，指他为歌女们操心，却无力改变她们的命运，只能到处去流泪。歌女病了，他忙着跑药铺，不问药价。歌女过生日，他带头凑份子。歌女受豪强的欺凌，他挺身而出。歌女流落烟花巷，他满城寻找，半个多月风雨无阻，急匆匆东一头西一头，张贴寻人启事。官场中人笑话他，为一歌女急成那样。叔原喃喃自语：她身子弱，她会死掉的……

读《小山词》，不妨观看影片《伊豆的舞女》。

归德的采莲女儿，清丽、娇羞，“最是那一低头的温柔……”晏几道与采莲女双双沉醉，偌大的南湖满是情之涟漪，《鹧鸪天》：“守得莲开结伴游，相约萍叶上兰舟。来时蒲口云随棹，采罢江边月满楼。”可他是在官之身，他要走，十六岁的采莲女如何承受？

《清平乐》：“莫愁家住溪边，采莲心事年年。谁管水流花谢，月明昨夜兰船。”这位莫愁姑娘可能是个渔家女儿，采红菱于南湖，纤手伸入绿水深处。《明一统志》载：“南湖在府城南五里。”渔家浅水种菱角，深水捕鱼捉蟹。

《清平乐》：“留人不住，醉解兰舟去，一棹碧涛春水路，过尽晓莺啼处……”

晏几道走了，不久，他再到归德南湖。采莲女儿奔向她的可心郎。明知聚少离多，爱一回伤一回，二人却是控制不住。青春不管结果，刹那便是永恒。

未几，晏几道复去辗转仕途，采莲女儿嫁为人妇，从此山高水远忆南湖。

“天与多情，不与长相守。”九个字，说尽晏几道。

在长安，在汴京，在郑州……“可惜良辰天不与，才过斜阳，又是黄昏雨。”

“彩袖殷勤捧玉钟，当年拚却醉颜红。舞低杨柳楼心月，歌尽桃花扇底风。”

舞低二句，写歌舞是绝唱。句子浓缩得恰到好处，再浓缩就不好懂了。晏几道年复一年追逐着芳尘，追忆着芳姿，疼痛着芳冢。“人生自是有情痴”，叔原一痴几十年。毫无办法。做官他也是好官，敢于挑战恃强凌弱的官二代，在许田镇当镇监，他与开国功臣潘美的霸道儿子潘胜安斗上了。那个家伙搬出当朝大臣韩维，韩维写信给晏几道，替潘求情，晏几道不理睬，下令捉拿许田镇的恶霸潘胜安。

三年镇监干得不错。得罪了不少人，官阶上不去。

晏几道长居开封的赐第，仍往脂粉堆中扎，吃酒听歌，与歌女们交朋友，动欲少，动情多，词笔婉转有韵致。为章台的歌女他舍得花银子，甚至为她们赎身以从良，导致家里缺吃少穿，老婆大闹。叔原牵挂歌女太深了，小时候就这样，真拿自己没办法。

“春悄悄，夜迢迢，碧云天共楚宫遥。梦魂惯得无拘检，又踏杨花过谢桥。”谢娘泛指歌女，谢娘走过的桥叫谢桥。“侧帽风前花满路，冶叶倡条情绪。”冶叶倡条喻婀娜女子，李商隐首创。清瘦而颀长的晏叔原侧帽风前，风吹一路花瓣。

名篇《鹧鸪天》："醉拍春衫惜旧香，天将离恨恼疏狂。年年陌上生秋草，日日楼中到夕阳。云渺渺，水茫茫，征人归路许多长。相思本是无凭语，莫向花笺费泪行。"

上片写痴男，下片写痴女。向花笺费泪行的痴女总是太多，"此情深处，红笺为无色"，受伤的总是她们，晏几道自己也有愧疚的。年少冲动，不止一个歌女因他而情伤。

"倦客红尘，长记楼中粉泪人。"宋词佳句，叔原笔下难数。

天长水阔忆佳丽，亦是男儿大情绪。

两宋三百年，宋词九百家。唐圭璋《宋词三百首笺注》选晏几道词，超过苏东坡和柳永。《唐宋名家词选》选叔原词三十余首。这两个畅行半个多世纪的选本，权威性自不待言。婉约词风靡四百年，支撑着婉约的，是唐宋士大夫节制欲望的情怀，不欲而欲，反呈千姿百态。

晋唐宋艺术一千年，既不向权力场、更不向市场寻求本质性的根据。

艺术搞钱，艺术找死。

在古代，情爱本体、艺术本体，对礼教构成了集团冲击。本体意味着：自律而非他律。晏几道七十年扎脂粉堆，扎得认真而仔细，爱博心劳，东奔西跑，叹群芳之漂泊凋零，清代的学者称他："古之伤心人也。"晏叔原填词，曹雪芹写《红楼梦》，展示裙钗的般般美好，为卑贱的女性伤心、呐喊，惊破了多少封建卫道士的耳朵。

一部《小山词》，立言立德。

作家的重女轻男，怎么重都不过分。男尊女卑两千多年，源头在孔丘。

眼下商品大潮，有钱买得鬼推磨，各阶层的女性命运复堪忧。

黄庭坚点评："余尝论：叔原固人英也，其痴处亦自绝人。人爱叔原者，皆愠而问其旨：'仕宦连蹇，而不能一傍贵人之门，是一痴也；……费资千百万，家人寒饥，而面有孺子之色，此又一痴也；人皆负之而不恨，已信之终不疑其欺已，此又一痴也'，乃共以为然！"

苏轼名言："吾眼见得天下无一不是好人。"佛陀看万物俱有佛性。

晏几道单纯到老，举止一派天真。天下头号名士苏东坡想见他，他不见，宁愿陪歌女。这使苏门学士黄庭坚郁闷了好几天，责备叔原：你也太狂了！

宋徽宗上台，蔡京老贼居相位，大建豪宅四十里，强拆民房一千多家，宅成，遍请京师名流。晏几道去了，座中挥笔填了两首词，忆阿莲，思莫愁，疼疏梅，赞谢娘，只字不提蔡京，不提毁掉千家的豪华破园子。数百宾客哗然。蔡府门客高叫：姓晏的如此狂妄，当逐出京师！

叔原饮酒自若。蔡京倒不惹他。老贼堆了笑把盏寻他时，他早已走人，回家去了。

晏几道坐拥书城谈古说今，又著书立说。山谷道人赞曰："文章翰墨，自立规模。"

玩思百家累了，持酒听歌，"为一笑乐"。疏狂情态贯穿了晏几道的一生。

多少风荷般的妙人儿涌上心头，养心呐。

末了，再引几句《临江仙》："斗草阶前初见，穿针楼上曾逢，罗裙香露玉钗风。靓妆眉沁绿，羞脸粉生红。"穿针楼：七夕乞巧节，女人们聚于楼上向明亮的织女星乞巧。

古代女儿情态，《南唐二主词》《花间词》《珠玉词》《小山词》《漱玉词》……

辛弃疾：『不恨古人吾不见，恨古人不见吾狂耳』

诗坛李杜，词坛苏辛。辛弃疾字幼安，号稼轩，是古代最具盛名的将军词人，“想当年，金戈铁马，气吞万里如虎”！大将军而兼大文豪，三千年难得一见。

欲识英雄气，打开辛弃疾。

辛弃疾的狂，或可叫作“憋狂”。

辛将军小时候的身体并不好，父母为他取名字，弃疾、幼安，透出几分病弱的消息。他是山东历城（济南）人，1140年出生之时，中国的北方落入金人之手已有十五年，汉民族备受女真族的欺凌与侮辱，数不清的悲惨细节，足以写成几部厚书。而赵宋皇帝偏安于江南。宋、金以淮河为界。1161年，金兵的铁蹄一度渡过淮水，践踏江南，杀人盈野，抢宝物掠妇女。

辛弃疾自幼读书习武，因体弱，练刀枪加倍用功。老庄爱讲由弱转强，辛弃疾是典型。当时敌后的抗金力量不弱，山东、中原风起云涌，愤怒的农民放下锄头拿起刀。辛弃疾二十来岁，拉起了一支两千多人的队伍，半夜偷袭金兵的营寨，峡谷设伏截杀金兵，建立了丛林根据地，用兵神出鬼没。辛弃疾使一杆长枪，纵横山东。

此间他是否写诗填词，不得而知，英雄气在孕育中。

转战之余，每每观书。可惜辛将军的年谱做不细，早年的精彩故事丢失了。

拉队伍约两年后，他的人马并入了拥兵数万的耿京义军。

耿京手下有个花和尚叫义端，贪图富贵享乐，铤而走险，偷了义军帅印向金兵的营寨跑。辛弃疾闻讯，快马追上义端，轻舒猿臂擒拿，狠狠地扔在地上。义端大叫：将军你面如青兕，你力大能拔山，将来定有大造化！帅印归你！你我到那边去，同享荣华富贵！

将军手起刀落，叛徒身首异处。

这是早期的辛弃疾唯一流传下来的战斗故事。青兕是一种古代猛兽，活动于山中，可能类似老虎。面如青兕，可见辛将军的虎威。

不久，再生变故，耿京死在另一个叛徒、汉奸张安国手里。汉奸当了伪官，得意洋洋，辛弃疾用奇计擒了他，未几，带着万余人马渡淮，入建康（南京），被封为江阴军签判。辛将军再次手起刀落，汉奸张安国血喷当场。一些围观的南方官员为之色变。

南宋大学者洪迈写下《稼轩记》，洪迈、陈亮、朱熹、陆游，皆为稼轩南渡后的好友。

名词《鹧鸪天》，上片豪迈落笔："壮岁旌旗拥万夫，锦襜突骑渡江初。"下片疾转沉痛："追往事，叹今吾，春风不染白髭须。却将万字平戎策，换得东家种树书。"

辛弃疾南渡后，英雄气受阻。为何受阻？此间的南宋朝廷实际上有两个皇帝，宋孝宗、太上皇宋高宗。孝宗有"恢复"之志，高宗逞"和戎"之凶。文武大臣分成了两派，夹杂骑墙派，局面极复杂，政治生态日坏。游牧民族庶几能够单纯发力，而赵宋王朝二百年，十几个皇帝，一百多个宰辅和军机大臣，是非恩怨累积下来，连上帝都说不清。

英雄气以单纯正直为前提，"气吞万里如虎"。提刀握笔，气吞山河。然而北方汉子的单纯落入南方官场的复杂，英雄气出不来。辛弃疾发誓要打回老家去，有人赞赏，有人冷笑。同僚半夜潜至他的住处耳语：切勿轻议北伐！汝不闻岳帅否？不闻张浚否？

1042年，秦桧以"莫须有"的罪名杀岳飞于风波亭，并将岳云、张宪斩首于市，横扫金兵如卷席的岳家军顷刻瓦解。主战派风声鹤唳。事过二十多年，投降派的势力依然很强。投降派最大的推手就是宋高宗。宋孝宗原是他的养子，要听他的指挥。臭名昭著的宋高宗活到了1187年，恰似玩死北宋、同样高寿的嬉皮皇帝宋徽宗。

抗金的辛将军却不能议论北伐，同僚偷偷来告诫，表情跟做贼似的，耳语像蚊子嗡嗡。辛弃疾愤然离座，走到窗边凝望北斗。

这一夜，战士辗转反侧，漫山遍野的旌旗涌入眼帘。

辛弃疾少年白头，多半是渡江到南方后愁闷太多。二十几岁，战袍换成了华丽官服。在一些场合，北伐二字是要犯讳的，投降派的调门高。金陵、杭州、绍兴、江阴……随处可见歌舞升平。辛弃疾手大脚大块头大，“鹰视虎步”，却到处碰上靡靡之音。灯红酒绿的官员不待见他，他粗犷的嗓音也跟吴侬软语不搭调。

落落寡合，郁郁寡欢。

家喻户晓的《破阵子》：“醉里挑灯看剑，梦回吹角连营。八百里分麾下炙，五十弦翻塞外声，沙场秋点兵。马作的卢飞快，弓如霹雳弦惊。了却君王天下事，赢得生前生后名，可怜白发生！”八百里：牛名，晋朝的王恺与宾客比箭，客胜，杀此牛作炙，烤了痛吃。五十弦代指军乐。的卢：刘备的坐骑，曾一跃三丈过檀溪，摆脱追兵。

将军怀念沙场，不得不置身歌舞场。他升为建康府通判，官职大了，建康（金陵）曾是三个备选的都城之一，军政要员多如过江之鲫。辛弃疾成家了，江南温柔乡日子滋润。娘子红袖夜添香，夫君不作温柔语，倒是奋笔疾书《美芹十论》，也作《御戎十论》，详细分析敌我双方的态势，指出女真族貌似强大，其实内部已是矛盾重重，完全可以被击败。他建议进军山东，迁都于长江边的石头城，以激励军心，鼓舞斗志。

辛弃疾在山东打过硬仗，深知金兵的强与弱。为写军事论文，他走访了若干将领，蜜月里暂别新娘，登上战船巡视大江，伫望金人占领的江北。“郁孤台下青江水，中间多少行人泪？西北望长安，可怜无数山。”长安指中原。

《美芹十论》递上去了，毫无反应。枢密院的官员对他的询问不置一词。士大夫怯战的言论倒是传得满城皆知：“南北有定势，吴楚之脆弱不足以争衡中原。”

辛弃疾垂下青兕般的头颅，喝闷酒：“杯，汝来前！老子今朝，点检形骸……”

虞允文做了宰相，辛弃疾大喜，逢人便说北伐有希望了。再写《九议》，急呈宰相府。然而主战的将军向主战的宰相上书，连月等候，仍无一丝回音。虞允文（今眉山市仁寿县人）曾大败金兵于采石矶，名震江北。这究竟是怎么一回事呢？

朝廷这潭水委实太深了，辛弃疾看不透，想不透。渡江南来短短几年，白发已萧然。

战士一直是战士，所以他忍不住要往下想，心劲无限大。英雄气因受阻，越发地喷射笔端。这是理解《稼轩词》的紧要处。一切形式的生命冲动都有类似的特征。

辛弃疾呕心沥血的破敌“十九论”，被束之高阁，尘封虫蛀，那苍凉心情可想而知。

“却将万字平戎策，换作东家种树书。”

辛弃疾又升官了，表明宋孝宗、虞丞相是器重他的。然而龙椅的背后赫然有一只超级权手。孝宗每天向高宗请安、汇报，大事请高宗指示。后来追谥孝宗，原因正在于此。高宗看中了这个养子的自卑心理，把孝宗皇帝呼来唤去二十多年。

朝廷的内幕，辛辛疾和大多数官员一样知之不详。九重（皇宫）总是云遮雾罩。北伐中原尚有可能，否则不会重用一批主战的官员。将军们的血性不能淡去。可是过了一年又一年，东、西两线无战事。辛词《太常引》：“一轮秋影转金波，飞镜又重磨。把酒问姮娥，被白发，欺人奈何？乘风好去，长空万里，直下看山河。斫去桂婆娑，人道是，清光更多！”山河有切肤之痛，时光白白地消磨。除了辛稼轩，没人想去削掉月宫里那棵桂花树的枝叶，把山河看端详。另外，清光反衬污浊，指向朝廷投降派的肮脏嘴脸。

长江的激流扑向巨石，于是飞珠溅玉，“卷起千堆雪”。艺术的生成亦如是。没有能量的蓄积，哪来能量的喷发？天闷要下雨，人闷要讲话。且看辛词：“落日楼头，断鸿声里，江南游子，把吴钩看了，栏干拍遍，无人会、登临意。”吴钩泛指兵器。金戈铁马的勇士在南方寂寞，“千古江山，英雄无觅，孙仲谋处”。无觅：数不清。

古今一切怀念、怀古，都含有追问当下的意思。辛词：“旧恨春江流未断，新恨云山千叠。……也应惊问，近来多少华发。”新恨指他在江南官场的种种遭遇，恨太多，内心巨大的狂怒又得憋着，憋出了白发三千丈。“惊”字触目。

有一天，宋孝宗突然召见辛弃疾，问以国事。这可是百年难得的机会。沉默已久的辛弃疾火山般爆发了，《宋史》称：“弃疾因论南北形势……持论劲直，不为迎合。”辛弃疾不是个政治家，不懂得七弯八拐以谋求目的最终实现。

当时他也年轻，上书无果，进言失败，“不为迎合”是说，他未能揣摩宋孝宗复杂的心思。皇帝真实的处境又不能说在明处。投降派原本个个紧张，一些人徘徊宫廷外，担心这次单独召见辛弃疾，是圣上释放北伐的一个信号。结果出来了，这些养得细皮嫩肉的官员弹冠相庆。

将军垂首归家，慢吞吞拖着他的虎背熊腰。

“红巾翠袖，揾英雄泪。”揾：擦拭。

1175年，辛弃疾三十五岁升江西提点刑狱，掌一路司法。并节制诸路兵马，相当于几个军区的总司令。升官为何这么块？因为他扑灭了江西、湖南一带声势浩大的茶商军。宋人饮茶量大，盐茶铁俱是专卖品。茶商武装贩运，斗杀官军，还把茶叶卖到金人占领的北方，牟取暴利。女真族“上下俱啜”，饮得不亦乐乎。商人重利而轻国，此为一例。

辛弃疾有山地作战的丰富经验，几个月打下来，摧毁了最大的一支茶商军，长刀一挥，将其首领拦腰斩于马下。其余的小股茶商军闻风而逃，江西、湖南清静了，朝廷的茶税日增。宋孝宗大喜，下令嘉奖辛弃疾，“以示激动”。

辛弃疾果然激动，战斗意志空前高涨，人生三十五，功名岂是尘与土？今日扑灭茶商军，他日战舰渡江，锦袍宝马掩杀金兵。好朋友韩元吉的寿辰，他插花起舞，剑锋北指，巨笔浓墨写下了豪壮词：“渡江天马南来，几人真是经纶手？……待他年，整顿乾坤事了，为先生寿！”经纶手：治国平天下的大才。

宋代男子有头插鲜花的习俗。欧阳修于颍州过生日，苏东坡“插花起舞为公寿”。

辛弃疾不只是梦里挑灯看剑，大白天也看宝剑，试新刀。整顿乾坤事，仿佛只在举手投足间。英雄气弥漫开来，临安、建康、绍兴，主战的官员奔走相告，喜形于色。骑墙派一夜“倒戈”，预先欢呼辛大帅。

然而枢密院的最高军事会议，辛弃疾没有接到与会的通知，连列席的资格也被取消了。朝廷不作解释。原来，他不过是个临时“总司令”，茶商军灭掉后，他手中的军权自消。北伐再次成泡影。官升了，梦破了，一夜间白发萧萧。锦衣玉食，华屋美宅，哪里能够安顿辛弃疾？如果他一头钻进安乐窝，那么中国，就少了一个词坛圣手。北宋的苏东坡独自耸峙于绝顶，难免有些孤单。

“英雄事，曹刘敌。被西风吹尽，了无尘迹。楼观才成人已去，旌旗未卷头先白！”

这一时期，辛弃疾狂饮是常态。几回回烂醉如泥，把酒旗呼为旌旗。

稼轩词以豪放著称，却不是一味的豪放。有豪放映照的婉约，似乎比单纯的婉约更婉约，几年前笔者发现了这个有趣的现象。苏轼的婉约词、毛泽东的婉约词，可举的例子颇不少。举一首稼轩的《粉蝶儿》：“昨日春如十三女儿学绣，一枝枝不叫花瘦。甚无情、便下得雨僝风僽。向园林、铺作地衣红绉。而今春似轻薄荡子难久，记前时送春归后，把春波、都酿作一江春酎，约清愁、杨柳岸边相候。”多么欢快的节奏，尽管春如轻薄浪子难久。另如写元宵节的邂逅：“众里寻他千百度，那人却在、灯火阑珊处。”

英雄气、山水气、脂粉气，横呈纸上，都是辛弃疾。

辛弃疾做了湖南安抚使，军政两摄，大刀阔斧整顿军务。整顿官府官军之余，他又抽乡丁，建立了一支数千人的飞虎军，以岳家军为榜样，昼夜演练阵法，超强度训练单兵素质。军法如山，违令者杀无赦，包括几个有背景的校尉。朝廷的言官攻击他独断专行，“花钱如流水，杀人如草芥”。他不理睬，独断就独断吧。战争时期，哪容七嘴八舌争议不休？该花的银子照样花，该杀的人照样杀。于是朝廷与地方的投降派紧急联络，群起而攻之，有个叫王蔺的台谏跳得厉害，诬告辛弃疾强行抽乡丁，“虐害田里”。

勇猛异常的飞虎军建成了，若干年以后，这支军队守淮南，攻淮北，每战必胜，金兵惊恐地呼为“虎儿军”。虎指辛弃疾。只可惜飞虎军的规模有限，按辛弃疾的计划要在两年内扩展到几万精骑。宋孝宗迫于舆论的压力把他调走，时在飞虎军建成之初。

英雄一挫再挫，只能仰天长啸了。

浑身武艺一腔热血，付与丘岗的狂啸、庭院的低吟。英雄挥泪告别他一手创建的飞虎军。从此变得沉默寡言了，内心的长期憋狂诉诸曲子词。

辛弃疾的狂，具有特殊性，打上了时代风云与个体命运的双重烙印。

台谏点灯熬夜罗织罪名，死死地咬住他，决不让这个鹰派的代表人物东山再起。

辛将军落职，半俸退休，隐居江西信州的带湖二十余年，办学，打猎，醉酒，戒酒又去寻酒；写田园诗词，足以比肩六百年前九江柴桑县的陶渊明；会见当时的风云人物陈亮和朱熹，传为历史佳话……

白发将军时常北望，虎背熊腰立尽斜阳。

旷世之作《贺新郎》："甚矣吾衰矣，怅平生、交游零落，只今余几？白发空垂三千丈，一笑人间万事！问何物、能令公喜？我见青山多妩媚，料青山见我应如是，情与貌，略相似。一尊搔首东窗里，想渊明《停云》诗就，此时风味。江左沉酣求名者，岂识浊醪妙理……不恨古人吾不见，恨古人不见吾狂耳。知我者，二三子。"江左指江南。

陈廷焯《白雨斋诗话》云："辛稼轩，词中之龙也。气魄极雄大，意境却极沉郁。不善学之，流入叫嚣一派。"

叫嚣一派，犹如眼下充斥舞台的劲歌劲舞，干吼干闹。

关于辛词的婉转、妩媚、旷达、朴拙，究竟发自什么样的生存情态，容后再表。

饮

“古来圣贤皆寂寞，**惟有饮者留其名。**”中国人酿酒的历史之漫长，种类之繁多，饮者故事之精彩，无疑在这个星球上遥遥领先，并且永远领先。艺术和美酒都是生命的兴奋剂。民间一般止于微醺，酗酒的酒鬼并不多。

“有酒斟酌之”，“登高赋新诗”。中国的文化先贤们几乎全是好酒量，为南北城乡的酒文化推波助澜。“莫笑农家腊酒浑，丰年留客足鸡豚……”

卷十 饮

且说头号酒鬼刘伶

晋人王蕴说："酒正使人人自远。"这个远字叫人玩味。诸葛亮"宁静以致远"，陶诗："结庐在人境，而无车马喧。问君何能尔？心远地自偏。"陶渊明的心有多远呢？这是没办法测量的。云远，山远，水远，房前屋后的树亦远。远，呈现为价值，是因为近距离纠缠人事者，占了大多数。

喝酒喝到二晕二晕，看人看事就比较远了。喝得烂醉，乾坤倒转。俗话说，酒里乾坤大，壶中天地宽。这里有个分寸：一味地醉酒、烂酒，乃至酗酒闹事，人就活得逼仄了。现代式的酒鬼把生活世界都装进了酒杯，例如韩国的酒鬼要学日本的酒鬼，下班不归家，夜夜泡酒吧，所谓的活着，只剩下几瓶胡闹酒。犹如牌客们的活着，大抵只剩几场牌……区区几个瘾头，谁能计算吸附、吸瘪、吸空了多少人？

生存的敞开抑或遮蔽，乃是衡量个体生命质量的首要标准。

皇皇哲学大著《存在与时间》，对瘾头有专论。

魏晋士人活得开阔，也许仅次于春秋战国。王蕴称：酒正使人人自远。自远：自怀高远。这话主要指士族，士族会带动庶族。中国历来的情形是官风影响民风，官风一旦败坏，民风很难淳朴。有个晋人讲，魏晋名士两大特征，能饮酒，熟读《离骚》或《庄子》。屈原的诗赋极目天地间，拢集了人神鬼巫，抵达了天地万物，而庄子的丰富与玄远，至今无人能比。概言之，生活以审美为最高取向，不滞于物，不役于形。当然，前提是要吃饱穿暖。杰出的人物吃个半饱便能逍遥，比如孔子、庄周、陶潜、苏轼。大众达不到这个境界，却应该学着仰望先贤。尤其在当下。

竹林七贤个个是酒坛子，山巨源的酒量与阮步兵并列第一。山涛的酒量深不可测，没人见他喝醉过。阮籍大醉六十天，创下了历史纪录。不过，一般说酒鬼，首推刘伶，唐诗宋词也这么说。刘伶个头小，比嵇康差了一尺八寸，估计在一米五以下，人又瘦，体轻如飘。小小人儿酒量奇大，嗅觉强于撵山的猎狗，隔着十里八村他能闻到酒香。山阳城里的竹林，鸟飞过都要醉，那酒风一刮，吹到二百里外的京都洛阳。

刘伶家也不富裕，大约像孔丘，属于破落的士族家庭。他不种地，有仆人，常饮酒，读书不写书，家境当与阮籍相似。阮籍住在城南，属于“南阮”，南阮穷，北阮富，阮籍应召去当步兵校尉，原是冲着军营美酒去的。刘伶慢悠悠靠近竹林，怀里抱着浊酒葫芦，倚门探头，小脑壳伸了又缩，缩了再伸，细鼻孔使劲嗅空气。嵇中散呼哧呼哧地在打铁，向秀边鼓风边瞧竹简，阮籍晃悠于吊床，哼唱：打铁呀，打铁呀，容易打呀……

刘伶认为自己进不了嵇康的家门，颓然倒地，鼾声比仲秋的蝉声更悠长。

嵇康放下六十斤重的铁锤，白帕子擦擦汗，徐徐问：写《酒德颂》的刘伶？

向秀来不及回答，十丈外吊着的阮步兵开了口：一丝不挂的刘伶。

向秀笑道：近日守孝痛饮的刘伶，喝下五斗酒方称解渴，吐了三升血才没有接着吐。当初阮步兵葬母，也不过吃一豚，喝下二斗酒。

五斗酒什么概念？不少于一百斤吧？边喝边撒尿，哪管厕所不厕所。孝服在身，灵柩在堂，魂幡在天，亲朋邻居的悲声在耳，那刘伶醉得满地爬，忽然狂吐血。吐完了再奔墙边的酒坛子，直将身子倒栽进去，俄顷，酒坛子吸空了。前来吊丧的人目瞪口呆，有老者愤怒，痛斥刘伶禽兽不如。一时附和者众。唯有阮籍的侄子阮咸点头赞许。这件事传得沸沸扬扬，豪门缙绅、贵介公子纷纷切齿，控告刘伶不孝的信件飞向司马昭……

刘伶进入竹林了，阮步兵轻提他的布衣领子，如捉一小鸡。

刘伶的造血功能想必不错，吐血不久，面色恢复如初。他喜欢转悠野地，一卷向秀注的《庄子》不离手。八月里他飘进了大风，足尖点地，双臂排开若翼展。

人笑曰：刘伶燕雀乎？刘答曰：吾乃鲲鹏也，扶摇羊角九万里。

隐士孙登御风忽至，点评：刘伶胸中块垒，可比天门山啊！

如今的天门山下，有“刘伶醒酒台”。

刘伶出门喝，回家喝，卧酒糟过一宿，神情便惬意。妻子治他的酒瘾，又忙着治他的裸癖。她砸了酒坛子，要他在祖宗的牌位前发誓戒酒，他说，好吧，请摆上酒肉祭祖先。妻子摆上了祭祀的酒肉，刘伶三拜九叩行大礼，信誓旦旦。妻子满意了，出去忙别的，少顷回来一看，供桌上哪里还有酒肉。这酒鬼宣称：“天生刘伶，以酒为名（命）。”

刘伶居家接待客人，堂而皇之光屁股。客人进屋先是一愣，随即加以怒斥，刘伶笑嘻嘻倒打一耙：天地是栋宇，房屋即是我的衣裤，谁叫你瓜兮兮钻进我的裤子来？

刘伶裸奔大街，全城关门闭户。

刘伶凭借着“酒命”、裸体和一篇二三百字的大作《酒德颂》，做了竹林七贤的第四把交椅。向秀是小弟弟，阮咸是子侄辈，王戎动不动就直视烈日，看上去像个神经病。王戎钱多，但从来不买酒，刘伶早忍得他不耐烦，一日，跳起来揍他，却被甩翻在地。刘伶爬起来嗷嗷叫，埋头猛冲欲将对手拱翻，那王戎眼疾手快，将可怜的刘伶倒提三尺……阮咸说：刘伶你去我家吧，学一学醉猪拱地。

刘伶不打架了，转而潜入王戎的宅子，乱棍打落王戎很珍惜的一树好李子，将果核分与众乡亲作种子。王戎气极，登门而啸，刘伶对阮咸说：汝不闻狗吠乎？

刘伶酷爱自驾游，鹿车信马由缰。车上几个酒坛子和一把仆人用的铲子。酒风吹，酒疯嚎，路边的草一排排地醉倒。刘伶吩咐仆人：我死了，你随便挖个坑埋掉拉倒。

笔者重复眉山乡下的醉翁语：路死路埋，沟死插牌！

饮者无贤愚，一样有气魄。

《晋书·刘伶传》说，刘伶虽然放纵怪诞，却善于“机应处变”。酒鬼其实是个明察秋毫的酒鬼，阮籍也是这样。嵇康“刚肠恶疾”，眼里揉不得沙子，死在了司马昭的屠刀下。后来王戎做了大官，刘伶一度任职于王戎帐下，可见其谨慎。

司马昭扯起孝字大旗蒙天下，蒙出了一个血腥的司马王朝：八王之乱乱了十六年，司马见司马举刀就杀，晋末，司马氏杀成了小姓。生灵涂炭，千里无鸡鸣。

而魏晋易代之际，竹林的优秀分子带动全国的士子，拼尽全力，使尽浑身手段破除司马昭的谎言，试图阻止历史的车轮落进深渊。他们失败了，他们虽败犹荣。人的符号大起来，自由精神的符号彪炳千秋。

《晋书》云：“刘伶竟以寿终。”刘伶寿终，史家居然想不通。历代的史籍浩如烟海，这类句子绝无仅有。刘伶，天地间一酒鬼，晋唐宋之酒神，瘦小的身躯顶天立地。

摘几句《酒德颂》：“有大人先生，以天地为一朝，以万期为须臾，日月为扃牖，八荒为庭衢。行无辙迹，居无室庐，幕天席地，纵意所如……兀然而醉，豁尔而醒，静听不闻雷霆之声，熟视不睹泰山之形。……”

居无室庐：居犹不居，庐非庐，叫作衣裳裤子。

王导丞相不善饮，为何要烂醉如泥？

王导是东晋政治家，辅佐了三朝皇帝，稳定了东晋政权，平衡了北方士族与江南士族。学者一般讲他的中兴之功，《世说新语》《晋阳秋》则偏重他的日常故事，这些故事多与从西晋刮到东晋的玄风相关。庄子说："帝王之功，圣人之余事。"圣人致力于道的探索，领悟自然的无穷奥妙，摆正人与自然的关系。老子《道德经》："人法地，地法天，天法道，道法自然。"文治武功管几百年就很不错了，而老庄之道要管一万年。

人类的强力意志走到今天，以空前的速度反向凸显了老庄之道。人与自然不两立，自然被视为"存货"（海氏）。欺天攻地常态化了。

公元317年，晋室南渡，王、谢两大家族渐渐居于建康（金陵）的乌衣巷，兴旺百余年。乌衣在当时，通常是贵族子弟的服饰。王导、王羲之、王献之；谢安、谢灵运、谢朓，分别是这两大世族的政治—艺术的符号性人物。唐朝，乌衣巷已不复存在，刘禹锡访古叹曰："旧时王谢堂前燕，飞入寻常百姓家。"

王、谢、庾、桓、陶等魏晋的大族，留下了相当丰厚的文化遗产，惠及今之中国。倒是庞大的司马皇族，绵延两晋一百七十多年，除了权斗、奢靡，像样的人物似乎一个都没有。纵观古代，商人家族的文化贡献率也少。这一历史现象值得探讨。

"王与马，共天下"，这是东晋之初的一句民谣，载入了官方文献。晋元帝司马睿真心邀请丞相王导共坐御榻，王导"坚辞"，固守着君臣之礼。晋元帝再请，王丞相说："使太阳与万物同晖，臣下何以瞻仰？"

王导可不是篡魏的司马昭。作为杰出的政府首脑，南渡的北方士族以及南方士族都听他的。他的堂兄王敦是大将军，手握重兵，坐镇长江上游的武昌。

王氏兄弟若要推翻司马氏的政权，比当年司马氏废掉曹氏容易得多。王导没有野心。为何没有野心呢？因为他视野开阔，既是丞相，又是清议的领袖人物，对老庄的哲学了然于心，滔滔于辞。

魏晋玄风大畅，一刮两百多年。晋人取名字，玄、远一类的字眼屡见不鲜。一个官员看另一个官员，往往要看对方的脸上有没有“山林气”，如果看不到，那就是满脸的俗气。名士孙绰看山林气颇厉害，只消远远的一瞥，便把人看个究竟。孙绰是王羲之的好朋友，后来山阴（绍兴）的兰亭雅集，他与谢安都是参与者，见证了书圣墨宝《兰亭集序》的问世。孙绰、谢安、王羲之，对王丞相崇拜得五体投地。

王导是王羲之的伯父。他们都来自徐州的琅琊郡（今属山东）。

时人评价：“王丞相高居庙堂，一身山林气。”

王导与人玄谈，通宵达旦。太阳升起来，他也有些疲倦了，靠在椅子上打个盹儿。

晋人尚通脱，活得不沾不滞，内外兼修的秀杰者能够飘飘然，超然于物外，有几分神仙的姿态。这里，与事物保持适当的距离是个关键。优游于万物间，是谓逍遥。不以物喜，不以己悲。庄子讲“至人无我”，晋人心领神会。佛教于晋朝流行中国并扎下根来，与这股玄风很有关联，静、空、玄、远，天然合拍。

佛教与玄风的这种关联尚须细察，学者们不妨专题研究。

史料记载：“谢安悠然远想，有高世之志。”有一次，王羲之劝谢太傅，勿以清谈误了政事，谢安一笑而答：“秦用商鞅，二世而亡，岂清议致患邪？”

王羲之瞠目以对。

名缰利锁的俗物，由于近距离的互相缠斗，“一微尘里斗精神”（白居易），下场多不好。两败俱伤的例子多如牛毛。而目光长远的人、急流抽身的人、“把臂入林”的人、退一步海阔天空的人，永远是少数。

王丞相不善饮，三两杯就醉了。族人聚饮，官员邀饮，清客们畅饮，王丞相小酌。丞相尝语人：尔等饮酒酣畅淋漓，我今生是享受不到了。

晋人饮酒，动不动就三斗五斗。顾恺之作画，王羲之挥毫，酒杯是不离手的。

初，石崇设家宴于中原的河阳，邀请王导、王敦。这石崇是燕人，累迁散骑常侍、侍中、荆州刺史，以黑吃黑的方式吃掉了荆州豪富的财产，恶霸一方；又以金钱巩固权势，以权势吸来更多的金钱，循环坐大。石崇与人斗富，从未落过下风，有皇帝作后盾的巨富王恺也败给了他。比如王恺用丝绸做了四十里长的步障（步障：贵人出行时拉起的帷幕），石崇就用锦缎做五十里长的步障。石崇家中的厕所金碧辉煌，点着名贵的沉香，十几个漂亮女子，笑容如同绽开的鲜花，她们环侍客人如厕。如厕的细节不少，譬如客人要脱衣服。有些客人羞于让侍女们脱光身子穿新衣，宁愿憋在宴席上。王敦则不然，他要去厕所，“脱故衣，著新衣，神色傲然”。侍女们议论说：“此客必能作贼!”

侍女的议论倒也不差，王敦想做窃国大盗。

王导是政治家，应邀赴石崇的家宴，不可能拒绝石崇。政治这东西讲究“势”与“时”，王导识大势，要剪除黑恶势力也须看时机。该做的表面文章还得做。去石崇府的路上，王敦谈起石家与众不同的厕所，王导默然。王敦又说起连石崇和王恺都自愧不如的、当年的巨富王济，王济用人乳喂小猪，那乳猪肉入口异常美妙。王导仍不言。

平日里滔滔不绝的清议领袖，此间三缄其口。也许他在想，王敦老去石崇家做什么呢？王敦和王恺也走得近……意态高远的王导，此刻心事重重。他与堂兄自幼情笃。

石崇豪宅迤逦几十里，亭台楼榭夺天工。而王导居家节俭是出了名的，有时候连水果都舍不得吃。蜡烛照明，一个房间只点一烛。石崇家却用蜡烛烧饭。钟鸣鼎食之家，当柴禾用的蜡烛堆成山。王导的车驾经过“蜡烛山”，神色无异样。

石崇府的豪宴，除了人乳喂的蒸小猪什么都不缺。席前，歌姬舞女云集，或红巾侑酒，或长袖起舞。她们一个个却显得紧张。王导转问王敦，王敦笑而不答。王敦已经去了几回厕所，换了新衣再换新衣，落拓回座，潇洒抖新衣……

美人歌舞间，目光投向王敦手中的酒杯，隐隐有乞求。王敦含笑自饮，美人渐渐放松，舞姿柔软，红唇开合，歌声飞出了华府的雕窗。然而王敦突然停杯不饮，美人顿时花容失色。不是一个美人，而是一群美人，“蜂腰削肩俱乱”。

曼妙的舞姿忽如枯枝摇曳。更如同严冬袭击了春天，风刀霜剑破花刺蕊。

石崇笑了笑，他知道王敦在玩。王敦玩厕所，然后玩细腰。美人抖抖瑟瑟列队敬酒，王敦“笑而却之”。石崇请客设宴的老规矩，“常令美人行酒，客饮不尽者，使黄门交斩美人”。黄门：宦者，魏晋的高官富豪家中也有宦者侍候。交斩：轮番杀掉。

美人敬酒一次，客不饮，黄门围捉而杀之；再敬，再不饮，再杀之。如果座中有几个客人同时拒绝饮酒，那就美人头满地滚了。巨富石崇定的这个规矩，历代的皇宫也没有，实在是空前绝后。无独有偶，若干年以后，北方“五胡乱华”，后赵国有个名叫石虎的人秉政，“猎车千乘，养兽万里，夺人妻女，盈宫十万”。

夺人妻女盈宫十万，石虎创下了历史之最，不知道他抢去那么多的女人做什么。正如二十一世纪的美国华尔街，魔鬼般的金融大鳄们，吃人不吐骨头，仅一个麦道夫，就利用庞氏骗局诈骗美元达七千亿，不知道他骗去那么多的钱做什么。

资本的疯狂直接通向皇权的嚣张。

西方资本逻辑的破坏力远远大于封建皇权。

石崇、石虎，连同那个至今存活的麦道夫，历史要记住这些人。

《世说新语·汰侈》：“丞相素不善饮，辄自勉强，至于沈醉。每至大将军，固不饮以观其变。已斩三人，颜色如故，尚不肯饮。”已斩三人，王敦尚不肯饮，第四颗美人头从优美的脖子上滚下地来，洁白的玉齿咬死了地衣（地毯），也许还有第五颗……王敦与石崇斗狠，双方皆是神色自若。美人头飞时，红唇犹惨叫，听上去像动人的音乐。

在王恺府中上演过同样的惨剧：一歌女唱歌走调，头就没了。王敦抱臂，如观喜剧。

王丞相苦苦撑着。他斥责王敦，王敦叫道：石崇杀他自己家里的人，关你什么事？

《世说新语》讲这故事到此为止。“常令美人行酒”“使黄门交斩美人”，表明是经常发生的事。那一天，王导无力制止石崇杀人，只能斥责堂兄。王敦不服，反而说王导多管闲事。看来斗狠要接着斗下去。一个是首富，另一个是驸马都尉（后来的王大将军），仁慈的王导夹在他二人中间。王导的悲剧在于：眼睁睁看着血淋淋的暴行再三发生。

为一小理由，挥刀砍人头。这可不是作家的虚构。

何谓杀人如草芥？这便是了。

王丞相烂醉如泥。此后他很长时间不饮酒，闻到酒味，耳边就响起女孩儿一声声的惨叫。看见酒坛子，就想起血污乱滚的美人头，犹咬地衣的美人头。

晋室南渡后，王敦拥兵十万踞武昌，虎视下游的石头城……

老天爷还是有眼的，“多行不义必自毙”，公元300年，石崇勾结淮南王司马允谋反被诛，腰斩于市，断为两截，污血恶液流入阴沟，并遭灭族，那就不止几十个人头满地滚了。诛杀石崇的赵王司马伦，素与王导相善，王导是否参与了诛杀石崇，史料无记载。

王敦有野心，也未能善终。在本书另文讲述王导与王敦的故事之前，先引一则《世说新语·识鉴》：“潘阳仲见王敦小时，谓曰：‘君蜂目已露，但豺声未振耳。必能食人，亦当为人所食。’”蜂目：蜂子那样的眼睛。豺声：豺狼那般的声音。

俗话说三岁看大七岁看老，这句话不知在民间传了几百年。

醉翁欧阳修，酒坛子张方平

欧阳修字永叔，是李白的同乡，四川绵阳人，幼年随宦游的父亲迁往江南泰州。四岁丧父，母郑氏，艰难拖大了一儿一女。历代文豪多有早年丧父的经历，这个现象有两个结果：一是相对自由，二是获得母性的仁慈。文豪们做官大抵是好官，与后者有牵连。

早年未丧父者，父亲又常常宦游在外，比如白居易、王安石。

欧阳修长得不好看，“面白过耳，唇不包齿”，唇不包齿，今之蜀人是叫作地包天的。他又瘦小，“目眊”，小眼睛高度近视。为了考进士他加倍用功，可怜两次铩羽，咬咬牙准备再考。二十二岁入随州的胥偃府，向做过翰林学士的胥大人学习诗、赋、古文、骈文。胥家的二女儿蹦蹦跳跳，叫他一声欧阳哥哥，他的苍白脸顿时红如秋海棠。近视眼瞧瞧她的面影背影侧影，不觉把头低了，愣一会儿才回房温书。如是者数也。何谓自惭形秽？想想青年欧阳修就知道了。一只寄人篱下的癞蛤蟆，可不敢奢望那美妙的天鹅肉。

宋真宗《劝学歌》：“书中自有黄金屋，书中自有颜如玉。”

欧阳修二十四岁高中进士，汴京城里亢奋得东奔西走，脸红筋胀。他双喜临门——胥小姐成了他的新娘。人生一大转折呀，金榜，金榜！寒冷的书窗忽然通向温暖的洞房。

主考官晏殊接见名列前茅的进士，当面鄙夷欧阳修：“原来是个眊目病弱少年。”一盆冷水，把热爆爆的欧阳修泼得手脚冷凉，众目睽睽之下，重拾了自己久违的丑陋。

这个晏殊，瞧不起柳永，羞辱欧阳修，后来又于科场做王安石的手脚。晏殊做官有政声，毛病也不少。他生得相貌堂堂，似乎认为别人的外表都应该向他看齐。

欧阳修初仕西京洛阳，做了一名推官，跟着知府钱惟演，公务之余纵酒狂歌，盘桓章台舞榭。宋人初仕曰“磨勘”，磨练，勘察，一般三年，不带家眷。钱惟演是吴越王钱俶的儿子，气宇轩昂的老贵族兼著名诗人，将一批诗人招到他旗下，富弼、张先、梅尧臣、范仲淹等，俱是才华横溢的诗人，更是后来的名臣。梅尧臣绰号“梅二丈”，身高或逾一米九，欧阳修仰望他，脖子都有点酸了，却说：“尔是贾岛，吾乃韩愈。”梅二丈埋头瞅他半天，丈二和尚摸不着头脑。二十几岁的欧阳修竟然以一代文宗韩愈自居。

唐宋八大家，宋代占六席。宋代以欧阳修为首，王安石、三苏父子、曾巩俱出欧公门下。欧阳修的一生极丰富，堪称文化的全能，他是古文运动的倡导者，是嘉祐二年科举改革的推行者，是历史学家、金石收藏家，是婉约词圣手、古琴和围棋的高手，是文人书法的开创者，是举荐贤才的伯乐，是表情丰富政绩卓著的国家领导人……

青年欧阳修，却是奔艳趋美劲头高，白天认真工作，夜里吃酒寻欢。洛阳的官妓仅次于汴梁，牡丹花开，红妆成轮，花丛中的欧阳推官带着他的小个头、近视眼和神经质的举止，剧饮剧谈蹭美色，俨然走马洛城、泛舟洛水的曹子建再世。

宋代士大夫为政之余的五大兴奋点：美酒、艺术、官妓、远游、学术，欧阳修占全了。既有宏大的目标，又醉心于日常生活，诗意笼罩，亲情友情恋情，般般地环绕，这样的人活上一千年，也不会落入无聊的烂泥潭。

士农工商，各得其所。庙堂之高，不废江湖之远。

宋人的生活世界五色斑斓，远胜唐朝，今人要学习。

欧阳修与梅尧臣斗酒，与张方平斗酒，找包拯作中人（裁判）。金陵人张方平生得牛高马大，他说渴了，下属就抱来酒坛子，谁送茶谁挨骂。那铁面断案的包黑子同样豪饮，喝醉了酒，一张黑脸黑红黑红的，开口尽量轻言细语，稍不留神便是虎啸狼嗥。后来包拯于汴京敬王安石的酒，安石拒饮，双方闹得不愉快，司马光回家写日记，记下了这件事。

北宋仁宗朝，名臣如云，名单可列一大串。宋仁宗在位四十二年。

欧阳修与张方平有些不和睦，当有性格、政见等多重原因。彼此不大待见，但一些场合的相遇，避免不了。又都年轻气盛，斗鸡眼一般互相盯上了，两块磁铁一般紧紧吸附了。冤家路窄，人海茫茫他二人偏要头碰头，目光缠作一团，斗气，斗嘴，斗酒，斗狠。一个瘦小，一个高大，欧阳修是要吃亏的。包公劝他，他横竖不听。

在洛水边的一座酒楼上，二人从午后斗到黄昏，从黄昏斗到满天星辰。包拯守着张方平带来的大酒坛子。张先、范镇、富弼在场。洛阳府尹钱惟演与诗友杨亿来观战，须臾，大笑而去。欧阳修的肚子撑得溜溜圆了，上厕所松一松，回来灌酒，复又撑起。

蜀人范镇说：永叔要雄起！

张方平体重二百斤，故意将熊腰竖得笔直，状如一座塔，俯瞰欧阳修。欧阳修跳上了酒桌，反而俯视张方平，笑饮一大盏。张方平酒酣兴狂，单手叉腰称：区区刘伶，走路贴了地皮，哪里比得山巨源。欧阳修“眊目欲裂”，吼道：山涛肚大没好货！

包公连连叫苦：讲好了今日只斗酒不斗气，你二人负气如此，本官怎生判断？

欧阳修与张方平斗酒百余杯，不欢而散。欧阳修提到张方平时，只称：那酒坛子……

宋代已有烈性酒，酒精含量在30度以上。洛阳酒楼千余家，汴京的酒楼三千多家。

庆历三年（1043），范仲淹等人发起声势浩大的“庆历新政”，矛头直指贪官庸官、豪门贵族。新政有仁宗皇帝支持，一批贤臣卷入其中。欧阳修时任“知谏院”，居言路之要津，担当新政的理论家。他写下《朋党论》，公开亮出朋党的旗帜，鼓吹贤人政治：“大凡君子与君子以同道为朋，小人与小人以同利为朋。”

不幸被他言中：小人与小人以同利为朋。

这是一个沉重的话题，利益的勾结容易形成合力，而道义的联盟常以失败告终。为什么？君子有所不为，小人无所不为。小人把病毒的能量发挥到极致。小人击败君子，乃是古代屡见不鲜的历史现象。小人大获全胜，再宣称自己就是君子……公元十一世纪中叶，既得利益集团的头子，是掌握兵权的枢密使夏竦，论职位，范仲淹是他的副手。小人迅速联手疯狂反扑，连皇帝也招架不住，改变了支持新政的初衷。庆历新政不到一年就收场了，范仲淹、韩琦、欧阳修相继被贬出京师。

四十岁的欧阳修贬为滁州（安徽滁县）太守，滁州的州县人口约十万，扬州、江宁（南京）遥遥在望。北宋三百二十个州，分大、中、小三等，滁州是小州。青山绿水绕城郭，山水永远朴素，人在山水怀抱中，民风好得不得了。欧阳修写信给梅尧臣："某此，愈久愈乐，不独为学之外，有山水琴酒之适而已，小邦为政，期年粗有所成。固知古人不忽小官有以也!"有以：有原因。

此间，欧阳修已动笔撰写七十四卷的《新五代史》。他也是《新唐书》的作者。

美政美酒美山水，美琴美文美人心，太守四十多岁，焉能不乐？

人文素养好，当官不乱搞，走到哪儿都能乐陶陶。两宋第一美文《醉翁亭记》诞生了："环滁皆山也，其西南诸峰，林壑尤美，望之蔚然而深秀者，琅琊也。山行六七里，渐闻水声潺潺而泻出于两峰之间，酿泉也。峰回路转，有亭翼然临于泉上者，醉翁亭也。作亭者谁？山之僧智仙也。名之者谁？太守自谓也。太守与宾客来饮于此，饮少辄醉，而年又最高，故自号曰醉翁也。醉翁之意不在酒，在乎山水之间也。……"

呵，也也也……优哉游哉，妙哉美哉，醉翁陶醉于山水的形象呼之欲出也，横呈纸上也，流芳百世也。端的感染人。醉翁一词，不须申请专利而专属欧阳修也。

人与自然如此相处，多好。笔者当年写道：时下总有一些人，一见土壤的松软就来气，恨不得硬化九百六十万平方公里的土地。

而我们祖祖辈辈居住的天府之国、川西坝子，生态环境难言乐观。孩提时代随处可见的金麦田，如今很少见了。提这个心疼。水脏了，雾毒了，地病了，丘山的树种单一了，天幕上的星星消失大半。哦，曾经繁星满天，星星多得吓人……

“为什么我们的眼里常含泪水？因为我们对土地爱得深沉。”

中年的欧阳修酒量下降，应该是身体的状况不如从前了。体质底子薄，又操劳，连年劳心兼闹心。他是容易受伤的男人，类似白居易，内心的坚硬不及李白杜甫苏东坡。做京官时，政敌曾经诬告他与养女有染，导致京师舆论沸腾。他气得很……

小邦干得出色，调大邦扬州做太守，一样的勤于官事，爱民如子。扬州百姓在平山堂前栽了一棵“欧公柳”，欧阳修升迁后，继任者姓薛，阴使人种了一棵“薛公柳”，试图与欧公柳“柔条相招呼”。薛调走，当晚就有人拔掉了薛公柳。后来苏东坡任扬州太守，欧公早已仙逝，平山堂杨柳依依，诉说着扬州人的怀念，苏子的惆怅。

平山堂位于蜀冈之上，依山临水，视野宏阔，“壮丽为淮南第一”（叶梦得），是欧阳修亲自设计的，一似他在滁州建丰乐亭。苏轼则于黄州起黄楼，在密州建超然台，在杭州西湖筑苏堤，在儋州盖桄榔庵。宋代官员于建筑多有嗜好，一砖一木，注入了心血，融入诗人的想象和工程师的精确。宋代的建筑“简洁尚意”，与服饰、器皿、书画的风格是统一的。文人主政近三百年，价值体系大致清晰，士大夫的情趣主导了生活方式。

且说醉翁欧阳修醉于平山堂，僚属簇拥，艳姬娇娥鱼贯列，“佳人舞点金钗溜”。欧词名篇《朝中措》：“平山栏槛倚晴空，山色有无中。手种堂前垂柳，别来几度春风。文章太守，挥毫万字，一饮千钟。行乐直须年少，尊前看取衰翁。”词是知扬州几年后写的，真是“老夫聊发少年狂”，要一饮千盅。苏词：“记得醉翁语，山色有无中。”苏轼记错了，“山色有无中”是王维的佳句。另外，有人说欧阳修视力不好，看山才若有若无。欧公大约想起了洛阳的青春岁月，打马纵酒胡闹，里巷大呼小叫，于是归为一声叹：“尊前看取衰翁。”而刚才还宣称要豪饮一千钟呢，这句子，带出了欧阳修的身心特征。忽而气足，忽而气衰。欧词名句：“日日花前常病酒，不辞镜里朱颜瘦。”

前面提过，欧公的一生也是操劳太多，兴趣太广。政事、文事、家事、书事、佛事、琴事、棋事、集古事、冶游事……

欧阳修年近半百知颍州（安徽阜阳），写十首小词《采桑子》，全是赞叹颍州西湖。天下西湖三十六，据说颍州的西湖仅次于杭州西湖。其二云：“画船载酒西湖好，急管繁弦，玉盏催传，稳泛平波任醉眠。行云却在行舟下，空水澄鲜。俯仰流连，疑是湖中别有天。”玉盏催传，类似击鼓传花的游戏，传玉盏的，不用说多是玉手。她们闹够了，醉翁睡着了，一梦醒来的刹那间，发现行云在行舟之下，混淆了人境仙境，真真舒服惨了。其三：“群芳过后西湖好，狼藉残红，飞絮蒙蒙，垂柳阑干尽日风。笙歌散尽游人去，始觉春空，垂下帘栊，双燕归来细雨中。”

伤春的诗人形单影只，于是才看见双燕归来。情绪的描画点到为止。蕴藉风流，此之谓也。古代优秀诗人是捕捉情绪的好手，这首《采桑子》，我个人特别喜欢。

其后，欧阳修做京官十余年，知贡举（科举主考官），参知政事（副宰相），一双病眼为国家挑人才，荐富弼、文彦博、王安石、吕公著等，也有看走眼的时候，比如举荐吕惠卿——此人后来专咬恩人。作为国家领导人和文坛领袖、史学大家，欧阳修的暮年光景有如旭日初升。“谁道人生无再少？”他发现了三苏父子，尤其发现了苏轼，“读轼书，不觉汗出”。他对儿子欧阳发说：“老夫当避路，放他出一头地，三十年后，世上人更不道著我也。”五十多岁的欧阳修对二十二岁的苏轼几近崇拜，读苏轼的文章，惊出一身汗。恰似白发苍苍的白居易对年轻的李商隐说：让我来生做你儿子吧！

古代许多佳话，今日已成神话。

三苏父子从眉山赴京，原是携带了益州太守张方平写给欧阳修的举荐信。两个长期不和的大人物，等于联手把三苏推上政坛、文坛。中国精英文化的接力棒，由一只更为强劲的大手接了过去。陈寅恪讲宋代是中国文化的巅峰，屹立巅峰之旗手，先有欧阳修，后有苏东坡。历史向来不缺偶然性，如果欧阳子看苏子看走了眼，势必影响文化的传承，张东坡李东坡，出不来的。

历史记住了嘉祐三年（1058），庐陵欧阳修，欢呼眉山苏子瞻。

几年后张方平回汴京担任刑部侍郎，欧阳修设家宴款待，苏轼、曾巩等作陪。张方平饮酒依然海量，欧阳修斗不过他了。提起当年斗百杯，跳上酒桌逞强，高楼东歪西倒，跑厕所脚都跑酸了，钱惟演来观，包龙图傻眼……二公携手大笑，多少年的恩怨一杯尽消。欧公即兴来一段胡旋舞，唱几句“人约黄昏后”。张侍郎击节，苏子瞻“插花起舞为公寿”。

这一天是欧阳永叔先生的生日。国家领导人，举止如男孩儿。

美

美是差异，美是“无利害的愉悦”。中国古代的城乡布局也是审美布局，“充满劳绩，但人诗意地栖居在大地上”。房前屋后皆风景，一丘一壑亦风流。美政，美辞，美服饰，美的风俗，美的建筑、艺术与器皿。美在四面八方，美在方寸之间。质朴的人燃点低，美感强，快乐的空间大。

审美固然有先天的遗传因素，却更是后天培养而获得的一种能力。不下功夫，美的照面要打折扣。热爱生活，崇尚自然，丰富的美感不期而至。

卷十一 美

屈原：美政，美辞，美姿容

屈原首先是政治家，《离骚》是美政失败的产物。屈原将美政冲动保存在词语中。韩愈说："楚，大国也，其亡也，以屈原鸣。"《楚辞》表达了千年楚国，楚国因之而万年不死。如同李煜的词出色地表达了南唐，南唐三千里地山河因之而不死。

春秋末年及战国时期，中原的士大夫往往是以诸国为国的，"朝秦暮楚"是常态。孔子的大视野，使他必须把目光越过鲁国，为周天下奔波，"克己复礼"，重建周公秩序。南方的诸侯大国则不同，楚国的历史可以上溯到公元前一千多年，风俗、语言自成一体。孔子以天下为己任，屈原以楚国为担当。此二者，都符合充足理由律。

屈原为左徒，类似副丞相，又是楚怀王的侍读和"王友"，他的政治主张是联齐抗秦。令尹（相当于丞相）子椒、王妃郑袖接受了张仪的游说和贿赂，要倒向秦国，与屈原对着干。那张仪是战国末期的一个奇人，凭借三寸不烂之舌游说各诸侯国的君主，为秦国吞并六国扫清障碍。在楚国，张仪最大的障碍就是屈原，于是百计加以陷害，离间屈原与楚怀王。

楚怀王摇摆不定，忽而觉得联齐好，过一阵又认为秦国的君主对他不错，答应送他商於之地六百里。屈原苦劝，怀王不听。齐国毕竟遥远，而楚与秦是近邻。楚怀王听信令尹子椒和近臣靳尚，夜里，郑袖又吹枕边风。郑袖生得艳冶，极富心计。有个长袖善舞的漂亮宫女受怀王青睐，这宫女的鼻子尤其好看，人见人夸。郑袖却对宫女说：你的鼻子虽然挺直妩媚，但鼻头稍稍翘了一点，不是咱国君喜欢的类型。你瞧我的鼻子挺而不翘，直而不露（鼻孔），我看你呀，受宠的日子长不了。

翘鼻头宫女顿时慌了神，郑袖笑道：可是你的眼睛嘴唇很好看呀，还有你与众不同的下巴！你要扬长避短，君王召幸你，你捂着鼻子或掩着鼻子好啦。

于是，这宫女在楚怀王的面前不是捂鼻子就是遮掩鼻子，怀王疑惑了，转问郑袖，郑袖说：她是嫌你的腋下有股子不好闻的气味儿，还宫里宫外乱讲，章华宫传开了！

楚怀王大怒，下令削掉宫女的鼻子。可怜的宫女，可怜的楚宫第一俏鼻头。楚地有句俗语，翘翘鼻头，嫁与王侯。郑袖的手段由此可见。她收下张仪的重金，盯上了屈原。子椒、上官大夫等一帮大臣也盯上了屈原，具有政治远见的屈原几乎孤军奋战。

屈原看清了虎视六国的强秦，识透了张仪的狼子野心，可是毫无办法。作为王友，他多年伴随怀王左右，“与王图议国事，造为宪令”。他苦口婆心说呀说呀，殚精竭虑写呀写呀，怀王不耐烦了，有时候竟然拂袖而去。上官大夫在宫廷的台阶上抢夺屈原的宪令草稿，竟然拳打脚踢……

郑袖美目乱转，瞅时机讲屈原的坏话，同时给屈原下套子。郭沫若先生写话剧《屈原》，安排郑袖勾引屈原，后花园强行投怀送抱，浪给怀王瞧见，然后反咬屈原非礼她。这虚构的情节并非凭空杜撰，屈原与郑袖是经常见面的，彼此有过好感。屈原才华横溢又生得玉树临风，而郑袖妖媚，色胆包天。

那个年代的女人，尚未受到礼教的束缚，活得比较奔放。郭沫若笔下的郑袖，能随口朗诵《九歌》等诗篇。屈原对她不设防，落入她的粉色圈套。

楚怀王怒，从此疏远屈原。王与大臣之间的关系看来还是宽松的，换成汉唐，屈原搂着君王的爱妃要掉脑袋。

屈原全力抗争，怀王冷淡日甚。放逐是早晚的事。一大群各怀鬼胎的大臣准备弹冠相庆了，攻倒屈原，他们各有好处。“兰芷变而不芳兮，荃蕙化而为茅。何昔日之芳草兮，今直为此萧艾也?”萧艾：杂草，喻政坛小人。利益纷争加剧之时，总有些昔日的君子翻脸便是小人。

联齐抗秦的战略，终于被多年骑墙的楚怀王抛弃了，楚国一步步靠近灭顶之灾。屈原心忧如焚，只有几个将军赞同他。国王、太子、令尹、郑袖……全是他的对立面。真理在他这一边，可是谁相信呢？谁会认同他的政治远见？利益相勾连的政要们，平时互相倾轧，此间勾成了铁板一块，智慧之针是插不进去的，远见之水是泼不进去的。

汉、唐、宋，这类历史现象实在太多。唐的瞬间垮掉，宋的急剧衰败，皆因远见者势单力薄。所谓历史进步，常常是学者们的一种自我安慰。

屈原滔滔不绝，被视为疯话连篇。佩香兰，持瑞草，被人嘲笑孤芳自赏，脑子出了问题。他沮丧、痛苦、绝望。绝望的后面还是绝望。唯一剩下了说和写。如果屈原不是一个诗人，或者说，不是一个杰出的诗人，我估计他早就精神崩溃了，不会等到郢都（楚国的国都）毁灭的时刻才自沉于汨罗江。

《离骚》《天问》《哀郢》《怀沙》等篇什，乃是绝望之泉喷射的绝美之花。

“悲剧是把有价值的东西毁灭给人看。”（鲁迅）

“岂余身之殚殃兮，恐皇舆之败绩。”皇舆：帝王的车驾，指国运。屈原不惧死，只怕楚国亡。然而楚怀王驱逐他，命他去汉江之北的云梦狩猎区与鸟兽为伍，官职削为三闾大夫。云梦区九年，洞庭湖畔十年，中间有过短暂的时光复职回郢都，亲秦派又把他赶走。希望总是落入绝望，反反复复地折困。想要逼疯他的权臣接二连三。

斗争三十余年，几度曙光初现，忽然又跌进黑暗的深渊。眼看着亲爱的祖国毁于几双弄权手。鞭子抽打灵魂，怪兽啃咬肉身，逼出了钻石般坚硬而漂亮的文字。中国开端性的诗人竟是这样！有良知和远见的士大夫与君王的结构性矛盾，开端性地彰显出来。

开端性的文化伟人，开端性地到处流浪。

司马迁说：“屈平疾王听之不聪也，谗陷之蔽明也，邪曲之害公也，方正之不容也，故忧愁幽思而作《离骚》。……推此志也，虽与日月争光可也！”

太史公讲得真好。

“余固知謇謇之为患兮，忍而不能舍也。指九天以为正兮，夫惟灵修之故也。……初既与余成言兮，后悔遁而有他。余既不难夫离别兮，伤灵修之数化！”謇謇：口吃貌，屈原因强谏楚怀王而语无伦次。正通证。灵修指怀王。

成言：既成的约定。数化：几次变化。善于骑墙的楚怀王朝三暮四，朝令夕改。这个骨子里的软蛋，有时突然发狠……

“民生各有所乐兮，余独好修以为常。虽体解吾犹未变兮，岂余心之可惩?”体解：肢解。惩：后悔。

道德君子以修身为常态，此与中原儒家的信条相似。政治远见由修身出。利益勾连之辈注定沦为短视者。楚国危机四伏，表面上一派繁荣（与盛唐多么相似!），谁相信这个千年的南方大国会一朝垮掉呢？所以，远见者不是一般意义上的远见者，曲高和寡，高处不胜寒。联齐派和亲秦派的斗争，庶几近于你死我活。

君子越来越少，小人密密麻麻。满朝圆滑的脑袋专打小算盘，方正的大臣日益孤单。

一般来说，小人不会认为自己是小人。“惟夫党人之偷乐兮，路幽昧以险隘。……民好恶其不同兮，惟此党人其独异。户服艾以盈要（腰）兮，谓幽兰其不可佩。”结党营私的贵胄官僚太多，他们崇尚恶草，反而指斥有王者之香的兰草。

“屈心而抑志兮，忍尤而攘垢。伏清白以死直兮，固前圣之所厚!”

一说《离骚》作于中年，那么，屈原的殉国之心早就有了。先行到死二十余年，与死亡意象朝夕相伴。死亡一点点变得亲切——这是近现代西方文学的一大主题，屈原早了两千年。福克纳《喧哗与骚动》写杰生自杀前砸烂手表，因为讨厌的秒针滴滴答答催他赴死，手表砸烂了，生命之钟随之停转。换言之，杰生活着的每一秒都在奔向死亡。

“既莫足与为美政兮，吾将从彭咸之所居。”彭咸：楚国先贤，投水而死，民间传为长居江底的水神。《离骚》的最后一句，再度端出死亡。

美政一词，头一次出现在中国诗人的笔下，“可使夜鬼哭”。

楚怀王死了若干年，屈原还活着；楚国的京城郢都被秦国的大将白起攻破，宗庙、王宫、城郭成焦土，百姓仓皇东逃……七十多岁的屈原抱了石头，纵身跳入汨罗江。时在楚顷襄王二十一年（前278年）。

据学者考证，屈原投江前回过故乡秭归，父老乡亲挽留他，善解人意的女媭劝他，他还是走了。内心的风暴不能停息，何以安度晚年？徘徊洞庭湖八九年了，先有人陪着他，苦于他没日没夜地驾车疯转，面如囚首，双目若火焰，于是害怕了，跑掉了。

屈子一个人的洞庭湖……当时洞庭湖的水域面积很大，远不止八百里。楚国五千里大地，寸寸绕寸心。国之将亡也，人之将死也，倒是心如止水，倒是波澜不惊。千年楚国奔来眼底，哦，亲爱的、亲爱的祖国啊，永远永远说不尽道不完的祖国啊。

“暾将出兮东方，照吾槛兮扶桑。抚余马兮安驱，夜皎皎兮既明。”这是日神东君的形象。“秋兰兮青青，绿叶兮紫茎。满堂兮美人，忽独与余兮目成。入不言兮出不辞，乘回风兮载云旗。悲莫悲兮生别离，乐莫乐兮新相知。……”这是司恋爱的处女神少司命的形象。目成：少司命与神堂中以巫者出现的屈原眉目传情。

这些句子，晋人玩味终日，不辨晨昏也。唐人宋人顶礼膜拜……《楚辞》的源头性美感俯拾皆是。

“帝子降兮北渚，目眇眇兮愁予。袅袅兮秋风，洞庭波兮木叶下。”帝子指湘夫人。舜帝巡视南方累死了，湘妃泪尽投入湘水……屈原的诗篇中，美神与死神拆解不开。他是唯美的，生活、艺术、政治，容不得半点瑕疵：“纷吾既有此内美兮，又重之以修能。”修能：优秀的治国才能。屈原几十年激烈，却有非凡的能力在激烈中逗留，展开他那令人眼花缭乱的丰富性。他是巫、神、鬼，是草木虫鱼，是雨雪雷电，是天庭的漫步者、江湖的巡视者、宇宙的追问者。屈原千姿百态，他活在汉语艺术的弹性空间中、无穷张力中。他的作品是多维度的，具有多重指向。

《诗经》表达了北方，《楚辞》表达了南方。换言之，《诗经》是黄河流域的产物，《楚辞》是长江流域的产物。汉代共称“风骚”，这中间，赫然有华夏族人文地理的奥妙。楚辞与楚声、楚乐、楚舞、楚俗密切相关。而能以楚声诵楚辞者，唐代就绝迹了。

欲识中华民族的源头性美感，不妨打开这两部大书。

《离骚》通篇激烈，人神巫共唱楚国的挽歌。叩天门，访神灵，求占卜，诗人忧心忡忡而又通体华美，“老冉冉其将至兮，恐修名之不立。朝饮木兰之坠露兮，夕餐秋菊之落英”。嚼花咀蕊，晋唐宋之蔚为风尚始于此也。美饰，美食，美气息，美姿容。

楚人刚劲，却不乏优雅妩媚，阳刚与阴柔尚未截然分界。

屈原流露到作品中的形象，忽而男，忽而女，忽而神，忽而巫。

屈原生得高大俊美，这是“王友”的必备条件之一。鲜花香草常为饰物，他吸引王妃郑袖的目光是可以想象的，郑袖十六七岁唱《橘颂》：“后皇嘉树，橘徕服兮。受命不迁，生南国兮。深固难徙，更壹志兮。……”美政冲动受阻，“路漫漫其修远兮，吾将上下而求索”。恶草威胁着幽兰，屈原将芳草鲜花挂满了全身，傲然过王宫，一腔正气凛然不可犯，明告小人，明示君王。

屈原摆出了决战的架势：“虽九死其犹未悔!”

然而恶草的疯长已成大势，铺天盖地了。

利益相勾连的恶草们大获全胜，相约大笑：屈原奇装异服，哈哈，屈原想变成奇花异草！白净面孔血红，修长四肢乱舞，疯了！

而屈原至美的形象，流布华夏两千三百余年。

华夏民族的源头性美感，《楚辞》辉映《诗经》。

1953年，屈原被联合国列为世界四大文化名人之一。

郗璇与王羲之：“极品”夫妻，数十年氤氲调畅

王羲之字逸少，在乌衣巷长大，有两个卫夫人悉心照顾他，一个是他的生母，另一个是他姨母。姨母卫夫人的书法大有名气，她培育了书圣王羲之。东晋的善书者比比皆是，其中不乏女性。晋以后的朝代，女书家似乎绝迹了。这当然与礼教的千年束缚有关。

王羲之生长于乌衣豪门，童年却过得紧张，心里有一团挥之不去的阴影：他父亲王旷是不明不白死在江北的。家里人一直不敢问朝廷，王导丞相也绝口不提。父亲的消失好像是一件极不光彩的事，整个家族讳莫如深。这件事左右了王羲之的性格走向，他寡言，“涩讷”，举止不阳光，面容总是浮着一层忧郁。乌衣巷的尽头有一棵老槐树，少年王逸少经常在树下伫望远方，没有人知道他在想什么。乌衣少年立尽黄昏。

顺便提一句，古今中外优秀的作家艺术家，很难找到一个所谓性格阳光型的。内心不能赢得纵深，哪里会有出色的生存表达？形成内心纵深的过程曲折而漫长，谁愿意主动谋求逆境呢？孔夫子提倡木讷：“讷于言而敏于行。”

涩讷的王羲之，二十岁又遭遇了王氏家族的惨烈：两位亲爱的伯父以兵刃相见，王导指挥的金陵军队与王敦的武昌兵大战于石头城，秦淮河血浪滚滚。大伯父王敦造反夺皇位，使明白事理的王羲之痛苦不堪……

童年、少年、青年，书圣的内心翻波涌浪。“骨鲠”性格在锤炼中。他长成了翩翩美少年，史料称：“逸少美而长白。”由于他富有质感的沉默，由于眼中那一抹淡淡的忧郁，使他的俊美显得异乎寻常。不用说，王羲之的孩提时代是有自卑心理的，涩讷，开口脸就红，吐词结结巴巴，天天受同龄人的嘲笑，恐惧别人提到自己的父亲。他一度羡慕那些油嘴滑舌的王家少年。人们对他不屑一顾。直到十三岁，名士周伯仁于宴席上请他吃唯一的“牛心炙”，大大提升了他的自信心。这个周伯仁，皇帝和王导丞相都敬他。

周伯仁一句点评，当时千金谁买。

没有那颗决定性的牛心炙（烤炙的牛心），书圣的成长要打折扣，能否成器也难说。

乌衣巷的王谢两族，天资聪颖的男孩子多如牛毛，周伯仁何以一眼看中王羲之？看来大名士并非徒有虚名。不过，名大盛，又形成新的遮蔽。后来周伯仁在历史的紧要关头玩酷，玩掉了自己的脑袋。《世说新语》讲周伯仁的故事很多。

王羲之二十四岁了，醉心于书法，追随才气横溢的姨母，不谈婚事。

金陵城羡慕着乌衣巷，乌衣巷的佳子弟们，暗恋着号称金陵头号佳丽的郗璇。王家少年谈郗璇，谢家弟子就不大高兴。其他南迁的大族，如庾氏、陶氏、桓氏，不知有多少年轻人说起郗璇双眼就放光。有个桓家的大龄青年桓冲，迷郗璇神魂颠倒，"日瘦七斤"，又十余天"恒卧"，大做白日梦。桓将军拿鞭子抽他也抽不醒。

郗璇字子房，是太尉郗鉴的女儿。她究竟有多美呢？单说一条：郗子房九十多岁尚与人讨论皮肤弹性的问题。这位贵族少女内蓄典雅，举止飘逸。汉初三杰之首张子房"貌若妇人好女"，东晋的郗子房心向往之。郗鉴给女儿取名字是有考虑的，郗太尉既有军事才能，又是老庄之徒，道家修养称一流。东晋有这大气候。

另外，魏晋的女人有名有字，且能传下来，唐宋是没有的。笔者近年发现了这一点。

郗家要择佳婿了，消息一传开，石头城轰动，乌衣巷沸腾。王谢两家的子弟跃跃欲试，竞夸才华与相貌。王家占了上风，谢家不免颓唐。那个桓冲驾了马车在郗太尉的府第前冲来冲去，三日凶巴巴“恒冲”，不舍昼夜，以示其绝望。“任诞”之举要写进书的。

郗鉴正式向王导提亲，王导应允。谢家黯然神伤……

郗鉴应女儿的要求，打算先派个使者到乌衣巷来观察。王导说：郗子房堪比江东二乔，吾家可以开此先例。于是郗家的使者走进了王府，一看，有点傻眼。

《晋书》：“王氏诸少并佳，然闻信至，咸自矜持。唯一人在东床坦腹食，独若无闻。”

王氏诸少全都“绷”起来了，从穿戴到表情，唯恐显示不出王家气派。矜持呈报了不自信，堂堂王家的佳子弟为何不自信呢？原因简单：十八岁的郗子房艳冠石头城。

说甚大乔小乔，貂蝉的美貌也难敌郗璇。貂蝉艳名高，是因为她卷入了政治漩涡……

唯有一男子东床坦腹，吃着胡饼一类的食物，咬得嘎嘣脆。坦腹，至少光着白皙而匀称的上半身。穿小衣（裤衩）也可能。竹林诸贤的光天化日裸体，晋人津津乐道。

郗家的使者问这问那，王氏诸少抢答，争相妙语如珠。谈吐是个重要指标，包括谈吐时的肢体语言，包括语音的抑扬顿挫。王家厅堂，一时成了表演场。抢答也矜持，矜到一块儿去了，个个都想求异，结果却是趋同，像时下常见的某些作家或书画家。

东床坦腹者，旁若无人，吃饼，观书，眉宇间浮着山林气，偶尔抬眼，托了腮，清澈的目光越过众人投向远方。所谓意态悠远，盖指此也，这可比五官的优美布局、身子的匀称修长更具吸引力。晋人的眼睛善于看见那些看不见的东西，而这个能力，在如今那些一味奔向实用主义的人群中每况愈下。物欲之眼的视域，动态性地收窄……

郗家使马回府。郗鉴听汇报，一旁的俏女儿先开了口：坦腹者何人？

郗鉴笑曰：八九成是王逸少，乳名阿菟的那个。

郗璇忙问：练书法入木三分的那个？乌衣巷口伫望夕阳的那个？抱鹅爱鹅、写斗大鹅字的那个？

使者亦笑：美而长白的那个。鹤立鸡群的那个。

郗璇喃喃：哦，他抱鹅爱鹅书写鹅……

这位金陵佳丽说得有些急了，唇齿吐字鹅像吾。

郗子房满心欢喜嫁给了王羲之，大将军陶侃听说了，点评四个字：天赐佳偶。

陶侃是陶渊明的曾祖父。

王氏诸少垂头丧气，红润面孔一片黄焦焦，恰似萧瑟秋风乍起，片片叶子枯。他们万万想不到，“涩讷”的王羲之不发一言，衣冠不整还露肚皮，却赢得石头城头号佳丽的青睐。其后若干年，江左的贵族子弟纷纷以涩讷为风度，以口吃为炫耀，以坦腹吃胡饼为时尚。人与人见面则曰：我、我、我……

蜜月连着蜜月，恩爱夫妻，双双美而长白，年复一年的蜜月光景。王羲之已入仕途，为新婚请了两年的“婚假”，中断了刚刚展开的“王友”前程，专心享受二人世界。晋人有这样的生活观。即如穷家子弟，也要爱了再说，就像浪漫的法国人。庄子的气息弥漫到民间了。孔夫子的塑像，总是一副遭冷落生闷气的样子。《世说新语》《晋阳秋》，处处有老庄，孔圣人几乎没戏。孔子的出场，往往是可怜巴巴的打击对象，颇似《庄子》。

建康、南昌、临川、山阴（绍兴）……相爱者一路爱过去也。郗子房生的女儿取名王爱，纪念爱的结晶，可见爱意能走到阳光下，不必怵孔子躲躲闪闪。子曰：“仁者爱人”，并不包括男女情爱。夫子怕这个，心理的阴影源远而流长。

郗子房善书如卫夫人，有“女中笔仙”之美名。她父亲郗鉴工草书。她平时撮起指头向空划字，雪白的手腕转动如鹅头，羲之凭窗闲眺，目光受她的团状雪白所吸引。墨池黑，鹅头白。新叶嫩绿，牡丹轻红，桂子金黄，一枝腊梅俏悬窗……性格坚硬的王羲之呼吸着妩媚之气。两个卫夫人和长嫂（长兄王藉之的妻子）自他的幼年起便疼爱他，而王家众多的贵妇名媛，她们闪闪烁烁的丽影时远时近：远亦近，近更近。王羲之的书风兼具北方的雄浑和南方的柔媚，她们是有功的，为郗璇的“红颜贡献”做了铺垫。

此一层，历代论书法者罕有涉及。

郗子房熟谙道家图谱，很能生孩子，大抵隔年一胎，她生了七个儿子，一个女儿。更奇的是她驻颜有术，皮肤保持了弹性，魔鬼身材变化小，到八十岁，“美人垂暮”而已。登山，游泳，吃松粉，饮鹿血，啖熊掌，遍尝奇花异草，偶尔一试五石散。她和丈夫的分歧主要在养生方面。妻子重视植物，丈夫看好矿物。魏晋士族吃五石散成风，郗子房笑观，并不着迷，不过，她屡劝丈夫慎服五石散，未能奏效。

羲之的性格有固执的一面，尝致信友人曰："服足下五石膏散，体轻，行动如飞也。"他爬山，长身乌袍飘逸峭壁，山民们呼为"升山"。

夫妻二人"穷诸名山"，郗子房但凡能抽身，必以追随丈夫为乐。

在湖南境内的东岳衡山，有一位年近九旬"貌若孺婴"的魏夫人，羲之携子房专程去拜访，请教养生秘诀。魏夫人和三十岁的郗璇一起散步，年龄相差六十岁，看上去像姐妹俩。史料称，这位衡山魏夫人是中国第一个女道士，活了一百多岁。衡山位于衡阳之南，也叫南山，寿比南山即指此山，海拔约一千三百米，植物矿物丰富，极宜人居。

郗璇下山后，越发的貌美，体态风流，眉宇间的山林气让名士们纷纷折腰，比如谢安、支遁、孙绰、郗昙——这些名流都是几年后兰亭雅集的活跃分子。孙绰文章，时称第一。支遁和尚名满天下，文韬武略的谢安更不用说……

羲之与子房如影随形，从湖南到江西，从江西到浙江。携手金陵的冶山，并辔十里乌衣巷，合桨流脂淌腻的秦淮河。市民们相约瞻仰他们的风采，谓之江左绝配。王羲之的仕宦生涯断断续续，曾隐居江州（江西）抚川郡七年。王导丞相"每叹子侄不令（不出色）"，希望最优秀的侄子王逸少跻身朝廷，将来接班，入住丞相府，他婉拒。生活和艺术比权力更重要。再者，朝廷太复杂了。逸少更有自知之明，骨鲠性格天已生就。他致力于化解二伯父与两任大将军之间的矛盾，卓有成效，有功于东晋社稷的稳定。

郗子房的林泉气息，王羲之的道家修为，二者氤氲调畅，相得而益彰。女中笔仙与书法圣人，三十多年合铸了顶级风流，灵与肉丝丝入扣，"二五之精，妙合而凝"。

子房丰腴多姿，羲之清瘦而刚劲。五石散性大热，有强体固精之奇效，尽管掌握服食膏散的分寸难之又难。东晋士族男子携妓成风，纳妾很普遍，一大原因是服石药，欲甚连年。而王羲之独异，根本不考虑妾或妓。"美而长白"之躯毫无保留地奉献给郗子房，子房的养生驻颜、歌喉琴音，同样奉献给亲爱的夫君。雨腻云香不消细说，夜夜缠绵点到为止——古代中国的情色表达向来是节制的、含蓄的、优雅的。

“诗三百……思无邪。”

他是面如冠玉，她是貌若牡丹。

郗太尉戎马倥偬于南北，偷闲搜寻魏晋大师钟繇、张芝的名帖墨迹，王羲之如获至宝。“羲之顿首顿首”，叩谢岳丈大人。伉俪耳鬓厮磨，挑灯揣摩蔡邕的《笔论》，不知东方之既白也。这部奇书，曾相继长埋于韦涎墓、钟繇墓九十年。卫夫人从盗墓者的手中重金购得，传与她亲爱的阿菟……

太阳升起了，夫妻双双卸衣睡下，纸上风流，款款转移到另一种风流。

爱着，要有事干，要追求，要进步，两团美妙之气方能够持久地氤氲调畅。

哪有什么“七年之痒”，那是扯淡。美国人的婚姻平均维持七年，妄图类推全世界。

中年的王羲之在庐山之南盖了别墅，靠近归宗寺，仰望百丈高的玉帘泉瀑布。一家子并仆从三十多口，接山川之灵气，纳天地之精华。泉下有湖泊般的深潭，潭边有石洞。羲之练书法居洞中，倾听奇特的自然交响，那太阳与月光照射的千尺瀑布，霓霞割断，星月跳跃，声、色、势，摄人心魄。仆人们搬进山洞的大堆蚕茧纸，往往数日写完。

“兴来一挥百纸尽”……那郗子房，更是爱意绵绵生妙想，将虎皮缛蚕丝被铺于洞中，燃沉香，弹古琴，盘腿打坐如衡山魏夫人。静极也，动极也——她扑入深潭，侧泳仰泳蝶泳潜泳，活脱脱的一条美人鱼，搅得碧水四溅。那“美长白”兴起，扔了鼠须笔，栽蛙式（扎猛子）追她。戏水，互戏，哗哗哗的情浪翻滚。

洞中曼妙事，岩壁染风流。

郗璇每日游泳，她亲手缝制的紧身衣类似现代泳装，女仆们惊叹不已。岩泉中饱含的各种微量元素，滋养她肌肤如玉，浸润她吹气若兰。

我们的书圣闲坐草坡，右手的指头不停地比划，目注山峰、流云、飞鸟、曲水、枯枝。“外师造化”，书圣造极也。忽听远远的俏动足越丘跃溪而来，羲之含笑回视，通体曲线的郗子房“婀娜百端”。二人美目相接，美得不想说话。

且听万壑松风。

王羲之大郗璇六岁。

年近四十岁的美妇人又怀孕了。归宗寺的玄远和尚掐算，当有宝贝幼子降生。羲之与爱妻商量，先为儿子取名字：名献之，字子敬。郗璇笑道：我家七郎，定是凤凰！

七郎果然是凤凰，王献之的书法名气，后来一度盖过他的父亲。这个地地道道的神童，未满十岁就认为自己的书法与父亲各有千秋。《晋书·王献之传》："献之尝书壁为方丈大字，羲之甚以为能。观者数百人。"父亲高调赞赏，母亲什么态度呢？七郎当街写大字，几乎交通堵塞，母亲却闲坐乌衣巷与人话家常。七郎兴冲冲回家，眉飞色舞，母亲的神情淡若远山。献之很不服气：妈妈啥意思呢？众人都说好……他连日苦练，临帖，舌尖舔毛笔，小嘴都舔黑了，终于写出了一个十分满意的"大"字，拿去给父亲瞧。羲之点头赞赏，随手添了一点，变成了"太"字。献之蛮有把握地请母亲看，母亲说：不错，不错，那一点不错！

献之大郁闷，走开了。从此越发地发狠劲，想要赢得妈妈的表扬。

不知道羲之与子房是否商量过。恩爱夫妻早已形成默契。

王献之和两个哥哥去谢安叔叔家玩儿，哥哥竞夸学问说个不停，献之"辞寡"。三兄弟走了，"客问王氏兄弟优劣，安曰：'小者佳。'客问其故，安曰：'吉人之辞寡，以其少言，故知之。'"王羲之涩讷，王献之辞寡。郗子房善于用沉默来表达，她的沉默富有感染力，无声胜有声。一旦开口，多金玉良言。

王献之后来做了驸马都尉，官至宰辅。

自古笔力源自心劲，嬉皮笑脸者一定是油腔滑调。今之兜售书画者八方游走，吆喝，摆谱，装阔，炫富，扯浪子，嘴巴劲远大于笔力，"卖钱不卖钱，摊子要扯圆"。

羲之四十八岁重返仕途，出为朝廷右军将军，领会稽内史。右军一词，从此几成书圣的专利。会稽郡辖十个县，包括山阴、余姚等。羲之"初至浙江，便有终焉之志"。终焉：终老于此。建康是政治中心，武昌是军事中心，会稽因王羲之而成为文化中心。"山阴道上桂花初，王谢风流满晋书。"

山阴的兰亭雅集，云集名流四十二人……七八年以后，五十岁的郗子房青丝红颜，造访浙东浙西的佳山水。丈余宽的小溪她一跃而过，宛如空中芭蕾。骨鲠丈夫得罪了老贪官王述，五十三岁已永别官场，正好偕她共远足、俱流连。

亲爱的、轻快的，总是如影随形。哦，一棵树和另一棵树，根与根相连，叶与叶相亲。一朵云嵌入另一朵云，从遥远的巫山神女峰飘来。

羲之他走了。郗璇七十岁、八十岁、九十岁，向儿子孙子玄孙诉说书圣的生前，语气淡淡的，叙家常，道趣事，谈书法。羲之这样的人是走不掉的，乌衣风流，兰亭风流。

羲之与郗璇，美妙的双子星依然在互相旋转。美的爱，爱的美……

从东晋到唐朝的数百年间，王氏家族代代有书法名家，墨宝法帖难数，武则天时期汇集为《万岁通天帖》。

美而长白的王羲之崇拜“龙章凤质”的嵇康，南唐后主李煜写过《嵇康》。三个旷代美男子，矗立为三尊美神。源头上更有一位屈原，或可称中国古代的四大美男。外表、风度、才华，均系一流。可惜的是，其中三个死于非命。四大古典美女的命运也多不好。

“春花秋月何时了？往事知多少？小楼昨夜又东风，故国不堪回首月明中。”

南唐之于李煜，直如楚国之于屈原。李煜爱得太深了，爱江山，爱大周后和小周后，爱南唐的百姓。“四十年来家国，三千里地山河。凤阁龙楼连霄汉，玉树琼枝作烟萝，几曾识干戈？”他做南唐国主十五年，薄赋税，重民生，鼓励生产，不兴大狱，没有杀过一个囚犯——这在历代君王中非常罕见。李煜是虔诚的佛教徒，自幼追随母后叩拜空王（佛祖），香火的气味儿、释迦的庄严、菩萨的仁慈是入了骨髓的。他的麻烦在于军事斗争的意志相对薄弱，打不过赵匡胤的虎狼之师。

南人不敌北人，似乎自古而然。

这个锦绣江南的男人偏是爱生活，爱艺术，杀性就起不来，尽管南唐也有十几万军队，庞大的长江舰队。“南人久不习战”，而北方诸国连年狼烟。李清照说：“五代干戈，四海瓜分豆剖，斯文道熄。独江南李氏君臣尚文雅。”刀枪能击败仁慈的君主，刀枪毒药却杀不死文化。从长远看，刀枪劣势，文化优势。屈原投江死了，《楚辞》风靡北方，垄断了汉代几百年的审美趣味。李煜死于一杯毒酒，他的词，开了宋代士大夫词的先河。

王国维《人间词话》：“词至李后主而眼界始大，感慨遂深，遂变伶工之词而为士大夫之词。”

李煜失掉他本不想坐的龙椅，以血泪书写辞章，被尊为“词中之帝。”那些责备李煜、把李煜同嬉皮皇帝宋徽宗相提并论的人，当免开尊口。看历史要仔细，要有价值掂量。人性与审美构筑的生活世界，乃是历史进程中至高无上的精神价值。

历史虚无主义，往往源于实用主义。

“帘外雨潺潺，春意阑珊，罗衾不耐五更寒。梦里不知身是客，一晌贪欢。独自莫凭栏，无限江山。去时容易见时难。流水花落春去也，天上人间！”我很小的时候读这首《浪淘沙》，那种心灵的震颤真是难以言说。二十来岁再诵读，窗外的艳阳天仿佛一下子飘来了绵绵冬雨，寒意沁入肌肤。杜甫：“感时花溅泪，恨别鸟惊心。”

汉语艺术太“抓人”了，一朝被它捕获，一生受用不尽。我认识的一些老外对汉语艺术顶礼膜拜。听说现在的中学生捧读李煜者甚众，真好。

“无言独上西楼，月如钩。寂寞梧桐深院锁清秋。剪不断，理还乱，是离愁……”邓丽君唱这《相见欢》，唱出了幽怨与缠绵，“别是一般滋味在心头”。李后主和邓丽君都只活了四十二岁。嵇康也是。曹雪芹卒年不详，大约四十出头。

李煜的死期恰是他的生日。莫非天降美神于人间？

李煜“生于深宫之中，长于妇人之手”，由于他生得太好，广额、丰颊、重瞳（两对眸子），举止不类常人，隐现了帝王之气，做太子的哥哥弘翼就要暗杀他，猎狩时射杀，下毒酒毒杀。阳光少年遭遇了人性的阴暗，于是更向佛爷爷求安宁，刀光中苦苦思考善与恶。理解李煜的成长，这一点不宜忽视。他厌恶杀戮。妇人之手给了他无限的温柔，骨肉相逼又让他练就了一颗坚如钻石的心。仁慈与倔性子都在孕育中。

李煜的书法虬曲百端如老松，论书者誉为五代十国第一，可惜南唐灭，后主把所有珍藏的皇家书画付之一炬，包括他自己的几百件墨宝，几千册亲笔批注的古籍。

既然刀枪横行世界，那就让文化毁灭吧！

想想南唐李后主有多倔。

文之化人，今天的这个世界依然是最大的难题之一。丛林法则依然强势。文明、进步之类，可能只是人类之善良者的自我安慰和霸权者的欺世幌子。

李煜不屈，才被宋太宗赵光义杀死。后者也杀了他的亲哥哥、宋太祖赵匡胤，夺了花蕊夫人。围绕着一把三尺龙椅，数千年血雨腥风。唐太宗李世民也搞玄武门之变，将哥哥弟弟一并杀掉。隋炀帝杨广杀兄弑父……权力海洛因迷醉了万千人众。

而现代西方资本主义的疯狂，“求意志的意志”泛滥，其针对这个星球的破坏力更大。

人类自称万物之灵，至少目前证据不足。

李煜是南唐中主李璟的第六个儿子，做梦也想不到自己会继承皇位。仁慈与审美的生存向度，年轮般生长扎实了，二十三岁，忽然做了东宫太子。弘翼哥哥暴病身亡。另一出色的兄长出家做了和尚。李煜二十五岁登基，称江南国主，穿紫袍，不穿黄袍，表示对长江之北的赵匡胤的敬意。年年输金求和，像后来的北宋向更北的契丹辽国送金帛。

李煜是个贤君，史称“后主为人仁惠，有惠性”。他明白南唐的短处，竭力强军，固守长江天险，杀性的缺乏却是他的致命伤。汉武帝强化军事机器，必须强征暴敛，“小儿三岁始纳税”，而李后主薄赋税，厚民生，军费的连年增长应付不了日益凶险的局面。比军费更成问题的，是国家的战斗意志。刀光剑影与南唐君民的生活之惯性格格不入。

李煜对艺术对生活太内行了，对杀人放火就比较外行。军事斗志，远不是想要强化就能够强化的。刀枪不见血，连棍子都不如。唐朝安史之乱，安禄山叛军所向披靡，也是因为“中原百年不识刀兵”（司马光）。

公元975年初，北宋军队于采石矶巧渡长江，强攻石头城。全城几十万军民殊死抵抗，连赵氏兄弟都感到吃惊：这李煜还真能打。打到年底，宋军未能得手，双方横尸遍野。何以如此？李后主十年仁厚之故也，百姓愿意为他们的君王赴汤蹈火。李煜登城楼观战，满眼的血肉乱飞，断肢填满护城河，这位仁君不禁泪如雨下，下令开城门投降。

“四十年来家国，三千里地山河……”南唐的版图，广及今之江苏、江西、湖南、安徽等，富庶甲天下；又由于北方自唐末以来的持续战乱，大族纷纷南迁，南唐大大小小的城市空前繁荣，市井生活花样百出，“几曾识干戈”？

“一旦归为臣虏，沈腰潘鬓消磨。最是仓皇辞庙日，教坊犹奏别离歌，垂泪对宫娥。”苏东坡责备李煜在国破之时垂泪对宫娥，未谢罪于国民，是站在赵宋王朝的立场上讲话。东坡先生思未深也，言不当也。

李煜的身高当在一米七五左右，体格匀称，目光温柔而细腻，所过之处，春风般带给人们阵阵暖意。他的大字书法用帛襟作毛笔，“卷帛书之，皆能如意，世谓‘撮襟书’”。南唐末年，北宋初年，金陵、汴梁、南昌等地都流行撮襟书，大号毛笔几乎卖不出去。女子书法家犹多。李煜有时出现在街头，引起万民欢呼。家家有他的画像。外臣内侍都不怕他，国后娥皇的妹妹女英，敢于捉弄他，宫女们习惯了他阳光灿烂的笑容。

在这个温和国主的治下，兆民安居乐业，百官之间没有激烈斗争。

历史学者们，应当看端详。

南唐到李煜手上已是第三代，全国各地到处是亭台楼榭、温柔富贵，音乐、舞蹈、美食、精致的宫廷器皿、动人的街头时尚、花样百端的民间节庆……生活朝着这个方向已有数十年。李煜是物质与精神的双重贵族，血液里流淌的东西很难改变。要让一个男人既热爱生活、崇尚慈悲，又醉心于杀伐，岂不是天方夜谭？阅读李煜词，此系核心处。

古人讲他一字一珠。这宝珠是血泪泡出来的。

李煜的早期词，写宫廷生活太传神，古今有些学者便目为荒淫误国，真是不思之尤。

“林花谢了春红，太匆匆！无奈朝来寒雨晚来风。”

“多少恨，昨夜梦魂中。还似旧时游上苑，车如流水马如龙，花月正春风。”

“多少泪，断脸复横颐。心事莫将和泪说……”

国破家亡，美丽娴雅的小周后女英，被黑得像一头猪的赵光义强奸。李煜活在巨大的屈辱中。汴京的七百天，他不肯低下高贵的头，更无意选择自杀。

痛苦，追忆，表达，“终日以泪洗面”。他是执拗的，高傲的，宋太祖封他“违命侯”，尊重他的才华和人格。

南唐，大国矣，其亡矣，以李煜鸣。李煜活着，南唐就活着。南唐人的器皿、服饰、发型、菜肴乃至语音，受到北人潮水般的追捧。李煜每有词作传出，北宋的士大夫疯狂传抄。他平时用的墨丸，士大夫们呼为“李煜墨”，竞相争购。他爱用的澄心堂纸，风靡两宋三百年……李煜填词于宋都汴梁，写完就烧掉，不留一件墨迹。

这举动耐人寻味。

简言之：倔强。

不倔强，就没有那么多的追忆。“往事只堪哀，对景难排。秋风庭院藓侵阶，一行珠帘闲不卷，终日谁来？”没人来，然而不羁的秋风把南唐故国卷来了，“闲梦远，南国正清秋。千里江山寒色远，芦花深处泊孤舟。笛在月明楼”。

据《江南录》，女英遭丑鬼兼恶棍赵光义劫入宫中强暴后，“出必大泣，骂后主，声闻于外。后主多宛转避之”。女英的反抗歇斯底里，李煜有什么可说的？他守不住江山，保护不了心爱的女人。“宛转”二字，画出后主的无奈与仁厚。他走开了。对女英，他唯有愧疚。深夜独写《长相思》，回忆他当年与小周后的相思之美：“云一涡，玉一梭，澹澹衫儿薄薄罗。轻颦双黛螺。秋风多，雨相和，帘外芭蕉三两窠。夜长人奈何。”

南唐有名的绢帛“天水碧”，娥皇和女英都喜欢。黛螺指小周后的眉毛。

“雕栏玉砌应犹在，只是朱颜改。问君能有几多愁？恰似一江春水向东流。”

李煜的词，流入开封洛阳的千家万户。这简直是文化侵略！恼羞成怒的赵光义挑选了七夕赐死李煜，玉盘一杯毒药，叫作牵机药。《默记》云：“牵机药者，服之前却数十回，头足相就如牵机状也。”李煜不是生得玉树临风吗？赵光义偏叫他死得奇形怪状。

后数日，小周后女英绝食而亡，年二十九，与当年的娥皇同。

据陆游《南唐书》，李煜仙逝后，金陵的百姓恸哭于街巷。

李后主生于七夕死于七夕，其中赫然有天意。

后主绝命诗：“万古到头归一死，醉乡葬地有高原。”

让我们在七夕念叨他几句吧，犹如端午节追思屈原，除夕夜怀想曹雪芹。

曹雪芹：美得叫人心酸

"满纸荒唐言，一把辛酸泪。都云作者痴，谁解其中味？"

曹雪芹的书斋取名悼红轩，《红楼梦》的主题："千红一哭，万艳同悲。"他道出了华夏女儿几千年的辛酸。礼教的重压、男权的迫害，使他笔下的群芳诸艳一个个命运悲惨。他端出女性的价值，包括众多底层的女性，然后，让她们毁掉。

"一年三百六十日，风刀霜剑严相逼。"

鲁迅说："悲凉之雾遍被华林，然呼吸而领会之者，独宝玉而已。"先生一句点评，胜过了多少红学论文。这话题暂且搁下。

美好女性毁灭的过程是漫长的，毁灭之前，她们活出了各自的风采。林黛玉、史湘云、妙玉、晴雯、鸳鸯、香菱、司棋、金钏儿、元春、惜春、尤二姐、尤三姐……连同"聪明反被聪明误"的凤姐儿。《红楼梦》写了十年，"增删五次"，精心布置了数以千计的生活场景，这个造梦工程，空前而绝后，今天的作家谁敢说，用五十年的时间，写一部堪与《红楼梦》媲美的作品？

曹雪芹享年只有四十来岁，他懂的东西太多了，几乎全方位打通了雅俗，融汇了古今。中华民族的文化先贤们，生存何其饱满，脚印多么坚实。而我们这些人担心的是，现代性催逼下的人，单向度的生存，庶几已成宿命。日趋逼仄的现实通道或将固若金汤。"算计型思维在它最不应该出现的地方统治得最为顽强。"（海氏）

追问现代性，乃是作家的担当。法国总统赞美德里达："不断地置疑人类文明的进程。"

清代中叶的曹氏家族兴盛了六十多年，其垮掉，又花了二十余年。"百足之虫，死而不僵。"曹雪芹可能过了十六七年的超级富贵生活，然后目睹豪门的衰败，家族上下苦挣扎。男人们大都在外面厮拼乌纱帽，曹雪芹却在园子里赢得了宝贵的女性视角，看透了官场男人的扭曲变态。“女儿是水做的骨肉，男子是泥做的骨肉，我见了女儿便清爽，见了男子便觉浊臭逼人。”笔者敢断言，曹雪芹终其一生，最想说的就是这句话。真理的偏执形态于此显现。曹雪芹不走极端，就不能洞察另一极端——早已常态化的极端。作家又说：“凡山川日月之精秀，只钟于女儿，须眉男子不过是些渣滓浊沫而已。”

作家深入了女性世界，于是才看清了浊浪滚滚的男性世界。

中国历史，中国文化，这可是破天荒头一遭！

《红楼梦》中文学人物的长廊，林黛玉排在女性第一位，对应着怡红公子贾宝玉。少男少女于老太太堂上相见的一刹那，前世今生涌逼，浓雾般弥漫了周遭，“一个是浪苑仙葩，一个是美玉无瑕”。爱是不讲道理的，美也不讲道理——可见道理二字，在某些重要领域行不通。康德只好要而言之：美是无利害的欣悦。

林黛玉三个字，几乎就是古典美的化身：“行动如弱柳扶风。”我念初中时，这芳香的名字简直叫人喘不过气来。有个同学借我半本《红楼梦》赖着不还，躲在角落里念叨黛玉黛玉，真让我气不打一处来……“眼空蓄泪泪空垂，暗洒闲抛却为谁？尺幅鲛绡劳解赠，叫人焉得不伤悲。”这诗不简单，一读四十年，文字照面依然有气流。潇湘馆的竹子帘子扑面而来。宝玉把黛玉唤做潇湘妃子，黛玉是乐于接受的。舜帝南巡累死了，湘妃泪尽，投湘江殉情，江畔的竹子洒满了点点斑斑的泪水，斑竹由是得名。凄美的故事永远动人。小说第九十七回“林黛玉焚稿断痴情，薛宝钗出闺成大礼”，当年我读得百感交集，板凳上半天回不过神来。一弯冷月葬诗魂。曹公落笔，一字一珠啊。

请看《葬花词》：“愿侬胁下生双翼，随花飞到天尽头，天尽头，何处有香丘？未若锦囊收艳骨，一抔净土掩风流。质本洁来还洁去，强于污淖陷渠沟。”

中华女儿的清洁精神，真是惊心动魄。

宝玉哭黛玉：“妹妹啊，想你眼中能有多少泪珠儿，怎禁得春流到夏，秋流到冬。”

爱人至深者，方能出此语。贾宝玉是在命运的高度爱着林黛玉：“说甚金玉良缘，俺偏要木石前盟！”宝玉是一块石头，黛玉是一根木头。大观园姹紫嫣红，宝哥哥对林妹妹说：“凭它弱水三千，我只取一瓢饮。”怡红公子“爱博而心劳”（鲁迅），只在园子里与姐妹们厮抬厮敬，尽管偷吃她们唇上的胭脂，却对女性“昵而敬之”（鲁迅）。曹雪芹的一双巨眼借给了贾宝玉，看见了鲜花后面的风刀霜剑，嗅到了繁华热闹中的大悲凉。

千红归于一哭。男权遮天蔽日。同一时期的思想家戴震，对清朝礼教深恶痛绝。

清代士林的流行语：“开口不谈红楼梦，读尽诗书也枉然。”

人性如春草，扯不完烧不尽，春风吹又生。

令人诧异的，是曹雪芹的“悲剧容量”，断肠事一桩桩一件件，他又看得仔细，如何承受？作家的外形偏胖，内心有如钢铁，敦敏形容他：“步兵白眼向人斜。”步兵：阮步兵。电视剧《红楼梦》的曲作者王立平先生也比较胖。可见，情烈未必叫人瘦。

金钏投井，鸳鸯上吊，晴雯惨死，妙玉被强盗劫了去，尤二姐吞金，尤三姐拿定情的鸳鸯剑抹了脖子，贾迎春嫁给了中山狼，香菱遭薛呆子侮辱、拳打脚踢……美好的她们，芬芳四溢的她们，一朵朵地凋零，“花谢花飞飞满天，红消香断有谁怜”？

伟大的曹雪芹，上帝般地温柔怜悯着。

早年的大宅生活，他一定经历了很多事，后来又目睹耳闻了许多悲摧。

曹雪芹在无穷的回望中，在不停的书写中成为曹雪芹。纸上宫殿，一年年地金碧辉煌。然而，《红楼梦》绝不是一场富贵旧梦。时下“鬼想钱”的人多，容易歪读曹雪芹。

曹公写着悲剧，自己也在走向悲剧。中国最杰出的小说家，每日坐在破窗下写呀写呀，哦，曹公的那双冻疮手，那双冻疮手。一家子在寒冷的季节也埋头喝粥，二百五十年前的北京多冷啊，“举家食粥酒常赊”。敦诚、敦敏两兄弟见证了作家的困顿：“阿谁买与猪肝食？日落西山餐暮霞。”谁为雪芹先生买半斤猪肝解解馋呢？当初，曹家的山珍海味像萝卜小菜，“丰年好大雪，珍珠如土金如铁”。

曹公哀怜普天下的女子，谁哀怜曹公？

1980年的《红楼梦学刊》，有一幅《雪芹归村图》，雪野白茫茫，先生傲雪如松。

八七版电视剧《红楼梦》美则美矣（音乐尤美），美中不足的是对林黛玉的角色处理，一味地小性子，动不动就哭鼻子。曹公笔下的黛玉不是这样的，她是单纯的情爱至上者，性格中伏着光彩照人的一面。父亲林如海去世，她从南方来到北京，过着寄人篱下的日子，处处小心。她火焰般爱上了，爱却不能自主。这是她的生存基点，火焰预设了强劲喷射。要么栖身于这种爱，要么死于这种爱，没有第三种选择。薛宝钗是不须自主的，在宗族的安排下她嫁谁都行，“女子无才便是德”。林黛玉相反，除了贾宝玉，她根本看不见别的男人。这具有现代爱情的特征：爱不是别的，爱是爱的单纯。

我印象中的七八十年代，单纯的爱随处可见，爱是婚姻的主要理由。爱情二字，很不轻易说出口，写上纸。一说一写，脸热心跳。其后，商风一年年刮得猛，贫富悬殊了，阶层分化了，爱的附加条件陡增，不复以自身为目的。欲能自主，爱是没法自主的，欲望的宏大叙事把爱情挤到角落里。流行歌曲的嚎爱呻吟爱，终于暴露了本来面目：糟蹋爱。金钱主导的算计型婚姻，黯淡了曾经美好的二人世界……

林黛玉的小性子，盖由情憋发，由处境发，她不流泪谁流泪呢？宝玉理解她的眼泪。爱人者，照单全收。所谓在命运的高度爱着，盖指此也。林黛玉“从不说混账话”，不鼓励贾宝玉拼搏仕途经济，毫不敏感薛宝钗和史湘云敏感的人际关系、尊卑秩序，所以她才深得宝玉之心。宝黛二人的价值认同，夯实了爱的基础。

小说第五十回：“诉肺腑心迷活宝玉”，宝玉说出了那句掏心掏肺的话之后，黛玉的眼泪直流下来，转身便走。爱的证据拿到手了。那一天正值盛夏，“大毒日头地下”，宝钗和袭人又相继出场，各自演绎自己的生存故事，拓展情意空间，四个人的情与貌，细到了毫厘，比梦境更像梦境，比一切影像更具有画面感，并且，连园子里夏天的味道都闻得出来。恐怕拍得再好的电影也难以再现小说营造的场景。

二十世纪中叶的好莱坞，拍海明威的小说很尽力了，但作家看了要打瞌睡。尤其拍《老人与海》，作家看样片看到一半，鼾声已如雷。大导演愕然，名演员颓丧……

林黛玉“证情”后，活出了轩昂之态。且看她夺魁的菊花诗：“无奈诗魔昏晓侵，绕篱欹石自沉音。毫端蕴秀临霜写，口角噙香对月吟。……一从陶令评章后，千古高风说到今！”再看她咏白海棠：“半卷湘帘半掩门，碾冰为土玉为盆。偷来梨蕊三分白，借得梅花一缕魂。……娇羞默默同谁诉？倦倚西风夜已昏。”

曹雪芹以女性的口吻写诗，空前而绝后。性情迥异的女子、命运不同的红颜，一个个地贴切，吻合，茅盾先生概括为“按头制帽”。

林黛玉乃是诗人与情人的合体，二者均自足，以自身为根据。情爱本体，艺术本体，古今都是稀缺。往后可能更稀缺。所以海氏再三强调：“我们要倾听诗人的言说。”

“琉璃世界白雪红梅，脂粉香娃割腥啖膻。”林黛玉咏螃蟹：“铁甲长戈死未忘，堆盘色相我先尝。螯封嫩玉双双满，壳凸红脂块块香。多肉更怜卿八足，助情谁劝我千觞？……”林黛玉的爱意丰满如蟹肉，她要一饮千觞，变成李太白了。

谁助情呢？美艳诗魁的问题与眼神都抛给了贾宝玉。

灵感烧烫了她的双颊，浓情释放到阳光下。

爱的巅峰、美的极致，却伏下了命运的无底深渊。风刀挥来，霜剑砍来，绽放的花朵惨败，惨败。这是曹公赠予我们的爱情故事，提升了中国人直面悲剧的能力，强化了悲剧之美，比之西方悲剧毫不逊色。可惜高鹗续写的后四十回，渲染贾府“兰桂齐芳，家道复初”，减弱了悲剧美的力量。大团圆，小情调。悲剧力量弱了，喜剧便轻佻。

眼下充斥荧屏的大量影视喜剧，应当改名为轻佻剧。

作家越写越瘦了。方块字光芒四射，构筑了华夏民族美轮美奂的精神之宫，然而，字肥人瘦。妻子芳卿疼他，红颜知己脂砚斋，读他命他：“因命芹溪删去一节……”

快过年了，曹雪芹唯一的方儿患豆疹不治。除夕夜飘着鹅毛大雪，我们的作家长眠了。“四十萧然太瘦生”，冻疮手还捏着那管廉价的毛笔。

旧皇历的背面，小楷字密密麻麻。

《脂砚斋重评石头记》，先生的这位平生知己写道：“余读五件事未完，不禁放声大哭。”

我也想哭。

毛泽东：『战地黄花分外香』

七律《人民解放军占领南京》："钟山风雨起苍黄，百万雄师过大江。虎踞龙盘今胜昔，天翻地覆慨而慷。宜将剩勇追穷寇，不可沽名学霸王。天若有情天亦老，人间正道是沧桑。"何谓排山倒海、气吞山河？这便是了。何谓历史性智慧？这便是了。末句气定神闲，诗人宣布：沧海桑田才是人间正道。

1949年，人民解放军的口号简洁而有力："打过长江去，解放全中国。"

毛泽东的诗词佳作，大多数是戎马生涯的产物。曹孟德的诗、辛稼轩的词，恐怕有所不及。战争美学的前提是战争的正义性，毛泽东说："没有一支人民的军队，便没有人民的一切。"红军、八路军、解放军、志愿军，都是正义之师。

"山下旌旗在望，山头鼓角相闻。敌军围困万千重，我自岿然不动。早已森严壁垒，更加众志成城。黄洋界上炮声隆，报道敌军宵遁。"宵遁：夜里逃跑。大型音乐舞蹈史诗《东方红》演绎这首词，气势如虹。

从1927年秋收起义到1949年建立新中国，毛泽东的战争生涯持续了二十二年。

毛泽东的诗词气势磅礴又明白易懂，一如他深入浅出的文章。他的军事著作《论持久战》，融合了哲学、政治、军事智慧，刘小枫先生对此有专论。毛泽东的战略性眼光和战争情怀，二者长期互生，相得而益彰。高处放眼，细部入手，理性与感性难分，豪放与婉约并举——把异质性的东西统一起来，非大手笔不可。

苏东坡辛弃疾，自然也是大手笔。笔者读宋词四十年，有个感觉：豪放派词人能通婉约，而婉约派词人殊难豪放。张先、柳永、晏殊、晏几道、吴文英，这些婉约圣手并无豪放佳作。苏辛词则不然，以婉约称佳的篇什非常多。

另外，有婉约映照的豪放，有豪放映照的婉约，滋味又不同。

《蝶恋花·答李淑一》：“我失骄杨君失柳，杨柳轻飏直上重霄九。问讯吴刚何所有？吴刚捧出桂花酒。寂寞嫦娥舒广袖，万里长空且为忠魂舞。忽报人间曾伏虎，泪飞顿作倾盆雨。”这首家喻户晓的词可谓刚柔相济，高昂与低回合一，令人一唱三叹。《全宋词》中似乎找不到类似的作品。

要奋斗，就会有牺牲。“为有牺牲多壮志，敢叫日月换新天。”

毛泽东领袖兼诗人哲学家的气质，古今独步。

七绝《为女民兵题照》则是举重若轻的典范，“飒爽英姿五尺枪，曙光初照演兵场。中华儿女多奇志，不爱红装爱武装。”这是豪放诗人独有的轻快，女民兵的英姿尽在诗句中。以此诗谱成的歌曲也非常好听，女声小合唱，旋律优美而铿锵。1970年代，念小学的我们听得如痴如醉，纯正的情愫植入了海量的体细胞，百年难消。

而眼下，“正能量”一词在市井的广泛流行，盖由于缺啥想啥。

《卜算子·咏梅》：“风雨送春归，飞雪迎春到。已是悬崖百丈冰，犹有花枝俏……”词与曲俱是美极了，清新、轻快、轻盈，“俏”字传神。“俏也不争春，只把春来报。待到山花烂漫时，她在丛中笑。”学者一般认为，毛泽东唱和陆游的这首咏梅词超过了原词。须知陆游的咏梅词已属一流，“驿外断桥边，寂寞开无主，已是黄昏独自愁……”毛泽东轻松超越。轻松是说，毛泽东的能量太足，生命张力巨大，自非古典词人所能比。

顺便提一句，我个人一直对诗词的赏析持保守态度。点评一两句为止，说多了不好，多说易生附会。千百年流传下来的东西一定是自足的，宛如空谷佳人的自持。拿白话文去赏析古典韵味，多半费力不讨好——靠近遗世独立的佳人，真是谈何容易。二者的关系总像油与水。

毛泽东的一些写征战的词，是在“马背上哼成的”，尤其是二十世纪三十年代的头几年，国民党重兵围剿，工农红军生存艰难。单纯的军事天才林彪曾经发出“红旗能打多久”的悲叹，毛泽东应之以“星星之火，可以燎原”。这种豪迈，出自远见卓识。毛泽东青年时代就追求“身心并完”，读书万卷，击水千里，“文明其精神，野蛮其体魄”。

大胸怀方能孕育大智慧。不唯理性是从，理性始终伴随着感性。生存缺了感性，真理是不来照面的。人是血肉之躯，血生情，不能禁——此系人类的基础性情态。

“漫天皆白，雪里行军情更迫……”

《十六字令》三首：“山，快马加鞭未下鞍。惊回首，离天三尺三。山，倒海翻江卷巨澜。奔腾急，万马战犹酣。山，刺破青天锷未残。天欲堕，赖以拄其间。”锷：剑锋。山，既是刺破青天的剑，又是擎天柱。刺破一句，不妨联想国民党的青天白日旗。

词语浓缩，意象跳脱。“惊回首，离天三尺三”，这句子足以引发无限的惊奇。

顶级的汉语艺术不能被消费。消费者只是一拨接一拨的匆匆过客。艺术寿同天地。

毛泽东的一大特点是愈战愈勇，而这种自近代以来罕见的精神伟力，又有效地传导给他的千军万马。为什么战无不胜？端赖此焉。毛泽东是哲学家，战略思维以溢出军事的方式回到军事，所以他能出神入化。战略家何以成为战略家？这样的大课题尚有待展开……《清平乐·会昌》，上片：“东方欲晓，莫道君行早。踏遍青山人未老，风景这边独好。”词写于1934年夏，作者自注：“形势危急，准备长征，心情又是郁闷的。”郁闷中落笔，倒是自信力跃然纸上。“踏遍青山人未老，风景这边独好。”诗人张志民写道：“这两句极为精彩的词，堪称难得的绝唱！”

绝唱《忆秦娥·娄山关》：“西风烈，长空雁叫霜晨月。霜晨月，马蹄声碎，喇叭声咽。雄关漫道真如铁，而今迈步从头越。从头越，苍山如海，残阳如血。”

面对如此浑阔的意境，我们就只能抱着虔诚了，任何试图靠近她的赏析性文字都会黯然失色。而靠近杰作的方式很简单：背下。

“雄关漫道真如铁，而今迈步从头越。”漫道：别说，不是指漫漫长路。赵朴初先生激情赞美：“这两句写得非常雄壮，非常豪迈，不是毛主席是写不出来的。”

“苍山如海，残阳如血。”作者随手一划便是千古名句。

《清平乐·六盘山》：“天高云淡，望断南飞雁。不到长城非好汉，屈指行程二万。六盘山上高峰，红旗漫卷西风。今日长缨在手，何时缚住苍龙？”“天高云淡”，简简单单的一个词，却让人几十年生遐想：长天万里、秋雁成行……“不到长城非好汉”，豪迈之至也；“屈指行程二万”，语气归于平和冲淡，散入不羁的西风，这真是毛泽东式的经典表达。

词的上片仅二十二个字，立境之高，放眼之远，下笔之从容，宋代词人莫及也。

六盘山位于宁夏固原县西南，主峰海拔三千米。1935年9月，毛泽东率中央红军进入甘肃南部，10月初，突破敌人的封锁线，打垮了敌人的骑兵，越过六盘山。诗人李瑛写道：“刘勰在《文心雕龙·物色》中说：‘模山范水，诗人常事’，但毛主席写山水，却完全不同于我国古代山水诗人寄情于山水之间，他总是能超于山水之外。”

山之高也，山之雄也，尽在一代伟人的方寸间。

七律《长征》：“红军不怕远征难，万水千山只等闲。五岭逶迤腾细浪，乌蒙磅礴走泥丸。金沙水拍云崖暖，大渡桥横铁索寒。更喜岷山千里雪，三军过后尽开颜。”

毛泽东式的气魄：千难万险，弹指一挥。“任凭风吹浪打，我自闲庭信步。”毛泽东七十多岁高龄畅游武汉长江三十余里，“人是要有一点精神的”。

中华民族，是要有一点精神的。而物欲太盛，私心太足，必使精神委顿……

连绵起伏的五岭山脉、乌蒙山脉，在诗人眼中只是腾细浪、走泥丸而已。红军抢渡金沙江、飞夺泸定桥的战斗多么艰难，诗人只用了“云崖暖”、“铁索寒”，六个字，说尽多少惊心动魄。汉语艺术的炼字功夫已是炉火纯青。

姚雪垠叹赏：“这‘腾细浪’、‘走泥丸’，诗人是怎么想象的？不禁令我拍案叫绝，愿为这两句诗痛饮一杯！”顶级艺术是神秘的，犹如大自然的永久性神秘。

姚雪垠写道："在我国文学史上，写行军打仗的诗很多，都是着眼于行军之苦。像红军的二万五千里长征，其行程之远，牺牲之大，经历之苦，不仅在中国历史上是空前的，在世界史上也不曾有过。歌咏长征的诗人就是三军统帅，历史上也不曾有过。"

《菩萨蛮·大柏地》："赤橙黄绿青蓝紫，谁持彩练当空舞？雨后复斜阳，关山阵阵苍。当年鏖战急，弹洞前村壁。装点此关山，今朝更好看。"

这首词写于1933年夏，作者经过1929年激战过的江西瑞金大柏地，村壁弹洞犹在，吟咏而为辞章。1933年，红军的处境仍极艰难。毛泽东下笔却充满了毫不勉强的大无畏精神。这种精神是红军之魂，也是后来的八路军、解放军、志愿军之魂。

弹洞装点关山，关山因之而更好看。战争美学的意味使山脉别呈神奇。红军是穷人的队伍，而穷人占了绝大多数。"哪里有压迫，哪里就有反抗。"毛泽东这一著名短语给出了真理，颠扑不破的真理。这个真理所释放的历史性能量是难以测量的。"农村包围城市"的战略构想宏伟如珠峰，却又紧贴大地，合乎中国的实际。

星星之火终于燎原。邹荻帆先生阐释："有了这遭受战争创伤的村壁，才能建立新中国的大厦。这样，'弹洞前村壁'装点在关山间，才显得分外妖娆。当时作者即景生情，吟出了最后这两句感人肺腑的词句。"

毛泽东写于1929年10月的《采桑子·重阳》："人生易老天难老，岁岁重阳，今又重阳。战地黄花分外香。一年一度秋风劲，不似春光，胜似春光。寥廓江天万里霜。"

战士渴望战斗，统帅渴望指挥骁勇的三军将士。人间不平事多，利益相勾连的压迫者丧尽天良，所以，正义的力量必须拿起枪杆子来战斗。战争是残酷的，正义的战争也是迷人的，这种特殊的、强烈的美感弥漫了诗人的嗅觉：战地黄花分外香。

"山上山下，风卷红旗如画。"

且听电影《英雄儿女》插曲："风烟滚滚唱英雄，四面青山侧耳听……"

《谁是最可爱的人》的作者魏巍说："这首词最核心的句子，或者说最足以代表这首词的精神的，便是那句‘战地黄花分外香’了。我自己击节赞赏的也是这一句……我不禁想起马克思回答他女儿的话，女儿问他：‘你的幸福是什么？’马克思只回答了两个字：‘斗争。’这就是说，为全人类的幸福而斗争，才是他最大的幸福。这里可以看到，毛泽东同马克思的人生态度多么一致。”

2008年金融危机之后，欧美诸国再度掀起了马克思热，《资本论》持续畅销。

我们这个被资本—技术逻辑绑架的星球，正日益变得不可居住。自私与贪婪所裹胁的一切风暴将亮出它的边界。美国“有机马克思主义”学派尝言：资本主义让这个星球变得不可居住。2015年4月20日，《人民日报》介绍了这一当代西方马克思主义学派。

文明的大碰撞日趋白热化，未来几十年或可见分晓——大地不等人了。

“岁岁重阳，今又重阳。战地黄花分外香……”

毛泽东一生的词作只有三十多首，上乘佳作至少过半。苏东坡存词三百三十余首，好词约占十分之一，辛词之杰作比例更小。毛泽东是统帅，是领袖，“峥嵘岁月稠”，生存的密度与强度，千百年一人焉。他惜墨如金，艺术的感觉、审美的直觉远不是一般优秀诗人所能比的。他的诗词和他的狂草书法都不可模仿。

“横空出世、莽昆仑，阅尽人间春色……”这样的作品如何模仿？

“春风杨柳万千条，六亿神州尽舜尧。红雨随心翻作浪，青山着意化为桥。”毛泽东顺手拈来的佳句俯拾皆是。“金猴奋起千钧棒，玉宇澄清万里埃。今日欢呼孙大圣，只缘妖雾又重来。”随意落笔，一字千钧。

毛泽东，很可能是终结古典诗词的最后一位大诗人。

爱

仁者爱人。仁爱是华夏民族的核心价值，放之四海而皆准。爱自然，爱祖国，爱亲朋，爱世间一切美好之物。爱人者有着巨大而恒久的内心愉悦。历代先贤大都是爱的阐释者和践行者，垂范中国千百年。从古到今，中国民间爱的故事，惊天地泣鬼神。

深沉的爱意不需要诉诸日常言词。爱的穷途末路，往往造势汹汹。

卷十二 爱

爱

诗佛王维：『一生几许伤心事，不向空门何处销』

王维字摩诘，生于公元701年，与李白同年。诗仙李白、诗圣杜甫、诗佛王维，构成了盛唐光焰夺目的“三角光区”。中晚唐诗人如白居易、李商隐、李贺等，既受其惠，又普遍存在“影响的焦虑”，于是剑走偏锋，异峰突起。例如白香山的浅显易懂，玉溪生的奇谲多变，李长吉的“牛鬼蛇神”入诗……

唐代诗歌蓬蓬勃勃，三百余年不衰，是为大唐文化之标志。

中国历代大诗人，王维离佛门最近。音乐和绘画，他也是顶尖级的人物。

王维性格安静，安静的下面却有炽热的岩浆。鲁迅发现“火的冰”的生存情态，冰点即沸点。长期栖身于这种生存情态的人，古代已少见，当下更稀缺。

《竹里馆》：“独坐幽篁里，弹琴复长啸。林深人不知，明月来相照。”独坐幽篁静极也，为何长啸？唐人的长啸乃是魏晋士人“聚啸竹林”的延续，盖因胸中有郁闷，有痛苦。再看另一首小诗：“红豆生南国，春来发几枝？愿君多采撷，此物最相思。”

最相思却为谁？长安亲仁坊的小甄氏……“此情可待成追忆，只是当时已惘然。”

王维的一生牵挂多，操心广，疼痛深，其转向禅境空门，乃是自然而然。这个精神轨迹颇似曹雪芹，曹公经历了荣华富贵，目睹了群芳凋零，转觉一切皆空。

所谓“诗佛”，要看他如何成佛。这里简约说几句。

尘世的喧嚣与空门的寂静乃是同一事物的两极，相互依存。缺了人世间的红尘滚滚，杀气腾腾，山上的和尚也待不住，宝刹庄严将从它自身脱落。尘世与空门具有同构关系，此一层，笔者几年前在《品中国文人》一书中探讨过。佛教于东晋之乱世盛于中国，主要是由于乱，生死无常，旦夕祸福，王公贵族不能免，纷纷向法力无边的佛祖求安宁。

王维十八岁，因其音乐和绘画天才进入长安的宁王、岐王府。二十一岁考了进士第一，入仕途，几十年做官，目光清澈，看人事洞若观火。“我坐华堂上，不改麋鹿姿。”他参与过杨贵妃《霓裳羽衣曲》的乐舞排练，不写赞美诗也不攀高枝。与李白同朝为臣，未见和这位鼎鼎大名的诗仙有任何交往。家里有禅房，王维每天要礼佛的。他母亲是佛教徒，拜高僧大照和尚为师，这使王维的孩提时代就亲近释迦的庄严，观音的慈悲。

王氏五兄弟，一溜山西大汉。王维是老大，父亲般照顾着兄弟们。

闹与静，都不是无缘无故的。朝堂喧闹，朝堂也安静。王维首创了“吏隐”，映照李白的“酒隐”。盛唐官场复杂，李林甫这种流氓恶棍，居相位达十九年，名相张九龄、裴耀卿遭打压。唐玄宗后期，政治生态日坏。王维看得太多。他曾经是裴耀卿手下出色的地方官员。裴耀卿调走了，来了坏领导，王维并不对着干，而是虚与委蛇，淡然处之，旺盛的精力付与爱情和艺术。苏东坡点评：“王摩诘诗中有画，画中有诗。”

王维有一颗滚烫的心。一切艺术都要求强烈的入世情怀。王维的炽热却以冷静来表现。他笔下的宁静非常吸引人，山水画、山水诗皆然。可见他的宁静是有大能量的。历代和尚写诗千万，恐怕加起来也不及王维。文学史讲“王孟诗派”，应当讲述山水朴拙的生存论基础。中国为何出现那么多山水诗？而西方是不多的。西方山就是山，石头就是石头。中国古代山水之朴拙，乃是人事纠缠、官扬扭曲的产物。

若从曹植算起，山水田园作为审美符号，其消耗自身的能量，为时大约一千年。

南宋以后，大诗人寥若晨星。

《辛夷坞》："木末芙蓉花，山中发红萼。涧户寂无人，纷纷开且落。"

胡应麟点评：这首小诗是"入禅"之作。"读之身世两忘，万念俱寂"，这岂不是要把血肉之躯冷却成石头？殊不知万念俱寂了，血液还在流动。禅境的深度取决于操心人世的广度。禅境即人境。《九月九日忆山东兄弟》："独在异乡为异客，每逢佳节倍思亲。遥知兄弟登高处，遍插茱萸少一人。"家事、国事、朋友事，王维一辈子操心揪心伤心。

好朋友元常（元二）奉朝廷使命前往安西都护府，王维黯然相送："渭城朝雨浥轻尘，客舍青青柳色新。劝君更进一杯酒，西出阳关无故人。"

《旧唐书·王维传》："诸王、驸马、豪右、权势之门，无不拂席迎之。"年轻的王维居京城大得意，有唐一人焉。可是山西祁县老家传来消息：母亲病了。王维冒着漫天的鹅毛雪，单骑千里，伺候母亲九个多月，从死神手中把母亲夺了回来……

诗佛王维操心广，桩桩件件数不完。

今日之山水画家，恐怕大多数不知宁静朴拙为何物了。纠缠人事倒是主动，厮拼名利场倒是下功夫。不读书，不修炼。要这个，要那个。

书画界很热闹，热闹深处，伏着五花八门的糟糕。

才华横溢的王维，古道热肠而又举止安详的王摩诘，京师为之倾倒。仿佛他是印度维摩诘大菩萨的中国化身。维摩诘妻妾众多、子女成群，忽一日悟道，皈依了佛门。方丈一词，由维摩菩萨而起。

李白杜甫的长安不乏裘马轻狂，乃至打架胡闹斗鸡走狗。王维的长安静悄悄。平日里行走"全球第一街"朱雀大街，过曲江，上灞桥，入里巷，对川流不息的车马、绵绵无尽的市声视若无睹，听而不闻。

他闹归他闹，我自静悄悄。

王维二十来岁就赢得了"本心"，不想看的东西他就看不见，真叫人百思不得其解。王维尝言"吾丧我"，无我，却是处处有我。庄子讲"至人无我"，王维了然于心。他是禅宗六祖惠能的传赞者，作《能禅师碑》千余字，头一次详述惠能的生平事迹。

惠能的首席弟子神会，是中年王维的至交。

诗佛的青春岁月，居然安详如此。二百里大长安云集着南北佳丽，包括金发碧眼的西域女子，朝野各色人等对她们趋之若鹜。王维闭门闲居，朋友拉不动，王爷请不走。他以朝廷太乐丞的身份参与大曲《霓裳羽衣》的排练，多次接触舞蹈佳丽杨玉环，近距离欣赏国色天香，欣赏而已，不写诗，不画画，不谱曲。杜甫没见过杨妃，倒惊叹："昭阳殿里第一人！"李太白的惊艳已如前述。中唐的白居易更是一惊一乍，满脑子忠君思想加杨妃丽影，下气力虚构李杨爱情……

王摩诘究竟是咋回事儿呢？见色即空么？"君子发乎情而止乎礼"？

原因可能有三：1、幼年的心灵浸润于家中佛事；2、太忙，温习功课，钻研艺术；3、洞察事物较早，身心不走弯路，所谓青春意味着试错，对王维不大管用的。

王维二十多岁在母亲的安排下，娶官宦人家的女儿崔氏，小两口般般和谐。崔氏美而贤，且能歌舞，擅长洞箫、琵琶等几种乐器。王家是音乐世家，王家的几个媳妇俱"解乐"，五兄弟聚会时，妯娌们舞袖翩跹。一大家子乐融融。母亲的老眼闪着泪花……

王维由京官转地方官，去山东的济州做司库参军，管理仓储，不久，协助新刺史裴耀卿，工作异常积极，奔走民生，抗洪救灾冲在第一线。"不候驾而星迈，不入门而雨行，议堤防也。"星迈：星光下大步流星。而此前的刺史颇善于公款消费，是个嗜酒如命的庸官，庸官很可能是贪官。王维搪塞他，"闭门成隐居"。

裴刺史调走了，老庸官转一圈又回到原点，气得吹胡子瞪眼。他要利用王维的文笔、画笔，替他宣传政绩，王维找借口推掉。后来在长安，炙手可热的权臣李林甫拉拢王维，王维躲进了终南山别业……《漆园》有云："偶寄一微官，婆娑数株树。"漆园吏庄周是王维的偶像。庄子辞去漆园吏的肥差，回陋巷编草鞋，日子紧巴巴，却是逍遥复逍遥。

崔氏生一女儿，两岁多了，整天蹦蹦跳跳。"庭鸭喜多雨"，庭院中伫立的娘子娇滴滴，月夜纤手洞箫横。王维携娘子进阳谷县的深山打猎。佛性自在，饮酒啖肉。南禅宗是不讲苦修的，有些禅宗和尚甚至呵佛骂祖。

摩诘、青莲（李白）、莲峰（李煜）、东坡、淮海（秦观）、易安（李清照）……俱为居士名。可见佛教对文学艺术的影响力。

冬季飞大雪，济州城一片白茫茫。王维走在雪野上，雪溪、雪峰、雪松……画家伫望成了雪人，漫天玉龙舞。动与静奇妙地结合在一起。哦，这心中的雪，这傲雪的松，这欢喜雪花的梅。画家作《雪溪图》，雪山、溪流、村舍、老树，冰封雪裹的世界散发出人世的温暖。画家如此构图，乃是心境使然。

崔氏玩赏终日，小心珍藏。这幅绢本《雪溪图》的真迹，现存于台湾故宫博物院。

俏娘子、乖女儿、济州的几个素心朋友，诗笔画笔弹琴手……年轻的王维组建了丰富的周围世界。过境济州的官员看望他，吴道子、孟浩然专程来拜访他。孟浩然的绝句："春眠不觉晓，处处闻啼鸟。"王维以此作画，首创了皴染法，吴道子大为惊叹。

济州那个老庸官向王维求画，想携去长安送权贵，王维称病不从。这事弄僵了。官大一级压死人。不愉快的事情纷至沓来，王维躲不开，夜里闹心失眠。起床凭窗夜漫漫……这个安静的、二十七岁的男人决定辞职，告别官场。

辞职的举动颇罕见，全国找不到几个例子。

王维征求妻子的意见，妻子笑着说：翟氏能安勤苦，我也能安于贫贱。

翟氏是陶渊明的妻子。

王维深敬崔氏。二人同心，其利断金。事实上王维积攒了一些钱财，比陶渊明强多了。再者，设馆授徒也能挣银子，他有退路。回山西的老家还能尽孝，兄弟们团聚……

王维辞掉官职，轰动了长安。当年的进士第一名，唤做科场"解头"的，又是王公贵戚的座上嘉宾，名满天下的乐官、诗人、画工，竟然由于跟上级不和，扔了官帽走人。

仕途断了，诗境更开阔，佳作一首接一首。

崔夫人吃穿简单而笑容常在，伺候婆婆，也跟着婆婆礼佛参禅。崔氏回她太原的娘家，声声唤爹娘，每日懒床娇语，偏叫丈夫做几回体贴周到的荀奉倩。荀奉倩是晋代有名的模范丈夫。李贺："情若何？荀奉倩。"

幸福的生活都是相似的。几年一晃而过，朝廷又想起王维了。

王维复去长安做官，在张九龄的手下干。一夜之间，隐士成干吏。盛唐三大名相，裴耀卿、张说、张九龄，都和王维有交情。然而李林甫得势，张九龄失势，贬到岭南去了。唐玄宗受武惠妃的蛊惑，沉迷于酒色，把奸臣当宝贝。武惠妃死了，他觉得六宫佳丽全都不好看，“粉色如土”，命老奴才高力士在京城的名媛贵妇中“潜搜”绝色的女人，找来找去，找到自己的儿媳妇寿王妃，不由分说弄进宫来。这寿王妃便是杨玉环。

老皇帝干扒灰的勾当，昏君的面目日益嚣张，又纵容一伙乱臣贼子如安禄山、杨国忠……王维看着这些事，心中翻波涌浪。他有一双慧眼，看到了唐帝国巨大的危机，可是他人微言轻，毫无办法。李林甫太猖狂，把大臣们比作“立仗马”：可以享受精饲料，长得膘肥体壮，但不许发声。昏君高高在上，奸臣颐指气使，辉煌的帝国一步步走向深渊……

王维在终南山的别业中画画，名作《辋川图》问世，两京摹本无数。崔氏研墨，奉茶，品画，红酥手夜夜添香。女儿活泼可爱，仆人们不肯离开。“阶前虎心善”，“见兽皆相亲”——也许王维和崔氏的琴声让猛虎有了一点佛性，再现了“伯牙鼓琴，百兽率舞”。各色鸟儿翩飞在崔氏的头顶。崔氏复生一子，王维喜笑颜开。

生活是多么美好啊，这个沉静多思的男人多么可爱！禅意、佛境，原来并不叫他冷漠。菩萨的大慈大悲由爱而生。没有爱哪有恨？没有爱与恨，哪有这个世界？世界乃是操心的产物，操心永无休止，“世界才始终世界着”（海氏）。

崔氏产后虚弱，却瞒着丈夫，不让亲爱的丈夫忧心。王维受命去洛阳出差，迟迟其行，崔氏收拾了行囊推他出门，看他上马。她还年轻，才二十九岁，身子会慢慢好起来的。和王维生活了十年，伉俪情笃，性格也趋于一致，像两棵长在一起的树，根与根紧紧相连，难分彼此，“在地愿为连理枝”。

王维待在洛阳心神不定，也许亲人之间真有意念相通。笔者二十一年前在成都工作时，是有过体验的，病中的母亲托梦于我，可我未能及时省悟……

王维收到一封家书：妻子病了。他顾不得洛阳的公事，夺了驿马狂奔长安。八百里官道雨夹雪，北风呼啸。预感很不好。妻子若不是病重，断断不会写信的。

王维踉踉跄跄归家，正赶上崔氏的回光返照。

玉手一点点地变得无力，滑出王维的掌心，滑向阴间去。美丽动人的面容，眼看着失去最后的娇艳。女儿大哭。王维号啕，头撞墙，撞不回他最爱的人。

“驻景恨无千岁药，赠行惟有小乘禅。”

崔氏的遗言，是叫他早早续弦，即使单单为儿女。他泣血发毒誓：余生只为她祈祷，来世再做夫妻！崔氏抛下了一句：夫君你何苦……

食指咬破的鲜血滴到她手上了，那个永恒的瞬间，崔氏合双目，尚启羞颜。

那一年，王摩诘三十三岁。

据《旧唐书》：“摩诘退朝之后，焚香独坐，以禅诵为事。妻亡不再娶，三十年孤居一室，屏绝尘累。”王维心劲之大，足以翻江倒海。宁静者以宁静的方式显现伟力之无穷，深情之不可测。摩诘这人，叫人如何不敬他？崔氏跟随他十年，她走后三十年，音容宛在目前。李煜与大周后，苏东坡与王弗，也是生活了十年，“十年生死两茫茫……”

王维壮年丧妻不再娶，三十年毫不张扬。这叫爱的高贵。反观眼下影视圈儿之“混圈辈”，鸡毛蒜皮的情感纠葛抢登媒体娱乐版头条，败坏世风，年复一年毒害青少年。

自足的爱情无声无息。情感的穷途末路，往往造势汹汹。这许多年来的港台流行歌曲及其追随者，不惜以千万次的叫嚣爱来糟蹋爱。恐怖。

写王维，这个不提也罢。

天宝年间，王维的官越做越大了，俸禄丰厚，却将南北佳丽处理成盲点，看不见。每日事佛。血液的滚烫付与纸上丘山，“静故了群动，空故纳万境”（苏轼）。

诗佛悄然成形。金圣叹说，王摩诘的诗画“洋溢着浓密密、香喷喷的禅意”。

《鹿柴》：“空山不见人，但闻人语响。返景入深林，复照青苔上。”

《山居秋暝》：“空山新雨后，天气晚来秋。明月松间照，清泉石上流。竹喧归浣女，莲动下渔舟。随意春芳歇，王孙自可留。”

竹喧二字妙极也，喻示浣纱女的欢声笑语，几丛新竹并一群少女，风中水中乐得俱弯纤腰。是啊，人境中哪能缺了她们？一切艺术，均与女性之无限美好有牵连。

“大漠孤烟直，长河落日圆。”

诗佛的晚年良多感慨：“一生几许伤心事，不向空门何处销？”

空门由来消不尽，晨钟暮鼓亦伤情。

王摩诘故事多，本篇挂一漏万。

李煜与大周后

南唐后主李煜的一生，美词、美政、美姿容，称他美神不为过。他又是一位爱神，生于七夕死于七夕。他深爱着大周后娥皇，小周后女英。娥皇和女英的名字也比较奇怪，令人联想舜帝的两个妻子，是李煜为她们起的吗？这不大可能。姐妹俩的父亲，是南唐的大司徒周宗。

大周后和小周后，享年俱是二十九岁。

李煜生活中的巧合显然不止一个。莫非其中有天意？嵇康、李煜，以及后面要谈到的延伸了人间爱意的邓丽君，均享年四十二岁。曹雪芹四十一二岁。

“春花秋月何时了？往事知多少。小楼昨夜又东风，故国不堪回首月明中。雕栏玉砌应犹在，只是朱颜改。问君能有几多愁？恰似一江春水向东流。”

这首词从古到今打动了多少人，是没法做统计的。肯定是天文数字。

李煜被俘后，活在追忆中。汴京的赐第还算不错，宋太祖赵匡胤还算尊重他。他高傲、执拗，断然拒绝了当下，点点滴滴回望南唐，“四十年来家国，三千里地山河……”南唐六十余年，生活相当富足，缺的只是军事斗志。自幼礼佛的仁厚君主不知杀生为何物，“琼枝玉树作烟萝，几曾识干戈”？李煜坐龙椅十五年，未曾下令杀过一个囚犯。历朝历代数百个君王，这大概绝无仅有。

爱与美，是他日常生活中的主题。纯美目光注视三十年，后期注入了无限忧伤。

娥皇生于金陵士大夫之家，有极好的艺术修养，谥号昭惠，可见她的生前，仁惠有佳名。国母十年，朝野称颂。陆游的《南唐书》对这位大周后赞美有加。她制作的清新音乐去掉了晚唐的“淫淫”，她优雅的舞蹈引领后宫波及民间，她的服饰和“云高髻”发型惊艳江南，她常用的器皿精致而耐用，市井人家竞相仿效，宫中每有新款，她还让宫女们带出宫去。她多年弹奏的烧槽琵琶（焦尾琴）被乐工们视同圣物，陆游说："后得残谱，以琵琶奏之，于是开元天宝之遗音复传于世。"

陆游强调，大周后"通书史"，在古代，"通"字不是随便用的。

大周后美而不奢，艳而不骄，史料有证据。

"晚妆初了明肌雪，春殿嫔娥鱼贯列。笙歌吹断水云间，重按霓裳歌遍彻。……"

一条条欢快的美人鱼，肌肤如雪，烛光中星眸闪烁。舞蹈，舞蹈和舞蹈。"红日已高三丈透，金炉次第添金兽。红锦地衣随步皱。佳人舞点金钗溜，酒恶时拈花蕊嗅。别殿遥闻笙鼓奏。"舞点：舞步踏着鼓点。哦，真是美。"金钗溜"三个字，状佳人之情态妙极也。"地衣随步皱"，她们娇喘吁吁，云发散乱，醉颜俏鼻头伸向了花蕊。

宫娥们的舞蹈通宵达旦么？中国式的芭蕾舞起源于南唐，有舞姬曰窅娘，首创了旋转的足尖舞。庆奴、秋水，时称歌舞双艳。嫔娥们都这样了，周娥皇又是如何艳冠群芳？

"晓妆初过，沈檀轻注些儿个。向人微注丁香颗，一曲清歌，暂引樱桃破……绣床斜凭娇无那，烂嚼红茸，笑向檀郎唾。"丁香，俗名鸡舌香，丁香颗暗喻女子香舌。端庄娴静的国后娥皇，也复娇无那，烂嚼红绒吐檀郎。笑、顽皮，绕床跪床倒床，又小鹿般地腾起要逃跑，李煜佯嗔，追她捉她扑她。

可是总有些道学家看不惯，指责李煜荒淫。小两口打情骂俏岂不好？道学家满口的仁义道德，一肚子男盗女娼。清代有个卫道士称："此娼楼妇倚门腔，梨园献丑态也。"

而孔夫子若观李煜娥皇，未必会摇头的。孔夫子多半羡慕，不生嫉妒。

李煜写娥皇："桃李依依春暗度，谁在秋千，笑里低低语？一片芳心千万绪，人间没个安排处。"看来大周后爱笑，表情丰富，玉齿闪闪烁烁。芳心千万绪，人间安排难，李煜的这一句倒成了诗谶。宫中死了小鸟，娥皇伤心安葬它，细雨中刨土坑，刨呀刨呀，长长的玉指插入泥土。向善，向学，向美，她亲爱的夫君李重光正是这样！

"临风谁更飘香屑，醉拍阑杆情味切。归时休放烛花红，待踏马蹄清夜月。"美滋滋的二人世界，美到极致有危险。另外，李煜写宫廷生活远胜历代的君王，于是他授人以柄。这一层并不复杂。何以学界的不思成常态？

女英平时待在家里，很少去皇宫。姐姐的瑶光殿是她不能随便去的地方。为何不能去呢？她可想不通。哼，不能去，偏要去。《十国春秋》称女英"警敏有才思，神采端静"。她何时进的皇宫，并且一待好几天，史料无载。那一年她大约十五六岁，贵族少女多有良好的教养，她又活泼，天生的舞蹈身材，走路也哼歌跳舞，一个人也要捉迷藏。关于姐夫李煜和国主李煜，她想得够多了。他像她认识多年的老熟人，他是她梦中的常客，却又是国人景仰的、高居澄心堂的君王。家里有国主的画像呢！她太想入宫去瞧瞧，近距离瞧姐夫，而不是隔着许多面孔和脖子。

据传，女英疏通了一个叫庆福的老太监，怯生生踏入皇宫。恰好李煜闲步后花园，忽然碰上穿"天水碧"裙子的、婀娜绰约的女英，双方都愣住了。刹那间发生了什么？不知道。接下来发生了众所周知的事：李重光和周女英好上了。

"花明月暗笼轻雾，今宵好向郎边去。刬袜步香阶，手提金缕鞋。画堂南畔见，一向偎人颤。奴为出来难，教君恣意怜。"情喘喘雾中奔情郎，花枝摇月色暗，手提金缕鞋，颤颤地步香阶，左右张望，心儿扑扑跳。看来她走的是一条熟路，燃情路、心跳路、窒息路。狗儿鹿儿猫儿，也要穿花情奔……唉，李煜写透了古今人类之类似情状。海明威或是西蒙·波伏瓦读了，一定拍案叫绝。可惜中国的古典诗词几乎不可译。大诗人庞德入了中国古典之堂奥，兴奋得一个人大呼小叫……

李后主为何偷情呢？堂堂一国之君犯得着么？历代君王哪个不是三宫六

院？中唐诗云："白头宫女在，闲坐说玄宗。"唐玄宗的宫女多达四万，也没有任何迹象表明李煜怕老婆。他是深爱深敬大周后，入了骨髓。比较靠谱的一种解释，是李煜不想让娥皇不舒服。而娥皇的能够吃醋，也表明二人有着民间夫妻的某种格局——这推断，庶几可以成立的吧？李煜的一个隐秘遗憾，是未能拥有大周后的十五岁、十六岁、十七岁……

花开各样红，麻烦在于女英这朵鲜花，唉，太不同寻常，少女情状般般的迷人，单说她的低头、回头、偏头、昂头，全是俏。

娥皇大李煜一岁，女英小李煜七八岁。

爱是雾状的东西，不透明，漫天大雾最好。人类的恋爱，妙在这种不透明。女英匆匆穿过的轻雾实为心之浓雾。她穿越自己，浑身上下如电抹。"奴为出来难"，谁管着她呢？是防着她的姐姐吗？"教君恣意怜"，怎么个恣意法？士大夫词的情色表达到此为止，省略了孟浪语，那孟浪却在的，只隐于暗处。古人点评："极俚极雅。"

今天的少男少女若是一味缩短朦胧期，直奔主题，势必失掉雾的美妙，大大减少脸热心跳。羞涩是人的特征。动物的求偶也要费周折。美的亮相，有个不可或缺的、丰富的过程。恋爱最讲雾朦胧。

大周后、小周后，姐妹双艳环绕着李重光。三国周郎得一小乔足也，天下人羡慕。李煜同时拥有南唐"二乔"，艳福很高。少妇和少女有诸多不同。

美是差异。所以要紧的是培养对差异的敏感。正襟危坐的学者们一说大、小周后，严谨的笔调中也走漏了艳羡。

娥皇吃妹妹的醋，她吃过一阵也就罢了。关于她的吃醋，陆游《南唐书》写了几句。吃醋而不是泼醋，李煜他毕竟是一国之君呀，为国事他那么忙！再者，属于她的爱并未消减。对一位国后来说，这也够了，该知足了。宫中的嫔娥那么多，青春勃发的她们是要斗艳的呀，而重光他仅限于欣赏。目光勾勒她们，因之而催生她们的娇艳。

止于勾勒。李煜是刚性十足的，自律、自持，他只是缺杀性。研究李煜的学者请注意这一层。

"脸慢笑盈盈，相看无限情。"国后娥皇享受了民间女子的爱情，历代后宫罕见。然而上苍别有安排。娥皇四岁多的儿子仲宣在佛堂爬高摔下来，伤重复惊恐，终于不治。这小孩儿生得精致，三岁诵读《孝经》。

四川有句俗话：乖娃儿是路上跑的，不落屋的。

生得精巧，命如灯草…… 《十国春秋》：“仲宣殁，后主恐重伤昭惠后心，常默坐饮泣。”后主默坐饮泣的形象，让人心酸。李煜的仁厚，替他人着想，不必再举例了。

娥皇哭得死去活来。爱子太深，殇子太疼，她也卧床不起了。百忙中的李后主夜夜陪她，亲伺汤药。夏去秋来，病情反复几次，玉颜一点点地褪色。李煜天都垮了。长跪空王（佛祖）达三天三夜。可是……娥皇面如死灰，李煜形销骨立。

至爱的情侣眼看着另一半要消失。人类永恒的绝望落到年轻的李煜头上。

公元964年11月，大周后娥皇殂于瑶光殿之西室。红颜入楠棺，青丝散墓穴。

李煜哭天抢地，直欲从娥皇去阴间地府。情力太大，死亡本能也来作祟。他去投井，弃家国于不顾，被左右死死拉住。娇妻爱子忽然走了，李煜唯一能追寻他们的地方只有天堂。此间的美男子，瘦得不成人样，“杖而后起”，走几步都艰难。李煜自称“鳏夫煜”，鳏，四层意思：一、大鱼；二、老而无妻曰鳏；三、病人的样子；四、夜不能寐，直直地睁着鱼目般的眼睛。《释名·释亲属》解释这个鳏字：“故其字从鱼，鱼目恒不闭者也。”

夜夜美目如鱼目。这是一个绝望的男人，绝望的丈夫和绝望的父亲。据《十国春秋》，娥皇临死前拉着他的手说：“婢子多幸，托质君门，冒宠乘华，凡十载矣。女子之荣，莫过于此。”她立下遗嘱：“请薄葬。”南唐曾经盛行厚葬之风，大周后带头破这陋俗。她撒手西去，为她心爱的檀郎做了最后一件事。

这样一个女人哪，想想她夜读书史，晨练舞蹈。她在雨中落泪，安葬一只小鸟。她以节俭仁惠母仪天下，十年三千六百天，她是多么努力啊。“为善不辞心力”，向美竭尽全力，可是她二十九岁就走了，走得无影无踪。李煜《诔昭惠后文》：“昔我新昏，燕尔情好。媒无劳辞，筮无违报。……执子之手，与子偕老！……绝艳易凋，连城易脆。……我思姝子，永念犹初。爱而不见，我心毁如……”绝艳之花易凋零，价值连城的宝物易破碎。

《病中感怀》：“憔悴年来甚，萧条益自伤。风威侵病骨，雨气咽愁肠。夜鼎唯煎药，朝髭半染霜。前缘竟何似，谁与问空王？”一个君主，怀念他死去的妻子到了这种境地，中国历史上不曾有过吧？其实哪有什么君王，这里只有怀念自己的女人的男人。他的悲哀，就是普天下通人性者的悲哀。

李煜此间的亡妻之痛与后来的亡国之痛如出一辙，这是一个值得高度关注的史实。

《感怀》：“层城无复见娇姿，佳节缠哀不自持。空有当年旧烟月，芙蓉城上哭蛾眉。”

仁者是能够怀念的，若问他何以能如此怀念？答案只能是：唯有这样的男人才能爱得如此之深，爱子，爱妻，爱国，爱艺术，爱人世间一切美好的东西。他的亡国，只因打不过赵匡胤的虎狼之师。

李煜回澄心堂视事后，一度哀思恍惚，《谢新恩》：“秦楼不见吹箫女，空余上苑风光。粉英金蕊自低昂……”大周后除了擅长琵琶外，吹洞箫也出色。一代佳丽证据充足，她死在女人最美的时光，二十多年的努力化为灰烬。生有限，死无常，何处问空王？尽管李煜还有一位艳力逼人的小周后，但是，过了很长的时间，他才慢慢走出阴影。

爱人，爱南唐，思故国，是李后主生命中的三部大曲。

一千多年来，针对李煜的种种谬见可以休矣。令人诧异的倒是北宋的士大夫们，受惠于李煜的诗词书法颇不少，却对李煜的文化贡献集体沉默。北宋灭南唐，于是不讲南唐的好，形成压倒性的官方意识形态。看来，一个新的朝代有巩固自身的历史惯性。

李煜和小周后女英的故事，另文再叙。

纳兰容若：情之滔滔大回流，堵塞全身所有的毛细血管

圣人无梦，至人无己。中国人的至高境界，不知是如何修炼而成的。相反的例子却是情山恨海，一生追梦不能休；一己之肉身，生情百端。清朝旗人纳兰性德比较典型。

纳兰字容若，生于1655年冬，人称冬郎。卒年仅三十岁。他是康熙皇帝的表弟，其父纳兰明珠，长期做着高位贪官，年年吞吃治河的工程款，家资巨万，仆从如云。父亲回家，却会及时端出另外一张脸，看上去正直而又富于书卷气。

然而，藏书甚丰的纳兰府有个隐秘的残忍故事：明珠随口夸了几句某女孩儿的眼睛，第二天，那女孩儿的美丽眼珠子就放在了玉盘中，呈送明珠大人。

挖女孩儿闪亮眼珠子的人，是纳兰容若的母亲。

仆人们悄悄仪论，小纳兰的耳朵会撞进一些话，包括父亲干的一些坏事。他捂住耳朵，不敢相信父母都是书上讲的恶魔，宁愿听信父亲嘴上讲的仁义道德，笃信母亲礼佛济穷的慈善举动。可是时光推移，议论断断续续，府外也有。疑窦丛生了。当高大的父亲手握书卷笑吟吟走来时，小纳兰不禁把头低了，想转身逃跑。

逃不掉的孩子躲进了书本，每日埋头在汉语典籍中。他做了北京国子监的学生，十八岁考上举人。学问与疑惑同步增长。少年纳兰交了不少汉人朋友，而旗人好友几乎没有。这耐人寻味。写诗填词，从来不提祖上纵马征战的荣光，尽管他后来当上了朝廷的一等侍卫、三品武官。

清朝入关后大规模屠杀汉人，令他联想小时候偷听到的恐怖故事。

纳兰性德自刻一枚闲章：自伤情多。他有游牧民族的单纯，天生敏感，栖身于汉语艺术，又强化这种敏感。纳兰名句："我是人间惆怅客，知君何事泪纵横。断肠声里忆平生。"富贵窝中长大的男子为何自称惆怅客？纳兰耽迷李

贺，李贺自称秋风客。

纳兰词："别有根芽，不是人间富贵花。"写给顾贞观的《赠梁汾》又云："身世悠悠何足问，冷笑置之而已。寻思起、从头翻悔！"豪门公子为何要从头翻悔呢？答案很可能是：纳兰容若是家族的精神叛逆者，乃至清朝王朝的精神叛逆者。且看他这么写："德也狂生耳！偶然间、缁尘京国，乌衣门第。"金陵乌衣巷乃是高官大族的符号。

现在，真相趋于清晰了。朋友问他身世，他冷笑置之而已。不是人间富贵花，那么是什么花呢？别有根芽，根芽在何处？背向了乌衣门第，又面向什么？

纳兰公子要面向自己的本心。他要活得真实，要用汉字搭建自己的神庙。

纳兰非常重情，很可能自童年起就赢得了内心纵深。游牧民族的率真，汉语艺术的质朴，两股大力作用于他。中国的文化先贤大都有几分孩子气的，包括孔圣人。庄子更不用说了，似乎越活越没有年龄特征。苏轼："谁道人生无再少？门前流水尚能西。"

纳兰一生之所重，唯友情与爱情。这是背向家族的一种结果。在汉人朋友圈中，或以旗人为羞，至少不以旗人为骄傲。他参与了一千八百卷《通志堂经解》的编纂工作，一头扎进卷帙浩繁的汉语典籍。他是征服者的后代反被汉文化所征服的一个例子。

笔者下此断语，经过了反复掂量。

本文瞄准纳兰容若的爱情根芽，看他究竟开出了什么花。少年纳兰初尝禁果，类似怡红院中与袭人初试云雨的贾宝玉。《减字木兰花》："相逢不语，一朵芙蓉著秋雨。小晕红潮，斜溜鬟心只凤翘。待将低唤，直为凝情恐人见。欲诉幽怀，转过回阑叩玉钗。”

凝情：浓情。府中的女孩子偷偷赶来与纳兰相会，又红着脸儿不说话，欲诉还休的模样委实可爱。俏生生转回阑，纤手叩玉钗，传递她颤颤的心声。芙蓉著秋雨，“梨花一枝春带雨”，“暗想玉容何所似，一枝春雪冻梅花”，古典的审美意蕴与自然息息相通。

“最是那一低头的温柔，像一朵水莲花不胜凉风的娇羞。”（徐志摩）

直到二十世纪七八十年代，这种女孩儿的娇羞还是常态。男女相思的极端情态，是几十年珍藏心底，一旦启齿脸通红。中间地带蓬蓬勃勃，各种情花都在使劲开。也有油腔滑调纠缠女孩儿的二杆子，类似古之纨绔，但不能引领潮流。男女触手如触电，符合自然界的阴阳相碰。该有的细节全有。所谓生存的饱满，盖指此矣。这是上帝的赐福，如果存在上帝的话。而眼下，已经在很大程度上倒过来了。资本逻辑卷来了欲望逻辑，少年情手的伸出去，几乎随随便便，欲望的起点往往就是终点，爱，是要靠边站的。

网络的淫秽画面，广告的情色滥用，让五六岁的小孩儿不知所措。这话题太沉重。

另外，欲望有个相关系统，如果形形色色的欲望调动过于充分，并且让这种调动得到强有力的保障，将使这颗蓝色星球陷入前所未有的劫难。

劫难只是人的劫难。星球本身无所谓。大不了星球“重启”，千年只是一瞬间。

近代的西方人宣称上帝已死，然后自称万物之灵，眼下听去，殊可笑也。

纳兰公子在唐诗宋词中受了情爱启蒙，含蓄典雅，心之涟漪指向肌肤波澜。轻柔的、轻快的、婉转的，“心有灵犀一点通”，妙在那扑朔迷离的一点，而不是直杠杠如竹筒子。曲径方可通幽，中国的园林布局也如是。建筑、音乐、书法、服饰、器皿……皆如是，服从心灵的内在需求，探索并延伸精神的轨迹。

换言之，中国传统文化对人的界定卓有成效，几千年严防欲念独大。

纳兰情大而欲小，由情见色，于是发现了女性之姹紫嫣红。古典意蕴赋予他一双审美之眼。动情总是深情。公子哥儿不滥情，虽然八旗子弟几为纨绔的同义词。一说纳兰初恋的对象是他表妹，但情态不像，她更像府中的一个侍女。初恋铭心而无结局，也许侍女被纳兰的父母撵走。纳兰跌入忧伤，回想她的一颦一笑，叩玉钗，急回眸，情小跑……二人来不及互吐衷肠就被拆散了。追忆点滴如秋雨，不思量，自难忘。

“幽怀”喻示，他与她的动情非一朝一夕，稠人广众地扭头一瞥，目光一碰，两朵心花已开在了一处。“销魂，当此际，香囊暗解，罗带轻分。”心近时，身倒远，此系文明的结晶。男女禁忌产生了种种诱惑，罗兰·巴特：“人体最具色情之处，难道不是衣饰微敞的地方吗？”衣饰的遮蔽预设了敞开，而一味地敞胸露怀却会从它自身脱落。由此观之，古代近代情色多多。曹雪芹生造了一个美词：情情。

此后的纳兰公子又闹了一回恋爱，与某个她相约二更天，大约身子近了。抖抖索索地近，欲近还远地近，双臂、鼻子、嘴唇，都有待安排。错乱中有真理。双双痴情，忍不住要海誓山盟。然而纳兰再次领教父母的冷酷。女孩儿消失了。他一天到晚泪流不止。“泪眼问花花不语，乱红飞过秋千去。”爱一回伤一回，情力拽着他，不可逆转地活在追忆中。情感自发地寻找它的模式。不用说，这也是一种生存的遮蔽，危险的遮蔽。

“身世悠悠何足问，冷笑置之而已。”

不喜欢旗人的世界，男女情路又打不开。纳兰的汉人朋友多狂傲之士，备受清廷的打压。纳兰活得两头受堵。生存的展开，唯有写诗一途。这时候婚姻来照面了，卢氏嫁入纳兰府。包办婚姻，他的内心是拒绝的。日子能过则过，不能过，却也不能拉倒。晏几道对付他老婆的办法是冷处理，每日脚底抹油，热心肠付与京城的一个个侍儿舞姬。

纳兰和卢氏几个月磨合下来，情况发生了变化。

卢氏应该是旗人贵族女子，颇知诗书。清朝统治者教育其后代重两点：一是保持游牧民族的战斗血性，二是接受汉文化的熏陶。卢氏养在深闺中，诗书之余琴棋歌舞，教养修养俱佳。是否长得漂亮，史料难觅。少女的纯真不难猜想，纯而情切，丑姑娘也有几分媚气。对卢氏本不抱期待的纳兰，慢慢有期待了。他想回家，无论供职于朝廷还是盘桓诗友，家里有个温馨的面孔，有个盼他回家的娇媚人。太阳天，绵绵阴雨天，她倚门而望，她捧心徘徊，她折断门前柳。

纳兰是善于推己及人的，他看得见妻子的企盼。

当初所痛者，是两情相悦而天长水远，是母亲棒打鸳鸯散，是找遍了北京城也找不到伤心的她……眼下他要珍惜卢氏。一定要！

府中的小夫妻，婚后数月忽然迎来了蜜月，蜜月连连，雨腻云香，秋天像春天，秋千架上春衫薄。梧桐细雨舒服，电闪雷鸣呢喃。

卢氏抄写纳兰的诗词，一篇篇娟秀，稍不如意，她便从头抄。玉手既能抚古琴下围棋，又能做女红飞针走线。她最大的愿望是做个好妻子，将来做好母亲。

七月的一天，大毒日头地下，卢氏闲步于花园，哼唱丈夫的新词，不觉天光暗了，乌云堆积了，压低了。未带丫头的卢氏正欲往回走，却看见一朵初开的海棠花正在风中战栗，似乎寻求着庇护。卢氏愣了一愣，暴雨哗哗下，她不知道自己淋湿了，蹲下身，伸出双手护住那朵娇嫩的花。雪白的手，红艳艳的、惊魂方定的海棠，击打手背的雨滴，疯狂呼啸的风，呜咽折腰的老树。卢氏扭头呼喊，细柔的喊声穿不透厚厚的雨幕。不用说，她浑身湿透。暴雨中有一种窒息的感觉。她不愿走开。她走不开。若是走开了，暴雨将杀死海棠花。

这一幕，恰好让纳兰看见了，不禁大为感动。一个生存细节带出更多的细节，平日里她护着小猫小狗小兔子。这形象，与挖人眼珠子的纳兰母亲天上地下。

卢氏疼花，纳兰疼卢氏。此情此景，当载入史册。一说林黛玉葬花的灵感与卢氏暴雨护花有关，曹雪芹熟读《饮水词》，曹公的祖父曹寅和纳兰容若交厚。

那朵初开的海棠花躲过了一劫。

卢氏却死于难产，不满二十岁。

纳兰持续了千余日的春天，突然变成严冬。冬郎浑身发冷，京城的名医走马灯似的转。卢氏死于五月，次年春，纳兰才提笔悼亡。方块字既是他的情力生长片剂，又是他的爱之疼痛的缓释胶囊，比名医开的药方更管用。

《画堂春》：“一生一代一双人，争教两处销魂。相思相望不相亲，天为谁春？浆向蓝桥易乞，药成碧海难奔。若容相访饮牛津，相对忘贫。”词中三个典故，讲的都是神仙爱侣的分离之疼。纳兰词的用典，多而不滞，盖因情力穿透了故事。“天为谁春”，说尽冬郎断肠事。中南大学的杨雨教授在央视百家讲坛讲纳兰，颇具韵致。

《浣溪沙》：“谁念西风独自凉，萧萧黄叶闭疏窗。沉思往事立残阳。被酒莫惊春睡重，赌书消得泼茶香。当时只道是寻常。”纳兰回忆有卢氏的春天，倍感眼前西风凉。黄叶闭疏窗，窗内却闪烁着昔日生活的场景。卢氏与他赌书泼茶：说出某一句在某一页，说错了罚酒，胜者大笑，手中的茶泼了一地。这是借用李清照和她丈夫赵明诚的故事。

当时只道寻常，现在太不寻常。

卢氏春睡，卢氏倚门盼他归，卢氏赌书泼茶俏含嗔。园子七月暴雨如注，卢氏憨憨护花呼声小……昔日填满了当下，要胀破当下。

愁山恨海，方块字释放了一些能量。深情的男人，却难以卸掉深重之重。

《临江仙》：“点滴芭蕉心欲碎，声声催忆当初。欲眠还展旧时书，鸳鸯小字，犹记手生疏……”卢氏抄的书放在纳兰枕边，人亡物在公子填词。点滴芭蕉雨，催忆当初。不是他想去追忆，而是他想不追忆都不行。情苦。不由自主。“辛苦最怜天上月，一夕如环，夕夕都成玦……”有缺口的玉佩曰玦。月亮在纳兰的眼中呈现为“最辛苦”。人辛苦，看什么都辛苦，“若似月轮终皎洁，不辞冰雪为卿热”。

这是绝望的爱情誓言：若能与卢氏长相厮守，宁愿冰天雪地，为她焐热身子。

三年卢氏，百年牵魂。

又是一个深度生存之典范，古往今来的好作家莫不如此。

纳兰名句：“情到深处情转薄”，这话什么意思？他的闲章“自伤情多”，表明深情伤了自己。深情究竟有多深？它深不可测吗？事实上它是可以测量的。薄情郎测不出，倒是深情者知道，深情再往前，便趋于薄情。回望旧物一次，回望之物的能量衰减一次。民间俗话：“亡人越望越远”，很有道理。一切情绪都有它的时间形态（海氏），“海沙变成石，鱼沫吹秦桥”（李贺），人类不可能找到情之永恒。追寻永恒的愿望倒是永恒。

这里显现了严格意义上的绝望。绝望生长了永不凋谢的词语之花。

纳兰容若在父母的安排下续弦官氏，纳妾颜氏，仍不乐。具体情形不详，也许他挣脱阴影的努力归于无效。曾经沧海难为水，除却巫山不是云。卢氏弥漫了纳兰。他和卢氏组建的世界像月亮一般辛苦，圆一回，后面都是缺。

生存依然展不开，他无所谓建功立业，不屑富贵花，专心培育情花。然而友情转眼成空，汉人朋友们纷纷远江湖，下牢狱，傲视京城。爱情又唯剩追忆。生存唯有诗途。词语之花乃是纳兰容若唯一的生命之花，应该说，词人并不希望这样。《饮水词》传开了，曹寅却说："家家争唱饮水词，纳兰心事几人知？"国事、家事、功名事他都不关心，余下只有情事和文事。情事的无处着落之处，词语之花独放。

纳兰容若三十岁了，戎装在身而形容憔悴，"闭门扫轨，萧然若寒素"。三品高官行走朝堂，眼观鼻、鼻观心，仿佛心死久也，心死，方能够不为情伤。无锡人顾贞观介绍才貌双全的江南女子沈宛，纳兰一见心动。情懋七八年，一朝大释放。哦，伤就伤吧！

他拿舟下江南，她飞马赴北京，痴情男女双双燃烧起来了。"但有玉人常照眼，向名花、美酒拼沉醉。"纳兰拼了，纵是爱一回伤一回，伤一回瘦一圈——情感的模式规定了他的身体。半年后沈宛走人，她不甘做小妾。纳兰又冲不破清朝、家庭设置的双重樊篱。按清律，满蒙通婚，满汉不得通婚，满尊汉卑是清朝统治者的所谓国家战略。

一介纳兰，向谁去厮拼？

分手词《采桑子》："而今才道当时错，心绪凄迷。红泪偷垂，满眼春风百事非。情知此后来无计，强说欢期。一别如斯，梨花落尽月又西。"梨花落尽了，月西沉了，强说重逢的欢期，双方心知肚明。当时错，错在不该见面。

卢氏死了，沈宛走了，漫天的风雨雷电，合击纳兰的那朵情花。

纳兰表面上一切如常，"拥书数千卷，弹琴咏诗"，方块字搭建的神庙，似乎风雨不动安如山。这只是假象，地基在移动，爱之疼痛的缓释胶囊不大派得上用场了。我想，纳兰容若是有预感的，但他不会讲。存在的疾病先于他的身体疾病——生存的几个向度全堵死了。初夏的某一天他还与人饮酒，听歌女弹唱《饮水词》，忽然仰面病倒，浑身发冷。表哥乾隆派来的御医使尽了浑身解数，一个个摇头叹息而去。

据史料，病转沉重的纳兰性德，七天不出一滴汗，各种发汗药完全失效。存在的疾病制造了生理奇观。情之滔滔大回流，堵塞了全身所有的毛细血管。亿万细胞冰凉，相约集体赴死。类似的病例，医学史罕见。

“一生一代一双人，争教两处销魂……”

纳兰卒于1685年5月30日，这一天是卢氏的忌日。

邓丽君：农耕文明最后的歌手

邓丽君的母亲是山东人，父亲是河北人。父亲上过黄埔军校。父族、母族，识文断字的不少，明显强于一般家庭。当时的中国，文盲占了大半。1945年，邓丽君的父母带着两个儿子渡过海峡去台湾。1953年1月29日，邓丽君生于台湾云林县的一个小村落。她妈妈怀孕时曾经许诺邻居，若生下一女儿，就让邻居抱走，钱和物已下了清单。邓丽君呱呱坠地之日，却是邻居大妈喜滋滋来抱人之时。做母亲的，终是难舍骨肉，抱着新生的婴儿大哭。来抱人的大妈也哭，屋里屋外的女人们都哭。这件事在哭声中消解，民间的契约自动失效，换孩子的母鸡、鸡蛋、红糖等物，倒作了庆生的礼品。

左邻右舍评价说：人心都是肉长的！

邓丽君两三岁，家里有了一台小收音机，诱发她的天生歌喉。如果她被抱走，那就多半没有歌手邓丽君了。几年间，这个贫寒而温馨的家庭几番辗转，大篷车摇摇晃晃，从一个眷村到另一个眷村。邓丽君有三个哥哥，一个弟弟。当时，从大陆到台湾的军人因社会的歧视而度日艰难，跌入底层，形成卑贱群落，他们聚居的村庄，统谓之眷村。

眷村，叫人眷恋的小村。由于邓丽君，这两个字又格外叫人不舍。

男人们大抵在外面奋斗生计，女人和孩子是眷村的主角。母性的温暖笼罩着孩童的天真，寒舍生机盎然。门窗虽设而常开，一个家，随意通向了许许多多的家。错把邻家当自家，错得正确，“邻曲时时来”“只鸡招近局”（陶潜）。

小孩儿总是成群结队、高高矮矮，串东家走西家，上高树下池塘，追星星摘月亮，春夏秋冬有得玩儿，乐个没完。男孩子手持钓竿弹弓水枪，冬天激烈撞拐，空地和墙角“人仰马翻”，滚铁环、踢皮球、奔跑野地，疯玩没日没夜。女孩子跳绳，跳房，跳五关，跳土风舞，跳橡皮筋，大胆的也要扑通跳水，纵身跳墙跃树。男孩儿女孩儿过家家，躲猫猫，骑竹马，抬新娘，欣欣然耳鬓厮磨，鼻息近也，心花次第开。天色黄昏了，四面八方的炊烟袅袅升起，大人唤小孩儿，就像母鸡唤小鸡：三娃四娃狗娃哩……

所有这些低沸点的生活场景，与大陆的乡村一脉相承。

庄子特别喜欢小城陋巷的生活，落职归故里，六十年与百工、小贩、畸人杂处，吃个半饱也逍遥，睡草席破床，看斗转星移，玩思诸子，充满了惠及后世千百亿中国人的奇思妙想。生活大师苏东坡，一生重两点：风俗、道德。

毛泽东说："卑贱者最聪明。"

《又见炊烟》："又见炊烟升起，暮色罩大地。想问阵阵炊烟，你要去哪里？夕阳有诗情，黄昏有画意。"邓丽君的歌词我随手写下，生活体验是相通的。唱炊烟，没人比她唱得更好，以后也不可能了。这叫人升起一股炊烟般的惆怅。眷村的生活滋养了她的灵魂。她小名丫头，咿呀学语时，不断地从这只手传递到那只手，从这家饭吃到那家饭。生下来就落入温情窝。无所谓贫穷或落后（这两个词未免武断），生活本来就是这个样子。台北台南，不同的眷村，相同的大家庭的温暖，眷村妈妈一词，温暖得令人心酸。

丫头嘴甜，爷爷奶奶，大妈大婶大叔的，她一天到晚叫个不停。后来她登台唱歌，总是这般开场，自然而然的。眷村的小孩儿也都这样，丫头不特别。歌手进入城市的光怪陆离方显特别。邓丽君的普通话非常动听，大约受父母影响不小，她又影响了习惯讲粤语的香港人。情力穿透了字正腔圆。现在听她的普通话，觉得她是北京人而不是台湾人。而台湾电视媒体的主持人开口比划，近年来很有些奇怪了，趋于一致的腔调奇怪。

来自祖国大陆的眷村妈妈、眷村爸爸，固守着语音，固守着根植于大陆的生活方式。这对邓丽君的成长至关重要。丫头蹦蹦跳跳，每日温情环绕。祖国的故事是眷村老少不变的话题，说着说着激动了，讲着讲着哽咽了。中国好大呀，南方、北方，黄河、长江……

《原乡人》："我张开一双翅膀，背负着一个希望。飞过了陌生的城市，走到这遥远的地方。从旷野中我嗅到芬芳，在泥土里我摄取营养。"无望的飞翔，清新欢快的曲调却伏下忧伤。《原乡情浓》。邓丽君唱《采红菱》，唱《四季歌》，让人以为她在江南长大。

亲情、乡情，以毫不经意的方式植入丫头的体细胞。五六十年代的台湾，社会的开放度有限，乡土的气息弥漫着。穷家孩子的乡土更广，家与家之间哪有院墙？抬脚就过去了，招手就过来了。吃饭伙起吃，哼歌众人听。据说叔叔阿姨争着抱丫头，争得脸红脖子粗。眷村有不少打着光棍儿的退伍兵，当地人称做"老芋仔"的，纯朴的面容，羞怯的身体，丫头家的大门永远向他们敞开。后来在泰国北部一村落，她抱着滞留当地的老兵泣不成声，她想起茹苦含辛多少年的爸爸。

对爸爸和妈妈，邓丽君小时候就知道很多。由此延伸到其他小孩的爸爸妈妈，延伸到大陆传说中的祖祖辈辈，梦幻般的山山水水。

邓丽君的歌唱事业与慈善事业同时起步，十六岁，还是少女。

眷村塑造了她的灵魂。爱这个世界。

1965年到1974年，笔者居于四川眉山的下西街，一家六口住二十几平米的房子，屋小院子大，床窄天地宽。周遭几十户数百人，同饮一口甘甜的老井。儿童戏耍的花样无穷无尽，三分之一的时间交给活蹦乱跳，寒暑假超过二分之一。漫长的假期几乎不花钱。每天疯玩十几个钟头啊，神仙的儿子也不过如此。当时几段古城墙还在，城墙内，麦田稻田油菜田，家家户户菜园子，池塘七八十个，大大小小的巷子贯通了所有的街区。森森古木数不清，百鸟翔集，全城都是"湿地公园"。

校园是美好的，老师是亲切的，远游是安全的，空气是芳香的。书包小，运动场很大很大，尽管体育设施被后来的物于物者称作简陋。

十余年疯玩无边的野地。亲手制作的弹弓（木头弹弓与铁丝弹弓）、弓箭、鱼竿、鱼篓、水枪、泥巴枪、手摔炮、落地炮、陀螺、铁环、风筝、风笛、风铃、收音机、幻灯机、纸飞机、微型秤、弹子盘车、铁夹子雷、夹鳝鱼的竹夹子、戏水的竹排、冲浪的木板、爬树上墙的铁钩、粘懒雀（蝉）的蛛网竹竿、吹油苔籽的硬头篁竹筒……年复一年招呼着远方，拢集远方的远方。由于燃点低，逮啥玩啥，如果不长大的话，百年玩不够。

人与物，如此亲切。物的"上手性"才能使物质丰富，差异尽显。差异入了骨髓，百年消不尽。环境，乃是身体内部长出来的环境。小孩儿有着坚实而自足的周围世界。

五湖四海，小于一方春水池塘。

儿童从来不问大人们的世界，从来不操大人腔。

自足的童年最大限度地通向自由，足以标榜全球。今之欧美儿童，哪能相提并论。

从来只说一棵草，不说热爱大自然。

环境、生态一类的词汇，闻所未闻。房子小吗？电灯暗吗？我、我们，丝毫感觉不到，兄弟挤一床天经地义。天天玩到黑摸门，电灯一开多亮呀，即使它只有十五瓦。天上都是脚板印，蹦蹦跳跳回家去，书包随手一扔，匆匆洗漱了，连滚带爬地上床，四肢摆舒展，爽得呻唤，喉头滚动呢喃，三五秒钟入梦去也，夜夜闻到梦的香。

物质生活拮据么？何谓物质？什么叫拮据？电灯电影电视，汽车火车自行车，拖拉机缝纫机收音机水果糖……慢慢有了。技术文明，慢慢来好。

要学会辨认技术的另一副面孔——凶险的面孔（参见海德格尔《技术的本质》）。

不着急，慌啥呢？

生活的完整性比一切都重要。生活之意蕴层好比地球上空的臭氧层。

每一坨狗屎牛粪都回到田里不好吗？使河流成为河流的天然弯曲不好吗？繁星似海银河清晰不好吗？小孩儿疯玩全城、奔跑山野不好吗？少年儿童的兴奋点缓慢推高不好吗？青年人朝气蓬勃不好吗？连同四季的分明、气候的恒定、土地的芬芳、邻里的友善、师生的情谊，谁在日复一日地回望？哦，河流奔腾，溪水清澈，雨雪雾干干净净……

"当时只道是寻常。"

《在水一方》："绿草青青，白雾茫茫，有位佳人，在水一方。"琼瑶写的歌词，演绎《诗经》中飘忽不定的女子，邓丽君唱绝了。一如她唱李煜的词、李白的词、柳永的词、苏东坡的词。古典意蕴携同山水情怀，宿命般朝着海峡的另一端，巨大的、魂牵梦萦的另一端，几千年生机勃勃的另一端。且听《凤阳花鼓》《人面桃花》《小放牛》《郊道》……

《望一望》："望一望呀么望一望，奴家的心中盼着那少年郎，谁家的少年郎。"真是婉转妩媚到家了。邓丽君的一大家子，念叨着大陆，一年又一年。伤心回望，欲说还休地眺望。阿里山虽好，怎比得泰山黄山天山峨眉山？

邓丽君的精神脉络环绕着中国，台湾太小，文化缺厚重，不足以生长这样的参天大树。梁羽生和金庸的武侠小说均以大陆为背景。

邓丽君的谈话很少提大陆，不碰她心里的最疼痛。可惜了，她留下几本日记多好。

邓丽君是天才型的歌手，一切全赖情力穿透。技巧朝着无技巧。如果她念了音乐学院，命运就改写了，音乐学院就像当初抱孩子的邻居大妈。郭兰英若是走了所谓专业道路，我们就听不到《南泥湾》了。

文学艺术的天才级人物，一般说来与学院无关。冰心先生讲过这个。艺术家讲学历是个笑话。艺术是生命冲动的产物，生命冲动怎么教？情力怎么教？

丫头长成了少女，就读于金陵女子中学，语文成绩不错，数学却不好，总挨老师的粉笔头。十六岁，她咬牙辍学了，奔走台北的歌厅，开始赚钱养家。她一生唱了三千多首歌，其中的一些是属于夜总会的，但夜总会显然不足以规定她。靡靡之音，比例小。八十年代初我头一次听她的磁带，惊喜之余也皱眉头，当时我们唱着《牧羊曲》《泉水叮咚》《太阳岛上》，血脉中流淌着五六十年代健康向上的旋律，浑身抗体，对《一见你就笑》《美酒加咖啡》一类的歌曲颇排斥。至今不喜欢。而台湾校园歌曲则令人怀想。

丫头小小年纪，频繁出入台北的灯红酒绿，单薄的身影并未湮没于听众良莠不齐的胃口。何以如此？还是底子打得牢。严父慈母，眷村生活的点点滴滴，以隐形的方式为她提供了精神支撑。隐形是说，这支撑她看不见。看不见更好。

爸爸挣钱的辛苦，妈妈持家的艰难，丫头看在心头。辍学是她自己拿的主意。要挣钱，要买房子。不过，事实上她的金钱欲望有限。唱歌不为钱，银子倒是哗哗、哗哗地来了，日子也简单：一块很普遍的电子手表，她戴了二十一年；吃饭总要光盘，中午的剩菜，晚饭热一热又吃；她不屑把鼻子垫高，珍惜爹娘生的面孔，认为整容是一件奇怪的事，近乎不孝；在香港唱歌，她唱完了一概拒绝吃宵夜，得罪了不少场面上走动的所谓人物。

邓丽君我行我素。我行我素才有邓丽君。

可见柔美至极的丫头也是倔丫头。骨子里有股韧劲。听众胃口，挣钱欲望，两股大力未能左右她的情力。她一往情深。她为何一往情深呢？

依我看，除了先天的因素，源头当在眷村，在温暖的小家庭和大家庭。传统的生活方式、古老的中国情愫作用于她，形成她的精神黑洞。如果她一心想挣钱，一味地讨好听众，揣摩市场，情不由衷，那么，很可能红几年就消失了。

《云河》：“云河呀云河，云河里有个我。随风飘过，从来没有找到真正的我……”真正的我即是“爱的我”。邓丽君十六七岁害过单相思，羞于启齿，错过了。情细胞因之而增长迅速。情憋，预设了情的绽放。此后若干年，她对情爱的纯度要求很高。爱是她生命中的核心区域，唱爱，生活中守望爱的理想状态。身处异常复杂的艺人圈，一尘不染，这叫爱的高贵。

《千言万语》：“不知道为了什么，忧愁它围绕着我。我每天都在祈祷，快赶走爱的寂寞。”寂寞山积。邓丽君有过一次婚约和两三次恋爱经历，铭心刻骨的可能仅有少女时代的初恋。法国小伙子史蒂芬走进了她的生活，却徘徊于她的心房之外。在香港赤柱的寓所，她精心布置的粉色卧室，史蒂芬始终进不去。在泰国的清迈，史蒂芬酗酒深夜胡闹，踉跄归来，迎头吃她闭门羹，使蛮劲捶打她紧闭的房门，房门锤不开……

生活中不乏热闹，爱，寂寞着。“千言万语如同浮云掠过。”爱是爱的哀号。所谓海誓山盟，无非过眼云烟。邓丽君耳闻目睹太多，但是她不讲，她只字不提。

《彩云飞》：“问彩云何处飞，愿乘风永追随。”邓丽君爱在云端，爱在虚无缥缈间。唯其虚无缥缈，方呈千姿百态，落到实处就固化了。爱的天使保持了轻盈飞升，少女的憧憬一生不变，“绝代有佳人，遗世而独立”，红尘万丈，她是一株独自开谢的空谷幽兰。

邓丽君对她的女友说：“有时候，真正的、深刻的感情，反而不是发生在情人之间。我一生有太多值得珍惜的恩情、友情、亲情，我都会记得一辈子，男女间的恋情，反而不是我最在意的了。”（引自姜捷《绝响——永远的邓丽君》）这里的两个“反而”，倒表明她寻觅恋情辛苦。苦觅佳偶而不得，然后才感慨“不是最在意”。

《我只在乎你》：“人生几何，为了得到知己，失去生命的力量也不可惜。”

邓丽君爱的宣言，听上去像爱的死亡通知书。

每次唱这首《我只在乎你》，她泪如雨下。

回到亲情友情吧。邓丽君的孝顺有口皆碑。父亲去世，她五内俱焚，号恸于病榻，差一点随父亲而去。爱与善，以孝为中心播撒开去，在法国，为她开车的老司机七十多岁了，手脚不灵便，她不忍心解雇他。她总是恋旧。最喜欢中国红，最爱吃东坡肉。她不厌其烦地向朋友推荐《红楼梦》。如果她听到王立平为电视剧《红楼梦》作的曲，一定会泪流满面。那旋律，美到极致了。

大陆音乐宏大庄严，情正，声正。只是这些年怪声滥调渐多……

向善向美向学，显现了邓丽君式的“彩云飞，永追随”。她有惊人的语言天赋。语言保存爱的密码。庄奴先生写的歌词，左宏元先生谱的曲，真好。而眼下争夺眼球的港台词曲，早已动态性地趋于瞎胡闹。

爱到深处转宁静，仿佛爱是邓丽君一个人的事情，爱的另一半永在追寻中。邓丽君把她的爱巢筑在空中，能量自持，反而更贴近人世间的各类恋情。她牵动了汉语笼罩着的东方人的神经。

酒鬼、泼皮、逆子、二杆子、败家子、瘾君子、铁石心肠的黑帮、翻云覆雨的政客、坑蒙拐骗的奸商，也能在她的歌声中得到片刻慰藉，一窥本心。

邓丽君打动了所有的人。半个世纪了，她何止赢得百亿个掌声。

邓丽君的情感模式（如果有某种模式的话）生成于五六十年代，那个时期正好处于工业文明与农耕文明的接点上。农耕文明巨大的历史惯性，牵引她，塑造她。当然也挤压她。接点上发生的“文明碰撞”，炫目而惨烈。《偷心的人》《爱你一万倍》之类，近乎歇斯底里，而市场导引的情歌之滥觞才刚刚开头。八十年代，肇始于英国的新自由主义来势汹汹，妄图以资本的单一逻辑控制全世界，摧毁千百个民族的生活差异性。

九十年代中期以后的香港歌曲，大抵闹哄哄你方唱罢我登场，以病毒般的叫嚣爱、呻吟爱来糟蹋爱。邓丽君泉下有知，不知做何感想。

孔子："诗三百，一言以蔽之，思无邪。"思，也指男女之思。中国历朝历代的情爱表达是节制的、含蓄的、典雅的。邓丽君生命中的最后几年，再次致力于演绎古典诗词，其中包括元好问的《问世间情为何物》，唱片定名为"春梦秋云"。可惜曲未成，她人已走，香魂一缕随风散，愁绪三更入梦遥。

古人云："春梦秋云，聚散真容易。"

农耕文明对情感的塑造缓慢而坚实。人的活着，像树根抓紧芬芳的泥土，根须强劲伸展，年轮圈圈扎实，树梢向天空永久致敬。中国的文化先贤无一不是深度生存的产物。这个句子，我不避重复。邓丽君是深度生存的现代典范之一。她延伸了人的爱意，标示了情感的细腻度、坚实度、柔韧度。打个比方："爱的手电筒"原本有三节电池，邓丽君先生加上了一节，延长了爱的光束，照亮了爱的幽微。但愿这些年大量复制的浅表性生存者，不要脱离她的光区。不要。

唉，活得千篇一律的浅表性生存者何其多也。这些年我有个担心：如果网络一代连民歌民乐都不能欣赏了，日益隔膜了，那么我们……就无言以对。夫复何言？

《微风细雨》："微风吹着浮云，细细漫漫飘过大地，淋着我淋着你，淋得世界充满诗意。"邓丽君浅唱低吟到这种程度，恐怕是无以复加。去年我初听，听呆了。这首歌的词曲作者林功信，令人联想小提琴协奏曲《梁山伯与祝英台》的两位作者。爱是爱的虔诚，爱是爱的太虚幻境，爱是爱的乌托邦。

雨中听邓丽君尤为心动、心颤。今年是她仙逝二十周年。

"微风伴着细雨，像我伴着可爱的你。看着我，看着你，看这世界多么美丽。"可爱的你在现实中飘忽，在歌声中凝固。邓丽君要以情力抵抗爱的衰减，歌唱中她做到了。现实生活的层面她屡试屡败。败了好，她留给人间更多。爱的虚境，空间更大。"太虚幻境"出自伟大的曹雪芹，殉爱的女子比比皆是……

她唱《雪中莲》："雪花飘，飘着多少爱恋……"，歌声与雪花一般轻盈，从心的深处飘出来，飘入灵魂。

其他歌手的原唱，邓丽君轻松超越。她唱过的歌别人再来唱，要超越她几乎不可能。什么原因呢？她是勤劳型的天才，专注每一个细节，天长日久，艺术溶解了技术。五六岁就吊嗓子，吊了三十多年。日语、法语、英语、马来语、粤语、闽南话、上海话，她讲得非常出色，不经意的出色。她为何爱讲上海话呢？估计讲山东话四川话也好听。

邓丽君所有努力的背后，赫然有个情字。

朴素的眷村给了她敏感的心、高贵的灵魂。在纯真像潮水般退去的躁动轻浮的年月，她那散发着灵魂幽香的微笑，已成稀世之珍。

一百多首歌，经她的演唱而为经典。中国是没有的，世界恐怕也没有。

邓丽君是悠久的农耕文明的产物，她的背景足够强大。除了技术进步和制度设计之外，这个星球上的好东西大都来自农耕文明，哲学、艺术、体育、本土性的生活方式。工业文明二三百年，成就巨大，破坏同样大，已经面临着不可持续。人与人、人与自然、人与自我的多重分裂，导致情感的生成不可能像树的年轮那般扎实了。不可能。

人在钢筋水泥间，人在复杂的利益链条上，人活得像滴溜溜打转的陀螺，人脑像一台台精致的计算器。韵味儿很难插足，心之不灵正趋于常态。

重温海氏：“算计型思维在它最不应该出现的地方统治得最为顽强。”

现在我们尚能倾听郭兰英、邓丽君、朱逢博、郑绪岚、李双江，以及陕北王二妮、草原兄妹……将来如何，只有天知道。何谓倾听？倾听源于生活方式带来了心理积淀。于淑珍唱的《月光下的凤尾竹》，单是咬字就美得叫人魂牵梦绕。那纯正的抒情，那情到深处流水般的婉转，正与闹哄哄一波盖一波的所谓歌坛渐行渐远。

歌曲和歌手乃是生活方式的产物。

大地百花盛开，水泥开什么花？

邓丽君一年年栖身于爱，每一个毛孔都在不倦地诉说，近乎神经质。她去了泰北的清迈躲避尘世，她因急性哮喘升了天堂。薄情闪爱日趋为时尚，愈发显现她的神经质。

浓情深情，孤标傲世。“数去更无君傲世，看来唯有我知音。”（曹雪芹）

《我心深处》：“多少情感，在我心深处，直到今天，从没有向你吐露。每次相聚，想要对你诉说，却又怕说不清楚。静静的夜，长长的路……”

薄情表达油腔滑调，深情诉说曲折幽深。不妨想象邓丽君夜深人静的时候。

时有伴侣，永无爱人。延伸了人间爱意的邓丽君是这样。

情路漫漫兮，她上下而求索。

“正闲窗畔，停灯向晓，抱影无眠。”

德

俗话说，缺啥都行，不能缺德。**仁义道德**的学说流布中国两千多年，士大夫引领，而民间的接受度高于官场，民众自发的道德力量深不可测，虽有曲折却永不衰减，维系着各民族的生生不息。“己所不欲，勿施于人”，这才叫普世价值。西方人的利己观念与中国几千年的传统文化是格格不入的。

中国人重集体主义，看来是天命。

卷十三 德

德

尧舜故事

尧舜是中国人几千年的精神偶像，是近乎完美的政治典范、道德领域的巅峰人物。历朝帝王若是一意孤行干错事，士大夫往往搬出三种法宝来，规劝他，限制他，乃至吓唬他。一是天意，二是民心，三是尧舜之道。孔子、墨子、孟子和司马迁等文化先贤，为尧舜符号的大起来，不遗余力做宣传。汉唐以降，华夏民族的价值天空，尧舜的形象显现为日月般的辉光。再是昏君暴君乱臣奸臣，再是无良学者，也不敢公开反对尧舜。

从炎黄到尧舜，从尧舜到规范统治者的孔孟，呈现了清晰的价值谱系。

本文写尧舜的道德故事，主要根据《史记》。

《史记·五帝本纪》：“帝尧者，放勋。其仁如天，其知如神。就之如日，望之如云。”其仁如天，犹言尧的仁爱像大自然孕育万物。其知如神，是说尧的智慧和神仙一样深不可测。仁者爱人。爱到深处，自然会努力学习各种知识，造福于人，救民于水火。这里，仁爱本身乃是统摄一切知识的总源头。孟子相信人性善，“言必谈尧舜”。

而老子《道德经》则曰：“天地不仁，以万物为刍狗。”天地驱使万物，让万物周而复始，荣枯循环，如同人们摆弄祭祀用的草狗。老天爷并不为任何形式的毁灭伤心。毁灭意味着重生。“离离原上草，一岁一枯荣。”没有秋的肃杀、冬的封冻，哪有春花满园？

自然界和人世间有着相同的规律。历史已经证明了善恶之永恒，历史还将继续证明。“善是恶的善”，犹如美是丑的美。但是百姓认为善的疆域更大，良知的力量更强。古代仁义道德的宏大叙事，民间的接受度显然高于官场。何以如此？小民不能主宰自己的命运，于是希望尧舜般的圣人复出，圣君降临。历史长河中，这种民间的希望极为坚韧，即使是兵荒马乱人命如草的年代，人们也拒绝相信恶的力量会长期占上风。黎民百姓对正义的企盼与呼唤倒是永恒，显现为民族的深层心理，或曰民族的集体潜意识。于是，尧舜永远在场。乱世中，尧舜尤其在场：以不存在的方式在场。

帝尧是帝喾的儿子，封于唐，称唐尧。据司马迁讲，尧帝十六岁做天子，活了一多百岁，在位七十余年。他富而不骄，吃穿行像个普通人。他对人百年如一日地和蔼可亲，使不同的部落和睦相处。他无所不知，制定了历法，精确掌握了复杂的农时，继神农氏之后，又一次大大推动了农耕文明。他老了，考虑禅让，当初同父异母的哥哥挚禅位给他，使他充分意识到让贤的重要性。儿子丹朱不够格，共工和鲧也不行。鲧治水九年，一味堵水，反而搞得洪水滔天，被尧帝流放到羽山……谁来继承帝位啊？四岳之官推荐舜，百官纷纷附和。尧帝点头，开始了长达二十年的考察期，考察舜的德与才。德在先才在后。现代政治流行的德才兼备，源头在尧舜。

舜姓姚，名重华，号有虞氏，他的母亲去世早，父亲是瞎子，叫作瞽叟。瞽叟续弦，生子曰象，这三个人都要杀死舜，想了很多法子。从记载看，舜的后妈最想杀舜。有一天，舜去厉山种地，后妈认为机会来了，怂恿瞽叟拿了弓箭尾随而去。瞎老头凭借响动射出一箭，儿子应声倒地。老头高兴了，跑过去埋舜，舜却在另一个地方喊他。他蒙了，转身回家，受老婆一顿数落，说他下不了手云云。她要亲自出马收拾舜。不久，舜去雷泽捕鱼，后妈操了一把尖刀跟上，瞅准时机举起尖刀，狠狠地插向舜的后背。不知道为什么，风把舜挪开了，后妈栽到水里去了，她又不会水，眨眼间被水流卷走。舜纵身跳进雷泽，救了后妈，还问她有没有受到惊吓。这个凶女人愣了一会儿，说：你捕鱼捕到哪儿去了？

舜笑了笑，笑容很亲切，又暗示什么。他不说话，似乎让河风来替他说。

后妈回去的路上也感到一丝内疚，但是看见她的亲儿子象，杀机又起。母子嘀嘀咕咕，象拍了胸脯，宣称他不会失手。一日，舜在黄河边制陶，炉火烧得很旺，象蹑手蹑脚靠近舜，猛然发力一推，不料舜不见了。象一头进了火坑，毛发燃起来了，像待宰的猪一般嚎叫。舜拉他出火坑，细心为他包扎。

象在黄河边站了一会儿，也许内心有纠结。可是没过几天，他又目露凶光。

舜一如既往地孝顺父母，爱弟弟，疼妹妹。然而瞽叟不感动，他的老婆儿子更无动于衷。舜想以道德感化人，却难以感化根深蒂固的利益盘算。

尧帝认为舜是好苗子，把两个女儿娥皇和女英嫁给舜，赏赐舜一把琴，考验舜是否会迷于声色。娥皇女英非常美丽，舜让她们先把公公婆婆伺候周到，然后才讲夫妻恩爱。舜种田，捕鱼，制陶，并不因为家有娇妻而存丝毫懈怠。凡是他出现的地方，人们就向他聚集，形成村落。尧帝赐他大批牛羊，派人为他修仓廪，考验他对财富的态度。他把牛羊和仓廪都献给父母，当然，两位妻子不可能与人分享。弟弟象又动杀机了。

建仓廪的时候，瞽叟放火想要烧死儿子舜，舜却像鸟儿一样从仓廪上飞了下来。瞽叟叫舜打井，打到一丈多深了，瞎老头和象联手，硬把舜推到井里头，又填置石块把井口填平。这一回终于万无一失了，三个坏蛋在井边手拉手跳舞，跳完了分东西，牛羊归瞽叟和他的后妻。象宣布，他拥有娥皇女英，以及那把宝琴。象占据了舜的房屋，对着二位冷若冰霜的美人弹琴，刚要开口吐情话，舜却走进了屋子。二位夫人喜出望外。象惊叫：哥哥回来啦！弟弟我正想念哥哥想哭呢！

舜拍拍象的肩膀说：哥哥知道弟弟讲情义，没事的。

原来，舜打井时挖了一个洞……后来他继续对家人好，谋杀的事件好像根本没有发生过。尧帝把他调走，他的父、母、兄还是老样子，但无从动杀机了。

耶稣挨了别人打右脸，复送上自己的左脸。舜遭亲人谋杀，一次次地不记仇。

尧让舜代理朝政，又观察了几年，认为舜的执政能力与他的美德一样超凡出众，于是放心地禅让。舜帝在位三十九年，励精图治，用贤臣，放逐“四凶族”；百官拥护，百姓安居乐业。后来，舜帝传位给善于治水、大公无私的大禹……

司马迁记载的上古帝王，大多数具有良好的品德，他们开了中国德政之先河。孔孟之道首重仁义，有其深意在焉。值得注意的是瞽叟、后妻和象的冥顽不化，喻示了人性恶深不可测，舜的善意感动不了这些人的铁石心肠。

善与恶的斗争永无终结。

舜帝死于南巡的途中，葬于江南的九嶷山，称“零陵”。他的两位夫人终日以泪洗面，泪洒竹林，泪痕斑斑点点，斑竹由是得名。姐妹俩相拥投入了湘水，随丈夫而去。尽管她们已经七八十岁了，却在民间的传说中永远年轻而美丽。

诸葛亮为何厌恶曹操，忠于刘备？

诸葛亮这三个字，照面就有亲切感，他的形象比孔子更鲜明，更富于人情味。历史真实、艺术真实、民间口碑，合铸一位受人广泛爱戴的孔明先生。“丞相祠堂何处寻？锦官城外柏森森。”（杜甫）小时候我听邻居田大爷讲三国，一听孔明，眼睛顿时亮得像星星。据苏轼记载，宋人说书，听众听到曹操战败便欢欣鼓舞，听到刘备吃败仗要哭泣。宋代士大夫推崇道德，波及民间甚巨。像司马光这样的道德巅峰人物，其对民众的感召力，在今天看是匪夷所思的。汴京的良优（优秀伶人），加起来也不及一个司马光。眼下倒是娱乐圈的恶趣破事与某些无良媒体合谋，裹胁中小学生。

这个病毒的源头在西方。当初，堂堂剑桥大学设新闻系，伯兰特·罗素很不以为然。

现代的某些传媒，正在变成双刃剑。

诸葛亮“身长八尺，面如冠玉”，他的夫人黄氏相貌平平，后来也没有纳妾的记载。何以如此？修身齐家，治国平天下。修道德之身，而道德生成于非道德，犹如孔子的思想生发于礼崩乐坏的时代，“善是恶的善”（海氏）。

名门望族的子弟，纳妾是常事，“娶妻娶德，纳妾纳色”，卧龙先生却好像对美色视而不见。这问题饶有趣味。南阳民谣说：“莫学孔明择妇，止得阿承丑女。”阿承指孔明的老丈人黄承彦。“苟全性命于乱世，不求闻达于诸侯”，但孔明二十六岁出茅庐，闻达于诸侯了，依然是“淡泊以明志，宁静以致远”。他给长子取名瞻，字致远。

宁静是什么意思？宁静是一种能量保持，是蓄势待发，有此能量在，方能致远也。陶渊明的宁静发为田园诗的极致，诸葛亮的宁静发为忠诚与智慧之百代楷模。陶的宁静中有色的涌动（比如《闲情赋》），诸葛的宁静，把这“人之大欲”处理成盲区。

中国传统文化始终对欲望高度警惕。程朱理学走了“存天理，灭人欲”的极端，宋代士大夫又把极端拉回来，写诗填词，情字凸显，维系了理欲平衡。赖有此历史空间，诸葛亮的形象才会高大起来。无欲则刚，卧龙先生为最，抵达了无欲而欲的境界。

历史进程中缺了孔明、嵇康、岳飞这一类先贤，“无欲则刚”传不了一千多年。

忠诚、勤勉、廉洁、孝悌、知不足、知民心、集思广益、博采众长……许多美德与才智系于孔明的一生。这可不是小说家言，有充足的史料支撑。卧龙先生上知天文，下知地理，又通人事，晓畅军事和内政外交，二十来岁就萌生了“三分天下”的战略性眼光，此后几十年矢志不移，“鞠躬尽瘁，死而后已”。

中国历史长河，诸葛亮这样的庞然大物实属罕见。他一手掀起的历史浪花万年不息。

古今大贤，无一例外是中国文化的产物，我们为此甚感骄傲。

《三国演义》“状诸葛多智而近妖”，鲁迅一句点评，可谓击中了要害，学者们纷纷加以引用。然而神话历史人物源自人类古老的图腾崇拜，当下亦然。崇拜这种心理，总是带着情绪。或者说，一切心理都有情绪特征。在精神的领域讲科学、客观，无非是把握情绪的分寸。除了科学研究的对象之外，没有所谓纯客观的东西。连科学技术本身也要被打上问号，例如德国科学家海森堡的测不准原理。

海德格尔名言：“很可能，在自然背向技术的那一面，恰好隐藏着自然的本质。”

读《三国志》的人，可能只有读《三国演义》的万分之一。艺术的真实不让历史真实。艺术真实以史料为基础，大事不虚构，比如罗贯中不会让诸葛亮北伐成功。《庄子》《史记》，均有虚构。合理的想象与胡编乱造是两码事。眼下的网络小说，后者太多。

海氏："文献史要变成问题史。"而一经追问，进入价值判断，史学就变成了哲学。

孔明年少观书，"观其大略"，轻松越过了死记硬背。那双漂亮的眼睛又具备扫描器的功能。思维半径、思维穿透力几乎与日俱增，这里，淡泊是关键。非淡泊，则不足以明志。碧空万里，方显皓月之明。明志，意味着强化意志。一个十几岁的少年何以如此？盖因身世坎坷，小小年纪颠沛流离。汉末乱世，颠沛流离的少年数不清，而乱世之乱，为心智和意志的迅速提升提供了舞台。豪杰并起，群雄逐鹿，类似春秋战国、秦末汉初。

诸葛亮儒、道、法、兵、农、工，兼容并蓄，诸学皆明亮。汉末皇权崩盘，儒术不能独尊，诸子百家卷土重来。老庄的思想，天下士子共仰。诸葛孔明的出现有此大背景。

诸葛亮原籍徐州的琅琊郡（今属山东），由于兵乱，大约十三岁迁居南阳的隆中。汉代的州很大，全国设十三个州。诸葛亮是世族子弟，祖上有过荣耀。哥哥诸葛瑾、弟弟诸葛均都有才智，三兄弟后来各为其主，又保持了手足情。这现象颇有趣。

曹操的军队在徐州滥杀无辜，是诸葛亮举家迁徙的直接原因。

曹操的父亲曹嵩，避战乱走琅琊，豪华车驾带了许多金银珠宝，一路上浩荡炫富。徐州刺史陶谦派一哨人马护路，领头的见财起异心，劫了珠宝，杀了曹嵩。曹操闻讯大怒，发兵攻陶谦。陶谦的使者再三解释也没用。曹操一年内三次攻入徐州，见人就杀，攻城屠城，杀得昏天黑地。时在公元194年前后。诸葛亮的家乡琅琊郡未能幸免，富庶之地成焦土，百姓死的死，逃的逃，十室九空。诸葛家族被迫离乡背井，远走荆州的南阳一带，后来再也没有人回过故土。

迁徙的途中，所见惨不忍睹。仇恨的种子在少年孔明的心中播下了，挟天子以令诸侯的曹操是另一个董卓，是导致中原生灵涂炭的魔鬼。他立下宏伟的志向：荡平曹贼，兴复汉室。“汉贼不两立，王室不偏安。”（《前出师表》）

曹操是一个正邪参半的人物，他以自身的混乱卷入时代的混乱，以英雄自居，而时人目为奸雄。曹操打天下的过程中兽性高涨。官渡之战到了紧要关头，他下令削掉千余俘虏的鼻子，命其血淋淋打头阵，回头即射杀，转身者身首异处——督战队如狼似虎。袁绍军陡见血兵冲来，大骇，大乱，于是一败涂地。胜负旦夕之间，曹操出此阴招狠招。

建安三年（198），曹操征吕布，“冬十月，屠彭城”。三国时代攻伐无数，曹操凶残第一。后来他一统中原，朝着治世的方向努力，抹不掉他的嗜血狰狞。

“宁可我负天下人，不可天下人负我”，曹操如此不义，杀人如草芥，倒是反向凸显了义的价值空间。刘备既是皇叔，又是讲义气、体恤民众的道德君子，尽管他地盘小，军队少，却是仁厚之名远播。换言之：软实力强。从史料看，刘玄德的仁厚不是虚构。他败于新野，全城的男女老少都愿意跟他走，行进的速度再慢，他也不忍心抛下百姓。十万曹兵追上来，张飞、赵云返身血战，刘备的夫人死于乱军之中。

白帝城托孤，刘备嘱咐即将继承皇位的刘禅：“莫以恶小而为之，莫以善小而不为。”

刘备起兵之初，刘关张桃园三结义，传为历史佳话，士大夫和乡野庶民都津津乐道。

中国民间，对仁义道德的接受度远高于官场。

诸葛亮躬耕陇亩而放眼天下，自比管仲、乐毅。一代名士司马徽把孔明比作开汉四百年的张子房。二十多岁的年轻人得此大名，却是名副其实。这令人费猜想。依愚见，诸葛亮的一天至少抵常人十天，在劳心与劳力之间悠然自如。罗贯中往道家的方向描绘他，颇有见地。羽扇纶巾小车，是战争中的诸葛亮的标准形象，大抵符合历史真实。

“君子不器”，活得潇洒飘逸，逸出了他的社会角色，意志力又高度集中。此二者，历来最难统一。能够统一的人便是高人。魏晋的嵇康写过《高士传》，描述自尧舜以来的一百一十九位高士。刘义庆《世说新语》，记叙魏晋的非凡人物。诸葛亮的平生交游，皆为世之高士，崔州平、孟公威、石广元、庞士元、徐元直等，俱非百里之才。

孔明先生笑谓诸友：“卿等仕进，可做刺史、郡守也。”朋友们问他的平生志向，“亮笑而不答”。这经典笑容，舒展而又含蓄，令我辈心向往之。

诸葛亮居南阳，“常抱膝吟啸”。低吟长啸是三国及两晋高士的一大特点，发自胸中块垒。有些论者认为长啸是打口哨，恐不妥。

“臣本布衣，躬耕于南阳。”隆中是南阳的一座风景优美的小山村，民风淳厚。孔明一住十年，茅庐青山绿水间，小桥鲜花旁。此与琅琊的早年印象亲切相映，和他少年经历的兵荒马乱形成强烈的反差。宁静也来自记忆中的喧嚣与苦难。他种田，读书，思索，有时候也睡睡懒觉：“大梦谁先觉？平生我自知。草堂春睡足，窗外日迟迟。”他游学到襄阳城、南阳城。南阳是个大郡，辖三十七个县。

庄子是扎根民间的庄子，诸葛亮亦然，远离了死读书、读死书。他向老农学习，向渔父请教，访问赋闲的官员、退役的老兵、深山的隐士、怪异的术士巫师风水师。

旷世之大才，通常与学校关系不大。中华大地培育了一批又一批大智大勇的人物。由此可见，本土性的智慧太重要了。不妨试想一下：如果青年毛泽东去海外留学几年，那么，他的本土性智慧多半要打折扣。毛泽东很爱读《三国演义》。他卓越的军事智慧得益于这部古典小说有多少，至今是个有待展开的课题。毛泽东不喜欢别人称他天才，他称自己是“地才”，拥抱大地之才。大地给了他无穷无尽的力量。

杜甫：“三顾茅庐天下计，两朝开济老臣心。”刘玄德冲风冒雪访大贤，真是访得辛苦。玄德四十多岁了，依然势单力薄。小他十几岁的卧龙先生避而不见，窃以为，卧龙有两层考虑：一、试试刘皇叔的诚意；二、不出茅庐则已，一旦出山，必须成为刘备的首席谋士。宋代的王安石崇拜诸葛亮，屡拒皇帝召见，单为短时间内跻身宰辅，推行新法。

卧龙先生躲了刘皇叔两次，以不在场的方式在场，亮出高人飘逸的身影。第三次他现身了。分寸的把握，火候的拿捏，恰到好处。再躲，恐怕就把机会躲过去了。那一年春，大贤二十五岁。有些军事天才如项羽、韩信、周瑜、陆逊，年纪轻轻，指挥三军若定，而孔明不同，他是复合型的超级天才。并且，道德高尚，高风亮节、毫不张扬。

孔明未出茅庐，已知三分天下：三国鼎立的战略构想。他对益州（四川全境及云贵大部）的战略地位看得明明白白，对中原大势了如指掌，对各路豪杰洞若观火……刘玄德聆听高论茅塞顿开，直如拨云雾而见青天。

刘备的求贤、知贤、爱贤，使他本人也显得可爱。身经百战的刘皇叔对一个乡野后生佩服得五体投地，今天看上去，几同神话传说。

我是一直觉得，古人比我们活得更开阔，胸次更广。古代个体的修炼远比今人来得扎实。工业化近乎无限的分工，互联网的强势覆盖，使个体生命的密度缩小，"单面人"似乎无限克隆。极目天地的大智者寥若晨星，流星多，恒星少。

但是，这不可能是永恒。事物永在运动状态，古代的好东西会重新出现。技术或有止境，生活之意蕴永无止境。

中华民族的伟大复兴，需要一大批人不懈地探索：向何处复兴。

"博望城军师初用兵"，当年的我们读得如痴如醉。关羽张飞初不服气，打完了胜仗大服气。"诸葛亮火烧新野"，叫人看得太过瘾了，三遍五遍看不够，从字书到线描的连环画，小学中学说不完，蹲在街边说，捧着饭碗讲，想象生焉，人人争当刘玄德、赵子龙、张翼德或诸葛亮，没人想做曹阿瞒袁本初。连环画居然能散发汉代的气味，三国的硝烟味！神了。后来的电视剧是没法跟原著比的，尽管九十年代的电视剧拍得不错。

影像收缩汉语艺术所展开的想象，这是铁律。遑论那些个糟糕的、文化产业化催生的影像"作品"，一切旨在扯眼球的东西，都有枯竭心灵之效。

刘备得孔明如鱼得水。君臣遇合感动了后世多少人。刘备的知遇之恩，诸葛亮肝脑涂地以报，三十年纹丝不动，病逝于五丈原。"三杯吐然诺，五岳倒为轻。"（李白）这是什么精神？称他感天动地不为过也。

"吕子明白衣渡江。"纵横天下的关云长败走麦城。关羽骄傲，把战略要地荆州丢了。张飞死于非命。刘备怒气冲天，将复仇的火焰烧向东吴。诸葛亮联吴抗曹的大计落空。法正、赵云苦谏，刘备不听。刘玄德重义重过了头，"真理再往前一步便是谬误"（列宁）。东吴的书生大将陆逊，火烧连营数百里，蜀军兵败如山倒。惨也，惨也。

先帝病重，托孤于白帝城，对诸葛丞相说："君才十倍曹丕，必能安国，终定大事。若嗣子可辅，辅之；如其不可，君可自取。"（引自《三国志》）诸葛亮泪流满面，跪地答曰："臣敢竭股肱之力，效忠贞之节，继之以死！"刘备遗诏，敕太子刘禅："汝与丞相从事，事之如父。"史实如此，小说没有做过多地渲染。

笔者记得小时候读三国，想象伟大的孔明跪地叩头流泪，眼睛也潮湿了。道德感深入了皮下，一点都不抽象。"相父"一词，留在了万千孩子的记忆中。

"诸葛亮安居平五路"，敌军五路围困，诸葛丞相闲居府中观鱼，后主刘禅在他身后恭敬站立良久，才徐徐问道："相父观鱼乐否？"这一幕，与刘玄德三顾茅庐时伫立门外等先生睡醒，多么相似。刘氏父子深敬诸葛亮。

若干年来，有些学者犯了虚无病，疑心重重，认为刘备的白帝城托孤是表面诚恳，其实暗含了对诸葛亮的不放心。价值虚无的年头，学术道德滑坡再滑坡，总有一些人对历史豪杰横挑鼻子竖挑眼，打着还原真相的旗号哗众取宠，更有数典忘祖之辈，恶搞英雄之徒，抹黑烈士之贼。"欲灭其国，先去其史。"

对历史虚无主义，我们断不可手下留情。

历史虚无主义的背后，隐藏着美国人居心叵测的算计。多少年了，美国人一天也没有停止算计中国。

刘备深知阿斗的毛病，读他的遗诏可知，所以才让诸葛亮在必要的时候自己做决断。毕竟，国之基业事大。蜀国败在阿斗手中，刘氏家族和刘氏集团将陷入劫难。另一种可能是：刘禅在诸葛丞相的教导下会有长进。诸葛亮正当英年，辅佐后主有的是时间。刘备的白帝城托孤，诚意是可信的，君臣相知如此，古代不多见。

诸葛亮为蜀国呕心沥血，在武力争雄的年代高擎道德的旗帜，难怪连他的敌人都欣赏他，赞美他。对刘禅他也不是愚忠。那个时期，蜀国的相权实际上高于君权，前提却是：诸葛亮没有一丝一毫的野心。他是辅佐成王的周公，他是开汉的张良。

无欲则刚，一生付国，诸葛亮比之周公张良，有过之而无不及。

"出师未捷身先死，长使英雄泪满襟。"

关于令人肃然起敬的孔明先生，先说到这儿吧。

东晋王导丞相之盛德

公元317年，晋室南渡，西晋变东晋，以建康（南京）为都城。丞相王导与晋元帝司马睿，时称："王与马，共天下。"王导的堂兄王敦为大将军，提十万大军坐镇上游的武昌。王氏家族若要取代司马皇族，直如探囊取物。王敦有野心，王导严防野心。司马睿抓紧时间培植党羽，生怕某一天王导生异心取代他。曹操篡汉，司马昭篡魏，历史是这么走过来的。司马氏的家族集体潜意识怕这个。自古江山轮流做，自古人心隔肚皮，如果王导受了蛊惑咋办？今天说得清楚，明天说不清楚。

一个名叫刘隗的人物应运而生了，两三年跻身高位，罗织了一批权臣，开始了"倒王运动"，要把王导挤出丞相府——此系第一步，第二步，必欲除之而后快。乌衣巷的王氏家族面临血光之灾。王丞相察觉了。耳目众多的王敦也察觉了，千艘战舰下长江，剑戟直指石头城。只要王导发话，立刻发动攻击。

王导坚决不从。

历史的紧要关头，京城几十万军民万分紧张。乌衣巷愁云惨雾。时在公元323年。

一代名相、东晋玄谈的领袖人物王导将如何处置？《晋书》："刘隗劝帝诛王氏"，但司马睿下不了决心。诛王导，建康也多半保不住，王敦的十万大军骁勇善战。

乌衣巷的深处，王丞相徘徊夜半，数十个族人聚于门外不敢吱声，其中有二十岁的王羲之。"羲之涩讷"，垂首沉默于古榕树下。妇人老翁有隐泣者，子侄辈脸色铁青。

天快亮了，族人不敢散。他们后来才知道王导睡着了，王导却不令仆人吹灭烛台。

府中老少紧张，由他们紧张去……

石头城的东边浮现了鱼肚白，王丞相设了闹钟般一跃而起，披衣出门，复现沉重之貌。他拖着步子走出乌衣巷，身后跟着一群青年男子。街上的百姓闻而相告，默默望着徒步的王丞相。正值隆冬季节，满城大雪乱飞。《晋书》：王导“率群从昆弟、子侄二十余人，每旦诣台待罪”。台：东晋指朝廷。王导每天早晨带着王家子弟从乌衣巷出发，到皇宫前请罪，伫立到天黑。元帝毫无反应。石头城中的市民纷纷赶来围观。如果元帝诛王导，建康军拒守，城外王敦的武昌军很可能破城屠城。

此一刻，关系千万人头。

二十多个王家男人面色凝重，“美而长白”的王羲之尤为突出。二伯父王导一言不发。官员进出宫门时悄悄瞅他，有些人匆匆点个头就上了马车。王羲之眉头紧锁，对弟弟王胡之、王玄之说：官场变色龙真多啊！

五天过去了，这群王家的男人向皇帝表忠诚，风雪中站得整齐，七八个时辰一动不动，低头请罪，听候皇帝的发落。而刘隗等权臣从侧门入台，力主诛杀王氏。百姓从四面八方涌来，黑压压的一大片。白茫茫的鹅毛雪，雪落宫墙无声，“于无声中听惊雷”。

江南各大族，快马传消息：王敦围困建康，元帝将诛丞相。

牵一发而动全身。战争与和平，系于顶端人物的一念间。

王导尽量显得从容不迫，但他心里没底。诣台请罪是唯一的选择，身家性命交给了偶然性，社稷的安危付与天命。元帝剪除他的意图由来已久，现在是个好机会。刘隗每日摇唇鼓舌，夸大建康军的战斗力，如果元帝脑子一热……这时，一位戏剧性的人物出现了：大名士周伯仁含笑而来，向王导这边含糊打个招呼，走向台门。

王导大呼：“伯仁，以百口累卿！”

周伯仁先生似乎没听见，“直入不顾”。王导一声叹息。王家百余口，凶多吉少。史称王丞相“善处兴废”，历经三朝皇帝，优游于各派势力之间，视国家的安稳、家族的安定为第一要务。可是眼下说不准了。周伯仁站在哪一边？刘隗一直在挖空心思拉拢他。

王导微闭目，雪地里俨然一尊雪雕。

王氏子弟沉重的呼吸振动石头城，激荡秦淮河。

过了很久很久，醉醺醺的周老先生出来了，脚下颠三倒四，口中全是酒话。王丞相紧急呼唤他时，他抛下几句没头没脑的言语，似乎要与城外的王敦决一死战，然后，拂袖袍登车而去。这分明是刘隗的主张啊，王导绝望了。子侄辈顿时陷入了惶恐。

王羲之强自镇定。周伯仁是他的玄学老师啊，当年于大庭广众给他唯一的“牛心炙”，给了他克服自卑的自信心……

其实，这位周伯仁在宫中为王导讲话。“既见帝，言导忠诚，申救甚至。”元帝终于想通了，不复犹豫了，请他畅饮宫中的美酒。魏晋的高人都要喝高……大名士做了大好事不留名，这叫风度，或曰玩酷。周伯仁先生玩过头了，被“名”这种东西所霸占，聪明反被聪明误。王氏兄弟并不知道他入宫申救，倒以为他落井下石。

几天后，王敦率兵入城“清君侧”，不由分说，将刘隗、周伯仁捕杀。二王一周，曾是多年的莫逆之交。当元帝拿出周伯仁的申救书信时，王敦的屠刀已砍下名士头。

王导悲不自胜，告其诸子曰：“我虽不杀伯仁，伯仁因我而死!”

生存的遮蔽无处不在，估计“生存论阐释”的首创者海德格尔也不免。中国的老子、庄子同样有遮蔽。孔夫子的盲区更多。除了佛祖和全能的上帝，无人能够百分之百地“生存敞开”，抵达严格意义上的澄明之境。

魏晋的名士风度倾倒唐宋，却也闹了不少笑话，上演了一些悲剧。

一年多以后，大将军王敦率兵十几万顺江而下，又把建康围住了，他要当皇帝，让晋明帝司马绍滚蛋。明帝战战兢兢，希望王导帮他一把。王丞相的态度是关键，满朝文武，唯有王导有能力号召各地的勤王之师。一边是兄弟，另一边是晋室，王丞相究竟是什么态度呢？天下拭目以待。战争已不可避免。

先说王敦，这个人比较奇怪。魏晋玄谈之风也刮到他身上了，与高僧支道林等人谈玄，从日出谈到日落。《世说新语·豪爽》：“王大将军自目高朗疏率，学通《左氏》。”高朗：高超而通达。疏率：放达而直率。左氏指《春秋左氏传》。王敦这么自我评价，旁人也认可。他对鼓乐很在行，酷爱曹孟德的《短歌行》，总之，修养是多方面的。可是他控制不了自己的野心。西晋名士潘阳仲见过童年的王敦，说："君蜂目已露，但豺声未震耳。必能食人，亦当为人所食。"到王敦豺声振动之时，凶残的秉性露出来了，赴石崇的家宴故意拒饮，目睹四颗美人头落地而神色不变，心肠硬如铁。王导当场斥责他，他倒吼起来：石崇杀他自家人，关你王导什么事！

石崇的府第还弄了个金谷园，邀约四方名士雅集，雅名播于后世。豺狼般恶毒的家伙，偏偏炫耀风雅。可见文之化人是有限的。屠城的曹操不是著名文学家么？

遗传基因在多大的程度上左右人的行为，目前是个谜。幼儿期、童年期如何影响人的一生，依然云遮雾罩。人类要反观自身，还有很长的路要走。

手握重兵的王敦想当皇帝，权力如日中天的王导不让他野心得逞。王丞相"一身山林气"，学道家的无为学到家了。身在历史的进程中，又置身局外，于是看历史才格外的清晰。历史教训太多。曹氏取代了刘氏天下，司马氏废掉曹氏，血雨腥风一百年。如果王氏再取代司马氏，两个百年大族争抢三尺龙椅，天下大乱何时了？

王导有仁爱之心，王敦有虎狼之势。

王丞相的态度很明确：坚决维护晋室稳定的大局。他修书苦劝王敦，野心家哪里肯听。当初在石崇的家宴上舌剑唇枪，现在要把战场摆在长江边的石头城。

二王交兵，兄弟血拼。建康军与武昌兵打得昏天黑地，秦淮河血波翻滚，杨柳岸断肢横呈。几支从外地赶来的勤王军队夹击武昌兵，王敦大败，退回武昌老巢，不久，吐血而亡。食人者终于被食，死后还要下地狱——有地狱吗？我们希望有。

日子过得好好的，何必呢？一家老幼没有好下场。唉，权力海洛因蛊惑了多少人。

相反的例子有诸葛丞相、王导丞相……324年王敦之乱被平息后，东晋王朝延续了九十多年。士族与庶族，咸称王丞相的盛德。

司马光卖马

清人丁传靖《宋人轶事汇编》三大本，列宋人六百，其中司马光、王安石、苏东坡的篇幅为多。北宋中后期的政坛与文坛，这三位是主角。“马与王”年轻时是至交，剧谈通宵抵足而眠，熙宁二年（1069），王安石骤行新法，司马光一夜间跟他绝交。十几年以后，王安石病逝于江宁（南京），宰相司马光总体评价荆公：“介甫无他，但执拗耳，赠恤之典宜厚。”苏东坡反对王安石，一生的命运都搭进去了，家人凄惶，爱子夭亡，而介甫晚景凄凉到了众叛亲离的地步，东坡受诏复起，专程取道金陵，上蒋山（钟山）去看望他，盘桓“半山”庄园一个月，小酒美食，晤谈甚洽，政见相反而文化认同。

苏轼下半山，揖别老相公，介甫望着苏子瞻远去的背影，老泪闪烁，喃喃道：“不知更几百年，方有如此人物。”

宋代士大夫胸中的大格局，庶几可称古代之最。

司马光字君实，号迂叟，复号齐物子，谥曰文正。山西人，生于1019年。司马光砸缸是他的童年故事。后来又有司马光卖马，两件事并传于东京汴梁、西京洛阳。当时两京的人口超过二百万，人口规模与富庶程度俱为全球之最。宋仁宗在位四十二年，谨慎图治，无为而为，名臣好官星罗棋布，庶民百姓安居乐业。

司马光的政治生涯主要是在仁宗朝、哲宗朝，中间有个在位十八年的宋神宗，司马光拒绝留京做枢密副使（相当于国防部副部长），断然卷铺盖，携家带口去了洛阳，写他的皇皇巨著《资治通鉴》。并与王安石永不见面。

初，介甫从江宁进京时，君实逢人便鼓吹：“介甫独负天下大名三十余年，……起则太平可立致，生民咸被其泽矣！”王安石拜相，亮出了惊世骇俗的变革主张，司马光掉头走人。从欢呼到绝交，仅三个月的光景。司马光认为，王安石为朝廷理财的种种措施，不过是变尽花样刮地皮，抽民脂民膏，“骚动天下”。司马光力主“养民”，同时严格约束各级官员。

欧阳修、韩琦、富弼、范镇、曾巩等一批臣子都走掉了，宋神宗几番哭留，留不住。

道不同，不相为谋。

司马君实偏瘦，书法也瘦，一笔一画工整。走路、骑马慢吞吞的，总是在思索的样子。某一年夏夜，他走到半腰深的水池里去了，所思未完，便立于水中望星月。仆人隔了园树张望而已，并不唤他。斗转星移，君实出水。

洛阳有个“独乐园”，君实一住十五年，写大书，有限接待两京政要和三教九流。苏轼形容：“青山在屋上，流水在屋下。中有五亩园，花竹香而野。”洛阳高官的园子有几十亩上百亩的，司马君实的园子小而朴素，奢侈的官员便有所收敛。而王介甫在汴京，个人生活极俭朴，不纳妾，不饮酒，不居华府，不去瓦子勾栏。有人暗里送他豪宅，他把那个人连降三级。夫人吴氏酷爱一张公家的“千工床”，搬家时舍不得退还，王安石携虱而卧，梦中胡乱摸索虱子，梦呓嚷嚷：“恁个千虱床！”有洁癖的吴氏只好割爱退床。

全国三百二十个州，一千五百多个县，政府官员只有几万。官员的日子是比较好过的，官俸高于盛唐。士大夫并不以铺张浪费为荣。古代的德政，北宋为最。

各地治安好，比如苏东坡宦游几十万里，未有遭遇盗贼的记载。孝子大受表彰，不孝被视为禽兽。

有一年深秋细雨，司马君实忽自语：天冷了，客人怎地减少？老仆窃笑。独乐园的规矩是冬不生炭火，有个汴京客千里冒雪而来，只得一碗热乎乎的栗子汤，不敢问煮酒。

天寒客少好几年了，迂叟才发现。

天热时，他动手辟一土室，钻到地下去写作。不远处，却有个王家豪宅楼高百尺，古木森森掩映着画栋雕梁，凉风一股股地劲吹。人在高楼舒服得很，手中的扇子只作摆设。独乐园小，七八月闷热。洛阳民谣曰：“王氏钻天，司马入地。”

《文昌杂录》："司马公在陋巷，所居才能避风雨。又作地室，读书其间。"

地室里一榻、一桌、一旧椅。《资治通鉴》三百万言。

君实先生的五亩园已经比颜回的陋室大多了。颜回"一箪食一瓢饮"不改其乐，君实"恒乐"。吃穿睡至简，先生尝自言："食不敢常有肉，衣不敢纯有帛。"

笔者不禁联想毛泽东主席的一件睡衣，打了七十多个补丁；主席的两个女儿李敏、李讷有一张近年的合影，居室陈设简陋，两位慈祥的老人家笑得那样开心……

北宋后期，尤其宋徽宗上台后，官风就败坏了。败坏的官风一定会波及民风。单说蔡京，这厮的京师园子四十里，强拆民房千余家。嬉皮皇帝宋徽宗带一帮二杆子大臣玩天下，踢球唱曲演戏爬墙，钻地道幽会李师师……君臣娱乐到死，终于玩死了北宋。

可惜了！北宋一百六十八年。

陈寅恪："华夏族文化经数千年之演进，而造极于赵宋之世。"

古今中外的杰出人物，几乎都有忽视物质生活的倾向。若问何以如此？精神强大之故也。孔子三十来岁去洛阳见老子，埋头学习大半年，受益良多，孔子要走了，老子赠言：有钱的人临别送东西，有德的人赠送言词，丘啊，你慢慢掂量吧。

孔门弟子三千，颜回排第一。眼下设在各国的孔子学院如何讲颜回？如何讲孟子？

司马温公平时居独乐园小阁，"侍吏唯一老仆，一更二点即令老仆先睡，著书至夜分，乃自罨火灭烛而睡。至五更初，公即起，发烛点灯著述，夜夜如此"。年年如此，《资治通鉴》是这么写出来的。西汉一个司马迁，北宋一个司马光，矗立两座史学高峰。

天长日久的，仆人们也像司马光了。政要们到独乐园，通常会赏钱给下人，"有园丁吕直，……微有所得，持十千（一万钱）白公，公麾之使去（意思是：你留着自用吧）。后几日，吕直自建一井亭，公问之，直以十千为对，复曰：'端明做得好人，直如何不做好人。'"司马光做过端明殿大学士。白公：告诉温公。

又一年，君实从外地归洛阳，发现独乐园多了一座厕所。可见园子里厕所少。司马光问守园者："何处得钱？"守园者答："积游赏者所得。"司马光再问："何不留以自用？"那园吏说："只相公不要钱。"

相公不爱钱，仆人亦捐资。园子是大家的园子，人不分贵贱。

五亩园优哉游哉，花竹香而野，由其自由生长，园丁很少修枝剪叶。苏轼在汴京的南园杂树也有几分乱，苏轼称："颇便野性也。"他在黄州居住的临皋亭更野，亭下滔滔大江，清风明月不用买。难怪东坡的艺术要井喷……同一时期，司马君实每日命笔于土室，大脑高速运转，华夏数千年的历史风云汇于笔端。

写累了，园子里看树，听鸟，嗅花，观鱼，那才叫悠闲，情绪思绪柳絮般地轻飘，整日飘不散，着实爽也爽也，果然妙哉妙哉。

让·保尔·萨特说："严谨的工作之余，生活应该是一连串的赏心乐事。"请记住这个"之余"。中国作家陈学昭有一本小说：《工作着是美丽的》。

投身事业、且能抽身的人才懂得悠闲。能思索的人，才知道什么叫情绪饱满。从悠闲到无聊只隔了一层纸。眼下随处可见的是物欲太强，功利太甚。功利抓空，人便失措。悠闲，蜕变为双目空洞无所事事。四川总有一些人，把旷日持久的打牌赌钱称作休闲。

鲁迅："人到无聊，便比什么都可怕，因为是从自己发生的，不大有药可救。"

这些年的网瘾少年多达数千万。网瘾近乎毒瘾。连年沉迷于网络者，人格很难健全。

不过，亡羊补牢未为晚矣。

笔者细细回思七八十年代的生活场景，无聊的面孔几乎没有。为何没有？这是一个大问题。牵挂亲朋，投身百事，操心世界，每一天都活得认真，活上三百年也活得起劲。此曰"生存的敞开"，反之曰遮蔽。理想之光与现实之光的双重照耀下，方能呈现生活之意蕴层，或曰生活的完整性。否则，活到三十岁就活没劲了，一片片东歪西倒如秋草。

无聊的能量积聚于街上网上，要干什么？试问：如何释放无聊之能量？无聊、刺激、再无聊，如此恶性循环，能释放一丁点正能量么？正能量一词，不要变成媒体的短暂起哄才好。软实力的提升要下大力气。前提却是：培育辨认无形之物的能力。

要说闲暇的时光多，中国人比得过西欧北欧俄罗斯么？看看人家怎么过日子。

个体生存的饱满，群体生活的智慧，唐人宋人懂得多，我们懂得少。

重温海氏："人类不可失掉与简单事物打交道的能力。"

君实当然有缺点，后来他做宰相，走了"尽废新法"的另一极端，苏轼反对他。日常生活中，君实的道德自律也不是天生就。他曾被朋友拉出去游山玩水，丝竹歌舞流连，玩了五十天，不归独乐园。老仆批评主人："这许多日，相公何曾看得一页书?"

温公顿时很惭愧，一贯倔强的脑袋耷拉于老仆前，像个犯了错误的小学生。

小仆、园丁、丫头，顿时七嘴八舌，纷纷指出他的不足，要求他改正，俨然民主生活会，展开批评与自我批评。君实到村子里去讲学，一村父问一个有关经书的问题，他答不上，曰："某虑不及此。"村父逢人便说："吾难倒端明学士也。"

圣人云："知之为知之，不知为不知，是知也。"西哲说：我知道我不知道。

今之麻烦在于，许多人，根本不知道他不知道。

我记得冰心先生的书斋叫"知不足斋"。那一辈作家谦逊者多，学力深厚者多。

司马君实写诗，一般不填词，称：不与苏子、欧阳子争高下。

元宵节，君实的夫人张氏出门看灯，他在书堆中探头说："家无灯耶?"张夫人笑道："看灯复看人。"君实佯嗔："我是鬼耶?"东、西两京的贵妇民女争传此事，乐惨了。

司马光的幽默可见一斑。

迂叟自有迂处，讲原则寸步不让，与人唇枪舌剑争论时，却从来不生气，"气貌温粹"，向孔圣人的风度看齐。平时的为人也能圆通。宰相吕公著带了美味佳肴进独乐园，"温公笑而延之"，招来几个老友大快朵颐，吃了再说。事后却语人："吾不合放此人来。"不合：不该。过了半年，吕公著邀约了知谏院范镇，两袖清风再拜独乐园，温公迎于门外的古槐下。槐者，怀也。温公迎佳客，方至门外古槐。

三巨公笑谈饮酒，下酒菜只二荤一素一豆，做得精美可口。这些小事传开去，官吏闻而谨肃，不敢奢靡铺张。大吃大喝只能悄悄干，跟做贼似的。温公荆公范蜀公……他们的节俭生活，意在带出良好的官风，良好的官风再去影响民风。

另一宰相吕惠卿，常常写信问候温公的起居，“温公不答”。北宋的奸相，这吕惠卿与蔡京有一比。王安石看走眼重用此人，此人把王安石搞得伤肝伤脾殇子……

北宋士大夫的是非观是明确的，价值判断不含糊。君子不与小人同流合污。

而道德堪忧的年代，道德的模糊空间巨大，很多人都善于玩“两可”：这也可那也可。一张脸随时准备变成另一张脸。是非观模糊的背后是利益图清晰。人被放进了数不清的利益链条，人又被人处理成“资源”。人与人如此相处，不打鬼主意也难。

德难，诚难，善难，爱难，义难，孝也难。

司马温公无子，闷闷不乐。妻子忙着替他张罗小妾，他不同意，一拒再拒。王安石的独子王雱被吕惠卿斗死了，也不纳妾，妻子吴氏白张罗。由此或可表明，“不孝有三无后为大”之类，在推崇以孝治国的宋代，不无弹性空间。温公、荆公俱是宰相，并不把无子传香火视为不孝。

独乐园有个侍女颇知书，善解人意，容貌身材亦佳。张夫人故意远走，让侍女单独为温公奉茶。此前，这侍女“偶然”撞见温公，浅浅一笑，低眉而过，隐现她的风流婀娜，拿捏了她的姿色分寸。眼下她“靓妆奉茶书院”，还从书架上抽出一卷《尚书》，并且念了几句。家里静悄悄，炉香绕茶香，茶香又含了脂粉香。侍女的端庄举止暗藏了妖娆……温公“蹙眉久之”，终于斥曰：“院君（张夫人）不在家，你来书院做甚？”

靓妆侍女羞颜而退，出院门“哭奔”。

有一官员与洛阳的官妓“有私”，约会于某寺庙。恰好温公也去那寺庙，撞个正着。官妓越墙而逃，温公爬墙而追……官员顿足曰：苦也苦也，本官一世前程，尽毁裙钗！

那温公爬墙追妓，气喘吁吁拿了证据在手，返身回步，面孔庄严，对狎妓的官员严加训诫而已，放他一条官路。官员道声阿弥陀佛，千恩万谢地去了。

江南三个州的太守与官妓有私，王安石拿掉了他们的乌纱帽。按宋制，各地官妓“供声色娱目”，不得“私侍枕席”。由官妓转为家中的侍儿歌女，则另当别论。

道德与风俗，覆盖南北三百州。士大夫精神罩着大局。小局不论。

司马光卖马是一件小事，小事嵌入一系列的小事，小事就不小。古训曰：“莫以恶小而为之，莫以善小而不为。”有朋友点评：“君实，脚踏实地人也。”温公深以为然。那朋友又说：“君实，九分人也。”这世上本无十分人，得九分非常高了。如果评选古代的十大道德模范，司马君实落选的可能性小。若是宋人投票，君实当为第一。

《萍州可谈》：“温公闲居西京，一日令老兵卖所乘马，语云：‘此马夏月有肺病，若售者先语之。’”老兵去马市卖马，告诉那位买家，马有肺病，这事由买家传开了。一传十，十传百，西京传东京，古代传当代……一件孤立的小事传不广，传不久，几十年点点滴滴做好事，做好事的人又是大丞相大学者司马光，合当盛传。

小时候砸水缸救人有智，老来卖马有德。哦，九分人司马光。

温公“以高才令德，大得中外之望”入东京主朝政，开封城十万百姓夹道欢迎，“都人叠足聚观，致马不能行”，上房上树上墙者，不计其数，踩烂瓦，折断枝，跌破骨，压伤腿，引发了百余起民事纠纷。宋人的笔记，记之甚详。连山东青州一个偏僻的小山村，成群结队的村民也雀跃欢呼：“司马君实为宰相矣！”事见《渑水燕谈录》。

中国人的重集体主义，重了几千年，源远而流长。与之相应的德政卓有成效。以德治国，依法治国，二者相辅相成。

德政，蕴含着中华民族的顶级智慧。道德若是大面积败坏了，风俗若是大规模衰微了，人人争利不择手段，“利孔百出”，再严密的法也治不了。

此系华夏文明进程中的常识。切记，切记。

高太后的『不』

汉唐二朝，太后及皇后的权势大，形成所谓“后党”，常与“帝党”争雄。太监的势力加入进来搅和。帝后宦官，又争相联络将军们以钳制朝廷百官。几股势力厮拼，各利益集团恶斗，日积月累的矛盾来个大爆炸。东汉末年天下大乱，盛唐后期突然陷入安史之乱，两次大乱，尸骨万丈，堆起来比几座珠峰还高。

司马光说，安史之乱使华夏族衰败二百年，至北宋才现转机。

宋太祖赵匡胤定下了“重文抑武”的国家战略，防止武人称雄，这个战略管了三百年。1126年北宋变南宋，罪在“矜小智”的嬉皮皇帝宋徽宗。这且不谈。北宋太监的声音小，太监挨着入宫的大臣小跑，说话像蚊子叫，百余年如一日，蚊子滋生蚊子，蚊子队伍的个头也差不多。太后皇后们，一般不干政，不安插自家人做大官。皇帝若是年幼，太后垂帘听政，三五年或是七八年，朝政通常付与贤臣，听完了，她们还政于帝。士大夫政治又能在制度的层面约束皇帝。凡此种种，唐朝与宋朝不可同日而语。

唐朝版图大，宋朝人口多。宋的农工商更兴旺。

刘太后、曹太后、高太后、向太后……宋代的贤后颇不少。本文略说高太后。

高太后是宋英宗的遗孀，宋神宗的母后。仁宗驾崩，英宗继位，英宗身体不好，四年后消失了。神宗二十岁登基，在位十八年。这个年轻人勤政有余而智慧不足，大变祖宗法度，与王安石君臣一体，共谋天下财利，要打仗，要充实国库，要让朝廷和州县的官员们“享国”——这是当时的流行词。国库充实了，小民贫穷了，打仗打输了。

神宗改仁宗政，且是骤改、大改，大多数朝廷大臣不认同，纷纷自请外放，拖家带口远离繁华的都城。这个历史现象，值得反复掂量。熙宁年间，自卷铺盖走人的官员名单可列一大串。就连王安石的两个弟弟和得意门生都反对王安石。苏轼《上神宗皇帝书》洋洋九千言，言词异常激烈，句句见忠心。他说："今日之政，小用则小败，大用则大败！"他引用晋人诗句形容皇帝："盲人骑瞎马，半夜临深池。"

关于熙宁变法的是与非，学者们仍在争论。宋人说："法非不良也，而吏非其人。"

十八年的时间，高太后主持后宫，但不问朝政。事实上她是想过问的，她知书而通史，向往仁宗朝的政通人和，固然有弊端，有某些保守的倾向，却是总体向好，加上前三朝"天下无事百年"（王安石）。而熙宁初，政治这台车来个高速急拐弯，人事大变动。"介甫生事、争利、聚敛"（司马光），有宋神宗的强力意志作支撑。

高太后作何感想？史书无一字记载。她的大局意识，源自赵宋王朝代代相传的智慧。再者，太皇太后曹氏（宋仁宗的皇后）尚在。曹后、高后，都不大干涉神宗。

熙宁变法，元丰强化变法，吕惠卿扳倒恩师王安石，占据了朝廷要津，怂恿皇帝加速敛财、大动刀兵。宋军与西夏战，两战损兵六十余万，宋神宗当庭大哭。作为母亲的高太后饮泣深宫而已。神宗每日向她请安，她一如既往地不谈国事。

沉默十八年哪。高太后忧着国运，却严守宋太祖定下的家法。不干政，不让她的娘家人进入庙堂，更不许太监坐大：蚊子就是蚊子。

熙宁五年（1072），侠士般的郑侠画《流民图》，冒着坐牢的危险越职驰送深宫；元丰二年（1079），苏轼因乌台诗案入狱，性命堪忧。此二事，太皇太后曹氏忍不住出面干预了，罢免部分新法，救苏子瞻。史料中仍不见高太后的身影。她是苏轼诗词文赋的忠实读者，称崇拜者不为过。

顺便提一句：崇拜者与今之所谓粉丝不可并提，后者的盲目性太大。粉丝不问对象的青红皂白，他（她）只要去粉。

高太后的“不”，不单显现于国家大事，还“不”在她自己的身上。

高太后年轻守寡，她又不能改嫁，花容月貌付与青灯黄卷。英宗活着的时候就有病，龙床也是药味浓的病榻。英宗驾崩日，她才三十几岁。从此后，夜夜孤枕孤眠。

北宋曲子词流行，既是诗歌形式的大解放，又是男女日常情感的大释放，皇室成员没有不欣赏的，宫中排练的曲舞，不是二晏（晏殊、晏几道）加欧阳修，就是柳三变加张子野加苏东坡。“想佳人妆楼颙望，误几回、天际识归舟”，高太后二十年独倚高楼多少次？“娇羞默默同谁诉？倦倚西风夜已昏”，春心总是付与西风。

御花园的三月姹紫嫣红，“花褪残红青杏小，燕子飞时，绿水人家绕”。高太后每读苏东坡，读得浩气贯胸，又吟得脸热心跳，不知道拿自己的情爱躯如何是好。“冰肌玉骨，自清凉无汗。水殿风来暗香满。绣帘开，一点明月窥人，人未寝，欹枕钗横鬓乱。起来携素手，庭户无声，时见疏星渡河汉。……”可是谁来携高太后的素手呢？琼枝玉叶碰她的玉手，终不如乡下的老光棍来捏一捏。

韩琦貌美，苏轼伟岸，范镇是出了名的红脸庞大丈夫，甚至那个亦正亦邪的风流章子厚……高太后的脑子里闪过他们，睡梦中挽留他们。

梦回抱枕头。梦里不知身是寡，“一晌贪欢”。转思那南唐李后主与大周后，“烂嚼红茸，笑向檀郎唾”。词语从四面八方交袭可怜的青春皇后，撩拨寂寞的皇太后。

从少女到少妇，到中年醉心于服饰的美妇，春天里的秋天多，秋天里的冬天多。男欢女爱的时光屈指可数。要命的是她又高度敏感，词语一年年荡起她的肌肤波澜……

这些内心隐秘事，史料不见点滴，但是，完全可以猜度。后来她对苏东坡那么好，委以重任，格外关心东坡先生的日常琐屑，透出了一些消息。

浑身寂寞的高太后依然“不”。汉宫乱，唐宫乱，宋宫不能乱。宋太宗赵光义一度乱来，夺花蕊夫人，有半夜杀兄（杀赵匡胤）的嫌疑，赵宋皇室对此，九十多年讳莫如深。高太后母仪天下，首先要讲妇德。她不管万岁殿的皇帝，却要约束皇后和嫔妃。

宫闱一片风平浪静，高太后一年年的春光自敛，可敬复可怜。春心由来敛不住，愈敛愈春。天闷热要下雨，人寂寞辗转永夜，愁听梧桐雨芭蕉雨……满头青丝付与黄卷。

宋代女人的服饰多达九十多款，街头有女子足球队，婚俗花样极多，女人饮酒不稀罕，还拥有离婚的权利。概言之，宋代的女人是活得比较奔放的。

宋代推崇的妇德只管大方向，而高太后把自己捂得很严实。

宋神宗勤政过了头，“谋天下财利”，弄得内忧外患，打仗一败涂地。“求意志的意志”催生他的执政盲点。这个不懂得无为而为的年轻人死于心恙，卒年三十八岁。如果他领悟一点《庄子》，洞察几许“不”的领域，哪里就夭亡?

庄子是洞察各类“不”的领域的大宗师。

高太后中年丧子，大恸。九岁的宋哲宗登基，太后垂帘听政。改国号为“元祐”，明确复兴宋仁宗辉煌的“嘉祐”年代，“叙复”（重新起用）一大批向往仁宗朝的官员，以司马光为政府首脑，范纯仁（范仲淹之子）、苏辙等人为副相，力推贤人政治。

元祐更化，史称“母改子政”。爱子，与纠正儿子的偏颇是两码事。

五十岁的贬官苏东坡，半年内由七品升四品，“披三品之服章”。累迁吏部、兵部、礼部尚书，又做了翰林学士知制诰（草拟诏令）和迩英殿侍读学士，教导小皇帝。苏轼苏辙两兄弟“内翰外相”，荣华造极也。皇家的赏赐不断地送往苏轼家，大到一匹御马，小到一条玉带、一盒酥、一包贡茶……苏轼去玉堂（翰林院）值宿（值夜），高太后几次在便殿召见他，君臣除了谈政事，也聊家常，切磋诗词文赋、书法绘画。高氏的书法颇有苏字“肥而有骨”的韵致。她的女婿王诜是丹青妙手，也是苏东坡的挚友之一。

天黑了，夜转深了，月照中庭了，高氏与苏轼的交谈还在继续。太后与臣子，也是女人和男人，崇拜者与偶像。君臣的关系在日常话语中淡化了，满脑子诗书、一肚子故事的苏东坡多么有趣呀，你一句我一句的，说上三天三夜也说不够。太后还问起王弗、王朝云……太后忽然沉默了，突如其来的沉默，欲诉还休的沉默。烛光下依然光洁的面容，帘帷间依然娴雅的举止……然而美人垂暮，多少心事她口难开，归于一声轻微的叹息。苏东坡何许人也，如何不知太后隐忍的心事?

高氏不着，苏轼不着——许多话，躺进棺材也不会讲。

有一天夜里，于便殿交谈之后，高太后赐苏东坡金莲烛，这可是要他做宰相的信号。中唐有典故。苏氏兄弟俱为宰辅大臣，岂不是要权倾朝野？但是，高太后信任他们的忠诚与无私，断不会变公器（公共权力）为私利。

苏轼归家诚惶诚恐，下决心要教出一个好皇帝，不负太后的厚望。

那宋哲宗却很不好教，苏轼希望他效仿唐太宗，他倒迷上了汉武帝："宁可三日无肉，不可一日无妇女。"十二三岁他就开始偷袭宫女，用不同的方式把她们扑倒。苏轼、程颐要塑造他的道德身，他偏偏反着来。心理的阴暗、性格的古怪，让迩英殿侍读的大儒们智者们一筹莫展。高太后也拿这个孙子没办法。哲宗还变着法子讨好她，糊弄她，小小年纪怪招频出。没人知道他明天又要弄哪一出。

小怪物却迟早要亲政，这可是一件天大的事情。

司马光在世的时候，哲宗临朝每每犯怵。他问政于司马宰相，宰相不答，当庭给他难堪，并喻示百官：要防着这个信口开河的小皇帝。

高太后听政九年，哲宗抱怨："朕只见（她）臀背。"

小皇帝的病毒能量在积聚……

史称高太后为"女中尧舜"，九年来她呕心沥血，要让国家走上正轨。她有尧舜之心，没有尧舜之力。由于政治这台车在二十多年中几次大拐弯，党争趋于激烈，她活着能控制局面，死后咋办？哲宗乱来的可能性很大，九年受压制的熙宁官员将要卷土重来，高太后倚重的元祐大臣们将朝不保夕。勉强修复的"政车轨道"又要大转向了。

这个历史瞬间，高太后未能做决断，废除宋哲宗，剪除其尚未丰满的羽翼。皇室成员中不乏才德兼备者，例如高太后的另一个儿子、岐王赵颢。她下不了决心。废帝而另立，历来是皇家大忌。她不能违背太祖皇帝定下的家法。另外，哲宗是她的孙子，神宗的爱子，她也不忍心。可是……国运高于一切，宋祚高于祖宗法度。

高太后徘徊复徘徊，国之存亡似乎只在她的一念间。说似乎，是因为她抱着侥幸心理：也许哲宗会变好，也许她还能活几年。她老了，念头的情绪含量高了，女性的本能会影响她的判断力，催生她的生存遮蔽。并且，重要的是，她自己意识不到。哲宗讨好她，端几回汤药，捧一卷苏轼推荐的《贞观政要》，她的心就软了。

元祐八年（1093），宋代的历史原本可能有另一种走向……

老庄提倡无情，“天地无情，以万物为刍狗。圣人无情，以百姓为刍狗。”高太后听政之初像男性政治家一样刚强，毫不犹豫地“母改子政”，现在，她却面临着“孙改祖母政”的危险。她不废宋哲宗，她不能正视对早逝的宋神宗的无限思念，这个“不”，显现了这位六十多岁的老太后抑制不住的妇人之仁。

她唯一的女儿忽然病死了。她绷了几年的神经终于承受不住，病转沉重。

她召见左相吕大防、右相范纯仁等，嘱咐后事，哭着说：“官家（皇帝）要另起一番人也！”十八岁的宋哲宗脸色铁青。太皇太后高氏历数她的悲惨：一儿一女夭亡。而作为权力顶端的女人，她毫无私心，未曾安排过一个姓高的人进入高层，她说：“卿等试言：九年间曾施恩于高氏否？”她吸取了汉唐教训，她在历史的进程中坚决地“不”着。

高氏再次哭曰：“官家要另起一番人也！”

宋哲宗扭头，严辞呵斥病榻旁的军政大臣：“大防等出！”

五个接受太后遗诏的大臣惊惶出宫，吕公著仰天悲叹：“吾等无死所也。”

此前，高太后安排后事，让苏轼出知定州，做了军政两摄的封疆大吏，远离朝廷的凶险。然而……

高太后殂于公元1093年秋。憋坏了的宋哲宗亲政，亢奋得整天哇啦哇啦，把章惇密献的民间美女堂而皇之召进宫。高太后去世的第二天，这个猴急的皇帝一屁股坐上龙椅，扯开嗓子高调宣布：改国号为“绍圣”，重用十个太监。他迅速起用了一批政治打手，把元祐大臣一个个打翻在地。章惇、蔡京、赵挺之等辈呼啸朝堂。远在定州（河北定县）的苏东坡挨得最惨，五十九岁贬向岭南，全家三十余口，“陆走炎荒四千里”。

朝廷的政治生态日坏。宋哲宗沉迷女色身子也坏掉了，二十四岁一命呜呼。更坏的宋徽宗登基，极尽轻佻与嬉皮，把北宋王朝拖向万丈深渊。

1126年，金兵灭北宋。北宋王朝，一百六十八年。

高太后生前的“不”，再往前跨一步就好了。她被追封为宣仁太后，固然名副其实，却是宣仁过也，仁慈，减弱了她作为政治家必不可少的、钢铁般的意志。

孝

孝道是古代中国行之有效的顶层设计，提升了人性善，维系了家国伦理。以孝为本，这个本稳固了，为其他美德的生长提供了支撑。对于长辈，民间历来重两点：想得到还是想不到；想得粗还是想得细。此二者是衡量孝与不孝的试金石。然而，随着洋观念的大规模泥沙俱下，孝之本已有松动的迹象。对此，我们要高度警惕。

卷十四 孝

孝

宋代大孝子朱寿昌

列入古代“二十四孝”之一的朱寿昌，安徽人，其父朱巽，做过仁宗朝的工部侍郎（类似工业部副部长）。朱寿昌庶出，母亲刘氏原是朱巽的小妾。寿昌幼年，生母失踪。朱府中人大约语焉不详，刘氏是否不容于正室夫人，被赶走，不得而知。这种可能性是存在的。当年我写五十多万字的传记小说《苏东坡》，记住了这位大孝子，但并不具体知道二十四孝；同时记住了大不孝的李定。本篇专写朱寿昌，后文捎带写李定。

宋代“以孝治国”的制度设计包括了一个命题：一个人若是孝子，那么他在社会上终究坏不到哪里去。这个设计行之有效。宋代的丁忧守制非常严格，王安石的母亲去世，他也必须回老家丁忧二十七个月，无论他处于什么样的地位，正干着什么要紧事。苏东坡入仕后两次回眉山丁忧，官船逆流而上，往返数千里，加起来六年整。

丁忧古制，源于孔子。总体看是利大于弊。丁忧让所有的官员社会角色悬空，回归其赤子本源。人间万事，唯孝为大。父母的恩情比皇帝的隆恩还要重。可惜现代社会的某些人正趋于唯利是图，唯利为大。孝道二字，蒙尘久也。

朱寿昌官运亨通，做了几个州的通判和太守，生活也滋润，然而母亲的失踪是他一大心病。估计他在成长的过程中知道了一些真相：身份卑贱的母亲究竟是怎么含恨离开朱府的。母子骨肉分离，她踉踉跄跄披头散发，她哭天天不应，叫地地不灵。茫茫人海她在何方？她还活着吗？她艰难挣扎于底层吗？她是不是一声声叫她的寿昌儿？

行文至此笔者潸然。我想起了我早逝的妈妈，屈指二十一年，未能叫妈妈……

朱寿昌七岁知念母，往后漫长的时光越想越多，尽管他未必记得母亲的音容笑貌。点点滴滴的思念，一年年汇成翻波涌浪之河。想象的画面日积月累，梦中的场景一次比一次逼真。母亲可能活着！这个念头牢牢抓住了朱寿昌。而个体的念头、意志当然与大环境有关。孝道像空气一样充沛于宋代的日常生活。

朱寿昌寝食难安了，茶饭不思，“言辄流涕”。他托人四方打听。即使母亲已经不在人世间了，他也要知道她老人家葬于何处，不辞万里去扫墓。

守墓，扫墓，都是人生大事。后者不废于当代，是一件大好事，但是这些年来，所谓文明祭扫的杂音也多见于媒体——此系文明疾病，或曰科学迷信。容后细谈。

宋神宗熙宁初年，约公元1068年前后，有人告诉朱寿昌，他母亲刘氏尚在人间，在陕西的同州（陕西大荔），早已改嫁，并有若干子女。他当即决定辞官寻母。而辞官意味着告别仕途，当时他大约在阆州太守的任上，人也五十多岁了，子子孙孙一大家子。他不要俸禄，全家的生计都成问题。子孙也不能享受门荫入仕。总之，寻生母将要付出的代价很大，在官之身将不存。宋人把官身看得比今人重，整个家庭都在里边，家族会沾光。屡有亲朋劝朱寿昌别去荒僻遥远的同州，于是他刺血写下《金刚经》，以示坚决。并且发血誓：“不见母，吾不返也！”

为何不叫别人代寻呢？却只怕年逾七旬的老母来日无多。他必须亲自去，别无选择。

于是就上路了，风雨兼程儿寻母。孝心大，其他的心思会变小。除了内心的支撑外，北宋良好的时代氛围也是支持他的。如果世风日下，人心不古，朱寿昌因寻母而付出的代价将被视为不划算——儿孙的前程、家人的幸福不重要么？然而亲情是不能计算的。儿孙辈总会有办法。亲爱的母亲一去，那就阴阳永相隔了。此间要掂量，朱寿昌想要见到生母的力量有多大。古往今来，亿万儿女欲见死去的父母而不得，因之而流下的伤心泪，堪比汪洋大海。人间的最疼最痛最绝望，莫过于此了。

而当下亲朋间的算计，多少年来我们实在见得太多。算计，是一步步往前推进的。作为算计对象，含辛茹苦的父母未能免。

朱寿昌千余里忐忑奔同州，几经辗转，见到了白发苍苍的母亲，五十年的生离恍如隔世。刘氏喜极而泣，继而放声大哭。悲伤往事涌逼，刘氏如何不痛哭？长跪地上的朱寿昌叩头流血，抱着母亲的双腿，哭得不成人样。满城泣下，闻者掩面。这件事迅速传到汴京，士大夫感慨不已，庶民们争传孝子寻母的细节。宋神宗下旨表彰朱寿昌，令其官复原职。结局是皆大欢喜，但事先毫无设计——这一点在今天尤须强调。

朱寿昌把母亲和她的儿孙们接去他的任所同住，近百口其乐融融。

宰相王安石率先写诗赞颂朱寿昌。士大夫们的唱和诗多如雪片。苏轼写道："嗟君七岁知念母，怜君壮大心愈苦。……感君离合我酸辛，此事今无古或闻。"苏轼的酸辛除了感动于朱寿昌外，一定还想起了他的母亲程氏。程夫人享年才四十八岁。另外，宋人像唐人一样尚古，都认为古代好于他们的时代。这使得古之数千年的好东西能得到仔细辨认。近代中国饱受屈辱与苦难，于是进步成主题，反思封建历史的毒素成气候。现在正从各个方向重新评估，摄取华夏文明的巨大能量，坚决朝着中华民族的伟大复兴。

朱寿昌半个世纪为官，俱是爱民的好官，证明了孝之大用，并且，向民间诠释了仁者寿。这一孝道符号大起来，波及北宋三百二十多个州、南宋一百六十州。

黄州人有溺杀女婴的恶俗，苏东坡募捐办育儿会，收养弃婴，致信鄂州太守朱寿昌："若岁活得百个小儿，亦闲居一乐事也，吾虽贫，亦当出十千。"

如此善举，东坡先生轻描淡写。

其时东坡遭贬，戴罪官身穷得叮当响，他拿出仅存的一万钱，不考虑全家三个月的生活费。朱寿昌倾力相助，若干年间，育儿会救活了无数女婴，破除了黄州的恶俗，减少了光棍汉。

孝之大道流布中国几千年，若是受贪婪与自私的长期挤压而沦为小道，动态性地淡化忤逆及其种种苗头，试问：那非人的局面谁能承受？

王安石丁忧的日子

王安石字介甫，他的尽孝当有两层因素，一是他本来孝顺，二是他要强化孝道。换言之，以一己之至孝，为天下人做出表率。

王安石对母亲的感情不下于朱寿昌，只是情形有不同。古代大文人或多或少都有恋母情结，这个恋是广义的恋，不必去联想弗洛伊德。历代文豪们做官多仁慈，与早年受母性的深厚滋养有关，仁慈植入了皮下。

王安石的童年少年，跟随宦游的父亲八方颠簸，最远到了蜀中的山区，吃了很多苦头，时或蓬头垢面，饱一顿饿两顿，颤抖的手指抓啥吃啥，哪管食物脏不脏。后来的扪虱而谈自此始："囚首丧面而谈诗书。"（苏洵《辨奸论》）介甫年年脏，几乎不洗澡，不洗脚，不换衣裳，很少洗刷他的七寸胡须，任凭虱子乱跳，导致妻子吴氏患上了洁癖。

王介甫并非不爱父亲，却更依恋母亲。这是普遍规律，古与今同。顺便提一句，所谓憎父情结，在中国古代是不可能的，孝道不能容忍。西方人的"弑父情结"虽然是西方人的事，但国门洞开已久，洋观念泥沙俱下，传统美德受到前所未有的威胁。我们要高度警惕。现在中国小孩儿的逆反心理已成常态，几乎家家有一本难念的经……

介甫五十岁，官居翰林学士知制诰，负责起草圣旨，于宫中的舍人院办公。忽一日，接到老母病逝的噩耗，匆匆交接了日常事务，素服奔丧，千里奔回金陵的老家。

此间的王安石正处于变法造势的关键节点上，一夜间高官身份悬空，变革大计缓行。宋代的"顶层设计"是这样，皇帝丁忧三个月，臣子以及各地所有的"公人"丁忧三年。

当初，孔子对有疑问的弟子解释说：父母养育儿子到能够行走、说话，通常要用三年，所以，丁忧守制不少于三年。

依愚见，当代中国的弘扬孝道，丁忧两周或三周是可行的。

宋人笔记《默记》："荆公知制诰，丁母忧，已五十矣。哀毁过甚，不宿于家，稾秸为荐，就厅上寝于地。"年逾半百的高官，长达三年的时光每天睡在地上，严寒不废。丁忧期间，不能把自己弄舒适，否则对不起母亲。他看书，"目射纸上"。深夜一盏灯，照着父母的灵位，照着一张瘦脸和一握黄卷。

王安石本不饮酒，丁母忧，荤也戒了。神宗皇帝传旨赐肉饭，他才勉强吃一点肉。神宗希望他保养好身体，因为他是国家的栋梁。他以书信的方式与政治保持联系。

春夏秋冬寝于地，秸秆当褥子。王安石皮肤粗糙，宋人说："介甫肌理如蛇皮"，也许睡秸秆磨出粗糙的皮肤。小时候随父兄奔波万里，王介甫胡乱睡觉也习惯了。由于心安，反而比床上睡得更沉。夫人吴氏闹意见，他听而不闻。"哀毁过甚"，哪有心思夫妻同房。居丧，并不约束夫妻事。

夜里来了一股穿堂风，烛台灭了，王安石垂首坐于黑暗中，默思慈母的生前。家里的仆人也不来点燃蜡烛。九岁那一年，在西蜀某地的一条古道上，他拖着两条腿走呀走呀，累得不行了，坐地哭喊娘，挨了父亲的一记耳光。介甫诗句："三十年前此地，父兄持我东西。"仿佛他是父兄手上的一件东西，整日价走东窜西。

白天他总看书，《三经新义》在孕育中。阳光或雨滴忽然送来母亲的音容，"介甫大恸"。俄顷哭停了，雨未停，介甫又看书。一天总有几次，母亲生前的细节自动浮现，王安石悲伤不已。"死生亦大也，岂不痛哉！"（王羲之）活着就是怀念着，怀念难免人憔悴。有些人忧伤过度憔悴至死。有些狗守着主人的坟头绝食而亡。

而四川某些城市的"丧麻将"已经流行二十年了，逝者尸骨未寒，灵堂中的牌客就开始点钱，搓麻机哗啦哗啦响。恶俗之恶，该拿什么样的词语去形容呢？

《默记》云："是时潘夙方知荆南，遣人下书金陵。急足至，升厅，见一人席地坐，露颜瘦损，愕以为老兵也。呼院子令送书入宅，公遽取书，就铺上拆以读，急足怒：'舍人书而院子自拆可乎？'喧呼怒叫。左右曰：'此即舍人也。'急足惶恐趋出，且曰：'好舍人，好舍人。'"急足，泛指快马信使。院子是对老兵的蔑称。那急足把王安石当成院子，喧，呼，怒，叫，其状可掬。宋人笔记写人物，往往三言两语，人物已跃然纸上。

王安石的母亲不见于史籍，大约享年七十多岁。安石居丧瘦损，三年睡硬地，令人油然生敬意。他是宋代大才，又是道德君子，司马光评价："介甫独负天下大名三十余年。"无论在朝廷还是在州县，均以道德自律，并严格约束其他的官员。

王安石的变革措施"以理财为先"，他本人却对财富没什么兴趣，不饮酒，不纳妾，不羡豪宅。孔子称："君子怀刑，小人怀惠。"颜回长居陋室不改其乐，王安石做了宰相依然住普通的宅子，吃穿住像普通官员。在金陵丁母忧他也一把年纪了，毫不在意睡杂草铺，度过严寒酷暑。

介甫孝心足，因之而意志力强。

青灯黄卷一千天，孝子怀念着世间最疼他的那个人。怀念不期而至，"不思量，自难忘"。忽然就哭起来了，转眼却想着别的。情绪有它自身的规律。个体有差异。怀念是绝望的，无助的。至孝之人尤其无助，想见逝去的父母的念头，足以把人拖病拖垮。

总的说来，深切的怀念源自深度之生存。而眼下，浅表性生存者有大面积疯长的趋势，这种生存模式，把喜怒哀乐处理成过眼云烟。西方人渲染的所谓现代性，主要就是讲功利，与华夏文明是相悖的。怀念逝去的亲人有什么用呢？浅表性生存者今天发疑问，明天就可能忘掉亲人的忌日。肇始于美国哲学家杜威的糟糕的实用主义，及其花样百出的滋生物，正试图毒害中国的青少年，解构华夏传统文化。

汉语、饮食、家庭观念，是标志中国人之为中国人的最后三道防线。后者早已饱受冲击，能否抵挡得住，目前尚属未知。

百善孝为先。中国的核心价值体系，孝道从未缺席。

数千年华夏文明有着巨大的历史惯性，怀念亡故的亲人友人，依然是滚滚大潮。一年当中，春节、清明节、农历七月半，连同亲人的忌日，都是人们扫墓的日子。扫墓须到墓园，网上祭祀之类在不得已的情况下是可以的，除此之外，断断不宜提倡。

一天晚上，我在岷江边的小树林里看见一个青年独自烧纸钱，不禁受感动，默视良久。但愿绝大多数做子女的，皆知父母心，但愿中国的孝道不要像冰川一样年年退缩。

苏轼和他的幼子苏过

苏轼有三子：迈，迨，过。苏迈是王弗夫人生的。王弗去世，苏轼继娶她的堂妹王闰之，闰之夫人生苏迨、苏过。侍妾王朝云生子曰苏遁，五官精致而可爱，十个月就跑回天上去了。此曰名谶。眉山俗话说：乖娃儿是地上跑的，不落屋的。蜀中小儿的乳名，通常叫丑丑，叫二狗三狗四狗……

苏家在眉山说不上大户人家，仅有城西的五亩园，却是首屈一指的书香门第。宋代的眉山读书人多，有个孙氏书楼藏书达几万卷。程夫人礼佛，家中供着亚圣孟子的小雕像。苏轼的爷爷苏序是个性格爽朗的人，看书一目十行，还写过千百首永不流传的诗篇，估计类似顺口溜。苏轼写道：爷爷“有所欲言，一发为诗”。苏序活了七十五岁。

眉山苏氏以道德传家，以慈善为本。注重家学与家风。当时不稀罕，现在倒稀奇。家学一词听不到了，家风家规偶尔还能听到。一般只说谁谁家有钱，有当官的，很少听说某某人的家风好。钱权二字，入侵日常生活很久了……

苏轼和爷爷的感情很深，参见他怀念爷爷的文章《苏廷评行状》。

苏轼二十二岁入汴京春试，考了事实上的状元。其时程夫人病逝于眉山，并不知道两个儿子已考中进士。苏氏兄弟随父奔丧回眉山，哭跪于母亲的灵柩前。守墓四十九天，守孝二十七个月，穿素服，通常不吃荤菜。山中守墓，苏轼常常在梦中哭醒。程夫人的早逝，是因为操劳过度，亲自经营城西纱縠行的布庄，供丈夫远游，供儿子读书、赴京应试。白天她忙生意，夜里忙针线活，并且引导苏轼读《汉书》。程夫人原是大家闺秀。

苏轼自幼是好吃嘴，后来自称“老饕”，自创了许多美味。母亲做过各种各样的菜，单是鱼的做法就有七八种。春鸠烩芹菜、茄香肉丸子、宫保鸡丁……川西坝子（成都平原）沃野千里，野物家禽数不清，食材千百种。苏洵说：“古人居之富者众。”

笔者的少年时期，对这片沃野印象太深了，如今良田的硬化过度，不见麦浪翻滚，不闻江河奔腾，隆冬时节酷似阳春天气，“大雪”无雪，而当年隆冬的气温多在零度，水凼子要结冰，早晨去上学，咬薄冰咔嚓咔嚓。鹅毛大雪飘啊，飘啊，瑞雪兆丰年。

如今的河流土壤也大面积污染了。说这个心疼，一股股地疼痛。

2013、2014、2015年的“大寒”，成都平原的气温均在摄氏十五度左右。春节那天，我居住的城市居然十九度，今年不知又会怎样。峨眉山的降雪，较之三十年前减少了八成……而真正关注气候变化的人，恐怕不足万分之一。这是为什么？

法国作家普鲁斯特，由一块玛兰德小点心而想起贡布雷，想起他亲爱的妈妈每晚在上楼睡觉之前，要到他的房间亲吻他的小脸，于是，天黑就盼着。而笔者永远记得，大年初一的早晨，妈妈起五更，为全家人搓汤圆。夏季，妈妈在我的小床边挥扇赶蚊子，哼儿歌。冬天，妈妈摸黑来床边掖被子。十年如一日，十年如一日啊。妹妹刘亚梅生病住院，年近六旬的妈妈睡在病房又硬又窄的椅子上，整整睡了三个多月，不发半句怨言。妈妈带着病弱的妹妹，去挤成都的公共汽车，挤得那么艰难……

苏轼三十岁那一年，复从汴京返回眉山丁父忧，船上除了老父的棺材，另有王弗的棺材。短短几年间，父母和娇妻俱亡。居丧，追思年轻的亡妻，又是三年。淌不尽的泪水，忆不完的往事。“子欲养而亲不在”，撕肝裂肺，捶胸顿足，绝望的后面依然是绝望。

五六岁的长子苏迈看在眼里，半夜偷偷哭。

苏轼对乳娘任采莲那么好，寄托了对母亲的思念。任采莲原是程夫人的陪嫁丫头，一辈子勤劳，慈眉善目，享年七十二岁，苏轼为她写墓志铭。一代文宗的笔，王公巨贾请不动的，虽然写一篇要挣大堆的纹银。苏东坡看不见高低贵贱，对仁慈很敏感。

高官大儒，为下人、为侍妾写墓志，宋代也不多见。

当时有个叫李定的人，隐瞒母亲的死，为了保官位谋仕进，不奔丧，不举丧，不服母丧，只派人去老家悄悄葬掉了事。然而，左邻右舍眼睛雪亮。事发后，全国舆论总攻击。大臣小吏，纷纷斥李定为禽兽。事实上，这厮不可与兽禽并论。李定是北宋奸臣。

不孝之辈，连父母的坟头朝东向西都不问的人，如何做得好官？如何做得朝廷高官？

朱寿昌辞官寻老母，举国为之感动。寿昌先生与东坡先生交厚。

苏东坡的家风以孝为先，学为次。换句话说，人品摆在第一位。这也是他始终不变的为政理念。三个儿子皆孝顺。苏迈勤于学，苏迨先天不足，三岁多才能走路，头长，脖子长，家里人呼为“长头儿”，苏轼也是长脸型。长头儿苏迨十分努力，只为让一直牵挂他的爹娘放心，苏轼对他的激励最多。幼子苏过的天资好，悟性高，诗文绘画俱出色，时称“小坡”。精于书画的宋徽宗，颇欣赏苏过画的竹子和石头。

苏轼四十几岁贬黄州，钱粮无算，开垦五十亩东坡麦田，从此自号东坡。开荒种地，春耕秋收，全家十余口每日忙到天黑。苏轼黑了，壮了，日食斗米，喝酒用斗碗。父子四人站一块儿，个个面如炭，健如大牛与小牛。

五月里苏过拾麦穗，拾完了麦穗翻跟斗，从麦田的这头翻到那头。负责喂牛放牛的闰之夫人乐得直笑。十八九岁的王朝云“饷田”，提了装满食物的竹篮子到田边，朝霞般的面容令晚霞失色，她爱穿蓝色的短袖衣裳，苏轼亲昵地呼为“蓝小袖”……

东坡《留侯论》有名言：“安贫贱易，处富贵难。”日后他在汴京官至三品，山珍海味像萝卜小菜，苏氏两兄弟的家只一步之遥，近百口人和睦，从来没有闹过大的矛盾。

穷也众乐乐，富也众乐乐，若问何以如此？孝道传家之故也。

孝敬、孝悌，几代人接力，长成了参天大树，形成良好的家风。弟弟妹妹敬兄长，谓之悌。东坡叹曰：“嗟余寡兄弟，四海一子由。”东坡贬向岭南英州时，弟弟苏子由卖掉房子，助他一家人的生计。宋哲宗上台，章子厚得势，这个朝廷魔头下狠手，痛打元祐大臣，五十九的苏东坡顶着炎荒赴贬所，途中四次遭“道贬”，贬向了小城惠州。

“百年不易满，寸寸弯强弓。”苏东坡钢铁骨头，拒绝趋附章惇鼠辈，于是流放最远。全家三十余口，苏迈带了大部分人留居江南，苏轼携幼子过大庾五岭，走唐代名相张九龄走过的贬谪路。王朝云毅然相随，红颜吃苦毫不在乎……

苏过刀剑劈开荆棘，整夜持剑立于父亲的草屋外，防备豺豹的偷袭。复于绝壁采草药，以备不时之需。大庾岭的毒蛇蝎毒蚊虫太多。而岭上梅花开，苏轼写诗，苏过唱和。

惠州近三年，苏过陪伴着老东坡。朝云染瘴疠，凋谢了灿烂的生命之花，“狂风卷朝霞”，东坡连日拄杖哀号，失魂落魄呼唤朝云的名字。苏过寸步不离，担心老父有闪失。早晨为父亲梳头，入夜为父亲洗脚。此间的苏过已娶妻生子，夫妻同侍，不知疲惫。

苏轼在写给朋友的信中说：“某在岭南，凡生理百事，独过侍之。”

公元1097年，六十岁的苏东坡再贬海南的儋州，生还的希望渺茫。苏过随父而去，说服了两个哥哥，把妻儿留在惠州的白鹤峰居所。苏过已有赴死的决心，却安慰妻子：没事的，没事的……据说东坡于徐闻渡海，海峡数百里，船头放着一具空棺。海上的三天三夜风波险恶，老水手苏东坡倒能应对，苏过就惨了，连日呕吐，胆汁都吐出来了。

儋州又三年。比惠州的日子更艰难。居无所，食无肉，病无药，冬无炭，书无墨。琼州海峡风浪高时，船舶不敢出海，岛上一度缺粮。苏过饿得半夜里捂被呻吟，将仅存的芋头留给父亲，次日装作很活泼的模样，跃上半尺高的台阶，跌倒在地，饿昏了。

父子二人练习《黄帝内经》上讲的龟息法，练自创的“阳光止饿法”，试图将体能的消耗降到最低，类似瑜伽的调呼吸，效果还不错。海上的大风终于刮停，运粮船扬帆而来，二十八岁的苏过不禁雀跃，歪歪倒倒的雀跃，一脸菜色的欢颜。

坡翁也含笑，眼中有泪光。

苏轼《东坡志林》记云：“过子不眷妇子，从余来此，其妇也笃孝，怅然感之。”

苏过常与昌化军军使（地方长官）张中下围棋，老父饶有兴致地旁观，写下关于围棋的哲理诗；苏过天天吟诵陶诗。苏过学黎族语，一句句讲给老父听。苏过种药材，好让父亲像在黄州、惠州一样行医，救民疾苦。苏过辟一菜园子，养了一群鸡。苏过协助老父制墨丸，酿天门冬酒，搭建桄榔庵，兴办“载酒堂”书院。苏氏父子和一群黎汉子弟秉烛夜游，通宵大跳黎人舞，舞曲曰儋耳古调声。

芭蕾舞经典《红色娘子军》采用了儋州古调声。笔者曾参与那万人手拉手的狂欢。古调声太神奇了，变调七百多种……

苏东坡写道：“九死南荒吾不恨，兹游奇绝冠平生。”

老东坡豪迈，小坡跟在后头。

老坡小坡登了厚厚的木屐，头戴黎人漂亮的斗笠，吧嗒吧嗒去串门。每天串。那地方今日叫中和镇，有东坡井存焉。爱戴东坡的游客要喝古井水。

椰林深深深几许？老坡小坡乐呵呵地转迷糊了，蓦然回首，“家在牛栏西复西”。

尽孝，尽显于日常生活。民间风俗厚，讲究多，一代代传了下来。希望不懈追求现代化的中国，再一代代地传下去。西方人重个体，老死不求人，而东方人是需要抱团的。“老吾老以及人之老。”也许遗传基因已有微妙的差异。而文化的基因不难识别。

中国的道德谱系，孝道居于核心。

忤逆之辈，不孝之徒，民间认为他们迟早要遭报应。

岳飞的孝与忠

岳飞谥武穆，民间称岳王。公元1103年，岳飞生于相州汤阴县的永和乡孝悌里。里名孝悌，当有来历。岳飞的父母皆务农，父亲岳和，母亲姚氏。岳飞初生时，屋子上方有大鸟冲天而起，于是取名飞，字鹏举。从这名字看，岳飞的父亲可能是个识字的农夫。

其时宋徽宗在位，蔡京做宰相。昏君奸相正在把赵宋帝国玩进深渊。宋徽宗酷爱玩花石，水道主要是用来进献花石纲（十二只船为一纲）的。黄河年年决口，淹死人畜无数。岳飞未满月，遭遇了洪水泛滥，装入一大瓮随波漂流。大瓮飘出几十里搁浅了，未来的民族英雄才逃过一劫。

官僚穷奢极欲，穷人越来越穷。岳家由自耕农沦为佃农，累死累活仅能糊口。岳飞渐大，家境稍有好转。岳飞劳作之余读史书，读经书，读孙子兵法。买不起蜡烛，点柴火照明。没有念学堂的记载，大约父亲和外公教他识文断字。村里也有几个读书人。

由于印刷术的广泛运用，宋代书籍大增，大城小镇书肆兴旺。宋代以前的书都是手抄本，文化普及的程度有限。宋代开科取士的数量远高于唐朝。

劳作、读书、习武，是少年岳飞每天要做的三件事。武术教头点拨他的枪棒功夫。当年我读《说岳全传》，对岳飞的师傅崇拜得五体投地，仿佛神出鬼没的岳家枪就出自这位师傅之手。民间习武成风，估计全国都这样，五花八门的拳谱秘籍，传递于男孩子兴奋的手，千百年不衰……直到二十世纪七八十年代，男孩子练拳术，南北各地皆盛行，蜀人把打架或切磋武艺叫作抢手。男孩儿的成长过程通常要打架，一年至少打几架，打出勇敢，打出雄性，也打出友谊来。天天伙起八方疯玩，如何不扯皮？如何不打架？但一般点到为止。在我个人的记忆中，眉山城数以万计的中小学生，十年间从未发生过把人打进医院的事。道德感几乎无处不在，羞耻心大抵人人有之。念小学三年级时，我在三苏祠外的古树下练散打正起劲，跳进学校的操场犹比划，腾挪搏击，俨然豹子头林冲。脾气也冲了，曾经挥出一巴掌，在一个姓赵的同学脸上留下了五条手指印，于是老师批评，邻居谴责，父亲叫我饱吃一顿“笋子炒肉”（挨竹片打），那份持久的内心自责，至今记忆犹新。念中学见了赵同学，犹觉惭愧。

笔者熟悉的七十年代的男生，半数以上会几手拳脚，全都崇拜赵云岳飞林冲。每个班都有几个身手敏捷的练家子。比如高中同学李正义，正直、仗义、敢于担当，学习好，会写新诗，会讲中医，并且武艺高强肌肉如铁，全年级服他，低年级的男生悄悄学他。

现在的小男孩儿普遍不打架，不是一件好事，或者说，不是一件值得称道的事。雄性渠道不畅。也不好玩儿，缺疯劲，缺野性。冒牌的理性嚷嚷着所谓文明的腔调。

男孩儿五六岁开始争雄，小打小闹，渐渐打出分寸感来，打出野性的边界来，十几岁就不会动刀子。

孩提时代的打架，是叫人一生去回味的——那可是几亿人的集体回味啊。

活着要像撵山狗，焉能变成圈养鸡？男生雄不起来，女汉子倒日益多起来，细眉纤手也去追打“小鲜肉”。这个局面若是再持续二十年，阴盛阳衰或成定局。

那部拍岳飞的电视剧，屏幕上可疑的民族英雄为了收视率弄得唇红齿白。我们的英雄正在被媚俗的导演拉变形。真爱岳飞者，当不屑一顾。

影视剧男主角追韩剧的阴性化，又添上轻佻轻浮的所谓喜剧元素，竟然成风尚。

演艺圈纸醉金迷毒品泛滥，网络的爆料可能只是冰山一角……

岳飞的师傅名叫周同，箭法十分了得。先前的枪棒教头叫陈广。岳飞十六岁，已是名播汤阴县的武艺高手，据说全县后生无敌手。周同把一身本事毫无保留地传授给他。而大多数教头不会这么做，“师傅留一手”是普遍现象。为何要留一手？因为师傅总要一直是师傅，哪能败给徒弟。这不仅是面子问题，常常是饭碗的问题。

周同不收学费，不小看穷家少年，悉心培养练武的好苗子，传武艺更传品行，对岳飞的影响很大。一日为师，终身为父。岳飞健全的人格得益于周同甚多。

经常有练家子来找他切磋，想要打败他的后生来自十里八乡，菜园子旁边便是格斗场。勇气、胆魄和强壮的体魄一并增长。放下锄头扁担拿起枪棒，激烈的对打之后又捧读书卷，孝敬父母和师傅，疼爱新婚的妻子。岳飞十七岁，儿子岳云呱呱坠地。

杰出人物生命中的每一秒钟都充盈着张力，真是令人着迷啊。着迷是因为缺啥想啥。河南汤阴县的岳飞杰出，却有广泛的民间基础，他在历史的惯性中追求身心并完。崇文，习武，尽孝，务农，会友……一天天活得饱满，一步步走得扎实。生命当如是也，至少要朝着这个方向，否则人活着有什么意思呢？地主的儿子好逸恶劳，佃户的儿子健康向上。衣来伸手、饭来张口的生活是乏味的。

现成的东西堆成山，堆不出个体生命的丰富性。

眼下的许多青少年活得东歪西倒，盖由于现成之物堵塞了主动性，削减了创造性，降低了生活热情。电脑又来操纵人脑。生活趋于瘾头化，瘾头直指平均化。瘾头化加平均化的个体，不可能赢得事物的千差万别。现成物的丰富决不意味着生命的丰富，情形正相反。所以当务之急，是要研究人和物究竟是如何打交道的。何谓物的亲近？又如何组建富于意蕴的周围世界？

如果千百年形成的生活智慧不能传承，那么，无聊的闹剧就会再三重演。

网瘾青少年几千万，这个数字是可怕的。一个网瘾小孩儿，多少长辈在关注，在忧心？在失眠？戒网瘾类似戒毒瘾，难之又难，十年八年戒不掉。嗜网者的心理疾病花样多，自卑与自傲、自闭与自狂、放纵与胆怯纠缠不清，冒出的念头莫名其妙。他自己都不知道明天又要弄哪一出。现实判断力若是长期缺失，势必导致严重的人格分裂。

旧话重提：网瘾近乎毒瘾；生活的虚拟化乃是生命的虚无化。

少年岳飞是无聊的反义词，只愁时间不够用。每天只睡两个时辰，除了蜜月里懒过床之外，这习惯二十多年不变。半夜犹读书，凌晨起床摸黑练武，太阳升起时，阳光照着他躬耕田野的身影。佃户的儿子依然是佃户，长工短工受剥削。吃东西永远是狼吞虎咽，胃口超级好，在师傅家敞开肚子吃。周同拍着爱徒的虎背说：你呀，你呀。

岳云倒生得羸弱，十二三岁从军时，军中呼为“羸官人”，身子骨跟豆芽似的，三年后，却将两把重达八十斤的铜锤舞得风雨不透。岳云上阵杀敌，勇猛不减其父，可见身体与心智的潜能巨大。爱因斯坦一生思考，也只用了大脑约五分之一的潜能。

岳飞高大，“鹰视虎步”，岳云中等偏下的身材，也许岳飞的妻子刘氏个头不大。刘氏早卒，岳飞继娶的李夫人生了四个儿子和一个女儿。

周同教岳飞的武艺，可能教了两三年，忽然一病西去。父亲般的师傅壮年就死了，年轻的岳飞痛不欲生。每月的初一、十五，岳飞哭坟，祭坟，守坟。他拼命地干活，挣钱买酒肉却不带回家，而是放在师傅的坟头。他百步连射三箭，皆中靶心，以此告慰师傅的亡灵，神箭手后继有人。当年我读到这一段，不禁想象：将来也要有这么一位好师傅，挽弓要挽强……天越来越冷了，岳飞的衣裳倒越来越单薄。父亲岳和感到蹊跷，担心成家不久的儿子跟地主家的败家子混在一起，典当衣衫吃酒胡闹。父亲盯儿子的梢，才发现了真相，感动得掉泪。家教是成功的。孝心几乎能萌发所有的好品质，勤劳、节俭、诚信、仗义、廉洁、忠诚，若干年以后，岳珂回忆祖父岳飞说：“先臣天性至孝。”

岳飞的孝与忠，自早年起就呈现互生的状态。两棵树长成了一棵树。要让岳飞反皇帝，那是不可想象的。学者当思及这一层。

1126年北宋灭，金兵的屠刀切下了北中国。“靖康耻”发生在那一年。赵宋王朝渡江，偏安于江南，南宋立。二十几岁的岳飞创建了岳家军，十余年间多次北伐中原，横扫金兵如卷席，破了金兀术的铁浮图、拐子马，一度打到离汴梁四十里的朱仙镇，形成了战略包围。然而宋高宗连发十二道金牌强令他撤退。整个过程惊心动魄，昏君奸相的令人发指华夏史上恐怕空前绝后。此需另文叙述。本篇集中讲岳飞的孝。

岳飞随军南渡后，与老母和妻儿失散多年。家人犹在汤阴孝梯里的老家，金兵和伪军把守甚严。岳飞派人接老母，接了十几次未获成功。姚氏托人传口信给儿子，说："为我语五郎（岳飞小名），勤事圣天子，无以老媪为念也。"事见《忠武王遗事》。

母子终于团聚，岳飞喜极而泣。其时岳飞担任湖北路宣抚使，守卫长江中游的防线，军务山积，应接不断，却每天到母亲的住处问安。这位叱咤风云的将军，一旦进入母亲的起居室，脚步顿时变得很轻，说话轻言细语。只要他人在大本营，没有一天不问安。

时隔近九百年，岳飞恭顺问安的形象如在目前。

鲁迅先生的书信全集，写给母亲的信占了不小的篇幅，关注日常琐碎细到毫厘，信的开头，自谓曰"敬禀者"，末尾总有一句："叩问金安"。

尽孝要抓紧时间。那些长时间不回家省亲的人，不管他官居何职，不管他的事业有多么重要，他的内心一定可疑，他的人品要打问号。能忙到什么程度呢？比战争时期的岳飞元帅更忙吗？比新文化运动的旗手鲁迅更忙吗？

孝敬父母和长辈，中国的民间历来重两点：一是想得到还是想不到，二是想得细还是想得粗。此二者是试金石。大道至简，也包括孝道。想得细会趋于更细，反之亦然。孝敬父母者，一般说来并无孝的概念，孝子通常不知道自己是孝子，他只为具体的事情操心。然而左邻右舍敏感于此，孝子一词，眼下尚能流传。但形势也严峻：洋观念的大规模入侵，使中国人的孝道步步退却。西方的利己主义与中国的五千年传统是格格不入的。尧舜、孔孟，都讲孝道。苏东坡"无病而多蓄药，不饮而多酿酒"，旁人表示疑惑时，坡翁专门讲了一段话，等于宣告：利他才能利己。苏东坡真像雷锋叔叔。

孝与爱本是一体，很难想象一个孝子会对妻子儿女无情，对朋友不义。孝道作为核心价值，作为中国人的生活之本，这个本稳固了，生活世界就不至于整体坍塌。

是时候了，必须遏制利己主义的惊人泛滥。不能让悲剧大规模上演。

汉语、饮食、家庭观念，本土性生活方式的三大防线固若金汤，中国人将永远是骄傲的中国人。多少年来，亿万农民工春节奔向家园，火车汽车人潮。浩浩荡荡的摩托车，不辞道远、山高、路滑，不怕豪车恶少欺侮。天寒地冻摩托车啊，只为省下一点给儿女的压岁钱，恭呈父母的孝敬钱。

华夏民族孝的基因、爱的基因，惊天地泣鬼神。

岳飞说："若内不克尽事亲之道，外岂复有爱主之忠?"他以一个佃农而官至太尉，子孙沐浴皇恩浩荡，对皇帝的忠诚可以理解。岳母刺字"尽忠报国"，不单刺入了皮下，更深入内心，刻入灵魂。生存的诸环节是环环相扣的，起于幼年，强化于少年青年。个体差异决定行为的差异，这里并没有一个现成的、数学般精确的公式。

"将在外，君命有所不受。"其他将领可能做得到，岳飞做不到。宋高宗连下十二道金牌他才传令班师，可见他矛盾到了极点。班师途中醉书诸葛丞相的《出师表》，大泪滂沱。宋高宗下了十一道金牌之后还要下，也表明这昏君有一双鹰眼，看准了岳飞的忠。

岳母姚氏南渡几年后去世，岳元帅奔丧，扶棺，筑庐于墓旁，数月守着母亲的亡灵，"终日号恸"。原本爱戴他的百姓闻讯而至，哭成了一片。

岳飞请求守孝三年，朝廷不准。为了北伐大计，岳飞"终制起复"，回到原来的岗位上指挥千军万马。

岳飞的至孝、至爱、至俭、至诚、至勇、至忠，显然有着内在的紧密联系。此系古代的常识，全球化的背景下倒需要重新辨认。

钱

长辈们常说："一分钱难倒英雄汉。"钱的重要性不言而喻："书中自有黄金屋"，士子们浩浩荡荡奔考场；老百姓起早贪黑忙生计。愈是强劲的挣钱的冲动，越需要平衡这种冲动的力量。金钱观念在生活中的越界占位是不可取的，孔圣人说："不义而富且贵，于我如浮云。"

在越过温饱线之后，生活的完整性、生活之意蕴层，应当大于财富追求。

卷十五 钱

孔子、庄子、孟子对金钱的态度

孔夫子的一生未尝轻视金钱，小时候几乎啥都干，“子……曰：吾少也贱，故多能鄙事”。放羊，算账，替阔人执马鞭，射鸟和钓鱼以解决馋肉的问题。史料止此，大约还干过别的鄙事，洗衣做饭打柴、当学徒干工匠之类，似乎不曾种田种菜。毕竟他是没落贵族。

多能鄙事，自然是为了挣钱。孔家在鲁国的士大夫阶层中卑微，孔子在孔门中卑微，大妈二妈连同她们众多的子女（九女一男），多半不待见这个小妾生下的丑儿子，变着法子要弄他，驱使他，欺负他，嘲笑他野合而生，不断制造他终身挥之不去的心理阴影。

孔子是在同阴影的斗争中成长为孔子的。童年斗志高，青年转平和，再转幽默。子曰：“富而可求也，虽执鞭之士，吾亦为之。如不可求，从吾所好。”

据《周礼》，执鞭之士指看门人。这是孔子幽默的说法。弟子们的自由讨论会涉及财富，夫子含笑说出这一句，重点是后面的话：不能求得富贵，就做想做的事。想做的事即是他正在做的事，追思先贤，研究学问，教化弟子，通过各种渠道对统治者施加影响。

孔子在鲁国做过小司寇，负责士大夫的祭祀，位卑而事杂，俸禄有限。设杏坛讲学，每年收学生的十条干肉，也收大雁。豪门子弟要多交“束脩”，他是不收的。对学生一视同仁，走后门套近乎，老师不允许。穷人的儿子大约少交。子贡富，颜回穷，但老师并不叫子贡去资助颜回，比如把颜回的陋室变得宽敞明亮。孔子不搞平均主义。

孔门弟子三千，平时可能百十个，也济济一堂了。“教学相长”，学生质疑老师的事经常发生。课堂的气氛严肃而又活跃，数十年如此，这是很难的。难怪人们尊他为“至圣先师”。孔子不会把学生处理成资源，学生与学生之间也不会——哪会发生那种事，多丢人啊。孔子注重每个弟子的潜质，而不是看重谁家有钱有权。

师道尊严两千五百年，师道不是由金钱堆出来的，师生关系不是单靠利益来维系的。

笔者念小学，学费一块多钱。老师的连年徒步走家访，主要走调皮孩子和贫穷学生的家庭，远到乡下。没听说过各科老师想索要什么，老师通过学生家长想达到什么目的。为人师表，实实在在，平凡得很。老师的悉心指导和无私帮助，我们习以为常。毕业那一天，师生难舍，班主任刘老师忍不住哭起来的那一幕，让我们这些学子一生难忘。

又记得念高中，老师对我的一篇作文的评语，多达三千字。老师书写的红墨水钢笔字多么漂亮！可惜作文本弄丢了。

哦，许多事，“当时只道是寻常”……

孔夫子的衣食住行皆能讲究，表明他不缺钱。有一天临出门发现无车，他就不出门了。按周礼，贵族在很多情形下不可步行。

孔子不缺钱，因为他既当官又当老师。他鼓励弟子说：“学也，禄在其中矣。”又称：“学而优则仕。”做了官，日子就好过了。但做官首先是为了什么呢？为了“克己复礼”，为了推广仁义道德的学说。

子曰：“不义而富且贵，于我如浮云。”民间衍生为：君子爱财，取之有道。谁不爱财呢？官员也爱财，如果取之无道，官风就坏了。官风一坏，民风跟着坏。儒家提倡的修身齐家治国之类，修身是基础，治国重在治吏，中国历代皆然。专心逐利的商风不能主导世风。换言之，金钱符号不可独大，不可越界扩张，更不能恶性占位。

春秋战国的儒、道、墨、法、农诸家，以及后来的佛教，在首重仁义慈善这一点上是一致的。为何趋于一致？争利斗狠导致天下大乱的历史教训太深刻。

华夏文明几千年，有大智慧存焉。

庄子活了八十四岁，大部分时间缺钱，却是富可敌国的一个人物——古今千百个富豪加起来，恐怕不及他的逍遥一半。他以一己之逍遥，提升了人之为人的境界，大大影响了中华民族。

缺钱的男人能逍遥么？我们尝试着来细看。

据说他和孔子一样属于没落贵族，少年的好日子比孔子多一些。青年时期走了下坡路，渐渐困顿了，于是做了蒙地的漆园吏，管理割漆的工人，收入不菲。他上班看书，躺草地晒太阳，伸懒腰，常找工人闲聊，屡与惠施在工作场所展开哲学式的激辩。他不喜欢上级，上级更不喜欢他。初唐的王维写《漆园》一诗，称庄周是“傲吏”。终于有一天，傲吏傲不下去了，上级点灯开会，历数他的种种狂傲，一致决定开除他。学者考证，大约在庄周三十岁左右。一夜间饭碗丢了。而老婆孩子等他拿钱回家……

没落贵族的子弟多傲骨，比如孔夫子、阮步兵、“唐诸王孙”李贺、“相门子”岑参、生于超级富贵窝的曹雪芹。阿Q愤愤不平地对未庄的有钱人说：我家当年也阔过的，比你家阔多啦！庄子是否对开除他的上级说过这类话，我们不得而知。

饭碗丢了，庄子心惊肉跳两三天，回家的路上紧张思索对策，鼻头冒冷汗。我估计，这种可能性存在，毕竟吃饭事大，一家子好几张嘴巴，儿女们都是吃长饭的。庄子不大可能上午被开除，中午就逍遥起来。除非他是神仙。

家在宋国蒙城的陋巷，庄子一住六十年，从富人区搬到贫民窟的具体时间也不详。顺便提一句，思想家的生平事迹并不重要，不必繁琐考证。海德格尔讲尼采，所著《尼采》中文翻译过来两大本，一千多页，涉及尼采的生平只寥寥几句话。严格意义上的思想者只对思想本身感兴趣。愚以为，张汝伦教授的巨著《存在与时间释义》，提供了一个中文范本。

庄子居陋巷编草鞋，解决生计的问题。手上熟练了，技术到位了，“得心应手”，“神乎其技”，脑子又开始想别的，思绪飘出去或弹出去，仿佛安装了思绪的自动弹射器。

“不切实际”的胡思乱想一般起于童年，大多数人受阻于少年，思维板结于青年，日子干巴巴重复于中年——现代病有它古代的苗头。仔细观察儿童是非常有趣的，儿童的生存最少板结与固化，儿童是现实与幻想、主观与客观的混成态。

百亿分之一的人永远胡思乱想，以不切实际的方式切于一切实际。这个人就是庄子。

思维高蹈于现实之上，然后赢得现实。而杜威式的实用主义，让现实动态性地收缩。对屈原来说，神灵是现实的。对二十世纪五十年代的中国人来，理想是现实的，1955年萨特访问中国讲过一句很有意思的话："中国最直接的现实就是未来。"而我熟悉的大量四川人，这些年的所谓现实早已收缩到一张牌桌上。所谓人的眼睛，只反射钱币之光。

庄子编草鞋养家糊口，贫穷而逍遥。问题出来了：何谓贫穷？家里人有饭吃有衣穿，隔三岔五还有肉吃，不亦乐乎？鱼肉、鸟肉、山中的野味。庄子家也有断顿的时候，他堂而皇之找富人借粮，背走了半袋粮食，还把人家劈头盖脸教训一通。回家接着编草鞋，哼唱自编的卖鞋歌。总之，只要有人买草鞋，活下去是有把握的。只是问题想得多，产量上不去。劳力与劳心，相得益彰。这个老把式，干活跟玩儿似的，玩草玩绳玩动作。

庄子活到八十几岁，明显超过富人的平均寿命，快乐指数与生存密度，则是富人的千百倍。有个同乡曹商，闯荡了世界荣归故里，金车玉马一百辆，从庄子的桑枝门和破瓮窗前过，鼻孔朝天，甩响鞭停下豪车，斜睨正在门边搓麻的庄周。庄周笑了笑，当众道出曹商的致富秘密："吮痈舐痔得车。"众人哄然大笑，一百豪车落荒而逃。陋巷中的瓦匠、篾匠、漆匠、木匠、石匠、铜匠、金匠、剃头匠、棺材匠、伐木匠……纷纷说：吮痈舐痔得车啊？曹商舐谁的痔啊？我不干我不干，不如把这手头的干净活儿来干。

干干净活，挣干净钱。挖空心思钻营、不择手段弄钱的人，都是不同形式的舐痔者。

劳工神圣。劳动光荣。

劳动者向来不乏幽默感，车间、地头、河边、空中、脚手架上……

庄子劳力又劳心，心手相应跟玩杂耍似的，边织鞋边思索。犹如妇女们凑到一块儿，织毛衣晒太阳，话家常哼小曲儿，一个个模样惬意得很。庄子周游列国，一袭破衣衫见那些不可一世的国王，滔滔不绝，指手画脚，才大而气粗，潇洒得很。他不想当官，比一心想当官的孔圣人逍遥多了。他想做什么呢？“来往一虚舟，聊随物外游。”（苏轼）与万物同在，那是什么样的大感觉啊？“道在稗草”、“道在屎尿”，那是什么样的大境界啊？道能在屎尿，道就无处不在了。“无中生有”、“至小无内”、“大巧若拙”、“吹万不同”……那是什么样的大智慧大洞见啊？

旧话重提：庄子没有年龄，八十岁就像七八岁，保持了生命的新鲜感；庄子的生存也没有朝向，似乎能同时朝着四面八方。这种人离神仙很近了，他是板结固化的反义词，是异化的天敌，是千篇一律的死对头。“物物，而不物于物”，这是针对今天讲的吗？谁的目光足以穿透一万年？谁能看破一切又在乎一切？哦，这个男人名叫庄子。

驾驭物质，而不是受物质主义的掌控，古人懂这个，今人不大懂了。

有一天庄子歇工，在河边的古槐下钓鱼，花正红，柳正绿，天蓝蓝云悠悠，小鸟漫天舞，大小虫子满地爬。阳光射出的金箭穿过槐树的叶子。天地间一庄子，未饮酒而自陶醉。万物向他奔袭。哲思泉涌……爽啊爽啊，物我两忘的那种爽。这时候却来了楚威王派来的使者，带了大堆金子和玉制聘书，想让庄子放下鱼竿，到楚国去拿起权杖：宰相的位置为他空着。楚王说了，天下的智者庄周第一、惠施第二。惠施先生已做了魏国的宰相……庄子正在河边无限幸福，使者一番屁话，空气顿时不新鲜，鱼儿跑掉了。庄子鬼火起，头也不回地扔下几句狠话：楚王叫我去做祭坛上的神龟么？死硬了的神龟供起来有意思吗？你瞧瞧这河里的老龟多自在，想爬就爬，想睡觉就睡觉，想吃东西就吃东西，想骂人就骂人……

那使者蒙头蒙脑地挨一顿骂，溜向了荒野。此后，至死都想不通。

官居高位者，成天绷着脸，委实不好玩儿。上午当官做老爷鼻孔喷气，下午陪上级装不完的孙子。“肉食者鄙。”

庄子发脾气赶走了楚王使者，回思那一堆发亮的金子，自嘲地拍拍草绳子腰带下的瘦肚皮。人为财死鸟为食亡，六十年的时光，庄子是否犹豫过？当它几年高官，挣它半座金山，再回江湖逍遥岂不更好？事实上是做不到的。贪欲一起，驷马难追。

河边的庄子发了一回呆，鸟儿飞来逗他，风儿抚摸他，花儿拿芬芳惹他，老龟探头嘲笑他，云儿飘成思绪的形状启示他。他定定神。钓鱼竿拿稳了。

一年年地，河边赐予他的奇思妙想数都数不清。“临渊羡鱼，不如退而结网。”庄子观鱼自乐，鱼儿乐其所乐，双方永远不知道对方的快乐。“植物朦胧的欣悦”，科技手段是探测不到的。陶潜：“平畴交远风，良苗亦怀新。”苏东坡爱这两句爱得受不了，不断浓墨书写，见人便送……审美之眼让一朵鲜花成为鲜花。

海德格尔断言：西方思想从来没有让一朵鲜花绽放。

庄子进入一朵花的无穷冲动，使鲜花绽放，克服了对象性思维，避免了主客观对立。

中国审美的源头在此。

从陋巷到河边的交叉小径是庄周的林中路，“思到中途”，生发了后世无限的思索，惠及中国式生活的各个领域，包括医药、建筑、服饰、器皿、音乐、书画……在庄子，思绪与情绪双重饱满是其逍遥的前提。思想呼啸如飓风。思想劲射如利箭。思绪袅袅如炊烟。中国历代的士子与庶民持续仰望他，苦于测不出他的高度，索性叫他南华老仙。

庄子的奢望是同时拥有万物的勃勃生机，奈何肉身做不到，于是他想摇身一变而为风，为雨，为雾，为牡丹，为蝴蝶，为游鱼，为溪水，为瀑布，为一天星斗……庄子的生命冲动是这样，生存的向度是这样。我也想成为庄子，从古到今很多人都想成为庄子，于是，我们得以触摸他的生命冲动，分享他七彩斑斓的思之喷发。

回头再说钱，真是不该独大。人类智慧，当不会止步于资本的逻辑吧？精神分析学的创始人弗洛伊德也表示怀疑：人在童年期的金钱欲望是非常有限的。单一膨胀的资本逻辑势必形成空前的遮蔽：经济规律挑战自然规律，压制社会规律。《庄子》有一则寓言说：有个人不顾大庭广众，见了大金子抱着便走，当场被捉拿。众人问他：这么多人，你这家伙怎敢伸手？他回答：我眼中只有金子啊！

金钱在生活中越界久也，占位甚也，希望不要恶性占位。

庄子吃个半饱亦逍遥，吃七分饱就十分逍遥了。这里有个肉身或养生规律：不宜吃得过饱。四川有句老话：少好吃——少才好吃。适当的物质匮乏反而有助于精神的飞升，古今例子多如牛毛。饱食终日与无所用心具有逻辑关系。心不用，心不灵也。

脑满肠肥者，只是活个嘴巴。长期活嘴巴他也不兴奋，舌头迟钝，混个吃货而已。

再者，现代物欲在很大程度上是被虚构出来的，所谓“概念消费”，也即符号消费。例如：一百块钱一盒的香烟，比十块钱一包的香烟香十倍吗？杂心人打堆的豪华包间高级宴，比农民工坐院坝痛饮烧酒快乐吗？眉山的一些村酿不输给五粮液，十元半斤。

这话题不小，容后展开谈。是时候了，在生态日坏、自然资源面临枯竭的今天，在拜物教导致生活贫乏单一的当下，人类必须回到庄子：“物物，而不物于物。”

追求小物质（吃穿住行），不可伤害大物质（水土林气）；营造小环境，不可破坏大环境。现在回头还来得及。

气候变化生死攸关，焉能抱着侥幸心理？立此存照吧。

孟子约生于公元前372年，大庄子几岁，和庄子一样活了八十四岁。仁者哲人俱长寿。孟子一辈子好辩。孔子温文尔雅，孟子慷慨激昂。常言道：思想的火花是碰出来的。在德语中，真理一词含有争辩之义。孟子与包括国王在内的各类人激辩时，常常血气奔涌，于是妙语脱口而出。这表明思想并非冷静的专利，思与情绪的亢奋，同样关系密切。《孟子》一书，也就几万字，历代阐释它的书要用火车拉。

孟子说：“人之所以异于禽兽者几希？”这话听上去像是破译了人类基因密码。漫长的古代，唯有他这么讲，显然洞察了人的血肉之躯、洞穴之源。“饮食男女，人之大欲存焉。”人不缺欲望，或者说，人本身就是欲望体，而文明需要仁义的导引。欲望恒定，仁义道德却说不准。——春秋战国打得昏天黑地，白骨盈野。人慌了，所以从庙堂到民间都认为义高于利。这也叫缺啥想啥。人要相处，要共在，要安定，要幸福，哪能依靠弱肉强食的丛林法则，哪能天天磨刀举刀：强国磨大刀，弱国磨小刀。

孟子强调养浩然之气，而自私自利注定要养成歪风邪气。中国的几千年，证明此规律。不是说孔子庄子孟子永远正确，而是因为他们的对立面在这个星球上依然强势。但愿不是永久强势。1945年，英国的罗素呼吁警惕两种权能：人对人的权能和人对自然的权能。四十年以后的1980年代，新自由主义再起妖风恶雾，把这两种权能推向极端。

人这个物种，看来必须套上紧箍咒，研究制作紧箍咒的不同的方法，以对应历史进程的差异。否则，人就欺人欺天。据2015年10月14日央视新闻，美国科学家的研究显示：由于冰川融化导致海平面上涨，纽约可能在2085年前后被海水吞没。

海平面上涨只是气候变化的恶果之一。德国莱茵河的源头——莱茵瓦尔德峰冰川，数十年来加速度融化（参见纪录片《河流》）。如果宽广的莱茵河变成了溪流，德国人的日子怎么过下去？

据央视新闻，美国政府最近已将气候变化的考量纳入外交政策。

《孟子·梁惠王上》有云："上下交征（争）利，其国危矣。"

义利之辩，从孔孟辩到今天，可见利益冲动乃是人的本源性冲动。古人也不傻，一代接一代地追问，共同的目标无非是拓展那个"几希"的空间。汉儒宋儒拓展过头了，试图拿天理灭人欲，"以理杀人"，又有人加以遏制，高唱利和欲的正当性。历史这么弯过去拐过来的，上演了无数的正剧闹剧悲喜剧。

孟子名言："有恒产者有恒心。"什么恒心呢？也许他是指保护财富的恒心。这股力量确实非常之大，以财生财，以财入政。政局稳定了，天下太平了，古人的财产才保得住。然而历代大族的敛财逐利也疯狂，恒产成了双刃剑。富族豪门恶斗，皇权崩盘。

孔子："奢则不孙。"不孙指傲慢。有恒产者的另一恒常之态是奢侈，是任性，是骄狂，是为富不仁，是黑幕重重，于是，通常富不过三代。概言之有两个原因：一，从里边坏起来；二，到外面去恶斗，斗垮了王朝，家族自身也保不住。中国绵延百年以上的大族不多，皇族之间常常腥风血雨，盛世名君唐太宗不免。

孟子名言："无恒产而有恒心者，惟士为能。"士无恒产，倒有恒心。何以士有恒心？因为士人抱有一套相对稳固的观念，规劝君王，约束官员，教化百姓。士人话语的千万条小溪，汇成仁义道德的宏大叙事。富不过三代，而仁义礼智信的接力棒传了一百代。

古之士人，是指人文价值体系的承载者和传播者，与今之高学历者不同。

士人易犯的遮蔽是价值固化。汉字门槛高，汉文化数千年累积的经典著作太复杂，能打通便是好汉，打不通易流于酸腐。腐儒、穷儒、酸儒、泥古、迂夫子、漫长的时光皆为常用词汇，可见中国古代的酸腐大潮。

文化先贤们，往往费精神。孟子的好辩，也是由于纠缠他的士人太多。

在全球化的背景下，在工业化近乎无限分工、工具理性挑战价值理性的时代，囿于学院的学者们，要赢得全球视野更艰难。

青年孟子埋头苦学，中年孟子游说诸侯国，不缺学费和盘缠。国王送他钱，他不要，他要仁义，“求仁而得仁”。庄子也不要钱，要逍遥。大贤为何都不要钱？换言之，为何都不要大钱？盖因金钱的吸附力太大，一旦暴富，人就忘乎所以了，富而不仁了，有些人富得张牙舞爪。中国杰出的士人近乎本能地洞察到这一点。

赖有此洞察，他们才“富贵不能淫，贫贱不能移”，生存不避艰辛，百折不挠地追寻人之为人的那一点稀缺元素。

刘邦大言不惭，自称贺万钱，空手得娇妻

早年的刘邦叫刘季，很好玩的一个布衣青年，沛县的丰乡中阳里，他的名声介于男子汉和二杆子之间。他快满三十岁了还斗鸡走狗，侦察乡里的漂亮寡妇（秦始皇修长城，男丁死掉太多），整日里游荡，真是十处打锣九处在，不种田，不看书，不治产业，让他的老爹很是看不起。哥哥刘仲是个老实巴交的庄稼人，刘老爹认为刘仲有出息。

刘季的朋友多，什么人都有。他有钱的时候出手大方，没钱便四处打秋风，蹭饭吃，讨酒喝，觍着脸向寡妇伸手要钱花。朋友五花八门，刘季皆能应对，既能驾驭一帮浪荡子，又结识了不少有身份的官吏，例如萧何、曹参。周勃擅长吹笛子，替人办丧事，又武艺高强——此三人，是日后西汉王朝的两任丞相和太尉。樊哙是屠户，一把砍刀使得出神入化，后来成为刘邦帐下的一员猛将。总之，不爱种田的刘季活动半径大，脑子好使，敏感形形色色的人与事，行事大刀阔斧，并且粗中有细。刘邦良好的生存直觉酷似曹操。

毛泽东评价刘邦："老粗出人物。"

秦朝末年的某一天，沛县的县吏萧何来找泗水亭长刘邦，说县衙来了一个姓吕的人物，县令发话了，里正、亭长都得去"贽敬"吕公，不少于一千钱。刘邦唯唯。眼珠子开始打转，哪去找一千钱呢？一百钱都难找。

萧何问：去还是不去啊？刘邦答：咋不去？

刘邦平日话不多，敏于行者讷于言，这是孔夫子讲的。刘邦哪管这个。他滔滔不绝的时候一定是在骂人，包括骂孔夫子。后来，汉王刘邦当着儒生的面随意小便……

眼下的刘邦是个区区亭长（类似村长），手大脚大铜板小，花得多挣得少。萧何骑瘦驴走了，刘邦去了樊哙的肉铺吃酒，顺便提到县令的发号施令，樊哙

举刀骂：狗官全县搞摊派啊？那吕公又是啥鸟东西？

次日，刘邦徒步几十里进县城，街上独自大摇大摆，想着他到咸阳出差时见过的秦始皇，嗬，那气派！御林军长戟如林！当时他一声浩叹：“大丈夫当如是也！”项羽比他霸气，冲着秦始皇的车驾说：“彼可取而代之！”

县衙里人头攒动。县令和那位吕公闲坐厅堂，瞅着外面黑压压的官吏、乡绅。萧何站在大厅门前，拖着嗓子宣布：敬万钱的请进来，敬千钱的请待在门外。

众官吏一时炸了锅：敬万钱啊？这一月的薪水才多少，还让人吃不吃饭啊？吕公好大的来头，要在沛县刮地皮，掏空“乡村干部”的腰包……然而一些人有备而来，器宇轩昂敬万钱，抬腿进去了。萧何堆了笑，让开道，弯下腰，做个恭请入堂的手势。钱少的人们，表情都有点那个，互相讪笑，瞧那门槛山一般得高。刘邦在人群中显得块头大个头高，可是有啥用呢？袖筒中腰包里没货啊。布衣刘季，人虽长，那袖筒子却短。平时他有面子，今日很没面子，比芝麻还小的泗水亭长凑啥热闹，赶紧地走人吧。

刘邦不动。看样子想赖在那儿，打了抄手，袖筒子笼起，叫人看不出他的底细来。旁人问：刘季，你打算贺几钱啊？另一人替他朗声作答：丰乡刘季贺十钱！

官吏们一阵哄笑，终于有个垫底的穷光蛋了，贺千钱的人，比上不足比下有余嘛，脸上复现了昔日光彩。这时候，懒洋洋的穷光蛋开口了：泗水亭长刘季，贺万钱。

大厅外的人群再次炸了锅。台阶上的萧何似笑非笑。刘季再次宣称：贺万钱！

于是，自称贺万钱的刘邦昂首阔步过了高门槛。县令和吕公起身相迎，萧何说：刘季这人爱讲大话，未必干得成实事的……刘邦扭头，白他一眼。

这个故事是司马迁讲的，大抵如此。汉高祖刘邦的痞子劲，汉武帝手下的太史令司马迁倒不避讳。难怪鲁迅先生盛赞《史记》：“史家之绝唱。”

刘邦的本意原是骗吃骗喝，蹭一顿高级饭。然而事情会节外生枝。席间，刘邦大嚼痛饮旁若无人，仿佛他不是亭长而是县令，甚至像个郡守州官。吕公瞧他多时，也许他心里也有点打鼓：怕人家要他交出一万钱来，交不出今天就走不脱。

刘邦犯怵时越发得举止大套，还把在座的、包括萧何在内的沛县人物通通骂了一通，又当众展示左腿上的七十二颗黑痣，那可是地煞之数哩。至于天罡地煞意味着什么，刘邦也搞不清……吕公忽然离座，步步向他靠近，盯得紧了，主要盯他又高又直的鼻子。

刘邦一愣，摸着鼻子说：别别别，我这鼻子不止值万钱。

他担心受劓刑，被割掉鼻子。殊不知，这位吕公是善于相面的，刘邦生得高大，刘邦的鼻子高而挺，举止又大度，腿上还有七十二颗黑痣。于是吕公的眼睛亮了又亮，刘邦心虚，转身要逃。吕公一把抓住他的布衣袖子，脱口道：休走休走，你你你、你这面相贵不可言哪。老朽有小女名叫吕雉，年方二八（十六岁），粗有姿色，"愿奉箕帚"。

满堂大哗。刘邦大惊，确认之后复大喜。吕公的女儿吕雉，即是后来的吕后。

汉高祖刘邦提三尺剑斩蛇起义，老丈人的家产是起了作用的。散家财，招兵买马，干起了惊天大事，缔造了汉朝四百年的江山。

秦汉时代，中国人的金钱观还比较直接，言利说钱并不羞涩。先秦的历史惯性使然，尽管汉武帝独尊儒术，却未能形成波及数百年的大潮。魏晋"人的自觉"乃是先秦精神的反弹。儒、法、道、释，相异又相生。刘邦为人直率，性格有狡猾的一面。县令用金钱把人分成三六九等，并不搞暗箱操作，也不留模糊空间。这里，确实显现了直接的金钱观带来的某些好处。民间的财富追求是自然生发的，道德、风俗、审美，同步生发，平衡了单一的金钱世界。人是各种各样的人，刘邦是刘邦，萧何是萧何，韩信是韩信，周勃是周勃……"人的多样化"、生活之意蕴层具有广泛而坚实的基础。

岳飞：『文官不爱钱，武官不怕死，则太平也』

百善孝为先，这话什么意思？倒不是说孝与其他的美德排列在一起，孝居先。古人的重孝道，乃是着眼于孝心的生发。孝为本，本固则百善生焉。岳飞是典型，岳飞崇拜的诸葛亮是另一典型。孝与真、与诚、与勤、与俭、与廉、与义、与勇、与忠、与慈、与爱，皆有紧密联系。孝道是绵延两千多年的顶层设计，提升了华夏族的人性善。

岳飞是一个近乎完美的人物，我拜读他四十年，从古典小说《精忠传》到严谨的学者型传记，找不到明显的毛病。关于他的忠君，前面的文章已加以辨析。他既是战将又是三军统帅，平时也爱喝酒，喝醉酒也挥鞭打过下属。皇帝劝他戒酒，他立刻就戒了，行军打仗滴酒不沾。和家人团聚时才小酌几杯，可见其非凡的意志力。历代武人的血气之勇易犯暴躁，像张飞的饮酒打人，死于非命。善于自律的赵子龙智勇双全，以寿终。《三国演义》中赵云的形象与史实大抵相符。

岳飞至俭，做了大官仍然生活简朴，夫人李氏很少穿绫罗绸缎，社交场合多穿布衣，举止大方，根本不在乎贵妇们的嘀咕。五个儿子，从不以豪门公子自居——史料记之甚详。家学、家教，都是好的。而南宋的官员，奢靡占多数。岳飞的父亲是佃农，他自己也多年打短工、扛长工，穷人的孩子早当家。闻鸡习武，熬夜读书，披星戴月种田，以文以武会友，孝敬父母和武术师傅周同。每天只睡三个钟头，使岳飞的自律自强达到了最佳值。而穷家孩子的富起来，未必能自律。败家子的例子太多。

眼下，部分富二代官二代的骄纵骄横，希望不要愈演愈烈。炫富斗富的后面是摆不脱的心理贫穷。

岳飞对孩子们说："稼穑之艰难，汝辈不可不知。"

岳飞身为高官，却拒绝高官的生活方式和社交圈子，婉拒蜀帅吴玠送给他的小妾，不建豪宅，不去娱乐场所，不蓄歌舞妓，几乎不饮酒。家里吃饭不过二肉，节庆日也不摆三种荤菜。分量是足的，味道是好的，素菜花样多，儿女们吃得舒服，但不会吃了撑着，不会饱食终日无所用心。盘中餐一定要吃干净。岳飞家风如此。

某些高官日费万钱，像张浚、刘光世、韩世忠，岳飞的花销不足他们的十分之一。豪门的家仆也趾高气扬，而岳飞的家仆与普通市民无异。

征战得来的赏赐，岳飞全部分给将士们。军中缺钱粮，他拿自己的俸禄去贴补。这些动作，和汉代的飞将军李广不谋而合。岳家军横扫强悍的金兵，不是无缘无故的。岳飞始终不忘本，又志存高远，念念不忘雪国耻，"收拾旧山河"，所以他顶天立地。

古今中外的优秀人物几乎都有忽视物质生活的倾向，为什么？精神与物质类似跷跷板，物质跷高了，精神就下坠。物质主义甚嚣尘上，精神的轨迹就趋于消隐。即使是吃饭这种"最物质"的事情，其精神附加值也显而易见。俗话说：人情好，吃水都甜。一个人面对山珍海味有啥意思呢？一群杂心人的饭局，总不如素心人置酒相邀来得愉快。小猫小狗吃东西，也要玩一玩。小孩儿都喜欢玩着吃，并不把吃饭当作一件正经事。

心情好，胃口才好。肠胃对情绪的敏感是众所周知的常识。

节制物欲，既是爱物，又有助于精气神的凝聚。放纵欲望，则注定要与无聊空虚打交道。这毫无办法。纵欲之徒逞一时之快，放纵完了，他在短时间内又积聚不起下次放纵的能量，于是他不得不面对空虚。餍足一词，盖指此也。

一味地放纵，放纵本身索然无味。

唐玄宗后宫佳丽三千人，却是“粉色如土”，杨玉环野性难驯，才重新调动他暮年残存的那点占有欲。持久的欣悦是心灵的专利，迷于欲望者，所欲之物从它自身脱落。吸海洛因的瘾君子们不例外。长期吸毒，快感略强于吸烟而已，白粉不继则极其难受……

岳飞一大家子，长期吃二肉，专心享受二肉，偶尔想想三肉罢了。

企盼的状态总是好的。企盼本身就是愉悦。长期的企盼是理想主义的主要特征。一个憧憬爱情的天真少女，脸上只有两个字：企盼。

在越过了温饱线之后，精神的价值高于物质，这一点要成为共识才好。维系生活之意蕴层大于单一的财富追求。意蕴层捅破了，生活中的几种核心元素（道德、风俗、审美、集体主义）残缺了，大家都过不成舒心的好日子。

上帝赐福于人类，原本备足了精神的空间，可惜人类不智，走了一段迷途，丢掉灵魂又伤害自然。着眼于未来吧。“悟已往之不谏，知来者之可追。”

南宋的文武高官在杭州大建豪宅，有人把豪宅建到西湖边上，这有违禁令。此人名叫杨沂中，他的大宅子，引西湖水环绕四周，远望犹如仙境。谏官告他，宋高宗倒为他讲情，说他战功赫赫，占一点西湖水不为过。另有大将张浚，搜刮民脂民膏几为天文数字，宋高宗又祝贺他。赵宋王朝偏安于江南不过十几年，奢靡之风已劲吹。“山外青山楼外楼，西湖歌舞几时休？”宗泽、岳飞、杨再兴等名将，常陷于苦闷。

皇帝鼓励奢靡，自有其盘算……岳飞自律并约束他的部下，除此之外就无能为力了。官员贪污腐化，官商勾结竞豪奢，衍成全国之恶俗，一似北宋后期。范仲淹、王安石、司马光、苏东坡等提倡节俭并表率天下的名臣，南宋是没有的。具备历史眼光的岳飞只能长叹。有官员问他何谓太平时，他一吐积郁：“文官不爱钱，武官不怕死，则太平也！”

这句话，文武贪官们最不爱听。不爱听，反而传得广，江南尽人皆知。后来岳飞被杀害，秦桧派人查他的家产，负责调查的官员倒是实话实说，“慨然叹其贫”。

而岳飞的死，是历史罕见的惊心动魄的事件，本书另文详述。

逝

孔子说："不知生，焉知死？"西哲云：不知死，焉知生？

生存的一切规划均与生命的长度相关，所以海德格尔强调先行到死，以死亡反观生存，这也是西方文学艺术永恒的主题。中国先哲的思考以老庄为最，将生命归为宇宙元气。苏轼浩叹："哀人生之须臾，羡长江之无穷。"

杰出人物的去世恰似巨峰的倒掉，触目惊心，他们的肉身宛如流星划过，他们的精神却是恒星闪耀。

卷十六 逝

逝

庄子的死而复生

孔子说："不知生，焉知死？"西哲云：不知死，焉知生？

死亡是西方文学艺术的一大主题，也是西方哲学的一大课题，例如柏拉图把哲学视为死亡预习，海德格尔的《存在与时间》，将"向死存在"列为专章。

中国的古典艺术，专注死亡的不多。诗人中以李贺以最，李贺身体不好，他的先行到死带着病态美的特征。诗人成千上万，李贺是异类。

庄子开辟的审美大道，包含了死亡意象，他的亲近死亡，从早年就开始了。去赵国的路上他抱着骷髅睡觉，不知一觉醒来，有何奇思妙想。他偏于黄昏时分穿过坟地，夜里追随着飘忽不定的鬼火。他躺在天地间，望着满天星斗、一弯新月，思绪若有若无，情绪倒是饱满。人的躯体，不过是"渐聚之形"罢了，形散了，生命归于一团气。

物质不灭。能量守恒。庄子悟到了"齐生死"，于是能够放浪形骸。悟到"齐万物"，于是能够逍遥游。他已经越过了人间的尺度，看不见高低贵贱生老病死。思维弹向高空，却又朝着人间烟火。历代读书人从庄子身上悟到的东西不会少于孔子。

庄子喜欢走夜路，绕弯子也要穿过乱坟岗，玩玩洞穴骨头，追逐着鬼火，跟踪盗墓的黑影。有一天在某个坟场，他发现盗墓者中间有两个儒生。儒生盗墓的手法很娴熟，表明是老手、惯盗，一大一小的儒生配合默契，一面从死者口中慢慢敲出珠宝来，一面哼唱《诗经》，高雅而从容。

庄子是一有机会就要嘲笑孔夫子的，如果和捍卫孔圣人的孟子见了面，两人可能会挥老拳打一架。孔孟讲实在，老庄强调虚无。二者"打架"，打了两千多年胜负未分，倒是不打不成交，形成百代互补的中华文明之大格局。

孔子见麒麟，"知死期近也"，那模样有些凄凉。庄子不同，从三十来岁悟道之日起，他每天都在经历着死亡。他死了六十年还在死：花谢草枯鸟亡，如同发生在他自己身上。头屑的散去、头发指甲的剪掉、牙齿的掉下来，均是小死亡，朝着大死亡。西方人常说：人一生下地就足以老到去死。孔子以生存打量生存，缺了先行到死的维度，缺了神性维度。“子不语怪、力、乱、神”，平心而论，这是孔夫子的局限。李泽厚教授唠叨“此岸”和“一个世界”，忘掉了死亡规定生存的常识。一切生存规划都与生命的长度相关。盯住死亡犹如盯着虚无，能盯出体育、哲学、艺术，盯出生活方式。

中国文化最显著的特征，是以虚无统摄实有。

亲近死亡不是哲学家和艺术家的专利，中国民间的习俗拿生与死做文章，细节非常多，地域的差异非常明显。丧事自古隆重，墓园与家园咫尺之遥。墓地高低错落，不求整齐划一，分布于房前屋后，绿树修竹掩映着，逝者日夕在生者的视野内、思念中。一代又一代，生死循环。中国式的墓葬笼罩着人间的温情。这对生者是莫大的安慰，因为有朝一日，生者会变成死者，会躺进棺材里去，会在阴间接受来自阳世的祭祀品。

上坟，扫墓，烧纸钱，一年总有三四次，维系着中国人的亲情，维系着宝贵的家庭观念。几千年的好风俗，希望再传千百年，如果自然界允许的话。网络祭祀，偶尔为之可也，万万推广不得。祭奠亲人必须到墓地。小孩子尤其要去，要跪着献花或是烧纸钱。

庄子悟透了生死，于是抱着陌生人的骷髅睡觉，星空下大地上，与骷髅绵绵夜话。也许是一堆艳骨，生前她无限妖娆。阮籍痛哭死去的陌生俏女郎，刘伶痛饮祭酒，嵇康奔丧带着自吃的酒肉……这些行为构成了礼教的反向运动。

眼下的祭祀习俗可以饮酒吃肉，寒食节也“火食”（吃熟食），早把礼教的许多原初设计抛开，庄子们的举动融入了历史传承。

庄子在人伦的领域纠正孔子，补充孔子，在自然和审美的领域远远超过孔子。庄子六十年盯死亡，盯虚无，创造了中国式的无中生有。盯死亡是说，意绪纠缠于形形色色的死亡。越是优秀的、强大的人物，对死亡越敏感。死亡袭来，叶落惊秋。有些昆虫的寿命极短暂……庄子年轻时就注视着这一切，犹如孔子注视周公。

老庄先行到死无数次，死亡本能最大限度地得以发挥。他们先是身不由己忧死亡，后来，美滋滋奔赴想象中的死亡。对死亡的恐惧人人都有，有些哲人把一己之身和万物的荣枯放在一处，于是参透了生死，反而活得欣欣然。当然，向死而生的过程颇复杂。盯各类死亡盯久了，反而洋溢着生气，豁达之气，庄子是这类人的总代表。陶渊明为自己写挽诗，盖由于脑子里的死亡画面挥之不去。蒲松龄常走乱坟岗。瓦雷里、里尔克的诗歌，托尔斯泰、海明威的小说，充满了美妙的死亡意绪……

有一天，庄子看见一个年轻女人使劲扇新坟，问她，她说扇干了丈夫的坟才好再嫁。庄子帮她挥扇，据说用了法术，不久，新坟变旧坟，女子欢天喜地去了。庄子回家把这事讲给妻子田氏听，田氏摆出了道德面孔，说她才不会如此绝情呢。如果庄子死了，她肯定无限悲伤，为庄子守墓，思念庄子的生前，对天下的男子视而不见。庄子很感动。这位田氏是楚国贵族的女儿，据《警世通言》的作者冯梦龙形容，她生得如花似玉。

三天后，庄子忽然暴病而亡，田氏果然悲伤，一把鼻涕一把泪的，抚棺不肯离开。到头七这天，一个英俊的楚国后生来吊丧。不几日，田氏的哭声便小，泪眼儿便有些顾盼，渐渐放出几缕妩媚来，走路摇着细腰圆臀。二人眉来眼去有意思了。忽然又来了媒人，替他二人说合，要做夫妻。田氏顿时喜上眉梢，巴不得庄子的丧事立刻就完。那英俊后生也是兴高采烈，恨不得一步进洞房，却又踌躇，有心事的样子。田氏赶紧问他，连问三次，还拉扯他的衣袖，凑近他细腻的白净脸和红嘴唇，于是，这美男子开了口，说自己有一种疾病，需用人脑髓作药引子，药到病除。可是到哪儿去弄人脑髓呢？他真是又爱又愁啊。田氏拍手道：这还不好办呀？一说爱，啥都不存在！我家庄周的脑子最好使了，脑髓做药引子肯定没问题，拿斧子劈开他的棺材，再劈开他硕大的脑袋瓜……

一见钟情的狗男女说干就干，锋利的斧子抡得高高，砰砰啪啪砍棺材。单用斧子不好使，复用铁锹撬。猴急的男女配合默契，互相瞅颜值，劲往一处使。邻居闻声奔来看，纷纷谴责田氏，其中有那个扇坟的女人。田氏抹汗歇口气，瞪了眼批她：你也配来谴责我呀？你扇坟，我撬棺，还不是为了改嫁英俊后生漂亮男？咱们放眼去瞧瞧，这十里八村的新寡妇旧寡妇，哪个不思汉？没胆子放开手脚干罢了，我田氏敢想敢做，我田氏敢作敢当，我田氏……这女人越说越起劲，连比带划的，俨然理论武装了俏脸，马上要占领新道德的制高点。

邻居们开始产生分化，扇坟的女人挪脚到田氏的一边，已有几分站队的意思。田氏扬细眉，双手叉了水蛇腰，宣称：我最后一板斧，哼，劈开这棺材！

话音未落，棺材自动开了。田氏一愣，头皮随之发麻。棺材里边的庄子欠身坐起，还打了一个大呵欠，吐出一大口“鬼气”。田氏惊叫起来，手中的板斧落地，她转身逃命，刹那间已在几丈外了，却被一只长长的“鬼手”轻轻拉了回去。田氏转而跪地求饶，发誓要和庄子永做恩爱夫妻。庄周先生一笑，赋诗云：“生前个个说恩深，死后人人欲扇坟。画龙画虎难画骨，知人知面不知心。”

田氏大哭，乞求，庄子说：“若是重与你做夫妻，怕你巨斧劈开天灵盖！”

这是庄子休妻的故事。冯梦龙的小说写得出色。那英俊后生原是庄子的化身。

好女不嫁二夫，暗通忠臣不事二主，历代封建统治者玩这老把戏。庄子拿固化的道德说事，尽管狠批老婆变心太快，下手太狠，却也正视人之大欲：守寡的女人哪个不思汉啊？寡妇的门前，向来是非多。这是基础性存在。再是忠贞于亡夫的女人，心里也有微波荡漾。然而，她们只能将无边的情愫硬生生憋回去。夜夜孤灯孤枕，梦里一时贪欢，醒来更孤单，泪湿罗衾寒。由于孔孟之道，由于汉儒宋儒的进一步发挥，贞节牌坊林立。

中国的古代，年轻守寡的女人是天文数字。

欲望的千年收缩预设了欲望的百年反弹，而反弹过度，又上演了无数的悲剧，悄无声息的悲剧——这些年来，年纪轻轻独守空房的女人有多少？不敢嫁人的大龄女子有多少？四川的一些街头流行语，道出她们“孤独死”的无限辛酸……这个不提也罢。

另外一种情形：有些患绝症的病人还躺在床上，媒婆们就在窗外张望了。

庄子齐了生死，于是庄子不死。《庄子·大宗师》一文，他借笔下的人物子舆谈论死后的美妙：假如造物主把我的左臂变成公鸡，我就报晓；把我的右臂变成弹弓，我就天天打斑鸠，林中生火烤来吃；把我的臀部变车轮，我就坐车浪迹天涯……庄子一席话，把自己谈成了中国的死亡大宗师。

死亡越谈越多，越看越细。越是强大的生命体对死亡越敏感，中外皆然。强大者的死，宛如狮子老虎的死，其惊心动魄，也是自然而然。

巨峰的倒掉可不是一般的倒掉。

庄子齐了生死，于是死也淡然，不似巨峰的倒掉，而是化入了草木，化入由他所指认的那团生成宇宙之元气。我认识一老农，他把自己的骨灰视作有机肥，要撒在他亲手栽的一棵树旁。庄子有理论，懂宇宙，思之力绵延千万年。老农的临终安排与庄子无异。

八十三岁的庄周先生一病不起了，忍受病痛的反复折磨。大哲也呻吟，病榻上爬来爬去。弟子们连月哭守，准备后事。弟子们要厚葬老师，要有许多的陪葬物。老师说：我是个编织匠，草席一卷了事，大地就是我的坟墓与棺椁，日月是价值连城的璧玉，满天星星是珠宝，还用什么陪葬品啊？野兽、乌鸦、老鹰吃掉我，和蚂蚁啃咬我的骨头有何不同啊？孔丘搞厚葬，搞尊卑三六九等，繁琐的葬礼一大堆，官商仿效劳民伤财，影响实在是太坏，这些个愚货物于物呀，李耳的学生庄周能干那种蠢事么？庄子的弟子们、弟子们的弟子们能干那种蠢事么？尔等记住了：赤条条来去无牵挂。

弟子们谨受教，八方去传播。据史料，庄子葬于故乡蒙邑的一棵不成材的歪脖子树旁。那高岗上的歪脖子树，活了两千多年，仿佛大贤化作了有机肥，肥效不同寻常。庄子作为古今异化的天敌，他是不会死的，除非人类有能力像上帝一样消除所有的异化。

陶渊明为自己写挽诗

庄子的妻子死了，他鼓盆而歌，祝贺来自泥土的老伴归于泥土，惊动中国两千多年。这是庄子长期盯死亡盯出来的智慧。民间至今有白喜事之说，把老病死者的丧事当作喜事办。此风甚佳，当然有个分寸，好风俗不可演变成丧麻将一类的恶俗。好风俗要呵护。呵护的前提却是辨认，是“思想的细心”(海氏)和价值判断的清晰。

陶渊明是中国低碳生活的老祖宗，是古今真性情的总代表。作为世家子弟，作为读书人和本土官员，作为五个儿子的父亲，谁能把讨饭的事入木三分地写进诗篇？

江西九江是陶渊明的故乡，我是一定要去的，即使看了失望也要去。两年前，德国那位总是穿相同款式服装的女总理，为她的祖国乃是“诗人和哲学家的故乡”(国家旅游广告)而倍感自豪，其次才是德国的科学家和工程师们。今之处于躁动惯性中的国人，要向德意志民族、俄罗斯民族、法兰西民族学习生活智慧才好。

陶渊明恰似荷尔德林，乃是诗人中的诗人，一切时代诗意栖居的标志性人物。中国乡村的审美源头，陶渊明开源最大。“众鸟欣有托，吾亦爱吾庐。”他四十岁前居住的柴桑县上京里，草屋八九间，因失火，移居南村，“闻多素心人，乐与数晨夕。”在南村一带，他有个素心人的交往圈子，从显官小吏、大和尚小沙弥，到躬耕的农人、退伍的军人、落第的秀才、游医、货郎、各色工匠、真假侠客、流浪汉、穷书生、残疾人……苏东坡一辈子仰望陶潜，生活中学陶，和陶诗一百零九首，然后自夸云：“吾上可陪玉皇大帝，下可以陪卑田园乞儿。”苏轼有豪言：“我坐华堂上，不改麋鹿姿。”荣华富贵捆不住自由的手脚，缚不住丛林麋鹿奔腾的姿态——此一层，今天的中国富人要向苏轼看齐。

魏晋时代的高官们，隐逸们，颇多风流俊迈。名士风度，连不轻易称赞古人的鲁迅先生都津津乐道。唐朝宋朝的大贤，几乎无一例外地崇尚魏晋风度。

为何崇尚？唐与宋，人的自觉和人的多元有所不及也。

陶渊明诗云："落地为兄弟，何必骨肉亲？"又在写给儿子们的信中说："四海之内皆兄弟也。"他务农，向村民学稼穑，"农人告余以春及，将有事于西畴"，熟悉农事有个过程，"种豆南山下，草盛豆苗稀"。种好庄稼和写好诗篇一样不容易，要下苦功夫。他脱下官衣扔了官帽，穿草鞋戴斗笠，走在辽阔的田野上，劳作，时常一干一整天："晨兴理荒秽，带月荷锄归。"

群众的眼睛是雪亮的，陶渊明是什么样的人，是杂心人还是素心人，他们很快看明白了。于是，打成一片。村里的酒事、文事、喜事、丧事、讼事……常见陶渊明的布衣身影，他有趣的举止和幽默的谈吐。渊明有文化，又亲切和蔼，教村里的小孩儿识字，给病人把脉瞧病，为村里人的造桥起屋谋划，介入邻居的家庭纠葛……

五柳先生在不经意间成为生活大师、审美大师。经意，就"经"到一边去了。

"奇文共欣赏，疑义相与析。"刘柴桑、郭遗民、戴主簿等人，常与他论诗文。他既是农夫，又与土地保持了审美间距。"有酒斟酌之"，"登高赋新诗"。

道德身、风俗身、审美之身，陶渊明是典范中的典范。"农务各自归，闲暇辄相思。相思则披衣，言笑无厌时。"日常生活温馨之至也，朋友间的往还朴素之至也。苏东坡叹曰："渊明欲仕则仕，不以求之为嫌；欲隐则隐，不以去之为高。饥时叩门而食，饱则鸡黍延客，古今贤之，贵其真也。"

人、事、物、自然，以细致入微的方式植入陶渊明浑身上下的体细胞，维系他半个多世纪的兴奋度，形成良性循环，低沸点循环。诗魔酒神，每日携手造访他的柴门。感觉、意绪何止千万种，无限的差异使他的兴奋得以持存、守恒，不避艰辛而诗意栖居。

华夏民族，到他这境界的，很可能只一个庄子。庄子的事迹却难以考证仔细。苏东坡是陶渊明的隔世弟子。

化日常点滴为神奇，指一草一木为美景，陶渊明登峰造极。苏轼言必称"渊明吾师"。自唐代起，所有的文化大师都仰望他。精神轨迹不难寻，只在渊明先生的举手投足间，审美目光的收放自如间。希望若干年以后，中国人像德国人崇拜荷尔德林那样崇拜他，向他的低沸点欣悦看齐。海氏再三引用荷尔德林："思想最深刻者，热爱生机盎然。"事实上，低沸点方能保证个体生命长期的饱满度，呵护迄今为止可栖居的唯一的蓝色星球。

然而，不断有学者教授盯住陶潜的拮据不放，包括日本韩国的学者，这些人的物质病，委实病得不轻。看来，深入感觉的内部，才能解构物质主义的宏大叙事。而我们这代人的孩提时提供了感觉丰富性的铁证。平心而论，那种连一片树叶都玩得起劲的生活，至少未来几百年不可能了。笔者讲这个，心里一股股地疼痛。

陶渊明七十六年的生涯，拮据的日子恐怕占了一半。他以半饱的姿态证明了庄子式的逍遥，每一次呼吸都化入了泥土的芬芳，每一次心跳都合着自然界的脉动。

"日入群动息，归鸟趋林鸣。"

"平畴交远风，良苗亦怀新。"

"漉我新熟酒，只鸡招近局。"

"微雨从东来，好风与之俱。"

对自然取审美态度，对生活取质朴态度，对死亡取旷达态度，此三者，集中显现了陶渊明的旷代之真。道家的所谓散人、至人、真人，老庄肇其先，魏晋名士继而为狂，唐朝以后，大规模演变为虚无缥缈的神仙——唐朝的短视尚须追问。有真迹可寻的还是陶渊明，他也不信神，不赞同"人死魂不灭"。草枯了，花败了，花草有灵魂么？这种事唯有上帝知，凡人只能悬搁不论。

陶渊明为自己写了三首挽诗，三首录其一："荒草何茫茫，白杨亦萧萧。严霜九月中，送我出远郊。四面无人居，高坟正嶕峣。马为仰天鸣，风为自萧条。幽室一已闭，千年不复朝。千年不复朝，贤达无奈何。向来相送人，各自还其家。亲戚或余悲，他人亦已歌。死去何所道，托体同山阿。"不复朝：不再看见太阳升起了。归途中亲戚有悲伤的，他人有唱歌的，同是自然流露，再人性不过了，豪门大族的丧事有这等场面吗？杂心人懂得此等纯粹吗？

"他人亦已歌"，不同于孔子为丧事作的规定："子于是日哭，则不歌。"

五柳先生描绘的哭与歌，完全符合情绪的内在逻辑。海德格尔《存在与时间》对情绪的奠基性研究，让欧美学界竞折腰。

渊明的这首诗，鲁迅先生很喜欢。先生写过《坟》，又倚了坟头照相，发表给人看。

公元427年，陶渊明于南村寿终正寝，小他十几岁的妻子翟氏和五个儿子、若干孙子均在身边。村里人都来了，为五柳先生送终。戴主簿、刘柴桑等好友，念先生的诗作："荒草何茫茫，白杨亦萧萧。严霜九月中，送我出远郊。……"

大贤遗嘱：葬礼一切从简。这令人联想鲁迅先生的遗嘱：死了赶快埋掉，拉倒。

学者们以前认为陶渊明活了六十三岁，据国学泰斗袁行霈近年考证，则为七十六岁。

爱戴五柳先生的人，一般倾向于后者。

"死去何所道，托体同山阿。"

苏东坡之死

公元1095年，苏东坡五十九岁贬岭南惠州，待了近三年，“不辞长作岭南人”。六十二岁，再贬更荒凉的海南儋州，又三年，又和当地人打成一片了——朝廷的那些政治打手弄不死他。他融入了海南风俗，吃穿住行，俨然黎族人。一幅传了数百年的《东坡笠屐图》，很感人的，笔者读此图数十年，如今再读，仍然有感觉，有想象，有慨叹。

“打不死的吴清华。”打不败的苏东坡。

眉山的三苏祠和三苏大广场，也是我们孩提游戏的天堂，当时门票一分钱。我们翻古墙，爬树跃溪，匍匐钻荆棘，溜进那百亩园子去，省了门票钱疯耍，耍渴了，痛饮东坡古井水，摘东坡亲手栽的古荔枝，稚嫩的目光仰望那个长脸短须的雕塑老头……

1100年，苏东坡六十五岁复起于儋州，于澄迈渡海返回中原，佳作出海上：七律《六月二十日夜渡海》。各地的官员传说他要当宰相，“初复中原日，人争拜马蹄”，官场义士郑侠希望他“霖雨苍生”，造福天下，他一笑，写诗云：“孤云倦鸟空来往，自要闲飞不作霖。”话是这么说，坡翁这四十余年为官，总是情系苍生，巴心巴肝为一方百姓谋福祉。八个州的太守、八个州的副守、八年的国家级领导人，罪臣逐客十余年……

东坡渡海，抱着三部大书的手稿，像抱着三个孩子，《易传》《论语说》《中庸论三篇》。二十年的心血，寸步不离它们，夜里放在枕头边上，雨天行走泥泞路，宁愿把自己淋成落汤鸡，也要护手稿。手稿别无抄本，后来，由钱世雄转入寺庙保存。

归途中遇到章惇的儿子章援，章援恭呈一封求援信，暗里担心苏轼报复他一家。坡翁就地作复：“某与章丞相定交四十余年，虽中间出处稍异，交情固无增损也，闻其年高寄迹海隅……”信的背面，还写了专治岭南瘴疠的白术药方，荐与章惇备用。而这个朝堂魔头曾经把东坡害得家破人亡，两次派人杀东坡。章惇失势，贬雷州半岛，东坡还关心他的身体，帮助他的两个儿子的科举和仕进。

章援接了信，抹着眼泪走了。苏东坡的这封亲笔信，章家传了几代人。

耶稣宽恕犹大。耶稣的事迹多为西方传说。苏东坡是史料确凿的东土伟人。

坡翁的岭海六年，亦困顿，亦欣然，亦多事功，“一蓑烟雨任平生”。

苏东坡是紧贴大地的苏东坡，像希腊神话中的大力士安泰，一旦从空中落到地上，瞬间力大无穷——安泰的敌人千方百计让他的身子脱离大地。笔者称苏东坡是地仙，伟岸之身拢集了大地的神秘与广袤，又与各种各样的人和睦相处，宽恕作恶多端的章惇。我想，他的亲朋是想不通的。列夫·托尔斯泰只是在理论上宽恕所有的人。坡翁为什么这样？当与东坡居士的佛教信仰有关。程夫人在眉山的虔诚礼佛，对他的早年影响大。

此间的苏东坡身体还不错，吃肉饮酒胃口好。接待他的官员排着队伍，苏轼性豪放，吃东西喝美酒比较任性——好多年没享受过精致美食了。席间且有歌舞表演，他挥笔赞美舞姬歌女们。然而坡翁的北归，从未鄙薄蛮荒的岭南。生活大师到哪儿不能欣欣然呢？“往来一虚舟，聊同造物游。”他活成了庄子和陶潜。“我本儋耳氏，寄生西蜀州。”

两次在杭州做官，他又称自己是杭州人。他非常热爱自己的家乡，又以四海为家。

苏东坡太丰富了，从精神境界到日常琐屑。今之国人，若能从他身上摄取十分之一的能量，便是英雄好汉。法国人于世纪之交，由《世界报》牵头，评选全球范围内的十二位“千年英雄”，自十一世纪到二十世纪的中国英雄，唯有苏轼入选。

1100年6月，苏轼与秦观相聚于雷州，师生劫后重逢，弟子唏嘘不已。苏轼遭贬，秦少游受牵连，艰难度日达数年之久，身子垮掉了，却瞒着恩师。二人于雷州盘桓几天之后，苏轼启程，秦观抱病送别，屡称自己的身体无大碍，叫老师放心。

然而一别成永诀。八月，秦观的死讯传来，正在桂林的苏轼大哭：“哀哉痛哉，何复可言。当今文人第一流，岂可复得!”他不顾老迈之躯几百里去奔丧扶棺，踉踉跄跄到达滕州地界，却扑了一个空。秦少游的女婿已扶棺远去。坡翁立于荒野，仓皇四顾，老泪刷刷止不住……在广州，苏东坡与莫逆之交吴复古聚首一个多月。这个道士吴复古，苏轼贬黄州，他便去黄州；苏轼贬惠州，他又翻山越岭刀剑辟路奔惠州，后来，复叫他儿子吴芘仲携物去惠州探望。坡翁携家带口离开广州，走了百余里，吴复古忽又徒步追赶他，想必是知道自己离大限不远了，要再见老东坡一面。岂料途中染病，一病西去。这位一生以道路为家的道士，死于道路。

苏东坡哭秦观未完，再哭吴复古。爱人至深者，自伤也深……

慢慢走吧，慢慢抬起头。入冬了，朝廷诏令下：苏轼提举成都府玉局观，任便居住——住哪儿都行。他决定去常州的宜兴。弟弟苏子由再三请他去许昌，他摇头，担心再次迁累子由。腊月过境韶州（广东韶关），留十数日。见过了从惠州来的朋友们，拜托他们照看丰湖栖霞寺的朝云墓。复游曹溪南华寺，与老友苏坚、南华寺的住持明辩法师等人会于谈妙斋，品尝曹溪水泡的雀舌茶，交谈甚洽，妙语连珠。

韶州曲江县的陈县令设夜宴款待他，他于席间作《鹧鸪天》，称赞以拍板侑酒的官妓素娘：“笑捻红牙弹翠翘，扬州十里最妖娆。夜来绮席曾亲见，撮得精神滴滴娇。娇后眼，舞时腰，刘郎几度欲魂消。……”大师阅女性之美妙，尚能激动如此。

他在写给李之仪的信中说：“端叔亦老矣，迨云：须发已皓然，然颜极丹且渥，仆亦正如此。”迨：苏迨，东坡次子。

岭南冬天的这些日子，东坡先生的面色相当红润，“极丹且渥”。

正月里，东坡过大庾岭，感慨赋诗《赠岭上老人》：“鹤骨霜髯心已灰，青松合抱手亲栽。问翁大庾岭头住，曾见南迁几人回？”七年南迁客，又活着回来啦。苏东坡一家子，过岭抵达虔州，因赣江的水位低，不能行船，滞留至暮春。他在城里行医，到寺庙里坐诊，救治了数十人，虔州百姓奔走相顾曰：东坡大学士，神医也!

宋人笔记说：“坡翁遇有疾者，必为发药，并疏方示之。”

不平则鸣。有病则医。坡翁要将真与善的种子播向任何地方。虔州一带慕名而来的人，前呼后拥，争睹仙姿。东坡先生“纵笔挥染，随纸付人”。

东坡北归路上，欣然之情可见。提举成都玉局观，当有机会返蜀，回眉山老家去看看，拜谒双亲墓，王弗墓，会会老朋友，击水大岷江……

五月底，苏轼的官船风帆向仪真。正在办西山书院的米芾，把诸事抛开，赶来仪真东园拜见，见东坡先生腹泻，便忙着煎麦门冬汤，每天顶烈日跑药铺。

东坡伏枕，作书与他："岭海八年，亲友旷绝，亦未尝关念。独念元章迈往凌云之气，清雄绝俗之文，超妙入神之字，何时见之，以洗我积岁瘴毒邪！今真见之矣，余无足言者。"这段话，乃是米芾的书法艺术之定评。

坡翁在病中，听苏过朗读米芾的新作《宝月观赋》，"未半，跃然而起"，坐于几案前，提笔致信米芾："公不久自当有大名，不劳我辈说也！"

当初，东坡赞黄庭坚、秦少游、陈师道、张耒、李公麟……也是这般情貌。华夏文化的接力棒要传下去。后数日，再致米元章："某食则胀，不食则羸，昨夜通宵旦不交睫，端坐饱蚊子耳。不知今夕如何度……"

六月中旬，船行于运河赴常州，两岸百姓上万人，争睹苏东坡的风采。他头戴小帽，身穿小背心，坐在船舱里，环顾左右说："莫看杀轼否！"江南百姓祝愿他早日做宰相，造福于天下苍生。官府与民间，邀请者甚多，东坡盛情难却，沿途赴宴，积热积食。

回船继续向常州。七月流火，船舱里异常闷热，东坡连日腹泻，情形不妙。老友钱世雄及儿孙们守在他身边。抵常州登岸，住城里一个朋友的家。东坡曾在常州城买过一所房子，却听街上的一位老太太哭儿子不孝卖掉祖业。细问之下，方知原来他是买主，于是把房契退还老太太，购房款也不要了。在他心目中的第二故乡常州，却是个无房户。

病转沉重的东坡，住进钱世雄租来的孙氏馆，斜靠一块"懒版"。三个儿子迈、迨、过，环侍病榻。他长时间瞅着一幅画，那是李公麟于金山寺为他画的像，旁边有他的亲笔题诗："心似已灰之木，身如不系之舟。问汝平生功业？黄州惠州儋州。"

这样的诗，令我们无言。一切解释都是皮毛。

七月十三日，病况好转，次日又高烧，热毒大作。强撑病体写《与钱济明书》："某一夜发热，不可言。齿间出血如蚯蚓者无数。……细察病状，专是热毒，根源不浅，当用清凉药，已令人用人参、茯苓、麦门冬三味煮浓汁，渴即少啜之，余药皆罢也。庄生闻在宥天下，不闻治天下也。三物，可谓在宥矣。

此而不愈，则天也，非吾过也。”

钱世雄每天来，陪他聊天。东坡似有回光返照，连日谈笑风生。钱世雄后来回忆说，东坡先生“眉宇间秀爽之气，照映坐人”。

苏东坡病入膏肓了，还坚持每天跪菩萨，求龙王，为夏秋久旱的常州祈雨，为百姓祈福。墙上挂的龙王图，系江南名画家黄筌所画。从几十年前的凤翔任上起，东坡祈雨常有效……十八日，自知难起，唤三子及诸孙于懒版前，说：“吾生不恶，死必不坠（地狱）。”他致信亲爱的弟弟，嘱托后事：“即死，葬我（郏县）嵩山下，子为我铭。”子：你。二十五日，致信杭州径山寺维琳长老：“某岭海万里不死，而归宿田里，遂有不起之忧，岂非命也夫。然死生亦细故尔，无足道者。维为佛法、为众生自重。”

二十七日，恶化。日午面壁饮泣，依稀可闻。不肯转身向亲朋。先生起复于岭海，没料到会死于北归途中。伟人流泪，吞声而已。伟大的意志力抵达了弥留的时光。

维琳长老从杭州赶来了，俯到他耳边大声道：“端明勿忘西方。”

东坡答：“西方不是没有，但个里着力不得。”

钱世雄喊：“至此更须着力！”

东坡闭目答：“着力即差！”

钱世雄再问：“端明（学士）平日学佛，今日如何？”

东坡再答：“此语亦不受。”

长子苏迈上前问后事，躺于懒版的东坡已不能语。为华夏文化，为人的尊严，那吐珠滚玉千万次的嘴唇，再也张不开。

溘然长逝。时为1101年农历七月二十八日。享年六十六岁。

不知道用什么可以形容苏东坡的死。人们会联想恒星的爆炸，坍塌收缩成白矮星，演变成黑洞。其黑洞般的精神伟力，足以吸引我们这个蓝色星球上所有的万物之灵。

举国震悼不消细述。宋人记载：“吴越之民，相与哭于市，其君子相与吊于家。讣闻四方，无贤愚皆咨嗟出涕。……呜呼，斯文坠也，后生安复所仰！”

东坡的弟子李廌在祭文中说：“道大难容，才高为累。皇天后土，鉴平生忠义之心；名山大川，还千古英灵之气！”

岳飞之死

岳飞的心劲究竟有多大，放在科学技术突飞猛进的今天也是难以测量。海德格尔首创的生存论阐释，庶几能够逼近古今所有人的生存情态。岳飞是河南汤阴县孝悌里的穷孩子，父亲是佃农，他也是佃农，是地主家起早贪黑的长工短工。眼下有个词语叫“代际贫穷”，主要指部分农民和失掉工厂的工人及其后代。岳飞自幼习武，不断与汤阴的武功好手们切磋，据史料，他在汤阴较量各路好汉，“一县无敌手”，刀、剑、枪、箭法，俱出色。俗话说练武先练眼，目光要像鹰眼一样锐利，闪电般捕捉移动的目标。搏击，眼疾手快方能胜人一筹。武人的血气常常背向书卷气。岳飞颇奇特，他又想尽一切办法识字读书，柴薪代烛，月光照明。远不止读拳谱与兵法，他对经史子集亦有浓厚的兴趣。谁把他带进学问的门槛呢？日夜“目射纸上”。村子里书少，书才珍贵。开阔的思维，为日后抗击金兵的战略性智慧打下基础。

扛长工，练武艺，如饥似渴捧读书卷，巴心巴肝疼爱家人，这心劲之大，几乎不可思议。岳飞才十几岁，遥想他的眼睛，他的外形，当是典型的鹰视虎步吧。他投向父母和师傅周同的目光又那样温和，尽孝般般周到，体贴细致入微。至孝、至爱、至刚、至柔、至俭，岳飞式的生命体真是令人着迷。“为善不辞心力，为学只争朝夕。”（赵朴初）生命何以如此饱满？想不通。大到中原腹地的文化，小到孝悌里的良好氛围，究竟以什么样的方式作用于他？详细答案是没有的，历史人物的诸多珍贵细节，以及富于质感的生存环境，永远令人费猜想。

汉代的飞将军李广，林中射猛虎，一支长箭射入大半，奔去一看，发现射入了一块巨石。其后飞将军屡试，哪里射得进去？这是司马迁讲的细节。李白宣称“一射两虎穿”，显然夸大其词。陆游的只身斗杀猛虎，有他的长诗为证。

陆游的瞬间臂力源自多年累积的心力，笔者前文已述及。岳飞上阵杀敌，有两件事令他自己十分惊讶：一是把刀刃砍入金兵骁将的大刀一寸多深，又猛地拔出来，砍死金将于马下；二是举大刀劈敌，把戴了头盔的敌将领从头分根。史料《百氏昭忠录》：岳飞奋战一“贼魁，奋大刀劈之，自顶至腰分为两，（敌）数万众不战而溃”。事后，岳飞语人：“人力不至于此，真若有神助之者，某平生之战类如此。”

战场上的岳飞神勇如此，一人吓退几万敌军。恰似张飞大吼当阳桥，吓退潮水般的曹兵。项羽力能扛鼎，关羽单骑横扫千军，赵子龙一杆枪神出鬼没，鲁智深倒拔杨柳树……冷兵器时代需要强悍的体魄，催生特异个体。

这里，不妨说几句题外话。

自然赋予的体力，文明赋予的精神力，二者的潜在空间巨大，先贤们的探索与拓展卓有成效。而眼下的人面临着双重退化，此系现代文明的负面结果之一。达尔文说：进化本身意味着功能退化。如今海量的个体活不饱满，细胞不兴奋，皆因浅表性生存、快餐式生存作祟——兴奋点迅速推高，强刺激恶性循环，失掉与简单事物打交道的能力。细胞的急剧兴奋（吸毒是极端例子）预设了它的疲惫、颓唐，暮气沉沉乃至抓空抓狂。

举例来说，互联网每天制造上百个新闻热点，热点又从它自身冷却、淡忘，把浸淫其中的人众推向短暂兴奋，推向麻木，推向冷漠，推向深度的现实关切的反面。

心力之类，从何谈起？热点成百上千，哪里还有热点？剩下的唯有运营商需要的点击率。

互联网试图让所有的事物同时到场，造成的尴尬局面却是：事物的能量互相抵消。看似拉近了人与事物的距离，其实质，是把事物推向遥不可及。追求

“无距”，导致无序。事物之所以有意义，恰好在于距离，在于人对事物的有序接受。“润物细无声”，人对人的接受，人对物的接受，都有个过程。有些过程复杂而漫长。

形形色色的事物同时蜂拥而来，人无立锥之地。

换言之：谁能在几天内接受几百张脸？外交家也做不到。

人与物的打交道，目前尚无普世智慧可言。西哲致力于返回古希腊之文明源头，中国学者纷纷回望先秦。熊十力先生对现代技术与物的思考十分有力。

物欲抵消物欲（比如食欲），热点吃掉热点。活向刺激的人不得不活向刺激，他拿自己没办法，拿他身处的环境没办法。制激来自孩提时代，甚至来自婴儿期：电视电脑的声光画面制造瘾头，抓人眼球，刹那间推高兴奋点。小孩儿稚嫩的、充满好奇的眼睛如何抵挡？连大人都被精心制作的瘾头扯过去了，吸进去了，受过高等教育的硕士博士不能免。

电脑掌控人脑，虚拟挤压现实，可能是眼下最大的异化。

异化有两个后果：一、失掉或减弱现实生活的丰富感觉和有效判断；二、兴奋点迅速推高之后又降不下来，由它难以测量的内驱力所驱使，短时间朝着更高的兴奋、更强的刺激、更高形态的麻木，对身边朴素的事物提不起兴趣，漠然于亲情友情，精神状态近于吸食白粉。吸毒者的单一价值取向举世无双：他只对一种东西趋之若鹜。

互联网的巨大现实功用不须证明，它的负面影响却远未得到审视与清理。

上帝赐福于人，原是叫人投身万事万物，扎根于日常生活，牵挂、操心、努力、深度关切；喜怒哀乐循环，爱与恨不含糊，欣悦与苦闷照单全收。文明对人的塑造，应当像自然对树的年轮的塑造。阳光雨露禾苗壮。人要活得扎实，一步一个脚印，这样的生存，活个上百年不疲惫，后劲犹足。这才叫生机勃勃。任何动物的兴奋点都会推高（观察小狗可知），但是，人有灵性，有创造生活之意蕴层的伟力：兴奋点的缓慢推高是由它抓紧大地的根系决定的。爱亲朋，爱自然，爱祖国，爱艺术……这一类情态至死不能休。暮年的杜甫漂泊洞庭湖，人快要死了，犹“伏枕舟中”，写诗怀念湖南亲友。陆游八十五岁每天看书到半夜，对未知领域的好奇不减小青年，这一年他遗诗云：“王师北定中原日，家祭无忘告乃翁。”苏东坡去世前几天，挣扎着垂死之躯，长时间跪拜龙王图，为夏秋久旱的常州祈雨。

今天，如何应对兴奋点的迅速推高所导致的无精打采、百无聊赖、抓空乃至抓狂？低沸点的欣悦可能是唯一的途径。东方西方的大哲们早有洞见。重两点：一是保持对朴素事物的敏感，二是艺术和户外运动。

法国人自1906年至今，周末生活的三大版块始终不变：家庭聚会、户外运动、各类沙龙。1929年经济大萧条，2008年金融危机，倒是法国的年轻人坚决维护这三大版块。

德国、法国，人口加起来只是中国的十分之一，出了那么多哲学大师，艺术巨匠……

生活的智慧需要传承，然而，生活的智慧不可能自动传承。

事关重大，笔者饶舌。

岳飞二十来岁已经活得异常扎实了，而另一拨人正活得嬉皮笑脸，这拨人是宋徽宗和他的一帮玩球唱戏爬柱子搞笑的大臣。宋徽宗“玩尽天下”，龙椅上昏昏欲睡很多年了，有一天，昏君突然想打仗：玩玩战火。意识的层面，他要收回石敬瑭献给契丹辽国的燕云十六州，而潜意识的支撑是任性，是一夜间推高最后的兴奋点。《宋史》称他“矜小智”。他发动庞大的战争机器，让太监童贯领兵二十万，与如狼似虎的金兵搞联军，攻取契丹辽国。

辽国被灭掉了，大宋的腐败和宋军的无能也向金人暴露无遗。宋徽宗正于汴京大摆庆功宴，金军发动突然袭击，掉过头来咬他。

1126年，北宋变南宋。

金兵血淋淋的屠刀切下北中国。北宋王朝一百六十多年，金人立国仅十年。双方的人、财、物有天壤之别，蛇吞象却成为历史事实。宋徽宗和宋钦宗被金人掠走，匆匆登基的宋高宗在南逃的路上一听金兵就尿裤子。宋徽宗到了金国的草原王庭继续嬉皮，忙着找女人生孩子。俘虏的队伍中有个绰号“秦长脚”的人，即是后来独相长达十七年的秦桧。

金兵铁蹄下的北中国血雨腥风，一百六十余州，七百多座县城，数千小镇，数十万座村庄，陷入空前的劫难。金兵后勤补给的所谓“打水草”，纵容破城的士卒烧、杀、抢、奸，抵达其兽性之畅。汴梁最惨，单是不堪受辱投河自尽的女人就有数千。金人抢走的人财物，马车驴车绵延数百里，三天三夜走不完。

岳飞《满江红》："怒发冲冠，凭栏处、萧萧雨歇，抬望眼、仰天长啸，壮怀激烈。三十功名尘与土，八千里路云和月。莫等闲、白了少年头，空悲切。靖康耻，犹未雪，臣子恨，何时灭……"岳飞的恨，多么有力。

靖康是宋钦宗的年号。徽钦二帝被掳走，赵构做皇帝，是为宋高宗。赵构这个人太复杂，主要的意志是坐稳他的龙椅，偏安于江南。他忽而是投降派，忽而是主战派，其时叫"和戎"与"恢复"。宋军的主动北伐，事实上是为了保住江淮以南。宋高宗打着恢复赵宋宗庙、迎回徽钦二帝的旗号，获得民心军心，却暗藏私心：两个老皇帝真的回来了，他的龙椅就坐不稳。后来的学者渐渐看清这一点，当时却云遮雾罩，九重（皇宫）之内的心思讳莫如深。

岳飞治军极严，岳家军所过之处秋毫无犯。"（岳飞）身与最下卒同食，而持军甚严，民间无秋毫之扰。"与最普通的士卒同食，也是汉代李广的带兵风范。岳家军千里转战，将士们"冻死不拆屋（拆民房），饿死不打虏（劫食物）"。真是一支仁义铁军。

岳云犯了军纪照样问斩，众将苦苦求情得以免死，但免不了一百军棍。岳云的勇猛有乃父之风，武艺在另一猛将杨再兴之上。岳飞的亲舅舅姚某，仗势乱来，犯了军中的重法，岳飞喝令斩首。这与孙膑治军、诸葛亮治军如出一辙。须知岳飞对老母姚氏、对外祖父姚太公的一片孝心，下令杀舅舅，他是多么艰难。

保卫淮河以南，进攻淮河以北，岳家军十年间大小二百余战，战无不胜，攻无不克。宗泽的军队、韩世忠的军队，战力也强，但岳家军首屈一指。岳飞是战神，战略性目光比之韩信毫不逊色，而武艺过之，品德修养远在韩信之上。韩信杰出却单一的超级军事脑袋，终因少一智而受蒯通蛊惑，而掉脑袋，而灭三族。

细读岳飞的奏折、书信、题壁的短文和笔意酣畅的书法，笔者真是很感慨。何谓生命的巨大张力？何谓人的全面发展？何谓分分秒秒饱满？何谓坚实的生成年轮如铁？看看岳武穆就知道了。希望以后有机会写一本岳飞传。本书写岳飞的三篇文章太浓缩。

进攻北宋的金兵主将金兀术，打阉人领导的宋军势如破竹。他的十万精骑罕有敌手，著名的“铁浮图”“拐子马”，让宋军闻而色变。宋王朝南渡后，诸将抗金的斗志日渐高涨。战事频繁。金兀术一度打过淮河，占了建康（南京），血洗江南，千里鬼哭。岳飞等勇将率部发起反攻，收复了建康，金兵败退。宋金对峙于淮河两岸。

1140年，岳飞元帅节制诸路兵马大举北伐，锐不可当的岳家军打到了距开封城仅四十里的朱仙镇。岳帅亲自出马，枪挑小梁王——笔者念小学看线描逼真的连环画，兴奋得哇哇乱叫。岳云的铜锤、张宪的画戟、杨再兴的长枪、牛皋的板斧，杀得金兵魂飞魄散。岳帅的创造性战术，巧用超长的钩、刀、绊绳，破了金兀术的铁浮图、拐子马。

金兀术悲号：“自海上起兵，未有今之败也！”

狂妄多年的金人仓皇相顾曰：“撼山易，撼岳家军难！”

金兵退守开封。十万岳家军兵临城下，破城只是时间问题。然而问题出来了，问题出在南宋的都城杭州。宋高宗在盘算，宰相秦桧搞阴谋，昏君奸相终于合谋（平时常常各怀鬼胎），连下十余道金牌，强令岳飞班师。此系战争史上最为荒诞的事件。皇帝不想收复北方，秦桧一心要置岳飞于死地。

初，这个秦长脚在金国待了几年，忽一日，带了新妻妾及大量珠宝到杭州，宣称是砍倒金兵逃回来的，并且在三个月之内当上宰相。这一套鬼都不信的谎言，宋高宗赵构很相信。他重用秦桧有玄机。学者们认为：秦桧很可能是金国派到南宋的间谍。宋高宗可能心知肚明，但出于他自己的盘算不予道破。二人闭门密商，赵构总是怀揣匕首以防不测。秦桧这厮太阴险，鬼都怕他。他让岳家军孤军深入，阻止其他的北伐军队合围开封，这是借金人的刀杀岳飞。赵构念念不忘的是皇位：有限的北伐，无限的皇权。

秦桧唆使贪官杨沂中上奏：“兵微将少，民困国乏，若岳某深入，岂不危也！愿陛下降诏，且令班师。”赵构当日批复。他把朱笔一扔，转身步入酒池肉林。

岳飞接到班师诏，又惊又怒，连夜疾书呈送皇帝的《乞止班师诏奏略》：“契斟金虏重兵尽聚东京，屡经败衄，锐气沮丧，内外震骇。闻之谍者，虏欲弃其辎重，疾走渡河。况今豪杰向风，士卒用命，天时人事，强弱已见，功及垂成，时不再来，机难轻失！臣日夜料之熟！唯陛下图之。”

当时沦陷区的抗金力量，汇聚了四十万人马，打下开封，聚歼金军主力是最佳时机。“功及垂成……机难轻失!”然而宋高宗看奏略咆哮庙堂，竟然连下十二道金牌，强令岳飞班师。如果岳飞抗旨，朝廷将切断岳飞十万大军的粮草补给，并加以严罚。

从杭州到开封一千二百里，快马驰送十二道金牌，上面是皇帝的御笔：“卿孤军不可久留，令班师赴阙奏事。”

岳飞仰天长叹，泪如雨下，徐徐道：“十年之功，毁于一旦。”

十万铁军和中原百姓哭成了一大片。百姓拥戴岳飞，岳飞一走，金兵将大肆屠戮中原。凡是愿意跟随岳飞南渡的百姓，岳飞均予以收留。军民南迁，迤逦向淮河。岳飞在途中醉书诸葛亮的《出师表》，大泪滂沱。左右将士泣不成声。

“靖康耻，犹未雪。臣子恨，何时灭？驾长车踏破、贺兰山缺。壮志饥餐胡虏肉，笑谈渴饮匈奴血！待重头、收拾旧山河，朝天阙。”

然而天阙（朝廷）等着岳飞的，是巨大的阴谋和极卑劣的手段。先是以明升暗降的方式削去岳帅兵权，然后精心罗织罪名。秦桧要岳飞死，《宋史》记得明白。宋高宗也要岳飞死。

1141年，闲居庐山的岳飞被骗至杭州，旋即下狱。全国为之震动，韩世忠怒气冲冲去找秦桧，质问：岳飞究竟犯了何罪？秦桧答以“莫须有”（也许有）。这太猖狂了。什么是魔鬼？看看汉朝董卓、唐朝安禄山、宋朝秦桧就知道了。而前些年，还有人想为秦桧翻案……

民族英雄岳飞，在杭州大理寺的狱中备受折磨，岳云、张宪皆被打入大牢，每日遭殴打，辱弄。岳飞次子、十五岁的岳雷未能免。岳飞绝食，铁窗边伫立到天黑，凝望斜对面岳云张宪的牢房，心疼爱子和爱将。

次日，狱卒送肉饭，岳飞视而不见。岳雷扑通跪倒，声声呼唤娘，希望娘来劝爹。

神勇无敌的伟男儿，面对失声痛哭的岳雷，不禁潸然泪下，答应儿子进食。

纵横沙场的岳云被打得血肉模糊。张宪受酷刑神志不清。

杜撰罪名的文书递入皇宫，宋高宗赵构即日“朱批”（朱砂御批）：杀岳飞于狱中，斩岳云、张宪于街市。判官原把岳云判徒刑十三年，赵构改判为死刑——二十多岁的岳云武艺太高，不杀留后患。另一猛将牛皋被毒死。岳飞的部将多被清洗。

所向无敌的岳家军散了。其他的将帅寒了心，韩世忠再也不问北伐事，每日垂钓于西湖烟波……南宋军队的士气从此一蹶不振。沦陷的北中国一片荒芜，人口和生产力剧降。汉民族水深火热。陆游："遗民泪尽胡尘里，南望王师又一年。"

南宋向金国俯首称臣：割地赔款，每年贡金帛。官方文件一律称金国为"大金"。投降派弹冠相庆，金国人奔走相告。二十年以后，金人还说："岳飞不死，大金必亡也！"

绍兴十一年岁除之日（1142年1月28日），岳飞死于狱中，时年三十九岁。临刑前，他写下八个大字："天日昭昭！天日昭昭！"

少年岳雷死死抱着父亲的腿……

杭州街市上，行刑的刽子手狞笑着，手起刀落，二十三岁的岳云身首异处，愤怒的血溅到了三丈外。杭州城关门闭户，鹅毛大雪纷纷扬扬，像上苍撒下的纸钱。

赵构沉迷于后宫脂粉堆。秦桧品茶凤凰山。参与岳飞案的官员皆受提拔，恶人与恶人觥筹交错。

南中国北中国，炎黄子孙吞声哭。

我们来朗诵《满江红》吧："怒发冲冠，凭栏处、萧萧雨歇，抬望眼、仰天长啸，壮怀激烈。三十功名尘与土，八千里路云和月……"

蒲松龄『倚窗危坐而溘然以逝』，窗外盛开着腊梅花

蒲松龄先生为何对鬼怪故事感兴趣呢？这兴趣持续数十年，一竿子插到底，催生了旷世杰作《聊斋志异》。杰出的艺术家大约都是倔脾气，善于一竿子插到底，然后，深度决定广度——艺术到深处，学问到深度（包括情感到深处），事物之间的联系自会显现，触类旁通，广度因之而呈现。刻意求广度，难免浅尝辄止。

蒲松龄生于明朝末年（1640），山东淄川（淄博）人，那是个石材建筑的小城，四面环山，哗哗般水绕城而过，绵延入海。淄川古称般阳，全境山重水复，大大小小的山头近两千个，海拔八百米以上的有十七座。林子里四季野物奔腾，狐狸最多，獾为次，再次为狼、刺猬和虎豹。蒲松龄笔下多狐狸精，多见各类花精树精，与其生长的环境息息相关。

当代作家张炜笔下的胶东半岛，人物和野物都充满了神秘感。《九月寓言》《外省书》《丑行与浪漫》等作品，呈现了半岛的无限生机。

老子崇尚“小国寡民”的生活，陶渊明描绘桃花源式的乌托邦，山东的般阳，开门见山，举步临水，民风代代朴拙，庶几近于老子和陶潜的理想国。般阳城外七八里的蒲家庄，是蒲松龄族人的聚居地。生活是丰富的、祥和的。生活因差异而丰富，外来的因素不能喧宾夺主。福柯尝言：“重要的是培养对差异的敏感。”地域的差异孕育了人的差异、物的差异、生活方式的差异，这种差异性支撑着生活的丰富性。

同质性的东西太多，人就容易活得单调。如今从南走到北，单是建筑的单调就让人目光疲惫。人们的举止、言谈和念头，在无形的外力催逼下趋于相似。

蒲松龄的生存一似荆楚大地的屈原，拢集了天地人神，召唤了风霜雷电，抵达了花魂树魂。这可不是大词。神灵深入了作家的灵魂。比如李白看山看水看月亮，神奇、神秘、神圣，感觉的层面千差万别，不知道对象化思维为何

物，于是才有巨大的、一生难以衰减的美感。李白式的感觉或李白式的兴奋，今人是享受不到了，读他的诗，享受他的词语冲击波，依稀获得天地的原始魅惑。起于《诗经》《庄子》《楚辞》的汉语古典艺术，奥妙在此。

体验方能通向体验。

古典诗人原初性的体验，我们是体验不到的，退而求其次，拜读古代经典。

1639年，入关后的清兵大肆屠杀，齐鲁未能免。数百年宁静的生活被打破了，般阳小城也是人心惶惶。济南那边的恐怖消息不断传来，年复一年刺激当地人的神经。济南距淄川二百多里，清军的骑兵半天可至。般阳人呼为北兵。蒲松龄小的时候，耳朵每日竖起，一听北兵二字便哆嗦。夜里做噩梦，梦中的场景、想象的画面，与他亲眼目睹的丛林惨状相交错，虚实难分。“未几，北兵大至，屠济南，扛尸百万。”后来的小说家这样描写。“公入城，扛尸涤血而居，往往白昼见鬼。夜则床下磷飞，墙角鬼哭。”作家的童年记忆也是半岛人的集体记忆。人事、鬼事纠缠不清。野物的叫声直如鬼叫，风声也是冤魂的呜咽。

蒲松龄晚年自制年谱云：“余虽童孩，往往从戟林剑树中见死人枕藉，血流满庭。彼时未知惧也……”可见清军一度杀到了般阳境内。小孩子初见林中死人枕藉并不害怕，后来才越想越怕。恐怖的故事越听越多，大大刺激了作家的想象力。半岛人都是有神论者。奇花异草、虬枝老树、狡猾的老狐狸，最易成精。

1648年，栖霞的农民于七不堪清人压迫，率众造反，攻占了海宁、莱阳，手刃了知州。清军反扑，镇压起义军，杀得血流成河。《聊斋志异·公孙九娘》开篇写道：“于七一案，连坐被诛者，栖霞、宝应两县最多。一日俘数百人，尽戮于演武场中，碧血满地，白骨撑天。”

作家这么直接写于七案，矛头指向残暴的清朝统治者，勇士的内心跃然纸上。他晚年作《聊斋俚曲》，洋洋五十万言，说尽乡村苦乐事。其中的“磨难曲”有云：“明知世上无公道，本领又不如宋公明。一条棍子闸了口，满心冤屈对谁鸣……俺不是自己托大，那些官兵值些甚么，长枪一刺仰不踏，齐逃生还要梦里怕。若是客商，不要杀他，休像贪官惹得人人骂。”

另一段又说：“我有个心愿，要杀一万个衙役，这四五年间，杀了三千余名。”作家歌颂农民起义军领袖任义：“大王志向，真是圣贤之心。”是非观明确，爱与憎分明。

蒲松龄写《聊斋志异》，五百多篇故事，数千角色，鬼域通向人境，所以生机盎然。鲁迅说，蒲松龄笔下的狐妖花精“多具人情”，令人“忘其异类”。这是阳世现实感与鬼域想象力交融的结果。若一味痴想鬼怪妖魔，与现实脱了节，小说的意义也不大。阅读蒲松龄，此系关键处。小说借冤魂鬼语揭露官场与科场的丑陋，讴歌民间的善良忠厚。

花精狐女多可爱，是由于作家的心中阳光灿烂。

蒲松龄童年见死人成堆血流满庭，竟然不害怕。什么原因呢？大约他天生胆大，或是小孩子并不知道死人可怕。依我看，二者兼具。后怕是后来发生的事。鬼故事听多了，清兵屠济南又与般阳林子里的死人堆联系起来，于是，恐惧自动生联想，见物起幻觉，听风背脊凉……蒲松龄小小年纪，屡攥拳头，再三与恐惧心理作斗争，与噩梦中的鬼怪战斗，勇气生焉。另外，民间的价值判断深入他，构筑他的价值体系。大半生写鬼的作家倒是正气充沛。

常在河边走，哪能不湿鞋？夜路走多了，难免碰上鬼。中国的历史上，蒲松龄写鬼最多，身上却没有几分鬼气，是何缘故？我想来想去，还是觉得他正气旺、能量足、涉世深、操心广。鬼来找他或他去找鬼，彼此渐渐和睦相处，阴间既生阴风，又送来阳世清新的气息。

蒲松龄自号柳泉，般阳人叫他柳泉先生。十九岁考秀才他拿了第一，将名为“蚤起”的一篇八股文写得像短篇小说，人物、情节、心理，几种小说要素俱全，却受到学政大人施愚山的盛赞：“空中闻异香，下笔如有神。将一时之富贵丑态，毕露于二字之上，直足以维系风俗。”除了四书五经和唐诗宋词之外，蒲松龄爱读《游侠传》《搜神记》一类的书，自言：“余少时，最爱《游侠传》，五夜挑灯，恒以一斗酒佐读。”

读游侠养胆气，读神怪延续孩提时代的想象，五更天喝斗酒佐读，松龄先生的少年时代不寻常。家境不错。《聊斋志异》的自序称：“才非干宝，雅爱搜神；喜人说鬼，情类黄州。”晋人干宝是《搜神记》的作者，黄州指苏东坡。东坡贬黄州时，专爱找人谈鬼。南宋的洪迈也记下了许多鬼事。蒲松龄拿这些人支撑自己的写作，因为质疑他的亲朋很多。朋友们戏称他“蒲神仙”，他又字留仙，不知道其中是否有天意。般阳城的北门曰迎仙。

留住神仙鬼怪，打通人境鬼域。“一部聊斋传千古，十万进士俱尘埃。”（莫言）

可是蒲松龄直到七十岁还在考举人，登科难于登天。为生计，他做了私塾先生，去过包括江南宝应、高邮在内的许多地方，称坐馆，又称舌耕。舌耕长达五十年，其中约一半的时光在淄川境内，离家或二十里河沙路，或四十多里崎岖山路，春夏秋冬，千百次奔路程，让他的儿子看在眼里疼在心头，偷偷抹眼泪。事实上，蒲松龄先生在路上的感觉蛮丰富。这个另文再叙。

蒲松龄的妻子刘氏，贤惠而漂亮，为蒲家生下四个男孩儿。

夫妻相守五十六年。

躬耕笔耕舌耕，贯穿了蒲松龄先生的一生。

从蒲家庄通往般阳城的小路边，有一道泉水，几棵古柳轻拂一草亭（草亭今犹在），年轻的蒲松龄摆个烟茶摊子，专请过往的行人驻足说鬼。烟茶不收钱。这事儿，方固百里传为奇谈：竟然有人摆摊听鬼。听鬼的人还是考了全县第一的蒲秀才。

《三借庐笔谈》：“见行道者过，必强执与语，搜奇说怪，随人所知。渴则饮以茗，或奉以烟，必令畅谈乃已。”柳泉听鬼，聊斋写鬼，写鬼不是由蒲松龄开始，但设摊听鬼二十几年，中国历史上是没有过的。游幕江南也忙着打听鬼故事，夜走乱坟岗。江南的鬼并不少于山东的鬼。蒲松龄记云：“四方同人，又以邮筒相寄，因而物以好聚，所积益伙。”伙：多。

柳泉听鬼，邮筒寄鬼，四面八方的鬼事汇于蒲松龄。中国民间的鬼文化自古发达，松龄先生总其成焉。在村头的大榕树下，他抽着大巴菰烟，摇着大蒲扇，对团团围坐的后生这般开场：话说明朝末年，北兵攻俺山东，屠济南，白骨撑天碧血满地，夜里呀，不见万家灯火，那飘在空中的是啥？是啥？嗬，全城鬼火！……后生一个个毛发倒竖，儿童尖叫捂眼睛。

四川的鬼龙门阵亦多。笔者两三岁开始听，听到初中，又绘声绘色讲给别人听。记得念小学不久，有一天黄昏时分，在三苏古祠堂的草亭中听鬼打架，鬼吃人骨头，池塘、竹子、高墙、巨石，全都变了形状。池塘跳怪鱼，巨石藏妖精，古木耸妖魔，竹笼子沙沙沙酷似鬼婆婆的头发，忽听讲故事的大娃儿叫喊：鬼来啦！我来不及回过神来，草亭（今三苏祠抱月亭）中的一群小孩儿已跑得精光。可怜的我跟在后面追呀追呀，跌倒滚地大恐慌，摸黑爬起再狂奔，飞一般过假山，跳过平时总是难以征服的三米小溪，跑过机关幼儿园那边十几米长的陡坡，冲到下西街明亮的水银灯下，犹觉灯火如鬼火，心狂跳，一阵阵的窒息……

如今回首当年，真好。

十余年间，听鬼不下二百次吧，城墙头、河石坝、瓦窑洞、坟堆后、草垛间、老屋里、巨树下、野水边，夏秋冬的玉米林、杂树林、甘蔗林中……满天星星眨着鬼眼睛。雾是妖雾，雨是鬼雨，墙是鬼穿墙，每一阵小风都是呼喇喇的妖风，直欲吹进肌肤去。

何谓深度生存？听鬼也是例子，打架也是例子，远足、疯玩都是例子。赢得了内心纵深，世界才有纵深，世界才始终“世界着”（海氏），皇天后土才向短暂者（人）保持魅惑。野外听老辈人传下来的鬼龙门阵，感觉的强度与丰富，何止十倍于今之儿童坐客厅看鬼片。毛骨悚然，惊恐万分，吓得哇哇乱叫，说的是几千年来，咱华夏族数以百亿计的民间小孩儿听鬼故事。中原、荆楚、西北、东南、岭南、云贵川……山水阻隔风俗迥异，鬼神的面貌因之而百态纷呈。

如果现代性去掉野性，持续打压诗性神性，那么，生活世界的“返魅”将变得不可能。

人事与鬼事，蒲松龄俱是深度关切。柳泉茶摊，村头老树，聚集着村里的男女老少，过往的各色人等。农忙时节人不多，农闲走到了一处。人生百事，生老病死，如何说得完？蒲松龄先生博学，又见多识广，对药学、农事和半岛风俗有深入的研究，写下《药祟书》《农经书》《日用俗字》《聊斋俚曲》，后者包括：琴瑟乐、穷汉词、俊夜叉、慈悲曲、姑妇曲、磨难曲……林林总总，通俗、活泼、细腻，运用了大量的半岛方言，颇不同于《聊斋志异》的文言风格。俚曲搬上乡村的戏台演出，蒲松龄扮演风趣的老汉、迂腐的老秀才、神经兮兮的老光棍、抽风倒地的老贪官，笑倒台下的众乡亲。他还写过三出小戏。游幕于江南时，曾经向戏曲大师李渔请教。

维系风俗，传承道德，“以美启真”（李泽厚）。

先生早岁三代同堂，结婚生子后，妯娌们闹矛盾，分家了，兄弟“析箸”，先生一度黯然神伤。中年又是三代同堂，晚年四代同堂，一大家子其乐融融。四个儿子，一堆孙子重孙子，不管穷不穷，再也不分家。冬日围着炭炉子烤火，夏季乘凉于宽阔的院坝，儿童疯跑鸡狗乱跳，“鸡鸣桑树巅”，邻里相呼唤。一碗水甜了几张嘴。老妻刘氏，七十岁犹织布，“垂老苦臂痛，犹织不辍。”蒲松龄六十九岁，依然只身远走他乡，舌耕挣钱养家。后来蒲箬沉痛追忆父亲：“时则冲风冒雪于奂山道中……不孝退到私室，不禁涕零自恨。”

儿子的眼泪不让父亲看见。父亲的眼泪亦如是。

七十一岁的老秀才蒲松龄还冲到青州去，考了一名岁贡生，得以拿些俸禄。

为了家，一生千百次离开家。坐馆复坐馆，舌耕复舌耕……

松龄先生老啦，再也不会只身出远门啦，蒲家庄走走，般阳城转转，重孙子拿他当马骑，他就乖乖地趴在地上。铁腿经得磨，爬行数十步，绕树三匝，一副乐呵呵的模样。先生自言：“至老同婴孩”，苏黄州也是这样。“老夫七十犹豪纵”，浮白载笔聊斋梦。浮白：饮酒。

松龄先生须眉尽白。家里终于天天有酒。蒲家的兄弟中他排行老三，常去老四鹤龄家喝两盅。老友毕际有请他去般阳城南的石隐园（聊斋故事多源于此），他骑了驴子悠悠去，半醉归来日黄昏，哼着俊夜叉、穷汉词或姑妇曲。

且不归家，老先生闲坐村头的老榕树下，像一块大磁铁，吸来了村里村外的乡亲，老的中的小的、男的女的、胖的瘦的、俊的丑的。少则二三十个，多则百余人，或坐，或蹲，或站，小孩儿嗖嗖嗖蹿上了千年树，一排排嫩脚杆晃悠于粗枝下。几杆大巴菰烟在月色中明明灭灭，一群村妇村姑逗着乐嘻嘻哈哈。狗撒欢，猫疯癫，狐狸跳着舞，鼠精讲人话，野狼昂首立山岗，黄鼠狼偷偷摸摸靠近农家的鸡窝……

般水哗哗不舍昼夜，柳泉淙淙春夏秋冬。星空，哦，密密麻麻的星空，近在咫尺的星空。

十五月如轮，“呼为白玉盘”。家家户户不点灯。夜行人个个走如奔。

田园、家园、墓园。人事、鬼事、稀罕事。天地是多么神奇啊，小小一个胶东半岛，迷人的东西数不清。“人在大地之上，人在天空之下。”

松龄先生的妻子刘氏走了，先生哭坟：“百叩不一应，泪下如泉流。汝坟即我坟，胡乃先着鞭？”先生转念又道：“已而转自笑，人生谁不尔？叟年七十四，相别固无几。”

王维守亡妻，李煜悲娥皇，东坡悼王弗，柳泉哭老伴，纳兰挽卢氏……

能爱者，才是能沉痛者、能欣悦者。

松龄老先生喜欢凭窗而坐，远眺奂山的蜿蜒山道，近看柳泉草亭、南来北往的人。吱溜吱溜饮酒，吧嗒吧嗒抽烟，有一句无一句地说着话。摸摸重孙子的头，摸摸小狗“丁当”的头。七十多年的家呀，欲说还说的家。偌大的蒲家庄，好大的般阳城，更大的济南城……多少往事恍如昨天。柳泉听鬼，邮筒寄鬼，聊斋写鬼，这事儿，他一干三十年。

哈哈，一干三十年！松龄先生摸着白胡子自笑也。

1715年正月二十二日，蒲松龄的四弟蒲鹤龄去世。就在那一天的晚些时候，松龄先生“倚窗危坐而溘然以逝”，窗外盛开着腊梅花。

留仙仙逝，享年七十五。

后记

这部书酝酿十余年，写了一年半。还是每天早晨六点过开始干活，中午收工，写下千余字。写不快的。文字如同深山溢出的小溪，淙淙流过。游走运思之际，享受着水声、水花和水光。这年头到处都在嚷嚷快，我们且来文火煮茶，较量慢工夫。

有一部分文章写于峨眉山之半庐，半庐位于半山腰，海拔一千二百米，水和空气都是好的，月亮是童年熟悉的金月亮。“农人告余以春及，将有事于西畴。”(陶潜)农人任大爷、鲁大伯，他们舒展的笑容、幽默的谈吐，跟城市人是不一样的。劳作一辈子，笑得那般开朗。你惦记他，他就惦记你：任大爷托人带给我一些山中的核桃李子板栗，我送他眉山永寿镇河滩地的烟叶。他叼着烟杆子，绕道来半庐聊天，一面收拾新开的菜地，扶正小树苗，有一句无一句的，像山里吹不定的穿林风，像飘浮山头的淡淡的云。

中国毕竟幅员辽阔，地域的差异维系了生活的差异。差异在，生活的意蕴就在。

鲁大伯说，1976年，峨眉山连下了四十八天的鹅毛大雪。这些年，山中的雪少多了，变暖，是否已经不可逆转？眉山的最后一大场鹅毛大雪已是二十多年前的事。隆冬像阳春，腊月开遍三月花。再过几天，巴黎开全球气候变化大会，第二十一届。那么多坐专机的显赫政要，扯皮扯了二十届。美国人长期拒签《京都议定书》和世界文化多样性条约……

不说这些人，孟冬且进山。

生活的韵味儿要留下一些才好。冰川不要年年退缩。

大地，我们的大地。子孙万代的大地。

生态文明纳入了国家战略。

写人物，我的理想是因人物的不同，文章的风格自然而然产生变化，风格与人物对接。努力了几年后，发现了这种努力。这几乎是一件不可能的事，一条望不到尽头的绵绵长路。但努力获得了方向，人物固有的特殊神韵会在某种程度上显现出来，比如孔子不是孟子，李白不是李煜，更不是李贺。“重要的是培养对差异的敏感”（福柯），培养敏感的过程颇复杂，岔道歧途太多。敏感无止境。精神轨迹的探索颇似深山老林的探险。海德格尔尚且将《存在与时间》标识为“思到中途”，我辈努力再努力，窥得几条林中小径足也。

汉语的国度，老子和庄子的国度，也许对西方大哲的生存论阐释有某种先天的亲近。

唯有精神的强大者才有更多的精神记忆，强大者的物质记忆也闪烁着精神之光。

就我自己的阅读印象而言，欧洲和俄罗斯的普通人，对他们的民族先贤比较了解。而汉字门槛高，历代的经典著述浩如烟海，持续回思的难度大。中国的人物传记尚欠发达，海量的网络信息又来搅局。文化的传承、生活智慧的传承都是问题。反之，传播的空间也大，有待拓荒的处女地随处可见。学者、老师、作家，社会各阶层的洞达之士，共同来开拓。

如果将来有十分之一的人对民族先贤们心里有数，获得部分历史能量，那么，民间的价值系统会趋于稳固，人的多元、生活的多元尚可期待。

这个系列计划写三部，二百二十多篇文章，近一百三十个标志性人物。“仰之弥高，钻之弥坚”（孔子），尽我之所能吧，点点滴滴地做。第一部围绕着十六个汉字展开，另外几个字，陆续呈现于后面两部。每个字都是华夏历史的铀矿。

宝山越挖越高，宝藏的后面有着更多的宝藏。

后两部的人物，将增加墨子、孙子、荀子、信陵君、范蠡、西施、商鞅、汉文帝、张骞、郦道元、华佗、曹植、赵云、关羽、庞统、葛洪、谢安、支遁、谢灵运、唐太宗、玄奘、惠能、魏征、颜真卿、吴道子、杜牧、岑参、孟浩然、赵普、宋仁宗、寇准、包拯、范仲淹、范镇、范纯仁、苏序、苏洵、苏辙、程夫人、沈括、佛印、辩才、黄庭坚、秦观、米芾、吴文英、宗泽、姜夔、朱熹、成吉思汗、朱元璋、唐伯虎、金圣叹、柳如是、李渔、罗贯中、吴承恩、胡雪岩、郑板桥、八大山人、王国维……现当代人物，大约有孙中山、章太炎、林语堂、齐白石、张大千、朱自清、徐志摩、戴望舒、冼星海、阿炳、熊十力、梁思成、林徽因、雷锋、钱学森、钱锺书、黄宾虹等。

历代人杰，万千巨峰耸峙，笔者的阅读范围和目力都有限，尚乞诸领域的方家指教。

小城相对安静。窗含“东坡岛”三千亩湿地公园。

写作强化了感觉，延伸了思绪，书房里也能蹦蹦跳跳，“天风海雨逼人”（苏轼）。兴奋年复一年，没有消耗多少能源，也没有把自己的快乐建立在别人的痛苦之上。

对写作的激情保持警惕，反观自身的固化，并且要意识到：这是一件永远做不完美的事情。强行军和慢工夫都是作家的日常功课。前者有如奔跑足球场，后者类似下围棋，打太极。

瞬间的直觉，通盘的考虑……

窗外下雨了，这场雨该有些冬天的滋味了吧。

内子王秀华认真看着书稿，这一幕如同二十年前。她以旁观者的清醒，赞赏或是持异议，有时十分钟打来几个电话。儿子刘寅贡献了本书的副题……这一层就带过吧。

想想云蒸霞蔚的峨眉仙山，想想远近的素心人，抽烟，喝茶，美食，音乐，小酒，远足与乒乓球。欣悦无处不在。生活照单全收。衷心感谢作家出版社的编辑袁艺方女士以及本书的装帧设计潘振宇先生。

后记就这样吧。

刘小川

2015年11月下旬　改于眉山之忘言斋

再改于2016年3月1日

图书在版编目（CIP）数据

先贤与中国：伟大生命的千姿百态/刘小川著. -- 北京：作家出版社，2016.7

ISBN 978-7-5063-8894-8

Ⅰ.①先…　Ⅱ.①刘…　Ⅲ.①散文集-中国-当代
Ⅳ.①I267

中国版本图书馆CIP数据核字（2016）第084186号

先贤与中国：伟大生命的千姿百态

作　　者：刘小川
责任编辑：袁艺方　桑良勇
装帧设计：视觉共振
出版发行：作家出版社
社　　址：北京农展馆南里10号　　**邮　　编：**100125
电话传真：86-10-65930756（出版发行部）
86-10-65004079（总编室）
86-10-65015116（邮购部）
E-mail：zuojia@zuojia.net.cn
http：//www.haozuojia.com（作家在线）
印　　刷：北京明月印务有限责任公司
成品尺寸：165×240
字　　数：350千
印　　张：30.75
版　　次：2016年7月第1版
印　　次：2016年7月第1次印刷
ISBN 978-7-5063-8894-8
定　　价：45.00元
